U0949417

十二宫杀手

ZODIAC UNMASKED

〔美〕罗伯特 · 格雷史密斯◎著
Robert Graysmith
洪萃辉 / 胡红 / 连勇◎译

重庆出版集团 重庆出版社

This edition published by arrangement with The Berkley Publishing Group, a member of Penguin Group (USA) Inc.

版贸核渝字(2009)第018号

图书在版编目(CIP)数据

十二宫杀手/(美)格雷史密斯(Graysmith,R.)著;洪萃辉,胡红,连勇译.-重庆:重庆出版社,2010.10

书名原文:Zodiac Unmasked

ISBN 978-7-229-03056-8

Ⅰ.①十… Ⅱ.①格… ②洪… ③胡… ④连… Ⅲ.①纪实小说—美国—现代

Ⅳ.①I712.45

中国版本图书馆CIP数据核字(2010)第193706号

十二宫杀手

SHIERGONG SHASHOU

[美]罗伯特·格雷史密斯 著

洪萃辉 胡红 连勇 译

出 版 人:罗小卫

策　　划:华章同人

责任编辑:陈建军

特约编辑:张慧哲

封面设计:尚书堂

重庆出版集团 重庆出版社 出版

(重庆长江二路205号)

北京中印联印务有限公司 印刷

重庆出版集团图书发行公司 发行

邮购电话:010-85869375/76/77转810

E-MAIL:tougao@alpha-books.com

全国新华书店经销

开本:787mm×1092mm 1/16 印张:19.25 字数:350千

2011年1月第1版 2011年1月第1次印刷

定价:29.80元

如有印装质量问题,请致电023-68706683

1. 十二宫

1971年7月4日，星期日

斯塔尔的脸无处不在。穿过灯火通明的展厅，他的圆脸映在黄铜罗盘上，他的粗壮身影整个映照在展厅的大落地窗上。终于，展厅关门了，节假日销售结束了，所有的灯光灭了，罗伯特·霍尔·斯塔尔也离开了。他笨拙地朝着停车场走去，巨大的身影在夏夜里格外显眼。他边走边从兜里摸索某一辆车的钥匙。并不属于他的很多车子的钥匙在他兜里叮叮当当的。

在停车场的尽头，斯塔尔的身影变得模糊起来——沃尔沃车内的灯光骤然闪起，让他有那么一瞬间清晰可见。他滑进驾驶座，猛地发动引擎，熟练地融进了高速公路的车流里。很快，他到达了瓦列霍，一个和闷热夏夜里其他加利福尼亚小城并无二致的小镇子。黑色油井架的影子呼啸而过，战舰和三层仓库的轮廓依稀可见。海峡另一边的马岛像一团巨大的黑影若隐若现，帆船们好似点点油污一般从圣帕布洛海湾驶过。时而焰火在头顶上短暂亮起，断断续续响起的鞭炮声仿佛砰砰的枪声。空气中弥漫着火药味。旧金山赫然耸立于30英里之外，奥克兰则不到20英里远。北边是富饶的葡萄酒之乡，地域一直延伸至阳光普照的纳帕和索诺马县。

这个小镇是一个拥有很多车的人的理想居处。连接西部海岸线的主要干道80号州际高速公路干净利落地将郊区一分为二。加利福尼亚29号和37号高速公路以及680号州际高速公路像静脉血管似的直达小镇的心脏。瓦列霍占据着旧金山和加利福尼亚首府萨克拉门托之间的一个战略位置——圣华金河弯弯曲曲顺萨克拉门托而下，恰好在这里与湾区汇合——在此处，海水张开怀抱拥抱着淡水。这里，一条用于出海交通的深水通道连接着萨克拉门托和圣华金河的各个港口。三面环水的瓦列霍是一个水城——也是痴迷于水的“十二宫”的老家——十二宫堪称刀尖上的船员、枪支与绳索上的水手。

斯塔尔在一座栗色的两层水泥小楼前刹住了车，小楼坐落于弗雷斯诺街东边。入口台阶左面的门廊里有一扇传统的木门。透过一扇闪亮的观景窗，一个女人消瘦的影子被可怕地拉得奇长，倒映在久经日晒的草地上。伯尼斯瞪着她的儿子。他常常这样站在同一扇威尼斯式窗户前，就像被拴在一根铁链上似的一动不动长达几个小时。

多年前的斯塔尔曾经是一名修长健美的运动员、未来的奥林匹克游泳选手、“普朗吉”游泳馆救生员。如今，昔日得益于常年航行和游泳的精瘦的古铜色脸庞已变得肥胖。他那在夏天显得微红的浅色头发，看得出来已经日渐稀少，明显的肚腩破坏了他曾经的运动员身材。年轻时活力四射的斯塔尔，健康状况明显不如从前。他那猎人一样的眼睛黯淡了下来。他的平足和受伤的一条腿使游泳和蹦床以外的其他活动变得很困难，只能无所事事地把大把的时间都花在从夸脱罐里直接狂饮“康胜牌”啤酒，其恶果已经有所显现。他经常将车子停在偏僻的农村地区，坐在车里，蜷腿顶着仪表板，边喝酒边观察四周，直到腿痉挛得让他再也无法坐着。他的暴力倾向一旦发作起来，让伯尼斯都感到害怕。母子间的争吵本来就很激烈，而自从去年 3 月斯塔尔的父亲去世以后，母子俩在饭桌上的冲突更加升级了。她经常看到儿子打开后备箱盖，聚精会神地往里看，小眼睛还不时地往后瞟。她想：里面一定是该死的花栗鼠。

斯塔尔，一个灵巧而沉默的射手座男人，总是在业余时间带着弓箭去捕捉花栗鼠。有时候他使用 0.22 英寸口径的枪，其他时间则使用陷阱。他活捉到的小松鼠很受邻居小朋友们的欢迎，他们喜欢给他的小宠物喂食。

此时，斯塔尔猛地关上后备箱盖，大步向房子的东北侧走去。他沿着车道走向那辆在暮色中依然闪亮的白色奔驰车。一座独立的双门车库躲在后面，黑影若隐若现。常春藤好似一袭黑幕，瀑布似的从栅栏上垂下来。侧面那扇纱窗门的咯吱声惊动了伯尼斯，她赶快跑去准备晚饭。斯塔尔用他游泳运动员所特有的宽阔臂膀抓着花栗鼠。它不停扭动着，还在吱吱乱叫。斯塔尔没有脱下真皮外套，鄙夷地瞥了一眼母亲的背影，走下了他的地窖。伯尼斯最害怕儿子放在地下室里的东西。在那座可怕的坟墓里，什么东西在滴答作响，那就是他曾经提过的“死亡机器”。

自从十二宫在旧金山谋杀了一个出租车司机以来，已经快两年了——这比他枪击和刺杀其他人的间隔时间要长。但是在这一段时间里，凶杀案调查员比尔·阿姆斯特朗和戴夫·托斯奇并没有忘记这个难以捕捉的十二宫。离弗雷斯诺街上那座吵闹的楼房大约 29 分钟的车程，经过荒无人烟的埃默里维尔泥滩，穿过海湾大桥，就是司法大厅所在地，比尔和戴夫这会儿还在这里继续工作着。楼下的街上，

“可以保释”的红色霓虹灯标志一天24个小时闪个不停。“十二宫实际上是在挑战，”调查员托斯奇回忆说，“他向我们挑衅：‘我比你们强，比你们聪明，有本事抓到我啊。’我们就打算那么做。”

十二宫令整个湾区为之恐惧。他用充满稀奇古怪流行文化符号的、令人不寒而栗的信件淹没了当地报纸，同时也贬低了旧金山警察局，因为他们无力阻止他的一连串谋杀。十二宫把整个事件矛头指向了警察，用狡黠的密码来戏弄他们——其中一些极其难以破解，使得联邦调查局、国家安全局和中央情报局最聪明的破译者也颇受打击。除了其中的两起以外，十二宫作下的所有案件都涉及情侣——年轻学生周末在他们车子里或者车子附近被杀。他也暗示过去和目前都曾有过不为人知的其他谋杀。

某位心理治疗医生推测说：“十二宫在野蛮的愤怒中疯狂攻击那些炫耀他所渴望的亲密的人们，他对那种亲密的强烈渴望只有内心深深受挫的人才能够想象。”在他貌似无明显动机的攻击中，性从来就不是一个要素，虐待才是；他引起的痛苦越多，就越感觉有快感。每次实施攻击以后，十二宫都忍不住幸灾乐祸，毫无同情心地写信给受害人的家人，或者打电话给他们，拿起话筒静静地呼气——发出风一般的声音。他每一次都使用不同的武器，并且在可能的情况下从受害人身上取走某样东西——车钥匙、带血的衬衫、钱包……用来作为战利品。他应该还把这些东西藏在某处。要是托斯奇和阿姆斯特朗能够找到它们就好了。

十二宫的暴行多发生在黄昏，或者有新月或满月的深夜。有时他会身着刽子手的装束。水体或者以水命名的地方会像天然磁石吸引金属一样吸引十二宫。也许十二宫是一个水手、游泳运动员或者船夫。不论究竟是什么人，他对瓦列霍都非常熟悉——熟悉它那偏僻的巷子、铺着碎石的近路、漆黑的乡村路和有回声的采石场。托斯奇相信，他一定是这个水镇的老住户。

托斯奇和阿姆斯特朗就这样寻找着新的事实，在他们四楼办公室一直亮着的日光灯下翻阅着记录在黄色纸张上的档案。托斯奇看着对面的比尔·阿姆斯特朗说：“我们现在需要的，是一个好的告密者。”时钟的滴答声中，某件事情发生了——探员们很快将在十二宫似乎无休止的恐怖统治中发现他们最为重要的线索。这线索将以书信的形式到来，这是杀手选择的媒介。

1971年7月15日，星期四

曼哈顿海滩位于洛杉矶市中心西南部大约20公里的地方，挤在海滩上的是一排排色彩柔和的房舍，很多洛杉矶的有钱人住在这里。下午2点50分，古铜色皮肤的冲浪者正在冲击一天中最好的海浪，在这个城镇最主要的街道——海兰大街上，一辆没有警车标志的警车正沿着大街向南奔驰。警车里的探员是理查德·阿莫斯和阿特·兰斯塔夫，他们正要去调查一条来自波莫纳的线索——两个住在托兰斯的人声称掌握关于十二宫的信息。

空中烟雾濛濛，空气闷热潮湿，但交通却很顺畅。理查德向东加速行驶，从阿蒂西亚街拐上了长长的霍索恩大道。倒霉！遇到红灯了。车子挂在空挡上，废气呼呼地排到微微发亮的柏油路上。理查德不耐烦地拍打着方向盘，脑子里全是那个抓不到的、像蒸汽一样来无影去无踪的、多年来一直没人能摆平的——十二宫！

阿莫斯停下车时，两个举报人已经在“科学原动力电子财务公司”门口等候了。举报人之一的桑托·保罗·潘查里拉是朗代尔人，也是科学原动力电子财务公司的老板，朋友通常亲切地称呼他为“桑迪”。另外一位线人是桑迪的员工兼大学室友，名叫唐纳德·李·切尼，他比桑迪显得更加焦急。两位南部来的探员刚刚跨出车门，潘查里拉和切尼就迫不及待地直奔主题——声称他们知道谁是十二宫。

稍加喘息后，他们道出了他们怀疑的对象——罗伯特·霍尔·斯塔尔。他们和斯塔尔的弟弟罗恩是同学，曾一同就读于位于波莫纳的卡尔波利学院，那时就认识了斯塔尔，从1962年至今快10年了。尽管打电话通知两位探员的是潘查里拉，但是切尼才是真正讲故事的人。

1969年1月1日我搬到了南加州，所以那肯定是在那之前的事。

最后一次见到斯塔尔的那天，天气寒冷异常。那是一个新年的下午，我和妻子吵架了，实在不想待在家里。于是，我从自己居住的湾区驾车到斯塔尔家，他家住在瓦列霍的弗雷斯诺街。我清楚地记得，是夏初的时候我帮斯塔尔搬到那里的，搬家的原因是斯塔尔被学校解雇了，问起解雇原因，斯塔尔哼哼哈哈地随便找了个借口敷衍过去了，其实我并不清楚真实的原因。

我们进了他的房间。当时他的房间是由一间只能停一辆车的车库改建的。不用往下走，地下室是后来的事情。只要走进去就行了。房间有3面外墙——前面和侧面各一扇窗户，后面有一扇小窗，靠里的卫生间也有一扇窗，能让光线透进来。当时刚过正午，除了他妈妈做饭的声音，我不记得听见过任何响动。斯塔尔读过很多科幻小说，那天他的桌子上放了一本1967年8月号的《真相与科幻》，正翻到杰克·万斯那篇长达15000字的小说——《来自十二宫的男人》。

斯塔尔和我一起去过几次旧金山东北部的树林，徒步旅行或者打猎。上次去打猎时，斯塔尔跟我分享了他漫长的、有时候甚至令人不安的话题——死亡。黑暗里，他的身影显得很巨大。当他在篝火旁滔滔不绝地讲述他的奇谈怪论时，他的双眼闪闪发光，他习惯采用“如果这样、如果那样”的谈话方式。在最后一次一起打猎时，斯塔尔曾经向我谈起过科幻故事，但是，他忽然把话题从科幻故事转向了完全无关的另外一个话题。他首先提起了打猎，然后又引向他在十一年级时读过的一个冒险故事——理查德·康奈尔的《最危险的游戏》，这本险象环生的经典小说讲述的是用弓箭和枪支在森林里捕猎人类的故事。

“你想过捕猎人类吗?”斯塔尔问我。

“什么?”我说。

“捕猎人类将是不错的游戏……如果这样……如果那样的话……”斯塔尔在黑暗中不停地打着手势，用他特有的语言，斯塔尔式的表达方式，就像描述一本他将要写的小说一样。他是一个强壮有力的人，他的身体仿佛钢铁般结实。斯塔尔习惯用自己的方式把人带入他的内心奇幻世界，我已经习以为常了。

切尼告诉探员们：“那天，斯塔尔的目光不停转向几天前他生日时得到的一块独特的手表。他先是给我看了那块表，我记得表盘里的齿轮上方有个独特的标志。他认为那是一块很好的瑞士表，于是我告诉他：‘这是一块质量很好的表。’事实上我并不认为那是一块非常好的表。”

斯塔尔开始谈论他的事业。他说：“是时候找份新工作了，我在考虑成为一名私人侦探，就像‘迈克·哈默’那样的神探。那将会很有趣。我在寻找不需要受雇于他人，自己就可以做的事情。”

切尼心想，这是因为斯塔尔工作总是碰到问题。切尼说：“你并没有受过这种培训啊，而且你也没有认识的客户群可以开展业务。”切尼对斯塔尔的想法并不感到吃惊，但是的确打心眼里觉得他的朋友并没有做好这样的准备。斯塔尔好像很清楚切尼的想法似的。

斯塔尔说：“好了，也许我可以通过成为一名罪犯来给自己创造业务，假如我是罪犯的话，我将会这样做。”

斯塔尔提议说，他可以在深夜里到情侣幽会的地方寻找受害人——把一个手电筒捆在枪管上，开枪射杀情侣们。他说：“我可以用电筒光作为瞄准器，这样就可以在黑暗里走过去用枪把他们都撂倒。这些射杀完全没有动机，所以想象一下吧，警察要破这些谋杀案将会有多困难。他们永远也抓不到我。我可以寄一些令人迷惑的信件给警察”——切尼小声地对阿莫斯和兰斯塔夫修正说：“也许他用的词是‘权威机关’。”——“用来骚扰并将他们引入歧途的信件。并且我会在这些信上署名‘十二宫’。”

切尼说：“‘十二宫’！为什么用那个名字啊？为什么不用别的呢？那听上去很傻。”切尼停了下来，对探员们补充说：“也许我用的词是‘孩子气’。我记不得了。无论我说的是什么词，很明显让他受了很大的刺激。他变得激动起来，非常激动，我很遗憾自己多嘴了。”

斯塔尔厉声说：“我不在乎你觉得怎样，我想了很长时间了。我喜欢‘十二宫’这个名字，这就是我将要使用的名字。是的，我将称自己‘十二宫’!”

当斯塔尔问他如何掩饰笔迹和如何化装掩饰自己时，切尼四处打量着斯塔尔的房间：到处堆着乱七八糟的纸和地图，靠墙的一排排有关飞行和航行的书籍，成堆的《疯狂》杂志。在这个阴暗的房间里，在那些堆得拥挤杂乱的东西中，切尼看到了斯塔尔的“鲁格”6发左轮枪和“哈林顿－理查兹”长管枪。切尼回忆说，“哈林顿–理查兹看起来有点老旧了，弹匣可以装9发子弹，那是我所知道的他的武器库里的全部珍藏了，但是有一次捕鹿的时候他的确从某处弄来了一支来复枪，以及两支0.22英寸口径的左轮手枪。”

12天之前，也就是1968年12月20日，在瓦列霍偏僻的赫曼湖路，十二宫用一支0.22英寸口径的J.C.希金斯80型半自动枪谋杀了两个少年。这是十二宫在北加州犯下的第一起为人所知的谋杀。凶手使用了温切斯特－韦斯顿生产的Super-X 0.22英寸口径铜覆膜长管来复枪子弹，这和1963年曾经在隆波克发生的双重谋杀中使用的是同一牌子。切尼补充道：“那天早些时候，他带我去了赫曼湖路，还指了指一条路边的岔道。他没有说这岔道有什么重要性，但我觉得那是两个孩子被谋杀的地方。”

斯塔尔谈及把一辆校车的轮胎射飞，然后瞄准射死那些“可爱的小宝贝们”。当“他们从校车上蹦蹦跳跳地下来时”，他将扫射他们。“就好像我们在谈论一本书的某个情节或者类似的事情似的，并不像是在讨论真实的事件。他有点时幻时真的。我们就是在进行那样的谈话。即使是在当时，这也让我有点不寒而栗。那是我最后一次见到他。我知道自己心想再也不要见他了。”

那天夜里切尼回到家里时，告诉他的妻子安，他的朋友“行事有些古怪”。切尼说，“那以后我很快就搬家了，我在洛杉矶有一个工作的机会。我搬家并不是因为斯塔尔，而是因为我找到了工作。”

房间里一阵沉默。探员们觉得切尼的话似乎足够合理，像是一个诚实的人可能会讲的事情。下午过得很快。探员们已经在这两人身上花了一个多小时。离开时，切尼和潘查里拉都提醒阿莫斯和兰斯塔夫：“他是一个非常聪明的人，但也是一个没有耐心的人。我们认为他一直都带着武器。”

两位探员回到坐落在十五街的总部，要求萨克拉门托的刑事鉴定调查局快点用电传向他们提供斯塔尔的“黄页”，也就是他之前的逮捕记录。在等“黄页”时，他们有时间来思考一些问题。斯塔尔向切尼发表那通评论的时间非常关键。按照阿莫斯的计算，这些话是在已知的北加州第一起十二宫谋杀发生几天后说出来的。另外，杀手称自己为“十二宫”的所有信件都是在斯塔尔和切尼的新年谈话之后寄出的。十二宫直到1969年8月4日（但是托斯奇和阿姆斯特朗的记录说是8月7日）才在寄给湾区一带报纸的3页信纸里给自己这名字施了洗礼。在那之前这个幽灵无形无名，不过是7月底寄出的3封信件和密码末尾潦草画上的一个带十字的圆圈。这一点毋庸置疑。潘查里拉也支持切尼的故事，并且两人似乎都是正直、敏锐而可信的。他们的话就像《圣经》福音一样。如果他们说的是真的，那么罗伯特·霍尔·斯塔尔必定就是臭名昭著的十二宫。

阿莫斯和兰斯塔夫考虑了两个当地人可能有的撒谎动机。他们花了这么长时间才把这些说出来，让探员们甚为不解。十二宫的威胁已经存在多年了。之前1970年11月16日《洛杉矶时报》头版头条的新闻“十二宫涉嫌河岸县谋杀”没能把这两位朋友引出来。基于某些理由，最近的一封信刺激了他们。

4个月以前（也就是1971年3月13日），这位“密码杀手”从与旧金山隔湾相望的阿拉梅达县一个沉睡的小城普莱森顿给《洛杉矶时报》写信。如同他一贯的作风，十二宫多付了邮资——两张倒贴的罗斯福头像的邮票。按照他的老规矩，他在信封上用大字写着：“请速交编辑。”“航空邮件”字样占据了信封三分之一的空间。十二宫是一个非常没有耐心的疯子。他的信占据了《洛杉矶时报》头版的大部分——好像宣战一样用了加粗的黑体大字。

他总是这样开头：“这是十二宫发话了！就像我一直说的，我是毫无破绽的。如果这些蓝色怪物想要抓住我的话，最好挪动他们的肥屁股有点行动。因为他们越是只放空屁无所事事，我就越将为我的死后收集更多的奴隶。我的确不得不表扬一下他们，他们发现了我在河岸县的活动，但这只是容易的，别的地方还有很多呢。我给《洛杉矶时报》写信的原因是我不想他们把我和其他一些人一样，埋在后面版面某个不起眼的地方。”在信的末尾，他列出了一张个人成绩表："旧金山警察局 -0"，"十二宫 -17"。

也许近日媒体的某样东西，可能是某个显著的词语，提醒了切尼和潘查里拉。十二宫用了"蓝色怪物"这个词，阿莫斯猜测指的是警察。"只放空屁无所事事"这种奇怪而粗鲁的表达方式，在密苏里、宾夕法尼亚和得克萨斯的拉伯克等地区广为使用。海员和水手都会这么说。也许作为前海军战士的斯塔尔也这么说。但是切尼说斯塔尔不这么说，不过他想起他的朋友经常说"按我的意愿行事"，这是十二宫在一封信里用过的一个流行术语。一开始的时候，十二宫隐瞒了他与南加州谋杀之间的联系（优哉游哉地准备晚些时候再利用这一点）。到此为止他的行动都还是可预测的——想要警察相信他是按照自己占星推算的日程活动，并且喜欢到与水有关的地方实施谋杀。之后，他不知疲倦地写信给《纪事报》，夸耀自己的暴行，并且向警察挑衅。但是写信给洛杉矶的报纸改变了他一贯的模式。为什么呢？也可能他曾在南部犯了个错误。也许他打算用写给《洛杉矶时报》的信来警告那里仍然记得他的人们。如果他真是这么打算的话，那么这封信的实际效果正好相反。

这封信恰好提醒了切尼，第一次吸引了他的注意力，让他看到了有关十二宫的合成画像和身体特征描述。某种东西使得切尼未能克服害怕立马站出来。有没有可能是这二人之间存在敌意，所以切尼才来指控斯塔尔呢？至少潘查里拉应该不属于这种情况，因为他知道是什么提醒了他。潘查里拉说："突然之间，十二宫开始给我们附近的《洛杉矶时报》写信。这本身并没有什么，但是我怀疑斯塔尔是作者，而切尼则是非常怀疑。斯塔尔符合我有关十二宫的所有想法。十二宫应该非常聪明，和任何类型的权威人士之间都有很多问题。斯塔尔是一个非常聪明的人，但也容易感情用事。"潘查里拉觉得斯塔尔在每一方面都符合有关十二宫的描述。在给《洛杉矶时报》写信之后 10 天，十二宫又故技重演，寄了一张 4 分钱的明信片给《纪事报》，上面贴了一张画着林肯的邮票，邮票上的林肯低着头，仿佛在默哀一般，对面的人则在冰雪覆盖的森林营地里挖着地。"不要埋葬我"的字样似乎暗示十二宫生活中的某个人去世了。到 5 月时，这个疯子很具有讽刺意味地打电话请求帮助——请求在他杀更多人之前阻止他。

按键断断续续的咔嗒声和电传电报机持续的响声打断了探员们的理论分析。阿莫斯把刑事鉴定调查局的报告放在几小时前让他们闻风而动的黑色电话机旁边。打印出来的材料提供了基本的事实：文件号 131151/ 社会安全号 576-44-8882；出生日期，1933 年 12 月 18 日——未婚——与母亲同住在北加州。兰斯塔夫注意到从 1958 年到 1964 年之间一连串的工作申请记录，其中包括："未 / 已注册人员，沃森维尔公立学校。"还有一次被捕记录："1958 年 6 月 15 日，瓦列霍警察局逮捕证号 60278，扰乱治安，1958 年 7 月 8 日结案。"没有正在执行的追捕令。阿莫斯通过打电话逐渐增加了一些数据。他了解到嫌疑人斯塔尔的家里人还是有点钱的，他的父亲曾是一位多少有点名气的海军飞行员，3 月刚刚去世——正是在那时，已经 5 个月未写信的十二宫又开始写信了。

而斯塔尔不是没有可能到过南部波莫纳以东的河岸县某个大学生被谋杀的现场的，他可能到这里探望他正在上大学的弟弟罗纳德，还有切尼和潘查里拉。罗伯特·霍尔·斯塔尔曾在 20 世纪 50 年代晚期和 60 年代早期就读于位于圣路易斯奥比斯波县的卡波利学院，想成为一名小学教师，甚至曾在大学北边的阿塔斯卡德罗州立医院教过心理失常的刑事罪犯。兰斯塔夫收集了一些新信息，写了一封信寄给了旧金山湾区——斯塔尔曾在那里居住、工作和捕猎过。

1971 年 7 月 19 日，星期一

兰斯塔夫描述潘查里拉和切尼质疑的信件送到了阿姆斯特朗和托斯奇所在的坐落于布莱恩特街的总部。尽管外面夏日阳光强烈，但司法大厅却是一座巨大而寒冷的建筑——面积达 750000 平方英尺，有 885 个房间。早晨的阳光照耀着外墙上的金色大字"给所有人同样的正义……"送信人拿着信通过了金属探测器和带枪的保安，进了一部电梯到了四楼——凶杀和性犯罪分部就坐落于此。他停在了一扇门前，门上的磨砂玻璃用黑漆写着"454 房间"。门上有个手工制作的铭牌："城市动物园。"他看到里面的房间非常大，地板锃亮，竖立着灰色的文件柜，摆着木头的桌子。兰斯塔夫的这封信最终到了旧金山联邦凶杀案调查员约翰·麦克纳的桌上。

聪明博学的麦克纳以前曾是一位银行家。他已经和探员阿莫斯通过了电话，得知会有这样一封信。这会儿他正热切地审视着这封信，然后给切尼打了电话，"我们想要你设法获得斯塔尔的笔迹样本，任何获得的样本或者新的信息都直接寄给调查员托斯奇。"次日，托斯奇的搭档比尔·阿姆斯特朗打开了从曼哈顿海滩警察那里来的第二封信。这封信提供了更多更有吸引力的细节。脉搏开始加速跳动。墙上的老式黑钟似乎也滴答得更快了。

世界知名律师梅尔文·贝利很晚才从剧院回来，打开了自己在蒙哥马利街那间华丽的办公室。在蒂芙妮台灯温和光线的笼罩下，他的阔脸显得忧心忡忡。"胜诉之王"在想着十二宫和自己的朋友戴夫·托斯奇。托斯奇从未忘记他和这位律师第一次会面的情形。托斯奇回忆道："电梯门一打开，就看见十几个电视台的人和记者围在那里，然后贝利走了进来，头上斜戴着一顶黑色的帽子，帽檐一边紧靠右耳，一件长长的黑色羊毛衫外套从肩上垂下来。我从来没有见过那么长的围巾，至少要到他的膝盖，因为那围巾在他脖子上绕了十几圈。我告诉助理地方检察官：'大人物到了。'这是贝利在作秀，进入挨肩擦背的法庭以后，他可能要花几分钟的时间来解下那条不可思议的长围巾。"

十二宫在1969年圣诞节前夕给这位满头银发的律师写信威胁道："学校里的小孩子是不错的攻击目标，我认为我应该在某天早晨毁掉一辆校车。"贝利回忆说："1969年，旧金山的报纸充斥着对十二宫个人犯罪的报道热潮，这个不折不扣的疯子在湾区情侣幽会的地方攻击了3对情侣，还攻击了一个出租车司机。他将其中5人杀死，并在犯罪现场留下了他的标志。1969年10月13日（斯塔尔和切尼讨论22个月以后），十二宫威胁说要射飞一辆校车的轮胎，然后'干掉那些从校车里蹦蹦跳跳出来的小家伙们'。警察开始保护校车，一些父母用自己的车送孩子去学校。公众都要发疯了，警察们找到十二宫的压力非常之大。"

基于某些理由，十二宫不仅在他的信里提到贝利，而且不止一次地打电话给他。从某种扭曲的意义上讲，或许是崇拜贝利在法庭上派头十足的声势（这种声势仅次于他自己），或许假定贝利也许能给他提供一根救命稻草。贝利曾经为米基·科恩（美国黑帮传奇人物）和杰克·鲁比（美国夜总会经营者，曾被指控谋杀了刺杀肯尼迪总统的疑犯李·哈维·奥斯瓦尔德）辩护。此刻，贝利沿着一架硬绳梯爬到了起居室里他那张15英尺高的独具特色的床上。他睡得很不踏实，无法逃脱这样一种想法：自己实际上掌握着可能破案的线索。

1971年7月22日，星期四

旧金山探员们未能让切尼搞到斯塔尔的笔迹样本。切尼在很久以后告诉我："我没有任何途径，阿姆斯特朗多少有点暗示，问我能不能写封信给斯塔尔，看他会不会给予某种答复？如果那时候我还是单身的话，我会做任何他们想要我做的事情，但是我有妻子和两个小孩，我不想招来任何的危险。他只要查一下电话簿就可以找到我了。"

接下来，司法部向斯塔尔曾经教过学的峪泉镇小学的地方学监弗兰克·英格利希博士要斯塔尔的笔迹样本。英格利希博士立即答应了，斯塔尔的笔迹样本被紧急送到了旧金山警察局。托斯奇开车亲自把检验笔迹的申请送到了位于萨克拉门托的刑事鉴定调查局的梅尔·尼古拉手中。尼古拉很快把样本交给了该署的一流文件检验员舍伍德·莫里尔。这位学者型的分析家在把样本和十二宫的信件比对了以后，在下一个周四向尼古拉进行了报告。尼古拉的老板，也就是该署的领导A.L.科菲于同日给旧金山警察局写了信。

科菲如是说："随函所附为罗伯特·霍尔·斯塔尔的笔迹样本，舍伍德·莫里尔比较了所提交文件上的字迹以及十二宫信件中的字迹，认为它们不是由同一个人所书写的。"调查员们退回了斯塔尔的最初申请，它们又神不知鬼不觉地被放回到了斯塔尔的就业档案里。这个挫折并没有阻止旧金山的探员们。十二宫是他们经历过的最为聪明的罪犯。他应该知道如何伪造笔迹，以及如何对付莫里尔。答案一定是那样的。他们不顾一切地往前，因为激动而不注重细节。

1971年7月24日，星期六

1970年，探员威廉·贝克加入了圣巴巴拉县治安官办公室重案组，被分派负责几起未破的疑案。其中一起是在一个偏僻的海滩发生的双重谋杀，被害人是隆波克高中的两个高年级学生罗伯特·乔治·多明戈斯和琳达·费伊·爱德华兹。贝克告诉我："该案发生7年以后我接手了它，几个曾经负责该案的调查员仍然活跃在工作岗位上，所以我利用了每一个可能的机会就该案去麻烦他们。"一天早晨，贝克偶然见到了十二宫于1970年10月27日寄给《纪事报》的一张万圣节明信片。这个杀手画了一个神秘的"裁缝十字（Sartor Cross），"就是将两个词语——"奴隶(Slaves)"和"天堂(Paradice)"交叉成一个十字。但是，十二宫还在明信片的两面都写了其他的字。这些字吸引了贝克的注意。杀手很整齐地写着，"用绳、用枪、用刀、用火"。而绳、枪、刀和火都曾是贝克那起未破案件的组成部分。

他说："我立即在全州范围内发出了一份电传，询问有没有相似的案子，很快，比尔·阿姆斯特朗和梅尔·尼古拉相继给我打来电话。长话短说，两人都告诉我，基于我所提供给他们的描述，很可能十二宫应该对该案负责，我们的案子可以联系起来。但是，和其他归责于十二宫的案子比起来，我们的案子有不一样的地方，我们的被害人是在星期一被杀的。虽然我们不清楚谋杀是不是在黄昏或者更晚的时间发生，但是从死者所穿的游泳衣来判断，不太可能。"贝克利用每一个可能的机会调查多明戈斯和爱德华兹案。他前面的路还很漫长。他开始出差，和大多数探员们都进行了谈话，这些探员负责的地区都发生了可能与十二宫有关的案件。

1971年7月26日，星期一

调查员阿姆斯特朗也在旅途之中。这位相貌英俊、满头银发、面部线条硬朗、有着坚毅下巴的调查员来到了托兰斯，并且和科学原动力公司的切尼以及潘查里拉联系上了。潘查里拉回忆道："来了这样一个相貌堂堂的人，简直就像给联邦调查局做广告一样，但是作为警察还是很敏锐的。"阿姆斯特朗把阿莫斯和兰斯塔夫曾听过的故事又听了一遍。切尼准确无误地重述了一遍他和他朋友的谈话。但是不满足的阿姆斯特朗开始追问了："切尼先生，有没有可能你读了一些有关十二宫谋杀的新闻报道，然后把这些报道和你跟斯塔尔的对话联系起来了？"

切尼回答道："情况不是这样的，我记得谈话的内容和时间。我也记得我对他说的话的反应。我可以就此在法庭作证。"阿姆斯特朗无法就谈话发生的时间从切尼身上找出破绽。背景调查表明，切尼于1934年4月25日出生在贝克斯菲尔德，1959年秋天至1964年冬天曾就读于波莫纳的卡尔波利学院，想成为一名机械工程师。他目前与妻子和孩子居住在波莫纳。他没有犯罪记录。

阿姆斯特朗接下来和切尼的老板兼老朋友桑迪·潘查里拉进行了谈话。潘查里拉也曾经在波莫纳的卡尔波利学院就读——1961年秋天开始，1964年春天毕业，获得了一个电子工程的学位。潘查里拉对于切尼的评价是"一个非常实在的人，不会夸大其词，也不会撒谎。也是一个有条不紊、考虑问题逻辑严密的人"。之后斯塔尔的弟弟和弟媳也证实了切尼的可靠性。斯塔尔的弟弟罗恩说："如果唐·切尼是那样跟你讲的，我相信他讲的一定是真的。"阿姆斯特朗赶快返回旧金山把最新情况反馈给托斯奇。

阿姆斯特朗和托斯奇煞费苦心地寻找切尼这么做的根本动机。托斯奇问道："如果不是真的的话，他为什么要向警察做这样的陈述呢？"在十二宫给自己命名很久之前，斯塔尔就称呼自己十二宫，并且列出了作案的方法和谋杀的动机，这是非常容易让自己显得有罪的。这和"开膛手杰克"不一样，因为他的名字很可能是拜哪个伦敦记者所赐，而十二宫却是自己选择了这个绰号。凶杀案探员们认为，如果切尼和斯塔尔的谈话是真的，那么斯塔尔就一定是十二宫。那该如何解释为什么切尼拖了这么长的时间才向警察透露这一切呢？一段时间以后，切尼解释了他为什么突然想起了那个命中注定的1969年新年他和斯塔尔之间的谈话。

切尼告诉我："离开大学以后，我在旧金山的G.J.亚马斯找到了一份工作，在那里待了一两年。后来，住在康科德时，我有段很不成功的卖保险的经历，之后我搬回了波莫纳，开始在福陆公司工作。一天晚上，斯塔尔的弟弟罗恩和弟媳卡伦在我位于南加州的家里吃晚饭。我们围坐在厨房的桌子四周闲聊，卡伦谈起了斯塔尔穿着西服去参加一个粉刷聚会的事情。罗恩也被邀请了。罗恩和哥哥都参加了这个聚会，斯塔尔就是那个穿着西服的人。卡伦想用这个例子说明斯塔尔是如何地不适应社会。她就此事不停地嘟囔。她有点害怕她的大伯子，因为她知道他并不是那种俯首帖耳服从这个世界游戏规则的人。基于她在社工领域所受的教育，可能对这一类事情感触比较多。

“某天早晨，我正在福陆公司被称为‘工作队中心’的新餐厅里吃早餐。那时我在公司已经待了三四个月了。我的小舅子，罗恩·埃伯索尔，拿着张报纸指了指上面的一张合成画像。‘这看起来像你的朋友。’他说。我看了看，那张合成画像画的简直就是斯塔尔——除了头发不一样，并且没有戴眼镜以外。罗恩是福陆唯一之前见过斯塔尔并有可能认出他的人。我说：‘是的，看起来的确像他。’但是我并没有多想。”

这个素描独特的地方在于它并不是在伯耶萨湖或者旧金山作案的十二宫的合成画像，而是一幅托斯奇和阿姆斯特朗从未见过的素描。切尼继续道：“我的小舅子把报纸递给我，我读了那篇文章，那时我已经忘记了我和斯塔尔谈话的关键细节——那就是他将称自己为十二宫。我甚至在偶尔看到关于十二宫的报道时也没有记起这一点。我想，那个素描只是一个巧合，但是几个月以后(1970 年 11 月 16 日)，我看到《洛杉矶时报》登载的有关十二宫要射飞一辆校车的轮胎，并且射杀从上面蹦蹦跳跳下来的孩子，这是斯塔尔曾经跟我说过的。我知道这不可能只是巧合。我无法说服自己。那就绝对是开窍的时候了。然后我想起了他说过的每一件事。我又过了一年才给警察打电话。1969 年到 1970 年我在福陆工作。我们完成了一个大的合同，然后他们解雇了很多人，所以有大约一年的时间我在拉文的一个大型造纸厂工作，离我家只有几英里远。我没有立即和旧金山的警察谈话，我花了一些时间考虑了一下。我无法回避这不可能是巧合这一事实。那个引用实在是太具体了。1971 年发生在格拉斯瓦利的谋杀让我的怀疑变得清晰了。因为那时候我住在波莫纳，便去了波莫纳警察局，和一位警察进行了面谈。我在那儿待了一个小时，以为这样就履行了我对此事的责任，但是什么事情也没有发生。很明显我告诉他的从未被报告给上面，因为他们收到了成千上万的线索。此后，1971 年桑迪·潘查里拉叫我到科学原动力公司来为他工作。我们一直都是好朋友。然后有一天大家又提起了斯塔尔，我终于把自己的怀疑告诉了桑迪。之后，罗恩来到了托兰斯，我们仔细探讨了我们的担忧。讨论之后，我们决定采取一点行动。‘我看警察基本上忽略你了。’桑迪说。他是个‘真正能主持大局的人’。我从未跟曼哈顿海滩的警察联系过，但是基于某些理由，他们那天下午对我们提供的线索做出了反应。”

潘查里拉后来告诉我：“唐不停告诉我这个故事，并且他还说：‘没有警察会接我的电话的。’我说：‘狗屎！让我们这就打电话。’就是这么开始的。唐在努力，但是没有人认真对待他。他并不是一个很强势的人。托兰斯有位叫阿莫斯的警察，我知道如果我给他打电话的话，也许事情可以有所进展。‘我知道你们会接到很多有关谁可能是十二宫的疯狂电话。’我告诉他。然后阿莫斯给旧金山打了电话，问谁负责该案，他们把他转给了调查员比尔·阿姆斯特朗。阿姆斯特朗建议说：‘让当地警察局给我们一个报告。’然后阿莫斯给我们回电了。‘来这里和我们谈谈吧。’我说。”

此时，在瓦列霍，另外一名调查员正在快速地成为研究十二宫的专家——他就是探员乔治·伯阿特，一个矮壮、强有力的男人，像寻血犬（一种大的警犬）一样不屈不挠。伯阿特后来告诉我：“切尼已经和潘查里拉谈起过他的怀疑，那时候切尼和斯塔尔还是朋友。然后他和斯塔尔不再是朋友了。有一种猜测说斯塔尔可能对切尼的女儿过于友好，切尼因为这个中断了和斯塔尔的关系。我担心这就是他可能编造一个故事的原因。我并不是真的很相信测谎仪，但是我们之后在华盛顿州对切尼进行了一次测谎，理由之一就是上面所说的原因。华盛顿州的警察给切尼测谎，而他通过了。他说的是真话。我倾向于同意测谎的结果，因为潘查里拉和切尼都声称，在切尼和斯塔尔关系恶化之前，切尼已经向潘查里拉委婉地提起过这一事件。”

1967年中期，斯塔尔和切尼、切尼的妻子，以及切尼才两三岁的女儿一起到峪泉镇附近的莫凯勒米宿营并且钓鱼。切尼的女儿过来跟她父亲说，“爸爸，鲍勃（对斯塔尔的昵称）叔叔摸了我的屁股。”切尼注意到女儿并没有烦乱或者痛苦，没有理由相信斯塔尔真的做了那样的事情。但是，从那一刻起，切尼再和他的朋友在一起时，就不再带他的家里人了。有消息称：“之后一年半他和斯塔尔还是朋友，当然他女儿不可能很好地表达自己。如果切尼生气了的话，他不可能之后这么长时间还和斯塔尔保持朋友关系，对吗？毕竟之后很长时间他们还是伙伴。”

1971年7月27日，星期二

旧金山警察局凶案组的埃利斯中尉把阿姆斯特朗和托斯奇的发现告诉了瓦列霍的探长杰克·穆拉纳柯斯，并提醒他两位调查员可能会很快来访。在穆拉纳柯斯接手蓝岩泉谋杀案及对十二宫的调查时，他的上司，杰克·E.斯蒂尔兹曾经作过一个评论。斯蒂尔兹痛心地说：“十二宫不停地给我们线索，向我们挑衅，没有表现出丝毫的悔过心理。他是一个惊悚杀手，是我多年执法工作中碰到的最为危险的人物。”穆拉纳柯斯表示同意。大家都知道穆拉纳柯斯是一个会因为嫌疑人而头脑极度发热的人，当他扫了一眼旧金山警察局所了解到的信息时，立刻血脉贲张。他首先想做的事情就是尽可能多地了解十二宫的真实外貌特征，并和新的嫌疑人进行比较。

他想：现在十二宫的描述在哪里呢？这个两年前的通告，编码 90—69，案卷号 696134，埋藏在更新的通缉令底下，仍然钉在布告牌上。通缉海报上不是一个，而是两个十二宫的合成画像。这一点本身很不同寻常，穆拉纳柯斯想。一些新的信息使得警察改变了对十二宫的描述。曾目击在旧金山普雷西迪奥附近发生的出租车司机与学生保罗·李·斯泰恩谋杀案的 3 个少年起初估计十二宫是一个“理着平头的红发或者金发的白人男子，年纪在 25 岁到 30 岁之间，戴眼镜”。

第二张传单如是说：“作为 1969 年 10 月 13 日 87—69 号布告的补充，我们收集了更多的信息，为被称为‘十二宫’的谋杀嫌疑犯修改了画像。”一份调整过的书面描述现在认为十二宫的年纪大约在 35 岁到 45 岁之间。他“身体粗壮，大约 5 英尺 8 英寸高。棕色短发，可能带一点红色”。穆拉纳柯斯查看了斯塔尔的特征记录。他是一名白人男性，有浅棕色的头发，清澈的棕色眼睛，37 岁，重约 230 到 240 磅。穆拉纳柯斯注意到斯塔尔的身高是 5 英尺 11.75 英寸——几乎 6 英尺高——比通告的估计高了 4 英寸。穆拉纳柯斯考虑到那些孩子是从二楼窗户往下看的。这些孩子还注意到十二宫不惜浪费宝贵的时间，撕下死去的出租车司机的衬衫一角，并且继续花费更多的时间绕着出租车擦拭它，明显是想让那块布浸满鲜血。

托斯奇解释说：“十二宫自己也应该满身是血。当头部受伤时，一个人也许会或者不会流很多的血。如果流血不多，那是因为肿胀的大脑堵塞了弹孔。而保罗·斯泰恩的情况不一样，子弹飞行的轨迹将血管撕裂得很厉害，并且破坏了他头部的一根主要血管。他死于右耳前的（枪口紧贴皮肤）一处致命枪伤。这种类型的伤口通常会破坏头部和大脑的很多血管，造成大面积出血。证人看到，十二宫在斯泰恩身上摸索时，把他的脑袋放在了自己膝盖上，所以，当十二宫逃跑时，他的身上应该有很多的血。”

两个里士满区的巡警，来自里士满警察局的唐纳德·A. 福克和埃里克·泽姆兹，在 1969 年 10 月 11 日哥伦布日那个狂乱的夜晚看得更清楚一些。十二宫总是以他最为邪恶的行动来为节假日做上记号。

当十二宫笨拙地往北面树林密集的普雷西迪奥走去时，福克和泽姆兹在黑暗里碰到了他。十二宫后来声称，自己狡猾地骗得两个警察朝相反方向离去，然后全速跑过朱利叶斯·卡恩操场，在莱特曼医院附近消失了。十二宫的侥幸逃脱一再地激怒旧金山警察局。托斯奇说："我非常为福克警官感到难过，他害怕自己会挨批评，那就是为什么他等了那么久才说出来。我安慰他：'为什么他们要批评你呢？不，你来报告是对的。这件事情迟早会被知道的，因为我们听了通话录音，我们试图了解里士满警察局的哪个小组在该区域巡逻。我们想跟他们谈话，问问他们是否摸过那辆出租车。我们必须知道谁在那个区域。最终，他们过了很长时间才说了出来。这多少有些令人泄气。

"警车那天晚上收到的信号断断续续的，老是停顿。在那个区域的巡逻小组不停地说：'几个嫌疑人？几个嫌疑人？'接线员们没有反应。他们告诉警察们，'准备——我们在应对几个少年——准备好！'这些孩子都吓僵了，争先恐后地对着电话里叫唤。接线员试图了解嫌疑人究竟是何长相。他们在转述位置，'被害人在救护人员到达时已经死亡……救护车回复……我们在努力获取对嫌疑人的描述……'他们说了几次'我们在应对几个少年'。无线电通讯警车里的警察想去抓人，问道：'嫌疑人是什么样的啊……我们听到啦……我们很接近……我们在阿圭洛（阿弗纽）大道……嫌疑人是什么样的啊？'

"最终，电波那头某个人错误地指出嫌疑人是黑人，完全误导了福克和他的搭档。信号非常嘈杂，因为每个人都以为是某个出租车抢劫犯搞过头了。杀手应该是步行的，不幸的是，有几个字巡警没有听清楚，并且把白人男性说成了黑人男性。他们现在假定嫌疑人是黑人男性。然后——'纠正……我们现在有进一步的信息了……白人……短发、戴眼镜、粗壮、大肚子、身着黑色或者蓝色防风夹克……宽松裤子……携带手枪……要小心，嫌疑人非常危险，如果靠近嫌疑人的话一定要小心。'但是中间我们损失了宝贵的几秒钟或几分钟。真是让人热血沸腾啊。我想起来感觉就像上个周末发生的一样。

"事后，我决定去找接电话的人谈谈。他说：'该死，戴夫，两三个听上去像青少年的孩子在不停地尖叫。一开始我以为他们受伤了。我试图平静地谈话。他们不停地说："我们的父母快回家了……这个司机看上去已经死在出租车里了，出租车里有盏灯亮着，他们在打架。噢，请快点来，请快点来！"我不停地告诉他们："待在屋里。"他们听从了。你知道那些警察多着急要无线电信息。我们尽了我们最大的努力，但是当你面对的是孩子时……我自己有孩子我知道……他们害怕得要死，他们知道出问题了，他们可以看到这个司机的尸体躺在出租车旁边，车门开着。'

"里士满警察局小组和帕克警察局小组都回应了。他们都知道朱利叶斯·卡恩操场在那里，并且知道那里属于普雷西迪奥。如果他跑到那里面去了，我们很可能就找不到他了。福克和泽姆兹必须从阿圭洛右拐往北走，然后到华盛顿大街。他们很可能是唯一在那儿的小组，我确信他们实际上见到了十二宫。福克是比泽姆兹资深一些的老警官。作为资深警官，福克驾驶着警车，更清楚地看到了这个陌生人。很明显泽姆兹并没觉得有任何问题。如果无线电信息没有误报的话，福克很可能会对这个陌生人有所怀疑。事情发生得太快了。在那一刻你并不知晓，三天以后你才意识到，原来你面对的是这个国家最为危险的连环杀手。

"消防队在那之后很久才到。其实我们所需要的不过是他们那些能够消除烟雾的特别行动组搜索探照灯而已。从阿圭洛上山来的部队开着安装了探照灯的卡车。我们已经查看了每样东西，我告诉吉姆·柯肯德尔和鲍勃·达吉兹：'把出租车移走。尸体已经抬走了。'邻居们也开始想来凑热闹了。我不得不要求两三个穿制服的人：'伙计，请不要让任何人靠近出租车。'我让达吉兹跟随拖车到了司法大厅。他们把出租车扣押起来，次日早晨开始仔细检验它。"

警察们修改过的十二宫的第二幅素描把他画得脸更圆，年纪更大些。但是一份修改过的书面描述从未被添加到追捕通告里去。其中包含了福克在 1969 年 11 月 12 日，也就是枪击发生后一个月提交的一份重要的部门间备忘录。福克更为准确的描述就这样无精打采地混迹于旧金山警察局有关十二宫的八抽屉的档案里。这一描述至关重要，在此全文引用：

先生们：

我特此满怀尊敬地报告如下：

在针对樱桃街和华盛顿大街附近的情况赶赴现场时，福克警官观察到了一个符合十二宫特征的嫌疑人，他沿着杰克逊街往东走去，然后在枫树街往北走了。这个人没有被拦截下来盘问，因为对讲机里传达的嫌疑人是一个黑人男性。当正确的描述传达以后，报告的警官立即通知总机，说一个嫌疑人已沿着枫树街往北而去，进入了普雷西迪奥，也就是朱利叶斯·卡恩操场一带。搜索由此展开，但是并没有找到嫌疑人。福克警官注意到的嫌疑人是一个白人男性，年纪 35～45 岁，大约 5 英尺 10 英寸高，180 到 200 磅重。中等偏壮身材、胸肌发达、中等肤色、浅色的头发，后面有些灰白（也可能是灯光造成的）。平头、戴眼镜，穿着深蓝色齐腰长的带拉链的夹克（海军蓝或者宝蓝）。有弹性的袖口和腰带，拉链拉上去一部分。后面带褶皱的棕色羊毛质地的宽松裤子（铁锈色）。可能穿着低帮鞋子。嫌疑人大步疾行，显得不慌不忙，身体微微前倾。嫌疑人的外貌总体特征：有点像英国威尔士人的后代。那天夜里我的搭档是警号为1384的里士满警官E.泽姆兹。我不知道他是否也注意到了这名嫌疑人。特此提交。

唐纳德·A.福克巡警，警徽号码847

托斯奇告诉我："我记得福克警官告诉我们，我们最初根据那些孩子们的描述而制作的合成画像距离准确甚远。在凶案组，追捕通告改成了'5英尺11英寸高'。并且说十二宫是圆脸，体型更壮。想想福克的口头描述，像一个大猩猩似的'笨拙地'朝前走，上帝啊。"几年过后，福克对十二宫体重的估计上升到了230～240磅，对身高的估计定在6英尺或者6英尺1英寸。他最终记起所谓的低帮鞋其实是某种工程人员穿的高帮鞋，夹克有些肮脏。他对一个电视节目制作人说：'十二宫用不疾不徐的步伐向我们走来，看到我们之后，他转身走进了杰克逊大街上的一处私人住宅。'"

托斯奇不同意。他说："十二宫消失在公园某处的树丛里，是福克曾经说过的，而不是什么住宅，根本就不是。福克估计看到他的时间不超过5到10秒。我们感觉泽姆兹和福克其实曾经拦下了十二宫，但是努力想隐瞒这一点，以免他们被警察委员会伤害，或者面临尴尬处境。我记得我曾经跟唐·福克在一旁聊了几句。他的眼睛看上去异常疲惫。他说：'上帝啊，大卫，我的上帝，就是他。'我说：'是的，就是他，但是他可以轻而易举地杀了你。如果你毫无准备地从车上下来，他可以把你和泽姆兹都打飞了。你必须考虑到这点。'我们让他们描述了嫌疑人的外貌特征，把我们的素描专家叫去，画出了合成画像。"

乔治·伯阿特后来告诉我："90年代的时候，我和那两个警官当中的一位进行了面谈，他仍然在为旧金山警察局工作，另一位已经去世了。他负责青少年犯罪或者类似的事情，并不太乐意接受采访。也难怪，这并不是他职业生涯的亮点，他不想多谈。"

瓦列霍探员约翰·林奇也对十二宫差点可以被捕获这一点深感懊恼。他告诉我："我听说事情是这样的，当他们正在跟他谈话的时候，无线电呼叫说被追捕的是一个黑人男性，然后他们就让他走了，这人消失在普雷西迪奥。我不太相信嫌疑人满身是血。你知道的，在谋杀出租车司机这样的案子里，你可以打赌，警察一定是拿着枪从他们的警车里出来的。警察一定会这样做的。他们等了这么长的时间才告诉他们的头，他们一定是被整个事件给吓住了。"

12天之前可能发生过一次斯泰恩枪击案的演习。1969年9月30日晚上11点钟，黄色出租车司机保罗·霍姆在马克·霍普金宾馆拉到了一个客人。这位乘客要求载他到华盛顿大街与洛克斯特街路口，离华盛顿大街与樱桃街路口只有3个街区。在到达目的地以后，他要求霍姆继续沿着华盛顿大街开到阿圭洛大道，然后沿着华盛顿大街朝北开进了普雷西迪奥儿百码。突然，他掏出一支长枪管的左轮手枪，抢劫了霍姆的35块美金。被迫钻进后备箱的出租车司机请求抢劫犯不要杀他，后来被医务人员解救出来，没有受到伤害。在斯泰恩谋杀案发生以后，马蒂·李警长，基于“两起涉及出租车司机的案件惊人相似的动机”，得出结论说他相信抢劫犯是十二宫。《纪事报》也是这么认为的。《纪事报》声称：“在世的最幸运的人质，被十二宫要挟走了一程，但还能活着讲述自己的遭遇。”但是有一个地方有出入，无法解释。霍姆的抢劫者“只有24岁，约135磅重，有着黑色的头发和眼睛，身着蓝色的粗棉布夹克和深色的休闲裤”。但是十二宫杀手无疑是一个更为粗壮、年纪更大的人。难道十二宫有一个更为年轻的帮凶来帮他侦查地形，为斯泰恩谋杀案进行预演？这是答案吗？

穆拉纳柯斯将永远不会看到旧金山警察局的内部通讯以及对十二宫身高体重上限的估计。他把错误的杀手外貌追捕通告换了上去，有一种不舒服的感觉，觉得这和新的嫌疑人并不符合。这位瓦列霍探员也一直不知道斯塔尔大步走的时候其实行动有些古怪。斯塔尔的朋友后来告诉我：“他走路的时候非常笨拙，他有一个有趣的屁股（他的一条腿在1965年的8月被严重割伤，不得不施行了整形外科手术）。”一个共同的联系点就是有关十二宫非同寻常的圆脸的描述。我问一个护士：“有没有可能，十二宫浮肿的圆脸是因为健康问题所导致的体内积液过多？例如肾功能差？”她回答说：“是的，很可能。”

穆拉纳柯斯随后得知，嫌疑人曾在1958年6月15日因违反加州刑法典第415条扰乱治安罪而被逮捕。这在他的记录里不过是一个小的污点，但是对以后却有灾难性的影响。当穆拉纳柯斯看完整个档案夹时，发现斯塔尔曾是其他几起事故的受害者或者证人。另外，有人怀疑他和孩子们有不正当的关系。

“不是一个好孩子。”穆拉纳柯斯想。穆拉纳柯斯想要在“十二宫双子”——媒体如此称呼阿姆斯特朗和托斯奇——到来之前做好准备。他打电话向刑事鉴定调查局索要了更为详细的刑事犯登记表，然后又打电话给汽车监理所，要了一张照片。“苏珊，我要的是加州驾照B672352号。”他向苏珊·拉斯皮诺重复道。当她处理他的要求时，他离开办公室去看斯塔尔和他的寡母共同居住的房子。那天比较凉爽。穿过金门海峡的盛行风让这个小城比湾区的其他城镇冬天暖和些，夏天凉爽些。穆拉纳柯斯在田纳西街上拐弯，很快到了弗雷斯诺街。

斯塔尔家位于弗雷斯诺街东边，门前停着一辆1957年产的蓝白色福特轿车，车后还勾着拖船，引起了穆拉纳柯斯的注意。他放慢车速，匆忙记住了那辆福特车的车牌号：LDH 974。汽车监理所确认该车登记在斯塔尔名下。他还拥有一辆两座的大众奥斯汀·希雷和一辆白色的别克车。一条车道通向一座独立的双门车库，门口停着一辆1965年产的白色奔驰220SB。穆拉纳柯斯已经知道，嫌疑人之前曾是哈利·沃根汽车服务站的一名工作人员。那样一份与汽车修理有关的工作会让斯塔尔接触到很多因需要修理而留下过夜的车子。

穆拉纳柯斯警官到了这一街区的尽头，他在伊力诺依街掉头，再次经过斯塔尔的房子。他最后端详了一眼这房子，然后又去找哈利·沃根服务站的人谈了谈。服务站的所有者告诉穆拉纳柯斯，斯塔尔1970年就辞职了。“他说他考虑回科塔蒂的索诺马州立大学学习。”沃根说。这是真的。斯塔尔从1970年的秋天开始攻读生物学的学位。尽管按照前老板的说法，斯塔尔是一个高效的员工，但是他显得对孩子过于感兴趣了。沃根自己有3个孩子，有时候他们会到服务站来。他说：“那让我担心，我并不遗憾他走了。”似乎斯塔尔的很多雇主都是这样的感觉，穆拉纳柯斯后来告诉我：“我觉得很愤怒，因为我觉得他应该被抓起来。”

夏日初始，斯塔尔来到沃根的家里，接上了沃根13岁的女儿。“你觉得和我一起乘着我的船出去玩如何啊?”他问道。女孩未经她父母同意就答应了。回来以后，她说斯塔尔对她有“不适当的举动”。这事以后，沃根再也没有见到、也不想再见到他的员工了。

穆拉纳柯斯警官认为很多恋童癖者对于小孩子的兴趣都源于想拥有对他人的绝对权力，把他们都变成物体——这是十二宫和几乎每一个连环杀手都有的特征——他告诉我：“当十二宫在伯耶萨湖把他的受害人像捆猪一样捆起来时，他拥有全部的权力，在他的心里一定把他们都当成了物体，还特意为那一刻穿上自制的刽子手行头。”也许十二宫希望某人会瞥见他那令人胆寒的服饰，在已经被吓坏了的社区百姓中间激起更多的恐惧。但是他几乎不可能希望受害人还会活着来讲述他们的遭遇。他曾经在别人面前暴露过自己吗，尽管这一点还不为人知晓?

十二宫要炸毁校车、射杀孩子的威胁同他的服装一样激起了无尽的恐惧。穆拉纳柯斯记得荷枪实弹的警卫——包括下课以后的老师、司机和消防人员临时安排来乘坐校车。对伯耶萨湖刺杀案有管辖权的纳帕县警察局派了70多个警察小组来护送这些校车，固定翼护航机就像老鹰似的跟着它们。人们躲在门后，不停地瞄着夜里那些在高速公路和偏僻道路上行驶的车子。十二宫简直就是20世纪版的魔鬼。

为了获得更多斯塔尔的笔迹样本，穆拉纳柯斯驾车到了田纳西街 1660 号，斯塔尔在那儿的克罗克公民银行有个活期账户。穆拉纳柯斯设法拿到了账号为 546—1685—48 的账户取消支票的复印件。他曾经考虑过借用这些取消支票的原件（斯塔尔已经通知银行不必返还原件），但是又改变了主意。他看到有一张支票是付给一个叫菲尔·塔克的人的。另一张日期为 1971 年 7 月 20 日，金额为 9 美元，开给 R.G.布莱克伍德，是为了购买一个 44 加仑的冷藏箱。第三张支票显示了 6 月 4 日向“高树拖车场”进行的支付。注释写着“储藏室租赁”。穆拉纳柯斯把 3 个样本都送给莫里尔去分析，没有过多考虑斯塔尔可能会把什么东西储存在一个拖车场里。斯塔尔有很多的拖车。

下午 1 点 30 分，调查员阿姆斯特朗和托斯奇像出国旅行一样去了索拉诺县。他们和穆拉纳柯斯约好了。满头浓密黑卷发的托斯奇戴着标志性的蝴蝶领结，他那富有表现力的脸上布满微笑。他们带了梅尔·尼古拉，托斯奇因为有这么好的同伴而喜形于色。他对尼古拉评价很高。“非常专业，”他后来告诉我，“梅尔喜欢开怀大笑，是一个非常、非常好的司法人员。留着平头、戴着眼镜的他很像是一位教授。当几个县都牵涉在内时，尼古拉作为司法部刑事鉴定调查局的人员，能够把不同的案子捏到一块。他是个中间人。我们可以联系他，然后让他帮我们从萨克拉曼多弄到信息。”

至于穆拉纳柯斯，他简直就是男人的榜样，一个强壮的、喜欢户外活动的男人，一个就像十二宫一样的猎人。“等我亲自见了斯塔尔以后，我会跟你们联系，让你们再来”，面谈结束时穆拉纳柯斯这样向他们保证。穆拉纳柯斯是可以信赖的那种人。托斯奇知道他不会空手而归的。

1971 年 8 月 2 日，星期一

穆拉纳柯斯继续对斯塔尔的过去进行仔细的调查，在他和嫌疑人进行直接接触之前收集尽可能多的背景资料。他和别人一样注意到了斯塔尔的生日是 12 月 18 日——和赫曼湖路双重谋杀发生的 12 月 20 日只差两天。穆拉纳柯斯知道有些连环杀手会在对他们有特殊意义的日子发起攻击。至此，十二宫已经在 7 月 4 日，接近万圣节、哥伦布日的日子和圣诞节前几天分别枪杀或者刺杀了情侣。但是，瓦列霍警察局的几个调查员认为，十二宫声称对赫曼湖路惨剧负责只是为了沽名钓誉和进一步迷惑警察。托斯奇说：“穆拉纳柯斯告诉我，有一天，趁斯塔尔不在家，他去了斯塔尔的房子。斯塔尔的妈妈在家，他便只是转了一圈，做了一点简单的搜查。”

如果穆拉纳柯斯那天和斯塔尔本人进行过谈话的话（当然说的不是质询），并没有任何有关该谈话的记录留下来。穆拉纳柯斯看到通往斯塔尔家地下室的门大开着，注意到地下室和厨房一样漆成中度的灰绿色，但是比厨房的稍微淡一点。这会儿斯塔尔正在下面偷偷瞄着他吗？伯尼斯注意到他在观察地下室，于是说：“我的两个儿子许多年来都拿这里当卧室。”地下室角落的一个狭槽被用作信箱。“所有的信件一定都被扔进了那个藏匿处。”穆拉纳柯斯一边思忖，一边想着那个对信件痴迷的杀手。十二宫曾经在一封信里说过他有一个地下室，里面有炸弹。为了保持更多的隐私，斯塔尔已经从楼上的房间搬回地下室了。穆拉纳柯斯想更进一步，但他的谨慎阻止了他。他撤退了，但是当周末结束，他准备和旧金山的探员再次开会的时候，他仍然在思考此次走访的实质性收获和伯尼斯的一些语焉不详的评论。

1971 年 8 月 3 日，星期二

弗雷斯诺街上的许多人从斯塔尔还是个孩子时就认识他了，都知道他对妈妈是多么孝顺。但是那种相互的感情不过是烟雾与镜子一样的假象而已——邻居们经常听到这两位比赛谁嗓门更高。切尼说：“他的母亲多少有些严肃，是的，她是严厉的。她个子很高，几乎和斯塔尔一样高。斯塔尔的父母都和罗恩一样高而纤瘦。跟他的哥哥不同，罗恩和每个人都相处不错。”

潘查里拉后来告诉我：“罗恩和他的大哥之间一直明争暗斗。罗恩有更多的女孩喜欢，他更具魅力，这让斯塔尔很不满。他妈妈很喜爱长得好看的弟弟罗恩，也更宠爱罗恩，而斯塔尔这时候已经发胖了。我曾在斯塔尔父母的家里过周末。斯塔尔也过来了。那时候他住在自己的拖车里。我看到他父亲非常和蔼，没有架子。他曾在 50 年代后期 60 年代早期的一次飞机事故中受伤，从那以后他就和以前不一样了。他现在是一个绘图员，我们送他去上班，然后再去接他下班。他是个好人，但是非常柔弱。他并非一直都是那样的。罗恩告诉我是那次事故让他变成那样的。事故以后，伊桑（即斯塔尔的父亲）再也无法让儿子听他的话了。他变得——怎么说呢？安静了。妈妈却是控制欲很强的人。母子俩总是互相争吵和嘲讽。他会真的咒骂她，对她大吼。我知道如果我这样跟我父母说话的话，他们会把我杀了的。斯塔尔称他妈妈为‘C——’（可能指 Cuss，意为奇怪而令人讨厌的人）以及类似的东西。这很糟糕，而且是在晚餐桌上说的。”

切尼继续细说：“斯塔尔的父亲是一位获得过荣誉的战斗机飞行员，我不知道他是被打下来了，还是飞机失事，反正他出了事故，受了很重的伤，因为身体原因不再做飞行员了。他还在海军的时候我并不认识他。那时的他仍然是活跃的，不过明显已经丧失了很多以前的精神头。他不再是炙手可热的战斗机飞行员了。他仍然去上班，还是马岛的一名绘图员。他并不是彻底行动不便。他还能够走路，所有功能正常。他是个好人。这一家人有军队补给特权和身份证件，他们可以在军事基地购物。斯塔尔穿的‘翼行者’靴子可能就是从马岛买的。这些靴子是专为飞行员和机组人员生产的。”

穆拉纳柯斯让车子的发动机减速转动，观察着斯塔尔凌乱的地下室寓所那扇和地面几乎平行的污渍模糊的窗户，努力想象里面会是什么样子。他仍然很想偷偷瞥一眼。斯塔尔的母亲描述说儿子的密室里堆满了书，斯塔尔真可谓是学生，是他弟弟口中的“职业学生”。伯尼斯解释说：“暑假以后，他打算返回科塔蒂的学院注册秋季学期。”穆拉纳柯斯回想起 1969 年的另一个暑假——对瓦列霍来说，那是一个骚乱而暴力的时期。

斯塔尔那时也是一个学生，而十二宫那时胆大妄为到了极致，让整个水城陷入了深深的恐惧之中。他掌握着作为瓦列霍居民的第一手知识，利用了警察和消防员全城范围罢工这一机会。整个罢工期间，这个 72000 人的小城只有二十多个加州高速公路巡警在巡逻并执行交通法规。7 月 21 日，谈判者几乎快让罢工停止了，但是“阿波罗 11 号”令和谈会议延了期，因为里根州长宣布了一个登月假期。

时至今日，1971 年的暑假还比不上 1969 年那么骚乱，穆拉纳柯斯想。瓦列霍有一支高效的执法队伍，而斯塔尔正忙于他在加州联合石油公司的工作。穆拉纳柯斯在午饭前回到了总部，立即打电话给联合石油在皮诺尔的炼油厂，跟管人事的麦克纳马拉通了电话。他确认了斯塔尔从 1970 年 9 月 8 日以来一直是他们实验室的一名初等化学师。但是在皮诺尔的斯塔尔不可能非常开心。去年 4 月 20 日，这个自认资质甚高的人曾试图申请附近罗德奥的“联合 76 修车厂”的工作。麦克纳马拉继续说道：“他在炼油厂的夏天工作时间是早晨 8 点钟到下午 4 点至 4 点 30 分，平时一般都是这样。”

穆拉纳柯斯解释说：“我希望在工作时间和他面谈。”这位人事领导说：“那有点不同寻常，而且一定会有些干扰。”干扰正是穆拉纳柯斯心里所想的。“好吧，我可以把我的私人办公室给你们用。”麦克纳马拉妥协道。

探员说：“好的，在他被带到办公室来会面之前，不要把这事告诉他。”显然穆拉纳柯斯想给斯塔尔一个意外，让他措手不及。他挂掉电话，把约会在本子里记录下来，然后打电话通知托斯奇和阿姆斯特朗。忙碌了一早晨的他饥肠辘辘，便出去吃午饭了。

阿姆斯特朗和托斯奇也没有闲着。托斯奇一边研究两页潦草的笔记，一边就着一杯福尔杰速溶咖啡嚼着动物饼干。他刚发现，斯塔尔虽然天生是左撇子，但在孩提时被迫用右手写字——这可能是导致严重心理问题的一个原因。

午饭以后，莫里尔就斯塔尔的取消支票的笔迹给了穆拉纳柯斯反馈："我把它们和十二宫的信件进行了比较，没有发现相似之处。"他们遗漏了什么吗？穆拉纳柯斯想。如果斯塔尔是十二宫的话，难道他设计了某种掩藏笔迹的方法？或者由一个同谋帮他写那些信？一直到最后，这个"阴影里的第二人"一直是对十二宫的追捕中令人忧虑的一个因素。

1971 年 8 月 4 日，星期三

托斯奇、阿姆斯特朗和穆拉纳柯斯从瓦列霍沿着州际 80 号高速公路疾驰，咣咣当当地穿过卡基尼斯桥进入康特拉科斯塔县。沿着圣帕布洛海湾的海岸线，他们经过了塞尔比、托米、罗德奥和赫尔克里士。向西望去，越过阴云密布下的碧水，远处若隐若现的是哈密尔顿空军基地。将近 10 点 25 分，探员们在一个大炼油厂的铁链门前停了下来。皮诺尔的设施令人印象深刻。夜晚，当千万盏华灯如钻石般闪烁时，浓密的蒸汽烟雾使炼油厂好似身处另一个世界；白天，手指似的座座黑塔就像枪管般往上射出成百上千英尺高的浓烟。

铁门滑开了，又开了三四个街区之后，探员们下了车。斯塔尔是个化学师，而这个炼油厂自身也像是个巨大的化学实验室。错综复杂的管道弯来拐去地进入隧道，把原油运进巨大的存储罐、催化室和真空过滤室。

突然响起的尖利哨声吓了托斯奇一跳。高处，人们正在起重机和铁塔上忙碌着。一阵煤烟似的油腻雾气朝他们扑下来，让托斯奇有点作呕。他今早和之前很多个早晨的早餐不过是用冷咖啡冲下去的阿司匹林。他们进了麦克纳马拉的办公室，看着他打电话从一个实验室招来这个毫无疑心的助理化学师。"稍微等会儿。"他说。斯塔尔的记录就像一把扇子似的在麦克纳马拉的办公桌上展开。比尔·阿姆斯特朗趁此机会飞快翻了一遍，他将主要负责这次询问。调查员们没有听到嫌疑人在走廊里的声音——只听到电梯门"嗡"一声打开——作为一个大个子，斯塔尔走路很轻，脚上穿着某种带垫子的鞋。终于和他面对面了。托斯奇有些僵硬地坐在位子上，身子挺直。经历了这么多的嫌疑人，经过了这么多年，品尝了无数的失望，十二宫终于在这儿了吗？触手可及？托斯奇屏住呼吸。门开了，斯塔尔的外形恰恰是托斯奇想象中的十二宫的外形，也是托斯奇所知道的十二宫的外形。

2. 罗伯特·霍尔·斯塔尔

1971年8月4日，星期三

斯塔尔的身形塞满了整个门框。当3位探员挨个自我介绍时，斯塔尔逐一审视着他们，没多少头发的脑袋不停转来转去。听说他们是警察以后，斯塔尔好像有点惊讶和紧张。托斯奇后来告诉我："我意识到他害怕自己会被解雇，也许那是他之所以担忧的唯一理由。"这些年来，有2500名嫌疑人曾浮出水面，警察们并不总是比对笔迹甚至姓名。斯塔尔并非第一个让他们注重的嫌疑人，也不是最后一个。很自然，警钟本应该在调查员们的心中一再响起，但事实并非如此。只有在面谈以后，当调查员们的头脑冷静下来，当他们有足够时间来考虑斯塔尔所说的，而且很多是他主动说的东西时，他们的脉搏才开始加快跳动。回到凶案组，那个简朴的老式黑钟似乎滴答滴答走得更快了。

和穆拉纳柯斯一样，托斯奇也仔细审视了嫌疑人的外形——斯塔尔的眼睛是蓝棕色的，浅棕色的短发在脑后已经变得灰白。托斯奇想：福克警官说过，十二宫有着可能后面已经灰白的浅色头发，杀死出租车司机的那一晚，十二宫头发稀少的脑袋闪闪发亮。20世纪60年代晚期是反叛的时期，人们都喜欢留着长发来对抗50年代的短发。1969年，十二宫留了短发——就像军人一样。但是，之前伯耶萨湖案发时，据说十二宫从他的头套里露出一头健康的棕色直发。

一位伯耶萨湖的幸存者后来告诉我，"我记得一个油乎乎的前额……"他以为作案者有着深棕色的头发——其中一缕从遮盖狭小眼孔的深色眼镜里面漏了出来。受伤的男孩猜测在深色眼镜下面还有第二副眼镜。全副装扮的杀手——戴着黑色的刽子手头套，胸前画了一个白色的带十字的圆圈——在1969年9月27日的黄昏仿佛从天而降。十二宫向北而行到了纳帕县，盯住了这学生和他的年轻女朋友为目标，用一把木柄粘着胶布的一英尺长、一英寸宽的刀刺伤了他们。他还装饰了刀柄，用一个自制的镶有黄铜铆钉的刀鞘把刀挂在腰间。这个瘦高的学生说："我不知道十二宫有多高，也许5英尺6英寸到5英尺8英寸之间。因为我自己的身高，我对于身高的判断能力很差。"

斯塔尔的额头宽得可以放下第二张苹果脸，他的脖子很粗，长得较高的招风耳像对角似的竖起来。他那肩膀宽阔、六英尺高的身板很有威慑力。切尼后来解释说：“我见过的每一个遇到过斯塔尔的人都低估了他的身高，他的目光很吓人。他大腿粗壮，臀部巨大，大腹便便，肩膀和胸部都很结实强壮。”是的，斯塔尔是一个粗壮的人，十二宫也是。伯耶萨湖的幸存者估计十二宫重约225到250磅。他说：“我曾描述说这个人非常胖，我不确定，也许他只是有点壮并且穿着厚厚的防风衣。”

但是还有一个方法可以证明这一点。纳帕县治安官办公室的肯·纳洛警官曾对十二宫独特的脚印做过一个压实测试。他让一位重210磅的副警官沿着这些脚印走。纳洛告诉我：“他的脚印没有像十二宫的陷得那么深，要在沙子上留下那么深的脚印，我们觉得十二宫至少应该重220磅。清晰的后跟印表明十二宫并不是跑着离开的。”对于压实测试和笔迹鉴定同样保守的笔迹鉴定专家莫里尔告诉我：“这也取决于当时沙子的状况，也取决于那个人是大踏步还是迈着小碎步往前走。他们企图从他留下的印迹来判断他的体形。要是头一天的沙子不一样呢？要是沙子里有水呢？”

但是地上是干的，并且他是悠闲地迈着大步走的。脚印强而有力，特别是后跟位置很清晰。纳帕的警察几乎是立即就到达了现场，因为十二宫很狂妄地从离他们总部仅四个半街区远的电话亭给他们打电话。纳洛告诉我：“他身上一定有血，要从伯耶萨来到那个电话亭，我认为，他得经过20到21个电话亭。他近得可以听到任何从纳帕县飞驰而出的警车的警笛声。他可以从湖边打来电话，但是那样就把自己困在那儿了。从湖边开车到电话亭需要25分钟。如果我们发现他是从湖边打来的电话，会把整个区域都封锁上。”

湖边有进一步的证据表明重量可观的十二宫并不是轻飘而过。他在地上留下了独特的深印迹。鞋跟上印着的一个“SUPERWEAR”的圆标清晰地出现在纳洛的塑料印模上。十二宫的军队色彩不仅体现在他腰带上黑色枪套里的蓝钢材质的0.45英寸口径半自动军用手枪，也进一步体现在他鞋子的标志上——主要由海军使用的黑色靴子。几乎只有飞机修理师才会穿“翼行者”鞋子，用于在机翼上行走。纳洛最终发现了这一点，但那是在他的人筛选了150个鞋店以后，这些鞋店有着“旋转的轮盘”和“柳树”等名字。

1969年，103700双“翼行者”靴子被运到了犹他州的奥格登。只有现役、退役人员或他们的家属才能够购买这些靴子。这些人员要提供带拇指印和照片的身份证件才能进入基地福利社购买东西。很多与海军或空军有关系的技术人员将瓦列霍当做了家。他们辛苦劳作于瓦列霍北部费尔菲尔德附近的特拉维斯空军基地，或者马岛附近的哈密尔顿、马瑟和麦克莱兰空军基地，阿拉梅达海军站和金银岛。联邦调查局相信十二宫与军队有关系。联邦调查局的档案如是记录："UNSUB（调查中的未知主体，unknown subject of an investigation）可能有军队的背景，因为UNSUB使用了刺刀，两支9毫米口径的枪，一个幸存的受害人看到UNSUB穿着军队款式的靴子。"不仅这些外观特别的半筒靴子只能通过有限的渠道获得，而且警察还知道它们的尺寸。十二宫穿的是一般尺码的10号半，这表明他是高个子，正如他的巨大步伐所显示的那样。

托斯奇后来想起十二宫不同寻常的自制服饰，告诉我说："我们在1969年10月24日派了一个艺术家去了纳帕县。幸存者布赖恩·哈特内尔描述十二宫的头套是黑色无袖的，白色的带十字的圆圈画在胸上。这头套似乎缝制得不错（四角都缝得好好的，顶部也针脚细密），夹式墨镜遮住了露眼的缝隙。"斯塔尔会缝纫（他曾经是一个制帆工）。但是警察在那个狭小的炼油厂办公室里根本没有想到嫌疑人的针线技能或者注意到他的鞋子——他们忙着研究他的脸。隐藏在他的力量和奥运游泳金牌运动员般的身形之下的是一个高度聪明的头脑。斯塔尔的智商是136。阿姆斯特朗说："我们在调查旧金山和瓦列霍的十二宫谋杀案，有些问题要问你。"这位探员给斯塔尔拉了一把椅子。托斯奇注意到斯塔尔的宽额头上有不易察觉的细密汗珠。

阿姆斯特朗继续道："有人报告说你在第一起十二宫谋杀案之前大约11个月时曾发表过一些言论，如果这些言论属实，表明你是可疑的。"阿姆斯特朗虽然提及了切尼所回忆起的和斯塔尔的对话，但是并没有说出切尼的名字。"你是否记得曾经和任何人有过类似的谈话吗？"

"我不记得有这样的谈话。"斯塔尔轻声说。奇怪的是，他没有问自己被曝和谁谈话。他好像已经知道了似的。

"你听说过或者读到过有关十二宫的东西吗？""报纸第一次报道的时候我看过有关十二宫的介绍，但是之后就没有再关注了。""为什么？""因为太变态了。"但是在接下来的谈话中，斯塔尔的一些言论和这一说法是直接冲突的。而且他主动透露说："一位瓦列霍的警官在伯耶萨湖十二宫谋杀案后曾询问过我。"3位探员都很吃惊。"我们不知道你之前曾被警察询问过。"阿姆斯特朗说。

斯塔尔说："我告诉他，那个周末（1969年9月27日，星期六）我去了罗斯堡附近的盐点牧场轻装潜水，盐点就在伯耶萨湖的相反方向。我是一个人去的，但是遇到了驻扎在金银岛的一位服役人员和他的妻子。我想不起他的名字了，但是我把它写下来放在家里的某个地方了。我大约在下午4点回到了瓦列霍。”阿姆斯特朗、托斯奇和穆拉纳柯斯很注意地听着。这个小办公室里的紧张感令人窒息。斯塔尔继续说道：“我记得在把车子开到我家车道上后，我与一位邻居说过话，我想那位瓦列霍的警官询问我的时候，我忘记告诉他有位邻居曾经看到过我。”

“邻居叫什么？”阿姆斯特朗问道。

“威廉姆·怀特。但是我被询问后一个星期他就死了，所以我也懒得再跟警察联系。”那倒是很方便嘛。突然，斯塔尔奇怪地话锋一转——如此奇怪，以至于阿姆斯特朗注意到托斯奇疑惑地眉头一挑。在警察没有问及任何有关十二宫在伯耶萨刺杀中用的刀的情况下，嫌疑人作出了以下令人惊讶的陈述：

“我车里的两把刀上有血，”他说，“那是我杀的几只鸡的血。”

十二宫在伯耶萨湖刺杀两名大学生的那天，斯塔尔本来是要去那里打松鼠的，他是这样跟他的弟媳说的。而他的新故事又说他去水肺潜水了——而且是在别的地方。斯塔尔既水肺潜水，也轻装潜水。为了解释十二宫为何选择靠近湖泊的作案现场，一种说法是十二宫是个潜水员，把他的武器和纪念品都藏在不漏水的水下密封箱里。并且说那就是为什么杀手有个大肚皮——其实是系在腰间的沉重的潜水腰带。对托斯奇而言，这种假说现在看起来并非那么牵强附会了。斯塔尔不仅是个船夫，还是个热情的潜水员和用渔叉捕鱼的渔夫。

阿姆斯特朗想，斯塔尔认为我们有关于刀的某些信息，他以为我们比实际上知道的更多，但其实我们并没有掌握有关那把带血的刀的信息。

探员们能够想到的是，有人曾看见过斯塔尔车座上带血的刀，并且斯塔尔知道他们看到过。他是不是认为那天他回家时邻居威廉姆·怀特曾看到过一把带血的刀并且把此事向某人提及了？托斯奇想，很可能斯塔尔的弟弟罗恩，或者弟媳卡伦，才是看到那把带血的刀的人。斯塔尔在掂量他的赌注，想把警察事先可能收到的信息都解释清楚。

“1966年你在南加州吗？”阿姆斯特朗问道。

斯塔尔再一次未经提示就主动透露了令人吃惊的细节。他说：“你指的是河岸县的谋杀？是的，十二宫被视为嫌疑人的河岸县谋杀案案发时我在南加州。”

有关十二宫在河岸县杀人的信息是在10个月前才被公开的。某位名叫菲尔·辛斯的南加州居民认为一桩当地的谋杀和十二宫在北加州的活动有某些相似之处。这也被《纪事报》报道了。但是斯塔尔不是刚说过，他在很久以前就停止阅读有关十二宫的报道了吗？这一头版报道声称十二宫在1966年万圣节的头一天杀害了河岸县一位名叫切丽·乔·贝茨的女大学生。凶手也喜欢向媒体发出具有挑衅性的书信（"贝茨必须死，请期待更多"），并且多付邮资。3 封信上潦草难辨的签名可能是"2"或者"Z"。最为重要的是，莫里尔认定十二宫为南加州便条的作者。

斯塔尔继续说道："我承认我对枪支有兴趣，但我只有 0.22 英寸口径的手枪。我没有，而且从来没有拥有过任何的自动武器。"

"你曾有过一辆 1965 至 1966 年生产的棕色雪佛兰考威尔车吗？"阿姆斯特朗问道。十二宫在 7 月 4 日谋杀案时就驾驶一辆这样的车。

"没有。"斯塔尔两条胳膊交叉。他穿着一件白色短袖 T 恤，前臂和"大力水手"的一样粗。托斯奇注意到斯塔尔手腕上有一块很大的手表，他后来告诉我："这是一块粗人戴的手表，那种人们买了向人炫耀的表——'看看我手腕上戴着什么。'我立即就看到了'十二宫'这个词。我特意叫他让我看看。我说：'你戴了只不错的表嘛。'他说：'哦，戴了有一阵子了，你喜欢它吗？'我说：'哦，是的。'他说：'你可以看到十二宫几个字。'时至今日，我仍然记得见过那块表。而且他想要人们看到他手上戴着什么。他为了挑衅而戴这块表。我的视线无法从那块表上移开。当我们看到手表时，我们都很惊讶——斯塔尔的弟弟和弟媳后来向我和阿姆斯特朗说起，'他甚至戴着一块十二宫手表。'"

"我可以看看那东西吗？"阿姆斯特朗指指斯塔尔的手腕。他也注意到了嫌疑人戴着一块外观特别的手表。百叶窗透进来的一缕光线让水晶表面光芒闪烁。在表盘中间钟表制造商的名字之上显眼地装饰着一个标志。尽管屋里很热，但这一标志却把探员们给冻住了。那黑白分明、闪闪发光的，分明就是一个圆圈加十字准线——十二宫的标志。

这下穆拉纳柯斯也注意到那个标志了。标志下面清晰地写着"十二宫"这个词。这个名字和标志与十二宫在书信里的签名和标志是一样的。

只有在十二宫的书信里，十二宫这个名字和杀手那个带十字的圆圈标志才曾经在同一地方出现过，托斯奇想。他知道这一点，是因为他曾经到处搜索过那个带十字的圆圈标志。在此之前，他一直假定这个标志代表枪的瞄准器。斯塔尔拨弄着手腕上的表，好像在欣赏它似的。他告诉阿姆斯特朗："这块表是个生日礼物，是两年前我妈妈送给我的。"

穆拉纳柯斯在脑子里计算着："让我们看看——两年前的今天是 1969 年 8 月 4 日。1969 年 8 月 4 日，杀手第一次在寄给《旧金山观察家报》（以下简称《观察家报》）的一封 3 页纸的信中使用了'十二宫'这个名字。这份报纸把他的便条掩埋在了晚间版的第 4 页顶端。仅仅 5 天之前，十二宫向媒体介绍了他的带十字的圆圈标志。"尽管之后一份刑事鉴定调查局的报告陈述说斯塔尔是在 1969 年 8 月得到的那块手表，但斯塔尔的弟弟不同意这一点。他说斯塔尔“是在1968年的12月从他的妈妈那里作为圣诞礼物收到这块表的”。斯塔尔的35岁生日是1968年12月18日，也就是已知的十二宫的第一起北加州谋杀案发生两天前。

斯塔尔之后还会拥有第二块十二宫手表。“世界知名的十二宫手表”的制造商于1969年生产了一款“十二宫克莱巴潜水用水下计时器”。那是一款秒表！飞行员和潜水员的手表。斯塔尔在那个时候已经既是飞行员，又是潜水员。和另一块表一样，这块表的深色表盘底部右边角落在“十二宫”这个词之上有个带十字的圆圈。办公室里很安静。十二宫手表、带血的刀，以及斯达主动透露的信息都让他们头晕目眩。接下来会怎么样呢？

“我愿意尽可能地协助你们的调查。”嫌疑人舔了舔嘴唇说道。他咳嗽了几下，清了清嗓门。显然斯塔尔想显得高调，带些幽默、调和以及好伙伴意味的高调。“我盼着警察不再被蔑称为‘猪’的时间快点到来。”他故作悲伤地摇着头。这一时期的一些反战抗议者和学生称警察为“猪”。

十二宫用过同样的蔑称。“我喜欢刺激这些蓝色的猪，”他曾嘲弄说，“嗨，蓝猪，我在公园里。”

“你是否记得曾经和任何人进行过有关十二宫的谈话？”穆拉纳柯斯问。

“在瓦列霍娱乐区工作时，我也许曾和那儿的特德·基德尔和费尔·塔克谈起过，但是我不确定。”斯塔尔继续抢着回答还没有问到的问题。也许他以为这样可以消除不利证据在探员们心目中的影响。他们听到什么了呢？他无法知道是哪个熟人告密说他是杀手。他曾私下说过很多奇怪的事情。他喜欢说话，大声地说话，他的言论让他成为大家注意力的中心。突然，斯塔尔停住了——他意识到是谁把警察带来了！

“《最危险的游戏》。”他说。

“什么？”托斯奇问。

斯塔尔突然没头没尾地提起他在十一年级时读过的一个短篇故事的名字，他承认那个短篇故事给他留下了深远的印象。托斯奇记起了兰斯塔夫的曼哈顿海滩报告，意识到《最危险的游戏》是谋杀开始前斯塔尔为之狂热了整整一年的那个故事。托斯奇心里在微笑——斯塔尔最终明白了是什么暴露了他。

斯塔尔详述道：“这故事叫《最危险的游戏》，是我在高中时读过的最好的东西。”十二宫曾用非常狡黠的、几乎无法破译的三段式密码点明，《最危险的游戏》就是他的作案动机。萨利纳斯学校的老师唐·哈登恰好于两年前的今天即1969年8月4日把它破译出来了。不过他的答案直到8月12日才公开。无论破译得正确与否，这一奇怪的译文如下：

> “我喜欢杀人因为它乐趣无穷，这比在丛林里捕杀野兽更为有趣，因为人才是最危险的动物。杀死某样东西给我最为刺激的体验，甚至比和一个女孩性交达到高潮感觉还要好。最妙的是当我死时，我将在天堂里获得重生，而那些被杀的人将成为我的奴隶。我不会告诉你们我的名字，因为你们会试图减缓或者阻止我为身后收集奴隶的努力……”

理查德·康奈尔这个短篇故事大致讲述的是一个军官的儿子在森林里用来复枪和弓箭猎杀人类作为娱乐。无独有偶，作为军人儿子的斯塔尔也在树林里用弓箭打猎。也许深入研究那个短篇故事来寻找线索很重要，穆拉纳柯斯想，应该了解它是否曾被改编成电影或者电视剧，了解十二宫是在何时何地偶然发现这个故事的。

托斯奇后来告诉我：“斯塔尔在那次面谈时提到了《最危险的游戏》，并且他的弟弟也证实了斯塔尔觉得人是‘最危险的猎物，而不仅仅是射击的目标’。”

除切尼外的另一个证人也证实了斯塔尔用过的准确说法：“我把人当做猎物。”这个冒险故事也许就是一个关键点，其催化作用类似于斯塔尔作为助理化学师每天进行的实验反应。

非正式的交替问话结束了。

3位探员故作声势地把斯塔尔送回他的实验室，然后离开了。在内心深处，这位化学师因为被带出去“像个贼似的遭到询问”受到羞辱而暴怒。托斯奇承认他发现斯塔尔是“一只有威胁的动物”，尽管自己带着武器，但还是觉得有点害怕与他如此近距离接触。斯塔尔面红耳赤。他几乎无法控制他的愤怒，而且他也不是个有耐心的人。周围穿着实验室服装、工程靴外面套着纸鞋子的人们不时瞪他几眼，还偷偷耳语。他坐到他的工作台前，向他的一位同事嘀咕，眼睛盯着他的桌子：“你根本无法想象，一切好好的——很顺利。然后某人把你叫到办公室。他们暗示有关你的可怕的事情。你难以想象——可怕的事情。整个过程我一直在绞尽脑汁地想是谁让他们来的。他们让你冒汗，然后带你穿过整个大厅——当着每个人的面——像对待一个孩子！我不能原谅这种做法。”下一次斯塔尔见到托斯奇和阿姆斯特朗时，会声称不记得他们了。

斯塔尔不理会同事们的大惊小怪，开始审阅实验结果。他也许处境不妙——他和十二宫体重、身高和年龄相仿。他拥有同样颜色和长度的头发。他跷起二郎腿，把靴子上的纸鞋子脱了。他心不在焉地打量着自己穿着的外观独特的“翼行者”半筒靴。和十二宫一样，斯塔尔穿的是普通尺码10号半的鞋子。两个他认识的女人可以证实曾见过他穿这种靴子。但是，归根结底，也许他只是一个喜欢人们认为他是十二宫的人而已。

外面，探员们钻进他们的车子。他们一致同意对斯塔尔的调查应更为深入。托斯奇不无感情地说：“毋庸置疑！但我真正想知道的是，究竟是谁在那些谋杀刚发生后就询问了他?”

穆拉纳柯斯对此完全一无所知。“上帝，那是两年前的事情。”他说。他在心里默默记着，要仔细查阅有关斯塔尔作为十二宫嫌疑人被询问的瓦列霍档案，以及之前有关车座上带血的刀的任何报告。

3. 阿瑟·利·艾伦

1971年8月4日，星期三

某人拼命想让我们知道有十二宫手表这么个东西存在。我研究着手里铅笔书写的信件。在我作为漫画编辑的《纪事报》报社，每个人都在想十二宫。他的恐怖信件已经无可挽回地把他和报纸联系起来了。我逐渐决心理清有关杀手的线索并揭开他的真实身份。如果不行的话，我打算把能够获得的每一点证据都呈现出来，以确保有人能够认出十二宫，解开这个难解之谜。

我在窗前凝视着宽阔的布道街上被拉长的影子。在第五大道上皮克维克酒店附近辗转的陌生人群，挤在克洛尼克酒店门口转车的人们，衣着光鲜、拎着公事包站在坚不可摧的老制币厂的大理石石阶上的人们……他们当中的任何一个都可能是十二宫。他是一个观察家。他将自己命名为“十二宫”的第一封信的信封上的水印和之前的三封信的信封上的水印都不一样。之前印着一个“伊顿”水印，新的水印则是弗兰克·温菲尔德·伍尔沃思连锁企业的“第五大道”。伍尔沃思大厦就在第五大道、市场街和鲍威尔街交界处的有轨电车转车台旁，距离《纪事报》仅一个街区之遥。在地下室里，伍尔沃思公司出售和十二宫用的一样的蓝色羊毛笔尖的笔和纸张。如果十二宫是在那里买的纸和蓝色羊毛笔尖的笔会如何呢？如果他藏在阴暗的角落里窥视着自己写的信被送到又如何呢？

去年3月，十二宫一直辛勤写作，遍地撒网，向南部广为散播他的文字。自从在炼油厂和斯塔尔面谈过以后，这些文字突然停止了。然而，《纪事报》记者保罗·斯图尔特·埃弗里仍然乐观地叮嘱报社，他兴奋地说："我们很可能在任何时候突然收到十二宫新的来信，按照老规矩，我们应该努力避免任何《纪事报》员工的指纹留在信上。"很多员工接触过这些信件——卡罗尔·费希尔、布兰特·帕克……托斯奇已经取了所有负责复印的人的指纹。

有时候十二宫试图把信件偷偷塞进印刷品里。为减少被控诽谤的风险，编辑卡罗尔·费希尔保留了所有读者来信，这封1970年11月的匿名信也被保留在档案里。

> 这封信写道："亲爱的先生，在浏览最近一期的《花花公子》杂志时，我注意到一个'十二宫'手表的广告。表盘上使用的商标和那臭名昭著的杀手所使用的标志是一样的。我经常在媒体报道中看到有推测说，十二宫的这些犯罪与某种占星术有关，有趣的是这所谓的奇异的占星术标志居然是某种手表的品牌标志。"

是否幸灾乐祸的十二宫在狡黠地让人们注意他的名字和标志是受什么启发而来？在某位瓦列霍警察认为他没有嫌疑之后，斯达可能觉得安全了。他继续佩戴他的十二宫腕表，至少直到托斯奇、阿姆斯特朗和穆拉纳柯斯意外来访之时。我想象着富有戏剧性的一连串事件——斯塔尔从高中以来就痴迷于《最危险的游戏》；于1968年12月18日从他妈妈那里得到了一块"十二宫"牌手表；并且开始佩戴第二份生日礼物，一个带"Z"字母的戒指。13天以后，他和切尼进行了一次谈话，和早些时候的讨论很像的是，他提起在枪管上绑一个电筒以便猎杀情侣们，他讲到称自己为"十二宫"，以及射飞校车的轮胎。这一先后顺序明确了十二宫选择名称、标志和动机的时间段——即1968年12月18日到1969年1月1日之间，之后切尼便搬去南加州为一家新的公司工作了。斯塔尔在新年那天泄露了有关自己的一个巨大秘密，但十二宫不也总是选择节假日来进行他的重要犯罪或者披露他的秘密吗？

切尼的来访、手表上的标志、奇特的商标、戒指、斯塔尔年轻时钟爱的故事——所有这些一定在他头脑里炸开了锅。最早的两起谋杀发生在斯塔尔生日两天之后的12月20日。1971年8月4日，也就是凶手第一次签名"十二宫"两年以后，斯塔尔告诉阿姆斯特朗，他"刚好是在两年以前"——即1969年8月4日收到十二宫牌手表这一生日礼物的。两种情形都提供了一连串有趣的时间，并解释了凶手是如何选择名称和标志的。

警察在追捕十二宫的过程中拼命地对首要嫌疑人的真实姓名进行保密。如果他的名字从未被公开过，就可以确保接下来有关他的线索的有效性。就我自己而言，我一直坚持不写斯塔尔的真实姓名，直到现在为止。

他的真实姓名是阿瑟·利·艾伦。

在炼油厂询问大约十年以后，我最终找到了在案件中很早就找艾伦谈过话的“瓦列霍警察”。警官约翰·林奇在位于瓦列霍卡罗来纳街的家中和我进行了谈话。他是一位清瘦、结实的老人，目光很有穿透力，我们刚在他的餐桌前坐下，他就开始说话了。房间里一片阴暗。我刚提起艾伦的名字。他说：“哦，莱·艾伦。”他把利说成了“莱”。我意识到因为拼写不同，林奇以为“利（Leigh）”和“李（Lee）”是本案中两个不同的嫌疑人。“李（Lee）”并非本案中的新名字——在7月4日十二宫于蓝岩泉射杀一对情侣之前，一位叫“李”的不知名者已经是被关注的对象。

林奇说：“我和利长谈过几次，他当时在博德加贝一带（在那儿他有一辆拖车）。他是一个潜水员。1969年7月4日那晚，他说他和其他三四个人在一起。”

“你什么时候和他谈话的——1971年吗？”我问道，林奇可能是在追踪潘查里拉和切尼提供给曼哈顿海滩警察局的线索。

他回答道：“在那之前很久，在那起谋杀发生一两个月之后吧。艾伦那时候受雇于这里某个学校做看门人。我去了那个学校——我不记得是怎么得到他的名字的。你知道那时候的情况，该死，我们需要和许多人谈话，接到许多电话、信件和线索。以至于我看到一个人就会对自己说‘不是他’。当我见到这个利·艾伦时，他是个秃头，而且是个大块头。你见过他吗？”

“是的。”我说。蓝岩泉被害人达琳·菲林的姐姐琳达·德尔·布奥诺为瓦列霍警察局准备了一幅合成画像。“他们把琳达提供的合成画像和另一幅十二宫的合成画像进行了比较，然后告诉我，‘除了下巴以外其他部分都是对的。’琳达提供的合成画像被认为是某个参加过达琳的粉刷聚会的叫‘李’的人素描，也就是当达琳在泰瑞餐厅做服务员时，琳达看到过的骚扰妹妹的同一个人。你曾经跟这个‘李’谈过吗？”

“利·艾伦？”

“我不知道。琳达所知道的全部就是这个名字‘李’。”

他说：“不，无论如何，我确信艾伦不是凶手。我一看到他，就在心里说：

‘那不是十二宫。瓦列霍中尉警官吉姆·赫斯特德觉得艾伦最可疑。我觉得艾伦最不可能。我的报告只有五六行字——只是为了把艾伦的名字包括进去。检查了他的车子，他的潜水装置都在后备箱里。真的是又脏又破的车。”

林奇解释说，1969 年 10 月 6 日，星期一，他就 10 天前的伯耶萨湖刺杀案找到了艾伦。时年 35 岁、偶尔做一下学生的艾伦在埃尔默·科伍小学做兼职保安。下午 4 点 5 分，林奇在田纳西街上向南转弯去维威斯。到达位于泰戈斯基斯770号的学校后，他一眼看到了操场那边的艾伦。在他的报告里，潦草地记录了如下描述：“241 磅，大约 6 英尺 1 英寸”。当林奇注意到几个孩子在玩绳球时，有关性骚扰儿童的念头一闪而过。艾伦曾经被怀疑有过类似的犯罪行为，先是林奇，尔后是穆拉纳柯斯，都曾想过是否他们忽略了任何明显的迹象。林奇把注意力从孩子们转回到艾伦身上——单身、未婚，和父母住在一起。他受过良好的教育，时下不仅是科伍的保安，也是位于斯塔尔大道 501 号的本杰明·富兰克林高中的看门人。

他们聊了聊。按照艾伦的说法，1969 年 9 月 26 日那天他去了盐点牧场轻装潜水，在那儿过了一夜，于 9 月 27 日下午大约 2 点到 4 点 30 分左右回到了瓦列霍。那天接下来的时间他待在家里。他记不清那天他父母是否在家。

“有人认为你可能是那个十二宫杀手，向我们举报了你。”林奇直截了当地如实说道。

“那是事实吗？”艾伦笑了笑说道，好像这样的指控是家常便饭似的。他把手里的扫把往墙边一放。林奇想起了琳达的描述：“好吧，十二宫是卷发，很明显你没有。就这样吧。”

林奇的来访曾是一个关键点吗？

在艾伦与随和的林奇进行了令人安心的面谈 5 天之后，十二宫驾车到了旧金山，枪杀了出租车司机保罗·斯泰恩，并且逃进了普雷西迪奥，警犬几乎紧随其后。他朝着巨大的莱特曼楼群方向跑去。那儿有一座新的十层楼的军队医疗中心，十二宫未来的受害人唐娜·莱斯那晚就在那里上班。她和她的室友乔·安妮·戈奇正和两个河岸县来的旧金山男人一起练习飞行。在所有的嫌疑人当中，只有艾伦是飞行员。

在林奇进行询问 7 天以后，十二宫给《纪事报》写了信。他在信封里装了一片出租车司机的带血衬衫，以提供无可辩驳的证据，表明是他杀死了斯泰恩。警察猜测，十二宫换到一个更大的城市是想收获更轰动的头条新闻。但是难道他不是想把自己和风声突然变紧的瓦列霍割裂开来吗？十二宫对于瓦列霍偏僻道路和情侣幽会地点的熟悉使他被视作一个瓦列霍的老居民。感谢那片带血的衣服，十二宫现在永久地被确定为一个旧金山的杀手。

艾伦和林奇谈话 18 天之后，艾伦 73 岁的邻居威廉姆·兰登·怀特在刚见了他的医生以后，于晚上 9 点 55 分死于心力衰竭。他就住在离艾伦在弗雷斯诺 45 号的家 7 座房子远的地方。艾伦曾声称怀特是他不在伯耶萨刺杀案现场的证人。艾伦曾说，“我记得在把车子开到我家车道上后，我与一位邻居说过话，我想我忘记告诉那位瓦列霍警官了……”

威廉姆·怀特可能是艾伦车座上那把带血的刀的目击证人。作为当地屠宰工会的资深业务代表，逻辑上讲怀特可能会比较注意刀子。巧合的是，威廉姆·怀特的生日是 12 月 20 日，也是赫曼湖路枪杀案发生的日子。威廉姆·怀特和第二个到十二宫在伯耶萨湖刺杀的情侣身边的巡警都叫威廉姆·怀特。整个 1969 年 10 月，巡警怀特在有关十二宫的一系列电视访谈中频频露面。

林奇回忆说，“是的，我跟艾伦长谈了几次，某起谋杀发生后一两个月内我跟他聊过。”他现在想起，特别指明他为收件人的一张 3×5 英寸的卡片曾于 1969 年 8 月 10 日被送到了瓦列霍警察局。那卡片后来又被送到了联邦调查局，但他记不清是否被送了回来。卡片写道：“亲爱的林奇警官，我希望随函所附的线索能帮助破解密码信。签名：一位关注此案的居民。”在那个时候，只有瓦列霍的居民才有可能知晓林奇在处理还处在萌芽阶段的十二宫案件。“关注此案的居民”的卡片包含了十二宫的三段式密码的一个正确线索。联邦调查局报告说：“这条线索指出手写的 A、G 就是倒着的 S、L，这是解密十二宫寄的三段式密码的一条基本正确的线索。”对于密码的破译直到两天以后才在《纪事报》上公开。

在一星期前给《观察家报》的一封信中，十二宫说他并没有“像瓦列霍报纸描述的那样轮胎飞转、发动机轰鸣”地逃离作案现场。这一解释再次表明十二宫是阅读发行量有限的当地报纸的瓦列霍居民。十二宫对瓦列霍警察局局长斯蒂尔兹的迅速回应也表明了这一点，局长在 8 月 1 日说还需要“更多细节”。在炼油厂询问之后相当长的时间，林奇有关艾伦的 110 字的报告才被发现——夹在联邦调查局案卷 59 号和 4316 号之间，被当成了一条不了了之的本地线索。

“缺乏协作的又一例子，”瓦列霍副巡官罗伊·康威多年以后痛心地说，“被安排长期负责这一案子的林奇警官是我的好朋友，一两年前他去世了。他有个报告记述某天他和阿瑟·利·艾伦进行了面谈，问他伯耶萨湖谋杀案那天他在哪里。他的面谈似乎没发现什么问题，但是他完全不记得究竟是自己掌握的什么信息让他决定和阿瑟·利·艾伦进行面谈。

“阿瑟·利·艾伦那时候什么也没有告诉他——就是警察报告里的一小段——没有提及为什么林奇去找艾伦，是什么让他去找他，他得出的结论是什么。上面只写着‘我就伯耶萨湖谋杀案那天他在做什么和他进行了面谈’。碰巧的是，艾伦告诉林奇：‘我那天本来要去伯耶萨湖钓鱼，但改变主意去了海边。’”

探员巴瓦特事后也赞同康威的看法。他说：“本案中有太多的事例发生在一个区域，而另一个区域对其毫无所知，瓦列霍警察局在1969年就伯耶萨湖刺杀案询问了阿瑟·利·艾伦。负责那次面谈的警官很可能就像和其他上百人谈话那样去和艾伦谈了话。问他伯耶萨湖案发那天他在哪里。他说他没有去伯耶萨湖而是去了海边。多年以后我们再回头看整个事情，再去找林奇，这位中尉警官那时已经退休了——‘我不记得为什么我去找这个人谈话了，’他说，“是的，我的确不记得了。’如果我们知道是谁报告了那个名字，那个人一定有理由怀疑阿瑟·利·艾伦和本案有某些关系，应该负责。”

县治安官办公室探员莱斯·朗德布莱德警官也询问了艾伦。有人也给了他线索。瓦列霍警察局显然不知晓这次询问，因为瓦列霍治安官办公室和警察局是分开的独立机关。两个青少年在赫曼湖路上被谋杀之后的第三个星期，朗德布莱德去拜访了艾伦。这个粗壮男人给出的不在场借口和他给林奇的差不多。“我在南方岬附近的尖兵堡进行水肺潜水。”他说。每一次十二宫杀人以后，艾伦都被警察找。他不是什么新的嫌疑人。视线之外的某个人知道些什么。那个人是谁，这同十二宫的真实身份一样是一个谜。

1971年8月4日，星期三

在炼油厂和艾伦谈话以后，托斯奇和穆拉纳柯斯决定立即和特德·基德尔及菲尔·塔克联系——艾伦提及可能曾和他们进行过有关十二宫的谈话。穆拉纳柯斯说：“我认为艾伦一开始认定特德和塔克向警察提供了线索，那就是为何他如此迅速地主动透露了他们的姓名。”

托斯奇说：“是啊，我认为你只是撞上了，再给他点时间，他应该就会想到切尼和潘查里拉。”但是线索毕竟是线索，所以探员们赶往了基德尔和塔克工作的大瓦列霍娱乐区。如果艾伦预见到切尼会想起十二宫，也许他会像提起基德尔或塔克一样提起切尼。穆拉纳柯斯把车停在阿默多街395号前面的一个位置上，他们进去找基德尔。塔克可能是娱乐区的总监，但基德尔是他的老板。

“你认识阿瑟·利·艾伦吗？”托斯奇问基德尔。基德尔的名字曾出现在艾伦于1965年12月23日和1966年6月18日向卡拉瓦拉斯统一学区递交的教师申请里。

“当然。”他说。

“艾伦曾经提起过十二宫的案子吗?”

“据我所知，我从未和他讨论过这个案子。他以前曾被娱乐区正式雇为救生员和蹦床教练。”切尼后来某一时间确认了这一点。“艾伦到处教孩子们蹦床。他很喜欢这么做。他在蹦床上非常熟练，而且游泳和跳水都非常不错——曾是跳水冠军啊。他在任何不涉及走路或者跑步的运动项目里都表现杰出——艾伦跑步不行。在峪泉镇时，已经30多岁的艾伦依然很活跃，至少在蹦床上是这样的。他喜欢把蹦床在院子里支起来，找一群孩子教他们玩蹦床。”

艾伦离开娱乐区的原因和离开沃根汽车服务站的原因一样——他对小孩子的不轨行为。基德尔说：“担忧的父母们多次向我抱怨他针对他们孩子的不轨行为，但是没有人正式向警察报告。菲尔·塔克和我3个星期前刚谈论过有关艾伦作为十二宫谋杀案嫌疑人的事情。这主要是因为艾伦被怀疑有可能是个性变态。这一点再加上他的外貌特征，都让我们认为艾伦比较孤僻。”

基德尔或塔克是否是向林奇和朗德布莱德提供线索的人呢?据报告塔克曾和艾伦一起就读于圣路易斯－奥比斯波县的卡波利学院。他应该知道得更多。托斯奇要求把塔克叫到基德尔的办公室，以便他们可以问他同样的问题。塔克说他认识艾伦5年了。瓦列霍警察局的赫斯特德中尉警官后来告诉我更多有关塔克的事情。他说：“塔克和艾伦经常讨论死亡和受雇杀人的事情，我有一份艾伦1971年为加州罗德奥服务站服务员的工作填写的一份申请，塔克的名字在上面。塔克的名字在所有的申请上面。我在一份申请的边缘上发现了他的名字。塔克是个非常可靠的人。”

塔克向托斯奇确认了艾伦两只手同样熟练，在成人以后同样灵活，都可以写字。这种两只手的技巧也许可以解释为什么艾伦的笔迹和十二宫的不一致。十二宫，一个天生的左撇子，却用他的右手写字。塔克说：“他字写得并不太好，所以大多数东西都是打印的。”

“所以，艾伦能够用两只手写字或者射击?”托斯奇问。

“是的，”塔克承认，然后补充说，“在过去两年里，艾伦曾在谈话中提起过十二宫案件。我觉得他对这起案子有兴趣。”他往后一坐，想了想说：“我记得有一次他曾告诉我警察认为他是嫌疑人之一。”

“据你所知，艾伦对枪支有兴趣吗?”托斯奇问塔克。

“他说他的确有。他拥有两支手枪。一支是左轮枪，另一支是某种自动手枪。我不知道口径，因为我自己对枪没什么了解。我觉得他家里的枪可能是0.22英寸口径的左轮枪，我曾见过至少一支自动枪。我记得他曾经谈起过给枪管绑上一支特殊的电筒，以便一个人可以在夜里准确地射中目标。他不止一次承认曾用特殊的瞄准器在黑暗里开火。”

托斯奇揉了揉脖子后面。切尼的故事又有一部分被证实了。这事变得更加激动人心。

塔克继续道：“另一次，大约 18 个月以前，我妻子和我去艾伦家拜访他。他说他有样东西要给我们看，并且说了‘我只给某些特别的人看这个东西’或者类似的话。然后他从卧室一个灰色的金属盒子里拿了一张纸。这张纸上的内容是手写的，包含几页法律术语，还有几页书信，信里有符号、编码或者说是密码。他说它们和因为曾性骚扰儿童而被关到阿塔斯卡德罗州立医院的一个人有关。这张纸以法律性质的语言不停地说啊说，就是那一类的术语，又是这又是那的。内容是关于这人被他的律师背叛的事情。我注意到这张手稿里有十二宫在他的密码信中曾经用过的各种符号。”

托斯奇点点头。他并不觉得塔克能够识别出这些像十二宫密码的符号有什么特别。杀手的三段式密码曾经被多次转载。1970 年 6 月 29 日，也就是在塔克拜访艾伦的大致同时，《纪事报》还登载了两行新的十二宫密码。塔克说：“我只是礼貌性地表达了对这张纸的兴趣，但我的妻子是真的很有兴趣。她发现这些符号、编码或者说是密码非常特别。她问他是否可以借这张纸去研究一下，但是他拒绝了她。他的确答应复印一份给她。”

“他复印了吗?”托斯奇问。

“不，他根本就没有。”

“你知不知道艾伦是否有过一辆 1965 至 1966 年间生产的棕色雪佛兰考威尔?”

“据我所知没有。”他回答道。

“好的。”托斯奇说。

“但是我有。”塔克接着说。

“你有?”托斯奇有点天旋地转，接着问道，“你有一辆 1965 年的棕色考威尔?”

“是的。”

“你曾经把这辆车借给过艾伦吗?”

“不，我没有。那时候我有两辆车，一辆考威尔和一辆庞迪亚克。我偶尔让艾伦用我的庞迪亚克。那时候我住在伯克利。1969 年的夏天，我把考威尔停在位于瓦列霍的内布拉斯加和百老汇的里奇菲尔德服务站大约两个星期之久。我想把那辆车卖了。我把车钥匙留在了服务站，那段时间艾伦正在该服务站做服务员。”

"你具体是什么时间把车子留在那里的?"

"我不记得确切的时间，但应该是1969年的仲夏。"

塔克回忆起3个星期前，利·艾伦的弟媳卡伦曾经到访，要求他代表她跟艾伦谈谈。塔克说："家里又收到他和一个孩子搅在一起的抱怨，我到艾伦的家里，和他谈了重新开始心理治疗的事，但是没有成功，于是我也不想管他了。我告诉他：'我不想你将来再靠近我的家。我们的关系到头了。'"

托斯奇看了看自己的天美时手表，急于和阿姆斯特朗核对笔记。他想象他的搭档和他一样急于骑上摩托车去郊区的泥巴小路上兜风，让温暖的阳光照在脸上。弯曲不平的小路能把他混乱不堪的头脑震清醒。至于穆拉纳柯斯，他还是和几天前一样干劲十足。现在他想尽快联系塔克夫人，想知道她对灰盒子里的纸张有什么印象。他从基德尔的办公室给她打了电话，得知她正在一家奥克兰医院值夜班，面谈必须推迟。穆拉纳柯斯决定和艾伦的弟媳、26岁的前教师卡伦·艾伦进行面谈。穆拉纳柯斯给卡伦上班的地方打电话，安排她到瓦列霍警察局来见面。她在下午两点的时候准时到达并就座。

"让我告诉你为什么叫你过来。"穆拉纳柯斯说。表面上看，卡伦好像很惊讶她的大伯子被怀疑是长期被追捕的十二宫杀手，但是她答应尽量帮忙。穆拉纳柯斯想，她是否可能就是最初的告密者。卡伦认为艾伦对孩子过于关注。她也证实了另一件事——她的大伯子憎恨女人。"他从未和跟他差不多年纪的任何女性有过严肃的关系。"她说。桑迪·潘查里拉也有类似的评论，"艾伦只是假装对女人感兴趣，最终他连那层薄薄的面纱也撕掉了。"艾伦之后约会的几个女人也发表了同样的意见——她们和他的关系仅仅是柏拉图式的。在许多的案例里，性变态者几乎没有什么社会联系或者性联系，甚至从未经历过正常的性交。在这些不同寻常的个人身上，基于不为人知的理由，攻击性的冲动和性的冲动在童年早期就交织在一起。最终，这些困惑的感情在邪恶的性攻击和虐待狂的谋杀中得到发泄。缺乏良知的十二宫对于自己给别人造成的痛苦并没有悔意。受害者的痛苦带给他快乐。

卡伦披露说，在她和罗恩结婚以后，很明显艾伦把她视为一个入侵者。他相信她的到来让他和他的弟弟有了隔阂，并且对她进行了实际的威胁。她略带一丝苦涩地说："他被他的妈妈宠坏了，她为他做饭、洗衣服，为他打扫卫生，给他钱花。他妈妈甚至为他的两辆车和两条船买单。"奇怪的是，无论她为他做了什么，艾伦仍然非常不喜欢他的妈妈，更奇怪的是，他向他视为入侵者的卡伦表达了这种感受。

对于伯尼斯·艾伦而言，她从未忘记儿子被埋没了的奥运会运动员潜力。艾伦曾是一位很有天赋的跳水运动员。“她总是就我的体重来烦我。”他怒不可遏地向切尼和潘查里拉抱怨。一份瓦列霍报纸上登载的一张比赛照片记录了一位修长且几乎称得上英俊的金发年轻人。艾伦60年代的其他照片也显示出他和更早的、未经修正的旧金山十二宫的合成画像多么相似。如果艾伦的体重没有稳步增加的话，他简直和合成画像上的人一模一样。艾伦改变了的外貌让穆拉纳柯斯想起十二宫曾写过的一句话：

“只有在作案时，我看起来才像外界流传的描述那样，其他时候的我看起来完全不同。我不会告诉你杀人时我的伪装是什么样的。”

穆拉纳柯斯把十二宫古怪的便条给卡伦看。她仔细看了看，然后说她在1969年11月曾注意到她大伯子手里有张印着类似东西的纸。“那是什么?”她曾问他。艾伦回答说：“一个疯子的作品，以后给你看。”和对待塔克的方式一样，他从未再给她看过。然而，尽管十二宫信中印的东西没有让她觉得就是她大伯子的，但是其中某些词语是类似的。艾伦曾用过“扳机关”这一表达方式来代替“扳机机关”。最后，她翻到了十二宫这个犯罪大师想要投案的那段时期寄给律师梅尔文·贝利的圣诞卡的复印件。

1969年12月31日的一份联邦调查局报告提到，这张便条“不像本案中其他恐吓信写得那样自如”。但是，信封里受害人带血的一角衬衫证实了它的真实性。在几个月的时间里，十二宫的笔迹可能也会有变化。次日下午1点59分，一位自称是十二宫的人给位于萨克拉门托的联邦调查局总部的总机接线员打了电话，然后在开始说他刚杀了的人的名字时把电话挂了。“圣诞快乐（Happy Christmass），”卡伦大声读着卡片复印件上的字。“我记得曾从我大伯子那里收到过一张圣诞卡，圣诞快乐（Happy Christmass）的拼写方法一模一样。”

卡伦像塔克一样确认了艾伦是左撇子。她说：“他的小学老师试图让他改用右手，他学会了右手写字，但是很快又改为用左手写字了。”尽管莫里尔相信信件是用右手写的，但他怀疑十二宫天生是左撇子。羊毛笔尖的笔的模糊效果，和左撇子用力而不自然地用右手一笔一画地写字，这两点也许可以解释为什么笔迹很难和任何嫌疑人的对上。穆拉纳柯斯警官渴望知道更多。

他说：“今天晚上你丈夫在家时我可以来拜访吗？我们也想问他一些问题。”32岁的园艺工程师罗纳德·吉恩·艾伦目前正在伯克利学院上学。他从1960年秋到

1968年秋曾在卡尔波利就读，并获得科学学士学位。“他回家很晚的。”她说，但是说晚上8点应该可以。她离开后，穆拉纳柯斯联系了阿姆斯特朗和托斯奇，叫他们那晚在瓦列霍的阿拉贡街216号和他碰头。本来就已经很长的一天被拉得更长了。

穆拉纳柯斯先到了卡伦和罗恩家，它位于通往蓝岩泉北部的哥伦布大道旁。他怀疑十二宫在7月4日枪击后曾用哥伦布大道作为逃跑路线。15分钟以后，托斯奇和阿姆斯特朗到达了罗恩和卡伦家，发现穆拉纳柯斯已经到了，并且很高兴地待在阳光底下。

和卡伦一样，罗恩表示愿意为调查提供力所能及的帮助。穆拉纳柯斯相信他是真诚的。一开始，他没有明确表达自己的观点：他哥哥有罪还是无罪。他只是客观地叙述。他说：“但是我无法相信我哥哥在本案中是重大嫌疑人，我很了解你们的信息来源。”于是，托斯奇想，线索提供者切尼和潘查里拉在和曼哈顿警察局接触前已经和罗恩谈过了。他不知道切尼和罗恩在大学时曾是室友。罗恩承认：“他们是负责任的人，如果不是真的，他们应该不会做这样的陈述。”他也解释说其中一位线索提供者曾向他抱怨艾伦对其孩子有过不当的接触。“在对待孩子这方面他的确是有问题的，而且酒也喝得太多。”尽管罗恩没有直截了当地说，但是穆拉纳柯斯不排除一种可能性：即罗恩对艾伦的某些谴责背后其实是有个人动机的。那可以解释很多东西，并且意味着警察们的大方向是不对的。很少有连环杀手会过量饮酒。酗酒是缺乏控制的表现。

罗恩确认了艾伦的两支左轮枪是0.22英寸口径的。十二宫曾在赫曼湖路凶杀案中使用过一支0.22英寸口径的自动手枪，但是从那以后用的都是各种9毫米口径的自动枪、一支0.45英寸口径的枪，甚至一把刀。尽管罗恩从未见过塔克提及的手写的纸张，但他的确看到过那个灰色的盒子。他记得有一阵它曾被放在艾伦的老房间里。

托斯奇后来说：“罗恩和他的妻子非常配合，我所听说的是，艾伦和他妈妈并不亲近，他只是住在那个屋子里，那是他唯一的地方。我们后来得知艾伦拥有很多的武器，并且像他弟弟说的，对那一片的大路小道非常熟悉。后来，卡伦觉得她的大伯子就是我们要找的人，但是瓦列霍警察局似乎已排除了他的嫌疑，这点让我很不安。我们必须和其他的探员一起工作，让我不安的是，他们觉得我们是大城市的探员，但事实上我们不是那么行事的。”

3位探员起身离开。罗恩送他们出门，再次表示将尽力协助。他和那天早上他的哥哥在炼油厂时一样配合。托斯奇回头看看，廊灯下的罗恩显得孤独而忧心忡忡。现在已经晚上10点了。托斯奇很快回到位于森塞特区的家，渴望睡觉，但是他却整夜翻来覆去。他无法把那块手表赶出他的脑海。还有一位邻居看到了一把带血的刀，且瞥了血刃一眼几天以后就死了。

1971年8月11日，星期三

早上11点，穆拉纳柯斯找到了瓦列霍百老汇640号阿科服务站的所有人兼运营者鲍勃·卢斯。穆拉纳柯斯告诉卢斯："我在调查你的一位前雇员。"但是没有立即告诉他为什么。

卢斯解释说："艾伦兼职为我工作了大约半年，但不是很可靠。有人抱怨有关他和孩子的问题……他似乎对小女孩过于感兴趣。1969年4月某日他又喝醉了来上班——我忍无可忍了，于是解雇了他。"穆拉纳柯斯想，是否丢工作促成了1969年7月4日蓝岩泉十二宫的枪击案。穆拉纳柯斯把所有的牌都摊到了桌上。那很不同寻常。巴瓦特告诉我："我很了解穆拉纳柯斯，他是那种守口如瓶的人。"

穆拉纳柯斯提起艾伦用菲尔·塔克的车子实施某一次十二宫谋杀的可能性。卢斯说："塔克的确曾经把他的车放在这里，但是没有两个星期那么久。不，那不对。"塔克自己没有停车日期的记录，因此穆拉纳柯斯非常需要卢斯的修车发票。尽管他们很努力地搜寻，但还是没有找到考威尔停在服务站过夜的准确日期。1969年7月4日，也就是蓝岩泉枪杀案案发当日，艾伦已经不在阿科服务站工作，所以是否找到修车发票也无所谓了——除非艾伦保留了一套服务站的钥匙或者自己配了钥匙。

那天晚上5点钟，穆拉纳柯斯联系了塔克的妻子琼。琼证实了她丈夫有关灰色盒子和里面的纸张的故事。她说："我对纸上的内容非常有兴趣，因为我正在准备一次大学心理学考试。艾伦说他是从阿塔斯卡德罗的一个病人那里拿到这些纸的，我说我的兴趣在于了解这个人心里是怎么想的。我对那些书写的整洁准确和那些神秘的符号印象很深刻。"

探员们给她看了从3份湾区报纸剪下来的十二宫密码。琼认出其中很多和艾伦给她看的纸上的符号是一样的。她的印象是艾伦的这些符号是用羊毛笔尖的笔画的。下午5点30分，塔克下班回来了，他也认为其中某些符号和艾伦给他看的那些一样。

"我们仍然没有查到你把你的考威尔留在阿科服务站的准确日期。"穆拉纳柯斯说。

塔克说："我也没想起来，但是我的确记得在我的车没能卖出去时，我曾把它在我岳父的屋前停过相当长的时间。在这段时间艾伦有可能开过这辆车，但我不知道他是否真的开过。我的岳父母现在在欧洲，等他们回来时，我会问他们是否知道这件事。”塔克的岳父母知道利·艾伦是他们女婿的朋友，看到他开这辆考威尔车估计也不会觉得奇怪。塔克开始更加自在地谈论他的前雇员。

“艾伦患有人格分裂，”塔克说，在心理治疗期间，艾伦被发现有5种不同的人格，“有时候他似乎在扮演他读过的文学作品中的人物。他说谎，却相信自己说的是真话。”穆拉纳柯斯的眉毛抬了起来。这是一种非常有趣的天赋——一种可以通过测谎仪的本事。穆拉纳柯斯再次听说艾伦真的讨厌女人，并且在很多场合这样讲过。没有人像十二宫那么讨厌女人。在他手下侥幸逃脱死劫的受害人都是男人。

1971年8月12日，星期四

早晨，穆拉纳柯斯把报告打好，研究了一下自己被告知的、十二宫迄今为止最佳嫌疑人的各种故事。就外形而言，艾伦和十二宫完全一致——从头发的颜色到体重、身高，他还穿着和杀手同样尺寸的很特别的“翼行者”靴子。间接证据似乎非常强有力：在十二宫出现之前很久，艾伦就预见性地将自己称为“十二宫”，并声称将在情侣幽会的地方袭击情侣们。他曾经讲到过“电子枪支瞄准器”和“干掉小家伙们”，在十二宫之前已用过“圣诞快乐（Happy Christmass)”和“扳机关”这样的词语。艾伦戴着一块十二宫牌腕表，并且在一个灰色盒子里保存着十二宫风格的符号。像十二宫一样，他也痴迷于《最危险的游戏》。在刺杀案那天他曾朝着伯耶萨湖方向去过，并且被看到身边有把带血的刀。穆拉纳柯斯不知道艾伦和他曾经的朋友唐·切尼经常到克利尔湖和格拉斯瓦利钓鱼，有一次还去过伯耶萨湖。他后来告诉我：“我们在湖下面的一条溪流边钓鱼，车子停在50码远的地方，我们去的那一次那里很挤。”艾伦在这些地方都有朋友，例如在克利尔湖，他有一男一女两个朋友，而且这3个地方最近都曾发生过谋杀。

在此期间，在炼油厂，艾伦非常愤怒——因为这次询问，他十分确信自己会被解雇。从麦克纳马拉把他叫进办公室那刻起，艾伦就知道他在公司的日子屈指可数了。

1971年8月13日，星期五

在3月份两封证实了真实性的信件以后，所有十二宫的通信都停止了。4个县的警察猜测十二宫可能因为别的犯罪行为被逮捕关押或者死了。尽管如此，穆拉纳柯斯仍然在继续耕耘那些档案。一个多星期来，他一直在搜寻1969年曾询问过利·艾伦的任何警官的记录。警官林奇仍然想不起来为什么询问了艾伦。他和这位喜欢跳水的化学师在科伍小学的会谈只产生了唯一一张纸上的两段文字，那张纸被掩埋在了不断增高的纸堆里。人力已经到了强度的极限，每个人都担心十二宫可能再度发起攻击。

1971 年 9 月 1 日，星期三

旧金山警察局也不比瓦列霍警察局强多少。经常同时处理 6 起谋杀案的阿姆斯特朗和托斯奇有时觉得湾区简直像有个凶杀狂的兄弟会。尽管曾经是健身教练，但是托斯奇却因为压力而经常生病。他是个矛盾的人——很谦虚，但是又很喜欢在聚光灯下成为众人瞩目的中心。当他很努力地试图理清思路时，他想起恰好是 11 年前的今天，局长汤姆·卡希尔签署命令把他调到了调查局。那是他一生中第二个最为快乐的日子。

1971 年 9 月 17 日，星期五

阿姆斯特朗和托斯奇后来从罗恩·艾伦那里确认，他的哥哥每个星期至少有两天在他妈妈的家里。艾伦的妈妈伯尼斯经常去国外旅行，妈妈不在的时候，艾伦一个人住在老屋里。尽管楼上任由他使用，他却如同蚂蟥一样叮在那个储藏着秘密箱子的阴湿、凌乱的地下卧室里，就好像在守卫着某个堡垒。

但是，伯尼斯病了，一直待在家里。出于对她的尊重，警察取消搜查她的家。艾伦毕竟只是将近三千个十二宫嫌疑人中的一个。托斯奇告诉我：“我们总是考虑到他年迈且身体不好的妈妈，他家里人提起过几次，要求我们不要进去。艾伦的弟弟告诉我们：‘我可以自己搜索地下室，特别是他不在家的时候。我知道他把东西放在哪里。’杰克·穆拉纳柯斯从未想过严肃讨论搜查令的问题。他的笔迹和指纹要求都被拒绝了。他只是说：“他的确很可疑，但我甚至不知道是否能获得一份搜查令。”

阿姆斯特朗后来写道：“我们没有搜查他妈妈在弗雷斯诺街32 号的住所，只能依赖配合调查的弟弟罗恩查看位于该住所地下室的艾伦的房间……罗恩曾告诉我们他看到了一些密码一类的资料，但是不确定它们是否和十二宫有关。对于弗雷斯诺街 32 号及其地下室的搜查没有进一步的行动。”

无论十二宫是谁，他都有一个地窖，在那里进行着自己神秘而邪恶的勾当。他在 1969 年 11 月 9 日给《纪事报》的信中写道：“你不知道的是，死亡机器到底是在眼前，还是被藏在我的地下室里备将来之用。”那时被这封“死亡机器”信件古怪的威胁搞蒙了的警察这样说："我们有理由相信他是一个疯子。在我们看来，他就是为了杀人的刺激才杀人的。"1970 年 4 月 20 日，十二宫抱怨说他"被最近一阵的雨给淹了"。没有人去检查弗雷斯诺街上的房子是否被淹了。但是如果十二宫指的并不是一般的地下室呢？移动房的住户称拖车下面的区域为"地下室"。尽管拖车下储物是违法的，但是经常有人这么做。有时候路上积的雨水可能会成为拖车下的沼泽。艾伦在另一个县里有一辆卸了轮子的拖车，一年多来他一直在下面储藏东西。但问题是托斯奇和阿姆斯特朗都不知晓拖车的存在或者其位置所在。

"艾伦肯定有某个地方可以储存并且掩藏东西，并且确信没有警察会知道他的每样东西藏在哪里。"穆拉纳柯斯告诉托斯奇。

托斯奇回答说："他准备给我们看的不过是表面上的东西而已，而且我们知道他心里在笑话我们。"

穆拉纳柯斯点点头。

1971 年 11 月 22 日，星期一

艾伦获得了红十字会急救证书。由于他经常在一个帆船俱乐部划船，而且在考虑进行空中跳水，因此，这是一项有用的技能。在此期间，从炼油厂询问以来的三个半月里，托斯奇和阿姆斯特朗在旧金山几乎没有什么进展。托斯奇告诉我："很明显，艾伦的家人依然很怀疑他。弟弟和弟媳很担忧，因为他们看到艾伦仍然来去自由，而且不知道瓦列霍警察局的调查到底有多彻底。我们不知道的是，他们正在积蓄和我们谈话的勇气。"

托斯奇不止一次地想，"我总能感到肯·纳洛有点不安，因为旧金山得到了媒体更大的关注。当然我们也接到了更多的工作，尽管我们并不需要。但正是因为阿姆斯特朗和我得到了如此多的媒体的注意力，罗恩和卡伦后来才觉得给我们打电话是对的。但是这把我放在了一个非常危险的位置上。我不想任何人认为我们试图垄断该案。我们仅从旧金山就收到了非常多的线索和电话。当牵涉到不止一个县时，人们称他为'旧金山的十二宫杀手'。十二宫冲我们来是为了吸引更多的注意力。他想看到自己的名字被公开。为什么呢？"

情况比表面上看起来更糟。每三个星期，托斯奇和阿姆斯特朗都会有新的凶杀案要侦破。那时他们不知道的是，艾伦已经不在瓦列霍了。11 月 22 日的早晨，艾伦向南旅行到了唐·切尼居住的托兰斯，也许是为了对质。很久以后我问切尼："你知不知道为何艾伦在 1971 年 11 月 22 日去了托兰斯？"切尼惊讶地张大了嘴，说："如果那时候我知道的话，我肯定会担心的，但是，我从未接到任何电话或者威胁。”

1971年11月23日，星期二

潘查里拉从未意识到艾伦曾到过托兰斯。而且即使他知道也没有关系。潘查里拉是个头脑冷静的人。当十二宫给《洛杉矶时报》写信的时候，潘查里拉并没有害怕，尽管他怀疑艾伦是作者。在托兰斯，艾伦在霍索恩大道上惹了很多麻烦，因扰乱治安被捕。切尼仍旧认为十二宫和南加州的尚未侦破的谋杀案可能是有关系的，并且认为十二宫“非常可能”就是艾伦。尽管艾伦和这一带有不少联系，但他在南部的大多数活动都是一个谜，至少对警察来说是这样的。

1971年11月24日，星期三

有时候瓦列霍警察局的警察们会感觉旧金山警察局试图把他们排除在外，完全靠自己抓十二宫。探员巴瓦特告诉我：“和旧金山相比，瓦列霍是无足轻重的小土豆，但是如果你看看旧金山凶案组，你会发现和其他地方的警察工作并无二致。”

在旧金山，托斯奇同样怀疑他没有得到瓦列霍知晓的所有信息。他解释说：“我的想法是，当他们说：‘是这样的，我们和这个人那个人谈了。’我会对自己说：‘真的吗?’因为当我说我和某人谈过了，你可以用你所有的钱赌我的确这么做了，我肯定不会撒谎。”他开始担心有关十二宫的信息高速公路是一条单向的街道。而那正是十二宫求之不得的。杀手喜欢在管辖权模糊不清的区域发起攻击——不同的县，在边界上，或者在没有协作的荒野地区。他指望临近的警察局互相拆台，不要分享信息——越这样他就越开心。这是一起大案，有竞争的调查。每个人都想分一杯羹，谁破了此案，谁就是王牌警察了。极度自我的十二宫试图依赖更为自我的警察们继续他的致命勾当。

阿姆斯特朗和托斯奇无法忘记利·艾伦，于是努力推进他们的调查。他们需要别的线索。在有了这样一个良好的开端以后，托斯奇注视着月亮那逐渐变圆的脸，暗自忧愁。他几乎能听到十二宫的笑声——撒旦的狂笑。还有可怕的黑袍发出的窸窸窣窣的声响。

4. 阿瑟·利·艾伦

阿瑟·利·艾伦，1933 年 12 月 18 日生于夏威夷的火奴鲁鲁，星座是射手座（11 月 22 日—12 月 21 日）。他的星座标志是射手，他也成了弓箭的专家。尽管十二宫是戴眼镜的，但可能只是伪装，艾伦基本不戴眼镜（可汽车监理所要求他戴眼镜驾驶）。1964 年时艾伦重 185 磅，但是在 3 年时间里他的体重像吹气球似的突然飙升。他 1967 年 10 月 13 日拍摄的驾照（号码3B672352）照片上是一个 33 岁的圆脸男人，但体重现在已经在230 磅到 250 磅之间波动。1967 年艾伦的地址不过是波森的一个邮箱地址。

就艾伦多变的学历而言，他真是个“职业学生”。他曾就读于瓦列霍高等中学，该高中和初等学院共用阿玛多街上的同一栋楼。这条街对面的内布拉斯加街 801 号就是名叫普朗吉的一家瓦列霍社区游泳中心，高中和初等学院的学生也可以到这里活动。在那里，从 1950 年到 1951 年毕业以及之后一小段时间，身材修长、长相英俊的摔跤队成员艾伦曾是颇受欢迎的救生员。一位学生回忆说：“艾伦是名非常出色的跳水运动员，开着一辆凯迪拉克。”在这一时期，艾伦变得非常嫉妒他的朋友罗伯特·艾米特，后者不仅是瓦列霍高中游泳队的队长，而且是艾伦的跳水教练。

艾伦一个比较亲近的朋友凯告诉我：“我在高中的最后两年和初等学院那年的部分时间和艾伦认识，我住在卡昆内兹，大约是在那个时候，我的家人在城里买了一套房子，我成了所谓的‘城里人’。艾伦开始让我搭他的车上学放学，并很快有求必应地用他的凯迪拉克搭载我们任何数量的朋友。事实上，那辆车让我第一次学会了如何换轮胎。其他时间我们会去游泳池。上楼梯去跳水的艾伦总会引来一阵笑声，这是因为他会像个女人一样上楼梯。人群中总会有人窃笑。于是他会走到跳板的尽头，就好像他马上要跳水似的。他称这个动作为‘改变主意式’。他走过去，然后转身屈腿抱膝跃起，然后好像是改变了主意似的落回到跳板上。接着，他突然跃起，做一个向前翻腾两周半的动作，然后毫无水花地落入下面的水中。那个体操运动员似的跳水动作很快吸引了人群的注意力。他们不再笑了。

他也能一开始往前跳，然后落回到跳板上，最后做往后跳水的姿势，但是那个动作真的很难，他经常会失误。”

凯假定艾伦是同性恋，因为他几乎没有什么约会。外出时，他会带上他的父亲，凯回忆说：“开着凯迪拉克，会高难度跳水动作，有条白狗‘弗洛斯蒂’和不除体味的臭鼬普塔尼尔，真是个与众不同的人物！他其实喜欢的是和我谈论音乐和戏剧，无论是喜剧还是滑稽剧，神秘剧或者吉尔伯特和沙利文。艾伦来个电话，然后我们就一起出发去看电影，艾伦的爸爸非常有风度，会带我和他们一起去听交响乐或者看演出。我只见过艾伦的妈妈几次。她好像不怎么露面。我在游泳聚会时会看到她。艾伦非常聪明，有时候甚至聪明得有点吓人。但是他的弟弟罗恩才是宠儿。艾伦的妈妈不愿意和他太过亲近。有时候艾伦会谈起一个‘让他心碎’的叫鲍碧的女孩。鲍碧是艾伦正儿八经的初恋，他通常会把她描绘得无比美好，说她是他一生最爱的人一类的话。”

鲍碧的女儿后来告诉我她妈妈和利·艾伦的友谊。她说：“她是位跳水运动员，她的照片在1952年到1957年间经常出现在瓦列霍报纸的体育版，有时候艾伦的照片会和她的一起出现在报纸上。他上跳板时走得非常笨拙，直到离开跳板之前看上去都很糟糕。然后他会非常优雅。但是走路的时候他非常笨重。也许你还不知道，他有一个滑稽的屁股。”艾伦童年的朋友哈罗德·霍夫曼认为艾伦不停波动的体重让他显得一瘸一拐的。

艾伦就读于瓦列霍初等学院，主修文科，并且在那儿成了全美跳水冠军。他于1954年9月18日在位于圣路易斯－奥比斯波的加州州立理工大学注册。在20世纪五六十年代，圣路易斯－奥比斯波的卡尔波利学院和波莫纳的卡尔波利学院是联合院校，唐·切尼、桑迪·潘查里拉和艾伦的弟弟罗恩就在后者学习。艾伦的朋友哈罗德·霍夫曼已经在那儿就读南加州大学，并且教授能力范围内的各种体育项目。有一阵子，艾伦难以决定是选择工程还是体育专业。由于他的数学技能对于工程专业来说太有限，他决定专注于体育教育。最终，他选择了小学教育作为自己的专业。1956年6月16日，在他的学期末，他利用暑假的时间加入了海军。

1957年艾伦从瓦列霍初等学院获得了文学双学位。他于1959年1月到1959年6月13日间重返卡尔波利并且表现优异，成为加州中部的州大学生蹦床冠军和传统式捕鱼的冠军。1959年6月27日，艾伦申请了位于萨克拉门托的州教育部的一个位置，但是1960年1月4日又回到圣路易斯－奥比斯波学习。他在这里一直待到了1960年6月，然后在离河岸县大概20英里的赫麦特心理医院工作。他的短暂的海军生涯促成了一件好事——从1961年1月到1961年3月，他得以在卡尔波利学习。

1961年6月19日，他向位于萨克拉门托的州人事委员会申请做心理卫生部的心理治疗技术实习生，并且短暂地做了阿塔斯卡德罗的心理教师。在那里他和一名已经被关押了几年的已定罪的杀人犯成了好朋友。他后来说他们曾交换密码的样本。艾伦于1961年12月15日从卡尔波利毕业，获得了教育学的本科学位。只差6学分就可以获得硕士学位的艾伦似乎无法最终隔断他与大学生活的联系。在这段时间内，他拥有打猎的来复枪、至少两支0.22英寸口径的长管枪，并且，射手座的他名副其实地有打猎的弓和箭。

从1959年到1963年间，仍在备考教师证书过程中的艾伦干过各种各样的工作。他在位于卡尔波利北边的阿塔斯卡德罗的圣罗莎学校教过所有年级的体育。他说："我真的很喜欢教小学里的孩子，我的孩子们都学得不错。"

在此期间，潘查里拉、切尼和艾伦的弟弟罗恩正一起在波莫纳的卡尔波利分校读书。潘查里拉学的是电子工程，切尼的专业是机械工程，罗恩的是园艺建筑。为了省钱他们一起租房。切尼后来告诉我："1961至1962年，我们和叫比尔和乔的另外两个学生一起住在有4个卧室的一栋房子里。有两个人合用大卧室——也就是我和罗恩。那些日子真是好时光啊。

"罗恩非常有幽默感，很会让大家开心，是个有意思的人。每个人都很喜欢他。他非常随和，并且是个有名的后进生。他非常松懈，但在学校的园艺建筑课程方面很有悟性，不过成绩并未因此提高。

"我和桑迪就是在那座房子里第一次遇到艾伦的。那是1962年。我那时候还是单身，那年年底才和安结了婚。我特别记得那一次。艾伦刚从河岸县跑来。他去参加赛车比赛了。他每年都去那里参加初夏举行的大比赛。我和罗恩以及艾伦去过一次。实际上，我和艾伦一起参加过的唯一体育赛事就是赛车。他经常去拉古纳·塞卡、瓦卡维尔和河岸县。他是那里的一个学生。艾伦有一辆奥斯汀·希雷，曾去河岸县的一个驾驶学校学习，在上了那些课后，他经常去那里赛车。"

1963年5月30日，星期五①

利·艾伦突然到南加州的房子来了。潘查里拉告诉我，"我记得艾伦来看我们，艾伦不住在波莫纳地区，但是那个周末刚到了波莫纳。当时我觉得有点奇怪。他的车里有一把大弯刀。他在没有特别理由的情况下一言不发地走进来，把大弯

① 1963年5月30日实际为星期四，原英文书中作者记录有误。——译注

刀往桌上一摔，试图吓唬大伙。我的一个室友乔·当杜兰德在，我的前妻当时也在。罗恩在屋里某个地方。那是学期末我正要离开的时候，罗恩和我一起在沃尔纳特找到了一个地方。我仍然记得艾伦就是在那男孩和女孩被谋杀之前到波莫纳来的。真的很诡异。”

1963年6月3日，星期一

早晨，艾伦结束了他的拜访，出发返回阿塔斯卡德罗。圣罗莎小学正在放暑假。他打算收拾行李，当天便返回瓦列霍。沿着直达阿塔斯卡德罗的101号高速公路往北开，他从文图拉爬上圣巴巴拉，然后经过戈利塔，接着是埃尔卡皮坦海滩，最后是里菲吉欧海滩。东北部的圣伊内兹山若隐若现，再往东和更远处是洛斯帕德雷斯国家森林公园。沙子滚过柏油路面，海鸥在空中盘旋。在某些地方，南北方向的道路肩并肩伸向远方，但在另一些地方，它们可能隔得很远。灰色的雾气从海上扑面而来。

“它们让我搜索记忆的空白点，被遗忘的点滴。”多年以后艾伦如是说。他看到眼前有个岔道，在这里101号高速公路离开了海滩。他的目光越过隔离带，眺望101号高速公路往南的道路，更远处是海滩。他现在身在加维奥塔隧道南边3英里处。

5. 罗伯特·多明戈斯和琳达·爱德华兹

1963年6月3日，星期一

加维奥塔隧道南边3英里处，一对漂亮的年轻情侣，罗伯特·乔治·多明戈斯和琳达·费伊·爱德华兹把车拐上了101号高速公路往南的一条满是橡树的岔道上。多明戈斯把他灰色的庞迪亚克停在路边，这对情侣欢声笑语地走了出来。他们离开了家，假称是去参加隆波克高中高年级学生的“逃学日”毕业派对，实际上是打算到海边来庆祝。厚厚的灌木丛遮挡着，往北去的车辆看不见他们的车。但是，任何往南的车辆都能够看到这辆车，表明有人在下面僻静的海滩上。

两个年轻人身在圣巴巴拉以西大约20英里处，离埃尔卡皮坦海滩有3英里远。罗伯特从后备箱里拿了一条大毯子，两人穿过高速公路，跨过位于高速公路和一道低矮的峭壁之间的铁轨。从峭壁上望去，他们可以看到下面1.5英里长的国家海滩。上面矗立的是海峡群岛——圣米高、圣罗莎和圣克鲁斯。罗伯特和琳达沿着一条陡峭的、半掩半露的路向海滩走去，最后20码他们跑了起来。

罗伯特和琳达来到了只有当地渔民才会偶尔光顾的偏僻地点。他们看到了最近有人在这儿活动过的痕迹。

两个年轻人在满是礁石的海边沙地上摊开他们的毯子。前一天在同一地点，一个红头发的男人曾用一把来复枪射过海鸥。这对幸福的人儿穿着泳衣懒懒地躺在海边。时间慢慢地过去，天空布满了云朵。在所有的过渡区域中，海洋和陆地之间的差异最大。罗伯特和琳达有点昏昏欲睡，浑然不觉拍打着海边苦草的海浪和浪花的声音。路旁一根树枝的噼啪声吓了他们一跳。当一个短粗的阴影落在沙地上时，他们本能地向后退去。抬头一看，一个人正用一支0.22英寸口径的来复枪对准他们。

用绳索——他吼着发号施令。先是笨拙地试图把他们绑起来——这个男人带了事先割好长度的棉质晾衣绳。一开始他命令琳达把罗伯特绑起来。她在他的手腕上打了一个松松的结，手里仍然抓着绳子。这时这个陌生男人跪了下来，用颤抖的手指绑上了罗伯特——先打了几个“老奶奶结”（不牢但容易成为死扣之结），然后是几个“绳环套结”（一种外行人通常不会打的结）。在这当中，罗伯特和琳达趁机跳起来，朝着一直通到山上的陡峭的河床跑，他们在河床里松软的沙地上跑，他们朝着一座小破屋的方向跑去，从下面他们放毯子的地方基本看不到那座小屋。

用枪支——这个闯入者在后面追赶他们，边追边开枪。子弹首先击中了罗伯特，打在了他的背上，他当时正在喊“救命”。没有人听到他们的呼救。子弹打得很集中，在移动时射击这么准，的确令人惊叹。罗伯特脸朝下倒在地上。然后陌生人把枪口对准琳达，也击中了她的背部。他慢慢地靠近，站在这对情侣身边。他向男孩的背部射去更多的子弹，一共打了他11枪。琳达仰面倒地，所以一连串的子弹打中了她的胸部。她一共被打了8枪。

杀手的邪恶行径并未有所收敛，他继续在尸体上增加更多的伤口。他拖着脸朝下的罗伯特离开海边，在男孩游泳短裤以上的身体部分留下了很多摩擦伤痕。岩石划伤了他的胸部和面部，留下了深深的顿挫伤。当这个陌生人完成他惨无人道的勾当的第一步时——即把尸体藏在几乎干涸的河床附近的小木屋里——已经汗流浃背。这座简陋的小屋位于海岸和铁路路堤之间，几乎完全被掩藏在了密集的荆棘和树丛里，主要是给过路人使用的。

用尖刀——他回到女孩身边，用一把刀子把她游泳衣的前面割开，让她的胸部暴露在外。他对着她的身体乱砍一气，伤口像是一条弯曲的河流。然后，他拽着她的脚，把她也拖到了小屋里，由于琳达仰面朝天，所有的擦伤都在她的背上和臀部。把她拖进小屋后，他把她的游泳衣撕扯下来，残忍地扔在她的未婚夫身上，然后把琳达的尸体脸朝上扔在男孩身上。

用烈火——现在陌生人四处寻找可以燃烧的东西。他收集了剩下的绳索和空的子弹盒扔进小屋里。他猛击小屋，试图用自己带的引火柴把它点燃。一场火葬可以掩盖他所有的犯罪痕迹。但是他试了几次，小屋就是不着火。或许他走回了自己停在路上的车那里，以为身后的一切已经在熊熊燃烧。

1963 年 6 月 4 日，星期二

琳达和罗伯特没有回家，罗伯特的爸爸填写了一份失踪者报告。圣巴巴拉治安官办公室发布了全城通告。罗伯特的爸爸和其他家庭成员一起加入了搜寻者的队伍。当夜，在岔道那里发现了失踪男孩的车。一位高速公路巡警沿着痕迹到下面的海滩去进一步查看。那座小屋如此隐蔽，以至于搜寻者花了 30 个小时才发现了两个年轻人的尸体。路上的痕迹和尸体的伤痕表明他们是被拖到这里来的。没有发现任何可用的潜在指纹，这意味着杀手可能戴着手套。这是一起令人发指的恶性犯罪。

没有性侵犯发生，这点不同寻常。至少现场没有精液，但也许当时相对原始的法医技术未能发现，不过这点不大可能。进行解剖的法医非常合格，曾经在洛杉矶验尸办公室受过培训。

一队监狱里的犯人来查看了犯罪现场。犯人们被大巴带到这儿来搜索灌木丛，在荒无人烟的海滩 3 英里范围内寻找证据。带队的治安官威廉姆·贝克探员担心他们会破坏犯罪现场。贝克告诉我：“你大致能想象我的任务有多艰巨，我必须努力从灰烬里重塑犯罪现场。你必须明白那是 1963 年。他们让罪犯出去搜寻子弹壳和他们能发现的其他证据。想到这一点我就不寒而栗，但那就是现实。而且他们的确发现了一些子弹壳，还不少呢，散落在被害人逃命的路上——从海滩附近的低地一直通向上面小屋的一条干涸的河床，这两个孩子就是在小屋里被发现的。在两个明显的地方发现了更多子弹壳，让我们能够确定被害人最初是在哪里倒下的。”

有个犯人在峡谷河床上发现了 20 个 0.22 英寸口径的子弹壳。探员们也发现了一些东西——松软的沙子里留下的深深脚印和通往小木屋路上稀疏的草丛。脚印是类似于翼行者靴子的海军或者空军用的鞋子留下的。弹药和鞋子都是通过军事基地的福利社出售的。作为太空应用中心之一的范登堡空军基地就在隆波克附近，从谋杀现场开车到那里只要一个小时。

贝克注意到，“由于这是杀手的一次早期实验，他可能会继续用他的武器甚至同样的弹药再次作案”。杀人犯使用了温切斯特－韦斯顿生产的0.22英寸口径的长管来复枪和子弹——和十二宫五年半以后在瓦列霍城外漆黑的赫曼湖路上用的是同样的牌子和口径。贝克说：“多明戈斯和爱德华兹选择度过‘逃学日’的地点非常偏僻，因此，带着枪和刀，还有事先割好的绳索以及引火柴出现在我们的被害人面前的杀手，谋杀意图非常明显。他们是被跟踪到那里的吗？他是事先选好了被害人吗？有没有什么方法可以发现被害人和杀手之间的关系？”

尽管说不出具体是什么原因，贝克怀疑案发现场有东西没有找到。研究中，他察看了6张8×10英寸的警方照片。一张显示了杀手的纵火企图，以及屋内的男性被害人。贝克研究了3张解剖台上的罗伯特的照片，上面显示了罗伯特关节上的顿挫伤和擦伤。右手关节的脱臼（贝克看不到罗伯特的左手）让贝克怀疑罗伯特曾经和罪犯搏斗过。贝克说：“他脸上的那些擦伤是在他被脸朝下拖到小屋里时留下的，我怀疑如果伯耶萨湖的被害人得以从十二宫手中逃脱的话，同样的事情也会发生在他们身上。十二宫会扔掉手中的刀子，用枪把他们击倒。至于（前一天被人看到的）红发男人，警察找到了他并且满意地认为他没有嫌疑。其他的细节我觉得不值得特别强调。至于河岸县的案件，我觉得十二宫只不过是冒名居功而已。但是本案发生在南加州，而十二宫曾说过下面还有很多，也许指的就是我们的案子。”

1963年6月5日，星期三

爱德华兹和多明戈斯刚刚被害，大家都还在想着这个案子，潘查里拉和切尼也不例外。他们长时间地讨论了该案，因此，他们能够准确记得艾伦突然出现在他们门前的那个周末。6个月过去了，这起可怕而毫无动机可言的谋杀仍然没有被侦破。

1963年12月9日，星期一

仍未获得教师资格的艾伦继续向位于萨克拉门托的教育部申请各种职位。等待之时，他的学历和部队背景允许他在离瓦列霍不远的位于费尔菲尔德的特拉维斯空军基地教书。尽管他更愿意教小学生，但他也满足于教授七年级和八年级的拼写、卫生和体育课。他被允许在基地福利社买东西——还可以打折——包括打猎用的弹药和靴子等。但是，直到两年后威恩布莱纳的产品开始分配以后，翼行者靴子才有售。在特拉维斯学校教了一年书以后，他因为习惯性地把各种致命武器毫不掩饰地放在车里而被解雇。

潘查里拉回忆道："让我不安的是，每次失去一个教职，艾伦都会开着他的奥斯汀·希雷跑车来，试图让我们相信他丢工作是因为单位有安全检查，而他违规携带左轮枪了。但是真正的理由其实是性骚扰儿童。他使用这个词语的时候如此愤怒，以至于他说想'在他们从校车上蹦蹦跳跳下来时干掉这些小家伙们'。那句话让我一辈子都记得。而那正是后来十二宫杀手用过的话。"

1964年，艾伦在萨利纳斯北边的沃森维尔教书时听说了一个奇怪的故事。在圣伯纳迪诺地区的太平洋高中，一个戴着有黑色橡皮筋带子的黑框眼镜的年轻学生突然走到教室前面。老师还没有来。在场的一个学生说："那学生用非常大的字在黑板上写下了十二宫，以及几个我记不清楚的像是密码似的符号。"

1965年8月，艾伦在一次事故中划伤了大腿，需要进行外科整形手术，尽管事故让他直到1966年还是一瘸一拐的，他仍然试探性地发出了新教职申请。他于1965年12月23日写道："伤口让我直到最近都不能工作。"但是据说他仍旧能在得克萨斯州一个机场为朋友格伦·莱因哈特的兄弟戴尔做一点工作，在那里艾伦获得了自己的飞机驾照。他的体重现在是220磅。

1966年6月18日，星期六

艾伦声称拥有普通小学教育的州级别资格和4年的教书经验，通过邮件向位于圣安德里亚的卡拉瓦拉斯统一学区申请工作。他填报自己的身高是6英尺，并且修改了体重（因为受伤增加了10磅）。艾伦说自己"目前"在两个职业组织里拥有会员资格——美国全国教育协会(NEA）和加州教师协会（CTA)。他夸大了他实际教书的时间，声称目前的工资是每个月300美元。很快他又把数字改为400美元。"你什么时候可以来面试呢?"他被问道。"最好是星期一和星期二，因为其他日子我要参加业余活动。"他回答说。

他开始在西拉斯的一所叫"山城"的学校和圣安德里亚西边的北加州小城峪泉镇的峪泉镇小学磨炼他的教书技艺。在峪泉镇的申请书里，他把特德·基德尔作为推荐人之一。艾伦太平无事地教完了在峪泉镇小学的第一年，但是很快老问题又出现了——他对孩子的不恰当举止和对女性不加掩饰的憎恨。

切尼告诉我："艾伦发了很多简历，很努力地找教书的职位。但是我不清楚他曾干过的那些教书的工作。他不谈论这些。我知道他在特拉维斯教过，但是他在那儿的时候我没去看过他。他很像电视剧《班尼沙》中扮演‘霍斯’的演员丹·布洛克，所以在60年代，每逢参加重大体育赛事或者周围有很多人时，他就会戴上一顶大大的白色牛仔帽。他想要人们特别是孩子们认为他是丹·布洛克。至于那顶帽子，在我遇到他之前就已经有了，甚至很可能从该电视剧1959年上映以来就一直在玩这把戏了。”艾伦会微笑着说：“‘霍斯’在斯堪的纳维亚语中是好运的意思。”

1966年10月30日，星期日

利·艾伦戴着他的白色牛仔帽，脸上挂着“大个子”丹·布洛克式的微笑，到河岸县去参加洛杉矶国际大奖赛。那个秋天的下午，他和大约8万人一起观看了比赛。下午6点10分，河岸县城市大学18岁的新生切丽·乔·贝茨从马格诺利阿出发去城市大学的图书馆。切丽·乔刚刚去旧金山州立大学看望了她订婚两年的未婚夫丹尼斯·厄尔·海兰德。奇怪的是，她却告诉她的两个女性朋友：“我去图书馆见我的男朋友。”可那一刻海兰德正在旧金山州立大学打橄榄球。警察后来猜测她的意思是指以前的某个追求者。

一位朋友看到这位美貌惊人的金发拉拉队员开着她的萤石绿大众车经过。一辆1965或1966年产的青铜色老式汽车紧紧跟在后面。她把车停下，右边乘客座的窗户半开着。10分钟后，切丽·乔从图书馆借了3本书。尽管她的朋友们在晚上7点15分到8点57分这段时间都在这狭小、拥挤的图书馆里，却没有一个人记得在那里看到过她。晚上9点钟，她回到她的车里，发现发动机发动不了了。她车子后面停了一辆之前不在那里的塔克鱼雷牌车子。

她不在的时候，有人曾动过她的发动机。切丽·乔不停地发动，最后把电池用完了。这时，一个男人从阴影里走了出来，走到她半开的右车窗边。他说：“有麻烦吗？让我看看发动机。”他也未能发动车子，于是说道：“我的车子在停车场里。来吧，我搭你一程。”她把她的书放在了自己车的座位上，车钥匙仍然插着。她认识这个人吗？还是他强迫她跟他走的？

到停车场的碎石路非常长，也没有路灯，很黑，而且很安静。两人走了大约200英尺，在位于特拉西纳3680号和3692号两座空木屋中间的一条肮脏的车道上停下了。他们的对话在后来一封寄给警察的“自白书”里有细述。“差不多是时候了。”他说。“是时候做什么？”她问。“差不多是你该死的时候了。”他的手里多了一把刀。大约晚上10点15分到10点45分之间，一位女邻居听到了一声“可怕的尖叫”。在10点30分时，另一位听到了“两声尖叫”。大约沉寂了一两分钟后，一辆旧车发动了。在那段时间里，杀手曾沿着斑斑血迹回去寻找他掉了的某样东西。

1966年10月31日，星期一

一位场地管理员在早晨6点28分发现了切丽·乔·贝茨。从42处刀伤来看，刀子长3.5英寸，宽1.5英寸。作案动机非常神秘——她衣着整齐，既没有被性侵犯，也没有被抢劫。在殊死的搏斗中，切丽·乔·贝茨把凶手的脸抓破了，而且从他的手腕上扯下来一块溅了漆点的天美时手表。从表盘一边脱落的表带约长7英寸。天美时手表是从一个军队福利社购买的。在贝茨尸体附近发现的“百路驰”橡胶鞋印表明是利文沃斯的犯人为军队生产，并且通过军队福利社出售的尺寸8—10号的“翼行者”一类的鞋子。河岸县旁边就是一个太空应用中心——马奇空军基地。被害人车子的左边车门上有几个油腻的指纹和手掌印。有人看到4个工人曾经到过贝茨车子在特拉西纳停着的地方。指纹和掌纹被送到了华盛顿，而天美时手表被送到了刑事鉴定调查局。

早上8点30分，利·艾伦打电话请了病假。在峪泉镇学校，他第一次没有上班。次日，他填写并签署了一份请假表格。没有人记得他的脸上有抓痕，但是艾伦说，当他听说切丽·乔·贝茨被杀的时候，他在波莫纳。他参加海军时曾经做过漆匠。那也许可以解释军队福利社的天美时手表上的漆点，但那是很久以前的事情了。

在询问了切丽·乔的朋友后，警察进而询问了15名附近空军基地的军队人员。贝茨被害14天以后，河岸县的警察接到命令：“扔下所有事情，一直工作到侦破本案为止！”于是他们命令案发当晚在图书馆的62名学生、两名图书管理员和一个看门人返回图书馆进行案发现场的重现。“穿你两星期前穿的同一件衣服。”

1966年11月13日，星期日

探员迪克·扬克斯和勒罗伊·格伦负责安排图书馆一幕的重演。两位舞台经理在下午5点拉开大幕，此时6位摩托警察在交警阿尔·弗戈蒂的带领下驻扎到了特拉西纳和河岸县交界的地方、费尔法克斯和河岸县交界的地方、在特拉西纳附近和马格诺利阿平行的巷道，以及通往费尔法克斯的巷道。

探员厄尔·布朗和地方检察官办公室的调查员劳伦·米歇尔按照一份清单逐一询问进来的每一个学生，并且进行了录音。“你注意到停在你前面的是什么车吗？”布朗问。“一辆1947至1952年左右产的浅褐色的斯蒂贝克，油漆都褪色了。”一个学生说。初步面谈后，每个学生领到一张卡片，上面有一个分派的字母。当他们完成重演之后，警察局局长欧文·克罗斯对其逐一进行了审查。克罗斯取了每位学生的指纹，并剪下他们的一缕头发。“你是否记得那晚在这里见过什么人，今晚却不在这里?”他问每一个人，“告诉我他的名字和外貌特征。”重演的幕布在晚上 9 点拉下，这是星期日晚上图书馆通常的关门时间。只有两个人没有出现——一个女人和一个留着胡子的魁梧年轻男人，身高大约 5 英尺 11.5 英寸——这正是艾伦的身高。

联邦调查员梅尔·尼古拉后来认为那个可怕的星期日晚上艾伦应该在河岸县。他说：“他既没有上班，也没有去大学上课。他每个周末都从卡拉瓦拉斯县到河岸县去，因为他参加了那里的一个汽车俱乐部。那个周末他一定在那里。”

1966 年 11 月 14 日，星期一

《新闻企业报》头条刊登：“城里警察勘查谋杀现场后追捕蓄须男人。警方寻找目标是一蓄须粗壮男子。”格伦警官说警察“非常有兴趣”和这个人谈谈。有暗示说凶手可能用胡子来作伪装。是不是十二宫用各种假发——大背头、黑发或平头——来伪装自己？什么样的人依靠假发来改变外貌？一个没有头发的人。

1966 年 11 月 22 日，星期二

加州大学河岸县分校的一个 19 岁女大学生正在林登街上往西走，这时，她发现一辆车慢慢地跟着她。回头一看，一个男人主动让她搭车。“不，谢谢。”她说。“好了，我又不是‘开膛手杰克’，”这人回答说，“你不记得了吗？3 个星期前我曾让你搭过一次车。”切丽·乔就是 3 个星期前被谋杀的。这个女孩笑了笑，模模糊糊地记得他，于是便打开车门坐了进去。搭车很顺利。他在一个比萨店门口把她放下来。她的男朋友没来跟她碰面，于是她又动身准备回加州大学河岸县分校图书馆。同一个男人再次出现让她搭车，但是，这人不是送她回去，而是飞快地把车开上了一条通往匹金帕斯的阴暗小路。当车子慢下来时，他这样说道：“有许多疯子到处乱跑啊，你听说城市大学那个女孩的事了，是不是?”女孩吓坏了，从车里跳了出去。在路边狂跑的她不小心摔倒了。当她跌跌撞撞地站起身时，他对她说道：“我不会杀你的，如果我想杀你的话，我可以用这块木头砸破你的脑袋。”她回到了车里，他的手立即闪电般地扼住了她的喉咙。他说：“现在如果我想杀了你，我可以立即捏断你的脖子，我是现在杀了你呢，还是你把衣服脱了?”

当他抓住她的运动衫时，她竭力挣脱，逃进了树林里。这个陌生人放弃了追赶她，带着她的提包和书跑掉了。女孩抽泣着，浑身都是擦伤，还沾上了树林里的芒刺，她磕磕绊绊地到了海格罗夫地区。当警察询问时，她描述说嫌疑人“35岁，5英尺9英寸高，有个圆胖突出的肚腩”。后来对十二宫的描述提到了“有点肚腩”和他的“肚子吊在裤头上面”。

1966年11月29日，星期二

杀害切丽·乔·贝茨的凶手（或者假装凶手的某个人）从一个农村的邮筒给警察和河岸县《新闻企业报》寄了两封没有贴邮票的信。这所谓的坦白信其实是用复写纸复制的模糊不清的第四份和第七份副本，重复了他和切丽·乔之间在黑暗中的对话。原件从未被寄出过，这使得查出具体是哪一种打字机非常困难。作者用的是一台“皇家牌”便携式打字机，伊莱特型，坎特伯雷铅字字模面。艾伦的妈妈就给过他一台这样的打字机。信件纸张的长度不为人知，这是由于作者把一张电报纸的头尾都撕了。奇怪的是，他把纸张底部的两个角都折了起来。作者声称给《新闻企业报》打过电话，但很可能没有。有些语言像是十二宫的风格。“我不是疯子！我只是很疯狂！但是我将不会停止我的游戏！”十二宫写道，“为何破坏我们的游戏规则！”

1966年11月30日，星期三

艾伦接受了他在峪泉镇学校的第一次考核。他的评定者建议：“在教室最好不要喝汽水。”“声音太大，可以改进一些。”艾伦的个人品质以及课堂控制和管理皆被评定为“令人满意”。“十分擅长运用视听资料……需要顾及学生的感受行事，以便他们能够区分友好和亲密的差别。”

1967年3月10日，星期五

峪泉镇的行政管理员给出了第二个意见。“艾伦易于接受批评和建议，为人开明，能适应新的东西，”意见提到，“我建议他能更注意一下衣着。”

但是，偶尔当艾伦情绪低落时，他会在教室里趴在桌上，嘴里重复念叨“小山雀”。这种表现以及他对班级里十一二岁女孩的令人反感的接触引起了极大的恐惧。他会让身体发育较成熟的女孩在蹦床上蹦给他看，然后做些令人反感的评论。有两个女孩发现艾伦到她们祖母家的房子那儿去窥视她们，而艾伦自己的家和她们祖母的家只隔着一条高速公路。

那是1968年3月或4月初的早晨，峪泉镇已经开始上课了，这时艾伦一个学生的妈妈悄悄走进了校长办公室。她说：“昨天，艾伦先生就在他的桌前，在我女儿身上乱摸一气。”早已心生怀疑的校长立即相信了她。他打电话叫了一位代课教师。当代课教师到达时，他把艾伦叫出课堂，当场解雇了他。艾伦开始哭泣。艾伦说：“是的，我是那么做了。我不知道我为什么那么做。我不知道我到底有什么毛病。”对于校长而言，这是“一件大事”。几天以后，罗恩和卡伦开车到学校为艾伦的行为道歉。他们本来就很惊讶他一开始居然能在那里找到工作。

艾伦被辞退的官方理由是“不恰当的行为”和“夸大他的教学资历”。艾伦提交了辞呈走人，但却继续在孩子身边工作。

1967年4月30日，星期日

六个月以后，针对星期日早晨《新闻企业报》的一篇文章，残酷的十二宫给被害人的父亲、《新闻企业报》和警察分别写了信。他的三封信手书在质量很差的学校常用纸张上，这种纸上面有横线，有三个孔，约八英寸宽。他的信件，和十二宫其他信件一样，贴了双倍的邮资，也像利·艾伦给孩子们的个人信件一样，以铅笔书就。

1967年8月25日，星期五

切尼告诉我说：“1967年的夏天，艾伦和我到湾区的北边去打鹿，我曾是一位非常有热情的猎人，但是我不再打猎了。如果你不爬山的话，跟他一起钓鱼还可以，他的脚不太好。他是平足，而且又太胖，有时候还有痛风病。至于武器，我有一支温切斯特M88，0.308英寸口径，使用NATO子弹（全称为北大西洋公约组织标准子弹），但我不记得艾伦有什么样的枪。那时候我没有另一支大的来复枪借给他，所以他得自己想办法。他在别的地方弄到的枪。”

切尼还告诉我说：“弗雷斯诺街街尾有家薄饼店，离他家就一两个街区的距离。某次打猎以后，我们准备到那个地方逛逛，在薄饼店那里看到了一个女孩，是女招待。艾伦表示对她有兴趣，问我觉得她如何。他认为他可以和她有些进展。我认识他以来，这是他提及的唯一女性，也是唯一一次我看到他表现出对特定女人的兴趣。他喜欢女人，但她们就是不喜欢他。那个女招待年轻、漂亮，头发是棕色的。我记不得她的名字了，但那是艾伦唯一提起她的一次，也是艾伦唯一一次提及一个具体的女人。所以我印象深刻。”

1967年9月4日，星期一

艾伦开始在位于拉洪达峡谷的基督教青年协会的拉洪达学校教书。他一天课也没缺，直到1968年2月5日，从那天起他连续三天缺课。“私人事务”，他在他的缺勤条上潦草写道，然后想了想又改成了“学校事务”。

1968年6月7日，星期五

艾伦离开了拉洪达，在接下来的一年里曾在哈利·沃根汽车服务站做过机修工，在富兰克林学校做过看门人，并干过其他很多卑微的工作。但是他仍然有闲暇享受生活。切尼告诉我：“罗恩和艾伦去了墨西哥，我是从罗恩那里听说的。另一个叫‘下流的诺姆’的人可能也去了。他们叫他在学校时的外号‘下流的诺姆’，因为他长得有点像类人猿。他实际非常文雅，但他的长相让他有了那外号。他和艾伦是轻装潜水伙伴，有两次去莫洛湾和蒙特利看诺姆时，我也和他们去轻装潜水了一会儿。那时候艾伦有一艘“卡塔莉娜·凯特”牌双体船，还有一艘很小的船。在墨西哥，罗恩、艾伦，可能还有诺姆，抓到了一些龙虾，他们让一对在海滩上碰到的墨西哥夫妇给他们在岸边做了一顿美味。”截至1969年10月6日，艾伦在埃尔默·科伍小学做兼职保安。就是在那里，林奇警官不知道从何处得到信息，将艾伦当做一名十二宫杀手的嫌疑人进行了审讯。

1969年10月20日，星期一

河岸县警察局局长L.T.金基德尔和探员H.L.霍姆瑟联系了纳帕治安官厄尔·兰道尔和上尉警官唐纳德·A.汤森：“本函特此重述我们之间于1969年10月17日进行的电话会谈，主要谈及你们的‘十二宫’嫌疑人和我们的凶杀案（案卷号352—481）嫌疑人两者十分相似的作案手法：

> “凶杀案案发一个月后，《新闻企业报》和我局收到了凶杀案嫌疑人所写的信。嫌疑人用一支黑色羊毛笔尖的笔写的信封，并且用了大写字母的印刷体。自白书是用打字机打的。你会注意到拼写和标点等都有很多的错误。写自白书的人知道只有杀手才会知道的有关凶杀案的一些事实，无疑是我们的凶杀案嫌疑人。你们的凶杀案和我们的352—481号案件调查之间有无数的相似之处。我想应该通知你们，我们其实在进行类似的调查。”

在凶手弄坏切丽·乔·贝茨的车子时，他可能留下了指纹。未经确认的模糊指纹被从车上取下，送到了联邦调查局，文件号为32—27195，潜在案件号73096。旧金山警察局把从出租车上取下的模糊指纹送到联邦调查局进行比对。但这些不完整的指纹和案件中任何人的指纹都不相符，而案件中曾有过无数的嫌疑人。

河岸县城市大学内的恐惧增加了。很多空地被检查过，安装了明亮的路灯。约瑟夫·贝茨用他的房子做抵押贷了一笔款，作为抓获杀害他女儿凶手的奖励。

1969年10月21日，星期二

旧金山的新闻记者们仍然在努力分析这一案件。一份给记者迈克·格雷戈的有关十二宫的《纪事报》内部备忘录这样写道：

> “在涉及一个男孩和一个女孩的3起案子里——十二宫试图将两人全部置于死地，但3次都成功地杀害了女孩，只有第一次成功地杀害了男孩。第一次双重谋杀到第二次作案之间隔了197天；第二次和第三次作案之间隔了84天；第三次和最后一次作案之间隔了14天——间隔越来越短。十二宫似乎总是在星期五和星期六的晚上作案——所以不禁让人想问他如何能攻击校车。任何我试图总结的作案惯例都至少被违反了一次。星座运势图（至少《纪事报》的那些）也没有提供任何线索。摩羯宫多少有点适用，除了对第一次谋杀而言……我花了两三个小时也未能发现任何统计或数字的规律……伯耶萨湖被害人的胸口、背部和腹部被一把12英寸的屠刀刺了20多次，其中很多伤口是一横一竖，呈现了十二宫的十字准线标志（马歇尔·斯瓦兹）。”

最后一点并不总是这样。

在旧金山警察局，教授模样的比尔·哈姆雷特抽着烟袋趴在过道里一张临时的桌子前。托斯奇说：“我们稍微把他和周围隔离开了，以便他不被打扰，我们正从湾区和北加州收集指纹。他戴着他的放大镜，不停研究指纹卡片。他专注于指纹工作。如果你让太多人来核对指纹，可能会有遗漏。”但是那辆出租车上的指纹始终没有找到相符的。

1969年12月31日，星期三

十二宫的暴力活动周期和学年的节假日完全相符——暑假、哥伦布日、万圣节、感恩节、圣诞节和七月四日。利·艾伦是在新年那天向切尼吐露心事的。十二宫花时间写的大部分信件和密码都是在学校放假期间寄出的。除了小学老师以外，其他职业很少会休节假日，何况除此之外还有3个月的假期。十二宫的活动符合学校的时间表，而和其他任何时间表几乎都不相符。

十二宫曾经威胁过要射杀从一辆被破坏的校车上冲下来的孩子们。他扬言要放置针对校车的高度、窗户数量的炸弹并且在校车路线上引爆。一位专家推测说：“我感觉杀手很可能是公职人员，可能是为某个学校工作的，他和一所学校或大学可能有联系，即使只是作为一位校工，也是值得怀疑的。”

尽管这时艾伦向他身边最亲近的人出示了他藏在一个灰色金属盒子里的密码，但他从来没有和切尼谈起过这些密码。切尼说：“不，绝对没有。艾伦从来没有谈起过密码，甚至连填字游戏也不玩，也从未在任何时候显示过对占星术的兴趣。但是他喜欢编押韵文字。”

1970 年 1 月 30 日，星期五

圣路易斯 – 奥比斯波的卡尔波利学院的 3 个学生向当地警察局提供了一条线索，随后被转达至联邦调查局鉴定处。他们提供信息说，该校一名毕业生的情况和有关十二宫的描述非常接近。他们说：“他拥有 9 毫米和 0.22 英寸口径的手枪，并且经常独自在旧金山旅行，或者到州里其他偏僻的地方去，最后一次谋杀发生的那个周末他不在卡尔波利。”在十二宫写信和进行一系列残酷谋杀的那段时间里，艾伦好好地待在湾区。但是，如果这 4 个学生指的是艾伦，他仍然有可能经常到南边去拜访他的母校。他倾向于在金门一带游荡，长时间让人不知去向，这不禁让他的家人产生怀疑。

1970 年 3 月 23 日，星期一

凌晨 3 点钟，在从她的绑架者身边逃离 40 分钟以后，凯瑟琳·约翰斯向斯坦尼斯劳斯代理治安官吉姆·瑞·拉怀特报案。这名孕妇和她怀里的女婴在从她位于圣伯纳迪诺坎普斯路的家去往佩塔卢马的路上被绑架。和贝茨的情况类似，这名闯入者耍花招弄坏了她的雪佛兰车，把她骗进了他的车里。他让约翰斯女士经历了一次恐怖之旅，直到她和她的婴儿从行驶的车里跳了出来，躲在了一块田地里。他试图搜寻她们，幸亏一辆卡车及时经过。代理治安官拉怀特后来在德尔塔西边约四分之一英里处的 132 号高速公路上找到了约翰斯着了火的汽车。绑架者有足够时间换掉约翰斯被扎坏的轮胎，将车子开到别的地方，并且将它点燃。

绑架者驾驶一辆褐色的新型汽车，戴着眼镜，穿着一件暗色的滑雪外套和海军蓝的喇叭裤。约翰斯从拉怀特墙上钉着的一张通缉告示认出她的绑架者是十二宫。他 30 岁左右，有 5 英尺 9 英寸高，重约 160 磅——这体重对于十二宫来说偏轻了。约翰斯最近回忆说：“那是 28 年前的事情了，我现在很可能认不出他了……但他那冷酷的声音——我一直记得，就像昨天发生的一样。我想如果你经历过那样的事情，你也一定不会忘记。”

1970年7月24日，星期五

直到10月12日，十二宫才在一封信中声称对约翰斯的绑架负责。6月26日他声称枪杀了旧金山警察局警官理查德·拉德提克，但那是一个彻头彻尾的谎言。这让托斯奇不禁对十二宫宣称的河岸县谋杀表示怀疑。

6. 艾弗利与黑暗的小巷

1970年10月24日，星期六

十二宫的案子已经影响到了《纪事报》记者保罗·艾弗利的健康，并且最终搞垮了他的身体。凌晨他把车开到狭窄的玛丽街上。玛丽街藏在《纪事报》报社的阴影里，并且沿着老造币厂的背后继续往西北方向延伸。艾弗利将车子停在玛丽街和米娜街交会的地方，米娜街这条阴湿的小巷将《纪事报》和《观察家报》隔了开来。这一带很乱，当时的米娜街名声不太好。这里发生的谋杀案比城里其他地方的都要多。他离开的时间并不是很长——从凌晨12点40分到1点40分，但已经足够了。在这段时间里，他穿过一条长长的、灯光黯淡的过道进入本地新闻编辑部。《纪事报》是一座巨大的谷仓似的三层楼，在布道街和第五街的角落处有个塔顶。灯光是黄绿色的。艾弗利能够感觉到脚下正在印制当天晨报的巨大印刷机的颤动。

艾弗利把一则报道归档后，随即返回他的车子那里。右边的风窗被砸碎了，看来这是个有经验的小偷干的。只有几件东西不见了。他的富国银行支票本被拿走了，里面有118到125号支票。他的一台昂贵的索尼录音机不见了，这台录音机曾用于采访一位故意压低声音的十二宫线索提供者。艾弗利有些担忧，于是给警察打了电话。吉拉尔德·德汉姆和威廉姆·西弗尔特报告了此事。

然后艾弗利注意到，印着自己名字缩写“P.A.”的灰色大公文包被偷了。他曾在公文包里塞了一整套有关十二宫的剪报。杀手似乎在记者的备忘录和星期日特辑刊登之前就已经知晓了其内容；杀手使用的可能就是从街那头伍尔沃思店里买来的报社用电传打字纸和文具。如果十二宫在深夜里进入大楼怎么办呢？尽管报社是24小时运营的，但是夜里只有几个骨干成员上班。整栋楼的安保不过由第五街入口的一名保安和一张高桌构成，然而后门却有两个楼梯通道和两部电梯通向编辑楼层。另外，还有一条通道穿过米娜街，连接着《观察家报》和《纪事报》，允许人们从一家报社走到另一家。

一位《纪事报》的印刷工认为，十二宫实际上在那里工作。他告诉我："十二宫的很多密码符号也是印刷工用的校对符号，十二宫自己的标志（指带十字的圆圈）是校对工用来在薄棉纸上排列校正的地方和记录颜色的符号。他给页数排序的方法也是印刷工的方法：1/6，2/6，等等，以此来提醒排字工和校对工注意印数的变化。校车示意图上用的箭头也是印刷工的箭头，不仅是一条线和一个口朝下的V字，而是'V'字里都填满了。"

他还说："十二宫开始写信的时候，报社正试图采用一个叫'布雷根'的计算机系统进入电子时代。用来打字的纸是一种十二宫曾使用过的廉价的折叠式纸张。报社曾经给我们提供蓝色羊毛笔尖的笔（因为它们不会印到通过扫描仪送进去的原稿上），印刷工用它来写指示，排字工用它来记录有关拼写以及连续性等问题。"

《纪事报》的编辑们最终把怀疑的目光投向了两个前雇员。编辑们查看了他们的考勤记录，想看看他们是否有哪天没来上班，和十二宫犯罪和写信的日子一致。其中一个工人曾多次患严重的抑郁症，某次上夜班的时候消失了，留下一张纸条要求请4年的病假。另外一个也消失了，留下了未领取的4张工资支票。

1970年10月26日，星期一

在北萨克拉门托，艾弗利的文档丢了两天以后，28岁的法院书记员、未成年人法院助理南希·M.本娜拉克没有去上班。朋友们在二楼她的房间里发现了她鲜血淋漓的尸体，喉咙被割开了。身份不明的凶手从本娜拉克开着的窗户进了房，那窗户是给猫留的。她本来预定11月28日结婚。她并没有被性侵犯。她的公寓离护士朱蒂斯·哈卡里的公寓只有半英里远。23岁的哈卡里从当地一家医院下班后在她的北区公寓门口被绑架了。她的身体被打得惨不忍睹，在普莱瑟县某偏僻区域的一条阴暗的碎石路上被人发现。她也没有被性侵犯。和本娜拉克小姐一样，她原本也快要结婚了。

1970年10月27日，星期二

次日下午，十二宫给艾弗利寄了一张装饰华丽的万圣节卡片，签名"你的秘密伙伴"。我用一张未经更改的卡片与其作了对比，发现十二宫重画了很多东西。

他小心地剪了一个骷髅和一个橘红色的南瓜贴到卡片上，画了两只瞪着的眼睛，并且很有技巧地加了美术字。他至少花了一天时间来准备这张卡片。托斯奇告诉我："你可以看出十二宫是多么喜欢在卡片上留下自己的标志，还有，'躲猫猫'和卡片上其他的字样也是十二宫的'杰作'。"卡片上微笑的骷髅似乎在给艾弗利某种暗号，签名居然是"你的秘密伙伴"。十二宫在骷髅的右手上画了一个小小的数字14，表示"第14个"被害人。关于本娜拉克死亡的消息在第二天早晨才出现在《纪事报》上。

艾弗利给警察局局长阿尔·奈尔德写信说："由于所谓的十二宫杀手寄给我的死亡威胁，我完全同意阿姆斯特朗和托斯奇给我的建议，他们建议我带枪，以便在紧急情况下保护自己。因此，我正式请求给我发一张携带隐藏武器的临时许可。"

奈尔德同意了，不仅给了艾弗利携带一支0.38英寸口径左轮手枪的特权，而且允许他在警察的射击场练习。晚上9点45分，感受着夹克下隐藏的枪套里那支0.38英寸口径手枪令人安心的重量，艾弗利和晚间新闻编辑史蒂夫·加文道了晚安。他从第五街上的多层停车场取了车，开上了米娜街。在第六街的角落里，艾弗利在汽车前灯的灯光里看到了一场某一边明显占优势的打斗。大约十英尺远处，两个男人正在扭打。第一个人手里握着一把打猎的刀，正从腰部位置不停地有力地往外扎。第二个人胸部已经受伤，正把他的皮带对折绕在一只拳头上作为保护，他一边不停后退，一边想用两只胳膊挡开对方的攻击。

艾弗利拼命地按喇叭，但两人继续打斗。艾弗利担心自己的安全，飞快掉头把车开到了第六街的另一边。持刀人不停进攻，他的受害人最终倒在了街上。不停喊叫和按喇叭的艾弗利看到一名醉汉步履蹒跚地走上了第六街，紧靠着街边的墙来支撑自己。当这名醉汉摇摇晃晃走过来时，持刀人转身飞奔过去，也刺中了他。可怜的醉汉试图自卫，把胳膊抱在胸前。任何经过持刀人身边的人都处境危险。

有人要被杀死了，艾弗利想。他从车里钻了出来，一边慢慢地走近，一边掏出枪来。走到第六街中间，他大喊道："把刀扔了，靠到墙边去！"持刀人僵住了，然后转身对着艾弗利。他把胳膊举过头顶，犹豫不决地往艾弗利这边挪了几步，然后冷冷地瞪着艾弗利。艾弗利重复了一遍，也瞪着他，并且举起了枪，直到他听到了，而不是看到了刀子掉在他脚边的声音。持刀人把他的手掌放在第六街125号一家旅馆前面的墙上。艾弗利对着旅馆门厅里面的接待员大声喊："给警察打电话！"不一会儿，一个穿着还算像样的老年帮佣踉跄着走到门口说："警察已经出发了。"在接下来的5分钟里，艾弗利努力和他的犯人保持适当的距离。

最终，他听到了警笛的鸣叫声，一辆警车出现了，两个警察下了车。

“这个人刚刚捅了几个人，请接管好吗？”

“你拿的是谁的枪？”资深一些的警察问。

“我的。”艾弗利拿出他的特别警徽，解释了为什么自己会被允许带枪。“你可以给警察局局长打电话来核实我的话。”他说。

“哦，是吧，你想让我在星期日晚上10点钟给奈尔德局长打电话？”

“为什么你不给阿姆斯特朗或者托斯奇打电话呢？”

“你打。”警察说。

托斯奇为艾弗利证实了一切，但是两名受害人却趁着夜色溜走了。“没有受害人的话，”一名警察耸耸肩膀说，“我们能做的最多就是以‘粗鲁而带威胁性地使用刀具’为名将他记录在案。只是轻罪而已。”没有人被讯问，作为唯一的证人，艾弗利签署了一份公民控状。第二天早晨，艾弗利在10点30分来到司法大厅，但是那名持刀人已经被释放了。艾弗利告诉奈尔德：“我并不喜欢扮演警察的角色，我担心我很可能把这个人杀了。我一直看着他，心想如果他拿着刀朝我扑过来，如果真是那样的话，事关生死存亡，我将不得不扣动扳机。我想我带枪之前并没有考虑过这一点。我将自己置于一个早晚不得不用这把枪的境地。我不想要了，局长。那把枪的分量太重了。”回到自己位于莫林县的船屋之后，艾弗利把自己安装在对着五号大门公司旁边的苏沙利多街的一扇窗户上的钢板取了下来。他感觉恶心，是十二宫让他有这种感觉的。随着时间的推移，他的肺开始出问题了。

7. 阿瑟·利·艾伦

1970年11月13日，星期五

一位圣拉斐尔的笔迹学家分析了十二宫的笔迹。她猜测说：“他应该有5英尺11.5英寸高，敏锐但不具有创造性，他头发很少，有时戴假发或假胡须，偶尔戴眼镜，可能有点畸形或缺陷，例如右手手指可能有损伤。他有意识或无意识地自我催眠，并且事实上知道这一点。他总是相信自己正在被淹没，深陷感情漩涡，或实际溺水，或被无法预料的环境搞得不知所措。可能有船或者船屋。很可能水肺潜水过。脑损伤。出生时或之后的缺氧造成组织损伤……”十二宫曾写道：“请救救我，我快被淹死了。”

秋天，艾伦已经开始在位于罗内特帕克市的索诺马州立大学就读，并且在圣罗莎为他的拖车租了一块地方。11 月 13 日星期五，艾伦在从萨克拉门托返回的途中出了摩托车车祸，而头一天，有人在萨克拉门托杀害了圣罗莎居民凯罗·贝丝·希尔本。人们最后一次见到她是在位于西议会大道的一间叫“十二宫”的夜间俱乐部，摩托车族经常光顾那里。她是不到一年的时间里在萨克拉门托遇害的第三名年轻貌美的女士。人们在城市北部德里克利克附近一片非常偏僻的区域发现了她那被打得惨不忍睹的赤裸尸体。一辆车曾把她脸朝上地拖进地里。然后凶手割开她的喉咙，残忍地殴打她，以致尸体都无法辨认了。

那天下午，保罗·艾弗利和警官大卫·波奈要求舍伍德·莫里尔将十二宫的笔迹样本和贝茨案中收到的河岸县文本进行比对。

1970 年 11 月 15 日，星期日

多年来，一辆白色的雪佛兰羚羊曾多次出现在关于十二宫的案件里。一名受害人的保姆曾在华莱士街上看到一个圆脸男人在一辆“美国造的、有大挡风玻璃的、挂外州牌照的白色轿车里”窥视。刺杀案案发当日，3 名妇女曾在伯耶萨湖看到一名可疑的男人坐在一辆雪佛兰车里，“颜色是银蓝色或者冰蓝色的，是 1966 年造的双门大轿车，很安静很保守的那种，挂的是加州的牌照”。1970 年 11 月 15 日羚羊车又曾在圣罗莎出现。凌晨 4 点钟，一名女驾驶员发现“一辆 1962 至 1963 年间产的白色雪佛兰”从圣罗莎的一处邮局开始跟着她。之后不久，一辆“1964 年的白色雪佛兰羚羊轿车”在门多西诺大道和卡纳特路的交叉处开始跟踪第二名妇女。凌晨 5 点 10 分，正在尾随一名妇女的一辆“1963 至 1964 年间产的白色雪佛兰”被警察拦了下来，还试图加速逃逸。驾驶员是一名 25 岁的瓦列霍人，他声称自己迷路了，正在寻找出城的路。警察护送他出了城。次日，十二宫案件有了一点突破。

1970 年 11 月 16 日，星期一

莫里尔发现了一个匹配之处，将十二宫的文本和 3 封“贝茨必须要死”的信件以及在河岸县城市大学发现的一首歪歪扭扭的印刷体字母的诗联系了起来。十二宫曾用一支蓝色的圆珠笔在一张书桌的胶合板桌面上刻了一首可怕的诗。这首诗最早很可能在1967年1月就写好了，那时这书桌还储藏在一个学校闲置的地下室里。“厌倦了生活……”这首诗是这样开头的。这首带着血腥气的诗歌下面用小写字母写着“rh”。莫里尔查看了超过6000份的笔迹样本，想要寻找拥有这个名字缩写的杀手。他告诉我：“这些样本绝大多数来自于河岸县城市大学和军事基地，它们被拍在微缩胶片上，然后再放大，我用放大镜一份一份地核对。案件中的薄弱环节之一就是——有一些登记卡是打字机打的（不是手写的）。”克罗斯局长很受鼓舞。“好了，看起来我们开始行动了。”他说。对十二宫的追捕现在成了全州范围内的事情。

11月16日晚上早些时候，艾伦站在他拖车的门道里舔舐着自己的伤口，包括身体和感情上的、过去和现在的。他倾听着。圣罗莎大道上来往车辆的声响充斥着他的头脑。他戴上他的白色帽子，把拖车的门锁上。他一瘸一拐地走到他的车那里，开始发动这辆满是灰尘的老爷车。

夜幕开始降临。

下午6点钟，离圣罗莎大约8英里的洛斯·圭卢科斯女校，一名雇员购物归来。她在皮西恩路和双车道的索诺马高速公路拐角处慢下来，等着迎面而来的车流驶过。路边的灌木丛里突然伸出一只手，抓住了她的车门把手，一张脸在灌木丛中瞪视着她。这张脸看上去很熟悉，面部特征和十二宫通缉告示上的相似，但头并不是秃的。她回忆说：“他穿着一件海军蓝的夹克，我判断他大约35岁左右，戴着黑框眼镜。”她用力一踩油门，来了一个很大的左拐弯，然后飞驰1/4英里回到了她的公寓楼。她说：“我觉得，灌木丛里冒出的那个人和通缉告示上画的人是同一个人。”

1970年11月19日，星期四

河岸县警察局就十二宫案件举行了一次秘密会议。阿姆斯特朗留守，托斯奇、纳洛和尼古拉都飞到南边来参加了。托斯奇说：“有时候我们会分头行动，‘你想做这个吗？’阿姆斯特朗会问我，然后我们会轮流做事，以便能在同一时间完成不同的任务。”托斯奇震惊地发现艾弗利也在飞往河岸县的同一架飞机上。“我们一眼就看到他了。他把他的名字印在手提行李的背面。纳洛和尼古拉都看着我，我说：‘嘿，我什么也不知道啊！’他们以为比尔或者我向艾弗利走漏了消息。我问艾弗利：‘保罗，你怎么知道我们要到那边去？你必须告诉我，这些伙计认为我是告密者。’艾弗利说：‘是克罗斯局长告诉我的。’着陆以后，我们等着租的车过来，艾弗利居然问能否搭我们的车去警察局总部。答案当然是否定的。事实上我喜欢艾弗利，在许多人都认为他行为有一点诡秘的案子上，我能相信他。他在我面前从来不那样。”

独自驾车去开会的途中，艾弗利回想起3天前在伯克利电信大道上发生的一件事情。一名“年纪大约在25岁到45岁之间”的粗壮的陌生人曾接近两名女孩，主动提出让她们搭他的车，但遭到了拒绝。她们在一家小吃店吃了东西，40分钟以后返回停车的地方，发现她们的车没法启动了。突然，同一个陌生人再次出现，主动提供帮助。一名路人注意到这个男人帮着一名年轻女孩推一辆大众轿车，另一名女孩坐在驾驶座上。当这名路人提出帮忙时，粗壮男人似乎对他的干涉很恼火，接着便溜掉了。第二名好心人检查了发动机。“分流器中间的线被扯掉了。”他后来告诉艾弗利。“女孩们向当地警察局报告了，她们的报告里也许包含这名陌生人的车牌号码。”这名路人补充说。12个小时后，《纪事报》接到了一个匿名电话。这个声音说道：“本地新闻部，别再忙着改文章了，我是十二宫，这将是我最后一次打电话了。”艾弗利很奇怪十二宫怎么知道报业的行话。伯克利的警察查看了他们的档案，但是未能发现牌照号码。

艾弗利实际上在发抖。压力无比巨大，他愈加被十二宫24天前对他的威胁给吓住了。10天前他来河岸县的时候，曾请求本地新闻部，如果他离开期间有任何信件的话，一定要给他打电话。

艾弗利在一份备忘录里写道：“Zode——我是这样称呼他的，有点像越南民族解放阵线的士兵。（艾弗利曾作为战地记者在越南待了3年。）你不知道他是谁，他在哪里，或者在何时何地他会再一次发起攻击。我一直试图一只眼盯着前方，另一只眼不停回头看，为此几乎变成斗鸡眼了。我很怀疑他是否真的打算来攻击我，但是我想应该小心为上。”

托斯奇告诉我：“我并不满意河岸县之行，会议开始时我努力想表现友好。我们在他们的办公室里待了一整天，吃了午饭。我们以为我们会得到更多的信息，但其实只得到了一丁点儿。除了总是和我们一条阵线的探员巴德·凯利以外，我们从未从河岸县警察局得到更多的合作。这些河岸县的家伙们没有告诉我们太多东西。很明显他们想把一切都留给自己，就好像我们是来这里抢钱包似的。可事实并不是那样。我们是来这里分享信息的。

“他们没收了河岸县的那张书桌，把它保留在警察局总部的一间特别证据室里。那张书桌真的吸引了我的注意力……上面的文字明显是十二宫刻的。后来，在我们获得有关艾伦的线索以后，河岸县从未查过他是否曾在这一地区待过——我问：‘你们知道阿瑟·利·艾伦吗？’‘你逮捕他了吗？’‘他曾在这一地区被传讯过吗？’‘我们能把他和河岸县城市大学联系起来吗？’他们不太赞同河岸县案件的罪犯可能是我们的凶手十二宫这一事实。从那一刻起，他们对任何其他嫌疑人都有了偏见。河岸县的警察们认为他们知道是谁谋杀了贝茨。”

警察局的欧文·克罗斯局长说：“我们不排除凶手也许是本地青年的可能性。”

在旧金山这边，《纪事报》收到了一封打字机打的匿名信，里面写道：

> “让我既愤怒又惊讶的是，像十二宫这样一个肆意妄为的凶手居然长时间逍遥法外。我个人认为十二宫曾经在某种机构待过一段时间——监狱或者精神病院……十二宫不会结婚。他无法保持与女人的正常关系，无论是性还是感情方面……追捕十二宫杀手的行动一直是充满错误的‘悲惨’的喜剧……但有一点我知道：所有‘大规模杀手’之类的人开始肮脏勾当时的每一恐怖行为都有一个起点，这一起点是由我们通常称为动机的东西激发的。他们心中的兽性大多数时候静静蛰伏，然后某样东西会激发它，把它放了出来。在十二宫的案例里，我猜测是这样的：第一次谋杀时他生活中的某一插曲，对于人们称为十二宫的人是创伤性的，但是对别人而言也许并非如此。他好像真的很恨警察，很喜欢用警察无法抓到他这一点来刺激他们。可能是在那一特定时间和警察曾有过遭遇。我个人不相信他按照某种星相时间表来实施谋杀。我认为他在节日或者周末杀人只不过是因为这些时间里他不工作。他可能有一份一周40小时、连续5天的工作……我将保持匿名。我希望你们不要停止追捕这个恶魔的努力。祝你们身体健康、工作愉快。签名：扶手椅。”

在这封不同寻常的信里，“扶手椅”提及他从未听说过母亲射杀已经成年的孩子。他得出结论说：“我想我可能太过多疑了，但多疑不止一次地救了我。”扶手椅不仅用了十二宫的词汇：“刺激”、“扳机”、“猎捕”、“打猎”，而且在贝茨被杀时曾住在河岸县，并在信里引用了他在那里读过的事件和新闻。我一直未能找到他。

1970年12月18日，星期五

在阿瑟·利·艾伦生日的那天，某个夜盗闯进了一名妇女的家。夜盗很努力地掩藏自己的身份——手指上都贴了胶布，一块白色的手帕绑在脸的下部。正在睡觉的主人惊醒了，发现一个男人站在她的面前，拿着一根棒球棍。她从床下抓出一支来复枪，开了一枪，子弹擦过他的胳膊。这个男人推开她的来复枪，用棒球棍砸破了她的前额。被打斗声惊醒的主人女儿瞥见了这名闯入者跑过客厅。她说："他穿着深色的尼龙滑雪衫、深色裤子，戴着海军蓝编织帽、焊接护目镜，但是在我能够仔细看清楚前，他关掉灯消失了。"他在墙上留下了一个血手印，但是没有指纹。他在房子里从头至尾都没有说话。康特拉科斯塔县治安官办公室发布了寻找这个人的全城通告，他们认为这个人可能是十二宫。

1972年2月4日，星期五

自从那个炎热的8月早晨阿姆斯特朗和托斯奇询问利·艾伦以来，漫长的7个月已经过去了。据他们所知，他仍然在索诺马州立大学参加春秋两季的课程。在那段时间里，可能有近百名新嫌疑人的名字送到过他们的办公桌上。艾伦的名字在那一堆名字的最下面某个地方。线索仍然源源不断地涌进来。托斯奇告诉我："很多人想要提供帮助，给你送来这样或那样的信息，但你在心底觉得他们是来向你提问题的。一种感觉在不停地提醒你本案是一个'圆脖子'。圆脖子指的是办公室里的垃圾桶，意思是该案将进入未破案件的卷宗里。我们的确无法处理所有的线索电话。办公室里的其他人对我们越来越不满。'嘿，伙计们，我们没有写信啊，'我们告诉他们，'我们只是接电话而已。如果我们拒绝某个人，因为挂了电话而将重要的线索拒之门外——我们将没法破这个案子，而我们必须破案啊。请不要挂任何人的电话。'"

他们跟进了最有希望的线索，但是时间对十二宫更为有利。再过两个星期，加州最高法院就将规定死刑是违宪的。因此，即使十二宫被抓到了，也不会再被判处死刑。证人和侥幸逃生的受害人，因为害怕十二宫都躲了起来，或者搬到别的地方去了。物证或者遗失，或者被毁坏了。在这期间，探员们却只能猜测这位"密码杀手"到底在做什么。

在圣罗莎，下午4点钟，莫林·李·斯特林和伊凡妮·韦伯离开了位于斯蒂勒道的"红木溜冰馆"。两个女孩开始走路回家，走走停停。斯特林留着中分的棕色长发，身着蓝色牛仔裤、紫色的套头衫和红色带帽子的T恤衫，脚上穿着棕色的羊皮鞋。韦伯的衣着类似：蓝色牛仔裤、淡紫和白色的花呢套头衫、黑色天鹅绒外套和棕色羊皮靴子。和她的同伴一样，韦伯有着蓝色的眼睛，金色的长发从中间往两边梳开。两个女孩本来是想搭便车，可是在路上，她们失踪了。

利·艾伦下午4点钟从炼油厂下班，然后立即离开以避开下班高峰。他从皮诺尔沿37号高速公路往西到达圣拉斐尔，在圣拉斐尔37号高速公路和101号高速公路驶上往北的路。然后艾伦会经过诺瓦托、佩塔卢马、索诺马，最后到达科塔蒂。5点钟之前，他应该会经过这两个女孩走的路。

1972年3月4日，星期六

春分16天以前，下午5点钟，金·温蒂·艾伦从位于拉克斯珀的一家叫“天然食物”的健康食品店下班。20分钟以后，有人在贝尔大道高速公路入口看到了这位19岁的圣罗莎初等学院学生。她在101号高速公路往北的路上试图搭乘，身上背着一只橘红色的背包，手提一个草编的袋子。她穿着一件淡棕色的长大衣抵御寒风。和溜冰场的女孩一样，她也有着蓝色的眼睛和中分的淡棕色长发。和她们一样，她也失踪了。次日，两个男人在离伯奈特谷路3英里的一条河床里发现了她的裸尸。她被一条白色中空的晾衣绳勒死了。她身上的痕迹显示，她曾在某个地方被绑成过“大”字。她的胸部有浅的割伤。凶手保留了她的白色绣花宽松衬衫、剪边蓝色牛仔裤、绿色棉围巾和一只金耳环。他还拿走了一条24英寸长的很特别的由浮木、海藻、贝壳、种子和桉树果串成的项链。她死前可能被强奸了。那当然和十二宫的作案手法不一致。但是，她是在离企业路20英尺的一片水洼里被发现的，而十二宫有一次曾在一封信的末尾签名“企业”。

1972年4月25日，星期二

另一名20岁的圣罗莎初等学院学生珍妮特·卡玛赫拉也曾在101号高速公路靠近科塔蒂的入口匝道处往北方向试图搭车，然后她就消失了。她的目的地本来是圣罗莎，而利·艾伦自从1970年以来一直有部拖车在那儿。

1972年5月5日，星期五

艾伦正怒不可遏——他刚刚被皮诺尔炼油厂解雇了。尽管警察对他的询问发生在10个月以前，但他仍认为被终止劳动关系是警察的打探和含沙射影所造成的直接后果。艾伦被解聘给阿姆斯特朗和托斯奇增加了额外的困难。首要嫌疑人现在成了索诺马州立大学一名研修科学和艺术的全职学生，开始每周大部分时间都住在他在圣罗莎的拖车里。将来任何严肃的搜查都要求他们在圣罗莎或瓦列霍之间选择——两个城市都不在他们的管辖权范围内。更为糟糕的是，艾伦并不是他们唯一的嫌疑人。其他一两个人至少在开始的时候看上去也很可能。

不久以前，在纽约警察局干了两年的警察拉里·弗莱德曼给托斯奇打电话。他们在一间咖啡店里碰了面。弗莱德曼说：“我认为你会对这个感兴趣，一名克罗克公民银行的雇员在保罗·斯泰恩被杀时就住在离案发现场一个街区远的地方。”托斯奇已经知道了这点。“在旧金山有一两个人坚持认为十二宫是本地的一个银行老板。所有的间接证据都很有说服力。在贝茨被杀时，那个老板原本住在南加州。他在伯耶萨湖附近拥有房产，并且常去蒙大拿打猎，而十二宫说他曾活跃于蒙大拿地区，在那儿很容易买到没法追踪的枪支。他们的信息听上去如此可信，以至于我们不得不审查一下他们的嫌疑人。但是基于此人的指纹和斯泰恩出租车上的指纹完全不符，我们完全排除了他。”联邦调查局更进一步，分析了一名抢劫犯递给某位克罗克公民银行出纳的一张纸条，想看看上面的笔迹是否和十二宫的相似。另一名嫌疑人看起来像一头熊，一头长着一头红发、戴着深色眼镜的熊。“熊人”有点吓人，托斯奇告诉我，“钢丝绒似的头发，大幅度甩动的长胳膊。他收集枪支和弹药：有一支卡宾枪，但是没有 0.22 英寸或 9 毫米口径的枪。他是一名剧院的看门人，住在猎人街上”。警察分析说十二宫不仅是一名猎人，而且可能名叫猎人或者具有野兽的一些特征。“斯泰恩被杀 3 个星期以后，我们让‘熊人’进行了测谎仪实验。我让这个自己承认双手都能写字的嫌疑人写了几个字。他的笔迹和十二宫的不相符。尽管他总的来说对伯耶萨湖还比较熟悉，但他并不知道那些小路，也不熟悉瓦列霍。我没有发现本地有任何针对该嫌疑人的通缉令或逮捕令，他也没有被逮捕过。

“十二宫也许像斯泰恩一样是出租车司机。我检查了出租车管理局 1963 年以来的记录。如果嫌疑人曾在这个城市开过出租车，他作为申请人一定被取过指纹、拍过照片——我在记录里没有发现‘熊人’这个人。如果他开过出租车的话，那一定用的是别的名字。我再次和位于萨克拉门托的车辆管理局接洽，他们没有此人过去或现在的驾驶执照记录。但是，他们每隔七年就会清除一次记录。我给拉斯维加斯发了电报，要求查看是否有此人的驾照和照片，并为此等了 7 到 10 天。而这只是案件早期的一名嫌疑人。”

和斯泰恩一样，一名更早的十二宫凶杀案被害人也是在耳朵上部近距离中枪。尽管警察通常对将 1968 年 12 月 20 日赫曼湖路双重谋杀归咎于十二宫持保留态度，但一处相似的接触伤将它们和斯泰恩案联系了起来。越过起伏的山峦、宁静的草地和凹凸不平的采石场，在赫曼湖路上曾有奇怪的事情发生。三年半以前，在那条漆黑偏僻的路上，十二宫杀害了两名初次约会的年轻人，贝蒂·卢·詹森和大卫·法拉第。两位都是好孩子：贝蒂·卢是荣誉学生，而大卫是童子军雄鹰级别成员，并曾荣膺“上帝与国家奖”。

案发当夜，位于 2 号高速公路旁的加塞牧场的罗伯特·康利和弗兰克·加塞在赫曼湖猎捕浣熊。晚上 9 点钟，他们驾驶一辆红色福特小货车刚好经过通向赫曼湖泵站的 10 号门。他们把小货车停在马歇尔牧场的一块田地往里约 25 英尺的地方，就在水泵房附近。10 号门在赫曼湖木屋东边约0.25 英里处。当大门往里打开时，一辆无法辨认身份的卡车开了出去。猎人们看到一辆白色四门的 1959 年或 1960 年造的雪佛兰羚羊停在卡车经过的路旁。身着猎装的加塞打开一把手电筒，朝羚羊车走了过去。出于好奇心，他朝车子前后座看了看。车子里没人。“也许车主就在附近一带巡猎呢。”他想。

一个小时以后，亨伯石油公司旁边的老博格斯牧场的工人宾格·威塞在 9 号门伯尼夏泵站东边开始照料羊群。因为加塞和康利的小货车的木头挡板和鲜艳的颜色，他注意到了它，他也看到了羚羊车停在南边栅栏入口附近。他无法辨认羚羊车里是否有人。一辆“镀铬已经掉得差不多的深色的车”曾被人注意到，另外在晚上 9 点 30 分到 10 点钟之间，两个男人驾驶的一辆蓝色克莱斯勒“英勇”车沿着赫曼湖路高速追赶过另一对夫妇。另一名证人曾在这一带看到一辆“1961 至 1963 年间造的白色雪佛兰羚羊轿车”。

其他两名证人在 10 点 15 分经过泵房入口，看到一辆 1960 年的四门旅行车朝着门停着。这辆双色（深褐色和浅褐色相间）“漫步者”旅行车是受害人的车。15 分钟以后证人返回。旅行车这时背对着门停着。夜间 11 点钟，康利和加塞结束打猎返回，看到羚羊车已经走了。漫步者停在同一地方，朝着西南方向，停车的地点和警察一小时以后发现的地点不一样。一名亨伯石油公司的工人夜班下班后从伯尼夏开车回家，看到两辆车停在泵房入口附近。他说：“停得离路最近的是一辆 1955 年或 1956 年造的旅行车，方形的，中性的颜色。另一辆停在旅行车的右边。两辆车之间距离约 10 英尺。我无法描述另一辆车的型号或颜色。”

当索拉诺县治安官办公室的警官莱斯·朗德布莱德于零点过 5 分到达现场时，漫步者旅行车的发动机还是热的。车钥匙还插着，但是发动机是关着的。两个年轻人曾用过加热器。这辆停在入口的 1961 年的四门漫步者旅行车的车头现在朝着东面。车子的右边前门敞开着，其他 3 个门和后挡板仍然锁着，但是右边的后窗已经被敲碎了。女孩的白色毛皮大衣和手袋被扔在驾驶座一侧的后座上。尽管泵房后面有个很深的鞋后跟印，但是碎石路面上并没有留下其他可识别的脚印，冻住的路面也未留下任何肉眼可见的轮胎印。验尸官丹·霍兰，拜伦·桑福德博士，丹尼尔·皮塔警长，威廉姆·T.华纳警官、沃特曼警官和巴特巴赫警官以及一位《费尔菲尔德共和日报》的记者托马斯·D.鲍默已经到达了现场。给两具尸体拍了照片的伯尼夏警官皮埃尔·比窦和中尉警官乔治·利托也加入了忙乱不堪的现场。十二宫仰仗不同警力之间的竞争关系来阻碍调查的顺利进行。

华纳用粉笔在大卫的尸体周围画了一个轮廓。霍兰宣布贝蒂·卢当场死亡，并且在利托从尽可能多的角度拍了尽可能多的照片以后，命令将她的尸体送到太平间。坎宁安警官派副警官 J.R. 威尔逊到瓦列霍总医院去给大卫拍照，但是当威尔逊到达的时候，他得知男孩已经抢救无效死亡。这期间，朗德布莱德警官确认有一颗子弹曾射中漫步者旅行车的顶部，在车顶上留下了一处弹痕。另一颗子弹把后窗打碎了。漫步者旅行车的右边地板上扔着凶手枪里射出的一枚 0.22 英寸口径的子弹壳。地上还有另外 9 个用过的子弹壳，距离大约在右边 20 英尺、14 英尺、8 英尺 2 英寸、4 英尺 1.5 英寸、3 英尺、2 英尺 3 英寸、1 英尺 11 英寸和 1 英尺 1.5 英寸处。它们显示了在男孩往外走的时候是如何被击中的，以及凶手是如何追赶过女孩。杀死詹森和法拉第的致命子弹一开始被认为是从一支高标准 101 型号的手枪里射出来的。伯尼夏的警察沿着公路找到了一支高标准 H-P 军用 0.22 英寸口径的自动手枪，上面的系列号已经被擦掉了。这枪之前已经被某人拆卸过，撞针也被改动过了。他们检查测试子弹发现了 6 条右旋膛线，从受害人身上取下的子弹也是如此。本案牵涉不同的枪支。没有人可以解释凶手怎能在黑暗中如此准确地射击，除非他的枪管上有某种照明装置。

一颗从男孩的左耳垂前方取出的（他右耳前方上部被击中）特别平整的子弹，以及从女孩身上取出的子弹被进行了分析。所有的子弹都是温切斯特 – 韦斯顿生产的 0.22 英寸口径铜覆膜长管来复枪子弹，具有 6 条右旋膛线的特征。它们只可能是从 0.22 英寸口径的 J.C.希金斯80 型自动手枪里射出来的。贝蒂·卢的背上被打了 5 枪，各枪之间“距离出奇的近”。其中 3 颗子弹从她的胸前钻了出来。贝蒂·卢的衣服前胸正中有一个枪眼，周围没有烟尘或者火药。她背部右上方的 5 个枪眼附近也没有类似的残留物。但是，在她背部最高处的枪眼发现了唯一的一点火药。那意味着击中她背部的所有子弹，只有一颗是在很近的距离内射出，其他的至少是从几英尺之外射出的。射出的 10 颗子弹中有两颗一直没有找到，丢失在了附近的田野里。

朗德布莱德开始估算当晚事件发生的时间。他首先驱车前往在路边发现尸体的女士斯黛拉·博格斯家里。她的牧场距离案发现场大约 2.7 英里远，开车需要大约 3 分钟。从案发现场到位于伯尼夏东二街的昂可加油站大约 3.4 英里远，在那里她示意警察停了下来。按照博格斯女士所谓的“安全高速”，朗德布莱德花了大约 5 分钟到达那里。朗德布莱德写道：“从赫曼湖路和路德吉布森高速公路的交叉路口到案发现场的距离为 2.1 英里，大约3 分钟的车程。”他后来也按不同的车速测试了两名被害人的家和案发现场之间的距离。朗德布莱德得知曾有个人在贝蒂家四周徘徊。通向她家房子的侧门有好几次都被发现是开着的。

这两起未破的谋杀案永远像阴影一样笼罩在这一地区。在那条偏僻的路上，某个男人开着一辆白色的雪佛兰车在满月的天空下晃悠。当地居民开始称他为“科迪利亚的幽灵”。也有人看到一个大个男人在这一带步行游荡，蹑手蹑脚地在一条通向老泵房的碎石路上搜寻猎物、练习射击，并且在采石场和有水的地带中间移动，在有水的地方他可以像一个幽灵一样跳水。这个大个子也在瓦列霍其他偏僻的地方移动，好像要寻找什么似的在瓦列霍郊外有水的地方逡巡。有人认为 3 个水象星座——天蝎座、双鱼座和巨蟹座——决定着十二宫发起攻击的时间。为了证明这一点，占星家自信地指出，十二宫蓝岩泉双重谋杀发生时的星座是巨蟹座，月亮位于双鱼座。

斯黛拉·博格斯女士的牧场就在游乐场路背后，紧挨着美国大峡谷路上的史雅岩采石场。牧场东边是博格斯顶水库，北边是一条整年水流不断的小溪。那个大个子在冷水里游泳，像个幽灵似的站在她的大门前。作为赫曼湖谋杀重要证人的博格斯女士本人曾看到过他在那里。1968 年 12 月 20 日深夜 11 点 15 分，她沿着赫曼湖路出发到伯尼夏。她的车灯照到了路边两个青少年变形的尸体。心跳加快的博格斯女士飞车到了伯尼夏，拦下了一位巡逻的警察。不知为何这个陌生人总让她想起那创伤性的一刻。

她的侄子阿尔伯特在谋杀案发生一年后也注意到了这些奇怪的事情。他告诉我：“我们在博格斯牧场长大，这些年来阿姨斯黛拉看到过很多奇怪的事情，我也是。这里一辈子都是她的家。1969 年 11 月，我正在部队，某个周末的假期。我搭的车大约在晚上10 点把我放在休息区。我弟弟和他的女朋友沿着赫曼湖路到休息区来等我。他知道这条路以及头一年圣诞节的十二宫事件。我们都熟悉。

“我们沿着赫曼湖路回去时，我弟弟的车里有一支手枪。在赫曼湖大门不远处，有人在路中间放了一根巨大的木头，大约 90 英尺长。我们没法绕过去，于是停了下来。我感觉很不安，四处看了看，然后我告诉我弟弟倒退，绕路去了瓦列霍。在瓦列霍，我们给警察局打了电话，报告了此事。后来，在南边查博特湖旁边树木丛生的丹弗利公园里玩气弹枪的几个年轻人注意到远处有个大个男人在看着他们。他一直等到他们走的时候才离开。许多人都看到了这个跟踪者。

“70 年代早期，我们常去采石场边练习瞄准射击。很多年来我们一直这么做。

我的表兄弟们告诉我一个大个男人也会来，用他车里的各种武器练习射击：军队类型的武器、0.45英寸口径的柯尔特，M-16和类似的武器。他穿着军队迷彩服、包覆式战靴等。有一天我在那里射击的时候，这个人也在那里。当他看到我的时候，立即走了过来，挑衅地问我：‘你在这儿干吗？’

“这个人是一个枪迷，打了一盒又一盒的子弹。他戴着一顶黑色的棒球帽，大约6英尺1英寸高，像我一样身材高大，肌肉发达。但是我却觉得处于劣势，心里非常不安。因为这个人的眼神很奇怪，当他质问我的时候，他的眼睛一直盯着我，甚至在我告诉他，我是牧场所有者的家人时，他的眼睛仍旧没有离开。次日我驾车到了赫曼湖畔，在我阿姨发现那两个被害人的门口停了下来，我突然感觉不寒而栗，就好像那事件刚刚发生过似的。我心想，要是一辆破旧的雪佛兰羚羊突然停下来……然后逃之夭夭，那会怎样呢？

“我得出结论，十二宫很可能曾在海军部队里待过，或者至少曾在马岛造船所工作过。瓦列霍警察局过去曾经把事情搞糟过，我想会不会这个人和警察的关系比我们想象的要近。我个人相信，十二宫在蓝岩泉谋杀了那对情侣之后，的确曾驾车沿着赫曼湖路逃窜。由于他是一个非常仔细的人，很可能有一个警车上装的那种收音机，这样便可以及时了解警察们交换的各种信息。”

博格斯的侄子并不是唯一一个在瓦列霍郊区注意到怪事发生的人。1969年7月4日十二宫谋杀当晚，一名奥克兰人的儿子曾在蓝岩泉一带看到了一个很像利·艾伦的人。这位父亲解释说：“他们沿着哥伦布大道骑摩托车，突然遇到了一个身材高大的男人。我儿子本来想提议让他搭车，但是他个头实在太大，而摩托车非常小，所以他想算了。而且，他说，天色已晚，这个人看起来有点恐怖。无论如何，他似乎是从停在路的另一头更远处的一辆车那儿走过来的。我儿子描述说那是一辆1950年的黑色普利茅斯，虽然车牌号看不清楚，但他确定里面有一个X。他也能确定车子的类型和颜色。那时候我儿子17岁，我相信他没有把他看到的告诉警察，特别是当他听说了随后有一起谋杀发生。他很可能被吓得够呛。”

十二宫是一名观察者——这点毋庸置疑，孤独的人总是这样的。

1972年7月15日，星期六

卡洛琳·纳丁·戴维斯留着长长的金发，从中间梳开，有着蓝灰色的眼睛，她是一名从沙斯塔县离家出走的15岁少女，刚刚离开位于加伯维尔的祖母家。她的兜里揣着一张从瑞丁飞往旧金山的单程机票。下午1点50分，路似乎还非常远。她摇晃着手上的绿色印花布手袋，不停瞄着路上经过的车子。她的手袋里有一张假的身份证，上面写着她是“卡洛琳·库克”。她来到入口匝道，开始朝着101号高速公路往南的方向前进，准备搭便车，这是人们最后一次看到活着的她。其他失踪的女性都曾朝着往北的方向搭便车。如果艾伦应该对这些失踪负责的话，这种方向从北往南的变化就可以解释了。他已经不在皮诺尔工作了，所以也不再每天晚上往北朝着回家的方向走。

8. 阿瑟·利·艾伦

1972年9月7日，星期四

潘查里拉告诉我：“调查员们曾经（和我们）进行了第二次会面，艾伦那时住在海岸线上某处的一辆拖车里，我曾经去过他那儿。反差极大也极为古怪的是，墙上挂着他一张光彩照人的照片，那是他作为高中高年级学生获得CIA跳水冠军时拍的，照片上的他志得意满，显得非常健康。仅仅七八年以后，他就成了一个300磅重的气球。”

比尔·阿姆斯特朗再次联系了托兰斯的唐·切尼。切尼说：“调查员，我正想给你打电话呢，我不知道是不是很重要，但是我想起了我和阿瑟·利·艾伦在1969年新年时谈话提及的另一件事。当艾伦说起他的计划时，我记得他问我如何可以掩饰自己的笔迹。我告诉他：‘我猜你可以去图书馆借一些关于笔迹鉴定的书，看看人家是如何识别笔迹的。’”

阿姆斯特朗将这记在心中，然后再次追问切尼，他是否确实记得自己与艾伦的谈话。

“我确定。”他说。

事情又开始推进了。

托斯奇的目光扫过十二宫签名的第一封信的复印件——两年前这封信所激发的恐惧在他心中依然如故。“这是十二宫在发话。”开头这样写道。在艾伦和切尼谈话20个月以后，十二宫写了这封3页纸的信。在研究了原件，发现没有任何缩进排印或秘密书写后，联邦调查局于1969年8月18日将信件返给萨克拉门托。因此，托斯奇只有一份复印件来做参考。其中的某个词语一直让托斯奇记忆深刻，于是他再次重读了这封写于1969年8月4日的信的复印件，包括里面拼写错误的部分。

“去年圣诞节——在那一事件里，警察想不通我如何能够在黑暗里瞄准并击中我的受害人。虽然他们没有公开说，但是他们暗示说这是因为那是一个光线很好的夜晚，我能够看到远处的影子。

“这简直就是狗屁瞎扯，那一带高山环抱、树木丛生。我所做的其实是把一把铅笔般的细小手电筒绑到我的枪管上。如果你留意的话，会发现当你用它瞄准一堵墙或者天花板时，光圈的中央大概会有一个3~6英寸直径的黑点或者暗点。

“当手电筒被绑到枪管上以后，子弹恰好可以打中光圈中黑点的中心。我所要做的就是不停地射击……”托斯奇读到了最后一句话，他和阿姆斯特朗曾经要求媒体不要将其披露。这句话写道：“就好像是喷水龙头似的，根本不需要枪的瞄准器。对于未能上头版我非常不满。”末尾署名是十二宫带十字的圆圈及‘地址不详’字样。

一个电子瞄准器——这正是艾伦向切尼描述的。切尼很久之后告诉我：“艾伦的确制造了一个这样的装置，他把一个笔形手电筒捆在一支H&R左轮手枪上。”十二宫陶醉于他科幻小说似的发明，在1969年11月9日的信中再次提及它。“为了证明我就是十二宫，问问瓦列霍警察我用来开始收集奴隶的电子瞄准器。”瓦列霍警察？什么瓦列霍警察？托斯奇想。难道十二宫和利·艾伦一样曾在1969年11月9日之前某时，被至今仍不为人知的某位瓦列霍警察询问过？

托斯奇解释说：“我们再一次见到艾伦的时候是在圣罗莎，那是我们觉得我们可能有某些证据时。某天早上稍晚些时候的一个电话再次提及了艾伦的名字。”托斯奇一直未确定那个电话的确切日期。他只记得那是一个夏天（那晚8点钟天还没有黑），足够长的时间流逝让证人们对瓦列霍警察取得的缓慢进展感到沮丧。

“我真的很想和你讨论一下你和你的搭档正在处理的一个案子。”打电话的人小心翼翼地说道。

“是十二宫吗？”托斯奇问道。

“是的，绝对没错。你简直知道我的心思。我是艾伦的弟弟。我相信你知道我在说什么。”他的声音里带着谨慎和关切。

“我知道。”托斯奇说，记起他和阿姆斯特朗以及穆拉纳柯斯曾在八月的某个夜晚拜访过罗恩·艾伦和卡伦·艾伦的家。

“我觉得，还有我的妻子也是这么认为，具有更多资源的一个大点儿的警察局能够做的会比瓦列霍警察局现在做的要多一些。我只能猜测目前他们在做什么，调查员。”

“你把你的所有信息都给瓦列霍警察局了吗?”托斯奇问。

“是的，但是我们觉得他们做得不够。”罗恩说。

托斯奇后来告诉我：“罗恩·艾伦打电话来时，的确非常关注此事，真的是在要求旧金山［警察局］和他谈话。他说：‘我需要和你们谈谈，我已经和穆拉纳柯斯警官以及其他一些警官谈过了。’似乎每次和他谈话的并不是同一位警官，并且他的确想传达信息。这时候我的脑子在想：天哪，上帝，怎么又这样了，我必须和杰克·穆拉纳柯斯谈谈。我们不能乱来啊。我的意思是，那是他的管辖区域啊。”

“你在哪里?”托斯奇问道。

“我正在城里。”罗恩·艾伦说，并且告诉托斯奇他就在第一街上介于市场街和布道街中间的地方。

“今天下午你能否抽出15到20分钟的时间？我们可以和你谈谈，看看你有什么样的信息。”

“是的，我可以抽出一点时间。得多久啊?”

“如果你能抽出时间的话，我们可以立即过来。”

他们约好30分钟后在旧金山市中心PG&E大楼大厅碰头。

托斯奇问：“你是什么穿着啊？我们俩会过去。”

托斯奇告诉我：“就是这样开始的，很自然，我们迅速向我们的老板查理·埃利斯报告了此事。我告诉这位中尉警官我们得到的信息，然后他说：‘又一个人，又一条线索。’我说：‘查理，这是某人的弟弟，而这弟弟相信自己的哥哥就是我们要找的杀手，这弟弟可是住在瓦列霍啊。这听上去很不错。他真的很想和我们谈谈。’我解释说：‘我们不能拒绝。’他说：‘好吧，去吧。’然后我们通知了调查员的头查尔斯·巴卡。‘你通常能从家庭成员那里得到最好的信息。’他说。我会心地笑了。

“罗恩在电话上显得很诚恳，三四十分钟以后，我们就在他工作地方的大厅里和他谈了起来。他一从电梯里出来我们就看到了。他很瘦，穿着一件西服，头微微有些秃顶。很显然压力在折磨着他。我看得出来，由于旧金山警方的介入，他略感欣慰，并且我意识到他认出了我们。他说：‘谢谢你们这么快就赶来了，调查员先生们，我必须和你们谈谈。’我们坐下来，做了一些记录。我们一开始谈话，我就能察觉他说的是真话。

“一开始我们只是倾听。如果你想知道某些信息，你必须倾听。我们问他是否可以和他的妻子谈谈。他说：‘当然。我很想让你们和我的妻子谈谈，因为她和我感觉一样。’我们感觉这听上去很不错，是我们碰到的嫌疑人当中情况最好的了，居然有位兄弟站出来，并且对于其他治安官办公室和警察局的工作不满意。

“我们告诉他我们希望那天晚上到他家里和他的妻子详细谈谈，做些记录，获得些证据。‘我希望你对此没有异议。’我说。他说：‘没有，我妻子和我看法一致。我们都很害怕。我希望你们和我妻子谈谈。’

“我们给杰克·穆拉纳柯斯打电话安排此事。穆拉纳柯斯说：‘我跟这人谈过了，我们已经很仔细地查过了艾伦。’我告诉他，应该在一定程度上相信他，‘我知道，但是罗恩给了我们更多的一些信息，我们不得不告知你我们需要到你们的区域来。这也是警界的礼节嘛。艾伦的弟弟给我们打了电话。我们不能不理啊。’”

瓦列霍警察局的做法总是让托斯奇不解。好像水城瓦列霍有第二个神秘之物在每个环节无形地影响着调查。“基于某些原因，林奇和朗德布莱德不想到萨克拉门托来参加我们早期的一些会议。但我和比尔却驾车 90 英里到那里去了。

“我们晚上 7 点 30 分到达罗恩家。天还没有黑。卡伦已经在等我们了。事后证实那天晚上他们的确非常严肃地对待我们的到来。他们夫妇意见一致，都对他仍然逍遥在外感到害怕和担忧。

“卡伦对我说：‘我们觉得非常沮丧，我们只是不知道瓦列霍警察局对待我们会有多认真。我知道有许多线索涌进了调查之中。我们决定给你们打电话，因为我们在报纸上看到了你和调查员阿姆斯特朗的名字。’我告诉他们：‘因为那些寄到《纪事报》的信件和该媒体的覆盖面，我们收到非常多的线索。我们当然想涉及得更广一些。’这让罗恩和卡伦都轻轻地笑了几声。我告诉他们：‘我们接到每个电话，都会认真对待，我们只是觉得，既然你们花时间打了电话，我们就要接过这些信息，然后通知所属辖区的探员，看看他知道些什么，没准这会让他想起些什么。’

“我注意到罗恩说话比之前带了更多感情色彩。因为他们从瓦列霍的调查中没看到更进一步的结果，所以好像有些沮丧。罗恩和卡伦告诉我们，利曾经在南加州待过些日子，而且熟悉那个区域，但是他们并不十分确定他在那里都做了些什么，因为他总是一个人独处。

“在交谈中，我们知道了索诺马的学校的事，还有他在那儿有一辆房车。罗恩告诉我们：‘利有好几辆破汽车，又旧又破的汽车，他是那种你们会叫做职业学生的人。’艾伦的弟媳告诉我们，这个嫌疑犯现在每周会在圣罗莎的房车里独自住上几天（星期二、星期五、星期日）。很明显，那儿才是他存放一些私人物品的地方。现在我们还没有足够的证据进展到那里。你不可能同时朝许多不同的方向展开调查。我们回去后，很谨慎地同调查组长见了面，让他知道我们的每一步进展。‘继续干吧。’巴卡说道。

“第二天上午，我去见了沃尔特·朱比尼。我们知道我们需要更多的信息，但是我们得先满足这位检察官办公室二把手的要求。所有的指纹都不匹配，而且据穆拉纳柯斯和朗德布莱德说，阿瑟·利·艾伦的笔迹也不匹配，但是在我们说了这次跟艾伦有关的事后，这位二把手坐直了身子。‘我们非常兴奋。’我说。

“朱比尼说：‘我想知道为什么瓦列霍没有给你们打电话，告诉你们有关这个阿瑟·利·艾伦的一切。’

“‘我们会告诉他们我们知道的一切，沃尔特，这样我们才能干完这件事。我们掌握的这些信息够申请一份搜查许可证吗?’

“‘老实说，还不够。除非你们能有更多的实物证据，你们现在有的只是利·艾伦的弟弟的猜想和推测。’

“‘我们正在与其他辖区、其他探员为敌。’我说。

“朱比尼说：‘那是自然的，检察官之间也是这样。他们想继续调查并且贪心地想拿下这个案子。但是你们最好撇下杰克·穆拉纳柯斯。你们来调查吧。他们要求你们来做。这听上去不错，但是你们要做得稍微再好一点。’”

托斯奇继续说道：“我们接着调查艾伦，有点把精力全集中在他身上的感觉，但是也没有把别人完全排除在外。如果想要做一个好探员，你是不能那么做的。我们并没有被艾伦‘一叶障目’而不管其他嫌疑对象。他依然还是我们那个时候所知道的最有可能的嫌疑犯。罗恩和卡伦跟我们说的大多数事情都早已跟穆拉纳柯斯和朗德布莱德讨论过，只是跟我们多说了一些感触而已。我们很满意穆拉纳柯斯以及他的调查。他做了他所能做的。我还是跟穆拉纳柯斯、朗德布莱德、尼古拉和纳罗保持着联系。

“瓦列霍的某些人对我们有一些怨恨，这一直让我觉得困扰不已，尤其是当我们到他们总部去时。你能感觉到那些穿制服的家伙们有点不理不睬，对我们怒目而视。我们嘱咐那些家伙说：‘盯住他，即使你们每个人都已经跟他谈过10次了也要盯住他，他的嫌疑太大了，不能放过他。我们非常重视这个嫌疑犯。’我们从瓦列霍得到许多错误的信息。这就是为什么拖了这么久我们才得到一份许可证。”

每次托斯奇从凶杀案组下楼，经过三楼西边拐角处朱比尼的办公室时，朱比尼就会大声叫："抓到十二宫杀手了吗?"接着他会笑起来。但是当两位调查员继续为了申请搜查许可证而搜集证据时，他慢慢相信起了他们。"继续努力。"朱比尼说。

托斯奇说："终于，当我们觉得我们已经收集到足够的信息时，我们再次去找了我们的副队长。'我觉得我们也许能得到一份搜查许可证了。'我说。我们有很多事情正在调查之中，但是对于此案，我们比其他调查阿瑟·利·艾伦的探员们都追踪得多得多。听上去就是这样。我们就这样拿到了许可证。"

利在圣罗莎有辆房车，这个消息促使阿姆斯特朗和托斯奇申请一份专门针对圣罗莎的搜查许可证。他们开始做一些基础性的工作——一件耗时而沉闷的事情。这首先得说服旧金山市检察官办公室的人，尤其是弗雷德·威斯曼。接着需要索诺马县的法官詹姆斯·琼斯批准这份搜查许可证。如果他们想要搜查艾伦在瓦列霍的地下室或者在皮诺尔炼油厂的储物柜，那就需要由索拉诺县和康特拉科斯塔县出具的许可证，还需要这两个地方的法官和检察官进行协商。

"而且艾伦的弟弟一直不停地向我和阿姆斯特朗提供信息。我把它们收集在一起，放进一个大的凶杀案文件夹。接着我们得到更多的物证，到了一定数量之后，我们又去找了朱比尼，这一次他听了。'打一份在索诺马县搜查艾伦的许可证。'他说。我们照做了。"

1972 年 9 月 14 日，星期四

"我们编辑了足够多的信息，让我们的检察官做了份宣誓书，并且我们可以搜查艾伦在圣罗莎的所有财产。"托斯奇说。中午时，为获得搜查许可证，比尔·阿姆斯特朗向索诺马地方法庭提交了一份宣誓书。其中特别提到，他和托斯奇想近距离地看看利停在日落房车公园的那辆宇宙牌房车里面的东西。他要求许可证上的搜查内容包括艾伦在房车隔壁搭建的小货棚。阿姆斯特朗向法官詹姆斯·E. 琼斯描述他们要找的物品，包括两把 9 毫米口径的枪、子弹和枪套，一把 0.22 英寸口径的半自动手枪、子弹和枪套。他们尤其对那种枪管上捆着手电筒的枪感兴趣。

阿姆斯特朗还列出了其他要搜查的证物，那些被偷走的东西：从保罗·斯泰恩尸体上拿走的身份证、他的出租车钥匙，还有他带血迹的衬衫碎片。直到最近，十二宫杀手一直在他的信件里附上那件带血衬衫的碎片。十二宫杀手的所有通信在 18 个月前突然中止了。托斯奇怀疑他们将不会再收到那件灰白条纹的运动衫的碎片了。伯耶萨湖案之后，阿姆斯特朗指出还要寻找那个饰有白色圆圈和十字的方顶黑色刽子手头套，10 号半的黑色翼行者靴子，一件蓝色的带血迹的风衣外套，一把一英尺长一英寸宽的大刀，木鞘上有两颗黄铜铆钉，还有一条带子。阿姆斯特朗没有将饰有黄铜铆钉的木鞘列在清单上。他同法官在议事厅谈话，告诉了他一些更为机密的信息。一个速记员写下了他的话。

“我记得法官读着我们的起诉书，说他其实觉得我们已经找到十二宫杀手了。‘干得好，探员们，’他说，‘我觉得你们终于找到他了。’旧金山的检察官也说：‘我认为你们已经找到他了。’即使其他的探员们已经同艾伦的弟弟谈过，我们还是不能丢下这个案子。我们的检察官也是这么想的。我们只是需要确认一下。像往常那样，同瓦列霍警察局分享我们所做的一切。甚至告诉他们我们要带着一份搜查许可证去圣罗莎，没准他们也想一起去呢。他们说‘不’。比尔·阿姆斯特朗和我甚至不知道瓦列霍在1969年、1970年和1971年是否是和我们并肩作战的。他们几乎有些怨恨我们，因为由于《纪事报》的关系，所有的线索都涌到旧金山警察局来了。我对朱比尼说：‘比尔和我不会去说其他探员的坏话的。我们还有正经事要做。’”

在全程参与过斯泰恩案件的旧金山警察局指纹专家鲍勃·达吉斯和两位当地代理治安官的陪同下，托斯奇和阿姆斯特朗抵达了圣罗莎大道2963号。圣罗莎大道是一条交通繁忙的道路，距交通拥堵地段不太远。有些房车停在落满树叶的沙子上，它们更适合沙漠环境。他们开始搜寻艾伦的那辆房车。

托斯奇说：“当我们逮捕一个人时，我们在凶杀案调查组的工作就开始了，对大陪审团来说，这是个重案吗？还是一个微不足道的案子？我怎样才能往前推进？有什么是我做得不合适的？我不像我的电视搭档们，我得把大多数时间花在处理死者家庭和嫌疑犯家庭上。我必须要同情一方，并且对另外一方极度敏感。我是个普通人，而且我是一个忠诚的警察。任何一个被允许合法携带和使用枪支弹药的人，都是有武装力量的人，但是这要求具有许多基本的判断力。

“正如我说过的那样，我只开过两次枪。1956年9月22日，我中枪了。后来，他们说我救了一个人的性命，在我赶到那里的几秒钟前，他被枪打中了。看到他们有一把机关枪时，我把他扔在地上。我从窗户那儿看见那把枪，我竟然踢开门——门闩得不太好，抓住了其中一个家伙，夺过那把机关枪。另外一个家伙在后院被抓住。大概一个小时后我受伤了，‘我为什么表现得这么像一个牛仔？’这是我离死亡最近的一次经历。”

罗恩和卡伦精确地向他们提供了艾伦那辆房车所在的位置。不幸的是，他们俩从来没去过那里。为了确保准确性，托斯奇让房车停车场的经理里斯女士专门指给他们看，那个职业学生的车位是哪个。“那一辆就是了，”里斯指着说，

"A–7。"那辆房车的牌照是 AP6354，跟他们得到的信息一样。"你们来之前，他刚开车走了。"她说。

利离开时非常着急，他的房车车门都还开着。他是不是知道他们要来，所以带着那些可以证明他有罪的证据逃跑了呢？他的离开很可疑，但是他们对此什么也做不了。没准他的亲戚们在最后一分钟改变了主意。这探员们就不得而知了。他们确切知道的就是，他们正在对付的是一个高智商而又狡诈的人。

托斯奇和阿姆斯特朗在外面观察了一段时间。艾伦对房车进行了一些改造，土色的车上有些地方被铁锈弄上了条纹。"这是一辆标准的房车。"托斯奇说。圆锥形的混凝土块抵住了被卸掉轮胎的房车，旁边是一个上锁的小棚屋。探员们当时不知道艾伦最近给他的一辆房车重新做了嵌板，有可能是这一辆，也有可能是博德加的那一辆。那些隔墙里藏着什么东西吗？"我们有点像是在闲逛，因为我们有搜查许可证。"托斯奇说。探员们自己走了进去，粗略地检查了一下这辆房车。车内有一股酸腐的味道，像炼油厂一样。托斯奇发现墙上钉着一张伯耶萨湖的地图。十二宫杀手在那里袭击过一对情侣。

达吉斯一直都对艾伦十分感兴趣，尤其是当他听说艾伦熟悉伯耶萨湖和瓦列霍郊区地带，双手非常灵巧，擅长弓箭，并且精通各种武器时。托斯奇认为艾伦具备所有他认为十二宫杀手应有的特征。他把床从墙边移开，发现了一瓶凡士林，他从没见过那么大瓶的凡士林。几个大大的、脏兮兮的假阳具滚到了他的脚边。施虐受虐内容的色情杂志堆在一个箱子里，房车里还有一些男性充气娃娃。化学和生物方面的书籍到处都是，许多书上面盖有艾伦的印章。一些带血迹的衣服乱七八糟地堆在桌上，但是他们知道艾伦还是一个猎人。托斯奇把床搬回墙边，走进狭小、凌乱不堪的厨房里。他打开冰箱，里面是小动物的心脏、肝脏，还有残缺不全的啮齿类动物的尸体。

虽然十二宫杀手的袭击中并没有涉及真正的性侵犯，但从病理上来讲，他是一个性虐待狂。斯坦福大学的唐纳德·T. 朗德博士告诉我，性虐待狂通常都在十几岁的时候表现出虐待本能——折磨和宰杀猫、狗和其他小动物。他说："他折磨杀死那些代替受害人的小动物，当然，他每隔一段特定的时间就必须杀死什么东西。"朗德认为这样的一个人在成年时期，如果很难去杀人的话，可能会转成去杀动物。"比什么都没得杀要好。"他说。

"反社会型的凶手通常都有一个残暴、排斥他的父亲，还可能有一个歇斯底里、魅力十足的母亲，"曼弗雷德·格特曼彻博士在《凶手心理》中写道，"残忍对待幼小儿童，影响可不只是忽视那么简单。作为报复，反社会型凶手残忍地使他人遭受痛苦，并且丝毫不为此感到内疚。他最初施虐的对象通常都是动物。”

虽然艾伦正在攻读生物学学位，但是他还没有向加州申请解剖小动物用来做实验的许可证。他会向加州渔猎局的资源代理部提交一份科学收集许可的申请书。艾伦会写道：“我打算收集以下物种，花栗鼠（数量待定）。我希望在以下几个地点收集：马林县、索诺马县和门多西诺县（可能还有索拉诺、纳帕和拉森）。我想用以下方式收集：活捉（使用哈瓦哈特牌和自制的捕物笼）。”艾伦当时在索诺马州立大学的生物学副教授约翰·D. 霍普基克的指导下主修生物科学，辅修化学。

45分钟过去了，艾伦回来了。听到他那辆旧车开过来停下时，他们到房车外来见他。车外扬起一片尘土。托斯奇后来说：“我们很高兴看到艾伦回来，并且我们正式介绍了自己。我们俩都说：‘利，你好啊——我们是旧金山的探员。’他的车很脏。透过脏兮兮的后窗玻璃，我们看到后座上堆着衣服、报纸和书本。他出来时显得有些害怕，因为从来没有两个警察拿着搜查许可证找他谈过话，而且我们让他大吃一惊——他跟两个正儿八经办事的警察第一次面对面，只相隔了几英寸远，而且他不知道我们是不是要逮捕他。”因为利当时惹了许多事上身，所以开始的时候，他并不知道是什么事让警察们找到他的房车这儿来。

这个大块头化学家慢慢从汽车上走下来。

“这究竟是怎么回事？”他冷冷地说。

艾伦没有想起一年前到炼油厂找过他的托斯奇和阿姆斯特朗。他应该记得，或者可能只是在假装不记得。

阿姆斯特朗说：“我们想和你谈谈，利，我们有一份搜查许可证，可以搜查你的房车，还有你本人。我们得到消息说你是十二宫案件的重要嫌疑犯。”

艾伦解释说他以为十二宫杀手已经被抓住了。他补充道：“另外，我住在瓦列霍，我已经和瓦列霍警察局谈过了。”

“我们知道，这是给你的搜查许可证复印件。”托斯奇说。

“那好吧，随你们的便。”艾伦耸了耸肩，勉强地说。

现在调查员们开始进行更彻底的搜查，把家具从肮脏的窗户边推开，掀起所有的床单。托斯奇像第一次那样把床从墙边拖开。假阳具再次滚了出来。

“我只是有点吊儿郎当罢了。”利理直气壮地说道。

在这个卸了轮胎的房车的封闭空间内，他们意识到自己的嫌疑犯非常强壮有力。托斯奇说：“艾伦是一个可怕的人，一个凶残的人。他对于我们到圣罗莎找他感到非常不安和愤怒。接下来的一个多小时内，我们把他的住处搅得天翻地覆。我记得，因为某种原因，他非常不喜欢我这个人。而我一直都是个好人。检察官们经常会让我去解除那些嫌疑犯的防备心理。但是后来阿姆斯特朗对我说：‘我无法理解，他不喜欢你。人人都喜欢你的。’甚至跟我们一块去取指纹的鲍勃·达吉斯都说：‘这还是第一次，大卫，我看到嫌疑犯不喜欢你。’”

他们审问艾伦的时候，大多数时间都是托斯奇在说话，他依旧扮演着好警察。艾伦的脸上有种“我已经看穿你那套甜言蜜语”的表情。托斯奇继续往下探究一切。他注意到艾伦戴着一个刻有字母“Z”的戒指和十二宫手表，那是艾伦在1968年收到的圣诞节礼物。他这样简直是在张扬他就是十二宫杀手。“我们要取你的指纹。”托斯奇对这个学生说。艾伦明显被惹恼了，他反对探员这样做。最终，达吉斯还是取到了完整的指纹。他走到角落的一盏灯下，开始将艾伦的指纹与斯泰恩出租车上发现的指纹进行比对。他们认为十二宫杀手在出租车上留下的两个指纹中每个都有8个特征点。不完整指纹通常都含有12个特征点。托斯奇知道相似点不足12个的指纹鉴定结果将取决于专家的“意见”，并且，像他们所持有的那种指纹碎片大多数时候都不能实现绝对匹配。他还知道达吉斯是最好的指纹专家之一。达吉斯在房车角落里的灯下工作着。他写下了：“0 9 R 001 13/4 18 U 101 13。”接着他们开始提取艾伦的笔迹样本。托斯奇那儿有两张纸，上面打印了几个由舍伍德·莫里尔提供的句子。他将它们带在身上已经3年了。托斯奇说：“舍伍德把这些句子给了我们，以便我们有机会遇到‘重要嫌疑犯’时可以进行调查，而且我一直都准备着。那些信的原件的墨迹非常深，好像十二宫杀手写时非常、非常用力一样。他写那些话的时候是深思熟虑的。他写的字很小，而且大多数都是小写字母。一旦你看过一份他的笔迹，再看到时你非常快就会认出来。”这位探员跟艾伦说他必须照着第一页上的句子写一遍。“我们需要你分别用左手和右手写这些句子，每个句子都需要用大写字母和小写字母写一遍，”他说，“我们想要你抄写这张单子上的句子。”

托斯奇对我说：“你会发现，我们让艾伦用黑色签字笔写那些句子。我们想，既然我们都进行到这一步了，或许这次能做对。只有几家公司生产他使用的那种笔。舍伍德一直都说十二宫杀手可能是用右手写那些信的。后来我问过另外一位专家（邮政调查员约翰·史莫达），他也是这么认为的——‘笔迹是由右手写成的。’但是艾伦双手都非常灵巧，而且我记得他对我们说过，他‘通常用左手做事，但是做某些特殊事情时，两只手都能用’。他所有的亲人和朋友都非常肯定地告诉我们，利的两只手都可以写字、射击、射箭。”

托斯奇给艾伦看那句“到目前为止，我已经杀死了五个人”。

“我们想要你像平常那样写字，”他说，“我知道你左手使得挺好的。”

艾伦说："我没法用左手写，谁告诉你的？"

"我们知道你能做什么，不能做什么。"

艾伦是天生的左撇子，上小学时被强迫改用右手。每个人都知道这一点。他配合调查，分别用左右手写下了一些笔迹范例。艾伦表现得用左手写字很困难。

"我做不到。"他说。

他的双手都很灵巧，托斯奇想。

"尽力写吧。写大写字母，小写字母。按我们告诉你的写。"托斯奇说。

艾伦一点都不喜欢这样。

"我们让他写了'A'到'Z'，还有'1'到'10'。"

"为什么我不能写我想写的东西？"他吼叫着。

托斯奇第一次不耐烦地大声告诉他："因为这些就是我们想让你写的。"

托斯奇告诉我："嫌疑犯的右手笔迹和左手几乎是一模一样的，但是右手的笔迹要稍微大一些。你下次看到利时可以注意一下他是用哪只手写字的。它没有他之前的那些笔迹样本整洁。"

接着托斯奇要求艾伦写："我是十二宫。"

"你们想让我说什么？说我是十二宫？"

"我们会完全排除你的嫌疑。但是我们总得先确认一下。"托斯奇告诉他不是，并且承诺说如果他的笔迹与十二宫杀手的不相符的话，他们就会离开。

用右手写的时候，艾伦把字写得很大。他明显是在改变他的书写方式，但字与字之间的空隙特征仍旧保留了下来，这在十二宫的信中也看得出。托斯奇注意到，他的笔迹细小、整洁、促狭，但是在圣罗莎房车里，他的字写得稍微大了一些。十二宫杀手的字非常小。托斯奇拿出莫里尔给的第二张纸说："写：'你们想知道我在瓦列霍那些快乐时光的细节，为了回应你们的要求，我很乐意提供更多的信息。'"艾伦一字一句地抄了下来，只是多写了一遍"更多"这个词。

接着，艾伦被命令抄写十二宫杀手信里的一个句子，在这封信里，十二宫杀手凭着记忆引用并意译了吉尔伯特和沙利文的歌剧《日本天皇》里的句子，"所有正在握手的人们就像那样握手"。艾伦写到最后一行时，字迹开始向页面右下方倾斜，就像在十二宫的信中经常见到的那样。他还抄写了"我再也控制不住自己了"。在1969年12月20日，十二宫杀手曾经写道："我害怕自己会再次失控杀掉第九个也可能是第十个人。"

但是，时间慢慢过去，警察们却找不到确凿证据将艾伦跟十二宫杀手联系起来。托斯奇说："艾伦好像知道该说什么，他是一个非常诡计多端的人。我永远都不会忘了跟他见面的情景。他提到了伯耶萨湖。他同我们握手。我们把名片留在了那里。

“我们离开的时候，我能感觉到他的憎恶。想到自己不会被逮捕，他肯定松了一口气，但是也在想：他们还会再回来吗？离开时我说：‘我会再来见你的，利。’他所有的计划都要打住了。我们离开时，艾伦还没有平静下来。离开房车停车场时，我们感到非常沮丧。”

探员们在大概6个街区外的圣罗莎大道3345号的假日酒店咖啡馆稍作休息，边吃午饭边讨论刚才的搜查情况。天气很热。托斯奇能感觉到达吉斯非常消沉。这位指纹专家放下他的杯子，说：“斯泰恩出租车上的指纹如果是十二宫杀手的指纹的话，那跟艾伦的指纹就对不上了。肯定对不上。”

阿姆斯特朗说：“但是，那辆出租车上有那么多指纹，而且事实上，案发现场有没有留下十二宫杀手的指纹还不确定呢。在十二宫杀手写给我们的一些信中，他曾经吹嘘过他为了消除指纹，在手指头上涂上航空胶水。”

后来穆拉纳柯斯对我说：“所以他们有一个潜指纹，在我看来，把这个指纹看做是十二宫杀手的，有许多可疑之处。你擦出租车时会在车上留下些潜指纹。这并不一定就是那个家伙留下的。同样的，在纳帕县，他们发现了一个不完整的掌印，但是有多少人用那个公用电话亭？”

托斯奇说：“我们从圣罗莎往回开时，虽然之前被告知过必须多拿到一些东西，我们还是去找了舍伍德·莫里尔。利曾经工作过的炼油厂离瓦列霍不远。每次我去萨克拉门托经过那里时，都会看到那个该死的地方，它总会让我想起一些往事。我会想：我希望我们可以结束这个案子。这就是我心里一直想的。一直。而且我觉得我们已经做到了。”

在萨克拉门托，莫里尔拿起艾伦写的两页纸，戴着厚厚的眼镜研究起来。那天晚上他把它们放到他的双显微镜下。托斯奇回忆道：“老实说，莫里尔把我们全盘否决了。他打来电话说：‘对不起，戴夫，字迹不符。但是我肯定你们找对了嫌疑犯，并且我肯定你们的方向是对的。’舍伍德说那些笔迹跟十二宫杀手的相似，但是却不是十二宫杀手的。”

探员林奇回忆道：“关于笔迹，让我印象深刻的是，每次我拿着笔迹样本去找莫里尔的时候，他就坐在桌前，我递给他，然后他就会说‘对不上’。我都不记得他这么说过多少次了。我所知道的就是，十二宫杀手写那些信时，他要不就是在喝酒、吸大麻，要不就是服用某种致幻毒品，因为在我看来，他是故意把笔迹弄得很糟糕的。”

司法部文件核查员泰瑞·帕斯克曾经向阿姆斯特朗报告。他说："如果那些笔迹是一种精神状态的产物，当人处在另外一种精神状态下时，写出来的字就会是另外一种样子，或者它也有可能是凶手故意施的骗术。以艾伦的才能，两只手都能写字，这一点是可以做到的。"后来他告诉探员乔治·巴瓦特："高智商的人可以学习笔迹鉴定的方法，并且用来愚弄文件核查员。"此后巴瓦特报告说："我们的笔迹专家坎宁安确认，如果艾伦可以用左手写字的话，就能解释十二宫杀手的笔迹与阿瑟·利·艾伦的笔迹为什么不符了。"

阿姆斯特朗专注地听帕斯克说话。"不要因为笔迹就排除这个人的嫌疑。"他警告说。但是莫里尔，这位已经鉴定过所有已知十二宫杀手笔迹的专家对托斯奇和阿姆斯特朗说，他不认为精神状态会改变一个人的笔迹。他跟比他年轻的帕斯克是竞争对手，他们两个人的观点经常不同。阿姆斯特朗一直都无法调和这个矛盾。其实这也不是什么新鲜事。杜塞尔多夫开膛手皮特·克顿照着他妻子每天早上读的报纸写信。她从来没有意识到那些字是她丈夫写的。克顿在写那些字条的时候转换的精神状态让他变成了一个完全不同的人，他的笔迹也随之不同。我想知道利是否也有其他的人格。后来（1980 年 11 月 17 日）莫里尔向我吐露道："顺便告诉你，罗伯特，我现在的确发现，艾伦的笔迹是故意伪装的，不是他自己原来的笔迹。"

托斯奇本以为他们真的要发现什么东西了。他说："我们开始从艾伦的弟媳和弟弟那儿得到消息时，我就觉得艾伦就是那个人了。一切情况都对应得天衣无缝，可我们就是找不到一个方法可以证明他就是十二宫杀手。我们做了所有事情，但是对阿瑟·利·艾伦就是无可奈何。我们在房车里没有找到确切证据。他所有的东西，据他的弟弟和弟媳说，应该都放在那辆房车内。我们同机动车管理局确认过。他可能还有其他没有注册过的房车和汽车。他真是一个奸诈、诡计多端的人。"

错误就出在他们没有获得搜查艾伦在瓦列霍（虽然那里住着艾伦患病的老母亲）和圣罗莎其他住处的许可证。探员们可能运气不好，搜错了地方。十二宫杀手从一开始就在玩这种在多地区之间转移的花招。他的作案地点总是选在瓦列霍未经明确划分的区域，或者在各地警方和治安官办公室管辖权界定不清的地区。事实上，在瓦列霍治安官办公室的人介入之前，一直都是伯尼夏警方在保护赫曼湖路案发现场。瓦列霍警察局当然想要采取些行动，而且奥克兰警察局也是这么想的。

如果阿瑟·利·艾伦就是十二宫杀手，那么在房车被搜查之后，他肯定会飞快赶回瓦列霍的地下室，销毁所有能够将他和罪行联系起来的证物。还有其他那些房车呢？他可能在所有十二宫作过案的城市都有藏匿之处。托斯奇说：“我们一直都想知道，这附近是不是还有另外一辆车？我们只想知道我们是否可以找到对的证据，可以告诉我们‘就是他，抓到他了’的证据。”

潘查里拉说：“阿姆斯特朗跟切尼和我又一次见面时，我才知道那次搜查房车的事。阿姆斯特朗跟我们说了动物尸体、艾伦用来自慰的振荡器、假阳具和其他这种东西。但是他们依然没从他那儿得到些什么。在我的一生中，当我想到那些我这辈子遇见过的最有意思的人时，我就会想起利。而且我们对他了解得越多，就越觉得他肯定能做出那样的事情。你们遇到的是这样一个聪明的人，他决定以在未经明确划分的地区杀人来作为他对文化的贡献，这些地区的案件大多数都会由那些小警察局来受理。你知道如果你很聪明的话，在这样的地方杀人是很容易逃脱的。这些都是间接的（证据），但是除了利·艾伦还能是谁。这把我吓坏了，我可以这样告诉你。”

就这样，这个最重要的十二宫嫌疑犯通过了探员们的每一项测试，所以他们便去调查其他的嫌疑犯了。迄今为止，十二宫杀手已经寄来3片斯泰恩那件灰白条纹运动衫的碎片了，是在枪杀斯泰恩后从他身上扯下来的。托斯奇估计说：“那件衬衫大概还剩下120平方英寸不知所终。”在《旧金山纪事报》，我们都等着下一片带血的衬衫碎片，还有跟它纠缠在一起的可怕信件。

9. 警察和水手

1972年11月13日，星期一

但是那封带血的信件并没有到来。十二宫杀手显然消失了。但是在南加州，十二宫杀手的阴影却不仅仅是出现，而且正日渐放大。在跟踪了几百个小时之后，圣巴巴拉市治安官办公室认为他们终于能将十二宫杀手同多明戈斯和爱德华兹的死联系起来了。

1971年7月，重案组的贝克探员发出了全州范围内的电传通报，他在寻找一些相似点。他告诉我说：“比尔·阿姆斯特朗和梅尔·尼古拉都给我打来电话，他们怀疑我们的案子可能跟十二宫杀手有关。听了他们的描述之后，我跟他们说十二宫杀手很有可能应该对本案负责。我停止了四处调查，同十二宫作过案的大多数辖区的大多数探员们谈话。我只是和他们一起回顾他们的案子，他们也和我一起回顾我的案子。

“梅尔·尼古拉，我认为他是所有案件相关人员中知识最渊博的人之一。他告诉我，他感觉我们的案子可能恰好是十二宫杀手的杰作。如果不是的话，我就觉得很惊讶，怎么有人可以犯下杀死琳达和罗伯特那样的罪行，而在这之前和之后却没有寄来任何信件。我也调查过其他的连环杀人案，我们的案子中涉及的精神病理学并没有什么不同。当他们向我描述伯耶萨湖案的详情时，我脖子后的寒毛都竖起来了。我确信你能看出这两起谋杀案之间的相似之处。”

和邪恶的伯耶萨湖案一样，受害人也是学生，是一对在孤岸边靠着毯子的年轻情侣。性虐待狂倾向于以那些跟他自己相似的人为目标，通常选择那些有着特殊职业或者相似特征的人作为牺牲品。他显然是随意选择他的牺牲品，因为他们符合他幻觉世界里的某种心理上的或者象征意义上的需求。联邦调查局的概评说，一个像十二宫杀手那样的反社会型虐待狂杀手“会为了消除他某种根深蒂固的强烈的性欲和虐待欲而选择牺牲品，比如说他会为了达到性满足而毁伤牺牲品的部分肢体”。

假如十二宫杀手选择那些跟他一样是学生的牺牲品会怎样？罗伯特和琳达被选中，是因为他们停在上面马路上的车吸引了那个跟踪他们到水边然后四处游荡的杀手。在纳帕和圣巴巴拉案中，这个攻击者都随身携带了一把刀、一把枪，还有预制好长度的晾衣绳。那么他为什么要绑起那些他准备杀死的牺牲品呢？这样他就能折磨他们？连环杀手的快感来源于他可以对他的俘虏胁迫、掌控以及施压。恐怖行为及其带来的力量感是连环杀手的标志，因为他感到恐惧，害怕自己无能。像十二宫杀手那样的人杀死了那些年轻人，那些正在享受他所不能享受的亲密关系的年轻人。他满足于看到那些人质畏缩着哭泣哀求，而用绳索就可以延长杀戮的时间，他想要多长就可以多长。

“两个受害人都被击中背部（相对密集的伤口，考虑到他们被击中时正在逃跑）。”贝克说。精准而密集的伤口分布也是将贝克负责调查的案件同十二宫杀手犯下的赫曼湖路射杀案联系起来的因素。十二宫杀手曾经以致命的准确性射中一个女人，当时那个女人正在逃跑，而他在后面追赶。他是在陡峭而漆黑的乡间小路上完成这一切的。

贝克说：“地上有两个空纸箱，是用来装温切斯特－韦斯顿生产的Super-X0.22英寸口径长管来复枪的。我们在罗伯特和琳达逃跑的路上找到了用过的弹头。它们有6条阳线，6条阴线道，是右旋的。”十二宫杀手在赫曼湖路案中使用的就是Super-X铜覆膜长管来复枪子弹。这起双重谋杀发生在1968年12月20日，正是艾伦35岁生日的两天之后。在赫曼湖路找到的弹头状态完好，同样也有右旋痕迹，6条阳线，6条阴线道——是“6-6”的弹道模式。

贝克解释道：“地上纸箱里找到的弹筒的商品编号是可以被追踪的。子弹批号是TL 21或者TL 22。我们找到的温切斯特－韦斯顿子弹可能是在范登堡空军基地福利社买的，因为这是能买到那个批号的最近的地方。在100英里以内卖这个批号的子弹的商店就只有范登堡空军基地福利社。这在一定程度上决定了从那里购买的可能性。但是，其他空军基地也可能有这种批号的子弹。隆波克附近的战略空军司令部基地距离案发现场不到一小时车程。那只是另外一个信息，告诉我们这个案子可能跟十二宫杀手有关——我也在考虑马奇空军基地或者特拉维斯空军基地的可能性。

“除了杀人的模式，我们并没有太多能够将十二宫杀手和这儿的双重谋杀案联系起来的有力证据。我们没有任何经过确认的指纹、子弹或者弹头标志，或者目击证人的证词。如果有任何的鞋印，任何可以确认的东西，我都会只为了那一种可能性而扑向它，因为我了解伯耶萨湖案。”1969年9月十二宫杀手在伯耶萨湖穿的鞋子只在基地福利社有售。“现场的军用鞋鞋印具有非常重要的意义。并且如果还有什么东西，我肯定能记住的。不管河岸县的案件是不是十二宫干的，我们的案子是先于其他案子3年发生的。比我们想象的要早得多。很有可能那个家伙应该对我们的案子负责。我们的案子同其他案子之间的几个重要的相似点，和其他证据一样，都倾向于说明十二宫杀手同此案有关。

“我最后一次在旧金山的一次凶杀案犯罪调查联合会议上同比尔·阿姆斯特朗聊天时，他告诉我他一直都认为我们的案件是十二宫案件之一。1972年在他们的办公室开过一次会议之后，我就再没有联系过戴夫·托斯奇。从那时到现在，我有种非常强烈的感觉，那不是一件会随着时间流逝而消失的事情，而是那种会挥之不去的事。”贝克是那种永不放弃的警察。除了开膛手杰克，没有比十二宫杀手更为逍遥法外或者更加难以捉摸的怪物了。

贝克说：“最可能将我们的案子和十二宫的核心案件联系起来的，是一种动力，它让我相信，几十年来我对我们的案件是出自于十二宫之手的怀疑并不是被误导的。我并不是夸大多明戈斯和爱德华兹一案在最终侦破十二宫谜团过程中的重要性，我再次强调，我非常肯定地认为，在这起有可能是他第一次谋杀的案子——我们的案子之中，蕴藏着十二宫案件的解决方案。”

十二宫杀手本人已经提供了他和贝克负责的案子之间的联系，他用的方式那么迂回，让我直到最近才突然发现这回事。想要解开十二宫杀手的形象线索，就需要了解他反映出来的真实心态。在 1970 年 6 月 26 日的信中，十二宫杀手在一张菲利普斯66 号公路的地图上圈出了有两个顶峰的代阿布洛山。显然，代阿布洛山对他来说很重要——它的海拔是 3849 英尺，让人回想起斯泰恩死在华盛顿大街 3898 号门前，而这个地址正是十二宫杀手自己选择的。据说，那份地图，还有地图底部的两行密码说的是他安放炸弹的位置。7 月 24 日那天，他留下了另外一条线索。他写道："附言，代阿布洛山密码的关键——发散的弧线和沿弧线以英寸计的范围。"代阿布洛山是美国国土地理院的水准基点，用于区分东、西、南和北——城镇之间用 57 度的弧线所连接。这张地图还提到了飞行员可能会用到的词语——"磁北"。"F"型符号连着一个反过来写的"7"，在十二宫杀手寄给艾弗利的恐吓性万圣节贺卡上出现了两次。"F"代表了风速和风向——北风，每小时 15 到 20 英里。整个符号和一种牛的商标一模一样，这种牛出自当时科罗拉多州帕高萨温泉的弗雷德·哈蒙农场。

一位专家告诉我："十二宫杀手的代阿布洛山密码是一种二进位间隔密码。第一行是阿尔法行，第二行是贝塔行。这份密码用的是可以当做数字的希腊字母。比如：阿尔法＝1，贝塔＝2，德尔塔＝4。密码由那封密码信和颠倒的希腊字母伽玛运行，伽玛＝3。因此，为了启动密码，你会'问'一些关键问题，比如：你是谁，你想说什么?"

但是那份地图说的却是些完全不同的东西，一些可以看见的东西。首先，我知道利·艾伦喜欢《疯狂》杂志，还有十二宫杀手在 1970 年 4 月 20 日寄来的密码（"我的名字是——"）在解密时可以读成"ALFRED E NEUMAN"。"我说，上次寄给你们的那份密码，有没有破解出来啊?"他在同一封信里问道。《破解》杂志是《疯狂》的主要竞争对手。1964 年 5 月起，《疯狂》开始在它的封三刊登一种视觉猜谜游戏，一种"折叠游戏"。游戏说明写道："将这段向左折叠，接着再折回来，这样'A'就能连着'B'了。"我将那份地图折叠，让圈起来的部分连着右侧边缘，然后举起报纸迎着光线，这样地图的背面就能透过来。一个圆圈被一支处于 12 点钟方向的箭穿过，而箭头所指的地方恰好就是多明戈斯和爱德华兹案的案发现场。

代阿布洛山下，利重新开始航海，让他自己消失在看上去没有尽头的上千英里的海域三角洲之中。由萨克拉门托和圣华金河水流入形成的巨大的潮间沼泽地，被筑上了无数道的防洪堤坝。艾伦还没有真正在那些弯曲的水道中迷失过方向。还有一点可供参考，一直耸立在远方的代阿布洛山——在它的顶峰可看见的面积仅少于从乞力马扎罗山顶峰看到的。因为扁平足的关系，艾伦在水中或者空中都觉得舒适无比。

电视剧《班尼沙》里的明星比格·丹·布洛克（在剧中扮演霍斯·卡特怀特）在前一年夏天突然去世。艾伦再也不戴他那顶大大的白色牛仔帽了，他再也不能是"霍斯"了。

1972年11月21日，星期二

今天是一个纪念日——3年前，大卫·奥戴尔·马丁用一把刀和一个碎瓶子砍他的妻子和11岁大的女儿，他的举动引起了联邦调查局的注意。就在被警方击毙之前，马丁喊道："我就是十二宫杀手！"阿姆斯特朗立即通知联邦调查局："马丁绝对不是那个不明嫌犯。"托斯奇对我说："在十二宫案件的头4年里，我敢说全国大概有15个人对警察说他们就是十二宫杀手。有些人当时是喝醉了，有些人明显有精神问题，剩下的就是身上还背有其他指控，而且企图获取公众注意力。"这些怪物不坦白，在调查中，谣言就会代替新的线索。

在圣罗莎，13岁的萝莉·李·库莎和母亲一块去"你省钱"超市购物。她的眼睛是蓝色的，金色的头发梳成中分，她的穿着很特别，发亮的粗斜纹棉布喇叭裤，和一件棕色的皮夹克，还有棕色的牛仔靴。下午5点半左右，她显然走散了。半个小时后，在同一家超市里，她们家的一个朋友芭芭拉看见了她，但是此后，再没有人看见她。她母亲立刻报告了她的失踪。搜查持续到了12月的第一周，但是警方没有发现任何线索。圣罗莎警官史蒂夫·布朗后来对我说："你知道我们的受害人都有些什么奇怪的地方吗？第一具尸体被他抛在沟里，第二天被一个骑自行车的人发现了，所以他决定：'我最好还是把他们藏得好一点。'最后他把那些尸体扔在了弗兰兹山谷，那里很远。你可能知道那个地方，只是没有开车去过。最近我又一次开车去了那里。当然，如果凶手住在这儿，又常开车乱转，他肯定会知道那个地方的。我在想那个家伙可能是居住、生活在湖县或者纳帕县，总是往返于那条路。如果你要开车出圣罗莎，垃圾肯定都是被倒在马路的左边的。你不会把车停在左边扔尸体，这样方向就错了。他不会停在右边，将尸体横拖过马路再扔。这没有任何意义。我在想，就像你一样，他开出圣罗莎，他有一个货棚、房车或者车库之类的东西。等到他们被杀死后，他往回走，现在他是在马路的右边了。这时候他停车，扔下尸体，接着开回圣罗莎。"

12月12日，徒步旅行者雷克斯·摩尔偶然在距卡利斯托加路大概55英尺远的一个峡谷里发现了库莎的尸体。她全身赤裸地被扔在那里，严寒中，她的尸体已经被冻僵了。警方估计她是在一周前才死的，尽管她已经失踪了整整3周。她之前肯定是被活着关在“某个地方”，但是警方没有任何怀疑对象。

有人弄断了她的脖子，第一根和第二根颈椎骨。斯坦福大学的朗德博士向我解释说：“勒杀，不像是枪杀。它涉及某种肌肉紧张……它在性方面带来的感觉对那种纠缠着性欲和进攻欲的人们很重要。这也是一种证明他们的力量超过受害人的方式。这是他们对自己原始力量的一种炫耀。由于这是那种人快感的很大一部分来源，他们会使用勒杀这种方式来延长这种快感……我知道一个故意这样做的人，不止一个，最少两个，他们承认他们会花二三十分钟去勒死牺牲品，来延长这种所谓的快感。”

库莎那些特别的衣服都不见了，她没有被侵犯过。警方没有怀疑到的是，仅仅100码远的地方，藏着另外一起谜案。马路旁边沟壑里浅浅的坟墓下，藏着简妮特·卡玛茜勒的尸体——她的双手和脚踝被绑在了脖子上。一根白色的晾衣绳在脖子上缠了4圈。但是因为那个地方树木繁多，警方在几年后才找到她的尸体，那是1979年7月6日。

1972年12月28日，星期四

一场怪异的大雪覆盖了双子峰和金门大桥公园。20天之后，下午4点，两个男人发现了莫林·李·斯特林和伊凡妮·韦伯的尸体。她们在弗兰兹山谷路地区波特溪路北面2.2英里远的乡间小路边被发现。凶手非常强壮有力，为了避免留下痕迹，他举着她们的尸体越过灌木丛和一条沟渠，将她们从一道66英尺高的堤坝上扔了下去。显然，他将他的牺牲品们当成了要扔的垃圾。

死因以及是否被性侵犯已经无从确认了，但是凶杀的模式可以将这个案子同其他案子联系起来。凶手在别处将她们杀死，并且留下了她们的衣服。而且凶手打结的方式跟水手一样。那些结怎么会跟圣巴巴拉案件中的对得上呢？都是那种老奶奶结和绳环套结。那些受害人被诱拐的时间有一定的循环次序：星期五，星期六，星期二，星期五，星期六，星期二。她们都是在下午5点钟左右天快黑的时候消失的，尸体都是在索诺马县东部乡下半隔绝的靠近湖、河、沟和溪的地方被发现的。圣罗莎的案件都发生在名字跟水有关的地方：马克温泉，卡利斯托加（矿泉水），溪谷。发现尸体的地方，最远的两处距离只有16英里。斯特林、韦伯一案和卡洛琳·戴维斯案的案发时间相隔7个月，尸体被发现的地点是一模一样的——弗兰兹山谷路地区波特溪路北面2.2英里远的地方。但是，金·艾伦可能被性侵犯了，而这一点不符合十二宫杀手的杀人模式。

贝克继续说道："随着这些案件的发生，我几乎认为那个家伙是一个邮递员或者电力公司的人，因为他们会去那些地方。最后一个女孩是在一条非常偏僻的小溪里被发现的。那可不是一个你能从马路边把她扔下去，然后她就能落到的地方。弗兰兹山谷路的那三个都是在马路边的同一个地方被发现的。你不用扔太远，她们就能落到那里。至于我们在溪里找到的那个女孩，我不知道他究竟是怎么把她弄那儿去的。"

几个月前，在去往圣罗莎某地（一个凶手杀死女大学生后用来抛尸的地方）的路上，警官们停下他们的汽车。从他们面前那条路走过来的人正是阿瑟·利·艾伦，他是从谋杀案发生的那个隐蔽地方走来的。"我走这条路去轻装潜水。"他说。在同一个方向，艾伦还去看望了静湖的两个朋友。有消息来源说："利经常在路边搭载那些搭便车的人，尤其是在上圣罗莎专科学校和索诺马州立大学时。这让我母亲感到烦恼不堪。他在公路上让那些搭便车的人上车。我记得有两个女孩就是从溜冰场失踪的，我还记得其他的凶杀案。那些在弗兰兹山谷路和卡利斯托加被发现的尸体离我父母家不远。"

1972 年 12 月 29 日，星期五

从 1971 年 8 月 4 日警方第一次（他们误以为是第一次）讯问利开始，十二宫杀手就再没有寄来信件。但是我们几乎不需要更多来自凶手的线索。我们已经知道许多关于十二宫杀手的事情。如果我们用心的话，肯定能抓住他。所有早期的嫌疑犯都被排除了，因为他们的笔迹与十二宫杀手的相似，或者他们长得像合成画像上的十二宫杀手。在他们之中，几乎没有人像杀手实际上那么高或者健壮；有些甚至像小男孩一样瘦弱。

十二宫杀手具有 3 个特质，他不得不具有这 3 个特质——他强壮、聪明，并且精通密码、化学、武器、工程、电子学和炸弹制作方面的专业技术。更有用的是，十二宫杀手还知道辩论术，知道留下错误的线索，并且在手指上涂上胶水。实际上，他的枪法，对警方辨别身份方式的了解，还有使用公路上的捷径来围堵牺牲品的技巧，这一切都指出十二宫杀手可能是一个警察。当他用手电筒晃花他们的眼睛然后朝他们连续疯狂射击时，两个受害者都正在找自己的身份证。

可十二宫杀手在他的信里却总是嘲讽警方，折磨他们所带来的震颤已成为他那户外国际象棋比赛强有力的动机。他嘲弄权威，就好像打击他日常生活中的一个控制型人物——一个老板、一位父亲或者一个警察。连环虐待狂痴迷于警察使用的各种各样的工具还有警察自身，他们通常都是警察迷。一些在性方面反社会型的人在诱捕折磨牺牲品时会穿着制服，他们通常申请过要当警察，或者表达过要在某些执法部门工作的愿望。他们总是会为了抓捕他们本身而提供一些帮助。连环杀手们总是非常相似的。

联邦探员约翰·道格拉斯对亚特兰大幼童杀手的心理概括很有意义。他说这个杀手“就住在那个区域，有时候装作是警察，对本案的媒体覆盖面表露出极大兴趣，跟异性相处困难”。

约翰·韦恩·盖西在少年时期，就穿着当地护卫队的像警察一样的制服。他着迷于执法人员的服饰，强行选定了肇事逃逸调查组的探员詹姆斯·汉利作为对象。盖西变成了杰克·汉利，一个只存在于他自己脑子里的残忍而强健的凶杀案调查组的警察。杰克非常厌恶同性恋，他是一个野蛮的虐待狂警察，盖西既崇拜他又害怕他。当盖西喝醉了或者嗑药了的时候，他那转换后的自我就会取得控制权，做出清醒时候的盖西永远不会做的事情。因为那时候是杰克控制了他的身体，所以盖西驱除了他脑海中那些罪行的细节。他忘记了他对那些被他埋在他家墙壁里的男孩们所做的一切。幻想中的探员杰克每天晚上在镇上肮脏的地区发动袭击，他开着黑色奥兹莫比汽车缓慢地巡游着，无线电扫描器发出刺耳的声音，聚光灯和红灯循环闪亮。他穿着一件皮夹克、长裤和公路巡警的鞋子，他抓住男孩们并用手铐铐住他们。有些精神病学家分析，十二宫杀手至少也是个潜在的同性恋，对他来说，子弹和刀能够带来变态的满足感。

朗德博士告诫我们要寻找一个这样的嫌疑犯，他收藏枪支，并且从小就对枪支、刀和各种各样的刑具非常感兴趣。朗德博士在《谋杀与疯狂》中写道：“作为一个成年人，他们对刑具的收藏，对使用方法的精通，还有对武器的痴迷都大大超过了普通的收藏者。”连环杀手使用它们的熟练程度令人简直难以置信。我十分确信，无论什么时候，只要十二宫杀手的老窝暴露了然后被搜查了，那儿都会有大量的武器——枪支、炸弹或者是十二宫杀手吹嘘过的“死亡机器”。阿瑟·利·艾伦是否像盖西那样曾经想当警察？

他想过。

1952年5月2日，艾伦，当时19岁，曾经向瓦列霍警察局求职。他们拒绝了他。很久以后，艾伦再次向法律表示了他的忠心。1964年6月11日，他是沃森维尔警察局一名未经鉴定的职员申请者。沃森维尔警察局也拒绝了他。有时候看上去好像是所有人都这么对他。托斯奇说：“原来如此。一个‘想成为’警察却又成不了的家伙，会憎恨所有的警察，这是经过证明的。在那之后他们会憎恨一切所谓的权威。”

感觉自己进入了十二宫杀手思想的芝加哥通灵师约瑟夫·迪路易斯同意这一说法。他说："创造'十二宫杀手'这个形象的人非常熟悉执法部门，我想他以前是个警察。在他写给警方的信里面，他好像知道警方接下来要做的所有事情。他认识他的牺牲品们。我感觉他在被抓之前会一直杀人。"利是否与警方很亲密，并且当时知道那次即将到来的对他房车的搜查呢？加州公路巡警林恩·拉夫提是利儿时的朋友，可能艾伦想跟他一样［当警察］。拉夫提一直都很想独自搜捕十二宫杀手。

利曾经是特拉维斯空军基地的一名临时教师，那里的基地福利社销售翼行者鞋子。他可以享受一些折扣优惠——作为一个海军军官的家属、一名雇员和一名前海军军人。海军服役期通常长达4—6年（每年有30天的假期），但是利在海军的服役时间只是从1956年到1958年。有人告知了我其中的原因。利曾经约会过的女人的女儿告诉我说："艾伦当时在军队服役——在海军。导致他被开除的是，他曾经被瓦列霍警察局逮捕（1958年6月15日那天），罪名是扰乱治安。当时他跟他的朋友打了一架（拉尔夫·史宾尼利）。他在1956年加入海军，在那儿待了两年，然后不怎么光荣地被开除了——摆脱那些你不想要的人的简单办法。我想利·艾伦那时是想成为海军里的蛙人。因为心理上或者生理上的原因，他们无法让他成为深海潜水组的一员，或者让他长时间在潜水艇上待着。我母亲记得，他对此感到非常非常失望。我认为他的确很不喜欢他的父亲，因为他父亲有军国主义态度。我认为就连我母亲在他家的时候，他都不得不管他的父亲叫'长官'。或许与他父亲带给他的影响也有关系。我母亲觉得那段时期对他的一生有着很重大的影响。"

尽管控诉在1958年7月8日就被解除了，艾伦还是在年末的时候被海军"不怎么光荣地开除了"。因为警察，艾伦最大的抱负将永远无法实现。他永远都不能成为海豹特种部队的一员、潜水艇指挥官或者警察。在1972年之前，艾伦至少有5个理由憎恨警方——瓦列霍警察局和沃森维尔警察局拒绝了他；瓦列霍警察局逮捕他及因此导致的海军开除他；炼油厂解雇了他；还有警察搜查他的房车，让他感到羞耻。如果他就是十二宫杀手，他就有了第六个厌恶警察的理由——前不久旧金山警察局差点儿抓住了他。

在海军的时候，艾伦在一条冷藏船上工作，大部分时间都是在加利福尼亚明亮的阳光下刮除并粉刷船体。瓦列霍的消息来源证实道："利还是海军里出色的神枪手，是他们组最好的枪手之一。另外，他经常给我母亲写信，在信的底部留下棋语符号（十二宫杀手信里的符号能跟许多棋语标志对上）。但是在后来知道利被送到阿塔斯卡德罗后，她就烧了那些信件。"

他甚至接受过密码培训。十二宫杀手对密码有着专业的知识。"他的确懂得密码，而且不仅仅善于缝纫，还是个航海者。”有消息来源说。十二宫杀手在伯耶萨湖戴的头套上那整齐的针脚说明他是一个懂得缝纫的人。十二宫杀手不可能让别人给他缝那个刽子手头套。利不仅学习了水肺潜水，在海军时，他有一阵子还当过接线员、三等无线电技师。纳帕的副巡官纳罗认为，不管十二宫杀手是谁，他都具有 15 型电传机技术方面的知识——他在他的一份炸弹设计图上复制了它的电路图。还有，他早期的一张字条就是写在电传打字纸上的。

一位专家告诉我说：“十二宫杀手的炸弹设计图来自于 15 型电传打字机（的结构示意图），我还注意到在他的示意图里，他正确地将跨接线画在了两根交叉线上。我认为这些是找到十二宫杀手的绝佳线索，并且有大于 50%的可能，他是个业余话务员。首先，使用无线电电传打字机的话务员们会使用这种二手机器……第二，他在示意图中使用‘跨接线’，这告诉我他可不是仅仅知道一点电子学知识，他肯定是精通……另一种可能性就是他是海军和海岸巡逻队的职员，比如说电子技师和无线电技师。”

健壮的利·艾伦和他瘦高的父亲之间关系很复杂。海军的最强烈影响是来自于他父亲的。伊桑·沃伦·艾伦在瓦列霍住了 25 年，在夏威夷和旧金山湾的金银岛上工作了 24 年。退役后，他成了瓦列霍政府的一名绘图员。他跟来自加州的伯尼斯·汉森结婚后，有了两个儿子，阿瑟·利和罗纳德·吉恩。伊桑将他对捕猎、飞行和航海的喜爱遗传给了两个儿子，但是他的大儿子利却最为上心。

所以利会捕猎，持有飞行员执照，还会航海，就丝毫不是巧合了。但是自从飞机失事后，伊桑就再也不是从前那个充满活力、自信的军官，无法抑制对利的狂躁和对伯尼斯的辱骂。严厉父亲之死让艾伦得到了自由，但是之前的飞机失事也给了他理由去追求自己的欲望。他们的家被一个固执专政的女人统治，伊桑在他去世之前的那几年成了一个阴影。由于前列腺癌细胞转移，伊桑死于 1971 年 3 月 17 日。

1971 年 1 月 4 日，艾伦父亲去世前两个月，报纸上刊登了一封匿名信：

“如果你有胆量，就刊登这封信。这是一封给十二宫杀手的公开信。你不需要因为震惊而暴露自己，只需要到最近的警察局，说出让你变成杀手的那个人的真面目，那个从 1947 年开始就犯下美国有名的罪案而又逍遥法外的父亲，他现在可是个教人杀人的专家了。一旦你问‘他们会怎么对待我呢’，你会被关进精神病院，但这总比被送上双刃剑一样的法庭或者从背后被人开枪打死要好。因为那些你父亲在你的帮助下犯下的罪行的替罪羊被定罪之后，他就不得不好好招呼你了；因为你会再现他的罪行，而这将搞坏他的好名声。”

这封打印的信继续说了些关于一个兄长的事情。“想想那些可以擦得嘘嘘响的大鼻子吧，那可太美妙了……你还可以解开一些小谜团。如果两个只是被绑着手的人没法逃出去求助，难道不是因为他们已经步上了两个男人的屠杀之旅吗?”

父亲和儿子一起杀人？这是一个奇怪的说法，一个更加奇怪的白日梦。

1971年的3月，十二宫杀手的生活里肯定发生了什么事情。距上次写信6个月之后，十二宫杀手写了两封信——一封在3月13日寄给了《时报》，另外一封在3月22日寄给了《纪事报》。第一封信里有一句话“不要埋葬我……”，第二封里面描写了一个用铲子挖地的男人。伊桑临死前在奥克兰海军医院待了17天。濒死之时，他在94566邮区住院接受治疗，那里的邮编跟十二宫杀手寄给《洛杉矶时报》的信上的邮编是一样的。3月份的这两封恐吓信可能是十二宫杀手对于保守永生观念充满恐慌的中伤。我回想起十二宫杀手的衣服是多么过时——皱巴巴的裤子让他显得很老，或者他干脆穿的就是老人的衣服。十二宫杀手的装束真的是海军的穿着，他的外表看上去就是一个水手：剪得很短的平头，闪闪发亮的鞋子，水兵上窄下宽的裤子，深蓝色夹克衫。艾伦是否因为恨或者爱，穿着他父亲的衣服，扮成十二宫杀手杀人呢？但是伊桑不像他的儿子，他是一个瘦高的男人，而利，由于他的体形，不可能穿得进他父亲的海军服。

警官林奇和朗德布莱德从最开始就跟艾伦见过面，林奇更是见了他不止一次。而每次利都指着他的水肺器具，要不就是淡淡地笑着。他的托词是，那时候他在尖兵堡或者博德加湾独自或者跟一个他不知道叫什么的人潜水。在瓦列霍的郊区，那些采石场和小溪、池塘和湖泊，依旧寂静、冰冷和深邃，隐藏着无人知晓的那些秘密和纪念品。警方要找的那些武器可能就躺在伯耶萨湖冰冷而清澈的水底。

提供消息的人们推测，十二宫杀手有一些资金来源，因为他“购买了许多枪，上剧院，看过无数电影，读很多份报纸，给他的信付超额邮资，而且在夏天有多到奢侈的空闲时间，还有许多汽车及住所”。其他人推测十二宫杀手要么非常有钱，要么就是从亲戚或者信托基金那里得到的钱。利·艾伦的家里挺有钱的，警方最初就知道这一点。

10. 魔鬼

1973 年 3 月 6 日，星期二

尽管距离托斯奇和阿姆斯特朗翻遍他的房车已经过去了 8 个月，艾伦知道他依然处于监视之下。他有一条警方的天线，偷听到瓦列霍警方正在一个街区远的地方监视他的地下室。但是大部分时间还是没有人观察他的。十二宫案件涉及的面太广了，嫌疑犯众多，要做到实时监控，警方的人力是远远不够的。而且作为追捕十二宫杀手的主要猎手之一的戴夫·托斯奇，经常被疾病缠身，或者突然被别的任务转移注意力。

托斯奇告诉我说："案发的那个星期，我们要处理的不仅仅是十二宫案件，还接了其他的案子。"

市长乔·阿里奥托还在 1973 年 3 月 6 日亲自挑选托斯奇作为旧金山刑事大陪审团的一名特派调查员，这样的指派最早是从一件 1936 年的丑闻开始的。阿里奥托想要托斯奇查明圣布鲁诺县立监狱的两起暴乱和两起火灾。

托斯奇的协助是无价的。大陪审团的主席詹姆斯·罗德曼写信给斯科特局长说，旧金山警察局"着实幸运，拥有像调查员托斯奇一样的员工。如果没有他的协助我们就没法完成任务"。利·艾伦用上了他在联合炼油厂当化学师的经验，他在东部湾联合富田的新工作让他有时间晚上坐在他的房车前。他想要装的时候就能装成一个令人喜爱的人。但这些天他都阴沉着脸，嘴绷得紧紧的。他还是没有原谅警方把他的房车搜了个底朝天，或者是去炼油厂找他导致他被开除。他站在一片干沙地上，喝着银子弹啤酒，背靠着房车依然温热的金属车身，看着从圣罗莎大道上急驰而过的汽车们。它们像昆虫一样发出嗡嗡的声音，掉头开往偏僻的弗兰兹山谷路。蟋蟀唧唧地叫着。一阵暖和的西风吹过停车场。他脸朝西，随着脚后跟摆动，窥视着远方两座好像喝醉酒一样斜陷在沙地里的粉红色的火烈鸟雕塑。它们金属腿的中间回荡着 101 公路（平行于圣罗莎大道）上车流的喧嚣声。

利慢吞吞地走进房车，在那里，他可以无拘无束地揣摩和憎恨旧金山警察局。他不工作、不潜水或者不捕猎时，就会找些其他解闷的乐子。每年他都和他的母亲一起参加苏格兰集会，但是他不出席家庭宴会。利的一个朋友说：“我母亲渴望一种幸福的家庭生活，我想她很喜欢去利·艾伦的家，因为他们看上去是那样‘幸福的家庭’。每个人都有良好的餐桌礼仪，而且我觉得利的母亲把家里装饰得很漂亮——就是那种东西。这只是告诉你不要看表面的东西。”利接着上索诺马州立大学，主修生物科学，攻读哺乳动物学 / 生物学硕士学位。他已经辅修过化学，并在1971 年获得了植物学学位和《美国军人权利法案》下的初级教育学学位。对他来说，学习很容易，生活却不是。

1973 年 7 月 31 日，星期二

就在艾伦房车附近的转角处，沿着乡间小道，距离弗兰兹山谷路波特溪北边 2.2 英里，在一个熟悉的树木繁多的斜坡上，持续有尸体被发现。卡洛琳·戴维斯的尸体被发现的位置刚好跟斯特林和韦伯的一样。戴维斯有没有被性骚扰已经无从确认了。十二宫杀手早就威胁过要用不同的方式去杀人，而且现在看起来，他或者别人正在这么做。

她的尸体呈现出破伤风的迹象，比如肌肉僵硬，说明是马钱子碱（一种极毒的白色晶体碱）中毒。死于马钱子碱中毒跟死于破伤风很相似，但是马钱子碱中毒更快——大概 15 分钟。布朗警官不大确定戴维斯是否是被毒死的。很久之后他说：“这有点像一个服用致死剂量安非他命的人的尸体解剖结果，如果他是一个脾气暴躁而又长期服用的人，致死剂量对他和对我的影响是完全不同的。至于马钱子碱中毒，州立实验室告诉我有一种会让人产生幻觉的蘑菇，它在你的体内会生成马钱子碱或者马钱子碱的衍生物，就像一个有毒瘾的人服用了海洛因，而海洛因在他的体内会变成吗啡一样。这个女孩不一定是被人下了毒，只是说她有可能吃了那种蘑菇。并不一定是毒药害死了她，而是说它可能是一个起作用的因素。她的脖子上也有一道很深的被绑的痕迹。”

1973 年 10 月 24 日，星期三

十二宫杀手的那些符号一向公开于众，以便人们做出各种各样的解释。他那个瞄准镜（十字穿过圆圈）一样的符号，是用在核弹设定方面的，这指引警方去询问了特拉维斯空军基地的一位核武器专家。在他其他的标志中，表示气象的符号让警察们去寻找一个飞行员，表示银的纯度标志把他们引向了一个珠宝商，而其他某些符号则将他们引向了怀特普莱恩斯市北站邮局的一个邮递员。他向我解释道：“我在《纽约新闻》上发现了十二宫杀手的一段密码，便将它拿给邮局的其他几个雇员看，他们都认为这段密码里的符号就是邮局文员考试中用到的25个符号。”十二宫杀手的符号还能代表占星学上放在椭圆里的南十字星座。

化学分子式和符号在十二宫杀手的信里频频出现。他画了示意图的炸弹是化学炸弹，这一条线索对托斯奇没起到什么作用。利·艾伦是东部湾的一个化学家。在之前的4月，那儿的一个化工厂发生爆炸时，整个地区都震惊了。物理学家约翰·道尔顿表示，元素种类和它们原子量的符号跟十二宫杀手的密码符号很相似——氢：一个圆圈，中间有一个圆点；还有硫：一个十字穿过圆圈——那个杀手的私人印章。硫和硫黄的气味一直缠绕着十二宫杀手。人们几乎能听到撒旦发出咯咯的笑声。

伴随着午夜的钟声，十二宫案件中的魔鬼现身了。一个旧金山男人，化装成撒旦，在第三大道的维纳斯迷幻教堂参加一个裸体摇滚舞会。他靠近4个裸体男子，其中一个正在带着大家讨论十二宫杀手。“十二宫杀手肯定是撒旦或者妖怪。”化装成撒旦的人插嘴说。谈论“十二宫杀手先生”的男人突然转身，伸出一个手指头指着那个人，“你就是十二宫杀手!”他喊道。红色的魔鬼笑了，他被脸上涂的红色油彩映得发红，他回答道：“我是撒旦的化身。”他往前走去。但是那个人跟着他，并把他拽到一边。他发出嘘声，“我是十二宫，你这个白痴，而且我已经用计谋赢过了警方和那些报社。我杀的人，比那些被认定是十二宫杀的要多得多。”“这是因为十二宫杀手已经杀死12个不同星座的人了吗?”化装成撒旦的人不安地说。“我杀了不止37个。”那个魁梧帅气的陌生人说。化装成撒旦的人回忆说，他看上去“冷酷、镇静、沉着——一个正常的、百分之百的美国男人，身体健壮”。他继续说：“我的大多数牺牲品都是不知名的，而且甚至跟十二宫根本没有关系。这只是一个游戏，像大富翁、国际象棋、跳棋或者桥牌。我喜欢把杀人当成我跟警察之间的游戏。杀人对我来说只是掸掸灰而已。”那个男人和一个嘴唇很薄的苍白女人匆忙地离开了。剩下的饮酒作乐的人们再也没有看过他们出现。说来奇怪，即将在1974年1月30日收到的十二宫杀手的信上声称他已经杀死了刚才所说数量的人——37个（他最后一次写出一个详细的数字）。

“在整个调查过程中，我们一直能收到人们对撒旦崇拜者们和占星术狂人们的举报。”托斯奇说。十二宫杀手那些神秘的符号引发人们疯狂的猜测，甚至威胁到那些跟神秘学有关的人。撒旦主义者安东·赞多·拉维，撒旦教会的创始人，出版过《撒旦》和《撒旦圣经》，他曾经收到某个认为他有可能是十二宫杀手的人的死亡恐吓。由于占星术的角度、巫术符号和邪恶的黑色长袍(那个“密码杀手”可怕的刽子手装束显然跟安魂弥撒有关)，拉维本人曾经一度也被视为嫌疑犯。他立即给

《纪事报》的艾弗利寄了封信。

> “亲爱的撒旦……现在在你的邪恶控制下，女人们暴尸街头。但是当然所有的一切都将结束……正义的队伍们正在追捕你。我跟你的斗争已经历经世代，很少成功。撒旦，这真让我烦恼，但我是不会停止的！你可以任意选择你的武器，但我更喜欢用刀……我无比地想要你的血沾满我的刀剑。”

“他更喜欢用刀。”这位记者想。他打电话给他的记者朋友大卫·皮特森，想听听他对此事的看法。皮特森告诉艾弗利说：“刀是被用在宗教仪式中的，这让我想起了术士阿莱斯特·克劳利在仪式上穿的带头套的长袍。克劳利在神秘宗教仪式中穿的长袍上，纹有‘黄金黎明会’秘密指令的玫瑰十字——一个十字穿过圆圈。”如果十二宫杀手是一个撒旦教信徒，根据月相和宗教节日杀人作为祭品，这就能解释所有的事情了。十二宫杀手还有别的办法能做到，开那么多辆不同的车，在相当大的地理区域内杀人，变换这么多种行头，用这么多不同风格的笔迹写信吗？在这个谜团里面，撒旦之手肯定在某个地方帮了忙。

十二宫迷大卫·莱斯说道：“撒旦主义——也可能吧。撒旦主义更能说得通。”十二宫杀手使用一些倒装词，数字13，缝制的十字，还有安魂弥撒的词汇。他使用占星术和［根据出生日期等数字来解释人的性格或占卜祸福的］数字命理学，他还画出邪恶的眼睛和血腥的十字。他那些三角形［代表着基督教圣三一(指圣父、圣子、圣灵三位一体)］都是上下颠倒的。我之前听说过蓝岩泉的受害者对神秘学很感兴趣——她姐姐说“在她旧金山的公寓里供着一支蜡烛和骷髅头，那是维京岛上的巫术，她度蜜月时曾去过那儿轻装潜水”，和一个“瓦列霍的撒旦教信徒”一起。

后来在10月24日那天，杰克·卡内在KSFO电台采访了吉尔伯特·赫洛维博士。“我倾向于认为这个杀手的名字是库伦，科林，或者是卡伦。”赫洛维说。他说出了这几个名字的写法。“我知道一个叫意大利名字的探员——好像是班达奇或者萨达奇，他正在对付十二宫杀手。但是他像赫尔曼·戈林一样服用毒品，而且并不期望得到救治……十二宫杀手对旧金山的第一撒旦教会有些了解。他受撒旦教的影响很深。”

撒旦这一说法也引起了加州司法部的兴趣。来自纳帕县的报告说：“因为十二宫杀手的信里说到来世和‘天堂里的奴隶’，司法部会将精力集中在那些有着古怪信仰的人群上，并且他们可以排除其他人，包括曼森家族所有的男性成员。”

一个公认的神秘主义者说：“创造‘十二宫杀手’的这个人有着某种邪神附

体，我在市场大街那个卡片店的时候就看到了。”为了证明他的话，这个预言家附上了他的通灵简历和一封来自纽约预言注册处的介绍信。给波士顿扼杀者和莎伦·塔特被杀案做通灵顾问的皮特·赫克斯在棕榈泉市时曾经被十二宫杀手恐吓过。他向旧金山警察局提出可以帮助他们抓住十二宫杀手（以一张去旧金山的机票作为交换），但是他们拒绝了他。

很久之后我问切尼：“利有没有说起过来世这回事？他对此是什么感觉？”

“受害人是他在来世的奴隶。”切尼说得很简洁。

1973年12月13日，星期一[①]

一个肩膀宽阔的男人继续在赫曼湖路边的湿地、采石场和环礁湖寻找猎物。西边吹来的风掠过长满柔弱小草的土地。夜幕降临的时候，他一动不动地站着——跟周围的岩石一样。夕阳将岩石染成了金色，给他冷漠的脸庞也带来了些许生气。与此同时，在旧金山，等待让人们发狂。距离十二宫杀手上次写信已经过去34个月了。这是为什么？我们所说的，所想的，全都是十二宫杀手。

在布莱恩特大街，托斯奇掏出一封那天早上收到的信。他叹了口气说：“我猜写这封信的人是想让我认为他就是十二宫杀手，他用了一个奥克兰的地址作为寄信人地址，但是奥克兰警察局大楼的邮编是94607。可是，他写的旧金山司法大厅的邮编又是对的，94103。信封上的‘凶杀案组’是我们传达室的一个职员写上去的。”他举起它对着光，半眯着眼睛看它。“注意那些字母t，还有那些字母i的圆点。注意这个信封的尺寸是8.5×11英寸，而且是一个法律专用信封，跟十二宫杀手用的奇怪尺寸的信封不同。而且它上面还有一个不同的水印。又是一个骗局！迄今为止，假冒是十二宫杀手写信来的人，数量得有——多少了——比尔？目前为止得有50个了？”

十二宫杀手的有些事情开始引起人们的模仿：最开始是假冒的信件，接着是企图谋杀，最后是杀人。1973年5月，10天以内，里士满的一个教师不断地接到一个男人发音含混不清的恐吓电话。那个男人自称是十二宫杀手。教师吓得发抖，走进冷藏室。茫然中，他拿起一瓶开着的可乐大口喝起来。他觉得嘴里有一股金属的腥味，赶紧将饮料吐了出来。有人在里面加入了致死剂量的砒霜。

十二宫杀手的另外一个模仿者几乎切下了著名灯具设计师罗伯特·塞伦的头，并且在他的尸体上和墙上都写了“撒旦拯救——十二宫”。塞伦被杀案以一种可怕

①原英文书有误，实际上1973年12月13日为星期四。——译注

的方式被侦破了。在大瑟尔南面，一个公路巡警让两名怀俄明州男子将车停在路边，他们开的车是一个年轻社工的，而这个社工的尸体被发现漂在黄石河河面上。他的心脏、头和四肢都被切下，仿佛是在进行宗教祭奠一样。其中一名男子对那位警官说："我有问题，我是个食人者。"这两个人的口袋里都放着被啃得干干净净的人手指骨。

像十二宫杀手一样，保罗·艾弗利也用手动打字机打字，熟悉《纪事报》和警察办案的技巧，还穿翼行者鞋子。像利·艾伦一样，艾弗利也是在20世纪30年代出生于火奴鲁鲁，在一个军人家庭长大，他的父亲是一名职业海军军官。他对于十二宫杀手有自己的想法。艾弗利告诉我说："他可能是商船船员，因为我们有很久都没有收到他的信了。因为某个原因，十二宫杀手变得谨慎起来。不管他是不是被关进监狱或者就是停止杀人了，我都要对付这个——"他抓起一封恶毒的明显是抄袭的信：

"保罗·艾弗利：

我杀了伊拉卡特（祖黑尔·伊拉卡特，斑马杀手的受害人之一，托斯奇曾经被指派调查此案）。盲女是下一个，接下来就是你了。大团圆会在金门大桥上演，从电视上能看到。很快我生命的使命就要完成了。阿洛哈[①]。"

这封信的签名是十二宫杀手的两个符号。

"特快消息。保罗·艾弗利和那些长着细绒毛的旧金山猪们：一把0.45英寸口径的自动手枪，再在他头上套一个有细绳的塑料袋，他（伊拉卡特）就会乖乖地听话了，但是他胆小，而且哼哼唧唧的。那起交易是额外的，是受了一个现在已经死去之人的委托。我在加利福尼亚的活动没有被影响——目前只不过是暂缓——你们还在那里，所以你们就祈祷吧——十二宫是不可以被小看的。十二宫敬上……保罗·艾弗利——哈！"

这位39岁的前战地记者发现自己被各种各样的举报消息淹没了。有个人焦急地说道："我是十二宫杀手的同母异父兄弟（/同父异母兄弟），我担心十二宫杀手可能用了我的高标0.22英寸口径半自动手枪。"

---

① 夏威夷人问候语，意思是再见。——译注

但是在这些人中，威利的故事尤其悲惨。威利的父母认为他们的儿子是十二宫杀手，他们给艾弗利寄来好几堆笔迹样本，还有他们自己找的笔迹专家的鉴定意见。

“在对‘十二宫杀手’的样本范例长时间地研究和思考，并且与他写的信件做对比之后，我认为所有笔迹都出自同一个人。”

《纪事报》记者乔治·墨菲向艾弗利建议说：“他们不像是发疯了，只是一对好夫妻，认为他们做的是好市民该做的事。我的第一个反应是去奥克兰找他们的嫌疑犯问问，看他是不是十二宫杀手，他现在已经被保释出来了。我下午会再来做进一步的审问，但是他不像十二宫杀手。”

十二宫杀手写信给贝利之后不久，威利就被监禁了，但是艾弗利还是扫描了几页东西。威利说：“对那些被我杀死还有弄残的人，我感到很抱歉，但我杀的每个人都是罪有应得……我从来没想变成这样的我，我在旧金山杀了第一个人，那是个意外，但是从那时候开始我不得不做他们想要做的事。你知道那种感觉是什么样的吗，那种跟某个人面对面，看着他，然后扣动扳机的感觉？你永远都没法适应的。而且我不是疯了，我只是害怕。”艾弗利意识到“威利”觉得他自己是个除暴安良的人。他战栗着把威利的信转给了舍伍德·莫里尔，而莫里尔说：“它们不是十二宫杀手的笔迹。”这位记者感到精疲力竭了。

1973 年 12 月 22 日，星期六

托斯奇和阿姆斯特朗工作到筋疲力尽，在乔的餐馆胡乱吃了口饭，就又冲回办公室开始每天周而复始的工作。十二宫案件就像涨潮一般——希望像潮水一般涨起，撞到岩石就又落下。可是在这种表面情况下，他们还是感受到了现状的可怕——另一个无法解答的谜团，在他们费劲调查而进展缓慢的时候出现的那些更难懂的罪行。在圣罗莎西面他们辖区之外的地方，坏事情继续发生。冬至那天，在那对十二宫来说有着重要意义的一天，特蕾莎·黛安·沃尔什在 101 公路上想搭便车，她想从马力布海滩地区回她位于加伯维尔的家。她也失踪在这条路上的某个地方。她是被扼死的，四肢被一根 1/4 英寸宽的尼龙绳绑住，6 天后，她的尸体在一条小溪中被发现，位置就在金·艾伦的尸体被发现的地方旁边。十二宫杀手在伯耶萨湖的时候用晾衣绳绑住他的牺牲品们，但是沃尔什，和金·艾伦一样，可能被性侵犯了，而这不像是十二宫杀手的风格，他要的快感是牺牲品的痛苦。

1974 年 1 月 28 日，星期一

一个月来，全球的海洋都变得罕见地狂暴，愤怒地鞭笞着西海岸。飓风、巨浪和雷暴无情地在海岸肆虐。宇宙周期出现了一个重大巧合。地球、月球和太阳几乎排成了一条直线——一种叫做“朔望”的布局。在新月和满月的时候，阳离子控制了大气层，许多古怪而毫无动机的凶杀案发生在遥远的迈阿密。

十二宫杀手弓着背坐在桌前，灯光照亮了他急切的脸。过去，他想要臭名昭著的愿望迫使他到处自吹自擂。现在一种更占主导地位的力量，一种天上的力量，促使他打破了3年的沉寂。根据他选择的杀人时间，专家们很久之前就认为十二宫杀手是随“月相疯狂”——他对重力影响、加强的发光度、新月满月时电磁场的变化——那种会影响人的神经系统并且增强脑活跃性的变化十分敏感。

精神病医师阿诺德·L.利博写道：“如果你把人类的身体看成一个小宇宙，由本质上相同的元素组成，并且跟地球表面的组成比例一样——大概80%是水，20%是有机和无机的矿物质——你就可以推测，月球引力同样会影响在人体内占大部分比例的水。”核磁共振方面的研究表明，生物组织能反映出月球和地球之间的相互作用。这些生物学上的涨潮对某些易受此倾向影响的特定人群来说，足以引发情绪上、心理上和生理上的爆发。

托斯奇告诉我：“在那种晴朗的有明亮月光的夜里，天上挂着新月或者满月时，暴力犯罪的数量就会增加。不可避免的，托斯奇家的电话就会响起——话务中心会报告动武斗殴、枪杀、刺杀——彻夜不停。跟人们一般的想法相反的是，对警察来说，黑得可怕的夜晚才是相对宁静的夜晚。”

在斯坦福大学，朗德博士提出了十二宫杀手作案时间的另一种可能性。“夜间发生的十二宫案件都是在月光非常好的夜里吗?”他问我。“总是在有满月或者新月的时候。”我回答道。“那么他也许在夜间能看清东西。”朗德说。巧的是，那天之前，1月27日，一篇关于莫里尔的文章出现在《萨克拉门托蜜蜂报》周日版。十二宫杀手可能是想用这封信来表现他的自负，对抗莫里尔，为的是获取公众的注意力。

十二宫杀手专心地做他那些活儿。就像曾经的他一样，一部电影吓坏了旧金山人，获得的注意力和他之前一样多。兴奋的人们排成长队，绕过整个街区，他们都在等着进北点剧院看《驱魔人》。在等待了两个小时之后，有些人一进去马上就出来了，站在人行道上直吐。十二宫杀手亲自看过这样的人——“真恶心!”他在信里详尽地评价这种现象和公众的变态心理。他一踩油门，飞驰而去。信上的邮戳940对警方没什么帮助。它只能说明这封信是在星期二中午之前从南加州一个邻县寄出的。

1974年1月30日，星期三

一个多月了，这个十二宫案件二人调查小组没有看到十二宫杀手任何的实际行动。十二宫杀手刚刚寄出了他3年后的第一封信。举报信件的数量逐渐减少，从每星期50封降到了10封然后是0封。心情抑郁、带病工作的托斯奇喜欢一直盯着那个上着锁的、塞满十二宫案件资料的5英尺高的钢灰色文件柜看。“一个抽屉的标志是‘关心本案的市民’，”他说，“第二个是只装嫌疑犯资料的（最终文件装满了8个抽屉）。我认为我们能抓住那个家伙吗？我当然认为能。我不得不这么想，不然我早就放弃了。对我来说，这是一个很大的挑战，一个大案子。比尔和我是国内的十二宫案件二人调查小组。”

最近他们忙于追捕那几个臭名昭著的“斑马杀手”，这些人在179天内胡乱杀死15个人，弄伤8个人。尽管所有的受害人都是白人而攻击者都是黑人，但这并不是这些由宗教狂热驱使的凶杀案被叫做“斑马”凶杀的原因。托斯奇解释道：“我们配备的专门小组大多都是在晚上工作，因为凶杀案都发生在那时候。他们用一个没用过的无线电频道，让任何可能看到嫌疑犯的人都能打进来。他们用的是‘频道Z’，这个频道以前根本没人用。‘Z’是‘Zebra’（斑马）的第一个字母，媒体比较熟悉这个词，所以我们的杀手们就变成了斑马杀手。”这些狂热分子必须要通过一个入会仪式，包括开枪杀死或者砍死男人、女人和孩子，以达到“死亡天使”的级别。两天前，在晚上8点到10点之间，另外一起斑马凶杀案引发了一次全天候的追捕。筋疲力尽又疼痛不已的托斯奇这天早上一直躺在床上。他盯着时钟看，时而看看窗外的天空。一切都乱套了。为了节约能源，今年的夏时制提前了3个月。还不知道十二宫杀手那无法解释的沉寂即将被打破的托斯奇，将脸埋在枕头里面。而在《纪事报》，卡罗尔·费希尔撕开一封信，惊呆了，读出了以下内容：

> “我认为《驱魔人》是我看过的最好看的讽刺喜剧。署名，你忠实的：他一头扎进汹涌的海浪里，从自掘的坟墓里传出一个回声，橐、橐、橐。附言：如果在你们的报纸上没看到这封信，我会干出些让你们讨厌的事来，你们知道我有这个能力。”

这不是十二宫杀手第一次引用吉尔伯特与沙利文的歌剧了。卡罗尔认出了“橐”这一行，是剧中人物Ko-Ko的咏叹调《最高行刑官》，来自歌剧《日本天皇》的第二乐章。三年半之前，这个杀手也引用了《日本天皇》的歌词（“一张小单子上列着所有的名字，谁也跑不掉”)。他凭记忆引用了很长的一段歌词。他信里所写的跟第一场和第二场的原版歌词有很大出入，这证明他是凭记忆写的。“那个稀奇古怪的女小说家”被改成了“那个异常怪异从不接吻的女孩”。信里有很多地方将女小说家改成别的——女戏剧家、坐汽车的女人、骑自行车的女人，等等，这些通常都是扮演Ko-Ko 的演员说出来的词。我认为十二宫杀手的小清单是一份名单，上面都是他在现实生活中认识的人和那些他认为得罪过他的人——“五弦琴卖艺人”、“钢琴师”和“所有那些在约会的孩子(学生)。”警方一直认为十二宫杀手曾经专业地出演过 Ko-Ko 这个角色。我认为他可能是在学校的时候演过。

十二宫杀手杀害出租车司机保罗·李·斯泰恩的那天晚上，在塔克大街 2350 号普林森剧院，一个比《午夜惊兆》里的起居室还小的舞台上，“点灯人”剧团正在排演歌剧《日本天皇》。在他们公演的那段时间里，十二宫杀手没有写来任何信。那封新收到的信底部那个潦草的符号，跟 Ko-Ko 的纸扇上那浑圆的日本书法很相似。1974 年 1 月 30 日，音乐总监还在考察那些饰演 Ko-Ko、Nanki-Poo、Pooh-Bah、Pish-Tush 和 Yum-Yum 的演员是否合格。卡罗尔认为十二宫杀手可能是其中的一个演员。

在那封信的右下角，十二宫杀手写上了“我 -37，旧金山警察局 -0”。费希尔给凶杀案组打电话，凶杀案组又给托斯奇家打了电话。发着烧的探员挣扎着起了床。不到半个小时，托斯奇停在《纪事报》楼下，痛苦地上到 3 楼，读到了十二宫杀手的分数。“37!”他嘟哝着，祈祷着这是那个杀手在撒谎。“又是引用吉尔伯特和沙利文歌剧，又在把矛头指向旧金山警察局，”托斯奇说，“天呀，为什么他每一次都要把我们单独拿出来说事呢？跟我们到底有什么仇啊？而且他为什么总要引用吉尔伯特和沙利文歌剧?”

锡拉丘兹研究院的默里·S. 米伦博士通过那封新收到的信得出一些结论。在联邦调查局一份机密的心理语言学报告中，他提出“自掘的坟墓”可能暗示了十二宫杀手打算自杀。米伦特别指出了十二宫杀手写给律师梅尔·贝利的那封信。它暗示了他“经常受到忧郁症的侵袭……也许某一次，在极度忧郁的情绪中，这种人会选择结束自己的生命，这种可能性不是没有的”。也许，他所暗示的‘自杀’代表着“十二宫象征性的陨灭……随着年龄的增长……他的反社会型人格最终将‘燃烧殆尽’”。

联邦探员道格拉斯写道：“我同意，十二宫杀手最后可能会自杀，但是我同样认为，即使是在一种忧郁的状态下，十二宫杀手写这些信的时候也是抱着目的的，他想操纵、支配并控制那些收件人和那些他知道会看到这些信的广大读者。”

一个类偏执狂的精神分裂症患者一旦到了35岁左右（如果他没有自杀的话），他的狂暴可能会自动燃烧殆尽或者减轻。如果十二宫杀手象征性地毁灭，那么他将太平无事地度过他的余生。他可能想不起来他曾经是十二宫杀手。米伦认为这个杀手是一个高加索人，未婚男性——“离群索居，性格内向，习惯与一切事物隔绝，少言寡语，性格不讨人喜欢”。他认为十二宫杀手的“视力很好，不需要戴眼镜，因为他对不同的密码符号使用了细微的区分标志”。

警方曾经研究过贝茨葬礼上的监视照片。许多杀手都无法远离他们的牺牲品的葬礼。出于同样的原因，《纪事报》给那些在北点剧院附近排队的人拍照，还把范围扩展到湾区和弗兰西斯科大街之间的鲍威尔剧院。他们每天晚上都会拍摄大量的照片，为的就是没准哪天晚上十二宫杀手会再去看《驱魔人》。

关于《驱魔人》的那封信上只贴了一张印有艾森豪威尔的8美分邮票。十二宫杀手通常都贴2倍、3倍，甚至是4倍的邮资。在十二宫杀手之后出现了另一个反社会的大学炸弹客，在开始邮寄他那些很重的炸弹邮包之前，他储存了大量的具有象征意义的邮票。

十二宫杀手那些印着总统头像的邮票——林肯、艾森豪威尔和富兰克林·德拉诺·罗斯福——可能同样具有象征意义——他们都是战争时期的总统。印有林肯的邮票可能暗示着某个姓格林（林肯·格林）或者福特（福特的剧院）或者布斯（刺杀林肯的布斯或者任何干这件事的人）的人。印有罗斯福的邮票可能代表着德拉诺市，它跟蒙大拿的鹿栈区相邻，而十二宫杀手跟一个如今幸存下来的受害人说过鹿栈区这个地方。这次十二宫杀手在他信封的右下角贴上了一些涂胶标签。垂直下来的是以下说明：

> “这本集邮册里的邮票都涂有粗糙的磨光粘胶，以便于从纸张上轻松揭下。这本集邮册里有25张8美分的邮票——本版上有4张，另外3版上每版有7张。售价2美金。”

右上角贴着的涂胶邮票上写着“今日尽早投递”（还显示了时钟指针）和“使用邮政编码”。

邮政编码会不会是解开某份十二宫杀手的数字密码的钥匙呢？关于《驱魔人》的那封信重新激活了这个案件。托斯奇说：“自从最近一封十二宫信件被公开之后，有50个人到了我的办公室！每个人都声称他们自己认识十二宫杀手。在这个案子中，比尔和我已经追踪了上千条线索，听说了许多稀奇古怪的故事。他们告诉我们，他们确信十二宫杀手就是他们的邻居，因为他跟画像上通缉的人长得很像，而且他走路时带着一把放在鞘里的刀……很多次你都能听到这样的话，而且你很难忍住不笑。但是我觉得我必须听每个人说话，不管他们的故事是多么古怪离奇。”

1974 年 1 月 31 日，星期四

星期二早晨，一个女人通知艾弗利说：“你知道有谣言说十二宫杀手可能跟旧金山的‘点灯人’剧团有关吗？我听一个曾经在那个剧团工作过的女孩说起的，她觉得剧团里的那个人符合十二宫杀手的描述。我们劝她的时候，她不怎么愿意跟警方说这件事。然后这事就被搁下了，我也不知道她怎么样了。无论如何，警方调查过那个剧团吗？十二宫杀手（可能是‘过着特殊生活的普通人先生’，刚好还是个精神病患者）——很明显喜欢听吉尔伯特和沙利文歌剧。我本来想把这些直接写给警方，但是我知道他们忙着开停车罚单和抓捕犯罪团伙，没有时间打击真正的犯罪。因为那些杀人犯、强奸犯和窃贼们，我们所有普通的纳税市民都不得不把自己关在家里，而他们却一直逍遥法外，而且警方看上去好像只有人家在位置精确的电话亭打来电话时才有可能抓住他们。”

1974 年 2 月 14 日，星期四

卡罗尔打开早晨收到的信件，又被吓了一跳——闸门真的被开启了：

“亲爱的编辑：

你知道 SLA（Symsionese Lisoration Army，共生解放军）最开始是一个挪威的词语，意思是‘杀’吗？

署名：一个朋友。”

尽管这张手写明信片的真实性还不很确定，她还是报告了联邦调查局。他们将它放进他们现有的十二宫信件里面。快过去 3 个月了。下一封信可能会是真的——十二宫杀手又变得更加大胆了——不安分，往日的激情又浮出了水面。

1974 年 4 月 15 日，星期一

利被联合富田赶走了。他又变得漫无目的，中止了索诺马州立大学的学业，开始在索诺马西纳帕街 248 号索诺马汽车部件商场工作。从薪水上看，他的这份工作是一种退步，但是他了解并且喜欢那些发动机。被沃根服务站解雇之前，他就掌握了专门的技术。利的语气变得更加明快，他同吉姆一块儿工作，这是一个他能够信任的朋友。“我在索诺马州立大学几乎通过了全部学业要求。”他告诉吉姆说，尽管他在8年之后才获得学位。他还告诉吉姆一些其他的事情，关于他秘密生活的让人不安的线索。或许，既然利的职业学生生涯结束了，好的事情会发生在他的身上。在他41岁的时候，他开始要踏入社会了。憎恨的火焰慢慢冷却。不管什么原因，十二宫杀手已经死去，而艾伦有了一个可以信任的朋友。

1974年5月8日，星期三

比尔·阿姆斯特朗调查的每一起案件都像第一起案件那样让他难以忍受。这种调查冷酷而可怕的结果总是让他短暂地打起精神。“可能是一把0.38英寸口径的枪，”阿姆斯特朗在一个犯罪现场说，“子弹好像落在这里，前额后面。”他指着受害人眼睛上方的肿包，然后站起来摇头。“我们真的只是信息收集者，”他说，“我们尽可能把每个案子放到一起，然后交给法庭去决定。”

与此同时，十二宫杀手又来信了。面对《纪事报》，他摇身变成了一个公众道德的捍卫者：

“先生们：

我想表达一下我此刻的心情。你们的低级趣味和对公众的同情心的缺乏令我感到十分震惊，这在你们为电影《穷山恶水》刊登的广告中可以看出。看看那句夸张的广告词：‘在1959年，大部分人都在杀时间（消磨时间），而凯特和霍利却在杀人。’考虑到现今发生的一些事情，这种对凶杀行为的赞颂只应受到严厉的谴责（对暴力的弘扬永远都是不正当的）。你们为何不体谅一下公众的感受，把这则广告删掉呢？

署名：一位市民。”

十二宫杀手一直非常多疑，他开车到阿拉梅达寄这封信。但是日子一天天过去，他每天看着报纸的头版，开始狂怒起来。他之前就警告过他们，他是多么憎恨被忽视，还有如果他们不尊敬他的话，他会做出些什么事来。

1974年7月8日，星期一

在被拒绝了整整一个月之后，十二宫杀手非常地生气，他不知道为什么他那封半开玩笑的关于《穷山恶水》的信没有被刊登。这么多年来，这个疯狂想要获得公众注意力的杀手一直试图偷偷将一些署着假名的信件刊登出来。他从四面八方寄出这些信件，唯独不在他实际居住的地方。这一切都是因为警方盯他太紧了，寄那些署名为“十二宫”的信件已经非常危险了。因为《纪事报》可能正在查他，他准备了第二封信，抨击了《纪事报》的一名专栏作家，并且署名为“一位市民”。他驾车疾驰到圣拉斐尔，把这封信投进了他看到的第一个邮箱，然后又疾驰回家，忧心忡忡地等着。

1974年7月10日，星期三

十二宫杀手不可能知道，他的第一封信直到6月4日才被寄到《纪事报》，而且他们是真的在查他。尽管他没有署上“十二宫”，但是卡罗尔认出了他的笔迹。托斯奇看着那张明信片说：“他骗不过任何人——无论他要什么花招，我对这两封信都确信无疑……他正试着神不知鬼不觉地把信和卡片塞到《纪事报》信箱里。”他们还认定两天前收到的那封信也是十二宫杀手写的。这一次，这个杀手针对的是《纪事报》专栏作家考恩特·马可。这位以前的发型设计师，现在是“女人们憎恨的男人”，或者像《时报》说的那样，“来自阴沟的声音”。

> “编辑：
>
> 马可，从哪儿来的就让他回哪儿去吧——他的心理已经产生了严重的紊乱——总想要一种优越感。我建议你让他去看看神经科医生。同时，得把那个专栏取消。既然考恩特可以匿名地写东西，那我也可以。
>
> 署名：红色幽灵（怒火中烧）。”

为什么十二宫杀手要单独指出考恩特呢？他只是一名反女权主义者、全国企业联合广播评论员，真名是马可·史宾尼利。是不是因为十二宫过去的生活中出现过某个也叫史宾尼利的人呢？而且根据十二宫杀手那令人发狂的拐弯抹角的作风，这封恐吓信是不是针对那个史宾尼利的呢？考恩特几乎跟梅尔·贝利一样特色鲜明。

3年多以前，考恩特就收到过一封匿名信。1971年1月11日的信上写道：“亲爱的晨间明星，你不用担心，不用害怕，茶点时间到了，但是一年只有一次……给你这个心灵专栏作家来壶柠檬水泡茶，再上一些小点心，我赞成你再连着享用12个结实的拳头——忠实的仆人。祝你今天愉快！”跟艾弗利一样，考恩特·马可1959年就加入《纪事报》了，但他已经受够了这些没有署名的信。他离开了，为了稍微安心一点，他花更多的时间待在夏威夷和棕榈泉。

1974 年 9 月 27 日，星期五

艾伦依旧惹人注目地戴着他的十二宫手表和戒指，他现在的体重是 240 磅。上午，他待在他的房车里，悠闲地晃荡着。一个小时后，他的世界崩塌了。靴子踩在沙子上发出的声音已经引起了他的警惕，所以当他的房车门被激烈地敲响时，他并没有吓一跳。

“开门！”

“是谁？”

“索诺马县治安官办公室的。”

代理治安官哈斯的到来并不是完全没有预兆的。9 月 23 日他们收到一宗针对艾伦的投诉，事情就开始了。昨天治安官办公室已经在中心地方法院起诉了他。哈斯说：“我们要逮捕你，罪名是骚扰幼童，以及引诱 14 岁以下未成年人。”在 7 月 11 日到 7 月 25 日之间，艾伦将两名幼童诱骗到他房车里的卧室。事后，他在他们的手里放了一些钱，两个 25 美分的硬币。

艾伦告诉代理治安官说：“我知道你们不喜欢这样，但我只是个下流人而已。”“这是我在类似情形下听过的最古怪的话了。”这位长官回忆道。

被捕后艾伦想要一支铅笔和纸，这样他可以在纸上记下他的想法。他试着决定他应不应该做有罪辩护。他在一张纸的中间画了一条竖线。在线的一边他写上“有罪”，在另外一边写上“公众捍卫者”，接着他就在每一边列出许多利和弊。他开始哭泣。

第二天，为两起扰童案各支付了 5000 美金的保释金后，艾伦被放了出来。但是，回到瓦列霍后，他告诉朋友们他被逮捕是因为他“是十二宫杀手”。

圣罗莎的一位警官详细解说道：“1974 年，利·艾伦在他的拖车里猥亵了弗雷蒙特小学一个 9 岁的男孩。另外一个 8 岁的男孩也在场。利骗他们进去看花栗鼠，然后对他们做了一些下流的事情，包括口交在内。文件里说他在雅格和柯克的木料场做过兼职。并且我们有他的交通事故传票。他有一份‘D 类档案’。那份档案上有一个我从没见过的符号：‘RS–6’（刑事鉴定调查局的一个表示高优先等级的代码），而且这个符号被标上了‘是’。”

艾伦认识多年的一个女人的女儿说：“据我理解，他被监禁在阿塔斯卡德罗，是因为骚扰一位女性朋友的儿子。这个男孩年龄可能在 8 岁到 13 岁之间。他告诉我母亲说那个女人只是嫉妒他跟她儿子的关系。我认为他那段时间正跟那个女人约会。”这后来被证明不是真的。他们的关系什么都不是，只是些柏拉图式的想法，就跟艾伦跟其他所有女人的关系一样。

朗德博士告诉我说：“像十二宫杀手这样的性虐待狂通常会受限或者无法发生任何性关系，因此他们会用什么方式来替代呢？一种是以奸尸或者杀戮来获取性满足，另一种是猥亵幼童。”刑事鉴定调查局受到这次逮捕的警醒，要求获得艾伦在瓦利斯普林斯小学的档案，并且开始调查他早期那些对儿童的不恰当行为。警方也联系了所有他教过的学校。官方想要把这件事弄成一个大案子，而艾伦还在保释期间。他开始骚扰一位控方代表。夜里，他用心险恶地站在那人的房外。最后，警察们赶来把他撵跑了。就在审判之前，有人寄了一封机打的匿名信给当地一个法官。这位法官将信带到了卡利斯托加警察局。

信上说：“你们想我了吗？忙着做一些歹毒的事吗？做那些事我最合适不过了……啊，是呀！正义应该得以伸张。我不得不笑了。旧金山《纪事报》专栏作家赫伯·西恩提到托斯奇是唯一一个还在寻找十二宫的人。十二宫给了我一辆汽车去找一些证据。他知道我的普利茅斯汽车被人搞坏了。”

7月4日凶杀案那天晚上，一个十几岁的男孩在蓝岩泉发现了一辆报废的普利茅斯汽车。

1975年1月23日，星期四

警察们开车到艾伦在瓦列霍的家，逮捕了他。他的母亲将代理治安官们让进屋，他们在地下室中央发现了他，当时他正在哭号尖叫。活花栗鼠在他的身上乱爬——它们既是他的宠物，又是他杀害的牺牲品，他跟它们住在同一间地下室里面。一个警察回忆说：“松鼠屎从他的肩膀上滚落下来。从那天起，他就在我们的羁押之下。待在索诺马县监狱2B2房间时，他引起了3个墨西哥人的注意。他们想让他当他们的‘妓女’。他则任由他们奸淫。后来，在法庭上，另外一个小男孩作出了不利于艾伦的口供。”

1975年3月13日，星期四

警官穆拉纳柯斯没有放弃艾伦，他给联邦调查局写信说：

“概要：该对象符合十二宫杀手的总体描述。他出生在夏威夷的火奴鲁鲁，在加州河岸县上学，现在在加州的奥克兰工作。他曾因骚扰幼童而被定罪。测试类型：指纹和掌印评估。对所提交样本的评估已经记录在案。提交的材料：1.两张黄页（十二宫信件的一部分正文）2.该对象写了一年的红色日记本。3.该对象左右手的掌印。4.该对象用墨水笔写的一页纸，内容是十二宫信件的文本。5.索拉诺县监狱的关押记录。”

那天的晚些时候，艾伦被刑事法庭鉴定为患有精神病，被关进阿塔斯卡德罗医院。

艾伦的一个朋友告诉我说：“说到利一直拥有的小动物们，他肯定是有很多花栗鼠，而且曾经一段时间他还有一只臭鼬。当他被送到阿塔斯卡德罗时，他把这些动物给了12号公路边的伊诺卡托儿所。他有过许多小动物。我还记得当时我多么讨厌看到它们一直被关着，现在利也要被关进去了。”

眼尖的警官约翰·伯克注意到他正戴着一块十二宫手表，然后将这一点写进了他的档案里面。

1975年3月14日，星期五

利到了阿塔斯卡德罗开始服刑。1969年他给他的弟媳看过几张手写的写着法律术语和密码的纸。他曾经说：“它们属于一个因为扰童而被关进阿塔斯卡德罗医院的人，这是一个得了精神病的人干的。”那时候的利还是有先见之明的，因为现在他就处于这种状况。与此同时，所有十二宫式的袭击、指示、信件都停止了。十二宫杀手的这种沉寂状态格外能说明问题。只有调查依旧在继续，前进缓慢，但是进展却非常好。旧金山凶杀案小组办公室的老时钟滴答着，仿佛要把这3年拖得尽可能地慢。

同时，利的朋友吉姆感到很烦恼。后来他告诉我说：“一天晚上我还在工作的时候，利给我打来电话，我为他感到遗憾，所以我会听他说话。这就是为什么他把我当做他的朋友。‘我不得不去监狱了，’他说，‘我要去你那儿跟你聊聊。我有些没做完的事，有些东西我想说出来。我想要你下班后一个人在那里等我。’我想：‘天哪，这太奇怪了。到处都有人传他的事。我不知道我是不是真的想下班后独自跟他见面。’但是我告诉他我会等他。下班后再喝上几杯啤酒，他就会开始他那长达两个小时的长篇大论。另外一个孩子跟我一起做事，他叫保罗·布莱克斯利。所以我告诉保罗：‘你知道的，以前那个利想来找我，跟我一个人见面，但是我不怎么相信他。我不知道他想在背后搞什么鬼，所以你能留在附近，跟我一块儿喝杯啤酒等等他吗？’所以为了以防万一，我们就在商店周围放了些俱乐部那样的东西。利来了，当然，他看上去非常糟糕。他的双眼通红，脸上胡子拉碴的，看来已经呼天抢地了很久。他想要一吐为快——他们再一次抓他，是因为想要调查一些有关十二宫杀手的事。

“他开始长篇大论，都是关于十二宫杀手的。利声称他正在被调查，因为许多女孩在俄罗斯河地区失踪，而且都是在他休息或者下班的时候。警方在秘密调查他的考勤记录。很多巧合指向了他，他说，但是它们都是偶然的。这看上去超出了我能理解的范围，我担心我开始翻来覆去地说这些事了——天啊！他们会指望他那个故事而我不想告诉他们错误的东西。这一切持续到大概晚上9点。没发生什么别的事，我们分头离开了。

“利曾经告诉我他去过瓦列霍的一家佛斯特斯餐馆。他当时失学了，然后几个孩子取笑他的新网球鞋。他们以一场混战告终。巧的是，警方因此处罚了他，因为那个孩子去报了案，并且后来，这个孩子就是在伯耶萨湖被杀的那个。他告诉我就是这样的事情给他惹上了麻烦。利是个大块头。他开始时会这么说：‘你知道跟别人打架怎么样才能把别人打倒么?’‘不知道，利。’‘假装你要来打我。’我伸出我的胳膊，然后一眨眼的工夫，我就被撂倒躺在地上，他的膝盖就在我的胸上。他那个动作那么快那么流畅——你被撂倒的时候根本没有什么感觉。他做起来时，好像你只是一根羽毛。有一天利放学后来上班。‘今天早上回去的路上，我停在一个地方，下车看了看。我在一栋正在修盖的房子前转了转，窗台上放了一部50年代的灰色J.C.彭尼牌旧收音机。’那真是让我大跌眼镜！那是我很小的时候用的收音机，而且我们把它放在窗台上。我意识到他已经到过我们的房子外了，那是我跟我的妻子当时正在我父母家厨房窗前盖的房子。在家的时候，我妈妈总是待在厨房里。我们还养了一条狗，一条牧羊犬，它很爱叫。他什么都知道，并且不知怎么去了那里，而且我妈妈没有看见他，连狗都没有大叫。”

11. 阿塔斯卡德罗

1975年10月14日，星期二

艾伦以前在阿塔斯卡德罗待过，但那时是作为一位治疗专家。现在他作为一个囚犯又回到了这里。如果警方意识到他是多么讨厌这个精神病院，多么害怕被关在这里的话，他们就会有一个有用的工具了。艾伦的恐惧可以用作一根撬杆，用来获取关于十二宫杀手的信息。但是艾伦应付下来了，他开始在一家印刷店工作，并且很快掌握了一些新的技术。在印刷店，他想出了一个诡计，想要把警察甩掉。

瓦列霍的《先驱报》报道说：

> “十二宫依旧被认为是索诺马县一系列凶杀案的嫌疑对象……十二宫杀手在一封潦草的信里恐吓说要折磨他的牺牲品们，而索诺马县的一些受害人就是被慢慢勒死并且慢慢中马钱子碱毒而死……索诺马县的7名年轻女性（在1972年到1974年间）都被抛尸荒野。据索诺马治安官吉姆·考菲尔德说，一名索诺马男子最近被认为是十二宫杀手嫌疑犯，但最后被排除了。不过，他是一个骚扰幼童的犯人，已经被送进阿塔斯卡德罗医院。”

瓦列霍的一个消息来源告诉我说：“艾伦在阿塔斯卡德罗时，我想那是我母亲第一次知道他可能就是十二宫杀手。他写信给她说他们怀疑是他杀了那些人。她直接问他是不是那个凶手，但是他从未承认这些案子是他干的。她通过圣罗莎检察官约翰·霍克斯确认了他就是那个嫌疑犯。”

利给索诺马的吉姆写信，署名是“制图员A”。他认真地写道：“如果我在这儿的时候，十二宫杀手能写一封信，这样就可以证明我不是十二宫杀手了。”这句话让人感到困惑。每个人都知道艾伦是因为扰童被关起来的，而不是因为他是十二宫杀手。他对他认识的那个女人也重复了这句话。在他跟官方之间长时间的户外国际象棋游戏中，艾伦好像总是先人一步。他计划的第二步就是，把他每天吃的药藏起来，还在药房找了份工作。跟十二宫杀手一样，利懂得爆破方面的知识。他的第三步，开始和一个同伴制作一个炸弹，来炸开他们逃出监狱的路。

1975年11月3日，星期一

在被监禁期间，为了通过各式各样的精神病测试，艾伦临阵磨枪，想好了应该怎么恰当地作出反应。他对待所有的测试都是这种风格：不笑，也不表露出任何情绪，语气单调。他接受测试时就像一个吸了毒的人一样。在TAT（主题统觉测验）评估中，艾伦被要求根据意义隐晦的场景中的简单人物素描来编一些故事（解释图中发生了什么事）。他的回答会间接地反映他潜意识当中的感觉和性格——“他的生活中充满了暴力的幻想……一个情感极端（高度情绪化）的人是无法建立正常的社会关系的。”

最后警方决定对他实施测谎。“测谎仪只是压力和焦虑方面的探测器。”托斯奇告诉我。谎言测试是一项很好的调查工具，易错及误测的可能性在15%左右。测谎仪测量的是脉搏、血压和呼吸，但是也能被真正伪装得好的说谎者欺骗。

这次测试的细节在记录上被删除了，而且利也同意了。后来探员巴瓦特告诉我说：“事情是这样的，司法部弗雷德·舍瑞萨高手下的一个家伙跑到阿塔斯卡德罗，他们把艾伦放到了一台测谎仪前。那个人叫萨姆·李斯特——司法部测谎的头头。”艾伦被送进一个装有隔音装备和空调的简单房间。李斯特让他坐在一张测试椅上，小心翼翼地将他扣在3台装置上，通常单这一道程序就会让测试对象感到有压力。

如果他说谎，他的心跳会加快，呼吸也会更加急促，并且他的皮肤水分也会发生变化。带状记录纸上的指针会记录下他的反应。艾伦在之前的兴奋剂前期检查中已经放松了心情。他始终表情单一，也不笑，后来他声称这次测试持续了10个小时。托斯奇告诉我：“测谎需要大概一个小时——最多，艾伦在说谎。”通常都有10到12个问题，并且都是些简单、基本、容易理解的问题。利被问到他的名字，还有姓氏。每个问题问完后，都会有15到20秒钟的停顿。接着他被问到他是否知道是谁杀了蓝岩泉的受害人达琳·菲林。

“不知道。”他说。

“你住在加利福尼亚吗？”李斯特问道。

“是的。”

“是你在1969年10月11日杀了保罗·李·斯泰恩吗？”

“不是。”

“你是瓦列霍居民吗？”

“是的。”

“你跟这起凶杀案有任何关系吗？”

“没有。”

“你42岁了吗？”

“是的。”

“对于华盛顿大街和樱桃街路口的凶杀案你有没有故意隐瞒或者保留了任何犯罪信息？”

“没有。”

“今天是星期五吗？”

“是的。”

“在这次测试当中，你有没有故意说谎？”

“没有。”

“我们再重新做一次吧。”李斯特说。接下来的一般程序是谈论一下结果，还有研究测试对象作出这些反应的原因。测谎专家克里斯·古格斯说：“反应过度或者未作出应有反应的人们，通常都有犯罪情结，他们感到恐惧、愤怒，审查员应该综合考虑许多可变因素，比如智力、情绪稳定程度、对打击的反应。测试并不是一成不变的。”因此专家可以用一套新问题重新测试，或者重复之前的问题，这样可以做比较。李斯特指出艾伦两次都通过了测谎。“他不是十二宫杀手。”他说。事后，艾伦给他的家人和朋友打电话，告诉他们他通过了测试，他不是十二宫杀手。

巴瓦特哀叹着说：“他们在阿塔斯卡德罗给艾伦测谎，然后发现他是清白的，这让我们感到烦恼。嗯，我们让两个专家看了他的测试记录，他们说：‘他当时吸毒了。’我们的测谎审查员约翰森检查了这些记录，说：‘在我看来，艾伦在接受测试时，是处于服用了某种毒品的状态。’他还认为艾伦没有通过这次测试，并且这次测试是没有说服力的。于是我们在阿塔斯卡德罗执行了一份搜查许可证，我发现了一堆狗屎一样的东西，但是不管怎么样，他当时正在服用氯普鲁马嗪。阿塔斯卡德罗是一家精神病院，那儿的许多人都在服用不同种类的镇静剂。其他读过艾伦测试记录的人说：‘嘿，老李斯特在他是否服用任何药物方面没有问他任何控制性的问题。我们看着的这个东西——这个家伙嗑药了。你要是问他有没有父亲和母亲，他也会说没有的。’”

测谎测试会被服用药物或身处疼痛之中的测试对象所压制，但是测试对象的反应会是很明显的极端和单调。据称艾伦把他需要每天服用的镇静药安定藏起来，还从他短时间工作过的药房偷窃专门开给极度妄想狂患者的药物氯普鲁马嗪。巴瓦特说：“氯普鲁马嗪是给那些真正的精神病患者的，它不是那种他们可以拿出来的普通药，但是他可以进出药房。他们让他服用安定。他却只把它们储存起来。这只是猜测。你知道你马上要接受测谎测试——你在那儿有一个朋友了。实际上，他有一个很厉害的朋友——他要制作一个炸弹，炸开他离开阿塔斯卡德罗的路，但是他被抓了。那套定时装置的质量非常接近于致命装置的质量。”

巴瓦特继续说：“艾伦有一封信，他伪造的一封信，署名是吉姆·希尔沃，是一个调查员。那时希尔沃跟他有一些通信（要求他接受测谎测试）。艾伦从那封信上得到了希尔沃的签名。艾伦在阿塔斯卡德罗医院的印刷店工作，所以他伪造了一封信，信上复制了希尔沃的签名还有一个司法部的抬头。我记得，这封信被寄到了执法当局所有的部门，信上说：‘敬启者：这个人不是十二宫案件中的嫌疑对象，而且已经被完全排除了。他已经通过了测谎测试，各执法部门不应再将他视为十二宫凶杀案的嫌疑人。’只是一堆狗屎一样的东西，这样他就可以去糊弄别人。希尔沃当然不会写这种信。”尽管通过了测谎测试，但艾伦在这封信的事情上还是说了谎。

1975年12月1日，星期一

艾伦给圣罗莎高级法院法官写了一封信，告诉他测谎测试的结果，还附上了“来自州司法部的信的复印件”来证明他的清白。

他解释道：“在成为调查、审问、搜查和其他折磨形式的对象5年之后，最终我被司法部施以10个小时的测谎测试，就在医院这儿。我签字放弃了我的权利，百分百地配合，为的就是最终解决这件事情，紧接着我就被移除出司法部的嫌疑人名单了，详情请见附件。

“因为……我怀疑司法部不会费心去将他们的发现通知到其他关心这件事的部门，也因为我很想返回圣罗莎地区生活，所以我想通过自己告知你们这些信息，希望这封信能够抵达相关的正确的地方。我希望，往后，我能够平静地生活，并且在提到另一起未解决的凶杀案时手心不会出汗。

“上述一切在这5年来一直是压在我肩头的重担。既然已经被排除嫌疑了，我衷心地希望自己能忘记这整件悲惨的事情……感谢您花费时间在这件事情上，也感谢您的体谅，愿您假期愉快。真诚的，阿瑟·利·艾伦，74–0109–68号案件。”

尽管艾伦声称他被当做调查对象已有5年，但其实直到1971年，他才变成一个真正的嫌疑对象。在他心中，可能是从麻烦开始的日期开始算的，那时林奇警官在科伍学校简短地询问过他。

在1975年剩下的日子里，利的母亲一直都诚心诚意地给监狱里的他写信，她是那时候为数很少的仍然跟他通信的人之一。但是在心理咨询中，利对她的信件表现得非常冷漠，还表现出他是多么憎恨她。利对阿塔斯卡德罗感到更加憎恨。他害怕待在那里，胜于惧怕警方。在晚上的时候，他能听到奇怪的哭喊声回荡在锃亮的地板上。大块头也会感到害怕。

艾伦被关起来的时候，瓦列霍治安官办公室正在筹谋计划，顽强地继续着他们的十二宫案件调查。“十二宫杀手应该是那个家伙。”雷斯·朗德布莱德告诉刚从一场高尔夫球赛归来的儿子小雷斯说。小雷斯回忆道：“我只打过一次高尔夫球，当时，我和一个男人同在一个四人组里。我们这个四人组拍了一张照片，给我爸看时，他指出了一个‘目光炯炯有神的’男人。”探长朗德布莱德认为这个目光锐利的嫌疑犯是在一个很有势力的官员保护之下。后来一个前公路巡警与小雷斯会了面，告诉他这个官员已经命令朗德布莱德警官放弃了。小雷斯并不认为他的父亲会服从这个命令，但也无法解释为什么没有针对这个“目光炯炯有神的”男人进一步行动。但是，朗德布莱德对这个嫌疑犯感兴趣的时间是早于警方在 1971 年会见利·艾伦的，也早于他去阿塔斯卡德罗见当时已经变成主要嫌疑犯的艾伦。

警官拉尔夫·威尔逊告诉我，朗德布莱德从阿塔斯卡德罗回来时说：“就是他了！”他对自己这句话深信不疑。3 年后，我来到监狱北边的治安官办公室——加州费尔菲尔德犯罪调查中心。局长温斯·墨菲让我来看一些证据。那个苗条活泼的女接线员带着钦佩的神情回忆了一下雷斯·朗德布莱德：“他从阿塔斯卡德罗回来的时候，我正好在他旁边，他非常激动。‘就是他了！’他说，‘他就是十二宫杀手。就是那个狗娘养的，我们什么也做不了！’并且，他一直到死都对此坚信不疑。”

一位接线员在十二宫杀手给治安官办公室打电话时，曾经跟他通过话，为此她感到烦恼不堪。十二宫杀手对她说过他的真实姓名，但是她没有记住。在极度激动中，她忘了这个名字。纳罗告诉我说：“我跟朗德布莱德的工作关系比跟林奇的要近，我总感觉朗德布莱德知道十二宫杀手是谁。那个故事（切尼跟艾伦谈论猎杀人类）太奇异了，你都不知道该不该相信它。有时候人们会为了各种原因编造故事。但是关于他谈论那些东西的故事是那么符合情况，如果他真的这么说过的话，那他肯定就是十二宫杀手了。”所以托斯奇、阿姆斯特朗和穆拉纳柯斯或许找对了那个人，但是不知怎的，却被那个人狡猾地逃脱了。没有人能够解释得通笔迹、出租车上的不完整指纹，还有现在的谎言测试。这3 个障碍都是大障碍。为了能够抓到十二宫杀手，《萨克拉门托蜜蜂报》和《圣罗莎民主党新闻报》的秘密目击者项目在现有黄色出租车公司的奖金基础上，设立了一个两万美金的奖金。许许多多十二宫案件的举报信息流入瓦列霍警察局，探员巴瓦特被指派去帮助跟踪新线索。

12. 巫师

1976年1月5日，星期一

索诺马县治安官办公室探员布奇·卡尔斯特眨了眨眼睛，然后又看了起来。他察觉到12起开膛手杰克模式的凶杀案与长期调查的十二宫之间存在着某些联系。十二宫杀手可能是在湾区呈“Z”字形作案。他可能还想围绕整个西部描绘出一个更大的“Z”字。索诺马县治安官唐·斯奇皮克同意这一观点，他指出女孩们被杀的地点分布在罗德奥、华盛顿温哥华区、西雅图、盐湖城、圣菲和阿斯彭维尔。他猜测这个精神变态的杀手可能在实施某种巫术，就像十二宫杀手曾经夸耀的那样，为他的来世杀人收集奴隶。可是最后，那个袭击者被证实是泰德·邦迪，而不是十二宫杀手。

但是斯奇皮克没有停止。从一开始，十二宫杀手的神秘倾向就让他非常着迷。治安官检查了一些图表——弗兰兹山谷路凶案现场发现的一连串排列好的木棍。这是一个巫术标志吗？这些木棍构成了一个正方形和一个长方形，连在一起显示出一个人形。长方形里面有两块石头，外面也有两颗小鹅卵石。4根木棍形成了外圈。斯奇皮克认为这个图案代表着黑色魔法“瓦萨克之印”。瓦萨克是有势力的王子，他的职责是宣告过去与未来，寻找一切隐藏与失落的事物。当地一个十几岁的少年声称这个图案是他做给他女朋友看的，画的是他新房车的形状。但它还有可能是一个巫术标志。十二宫杀手在他的密码里还用了其他深奥的符号——那些用在占星星相图里的圆点。神出鬼没的十二宫杀手几乎不需要巫术——圣罗莎案的凶手强壮得能够举起那些尸体越过一条沟，抛出相当远的距离落到山坡上。巫师们给他们的敌人寄那种带血的布片。十二宫杀手也一样。

伯克利警察局局长威斯·波默罗伊对这种神秘观点也很感兴趣。他在2月14日给司法部有组织犯罪罪犯调查分部写信：“随信所附的是5张照片，拍的是（瓦列霍）郊区发现的一些标志。请确认这些照片是否代表着巫术中的一些标志。如果是，请确认每个标志在这些大家都感兴趣的案件里所代表的意思。”

大卫·莱斯断然地告诉我说：“巫术跟十二宫案件有关系，这一点十分值得怀疑，因为《女巫规章》禁止伤害任何人，包括动物。”

我再次开车到瓦列霍去找林奇警官问有关十二宫杀手的事，希望他能再想起点什么东西来。我想起来，在伯耶萨湖刺杀案后，林奇曾发表了一封公开信给十二宫杀手，呼吁他去自首。我在他昏暗的餐厅里坐了下来。他开始温和地讲述："我们调查局里有 5 个人，我认为事情其实是这样的，我们花了太多时间，去了太多地方，我想他们不满意这种调查的方式……我们刚开始调查这起案子时，有一个叫做乔治的家伙——他曾经去过咖啡馆（达琳·菲林在那里当服务员）。他想跟她约会，但是由于某种原因，迪（达琳的昵称）不想跟他有任何关系。他开始骚扰她跟踪她。迪怕他怕得要死。整个调查最开始的时候好像全集中在这个家伙身上。"自 7 月 4 日的凶杀之后，乔治没再去过他常去的那家酒吧"杰克之家"。接下来的调查将林奇和他的搭档带到了萨克拉门托大街上的卡特·帕德酒吧、纳帕县恺撒钢铁厂，接着是伯尼夏的"娱乐"酒吧。林奇说："我和埃德·拉斯特发现他离开了'娱乐'，去了北边的扬特维尔镇。我从他的房东维奥莱特·皮勒女士那里得到了他的外形描述。他身高 5 英尺 7 英寸，身材健壮，肤色黝黑，黑色直发，让他的脸显得有点圆鼓鼓的。不幸的是，虽然乔治的姓跟水有关，但是他也有一个无懈可击的不在场证明。"1964 年 12 月 3 日，索拉诺县费尔菲尔德警察局第 242 号报告，记录了那时候乔治的体重只有 127 磅。

林奇总结道："在瓦列霍，我们查了每一个人，有一次我接到一个人的电话，说十二宫杀手住在阿肯色大街。我开车赶到那里，发现唯一能沾得上边的只是那个人会在他的天花板上画星星，包括小北斗星。每个人都是嫌疑犯，没有人例外。"即使是在昏暗的光线中，我还是看到了林奇为这个案子所付出的代价。

1976 年 7 月 24 日，星期六

调查员阿姆斯特朗回忆着警官赫曼·乔治。1969 年 11 月，赫曼被枪杀于街头，"连续 8 个星期，我都在睡梦中看着赫曼死去。他死得非常缓慢和痛苦……晚上离开办公室时，我会完全忘记工作上的事。我从不在家讨论工作……好吧，我没法真正做到。我找到了其他放松的方式。"阿姆斯特朗变成了一个再也没法安稳坐下来的人，一个总是到处溜达的人。最后，他在凶杀案组已经精疲力竭。第二天，他调到了诈骗犯罪调查组，留下托斯奇作为调查十二宫案件的最后一个旧金山警察。

托斯奇说："最少在一年前，他离开了凶杀案组。比尔是一点都不想干了，现在调查这个案子的就剩我一个人了。每天我的脑海中都不断浮现'十二宫'的身影。事情变得更加私人化了。我每天都在想他到底发生了什么事。"

1969年斯泰恩被杀之后，又有6名出租车司机被杀，有6名嫌疑犯被拘留审判。其中5名被判一级谋杀，一名被判二级谋杀。只有杀害斯泰恩的凶手依旧逍遥法外。因为调查人员减少，看上去十二宫杀手可能会在他跟警方那致命的国际象棋比赛中轻而易举地取得胜利。

南加州的一个居民后来告诉我说："我母亲和我几乎每个星期六都会去阿塔斯卡德罗医院看望艾伦先生，他放出来后还来过我们家，我们家当时就在阿塔斯卡德罗北面，圣路易斯-奥比斯波西面……我记得他在我们家时，和我母亲待在她的房间里。她总是说他们什么事都没有发生，我倾向于相信她，因为我记得他不是那种性欲特强的人。艾伦先生对我们这些小孩都很好。他总是花很多时间和我的兄弟们还有我们女孩在一起。他教给我们基本的价值观。他强烈反对酗酒和抽烟。他有许多小宠物，尤其喜欢鼠类，他还有一份许可证，允许他饲养它们并在它们身上做实验。他教我的弟弟怎么开车、射击、修车，还有男孩们该干的其他所有事情。我弟弟还去看过他的那些房车，他们还一起去北加州的山里和河谷玩标靶射击。艾伦先生是一个出色的神枪手。"

在艾伦被监禁期间，十二宫杀手却依旧活在人们的猜测之中，活在湖边每一寸黑暗的阴影里，活在我们的心中。如果十二宫杀手就这么简单地逐渐消失，那像托斯奇、阿姆斯特朗、穆拉纳柯斯、林奇、纳罗和艾弗利那样的好人就被打败了。

1976年8月24日，星期二

这辆大众货车在街上的车库已经进出很多次了。1976年6月23日，它的主人花了520.74美金检修了它的发动机。在7月，默塞德县东部德国汽车中心的经理威尔弗雷德·罗尼可注意到这辆车又回来了。报修单上写着后灯坏掉了。"这辆车地线有些问题。"罗尼可解释道，但是它的主人并没有要求检修前灯。这位主人在8月2号又露面了，说他需要一个稳压器和电池。那些安装起来要花39.05美金。8月24日，星期二那天，他交还了电池。"它太贵了。"他抱怨道，并且在那天下午安装了他自己的新电池。

晚上8点左右，这辆汽车的主人，圣罗莎专科学校的一位41岁的教师，坐到了方向盘后面。他很高，6英尺3英寸，体重190磅，棕色头发，眼睛是淡褐色的。他以前当过兵，在纽约的哈密尔顿堡服役。1959年，他作为回国士兵被部队先放回来了。6年后，他成了一位英语老师和兼职的艺术教师。

那天晚上天气很好，前方的路很干燥。他并没有处在巴比妥类药物或者酒精的影响之下。他刚吃完饭。他在限速下行驶了55英里，将车往东开上了一条没有街灯的高速公路。12号公路始于两条被中间带（只有尘土和杂草，40英尺宽）隔开的窄道，接着突然变成一条四车道的高速公路。在晚上8点半的时候，就在公路拐向莱特路西面的地方，这辆汽车的前灯开始闪亮。在路开始分岔的地方，这辆大众汽车缓缓驶上公路中间带，沿着那儿开了一段距离。它完全无视转弯点，一直往前开，飞跃过尘土中间带，驶上了西行的公路。

一个男人正在去往塞巴斯托波尔镇的朋友家的路上，他开到了两条西行道合并成一条道的地方。他可以很清楚地看到东行道上那辆车的前灯。“哦，我的天啊！”看到那辆车直愣愣地越过中间带开过来时，他叫了起来。那辆车没有刹车，直到还有两英尺就要撞上时，刹车灯才亮了起来。那辆车跟1号车道上一辆向西行驶的1972年产丰田车迎面相撞。两辆车都被撞得弹回2号车道9英尺远，停在了离默塞德大道东面不到3000英尺的北侧沥青路肩上。两个司机都被卡在他们的车里。8点50分的时候，消防队解救出了他们。丰田车里的女司机应该没事。

晚上9点，他们将这名教师送往圣罗莎纪念医院急救室，医生们开始工作。代理治安官达拉莫同拉尔森医生谈了话。那个教师的伤势十分严重：心包囊和左肺叶血管破裂……颧弓磨损，右下肢多处骨折，左髋关节和右手臂各一处骨折，踝关节多处骨折，左小腿、右臂桡骨和尺骨裂伤。他们无法将他的血压维持在60以上。凌晨1点25分，这名教师死在了手术台上。治安官兼验尸官斯奇皮克将他的死因归为：多处创伤致死。

达拉莫保管了这名教师的钱包和私人物品。他们掌握的他的地址仅有一个圣罗莎的邮箱地址。代理治安官确认了一下注册信息，发现死者的居住地是塞巴斯托波尔镇的一辆房车。上午9点半时，达拉莫同这名教师的前妻谈话，发现他一直在服用一些控制癫痫症发作的药物。下午3点，调查员西比对房车内的物品很感兴趣，给那辆房车贴上了封条。直到11月8日，警方才归还了遇害人的私人物品，他们的记录如下：“他的房东和前妻将到他的房间逐项登记他的物品并储藏在房东处，这样这个房间就得以解封了。”为什么警方将那个教师的物品保留了那么长时间？它们跟那些圣罗莎凶杀案有关系吗？我知道的时候已经是10年之后了。

1976年8月27日，星期五

午夜时分，在市政大厅工作到很晚的旧金山监事黛安·费恩斯坦打开最后一封邮件。信上写道：“你想我了吗？忙着做一些歹毒又卑鄙的事吗？做那些事我最合适不过了。”她给警察打电话，然后他们打给了托斯奇。在凌晨5点的时候，没刮脸又睡眼蒙眬的托斯奇匆忙赶到楼上去研究这封信。他解释道：“这不是十二宫杀手写的，又是‘老汤姆’玩的把戏。我有整整一夹子老汤姆伪造的信件。非常奇怪的是，他写那些信件时并没有喝醉。对于一个醉醺醺的人来说，这封信显得太精心了。一个人脑子不怎么清醒时，就会一直做这种事情。他快要把自己喝死了。”这个探员安排麦考利诊所治疗汤姆的营养不良，还试图让他住到纳帕县来，给他安排在福利院一个分部里，怕他伤害自己的身体。但是，汤姆是一个老油条，给自己弄了张证明，8天后法官又把他扔回了坦德尔劳恩。我去老汤姆那满是跳蚤的旅馆房间看他，发现他蜷在一张满是尿渍的床垫上。他完全被这起案子迷住了。如果这让他疯狂的话，那我们也全都疯了。

托斯奇还有7年就退休了。他说：“我一直注意着邮箱，看看能否收到来自十二宫杀手的一张7周年纪念卡片。”那天早上的《纪事报》刊登了一则广告：“十二宫：你的搭档已经身处深渊苦狱。你就是下一个。皇家的巫师可以拯救你。向他投降吧，不然我就干掉你。R.A.”

13. 十二宫之声

1976年11月5日，星期五

托斯奇与卡尔·莫尔登（《旧金山街道》中的探员“迈克·斯通”）不期而遇。这位演员当时正在警局的鉴定科，和搭档迈克尔·道格拉斯一起拍摄一个镜头。莫尔登回想起一年前在一个会议上见过托斯奇，于是向他打招呼。他说：“你有那么特别的一个上下颠倒的枪套还有枪，我从来没见过那样的东西。”他们像两个警察一样谈论工作。托斯奇对莫尔登断言：“总有一天我会抓住十二宫杀手的，我会让他接受正义的审判。那就是我的动力——正义。我不是那种复仇心重的人，但是当一条生命被夺走时，正义必须得到伸张。他已经夺走了6条生命，谁知道还有多少？我的工作伴随着死亡、悲痛、灾难。我还是热爱我的工作，因为它是有用的。”这不仅是他经常说的一段话，也是他心里坚持的信念。

托斯奇后来告诉我说：“十二宫案件就像洛杉矶未侦破的黑色大丽花凶杀案一样，那个案子中的总探长总是说，如果他用一个他从未对外说过的秘密问题来审问，他就会知道谁是凶手——我对媒体也隐瞒了一些事情……我记得我见过克林特·伊斯特伍德，那时他正在拍《肮脏的哈里》，还有斯图·罗森伯格，《密探笑面虎》的导演。斯图坐着一辆出租车，到一个犯罪现场找我们。‘我不知道你们是怎么做这些事的，’他说，‘我的天啊！’”

两个月后，众议院特别委员会挑出全国顶尖的调查员们，并且邀请托斯奇参与约翰·肯尼迪和马丁·路德·金暗杀案的二次调查。他拒绝了。这项任务将会让他两年内无法调查十二宫案件。

多年来，许多业余侦探爱好者们摸索着任何能揭秘十二宫杀手的线索。他的英语的用法就是一条很有价值的线索。加利福尼亚大学伯克利分校的一名语言学教授核查了十二宫杀手的用语之后，得出结论说他有英格兰或威尔士血统。英格兰漫画家吉姆·昂格，多家报刊同时发表的连环漫画《赫尔曼》的作者，曾经是一名英国警察。昂格说：“十二宫杀手的信件说明他来自大不列颠的北部地区，当然，我知道他说话不带口音，但是他可能在那里生活过。”一辆正在使用当中的英国警车就叫做“十二宫”，它车篷上的徽章就是一个十字穿过圆圈。作家南希·阿什邦告诉我：“‘小柳树’是英国妈妈们唱的歌，用来代替‘宝贝摇啊摇’。十二宫杀手提到过胡椒薄荷油和‘phompfit’。他指的是‘pomfits’，糖果的一种叫法。‘给这个孩子一些糖果（紫罗兰方块糖和熏衣草方块糖）。’《爱丽丝漫游记》里就有pomfits。”一个留意此案的读者说：“十二宫杀手绝对是德国－爱尔兰血统。”

十二宫杀手喜欢用将来时态——“我将、我会”。他还故意写错字。有没有一个人，在他的日常生活中，以一种嘲笑、奚落、或者诙谐的方式，习惯性地写错字呢？那份三段式密码中的拼写错误可能不是编码错误，而是隐藏着的一个信息。十二宫杀手曾经多写字母，例如“forrest”中的“r”，还有“expeerence”中的“e”，他还会省略一些字母，比如“dangerous”中的“s”。利用这些拼写错误点，十二宫迷 J. B. 达尔格伦拼出了“科学是神奇的伊希斯（Science is mysterious Isis）”，但是他承认，那些能够通过颠倒字母顺序熟练破译密码的专家们会发现更好的组合方法。

跟那些拼写奇怪的单词一样，大写的字母“X”贯穿在十二宫信件中：“X’mas”和“Super X”。信中圈起来的8可能是金牛座或者巨蟹座的标志。巨蟹座的托斯奇养成了定期翻阅占星杂志的习惯，指望有一本杂志能提供某条曾经被忽视的线索。一个占星家利用十二宫杀手炮制或者邮寄那些信件的日期，试图推演出他的星相，但是失败了。“这样我就可以推算出他的生日了，”另一个确信十二宫杀手的星座是摩羯座的人说，“土星是摩羯座的守护星，并且十二宫杀手的活动跟土星的某些特定活动紧密相关。”

约翰·H. 格罗夫建议道：“看看《纪事报》，看看那些他杀人的日子介绍了什么星相。毕竟，希特勒绝不会轻举妄动，除非他的占星家说没问题……他们通常都是拼写的好手，他的错误可能是用来摆脱别人追踪的诡计。十二宫杀手看上去受骰子牌戏 7 和 11 的影响很深，尤其是 11。除了赌博之外，他那个假名暗藏的玄机可能跟他对 11 的喜爱有关。Zodiac（十二宫）这个词源自于希腊语 Zodiakos。希腊人没有独立的数字系统，每个字母按顺序都代表一个数字值。我很惊讶，当我计算 Zodiakos 这个词的数字值时，发现它竟然是 1111。十二宫杀手知道这一点吗？他可能知道。他可能是个疯子或者呆子或者两者都是，但是他既不愚蠢也不无知。”

如果数字 11 对这个杀手很重要的话，那么 12 对他来说意味着什么？十二宫有 12 个星座标志。十二宫杀手（还有其他连环杀手）天生喜欢剪辑收集关于他自己的故事。每天买 3 份报纸可能会引起人们过多的注意力，所以，他可能预订了它们。《观察者报》不但把他淹没在了第四版，还求他向他们自首（对一个喜欢掌控一切的人来说，这可不是一条明智的建议）。十二宫杀手再也没有给他们写过信。警方可能在寻找一个订了许多报纸杂志的人，但是《观察者报》被排除在订阅范围之外。

1977 年 3 月 30 日，星期三

艾伦服刑已经 30 个月了——在阿塔斯卡德罗待了两年零十五天。他被送回到索诺马县监狱，为 1977 年 5 月 13 号的缓刑申诉做准备。他放弃了那项权利。

1977 年 8 月 30 日，星期二

利在索诺马县监狱一共待了一百五十天。在那儿和阿塔斯卡德罗，他已经被关在牢里两年四个月零二十五天。在这段时间内，没有发生任何可以归罪于十二宫杀手的袭击。哪怕是在利被监禁的第九百天，能从阿塔斯卡德罗外收到十二宫杀手的一封信、一个句子、一个字，都能将艾伦从嫌疑人名单上除去。但是十二宫杀手的最后一封信却依旧是三年前收到的那封——1974 年 7 月 8 日。

下午，索诺马县治安官办公室的一名代理治安官领着利下楼了。他们的脚步声回荡在长长的冰冷的走廊里。治安官在利的脖子上挂了一张塑料数字牌——#47932，那是利的面部照片号码。他嘴唇上和下巴上的胡子现在已经变成灰色的了。他有些闷闷不乐，尽管第二天他就能成为一个自由的人。我的一个朋友在同一张照片上看出了不同的表情。“我觉得他看上去很悲伤。”她说。

依据州刑法典 290 条款，加州执法部门要求定过罪的性骚扰者实行自我监控，一旦搬家需要立即通知警方。由于加州对此没有强制执行，所以只有一小部分被放出来的罪犯登记在册也就不足为奇了。阿塔斯卡德罗的官员们通知监狱登记处，然后监狱登记处通知瓦列霍官方，艾伦重新走上了街头。

1977 年 8 月 31 日，星期三

从阿塔斯卡德罗放出来后，利·艾伦跑去跟帕索罗布尔斯的朋友待在一起。第二天托斯奇收到他一封打印的信，这是近来第一次提到十二宫杀手。我对托斯奇说："杀手们总是试图让他们自己介入到调查中来，有没有嫌疑犯主动要帮你抓住十二宫杀手？十二宫杀手那么蔑视警方，肯定控制不住要给警方提供帮助来抓他自己。"

"只有一个人。"他说。

"而且我敢说信是打印的。"

"是的，我刚收到。"托斯奇找到了那封信，大声念出来，"良好保释金金融公司——二十四小时营业——精通交通事故保释。如果有什么我能帮得上忙的，请尽管告诉我。我很抱歉我不是你们要找的那个人，但是我现在已经出来了，并且我已经向社会还了债。署名：利·艾伦。"

"抱歉我不是你们要找的那个人！"托斯奇惊叹着说。这样的一封信，带着嘲讽的口气，跟十二宫杀手写的那种一模一样。

"他就是那个人。"我说。

再回到《纪事报》，当天下午他们收到一封厚厚的没有邮戳的信。所有古怪的信件，甚至像老汤姆写的那种也会被认真对待。实际上，任何一封十二宫信件，不管假得多明显，都会引起一阵轰动，不可能被忽视。警方在每封信上都花了很大的精力，因为这些年来十二宫杀手的笔迹可能会发生变化。

"我还会再干的，因为我已经干了 21 次了，我停不下来，因为我每杀一个人事情就变得更糟糕，并且我还会杀更多人。人是最好的猎物，我永远不会说出我的名字……"

到底是什么奇怪的东西驱使着人们模仿十二宫杀手？将来的模仿者会有更为黑暗的动机，还有更为血腥的黑手。他们比模仿笔迹更恶劣——他们自己实施十二宫式的犯罪。

1978 年 1 月 3 日，星期二

艾伦回到了瓦列霍。他做的第一件事，就是在伯尼夏进口汽车服务中心申请做一名车队机修工。他坦白说了他的过去。"我在阿塔斯卡德罗服了两年半的刑。”他直言不讳。在他们以每小时 6.15 美金的薪水雇佣他之后，他开始蠢蠢欲动。看上去他好像不知道，他不在的这段时间，对十二宫杀手的追捕并没有停止。还是那群“猎犬”依旧对着他嚎叫跳跃，甚至穿过水域在旧金山追捕。但是在国家范围内，联邦调查局将精力集中在了新的十二宫嫌犯身上。

清晨的海峡灰暗冰冷。利停车的地方，一条堤道穿越纳帕河，瓦列霍西部的海峡连着一座岛。他凝视着马岛。

河对岸，许多战舰停泊在带砖造烟囱的三层仓库旁边。海军造船所是瓦列霍的主要工业，这里已经有三四代工人为之工作了。这是太平洋地区第一个制造原子能动力潜水艇的造船所。这个造船所完全自给自足，自己制造所需要的一切，从砖块到铆钉。艾伦也一样自给自足。他充满渴望地凝视着大海，开车去工作，然后得到坏消息。进口汽车服务中心开除了他。“这么快?”利说。“生意太少了。”经理说。绝望之下，艾伦紧紧攥起又松开了他的拳头。

1978 年 4 月 28 日，星期五

星期一，有人将一封贴了超额邮资并且署名为“十二宫杀手”的信扔进了一个邮筒。邮戳上显示的地址标志是圣克拉拉或者圣马特奥。4 月 28 日，星期五，《纪事报》收到了 1974 年以来第一封十二宫信件。如果这封信不是伪造的，那么这个杀手就是在别的地方待了将近 4 年。这封信符合真实十二宫信件所有的一般要求。但是再仔细一看，很快就有人喊着说“假的”。舍伍德·莫里尔确定了它是真实的。过了一会儿，圣布鲁诺邮政服务犯罪调查实验室的约翰·施莫达也得出了同样的鉴定结果。但是最后，施莫达改变立场，变得跟专家泰瑞·帕斯克看法一致，声称这封信是一封很逼真的“假”信。我希望它是真的，但是随着时间的流逝，我越来越怀疑这封信的真实性了。这种狡诈的伪造会让每个人都烦恼不堪。

托斯奇对媒体说：“他正潜伏在某个地方，而这吓坏了人们，包括我妻子在内。这个案子让我的家庭承受了相当大的压力。1969 年时，我的 3 个女儿还都太小，她们活在这种恐惧之中。在所有我处理过的案件之中，这一起真的是一个私人的案子了……他玩着他自负的把戏，想要嘲弄我们……我试着不为此烦恼，但它还是让人沮丧。我们没有放弃。一收到消息，我们就会立即行动，我们随时都在调查这起案子。自首信箱还是开着的。”

1978 年 5 月 15 日，星期一

托斯奇告诉我说：“74 年流行的那部电影《驱魔人》将十二宫杀手逼了出来，

这一点我并不感到惊讶，这个家伙真的是电影迷。”我给他看了一封寄给我的匿名信——就是那种自我本位的、疯狂想要获取公众注意力的杀手可能会写的信，信上写道：“致编辑，或者负责十二宫案件的人，你们有没有考虑过制作一部关于十二宫的短片呢？

“就像希区柯克的一些电影，你知道从哪儿可以得出你自己的结论，知道谁才是凶手吗？……我觉得，因为十二宫杀手这么为他的所作所为感到骄傲，他可能会喜欢制作电影的想法，而且因为他非常肯定没人认识他，他没有理由不去欣赏他自己……谢谢——无名氏……对这糟糕的一切我感到抱歉，但是我有点急，我还有事要做。”

1978 年 5 月 16 日，星期二

由于 4 月那封伪造的信件引起的狂热，抓住十二宫杀手的呼声变得更大了。旧金山市民给警察局局长查尔斯·盖恩施加了相当大的压力，让他侦破此案。他请求联邦调查局局长威廉姆·H. 韦伯斯特分析十二宫杀手在 1969 年寄给当地报社的 6 份密码。

盖恩写道：“其中 3 份后来得以破译，但其他的还没有。我们请求再一次尝试破译这些密码——附件：1.‘十二宫’信上 13 个字母的照片。2.‘十二宫’信上 31 个字母的照片。3. 从信上摘录下来的密码的照片。4. 3 段已破译密码的复印件。”

联邦调查局试着破译，他们用老关键词作为联合密码系统的一部分，做一些线性和常规的互换，但是没有破译出来。对此托斯奇不大吃惊。像很多警察一样，他并不信任这个满是优秀人才的调查局。

1978 年 5 月 19 日，星期五

与此同时，盖恩收到了联邦调查局关于他请求的比对十二宫信件的实验室结果。可疑文件组的核查员仔细核对了 16 个马尼拉文件袋，里面装着 1969 年 10 月 13 日到 1978 年 4 月 24 日之间的信件。专家给他们重新编号为 Q85 到 Q99（河岸县收到的信，包括那块桌面，是以照片的形式被单独研究的，编号是 Qc100）。

这份手写的报告是这样的：“从 Q85 到 Qc100 信件上的笔迹差别非常大，书写的速度也各不相同。另外，部分材料，特别是河岸县收到的 3 封信件，可能经过伪造或者故意地改变了笔迹。由于以上原因，这些信件的笔迹鉴定并没有决定性的作用。但是，在这些信件中也有一些笔迹前后一致的字母，这表明是同一个人写的这些信件，包括河岸县的信件还有河岸县案件中写在桌面上的讯息。”

一个月后，盖恩请求位于匡蒂科的行为科学部再仔细核查这些信件的内容，给十二宫杀手做一个心理概评。后来我给切尼打电话，问他是否给利·艾伦写过信。我说："我不得不注意到你的笔迹很像十二宫杀手的，十二宫杀手有可能是在模仿你的笔迹吗？""可能吧！"切尼说，"在使用微缩胶片之前，大写和小写字母都是基本的画图练习。"切尼是一名工程师，他跟我提到了《技术制图》。他说："虽然我从来没有收到过他的邮资双倍的信，但利都是打印信件和菜谱，总是故意拼错某些字。"

艾伦开始跟他的假释监督员布鲁斯·R.佩利见面，佩利是索拉诺县的一位代理缓刑监督员。佩利注意到，他们开会时艾伦总是穿一条过时的皱巴巴的裤子。他们第一次月会让佩利感到烦恼，艾伦也不舒服。这位假释官想看看什么事情会让艾伦发作，他吓唬他，如果不完全合作，就会把他送回监狱。这让他低下了头，并且说了一连串的"我一点也不想那样"。艾伦跟幼童的不正常关系并没有结束。他还跟一个 9 岁的女孩维持着友谊，可能要到她 16 岁的时候才会终止。

一天晚上，佩利从他住的博德加联体公寓的窗户望去。氯和防晒油的味道从两层楼下往上飘。在水面时而泛着光的游泳池旁，利正握着一个小女孩的手——这可是直接违反假释规定的行为。佩利意识到艾伦是在他们见面之后一路跟踪他到家的。由于某种原因，这个前罪犯正试图用亲近一个孩子来胁迫他或者嘲讽他。为什么？佩利打了几个电话，了解到这个女孩是利的表妹，才让这件事就这么过去了。很快，他就知道了艾伦是一个很重要的十二宫杀手嫌疑犯。

他告诉我："实际上在我得知这件事的那天，我正在家翻看那些十二宫信件的复印件。一晚上我接到很多电话，电话那头只有呼吸声。我一直告诉我的女朋友：'我想艾伦知道我知道了，他也知道我知道他知道了。'"

我对他说："阿瑟，你被怀疑是十二宫杀手？"

"我知道。"他说。

"你对此有什么想法？"

"我觉得他们那样对我真是大错特错。我觉得这不公平。"

"是吗？"

"是的。"

"你读过那些报告吗？"

"读过，我知道他们说的是什么，那都是瞎掰。"

"那个十二宫杀手不会也觉得那是瞎掰吧？"

"可能吧。哪个该死的会承认自己是那个十二宫杀手。"

他告诉佩利，哈特奈尔和谢柏德遇害那天，他本来要去伯耶萨湖抓地松鼠来解剖的。“令人吃惊的巧合。”佩利评论说。他对艾伦的精神状况评估也感到非常烦恼。后来他告诉我说：“基本上，阿瑟是一个极度危险的人，他具有反社会型人格，并且拥有难以置信的高智商。他极度憎恨女性，无法与女性正常交往。”显然，1971 年在炼油厂被审问之后，在家人的强烈要求下，利曾经接受过加利福尼亚大学伯克利分校和兰利波特精神病研究所的精神病学家的评估。从 1973 年 5 月到 1974 年 9 月26 日，他们逐步完善了对这个主要嫌疑犯的评估报告，那是他第一次被认为“有能力实施凶杀，危险”。博士们寻找那些促使他自我毁灭并且无视人命神圣的迹象。他们注意到他很容易冲动。

我问佩利有没有在利的房子里看到一张发光桌或一台放大机。我怀疑十二宫杀手是用一台放大机将格子倒映到他的密码印版上的，让它们能排列得非常整齐。佩利说：“是的，我记得在他家看到过放大机。”当然，必须得有一台放大机。不管十二宫杀手是谁，他必须得有一张灯光绘图桌、给他的符号定位的格子、丁字尺和三角板，还有其他制图工具。伊桑·W. 艾伦曾经是瓦列霍的一名制图师。这样的工具都是他工作时的用具。身为一个职业艺术工作者，我知道十二宫杀手的信件，尤其是那封 340 个符号的密码，就算经验最丰富的艺术家制作起来也会觉得很困难。

佩利告诉我说：“利现在有了一辆新的摩托车，颜色是苹果绿（跟切丽·乔·贝茨的橙绿色大众汽车颜色接近）。它没有注册在他的名下，而是在他一个朋友名下。并且他还找到了一份新工作。利跟我说过他是多么讨厌为了谋生而工作。咬牙切齿地说的。但是他选择这样的工作时，就能做出一种平静又合理的伪装姿态。他还在加州人力发展公司（马林大街 1004 号）兼职，当一名老年居民助理。利解释道：‘每小时 4 美金，我送老年人去医院，再接他们回来，还要在他们家里检查及安装安全装置。’安全装置——这真是太有意思了。至于利的弟弟罗恩，他现在是一名城市规划员。他依然担心他的哥哥，但是几乎不再和警方联系了。”

一段时间后，一天晚上，我开车到瓦列霍第一个案发现场——赫曼湖路。之前都是在午夜的时候去的，凶杀案都是发生在那时候。今夜风儿摇动着路旁的树木。前方的风景若隐若现，最后还是被吞噬在白雾之中。艾伦从监狱放出来之后，又有闲话传出来说一个大块头男人总在抽水机和湖边瞎溜达。他到处巡查，练习枪法，攀爬那些可以用来潜水的采石场。所有十二宫凶杀案都发生在跟水有关的地方——蓝岩泉、河岸县、伯耶萨湖、湖街（他坐在保罗·斯泰恩的出租车里时最开始说要去的地方），还有赫曼湖路。尽管我发现赫曼湖路双重凶杀案案发地点实际上没有改变，但还是有一个小变动。穿过护栏网通向水泵房的那条沙子小路有了名字。我走到门口念出“水路”时，一阵风吹来，吹动了平静的水面。这告诉我，早在10年之前，十二宫杀手对瓦列霍就极为熟悉。他挑选了这样一条当时还没有名字的小路，却又满足了他对于名字里有水的地方的癖好。他知道水城所有的秘密。

1978年6月27日，星期二

我们依旧收到许多说“十二宫杀手那个家伙可能是个什么样的人……”这样的举报线索。旧金山一名艺术导演说：“我觉得他可能有一辆自行车或者摩托车……几乎是天才……可能还没有经过开发或者训练，但是精神上已经超越那些用来谋生的方式了……他几乎不是一个让人可以接受的人，但是被认为具有一种好奇心强，喜怒无常和社交受限的个性。他那分裂的人格是在日复一日的受辱和边缘认识中养成的……在那之间，他只是一个可悲的旁观者，而不是参与者。在我的想象中，他的年纪在35岁到40岁之间。他极其惧怕女性或者患有阳痿。如果这个男人对你们不得不报道的这些毫无意义的罪行感到内疚的话，这个人肯定是迫切地需要得到爱。他还需要帮助。不幸的是，他还需要被抓住。”

联邦调查局副局长小托马斯·克里赫在星期二向局长盖恩汇报说，他们收到那些没有破译的十二宫密码后，就开始分析了，尤其是那封340个符号的密码。“时间允许的话实验室会继续分析那些密码的。如果有什么好消息，我们会立即通知你。”破译员们正在寻找那些隐藏的密码和信息。“单词的大写字母，倒数第一个、第二个、第三个字母；行初，行尾，”他们报告说，“没有拼出任何东西。”没有无关的标志，没有行首空格，没有隐形的笔迹。至于十二宫杀手，他也一样是隐形的。

1978年7月17日，星期一

在针对4月份那封十二宫信件的争论过后，调查员托斯奇被重新指派到抢劫案调查组。有人毫无根据地断言，托斯奇的职务调动是因为那封信是他写的。“有人说调查十二宫案件长达9年的调查员戴夫·托斯奇被怀疑伪造了那封最新信件，但是警方官员断然否认了这种说法。”《联合日报》报道说。“现在托斯奇先生也会知道这是什么滋味了！”看到调动令后，艾伦咬牙切齿地对佩利说道。利还记得他被炼油厂开除的痛苦。至于托斯奇，他的肩头卸下了一副重担。

1978 年 7 月 19 日，星期三

艾弗利也在失踪人员之中。“在 7 月 10 日的《新时代》报道了布莱克·派瑟爆炸罪行的保罗·艾弗利和凯特·科尔曼，在受到恐吓之后，已经‘离开这个地方了’。”赫伯·西恩写道。

那封伪造的信揭开了老伤疤，促使人们又开始寻求那起长期未侦破案件的解决之道。关于十二宫杀手的举报是以前的四倍那么多。

一位读者通知赫伯·西恩说：“十二宫杀手在 1976 年 3 月被旧金山警方开枪打死了，就在他在加特兰德放火烧死 13 个人的 4 个月之后。”

第二天，一封从洛杉矶寄来的匿名机打信也抵达了《纪事报》。“我是十二宫，我控制了所有的一切，”它上面写道，“我要告诉你们一个秘密。我喜欢绝缘胶带。当我需要很快地把人捆起来的时候，我就喜欢用到它……我把我的真实姓名写在一把金属卷尺上了。你看，当它混在你的物品中时，我想让你知道，它是属于我的。而且你觉得我可能是不小心将它留下的。我喜欢运动。它可能是游泳脚蹼，也可能是一件水中呼吸装置。但是你可能还想跟我玩国际象棋。我的壁橱里还有好多套便宜的呢。我用透明胶带把我的名字粘在盖子底部了……我的胶带在加州各地等着我呢。你们认识我吗？我是十二宫，我控制着一切。”

1978 年 7 月 30 日，星期一

艾伦用着一份被暂时吊销的驾照时，在门多西诺与一辆车牌号为 ZEB577 的汽车发生了交通事故。承保艾伦汽车的州立农场保险代理人对他有些了解。几天后，一个女人跑到这个代理人在罗内特地区的办公室，在他的桌前沉默着站了一会儿，接着找他要交通事故档案 91505505086 号。那是利·艾伦的档案。“为什么?”代理人问。她说：“因为他们正在监视我跟这个男人的来往。你要小心一点，不要跟他扯上什么关系。他们会想知道你在干什么。两个 14 岁的女孩在瓦列霍地区失踪了，但是我很怀疑利会干这些事，因为他一直被人监视得很紧。”

1978 年 8 月 23 日，星期三

几天前，托斯奇在警局车库被地上的油点弄得滑了一跤，摔坏了脚踝。他对所有让他不能工作的东西都感到非常恼火。他心急如焚地去找一位骨科专家看病。还不到周末，他拖着还缠着绷带的脚，一瘸一拐地走得跟平常一样快。

通过那些真实的十二宫信件的内容，隶属于联邦调查局国家学院、总部设在弗吉尼亚州匡蒂科市的行为科学部试着给这个杀手做一份更好的心理测绘。“完成后测绘结果会转到你们的培训分部，供你们分发给有需要的分部。”行为科学部通知旧金山联邦调查局总部。这个司法部培训分部成立于20世纪70年代初。“但是联邦调查局解决了几起连环杀手案件——如果有的话?”一名探员公开说。

正当艾弗利和托斯奇将十二宫杀手抛在脑后的时候，纳帕治安官办公室的肯·纳罗却觉得越来越困扰。“有许多我们本来是很幸运才得到的线索，”他在我们1978年8月25日和1980年8月12日会面时说道，“现在变得很陈旧，而且变得没有多大价值。我还是认为十二宫杀手就在外面的某个地方，我们至少有一次接近过他了。”

这些天纳罗还在考虑一个特别的人。他告诉我：“我对他一直都很感兴趣，我们从来没有充足的证据把他带回来审问，也没法取得他的指纹。他是个非常聪明的人，非常有意思的人。不介意谈论他的过去。”警察们坐下来，递给他那些十二宫杀手受害人的照片复印件。这个嫌疑犯意识到他们不仅仅想观察他的反应，还想得到他的指纹。所以他拿起照片，仔细查看，装腔作势递回去，接着说：‘哦，对不起，我把照片上弄得全都是指纹。我来帮你们擦掉吧。’接着他就将指纹全都擦掉了。”

在他伯斯特·布朗式浅棕又带点红色的头发下，他的脸表情生动，他偷偷看了一眼警察们。他那躲在深色带框眼镜后面的双眼，眼球突出，像霓虹灯一样，但是非常精明。在那次对他的延长时间的问话中，尽管偶尔在敏感话题上会陷入沉默，但他始终控制着这次谈话。纳罗告诉我：“他说起话来跟连珠炮一样，完全把我搞糊涂了，甚至结束后，我都没法写出一份报告来。当你在他身边跟他说话时，这个家伙能颠倒主动权。”这个嫌疑犯说到他的两个爱好——机械和演艺圈。他在南加州演过一些电影里的小角色，而且，像十二宫杀手一样，可以死记硬背地引用吉尔伯特和沙利文的歌剧。“我花了两个季度演唱大歌剧，并且我还是个贪婪的阅读者。我是那种过目不忘的人。我能记住1939年我在得克萨斯州住过的房子的准确地址和电话号码。我能记住所有老《金刚》和《吸血鬼》的剧照，还有我是在哪儿看的这两部电影。”

纳罗告诉我：“他的小地下室剧院里有一台电传打字机，这是用他的（皇家便携式）打字机打出来的一份样本……他的确在密码学校学习过3个月，并且有一个别名，但是我觉得那实际上是他的真名。我觉得我们没法通过州立公共安全部来确认这件事。我上联邦调查局学院时的一个朋友对他做了些背景调查。他应该是出生在得克萨斯州的拉伯克县……”

我说："那儿的人爱说'只放空屁无所事事'，而且他还会缝纫。他在好莱坞设计缝制过戏服。"这个嫌疑犯在5岁的时候失去了母亲，从那时候开始，他跟他的父亲，"一位有钱的石油商人"，就一直"感情不和"。

纳罗说："档案里有一份关于他的别名的证明，得克萨斯州的一个医生有他的出生证明，而这就是问题所在了，它跟我们现有的他的出生日期和年龄不相符。还有个问题是，这到底是两个不同的人还是同一个人。遗嘱检验法院留档的一份出生证明显示他的出生年份是1928年和1926年。"

"一个当地人非常确信这个男人就是十二宫杀手，他自己开始写一本书，接着去找电视台的人，还请了一个律师。他要去告发这个叫做安德鲁斯的家伙是应该对那些案件负责的人。我告诉他你最好先确认——我都没有办法可以证明这一点！你这样只会让自己惹上诽谤罪名。最后那些电视台的人也放弃了，因为我再也没有从他们那里听到这件事情。另外我们无法确定这个安德鲁斯精通枪支。"这个嫌疑犯容易紧张、喜怒无常，有一次他说："我有比性更好的东西！"他告诉萨姆波餐馆的一名女服务员他要"回来砍掉她的双腿"。

纳罗继续说道："艾弗利确认这个男人是河岸县大学的学生，但是我一直没法确认这一点。他在旧金山有一所公寓，一所按推测来说应该是在地下的公寓。(在1970年4月20日，十二宫杀手写道，他存放在地下室的公交炸弹是一枚哑弹。'几天前的那场雨差点把我淹死。'他解释说。）他曾经在旧金山机场工作过——实际上他是在1966年10月切丽·乔·贝茨被害前后那段时间在那里工作的。好吧，我会告诉你，如果他不是十二宫杀手，我会去找一个像他那样的人。"

十二宫杀手第一起凶杀案前两个月，这个嫌疑犯很有意思地说："我觉得我能做的最聪明的事就是去搞出一个安东·拉维。他不能做一个在酒吧弹风琴的人，所以有一天，他看着镜子里的自己说：'我是个大人物。'接着他聘请了一个广告代理人，然后他变成了撒旦。我也是个大人物，就在这古老的银幕上，但我请不起广告代理人。我还很谦逊——因为我看到这游戏是多么的可笑！"十二宫杀手曾经写过："我是疯了，但这游戏必须继续。"

我的朋友菲·纳尔逊在旧金山跟安德鲁斯聊过。"在蓝岩泉案前后那段时间，他的车是一辆白色的雷诺卡雷维尔，车的外形很像考威尔汽车。"我们知道十二宫杀手不是这个人，但是有一些联系——他有一个老式的电影院。警方也这么认为。他们列出了在那里工作过的每一个人。我有如下发现：《最危险的游戏》，一部曾经激发过十二宫杀手灵感的电影，于1969年5月在这儿放映。1969年1月之后，这家电影院开始每周五晚上放映电影，而且十二宫杀手开始在周六发动袭击。蓝岩泉受害人达琳·菲林在她的笔记本上写了两个名字——“利”和“沃恩”。罗伯特·沃恩是大道剧院的默片风琴手。这是一个十二宫杀手规律性前往的电影院吗？我决定再去那儿寻找答案。

1978年9月1日，星期五

停在这条被雨水冲刷光滑的街道上的老爷车们让这间位于圣布鲁诺大道的默片殿堂不容忽视。电影院那巨大的半球形天花板曾经被装饰成西班牙风格的。现在，围绕着一个《歌剧院魅影》里那样的吊灯，一个画家在天花板上画上了十二宫图。

纳罗的嫌疑犯经营着这家电影院。电影院总是在星期五放映那些“由沃利舍钢琴伴奏的电影和音乐会”。这个驼背、矮胖外加罗圈腿的嫌疑犯像卓别林一样摇摇摆摆地漫步在路上，咆哮地唱着《缅甸的曼城》。他那200磅、5英尺8英寸的大块头随时都可能把他那小三号的无尾西装撑破。他用低沉的嗓音朗诵莎士比亚的作品。伯耶萨湖幸存下来的受害人描述十二宫杀手的声音说：“像一个学生的声音……有点懒洋洋的，但是又不是南部那种慢声慢气。”安德鲁斯承认他的声音音量适中，“就是那种，不高或者说低调，我有一种模仿的天赋——我可以模仿W.C.费尔德斯，还可以在广播里扮男声和女声——我就喜欢做那种装腔作势而又华而不实的讨厌鬼……从外表看起来我可能是正常的，但是内心……”

当风琴手沃恩在一架沃利舍管风琴（十二宫杀手在他潜在受害者的“小清单”上提到过“钢琴师”）上演奏时，纳罗和艾弗利感兴趣的对象变成了那个电影放映员。经过两次放映之后，他们撕下了一份用签字笔手写的海报：“有约翰·吉尔伯特和雷内·阿多利相伴的大阅兵”。电影院里的某个人一直靠画这些海报赚钱。我从水槽边找到另外一份，然后拿给萨克拉门托的莫里尔。他研究了这份笔迹。他微笑着说：“除了那三笔画的k，其他都相当匹配。这是我看过的最接近十二宫笔迹的笔迹了。”不仅这张电影院的废弃海报可能成了十二宫杀手的信件字母模仿对象，而且当时每部电影的学院标准导片上都有一个十字穿过圆圈的符号。

1978年10月17日，星期三

开车经过金门大桥去往圣罗莎的途中，我在路边停下，将车停在那些灰色的仓库之间，那个电影院经理在那里有一栋连体公寓楼。这栋楼已经被重新修建和粉刷过了，院子里邮箱的旧木条被拿了下来，他那些乱七八糟堆满小玩意（电影器材，电影院的坐椅，成排的35毫米黑白胶片加工机器）的房间也被清空了。时间继续流逝，而我们离抓住十二宫杀手的距离，并没有比10年前更短。

我去的时候，利不在他的房车那里。18天之前，他停止了安装家庭安全装置，并且辞去了瓦列霍退休居民助理的工作。一个警察向我建议道：“纳罗和艾弗利的嫌疑犯和利·艾伦有没有可能合作？确认下这种可能性吧，不管有多细微，他们两个之间还是有一些关系的。”十二宫杀手有个同伙，我一直都有这种想法。我注意到十二宫信件中奇怪的空格：“他投入（plung ed）了他自己（him self）……徘徊（wand ering）”。这让我不仅想起那个每次写一封信的画广告海报的人，还想起了有一个人在听写，把听到的每个音节写下，再将它们没有任何意义地串在一起，就像火车的车厢一样。

1978年10月18日，星期四

比尔·阿姆斯特朗从旧金山警察局退休了。托斯奇说起他的搭档：“我能感觉到他心中的火焰已经消失，我记得，他75年末离开凶杀案组时对我说：‘托斯奇，我已经处理完我最后一具尸体了。’但是，火焰依旧在我的心中燃烧。”就在同一天，艾伦开始勉强地去看心理健康专家了。

基于他是从阿塔斯卡德罗放出来的这一情况，利被要求去见圣罗莎的一位精神病医生托马斯·莱科夫。在他们第一次见面之前，利可能像在监狱里那样临时突击，搜遍了图书馆。在20世纪60年代他问切尼：“有没有那种教你怎么伪装笔迹和改变外貌的书？”切尼说：“肯定是有这种书的。”这对他突击学习怎样对精神病医生作出适当的反应很有作用。在现行的法律下，像十二宫杀手这样的一个人不可能被认为是法定的精神失常。对于那些“看上去理性、有条理又克制的”，约瑟夫·萨顿写道，“但是杀人行为却又奇异、明显冷血的凶手”，要分出“精神正常”和“精神失常”变得很难。

和精神分裂症患者不同，像十二宫杀手这样的性虐待狂“没有很明显的异常表现，但是需要费尽心机装成正常的样子，免得被抓。在所有凶手中，他最有可能重复犯罪”。在第一次杀人之后，这些聪明的杀手变得惊人地精通于把自己隐藏起来。他们费尽心机装成正常的样子，但是又经常违背常情地让他们自己成为嫌疑对象。同警方之间的猫和老鼠的游戏最终变成他们犯罪的原动力。在微笑隐秘的表象下，他非常自卑、充满敌意、焦虑，并且感觉受人迫害。但是像十二宫杀手那样引起注意力的这种违背常情的迫切需求却几乎是他的一个痒处，不得不挠。又或者利的秘密是，他只是觉得他自己是十二宫杀手。

没有人知道是什么创造了一个情不自禁的杀手——缺失的那一条性染色体？生命最初6个月里发生的一件事？不管原因是什么，这种病是无药可救的。冷酷无情的父母和同龄人给他带来压力，在儿童时期表现为尿床、入店行窃和残害动物。随着青春期的觉醒，愤怒不断上升并且狡猾地隐藏起虐待行为。治安官斯奇皮克私下委托他人制作的心理测绘声称十二宫杀手是一个白种未婚男子，年龄在35岁以下，“折磨动物，有一个无能的父亲和一个专横的母亲，并且可能在精神病院待过”。与此同时，利·艾伦继续在他的房车和地下室里做着白日梦。他生活在科幻小说和神学的逃避现实的世界里，而且傲慢褊狭，他倾向于建立自己的规则。

艾伦在假释期时，一位心理学家评估了莱科夫的测试和分析。当他给这个嫌疑犯做一项投射测验和一项罗夏（墨迹）测验时，莱科夫被提醒寻找那些含有字母Z的答案。“以Z开头的答案最多也就能出现一次，多次出现的可能性微乎其微，”墨迹测验前分析师对探员们说，“我觉得不可能。”第一次出现在利面前的两滴墨迹竟然让他想起了“颧弓（a zygomatic arch）”。分析师大吃一惊，他继续测验。“你在这个里面看到了什么？”测试结束时，他发现艾伦一共给出了五个带有字母Z的回答，大大超出了一般范围。出租车司机保罗·斯泰恩正是被十二宫杀手打中了颧弓位置。利的一份医检报告说，“他有潜在的暴力倾向，非常具有危险性”，并且“他有能力实施谋杀”。那个医生怀疑艾伦有“五重人格”。这些分裂的人格可以解释他是怎么通过测谎测试的，还可以解释为什么他的笔迹与十二宫杀手的不匹配。这位精神病医生得出结论：利“具有极高的危险性和反社会性……智商非常高，不能和女性正常交往……具有潜在的危险”。在他们的私人课程中，莱科夫医生发现了他这个新病人天性中暴力的一面。任何形式的责备都会让他爆发。是他母亲或者监狱激怒了他。利开始自我保护，他愤怒地颤抖着，直到重新克制住自己，接着开始说些嘲讽的话。他说的话，冰冷，却机智，一语双关并且话中有话。虽然不成熟，以自我为中心，还有着强烈的自负，用嘲弄的方式说话，但是能够有极大的个人魅力。说到十二宫杀手时，艾伦感到自己是被迫害的。最糟糕的是，他哭了——长时间伤心地呜咽。就在他呜咽的时候，莱科夫医生觉得艾伦“心中压抑着很深的仇恨”。但是在另一方面，利在每个知觉测验中，从积木到拼图，都是佼佼者。一个专家说：“这个家伙可以看着一样东西，几分钟之内就能看出门道来，然后毫不费力地做出来。而且他还嘲笑那些在同样的任务中犯错的人。”艾伦被迫参加这些精神病测试，并且总是用同样的方式：他不笑，也不流露出任何感情，说话时声音低沉，语气单一。艾伦的假释官布鲁斯·佩利开始非常了解他这种用心险恶而又专注的单一语气。

莱科夫是为了帮助瓦列霍警察局的副队长吉姆·赫斯特德和佩利才开始跟艾伦见面的。在莱科夫研究利的过程中，他有了一个新的病人——一个年轻的女人。

作为她正在圣罗莎组织的一个社会康复研究组培训项目的一部分，她想要被催眠。莱科夫很欢迎她，当时他并不知道她就是利·艾伦的弟媳卡伦。是否是警方建议卡伦跟她的大伯子看同一个医生，这一点很值得思考。但是情报组的头头赫斯特德却是老谋深算。不知道是不是受他操纵，卡伦不知何故停止了跟莱科夫见面。她被催眠的时候，提到过她的化学家大伯子，还有他人格的阴暗面。莱科夫发现这个男人一直折磨着她的心。当卡伦详细诉说她对他的感觉和怀疑时，莱科夫开始意识到她描述的那种性格特征如此熟悉。

她说："他把人说成是真正的猎物，有一次他和他弟弟在吃饭的时候发生了争吵。他跳到他弟弟身上，开始掐他的脖子。"

莱科夫想：这是什么呀？听起来像阿瑟·利·艾伦，那种潜藏的危险性跟他一样。

1978年11月16日，星期四

莱科夫把卡伦找了回来。在赫斯特德和康科德警察局的副队长拉瑞·海恩斯的指导下，他对卡伦做了深度催眠。这一次，当卡伦回忆那次吃饭时的掐脖子事件时，她看到了一些新东西。

"还有第二个身影。"她说。

"第二个身影？"赫斯特德说，这位金发的大块头警官身体前倾。莱科夫放下钢笔。

她说："他也在罗恩身上，我能看见利的另一个可怕的身影也在我丈夫的身上，另一种身份。就好像是第二个利·艾伦一样。利站起来的时候，他好像变成了另外一个人，就像杰柯尔与海德①。"有消息来源告诉我说："利有一个双胞胎弟弟，出生的时候就死了。"接着卡伦回忆起1969年11月她在利手上看到的那张纸。这就是几年前她跟托斯奇和阿姆斯特朗提到过的那张纸。赫斯特德和海恩斯确信卡伦当时处于深度催眠状态之下，而不是虚构的这些幻象。催眠师必须小心翼翼，不给催眠对象任何细微哪怕是无意的建议，让他创造出他们想要寻找的东西。"有时候很难辨认出，哪些是催眠对象心里所想的东西，哪些是你正在灌输给他的。"海恩斯说。

"那上面满是奇怪的排成一行一行的符号，"她说，"'那是什么？'我问他。'一个疯子的作品，'他回答道，'以后我会给你看的。'他从来没有给过，还把它放进了他房间里的一个灰色金属盒子里。"

---

①英国作家史蒂文森的作品《化身博士》里的人物，表示善恶双重人格。——译注

海恩斯、莱科夫和赫斯特德非常渴望看见那张纸上面到底是什么。但是要怎么才能看到呢？它在很久之前就被毁掉了。他们决定看看卡伦能否在催眠状态下重新画出这些神秘的符号。在无意识的状态下，她慢慢地画出了 4 行符号。无意识中写出的东西通常都很凌乱，但是卡伦写出来的却平直工整，仿佛是依着格子写出来的——就像十二宫杀手的密码一样。这些符号跟 1969 年 11 月 8 日寄到《纪事报》的十二宫杀手那份有 340 个符号的密码文的第三行极为相似。随着催眠继续深入，她越来越多地说到利·艾伦。卡伦开始战栗，颤抖起来，指关节变得惨白。赫斯特德让海恩斯终止这次催眠。在这之后，在他的办公室里，他给我看她写下的东西。虽然他们不允许我给潜在证物拍照，但是允许我尽可能准确地抄下它。以下是首次被翻印的卡伦写下的符号：

催眠在现在是很流行的，但是在 80 年代之前，州执法部门几乎从来不将它作为一项调查工具。在 1982 年的时候，最高法院将限制从被催眠的目击证人那里取得证词的范围，认为这类证词本质上并不可靠。稍后，加州将会依法院决定制定出法律——催眠只能用于阐明一个人被催眠前提供的证词。只有在法官裁定这项证物不能通过其他办法取得之后，催眠状态下取得的证词才能在法庭上使用。

“潜在的危险性。”莱科夫思考过这个问题。这个医生对这个病人还有他的“黑色幽默感”感到越来越害怕。月初的时候，他让他在旧金山当警察的弟弟去查这件事。那位警官问过托斯奇，答案却让他们非常担心。托斯奇说：“我记得莱科夫医生的弟弟来找过我，一个非常好的人，非常直率。不会要什么花招。他想要一些信息给他的哥哥，所以我告诉他：‘我们从那时候（1971 年 8 月）就有强烈的感觉，现在艾伦是我们最主要的嫌疑犯。在1972 年我们让他逃脱了，因为我们找不到任何确凿的、能将他跟那些罪行联系起来的证据。对这个家伙，我们做了一切能做的事情。就我个人而言，我的直觉就是，他就是那个人。告诉莱科夫医生一声，下次他们谈话的时候，找一个可以迅速脱身的地方……而且最重要的是——别把他惹火了。’”这个警官回去告诉了他的哥哥。“那时候我才知道他是十二宫案件中的主要嫌疑犯。”他说。从那以后，莱科夫在艾伦的名字前写上“反社会型”。这个说法表示他“自私、易冲动、不能吸取教训。他觉得他可以凌驾于道德准则和法律之上，而且是那种最有可能重复犯罪的凶手”。

我感到更加不安了，利已经不止一次发现我在监视他了。后来，1980年3月12日，当他在田纳西大街上开车经过我时，我正坐在汽车中，车里没有开灯。他在旁边减慢速度。我转过头，直接跟他四目相对。

1978年11月17日，星期五

作为太平洋多体船竞赛协会会员的利只用一艘他母亲买给他的船航行。他把第二艘，一艘“使用不明燃料”的经过改造的船，存放在别的地方。他的棕褐色旅行车，车牌号是XAM469，停在路边，一直没有用。1975年12月31日，他注册了一辆结构特殊的房车，“用作露营车”。没有人知道他把它停放在哪里。有谣言说，它被停在他一个朋友的树林里。艾伦在1971年开了一张支票给拖奇房车停放场，说明他在别的地方也租着停车位。

“你知道的，菲尔·塔克曾经被我们部门讯问过，”乔治·巴瓦特说，“他一直是个坦白正直的人。他离开大瓦列霍娱乐区时，我比他小不了几岁。我了解他。我了解他的家人。要我说，只是猜测的话，我不认为他跟十二宫杀手有什么关系。”艾伦在警察局旁边的大瓦列霍娱乐区工作时，也许能接触到那些报告、警方办案的技巧，还有日复一日的流言飞语。一朝是警察迷，一世都是警察迷。

14. 嫌疑犯

1978年11月24日，星期五

尽管忙于众多未侦破的抢劫案件，调查员托斯奇依然能感觉到自己十分忠于十二宫案件。在11月20日到24日期间，他收到了特别多的举报电话，都是关于这个他之前负责的案件。托斯奇说：“第一个电话来自一个失业的自由作家，他以前是纽约市警察局的人，他说他可以了解，对一个像我一样潜心研究十二宫杀手案件长达十年的人来说，这个案件真的已经变得像一件私事了。

“他说：‘如果国内有人能将十二宫杀手绳之于法的话，这个人就是戴夫·托斯奇。’我谢过了他，但是由于我已经正式脱手这个案件，便让他去找杰克·乔丹。接下来，是一个叫卡特里娜的女士的来电。她已经在旧金山警察局录了简短的口供。为了让自己放心，她又找到了我。她怀疑一个人，是她的前男友，已经在1973年因意外去世了。幸运的是，我不必去翻查资料。我脑子里都有这些信息，只用了3分钟左右的时间就回答了她的问题。最后，在周末的时候，检察官办公室的一个调查员在电梯里拦住了我。‘我这儿有一些信息，关于你负责的一个老案件的，’他低声在我耳边说，‘我只想对你说。’我听了下去，并将这些信息牢记在心。就这样，我根本不能从十二宫杀手案件中脱身，而且，我觉得我以后也不能。它已经成为我生活的一部分——不管是上班时还是下班后。”

11月24日的早晨，伯耶萨湖北部的莫斯克怀特街角百货商店，女服务生辛迪看见一个奇怪的男人走了进来。他坐在后面，盯着她看了很长时间，弄得她紧张起来。最后，她走近他。“你要来点什么吗?”她问。“你知道自己是一个很好看的女人吗?”他答道。她走回柜台。过了一会儿，他离开了。这时她才回想起来，9年前，就在两名太平洋联合大学的学生被袭击的那可怕的一天，一个长相相似的男人就坐在同一张桌子前喝着可乐。

警方起初认为1971年的琳达·凯恩斯（太平洋联合大学的另一个女生）凶杀案出自于十二宫杀手之手。一个太平洋联合大学的毕业生告诉我：“我要被这疯狂的十二宫事件折磨死了，因为在布莱恩·哈特奈尔和西西莉亚·谢柏德被刺案期间，我就在安格温市的太平洋联合大学上学。对谁来说，这都是一件非常悲痛的事情，尤其是它就发生在离你这么近的地方。我在大学教堂圣殿里参加了西西莉亚的葬礼，很多人都到场了。我想，凶手是不是也在场，看着我们悲痛地悼念西西莉亚，偷偷地乐呢?”警方（和联邦调查局）也这么认为，他们给西西莉亚葬礼上的人们拍了大量的照片。

“我对琳达·凯恩斯事件还记忆犹新。我记得那天，她的车被找到了——收音机还开着——但是却没有琳达。那时候大多数当地人都认为凶手是‘伐木者威利’。他住在老豪厄尔山路的起点，也就是老豪厄尔山路与西尔佛多小径相交处。威利之所以被称为‘伐木者威利’，是因为大多数时候人们总看见他在家劈柴火。琳达经常在从市里回学校的路上经过老豪厄尔山路时停车跟他聊天。”让我们大松了口气的是，十二宫杀手并不涉及此案。1971年，在纳帕高级法院，“伐木者威利”沃特·威廉姆斯被宣判为凯恩斯凶杀案的凶手。沾有凯恩斯血迹的衣服在威利的家中被找到。

1978年12月7日，星期四

艾伦一直使用的是一份被暂时吊销的驾照。这天早晨，他的新驾驶执照（编号BO 67-2352）开始生效。同时，凶杀案调查员詹姆斯·戴西收到了一条关于那个邪恶的十二宫杀手的线索。戴西形式上属于旧金山警察局办案组。他开始坐下来分析十二宫杀手的信息。为一个无法解决的案件收集线索，能赢得声望，但工作却琐碎无比。一个举报人从加拿大打来电话，声称一个已故的加拿大人，加利福尼亚公共安全长官，退役的消防队长拉尔夫·佩瑞，就是十二宫杀手。他宣称佩瑞有一个十二宫杀手样式的头套。当戴西试图确认佩瑞的指纹时，这条线索变得更让人好奇了。

1978年12月18日，星期一

戴西说："有趣的是，我们试图从他们部门的指纹档案里调出这个人的指纹，却发现他们没有他的指纹记录。国家司法部没有。联邦调查局没有。在他的指纹问题上，我们处于完全空白，像幽灵一样。"戴西和队长纳罗知道他们不得不说服一位检察官出具一份法院指令，挖出佩瑞的尸体并取得他的指纹。他想知道指尖的纹理在地下能保持多少年。"你能成功地从一具尸体上取得指纹吗？"戴西问他们的指纹工作人员。

他们没有足够的信息，得不到搜查许可证。他们在佩瑞遗孀的允许下对他家勘察了两次。第一次他们发现了一个违法的用在0.22英寸口径手枪上的消音器。"这位遗孀说，有一次她的丈夫出人意料地问了她一个奇怪的问题，"戴西说，"'每夜跟十二宫杀手同床共枕，你不害怕吗？'"戴西停下来叹了口气，补充道："我觉得我们已经很接近终点了。有时候你会从心底涌起一种感觉，你会对自己说：'你不能仅仅因为他的年龄太大就排除这个其他各方面看上去都很像的嫌疑犯。'我们第二次去的时候，我告诉她，为了能满足我们的心愿，我们只有一些问题需要确认。她对此不是很高兴，但还是让我们查了。我跟她说如果我们没有找到我们要找的东西，我们就不会再回来，而且我们真的没有再回去。它不在那里。"在瓦列霍，利·艾伦庆祝了他离开监狱之后的第二个生日。

1979年6月13日，星期三

"人事指令：指挥官21号令，8小时生效，调查员戴夫·托斯奇，编号

1807，现任职于财产犯罪调查组典当案部，被指派至抢劫案部。个人犯罪调查组指挥官查尔斯·A. 舒勒。”

15. 阿瑟·利·艾伦

1979 年 9 月 17 日，星期一

尽管利的帆船不再增多，但他的房车清单却持续变长。托斯奇和阿姆斯特朗搜查过的那辆普通房车只是他众多房车之一。另一辆结构特殊的野营车，车牌号GS8803，被藏在不为人知的地方。当利住房车、航海、飞行时，我又与他的假释监督员谈了一次。

“基本上，阿瑟有趣的地方在于，他不光能使用他自己的车辆，还有他朋友们的那些，几乎所有他想要进入的车辆。他母亲有一辆梅赛德斯。他现在有一辆1962 年产的大众卡曼吉亚——很像哈特奈尔的那辆。我想，拥有一辆与伯耶萨湖受害者的汽车非常相似的车，是否说明他潜意识里想要获得注意力?”8 天前，利注册了这辆车的牌照，DXW186。在实际上已经荒芜的湖边，一辆跟它十分相似的汽车也同样吸引了十二宫杀手，向他预示着这潜在的牺牲品（伯耶萨湖受害人）正在狭长的半岛上郊游。

这个夏天，利儿时的朋友哈罗德·霍夫曼开着大众猛冲者汽车来到瓦列霍，介绍他 8 岁的儿子罗伯给艾伦认识。哈罗德娶了利的朋友凯。

罗伯回忆道：“利的外形像老爷爷一样，一个高大、笨重，生活在老房子地下室的秃头男人。”在利把铁丝圈装进他们的车里时，罗伯和利的花栗鼠们一块玩耍。在他们去往湖县的路上，利在不同的停车休息点留下了捕兽笼子。他顽皮地说：“希望我不会被抓住，我的设阱捕兽许可证已经失效了。”罗伯很快就喜欢上了他。罗伯回忆道：“他很有趣，晚上我们睡在睡袋里像茧一样，凝视星星和树梢，利讲了很多好听的故事。白天时，他会逗我乐，从一块旧跳水板上跳下，翻跟斗，扎进微微发亮的融化的雪里，雪被他撞得四处飞溅。他在地面上一瘸一拐，但在空中和水里却像一个灵巧的杂技演员。在湖边小孩游玩区域，他常常像鱼一样在水下偷偷靠近我，抓住我在水中的双腿——他似乎可以无限长地屏住呼吸，

所以我从来不知道他在哪儿。”

在北上向蓝湖市飞驰的路上，他们3个捡起那些依然空空如也的笼子。在他们住的廉价汽车旅馆，利卖弄地跳进游泳池并在水下绕池游了一圈，几乎有两分钟。快离开时，利“砰”的一声将车门撞在了罗伯的脚趾头上。这个小男孩开始流眼泪。利告诉他：“你很坚强，而且勇敢，大多数跟你一样年纪的男孩肯定会哇哇大哭的。你不是个胆小鬼。”从那之后他们成了真正的朋友。罗伯去Ace五金商店看望他，与父亲和他一起在街角的国际饼屋吃饭。

1979年10月11日，星期四

欧文大街发生了一起重大的硬币商店抢劫案，托斯奇一直在寻找目击者。他意识到今年是那起最令人生畏的案件发生10周年。下午6点26分，托斯奇没有回家，他在华盛顿大街与樱桃街相交处停车，释放陈旧的记忆。他听见附近人家传出刺耳的晚间新闻，在对尚未侦破的斯泰恩案件的新闻镜头进行盘点归档。托斯奇开车离开的时候，怎么也逃不出这种感觉——在这群高楼大厦之间的黑暗街角，他并不是独自一人。

1979年10月31日，星期三

万圣节前夜，利注册了另一辆结构特殊的房车，车牌号ME86336。为什么在这么多地方有这么多辆？他在里面都放些什么？当然，他害怕第二次搜查，而且他知道这样的调查最终还是会到来。但是，比起对他沉闷地下室的任何彻底调查，他更害怕其他一些东西。任何假释期间的犯罪都会让他被收押回阿塔斯卡德罗，这是他最害怕的。最近我听说，在1968年北加州十二宫杀手开始杀人的赫曼湖路上，人们发现一个男孩两眼之间中枪，还有一个女孩被扼死。

1980年1月28日，星期一

利已经在跟体重及血压问题作斗争，现在又要对付日益严重的酗酒及视力问题。他一瘸一拐地从位于弗雷斯诺大街的家溜达到很近的田纳西大街1131号——他的新工作在Ace五金商店。后来他宣称3月19号是他上班的第一天，但其实1月28号才是。由于受过高等教育，这个前罪犯知道自己比现在每小时5.35美金的工资更值钱。很快，他就对另一个方面感到不满。除了星期日，每天都要工作，他没有时间做别的事情了。

那天早晨，一封寄至《纪事报》的信上写道：“我是十二宫，为了下一个牺牲品，我已经搬家了。好运，十二宫杀手。”信封上寄信人地址是“你猜”，但是邮资并没有超额，而且是红墨水，不是蓝色的——又是一封模仿信。在萨克拉门托，我拜访了刑事鉴定调查局的笔迹专家舍尔伍德·莫里尔。莫里尔生在调查局，长在调查局。他的父亲，伯克利警长克拉伦斯·S. 莫里尔于 1918 年开设了刑事鉴定调查局。莫里尔说：“我父亲不想去参加行政事务考试，但是，他的老板奥格斯特·沃尔默坚持让他去。父亲到了这儿，开设了这个部门（1918 年 1 月 1 日）。他在 1940 年去世，去世之前他一直待在刑事鉴定调查局。”

正是这位沃尔默局长鼓励旧金山作家戴什尔·哈梅特推测，是不是有可能将一个地方的指纹转移到另一个地方。哈梅特确定，通过在手指上碾压另一套指纹能成功地伪造出指纹来。就像他的小说《光滑的手指》中那个勒索者所做的一样。十二宫杀手的信里写了他在手指上涂了胶水。这就是斯泰恩出租车上无可匹配的指纹的秘密？是十二宫杀手所谓的留给警方搜寻的假线索？

莫里尔以前想做一名棒球手，最终却跟全国首位文件专家查尔斯·H. 斯通学习了笔迹分析。

莫里尔说：“因为十二宫杀手写字用的是印刷体而不是草体，这能说明他的实际年龄。”美国只有几所学校允许教写这种字体（比如加利福尼亚州卡马里奥的普莱森特瓦利语法学校）。1969 年，那些学生刚好 35 岁。莫里尔正在研究一封寄给赫伯·西恩的恶毒的、恶作剧的信。他目不转睛地盯着那些故意的错误拼写——“来这儿的路上是这么（suche）有趣。我们慢慢地杀死（danse）了许多（manie）搭便车的人”。“这是我们收到的第二张相似的便条，”科学栏目记者戴夫·帕尔曼在《纪事报》的备忘录中写道，“它看上去非常吓人，所以我想联邦调查局的人或许会想要知道这件事。”

莫里尔解释道：“分析笔迹时，我寻找的东西总在变化，如果一个人有着奇特的书写方式，或许一两个特征就能帮你揭开秘密。我昨天就找出了一个。有一些相似点，但是也有一些大的差异点，这就排除了它。现在你们鉴定指纹也是一样。如果你们有足够的特征项，不完整的指纹通常具有 12 个特征项，没有显著差异的，就能视为出自同一个人。一般的指纹有约 50 个嵴线特征。同样，如果你能在一个人的笔迹中找出足够多的个人笔迹特征，没有显著差异，就能视为出自同一个人。但是任何一个显著的差异都能将它排除在外。你必须要放弃它。可能你还是认为他就是那个人，但是你出错了。一个显著的差异是无法被合理解释的。”

或许十二宫杀手记住了那一系列所谓的“错误”，并一贯在信件里运用它们。如果他刻意训练自己犯这些错误，这就能解释信件与他真实笔迹之间的差异了。

"十二宫杀手写的k有什么地方这么特别呢?"我问。

莫里尔说:"这是我们最先认为一致的特征之一,但十二宫杀手避开了它。他将k分成3个笔画,但从那之后他写的就跟你我一样了。"如果那个k是弄虚作假的,这就暗示着十二宫杀手的笔迹——像勾号一样的r,一笔带过像倒在纸面上的d,和3笔画的k——是刻意伪造的。有时候我怀疑是十二宫杀手的一个同伙写了这些信。

一位笔迹专家分析了十二宫杀手的笔迹:

> "看到那些像圈一样的d了吗?这意味着他自大,傲慢,而且没有安全感。像'nose'一样的拼写错误是在极力掩饰,让这封信看起来像匿名信……结合他仓促而就的笔迹、潦草的字母、间距的多变、字母大小的多变,说明他患有狂躁抑郁症。除此之外,页尾一行向下方倾斜。即使从行尾开始写新句子,字母也是向下倾倒的,这说明他处于抑郁的状态……十二宫杀手十分注意将i的那个圆点点得很靠近下面的竖线……句子开头的i圆点还是很小心地点上去的……他还是一个非常孤僻的人,非常敏感,吹毛求疵,这意味着,如果你认为他疯狂而不是聪明,他会非常心烦。"

1980年1月29日,星期二

赫伯·西恩哀叹:"旧金山究竟是怎么了?是什么看上去那么吸引那些空想家、性变态、怪人和疯子呢?旧金山就像是一个最后的避难所,收容生活方式各异的无家可归的人。"这个地区遭受了连环杀手、诱拐绑架犯、城市恐怖组织、宗教狂徒和政治暗杀的打击。

艾弗利和托斯奇试图忘记十二宫杀手。我也是,特别是在一个新的年代开始的时候。现在我们知道的多了些。在20世纪70年代,连环杀手还是一个相对新鲜的现象。在20世纪80年代,人们开始认真去理解并描绘重复暴力罪犯。1984年7月11日,司法部将在弗吉尼亚的匡蒂科市提议设立一个特殊单位,叫做暴力犯罪缉捕项目——即VICAP。联邦调查局的探员们——心理学家们、精神病学家们和常规调查员们——集中他们的智谋,他们的工作是为连环强奸犯、扰童犯、纵火犯和杀人犯出具心理描述。会见大量的谋杀犯和性变态或许就能知道是什么驱使他们屡施暴行。最后,VICAP为了揭露像十二宫杀手一样待捕获的重复谋杀犯的真面目,会制作连环杀手的文字及精神描述。首先,他们列出共有的特性。十二宫杀手,一个享乐主义和控制欲导向的综合体,学术上称为反社会人格有组织力罪犯。

专家格雷格·弗里斯写道：“有组织力杀手被称为反社会型，是因为他们选择和社会隔离，尽管他们通常都口齿伶俐，风度迷人，但他们觉得别人都不够好。他们通常都非常聪明。他们比自私孤僻的无组织力罪犯更有自信，乐于到很远的地方寻找牺牲品。”

1980年3月3日，星期一

瓦列霍警察局的胡赛德副队长解释道：“艾伦有一个朋友，以前我没有告诉过你，艾伦好像向他吐露过他就是十二宫杀手，并告诉了他一些凶杀案的细节。我想对那位朋友，吉姆，进行催眠。就是艾伦在索诺马汽车部件商场认识的那个男人，艾伦在阿塔斯卡德罗时还给他写过信。还记得吗？利当时希望十二宫杀手在那期间继续杀人，以示他自己的清白。有一天晚上，利和吉姆一起喝酒，据说，艾伦向他承认自己就是十二宫杀手。他曾提出可以作证，但随后又胆怯了。他害怕艾伦，而且他的妻子求他不要再跟我们谈话。最后，艾伦又在商场里跟第二个人说了类似的话。”

但是两个目击者都没有被催眠，并且就像许多线索一样，没有再被追踪下去。利继续在山间狩猎——挖出捕获的松鼠的心脏和肝脏，并将它们存放在他的冰箱里。十二宫杀手地下室里的死亡机器是否就是指一个装有被解剖的小松鼠尸体的冰箱隔层呢？这个双撇子化学家对鸟、松鼠、老鼠的肢解，符合那个折磨宰杀动物的连环杀手的模式。他对此有新的狡辩之词——他有一种科学许可证，允许他解剖。

1980年4月21日，星期一

利的车辆清单又变长了。他注册了一辆1965年产的蓝色别克云雀轿车，车牌号MLZ057。他还有一辆大众卡曼吉亚，一辆灰色考威尔，三辆结构特殊的野营房车，及两艘帆船。据说，他在1965年时有一辆棕色考威尔，与十二宫杀手在7月4日凶杀案时用的车非常相似。但是，尽管利曾经有过一辆1957年产的福特车，可能他只是被瞥见在菲尔·塔克的1958年产的福特轿车里，是塔克允许他开的。我经常在弗雷斯诺大街的他家附近转悠，看见他的棕褐色旅行车停在前面，从未用过。大多数时间利都在步行距离之内的Ace五金商店工作，尽管我知道他憎恨步行，因为他又跛又是平足。

16. 阿瑟·利·艾伦

1980 年 7 月 26 日，星期六

Ace 五金商店门前，一张画着微笑的苏珊娜·萨默斯的海报下，整齐排列着 5 辆手推车。海报上的她穿着圣诞装，显得很不协调。商店里面，利不再被隔离在后面。他操作前台收银机，大声与顾客交谈。名字“李”（Lee）被整齐地缝在他橙色工作服左胸口袋上方。他的老板史蒂夫·哈斯曼最初订制的是正确的拼写“利”（Leigh），但是单词短的更便宜些。我需要更多艾伦的笔迹，但是想要再哄他写字变得很困难。我的一个朋友到达时，艾伦正在堆放一些灭火器的盒子。

“你能帮我找下这些东西吗？”菲问道。他没有看她，又堆了3 个盒子。“如果我帮你，你会帮我吗？”他故意这么说。他拿起一个篮子，往里装她需要的那些东西，把她的清单扔在上面。“你能给我写张将这些物品逐件列出的发票吗？”她说。他答道：“前台收银机处会有人帮你的，我不负责那个。愿你今天愉快。”

我又跟艾伦的假释监督员谈了一次。佩利是一个敏感的年轻人，已经对这个假释犯的各种各样的精神评估感到烦扰不堪。艾伦的测试结果符合纳帕县一位心理学家雷昂迪·汤普森的描绘。“十二宫杀手精神病的特殊类型引起一种不断加深的无助感，”汤普森评论，“受害人偶尔将他从这种无助感中唤醒，爆发可怕的心理能量……如果在精神分裂的个人世界加入妄想狂的迫害或妄自尊大的错觉，那么有时那个扭曲的世界就会变成凶手的出生地。”

利的分析报告上说：“他是一个具有极高危险性的人，他具有反社会性，拥有难以置信的高智商……他心中压抑着很深的仇恨并且不能与女性正常交往。”他“孤僻，除了猥亵幼童，无法建立任何性关系”。

艾伦的假释监督员对我说：“我曾跟艾伦谈起过他的母亲，这是他疗程中主要的一环，有助于他回归正常生活。我这么做是源于一个假释监督员的责任，我对人们是怎样的及是什么改变在推动他们，非常感兴趣。基本上，阿瑟就是这样耐人寻味。”

“你觉得他恨他的母亲么？”我问道，回想起利在阿塔斯卡德罗得到的评价。

佩利动情地说道："啊，是的。他绝对憎恨他母亲，她已经60岁了，不断跟艾伦说起他的父亲，'他从来没承担过什么家庭责任。男人都是大混蛋……你就像其他男人一样。你就是混蛋，你跟其他人一样。'这种长年累月的谩骂彻底摧毁了利与成年女性正常交往的能力。他常做的一件事就是，当他母亲说'你为什么会沦落到今天这步田地'时，他就会说：'我他妈变成这样都是因为你。是你让我变成了现在这样！'于是她感到万分愧疚，所有愧疚纠结在心头，所以无论他做出什么举动，至少是她知道的举动，她都毫不阻拦。"

纽约市警察局的顶级心理学家哈维·斯克罗斯伯格，曾经描述过"山姆之子"，得出了适用于十二宫杀手的心理发现。"他的憎恨和复仇心理很可能源自于一名女性——母亲、姐妹或者拒绝了他的女朋友。历史上这样的狂躁者很少落网。开膛手杰克从来没有被抓住过，最近的旧金山十二宫杀手更是如此。"十二宫杀手可能有个魅力出众却又专横冷酷的母亲，对他时而疼爱时而冷落。

因为性别识别混乱，性虐待狂对女性有着潜在而深刻的憎恨。十二宫杀手的情绪像基因链一样紊乱——对他来说，暴力就是爱，爱就是暴力。他无法抑制他的杀戮欲，而且他能跟女人成功发生的关系，就只有谋杀。

佩利继续说道："他的弟媳认识这位精神病医师，她知道自己在揭露这个家庭想要保住的秘密，但是作为一位好市民，她觉得她有责任自告奋勇站出来。艾伦一直将她视为'闯入者'。"

第二天晚上，星期日，我把车停在 Ace 五金商店的对面。在窗框边，艾伦像是黄昏中突出的一块橙色斑点。我看着他用电线在一块钉板上做拉环。这个在玻璃窗下，谁都能一眼看到的男人，是十二宫杀手吗？利 6 点 15 分离开商店时，身上穿着像十二宫杀手杀害斯泰恩时穿的黑色海军风衣。我找利的老板史蒂夫·哈斯曼要利的笔迹样本。他愤怒地拒绝了。但我还是留下我的名片，上面有我未公开的新电话号码，艾伦也能看到。从那时起，每个周六的午夜我都能接到骚扰电话。这些电话让我不安，甚至恐惧，但是我没有换号码。我不想失去跟这个嫌疑犯的这样些微的联系。

1980 年 8 月 8 日，星期五

一位读者建议道："我认为凶手将他的文件和证物藏在离他居住和工作的地点很远的地方，十二宫杀手在若干年里不曾停止过杀戮。他可能换过工作，导致他有时候在别处杀人。在工作场合，他温和，不引人注意，稍微有一点注意力不集中。我敢打赌，他想做到的并不仅仅是凶杀，而是在他看来他终于足够强大，可以左右人的生死。在他的地盘，他可以挫败警方和最优秀的头脑，因此他比任何人都聪明。他能杀人，因此他继续存在。”

艾伦不满他在 Ace 的工作，报名参加了下班后的成人学习班。课程又占用了他周五晚上的时间——十二宫杀手犯下一些凶杀案的时间。但是几个月过后，他变得更加无所顾忌。

1980 年 11 月 14 日，星期五

利向史蒂夫·哈斯曼解释道：“我看不到一点进步的机会，我每个周末都工作，每周只能休息一天。”就这样，利辞去了在Ace 五金商店的工作，始终没有意识到哈斯曼曾多么坚定地保护过他。

1980 年 11 月 15 日，星期六

利的新职位是伯尼夏市光谱着色制图公司的仓库主管，工资是每小时 5 美金，挣得比以前少，而且上班地点很远。在他的新老板哈里特·哈巴领导下，他协调进出厂的供应、发票、运输和配送。利给佩利写信，说起他的新工作。这封信邮资超额，信封上字迹向下倾斜，像十二宫杀手。“看上去他好像想让我认为他就是十二宫杀手，我能从这个家伙那里获得的就只有一封机打的信，十分整洁。顺便说一句，咱们的化学家现在沉迷于脚踏飞机。”佩利笑着说，“实际上他正在做一架能飞的，尽管他体重和血压都有问题。利非常容易受别人影响。他对人力飞行的兴趣或许源自一个与他同名的人，布莱恩·艾伦。去年他开始对朋友们说他正在考虑制造一架脚踏飞机。”1979 年 6 月 12 号，布莱恩·艾伦，一个维塞利亚市居民，驾驶一架自行车一样的飞机“飘忽信天翁”号，成功飞越了英吉利海峡。

佩利继续说道：“当然，去年那个年轻的女孩被诱拐时，我们立即想到了艾伦。不仅仅是因为他像目击者说的那样开着一辆白色货车，而且他还跟我说当时他因为发动机有问题正好待在那个地方。这着实让我害怕了一阵子，但是警方抓住了那个作案的家伙。

“利强壮得让人难以置信。他在索诺马汽车部件商场工作时，那儿的人总是跟他发生口角，于是他向其中的一个人挑衅，当那人扑过来时，他竟把他拎了起来，一下子扔到堆放在屋子另一头的纸壳箱子上。”

凯·霍夫曼回忆道：“有几次，我跟利从某个地方回来时，我们看见一帮家伙摆开架势准备开战，然后他说：‘呀！赶紧送你回家！然后我就能换上衣服回来打架！我为了这种事专门在卡车里准备好了铁链。’他真的这样做了。”

哈罗德·霍夫曼回忆说，他见证过很多次利年轻时狂躁的爆发。“有一次他遇见了一大帮之前惹火过他的人，他用拇指碾碎了那个小头目的一只眼睛，吓得其他人都逃跑了。”

桑迪·潘查里拉后来告诉我：“还记得利曾经在旧金山的街上将5个水兵揍扁的故事吗？他有着极其强悍的体格。那可是一个真实的故事。”

旧金山的《纪事报》上出现了一则个人广告：“大‘Z’欢迎大‘A’。授权通过。”而且在旧金山，十二宫杀手继续折磨着托斯奇的神经。他记得，那些天罗恩·艾伦经常打电话诉说他的恐惧。托斯奇对我说：“他只是想不通为什么瓦列霍停止了对他哥哥的调查。到底发生了什么事？我不知道，它让我很烦恼。”

约翰·道格拉斯写道：“1980年以前，我在匡蒂科市待过几年，当我听说联邦调查局想要再看看十二宫杀手材料的正文部分时，我暗中做了些调查。我记得当时拿了一夹子信件去看，而且我还跟玛瑞·米伦谈论过一些我们分析方法中的好点子。还没等我们更深一步去研究，这些信就被转走了。我一直都想不明白，是什么促使局里重新对这些信感兴趣，或者是什么阻止了我们的介入。”

1981年1月12日，星期一

“我知道雷斯·朗德布莱德有一个重点关注的嫌疑犯。”在瓦列霍穆拉纳柯斯警官的家中，我对他这样说起。壁炉里的樱桃木柴火噼啪作响。鹿头上那玻璃一样的眼睛凝视着我们。“1975年，朗德布莱德去了阿塔斯卡德罗的一个精神病院，回来就说：‘就是那个家伙。他就是十二宫杀手，我们却什么都做不了。’”

穆拉纳柯斯对我说：“嗯，我跟雷斯工作上往来密切，他开始非常关注一个嫌疑犯，当时我还没有注意到这个人。”

“是利吗？”我问穆拉纳柯斯。

穆拉纳柯斯说：“他是我唯一认定的嫌疑犯，这种感觉非常强烈，他的父亲是一个海军中校或者少校，一个非常体面的军人。实际上，他为市政府工作了一段时间。他们是旧式家庭，受人尊敬。他是市政府的一名助理工程师或者什么该死的东西。我不了解他。第一起十二宫杀手案件发生的时候，他在南加州，在河岸县上大学。但那是很久以前了，什么时候来着，1966年？这是我一下子能想到的。”

“他之前在瓦列霍的Ace五金商店工作。”

“我认为现在没什么证据，但是那个时候我真的很怀疑他。我想阿姆斯特朗和托斯奇也是这么认为的。还有尼古拉斯。”

“除了艾伦你还有其他的嫌疑犯吗？”

“唯一让我感兴趣的就只有艾伦。”

“你觉得十二宫杀手还活着吗?”

“我们开了很多会，大家一致认为这个家伙要么死了，要么就是被关在精神病院或者犯罪性精神病人监管所里了。”

“艾伦在1975年到1977年间就被关在那里。”

“这我还没注意到。”

“我感到有趣的是，自从托斯奇与阿姆斯特朗在房车里审问过艾伦以后，《纪事报》就再也没收到过十二宫杀手的信件。”

他说：“在瓦列霍，我们写了详细的报告，但是大卫和比尔却没有，他们只在一张纸上乱写了一通。”

“你自己是怎么调查艾伦的?”

“通过一些认识他的人……”

“哦！是那两个人，艾伦跟他们说过他要成为十二宫杀手。”

“是的。”

“我想知道这个是因为他们的证词对艾伦来说非常致命。我知道其中一个人可能会有说谎的动机，因为艾伦曾经对他的女儿不轨。这让我有点怀疑。”

1981年1月14日，星期三

艾伦依然是嫌疑最大的人。除了他自己承认他当时在河岸县，警方查不到他在十二宫杀手宣称杀过人的南加州的具体在场证据。托斯奇说：“利的家人曾经告诉我们，利60年代中后期在河岸县待过，我对瓦列霍的吉姆·胡赛德副队长说的感到非常惊讶，他说：‘忘了河岸县，因为不能确定利·艾伦当时在河岸县。’是的，他当然就在那里。艾伦自己的家人告诉我们他经常在河岸县地区，而且熟悉南加州，但是他们不确定他究竟在那儿干什么，因为他总是自己一个人待着。”

我告诉托斯奇：“利在去阿塔斯卡德罗之前和之后都和家人待在南部，他在那儿工作，周末时经常开车到河岸县赛车，后来他还在那儿开飞机。穆拉纳柯斯在星期一确认了，1966年凶杀案发生时，艾伦在河岸县大学上学。”

托斯奇叹了口气。他说：“当利的家人来找我们的时候，我们第一个通知了穆拉纳柯斯，非常，非常简短，他们已经粗略了解过艾伦。穆拉纳柯斯当时瞪大了眼睛。他真的以为我们抓住十二宫杀手了。到今天我们还是这么认为。穆拉纳柯斯非常非常关注艾伦。跟我们一块儿工作的那些天，杰克非常怀疑他。他说他再也没有看过比他更像的嫌疑犯了。我也是这么认为的。我们把艾伦的文件放在金属文件柜里，两个4英寸马尼拉信封的材料都是关于艾伦的，我们只能非常惋惜地放着。我们不知道该怎么做。杰克说他的屋子里有一沓一寸半厚的文件。有没有可能他有一些从来没有放进瓦列霍文件的信息呢？想到只能将他的材料放回到我们的档案夹中，我们觉得有点沮丧。艾伦的足迹遍布整个南部——波莫纳，赫米特，托兰斯，圣贝纳迪诺，帕索罗布尔斯，河岸县，圣路易斯-奥比斯波。而且警方没有实际的证据证明艾伦是个左撇子。"

17. 十二宫杀手嫌疑犯

1981年1月15日，星期四

托斯奇和纳罗之外的其他警察们曾经有过有价值的嫌疑对象。公路巡逻警官林登·拉佛提认为十二宫杀手是费尔菲尔德（瓦列霍东边小镇）的一个居民。1969年12月以来，一个费尔菲尔德的模仿者开始给《纪事报》发机打的信件：

"十二宫发话了，我需要帮助，我随时会再次杀人，下一个将是警察……"

两天后他又写来信，还附了一张画，画着一把被他标作"十二宫杀手滴血之刀"的刀，和一本占星术书的第59页，巨蟹座每日运程和狮子座占星预测。"我需要帮助，我会再次杀人……我只是想告诉你们这个地方现在有麻烦了……"他写道。

哈维·海因斯，一位加州埃斯卡隆的前警官，认为自己找到了十二宫杀手。1973年11月，在索诺拉的夜校学习刑事学时，他偶然看到一些报告，关于1971年一个轻浮的男人骚扰两个南塔霍湖的女人的事。一年前，可能是十二宫杀手受害人的唐娜·莱丝就是在那儿失踪的。海因斯好奇地在她曾经当过护理员的旅馆打听，发现了一个在无线电学校学习过基础密码的嫌疑犯。从1946年开始，他曾多次被逮捕，而且在1969年，他就住在保罗·斯泰恩搭载十二宫杀手的地方附近。海因斯其后对"硬拷贝"（美国一个电视节目）说："我的嫌疑犯就是十二宫杀手。我身体的每一根神经每一个部分都告诉我，他就是十二宫杀手。"一条录像片断显示了一双穿着拖鞋的脚——这个嫌疑犯在找他的晨报。一个警察告诉我："海因斯一直在赌场用摄影机追踪这家伙，他尖叫着：'他就是十二宫杀手！'"但是十二宫杀手身高6尺，240多磅，大约35岁。海因斯的嫌疑犯比十二宫杀手矮了3寸，轻了90磅，大了12岁。

唐娜·莱丝和河岸县的某个人会有什么联系吗？据推测，十二宫杀手可能是唐娜在河岸县别墅医院护理过的肾透析病人。她的室友，乔·安妮·戈尔切从1975年以来也是透析护理员。她说："唐娜从来没有跟我提起过任何这样的人，尽管她的家人也曾经问过我同样的问题。我们曾经在普雷西迪奥基地（十二宫杀手最后被看见的地方）的莱特曼总医院的同一个外科病房工作。那儿有很多海军看护兵在海沃德上飞行课。1970年我们跟两个来自河岸县的男人一起飞行过。"

"在哪儿？"

"哦，就是旧金山。"

"旧金山？"穆拉纳柯斯告诉我达琳·菲林也曾跟两个男人一块飞行过，但是他从来没找到过他们。利·艾伦会开飞机。乔·安妮说："我不知道我还记不记得他们的名字，1970年2月到6月之间，唐娜住在旧金山。后来她搬到塔霍湖工作，3个月后就失踪了。唐娜有点天真，对男人没什么经验。她非常容易被人引诱。她沉迷于赌博。那就是她去赌场的原因。她喜欢滑雪和赌博，所以她在赌场旅馆（内华达州斯泰特莱恩的撒哈拉旅馆）找了一份急救护理员的工作。那个周末我一个人去找她，到处都找不到，我只好在汽车旅馆过夜，再接着找。我不知道该怎么办。藏起来不露面不是唐娜的风格。周六晚上，我一无所获地回到市里，我不知道当时为什么没有报警。那时我太年轻了，我想。"

唐娜的姐姐玛丽告诉我："唐娜一直是人们喜欢的护理员。她周六（1970年9月5号）还用了她的信用卡，晚上去上班了。她从晚上6点工作到凌晨2点。凌晨1点45分时，她正在写当天的工作日志（她最后见到的是来自旧金山的本特利一家）。写完'投诉关于'，她的笔向下划在纸上，从她写的最后一个字母一直划到纸张下边缘，她好像被打断了书写。下面没有签名。"唐娜的汽车被发现停在她的新公寓附近。

一名身份不明的男子曾打电话给唐娜的房东和雇主，说她不能回来，因为她家里有人病了。乔·安妮说："他们接到一个电话说她家里有紧急情况，当她的老板打电话到她家找她妈妈时，她妈妈说：'家里没有人生病，打电话的人是在撒谎。'那时候我们才知道。我们连夜赶了过去。"唐娜的家人从南达科他州的苏福尔斯市飞来。玛丽说："我们去了旧金山，乔·安妮在机场接我们并开车送我们到塔霍湖，她曾经到那儿去见过唐娜。从赌场的人那儿我们得不到任何信息——她去了哪里或者究竟发生了什么事。至于警方，直到48小时过去后他们才将她定为失踪人口。警方搜查了她的公寓。我们10月3号回去，5号星期一那天又回来了。乔·安妮和唐娜那时正和某个萨克拉门托人约会。南湖警方曾接到过一个从萨克拉门托打来的电话，但是他没有再打来。”乔·安妮说，“唐娜的姐姐请了一个私人侦探追踪调查了好几年，都没有找到她——一直没有！这太奇怪了。”

林奇对我说：“真正奇怪的是，有天晚上有一个家伙喝醉了跑到瓦列霍警察局。他说他一直试图向旧金山警察局报告唐娜·莱丝的失踪，但是很明显这个家伙是个酒鬼，他到那儿的时候他们把他扔了出去。他知道十二宫曾经在瓦列霍杀过一个人，所以他到这儿来报告。我跟他谈了很久，但是我想不起来他的名字了，也想不起有他认为涉及此案的那个音乐家的名字。但是那个管弦乐队在这个姑娘失踪的那天在塔霍。他们一直都没找到她，对吗？没有。”

塔霍和利·艾伦有一点细微的联系。利的一个朋友在那儿买下了一家旅馆，唐娜·莱丝失踪的那晚利有可能去拜访他。而且我找到了莱丝案与1963年圣巴巴拉市附近罗伯特·多明戈斯和琳达·爱德华兹凶杀案的联系。玛丽说：“唐娜离开苏市，去了明尼阿波利斯市，接着又去圣巴巴拉市工作。回来后她就去了旧金山的莱特曼总医院。那儿的薪水不错，但她对工作的时间非常厌烦——周末，夜晚。她在圣巴巴拉市的朋友搬到了塔霍湖。‘哦，我们这儿有特别好的工作给你，快来加入我们，和我们一块生活吧。’所以夏天的时候她就去了。”

在《纪事报》的“私事”版，我刊登了这则广告：

> “十二宫，我们将组织一个全国性的对你感兴趣的论坛来听你的故事，像你希望的那样。希望能通过完全匿名的方式访问你。请联系旧金山世界贸易中心270号《宝瓶座时代》杂志社。”

他们留了一个本地电话号码，并且在电话机旁留了一个工作人员，以防十二宫杀手真的打来。那个工作人员可能还在等。

1981年1月19号，星期一

和穆拉纳柯斯一起开车去蓝岩泉的路上，我看见暴风云从圣·帕布鲁湾横扫而来。穆拉纳柯斯解释他是怎么处理十二宫杀手嫌疑犯的，“我拿到了大多数嫌疑犯的笔迹样品，而且拿给莫里尔确认了。这些笔迹和心理描述都说明他们在年龄和其他方面差得太远，逻辑上不可能是嫌疑犯。”

“你说的是这个托米·李·萨泽德？”我说。

穆拉纳柯斯笑了。他回答道："那个萨泽德是早期的嫌犯之一。我记得他是一个军人。我没有调查过他。是林奇和拉斯特在处理。在蓝岩泉射杀案案发后6周或两三个月之后，他们找到了他。有一阵子，他看上去是个可能性最大的十二宫嫌疑犯。"

林奇补充道："萨泽德和他母亲一起住，戴着厚厚的眼镜。他有时也住在市区的公寓里。这个家伙曾经犯过一宗入室行窃案。我在一个餐馆捉住了他。这家伙是个真正的怪人。我逮捕他时他居然割自己的手腕。之后他在弗吉尼亚大街的一次酒吧射杀案中被杀死在市区。"

十二宫杀手在伯耶萨湖行凶之后疾驰到纳帕县，在距警察局仅仅四个半街区的地方，用一个付费电话报了警。纳罗觉得这个位置很有意思。他告诉我："纳帕县的一个家伙对制作炸弹很在行，而且偶尔会在那个电话亭正对面的理发店理发。"警方技术员海尔·斯鲁克急忙赶去提取电话听筒上的湿掌印（当时伯耶萨湖现场也需要他），担心会搞砸了工作。他用人造光烘烤，加快提取过程，从电话亭提取了一些掌印，送到了联邦调查局。他们最先想要比对的是托米·李·萨泽德。联邦调查局鉴定科1969年10月23日回复道：

> "在提交的照片中有7个潜指纹、3个潜掌纹和一个模糊的既非指纹也非部分掌纹的盖印，对鉴定非常有价值。我们将这些纹印和托马斯·伦纳德·萨泽德的做了对比——没有一致性。但我们不能最终排除他，因为我们没有他的掌纹。"

鉴定科将从伯耶萨湖受害人的大众卡曼吉亚车上取得的潜指纹与萨泽德潜指纹的可比较区域相比，还是没有一致性。联邦调查局将纳帕电话亭的指纹与十二宫杀手给瓦列霍《先驱报》的第一封信上覆印的指纹（因为在那封信上有某个人的指纹）做对比。信上的指纹与汽车上的、出租车上的、电话亭上的指纹都不符，和萨泽德的也不符。

1981年5月15日，星期五

萨克拉门托的刑事鉴定调查局变成了今后所有十二宫杀手调查的情报交流中心。10年前，保罗·艾弗利给他的编辑亚伯·梅林科夫写了张秘密便条，建议实行这种集中管理方式。当时托斯奇就已经关注艾弗利。他对我说："我认为他不甘于只做一个调查记者，他最后会想自己进行调查。"托斯奇说得对。

艾弗利秘密地写道："我与司法部长埃弗勒·扬格见面待了45分钟，概括了一下十二宫杀手案件的一些细节，向他建议由司法部接管这个案件，并成立一个专门的十二宫杀手缉捕队来协调整个案件的调查。这个缉捕队由来自各个发生过确切的或可能是十二宫谋杀案的市县的探员们组成。"三天后艾弗利给扬格寄了一份这个案子的摘要，上面写着："我十分渴望开始协助你编制这个'十二宫杀手缉捕队'，并制定它的发展方向。"

由于涉及的辖区、县、部门众多，他们的调查记录需要被收集起来，重新整理。许多文件丢失、分散在州内，有些被藏在地下室或阁楼，或者当成纪念品被人带走。调查员戴西亲自开车将旧金山的文件送到萨克拉门托。5月15日早上7点11分，警方和联邦调查局以"山路杀手"的罪名在大卫·J.卡彭特位于旧金山的家中逮捕了他。这个荒野杀手用刀和枪分别在金门海峡上方的泰姆峰、雷伊斯角国家海滨以及圣克鲁斯森林杀死了几名徒步旅行者。有趣的是，卡彭特曾经向他的同伙暗示他就是十二宫杀手——一种耐人寻味的可能性。卡彭特1969年戴眼镜留平头的照片与十二宫的合成照片有惊人的相似处。十二宫杀手的一些信件寄出时，他还被关在监狱里。但是在山路凶杀案期间，警方曾把他排除在嫌疑犯外，这是因为地区计算机中心显示他当时正在监狱里。实际上，他当时住在中途之家(专为出狱者及离院病人而设)，走遍了旧金山市区的街道。

还有一个令人费解的谜——这个安静的前罪犯结巴得很严重，而山路杀手却不会。但是，在圣地亚哥审判中，卡彭特解释道："我唱歌的时候（他唱了起来)，我不结巴。我低声说话的时候(他低声说了起来)，我不结巴。我非常愤怒的时候（他咆哮起来)，我不结巴！"陪审团被吓得往后退。山路杀手卡彭特是一个跟正常的卡彭特不同的人。或许十二宫杀手也是这样，写信时是另外一个人——一个日复一日，没有人会怀疑的安静的人

穆拉纳柯斯告诉我："另外一个嫌疑犯，迈克，身高6英尺，戴眼镜，以前在海军当过兵，在蓝岩泉案发当天搬走了，他有一把9毫米口径的枪和一把0.45英寸口径的枪，而且，和艾伦一样，他也在联合石油公司工作。他过度兴奋时会用拇指抵住鼻子尖叫。以前我们找过一个金牛座的人，迈克就是金牛座。他的邻居证实他熟悉伯耶萨湖。但是这并没有让案情有任何进展。有一阵子他的确是一个可能性很大的十二宫嫌疑犯。"

1981年10月8日，星期四

除联邦调查局之外，几乎没人认为"大学炸弹客"还继续存在。长达16个月

的沉寂之后，这个全国头号恐怖分子再次发动袭击。他在犹他州本尼大厅的一个大纸包裹里放了一颗炸弹，随后这颗炸弹被成功拆除。15年之后的一个4月早晨，泰德·卡辛斯基在蒙大拿州一个偏僻的被雪封住的小屋里被捕时，这个大学炸弹客变成了一个重要的十二宫杀手嫌疑犯。原因并不难发现。

KTVU电视台第二频道的记者瑞塔·威廉姆斯告诉我："我是第一个报道这个故事的人，大概在他被捕后的一周吧。我把沃尔纳特克里克的指纹专家找出来去看卡辛斯基。这些我认识的联邦调查局的家伙们都笑话我——'这绝不可能。不可能是。'我说：'拜托，他十分符合十二宫杀手的特征。古怪的家庭，极具数学天赋的头脑……化学炸弹……'"

得出的推论是，十二宫杀手消失是因为他变成了大学炸弹客。理由如下：两个人都制作钢管炸弹。两人都以超额邮资给警方寄辱骂信件，炫耀他们的聪明，恐吓说如果不刊登他们说的话就会有可怕的后果。大学炸弹客曾写给《时报》，威胁说要用一个炸弹击落一架加州喷气客机，接着又承认这是"一个玩笑"。十二宫杀手扬言要用电子炸弹炸毁一辆校车，但是他收回了这句话。

1967年到1969年之间，卡辛斯基曾是加利福尼亚大学伯克利分校的一名教授，那时候十二宫开始活跃。泰德在1969年6月30日辞职，一个月后，十二宫杀手第一次给《纪事报》写信。大学炸弹客在1978年5月26日引爆了一个炸弹（第一个被证实是他做的炸弹），据说一个月后十二宫写了他最后一封信。一个月后卡辛斯基给《旧金山观察报》写了封信。两个人都穿军用服装——大学炸弹客的军用劳动服，十二宫杀手的海军装束。两人都有伪装用品，一件连帽衫、一个头套。令人费解的是，有很多次大学炸弹客和十二宫杀手都停止写信和杀人。两个人都因为有专横的母亲和无能的父亲变得缺乏正常的性欲。两人都懂得密码的复杂性。密码不过是数学而已，而卡辛斯基是一位才华横溢的数学家。伯耶萨湖的受害人说十二宫杀手声称自己是从科罗拉多州或蒙大拿州鹿栈市的监狱里逃出来的。鹿栈市距卡辛斯基最后在蒙大拿州林肯市居住的与世隔绝的小屋仅60英里。

但是，同样有很多明显的原因让我觉得卡辛斯基并不是十二宫杀手。1978年，大学炸弹客在他"废品站炸弹客"的伪装下，用火柴头和橡皮圈制作炸弹。而9年前十二宫杀手就给《纪事报》寄了电子炸弹和化学炸弹的制作图，比十年后大学炸弹客的精密复杂得多。是十二宫杀手退步了或者丧失了制作先进炸弹的能力吗？更有可能的是，在1978年之前，他就能做出更好的炸弹来。卡辛斯基曾经长时间寂寂无闻，因为他没有写信给媒体。而极度渴望出名的十二宫每次谋杀之后都立即以此来获取公众的注意力。大学炸弹客写信给《观察报》，署了一个叫"FC"的假名。而十二宫杀手除了极少数的几次，都在竭力地证明自己是“十二宫”，并且用只有凶手才知道的案件详情和染血的布片来证明自己的身份。

大学炸弹客将团体设为目标——电脑专家、销售人员、行为辅导人员、遗传学家、工程师和学者们。但是他寄炸弹的方式使得任何人都有可能打开那些放有炸弹的邮包。1987年，他在盐湖城的停车场放了一颗炸弹，随便一个人都能捡着。十二宫杀手的目标通常都是符合他严格要求的特定人群。他寻找他的猎物——年轻情侣、特殊日子里在湖边的学生——每次都是用不同的武器杀人。卡辛斯基被木头及与木头相关的名字迷住心窍，而十二宫杀手被水及与水有关的名字迷住心窍。卡辛斯基热爱大自然——他向一只被射中的野兔道歉。十二宫杀手则热爱猎杀动物，并发展成视杀人为野外游戏。1967年十二宫杀手在河岸县发出三封他写的信时，卡辛斯基正在安阿伯市的密歇根大学攻读第二个博士学位。1971年，十二宫的信件上贴的是湾区的邮票时，卡辛斯基则搬到蒙大拿州的林肯市，并一直在那儿生活。十二宫杀手的邮资超额是因为他急需引起公众注意，而大学炸弹客的邮票有两个用途。邮票的面额和图案是一个数字密码，暗示着邮包里面炸弹的种类。第二个用途是指定邮包的派送方向。超额邮资确保了包裹不会被退回给瞎编的寄信人；而过少的邮资会让邮包中的炸弹被归还到寄信人的地址——真正的目标，大学炸弹客袭击清单上的一个科学家。

十二宫杀手的外表和头脑内部运作方式呈现出他和大学炸弹客之间最大的不同。十二宫杀手“笨拙”、“像熊一样”，与卡辛斯基瘦高憔悴的样子有相当大的差别——卡辛斯基体重只有143磅，身高5英尺9英寸。十二宫杀手体格强壮，有个大肚子，站起来将近6英尺，体重240磅左右。尽管卡辛斯基用密码记日记(很快就被联邦调查局破解了)，但这跟十二宫杀手错综复杂牢不可破的密码和他的笔迹根本没法比。

大学炸弹客本人的语言是最大的不同点。他那份声明语气平缓无趣。十二宫那些可怕到足以刺激整个城市的聪明的惯用语和比喻哪儿去了？曾经是教授的卡辛斯基劝诫和引导人们，而十二宫杀手色彩鲜明的措辞和令人难忘的流行词汇，是为了恐吓、威逼和迷惑——而不是引导。他的信件有一种嘲讽、尖锐的特质，充斥着悲伤，甚至绝望。它们使得每个读到的人感到寒意凛然。十二宫杀手愤怒的时候，我们能感觉得到。

十二宫杀手将他的杀人动机归结为“为来世收集奴隶”以及猎杀人类能带给他莫大的快乐。大学炸弹客明显缺乏杀人动机，使得对他的搜捕很是艰难。十二宫杀手明显地憎恨女人。而卡辛斯基到最后梦想能有妻子和孩子，他嫉妒、憎恨他的弟弟(告发卡辛斯基的人)，因为他拥有天伦之乐。卡辛斯基真正的憎恨留给了学术界那些超越他的人。十二宫杀手精通所有的武器，而大学炸弹客只懂炸弹，而且在制作毁灭性炸弹方面还有些困难。十二宫杀手非常熟悉瓦列霍。卡辛斯基却不。像投毒者一样，卡辛斯基会在尽可能远的地方想象他的受害者们临死时的痛苦。而“用枪，用刀，用绳索”，十二宫杀手尽可能近地接触他的受害人。

18. 阿瑟·利·艾伦

1981 年 5 月 22 日，星期五

“我非常突然地就被伯尼夏市光谱着色制图公司解雇了(没有任何警告或商量)。”利说起他 5 月 22 日被解雇的事情。他觉得他能找出这个原因。“我认为我的麻烦是从 3 周前开始的，我用叉车弄坏了一个大概值 2300 美金的卷帘门。”

1981 年 6 月 30 日，星期四[①]

利在申请另一份工作时写道：“我很聪明、工作勤奋、忠诚、可靠、守时，我在寻求一份能让我长期学习和发展自己的工作，希望你们在评估我的申请时考虑我上述的优点。”他被问起，“你以前是否被判过刑?”他回答：“是的，我犯了扰童罪，而且被送进州立医院待了两年。应法院要求我现在还在接受治疗。”他的工作申请于 1981 年 7 月 1 日送抵，它十分整洁——所有的 g 都是直的，潦草的 d，甚至有一个 3 笔画的 k。

1981 年 7 月 8 日，星期三

艾伦找到了一份工作，就在他喜欢的老地方——赫曼湖路尽头的伯尼夏工业区。利的朋友们告诉我，他经常把车停在赫曼湖路与 21 号公路相交处的角落，在伯尼夏－马丁内斯大桥的东北边。他依旧讨厌工作，但是新职位让他有了充足的时间喝酒，往返于他的房车之间，巧妙地挖苦警方。他依然戴着一块十二宫潜水

①英文原文错误，实际 1981 年 6 月 30 日为星期二。——译注

手表和一枚十二宫戒指。他依旧向他的朋友提及十二宫，时不时留下一些线索。

他发动汽车，拐上车辙斑驳的道路。在他家，一封信从信箱的缝隙里滑进他的地下室。拖了很久之后，他终于要获得索诺马的科学学士学位了。官方还是没有搜查那个或许藏着炸弹和“死亡机器”的潮湿沉闷的地下室。

尽管身患糖尿病，阿瑟·利·艾伦还是用一夸脱的罐子喝啤酒。他骑绿色摩托车，给他的家布置新格局，买更多有关电子装置、地图和神秘学的书。他研究鸟巢，还继续制造飞机。莱科夫医生定期报告利的进展和复原情况。因为害怕他的病人，这个医生录下他们会面时的声音片断，交给圣罗莎的一名警察。他也被吓着了。最后这个医生逃到了一所偏僻的医院。每个跟十二宫杀手扯上关系的人都会在某些方面受到伤害。乔治·巴瓦特跟我讲了一个故事。巴瓦特说：“这个医生已经认为十二宫杀手就是他这个病人了，而且录了几小时录音带，他想要公开这些录音带。录音带里，艾伦宣称他就是十二宫杀手。”

1970 年初，早在利接受莱科夫医生治疗之前，旧金山市内便散布着一则谣言，说十二宫杀手曾经丢失了一封信，据说，那封信里威胁要杀死医生的家人。一个过路人捡到这封信并交给了一个警察，这个警察后来去见了这个医生。因为专业机密，他拒绝说出这个住在湾区的病人的名字。有些人认为，在这个医生的文件里，记有十二宫杀手的真实姓名。

巴瓦特继续说道：“我们去南部见了皮特·诺伊斯，他是《强尼·卡森脱口秀》和《风险》（美国一档智力问答电视节目）的制片人之一。不知道为什么，这个家伙被莱科夫、圣罗莎的警察们和一群这样的笨蛋缠上了。这帮人做的事真是奇怪。他们打算保护这个莱科夫医生，因为他们认为阿瑟·利·艾伦要来杀他。他们认为圣罗莎警察局的一个副队长是利·艾伦的同伙。这之后我想：‘这些家伙是在开玩笑吗？他们是不是那种妄想狂？’一群疯子。等我弄明白这点后，一切就能解释了——这个圣罗莎的家伙根本不想跟我说任何事情。我直截了当地说：‘我已经退休了。接手这件事是我个人和瓦列霍警察局凶杀案调查组的合约。我想跟你聊聊。’

“我们都坐着。他终于告诉我们这个坏家伙是谁——是一个高级警官。他之所以说这个人是一个真正的坏家伙，是因为他的后院在罗恩·艾伦家后面。那没什么大不了的。罗恩·艾伦是北湾区的一名城市规划员。我们见了这个警官和罗恩·艾伦，没有什么有用的信息。我从圣罗莎某个人那里得到一些笔迹——跟那个精神病医生没关系，是这个人的女朋友寄给我的。我看了，真是难以分辨。他写的‘r’全都跟勾号一样，还有其他字母也是。我带着这些笔迹去找笔迹鉴定专家，这封信写道：‘嘿，亲爱的，我想回到你身边。’这不是一封恐吓信。他是那种无能的跟踪者，总缠着她。不管怎样，我还是拿着它找到了笔迹鉴定专家，他说：‘绝对不是。’他们应该知道自己在做什么，但是，能看到艾伦的笔迹，对我来说总是有好处的。”

1982年2月17日，星期三

手术之后，托斯奇一直觉得有些不舒服。一个月前，溃疡让他体内大出血。他被一辆救护车送进了医院，现在在家中休养恢复——阅读、休息、听“大乐团”的唱片、经常散步及思考这个尚未解决的案子。对于一个擅长玩棒球和篮球的人来说，缺乏运动是很痛苦的。

他抱怨道：“现在警方对十二宫杀手没有采取任何行动，我知道这是事实。”

我在司法部对弗雷德·舍瑞萨高说：“就像我说的，我接到太多该死的电话，都是关于这个利·艾伦。”舍瑞萨高说：“我花时间试着做背景调查。我不想只给别人拎包，不想最后一个知道案情……你看，艾伦有可能就是那个家伙。我想说就是他。他去各个图书馆，做很多关于对女性犯罪的调查。每个跟我谈论过这个案子的调查员都认为十二宫杀手就是他。我读过所有我能拿到的有关他的资料。”

一名俄勒冈男子建议，警方可以通过编造一个凶手已经被拘留的故事来抓住十二宫杀手。他说：“他会被这个假消息骗住，这样我们就能轻而易举地诱捕他了。”

1982年5月20日，星期四

1981年11月，16岁少女切丽·乔·贝茨凶杀案的调查证物被公之于世。河岸县警察局指派了4位调查员全天工作，他们认为他们快要破案了，便发了一份草案给检察官办公室。“她有好几个男朋友，其中有一个很特殊。我们相信凶手就是他。”他们说道。从1968年11月开始，他们就认为贝茨的一个前男友或者被拒绝的追求者，就是杀害她的凶手。据说，他的脸上有抓痕（切丽·乔抓破了攻击她的人的脸），并且炫耀这起案子是他干的。不但警方没有足够的证据指控他，他的朋友们还能证明他当时不在犯罪现场。“检察官办公室依照自己的判断，将这份草案撕得粉碎，”维克托·琼斯局长补充道，“我们认为杀害切丽·乔·贝茨的凶手不是其他执法部门认定的那个所谓的十二宫杀手。”琼斯认为十二宫杀手的确在那个地方出现过，但是他被冤枉犯了一起实际没有犯过的杀人案。欧文·克罗斯队长指出，凶杀案发生7个月后才收到十二宫杀手的信件，他认为这不过是十二宫杀手试图获取公众的注意力。

1982年5月25日，星期二

“今天早上我给河岸县的探员巴德·凯利打了电话。”托斯奇告诉我。他是为了琼斯局长的记者招待会打这个电话的。“他没有给我他们那个嫌疑犯的名字，但是他认为他们知道是谁杀了贝茨家的女孩。过去3个月他们发现了一些新的信息，发现嫌疑犯并不是十二宫杀手。案发时，这个嫌疑犯在回来的路上被人看见了。我问凯利这个人是不是曾经在湾区待过，哪怕是很短的一段时间。答案是：‘没有。’他们的嫌疑犯一直住在河岸县。”

托斯奇说：“看上去河岸县警察局只是推断这个当地人犯了这个案子，没有确切的证据能将这个人和这起案件联系起来。凯利说河岸县的地方检察官不喜欢这个案件，而且在处理凶杀指控时非常犹豫不决。凯利说这个案件可能永远都不会受审。”

河岸县警察局依旧保留着一根头发。它夹在一块溅有油漆的男式天美时手表里面，这块表是切丽·乔从攻击她的人身上扯下来的。警方将这根头发存放在一个冷冻证物锁柜里。有一天他们可能会做一个决定性的实验，来排除他们的嫌疑犯或者控告他有罪。那个人曾经频频触犯法律。一份对杀死贝茨的凶手的心理分析早在11年前就为河岸县地方检察官做好了。巴顿州立医院的首席心理学家对杀死贝茨的凶手是这样描述的：

> “极度敏感……一点点小事都有可能导致他行为异常。他鬼迷心窍，心理变态，极度仇视女性——尤其是他觉得有魅力的女性。由于潜意识里的自卑感，他不能将性欲付诸实践，通常只是在幻想中享受快感……在此我想强调凶手极有可能再次杀人。”

舍伍德·莫里尔给我看过一份绝密的笔迹分析，是他在1970年11月24日为局长A.L.科菲和河岸县警察局局长L.T.金科德做的。他研究过河岸县嫌疑犯的笔迹样本。

> “对于所附文件A到E（3个信封和信件，课桌上署名“rh”的诗的照片，5个以H开头的名字的照片，嫌疑犯写给熟人的两封信，河岸县嫌疑犯的7页笔迹和材料例证）分析后，得出如下结论：
>
> “1. 首先确定，附件A信封和信的笔迹与附件B照片里课桌上的笔迹出

自同一人之手。

“2. 附件A和十二宫杀手的信件显现出许多相同的特征，得出结论是附件A和B与十二宫信件出自同一人之手。

“3. 5个H开头的名字的笔迹，与提交的所有笔迹材料都没有一致性。

“4. 邮戳日期为1968年2月份的信件用印刷体写成，与提交的所有笔迹材料都不符。寄给嫌犯朋友的邮戳日期为1968年1月17日的手写信件同样出自另外一人，但是与所有提交的笔迹都不符。不过与河岸县嫌犯笔迹相比，两者有很多不同点，绝不是出自于他。”

有一件事是可以确定的——河岸县的嫌犯的笔迹与河岸县收到的信件并不相符。莫里尔断定那些信的确是十二宫杀手写的。

1982年6月2日，星期三

在索诺马州立大学，利·艾伦正式获得了生物学的文科学士学位，辅修科目是化学。

1982年6月9日，星期三

在位于蒙特高马力大街的律师事务所里，贝利将一盒录音带放进他的录音机里。“晚上好，梅尔文·M. 贝利…… （哈，哈，哈，哈，哈），”一个不知名的人咯咯笑道，“好了，第一……我想或者我们有机会聚到一起，见见面，聊聊天。我莫名其妙地掺和进这件事儿里了。是怎么进来的，我不知道。为什么会进来，我也不知道。你现在该做的就是拉过一把椅子，端着你的咖啡或者茶坐下来……而且要放轻松一点，因为我马上就要告诉你一件最该死的事情。第一，我们共同的兴趣就是十二宫杀手。

“迄今为止，这个案子已经持续12年多了。在这段时间里——(我的声音开始变小，是因为我把收音机声音关小了，这些乡村音乐会让你无法思考的)。不管怎样，我这儿的一些十二宫杀手的影印文件……说的是那个警察的一些事……‘这些年来，他约见了5000个人，得到3000条线索，有2000个嫌疑人……’总之，我们说的是一万条单独的信息。现在我知道十二宫杀手在哪儿。我知道十二宫杀手是谁。我知道怎么样确定十二宫杀手。

“二十多年来我对符号标志，对各种各样的符号标志都非常感兴趣……那一天我去跳蚤市场，看到这枚戒指，花了6美金买下它。戒指上没有产地标志。这枚戒指代表着一个挑战，我说：‘我要查出这枚戒指和它上面那符号的所有故事。’在我失业的那四五个月时间里，我开始长时间地在图书馆里查找这枚戒指的信息。我有我自己的图书馆，大概有1000本书。

“戒指顶部的每个符号都对应7个不同的符号——总共37个跟化学和占星学有关的符号。戒指底部内侧有更多的符号。戴这个戒指的家伙肯定是个不同寻常的人物。它曾经属于一位古挪威盲神。这枚戒指引发的事情令人难以置信。我告诉你这些事情是因为我知道上次十二宫杀手活跃的时候你非常感兴趣……你是当今美国最优秀的律师。那个警察抓不到十二宫杀手甚至触及不到他的原因是，他有着强大的心理背景，有理性的聪明才智。他是当今美国最聪明的人。

“他来自火，归于火。我们怎么才能识别这个人呢？他的手指戴有一个刻着十二宫标志的戒指。那个标志，十二宫的标志，是灾难的征兆。现在，记好了，我瘦弱的朋友（咳！咳！咳!），他全部的力量来自于他的语言和语言的混乱性。他那些袭击无辜年轻人的方法并不是什么新鲜玩意儿。他先是用刀，接着是用枪，用绳子，然后为了用血祭刀又退回去用刀。十二宫杀手的戒指是一颗血石头，一颗有红点的暗绿色石头，而且它是被战神支配的。这颗血石头和灾难相连。达琳·菲林曾经看见十二宫杀手杀死一个人（一个4年后才广为人知的事实)。”

从凶杀案开始发生以来，这个说话的人就知道有一枚艾伦戴的那样的戒指，一个强迫十二宫杀手做出可怕恶行的戒指。这个不知名的声音或许不是来自于十二宫杀手，但是他关于戒指的评论让人十分不安。

1984年10月11日，星期四

“我真的不觉得旧金山十二宫杀手案件的15周年能引起别人这么大的兴趣。”托斯奇说。

赫伯·西恩写道：

> “10月11日，星期四，对调查员戴夫·托斯奇来说是一个特别的纪念日。15年之前，1965年的今天，被调至凶杀案组的托斯奇被召至华盛顿大街和樱桃街相交处，有一名出租车司机刚刚在那儿被杀害。4天后，一块染血的受害人衬衫的碎片和一封信被送至《纪事报》——就这样，至今没有捕获的十二宫杀手开始了一系列的屠杀，大多数时候伴随着嘲讽的信件。最后一封给托斯奇的信上简单地说：‘我 -37（杀了37个人)，旧金山警察局 -0。’杀死出租车司机之后，十二宫杀手可能逃进了附近的普雷西迪奥森林。没准这会儿

他正在市场大街上散步呢……”

1985年7月3日，星期三

任职35年（其中25年做的是警察局调查员）之后，现年52岁的托斯奇静静地退休了。当凶杀案调查员时，托斯奇获得过金、银、铜英勇勋章。“我还是认为十二宫杀手案是我办过的所有案子中最令人沮丧的。我觉得就是它让我得了溃疡性大出血。”但是他感到非常自豪，因为他侦破了另一起名字含有“Z”的案件——斑马(Zebra)连环杀人案，在1973年到1974年间，斑马杀手夺走了12个旧金山人的生命。“能够成为成功侦破这个可怕案件的小组的一员，我非常满足。”

托斯奇在抢劫案调查组工作了5年，于1984年2月22日被警察局授予“英勇警官”的荣誉称号。接着他转至性犯罪调查组，待了1年。现在，办完所有跟人有关的案子，包括重伤害案件，他要退休去做海湾对面伯克利市附近埃默里维尔水门大厦的安全部长。1年之内，他将会取得私人侦探许可证。他不知道的是，十二宫杀手的案件远未终结。

1986年1月19日，星期日

“有一些瓦列霍的警察赞成作家罗伯特·格雷史密斯的观点，有些不同意，”记者吉恩·西尔维曼针对我新出的书《十二宫》写道，“瓦列霍警察局探长杰克·穆拉纳柯斯——从警官约翰·林奇手上接过菲林案的人，对于其中一桩凶杀案的结论不同于他的前任。穆拉纳柯斯认为赫曼湖路、蓝岩泉公园、伯耶萨湖和旧金山出租车司机被袭案全是同一个男人干的，这个人就是十二宫杀手，而且就是被格雷史密斯称为‘斯塔尔’的那个利·艾伦。”

穆拉纳柯斯说：“我认为这些毫无疑问，尽管我是通过大量旁证得出的结论，至少部分结论是。或许当更多人读完这本书时，我们能查出更多的东西。格雷史密斯做得很好，而且我赞成他的观点。实际上这本书给我提供了信息。我不知道纳帕县警方都有些什么线索。除了探长纳罗找过我两次，再没有人联系过我。”

西尔维曼报道说：“格雷史密斯指出警察局之间的信息缺乏沟通，他在他的书中说：‘我自己认为林奇排除艾伦的嫌疑是因为，他不符合林奇对于凶手的视觉印象。’林奇说的确是这样的。‘有时候你的想法会改变，’他说，‘但是有些东西不会，比如那些幸存者或者一时未死的人对凶手的描述。’林奇也认为这些案子不止有一个凶手。”

警长理查德·霍夫曼说：“我觉得十二宫杀手还活着，如果他死了，那么肯定会在他住的地方发现一些证物。验尸官会介入的。所以我觉得他活着。”

“如果那样的话，那为什么十二宫杀手式的犯罪好像停止了呢?”西尔维曼问道。

霍夫曼说：“我不知道他是不是停止杀人了，他之前一封信里说他再也不会谈论他的谋杀，再也不会承认任何一起凶杀案。这也是格雷史密斯的观点。”

达琳·菲林的妹妹帕姆（在她姐姐的每个周年纪念日都能接到恐吓电话）说：“十二宫杀手肯定还活着。我觉得他没有再杀人了。当他看到警方离他越来越近时，他就停止了。我读了4遍格雷史密斯的书。这本书真的唤醒了我的记忆——如此多的记忆。仅仅读两页就可以让我浮想联翩。”

1986年2月12日，星期三

一个在索诺马县治安官办公室工作了25年的人给我写了封信。退休后，她住在瓦列霍她母亲的家。她说：“你在电视访谈里将1972到1973年间在圣罗莎地区遇害的7个姑娘跟十二宫杀手联系在一起。我觉得这很有趣，因为索诺马县治安官办公室从来没有这样做过。我也赞成你的观点，不同的警察局之间没有合作或者分享一些可能与其他县拥有的线索相关的信息。”

1976年8月25日，在索诺马验尸官办公室工作时，她了解到一起普通的车祸死亡事件，一起圣罗莎和塞瓦斯托波尔之间12号公路段的碰头相撞事故。死者为一名41岁的体格粗壮的男性，是专科学校的教师。他不仅在圣罗莎专科学校（很多受害人都在那儿上学）教书，而且还在纳帕专科学校及包括圣昆汀在内的周围县教书。

她详细说道：“我认为他之前在南加州教过书，但是他仅有的亲属们都住在东部。他的厢式货车里放有部分在圣罗莎遇害的女孩的画像，画的是她们被绑成‘捆猪式’的样子。跟这些画像在一起的，还有她们的姓名和性偏好。那里还有其中一个受害者的背包。因为治安官同时也是验尸官，代理治安官便将他的发现转交给了调查局。在那里，这件事明显地被搁置了下来，并很快不再被提起。代理治安官说：‘既然他已经死了，为了他的家人，就没有必要去损害他的名誉了。’除此之外，如果他们宣布了他的死亡，而且这个新的线索能得以通报全国，探员们就不用再四处奔波了。”

她进一步解释说，通常的规定是，死者的个人所有物都要被逐项登记，并且交给他的近亲。但是在这个案子中，并不是所有的东西都被登记了，只有他口袋里的东西被交还给他的亲属。她说：“到如今，证物早已被毁坏。几年前我离开那儿的时候，他们正在用微缩胶片处理那些验尸报告，接着再毁掉那些文件原件。

我们通常都将司机的驾照和验尸照片一同保存在验尸官办公室。当时对外公布的文件并没有包含全部在县资产管理员处存档的东西。但是，县资产管理员也不想再管验尸报告的事，从 1979 年或者 80 年代起，我们就不再在县资产管理员那里留存验尸报告了。他的指纹在萨克拉门托应该有存档……我想，如果他真是十二宫杀手，他应该也是河岸县凶杀案的凶手，因为他在那儿也当过老师。”

她给了我她所提及的这个人的名字和案件编号。这个杀害了几个年轻女子的凶手，是否就是那个经过利·艾伦在圣罗莎的房车的人？利曾经在圣罗莎专科学校上学。是不是一直以来他都有一个同伙帮他写那些信件，当他在阿塔斯卡德罗时，这个人死于公路撞车事件，从此不能再写信来帮助他排除嫌疑呢？

圣罗莎的一位调查员告诉我：“这个教师的遗孀整理他的遗物时，偶然看到了一些图画，上面画着的人正在遭受鞭打。这些草图说明她的丈夫是个性虐待狂和被虐待狂。这个教师把自己画成一个女人，并且标注上他自己名字的女性版本，韦恩·敦汉姆长官觉得死者可能跟金·温蒂·艾伦的死有关。”金是圣罗莎专科学校的一名学生，1972 年 3 月 4 日被人看到在 101 号公路上往北边搭便车。

布朗警官多年后告诉我：“实际上我曾经有过其中两张图画的复印件，他画了金，并且把自己画成‘弗雷达’（女子名）。他画了这个女孩，还有另外两个上他的课的女孩。他的钱包里还有一根头发。他们检测了这根头发，发现不是金的。我觉得不是这个教师干的。或许是吧，但是我还是比较怀疑。我读过他的信件。一位调查员认为这个教师在搞些性奴隶、鞭子、链子之类的怪事，还认为他被胸大的女人迷住了。他可能教过金，当她死了之后，他开始非常迷恋她。一个奇怪的家伙。”

1986 年 5 月 14 日，星期三

这个谜团的碎片开始聚集。圣罗莎警察局的约翰·伯克警官说：“我们有一个 10 人小组监视一个人已经两个月了，大卫·雷格罗（治安官巴奇·卡斯泰特的朋友）、盖瑞·克伦肖和我仔细检查过他的档案。他 1975 年时在监狱服刑，戴着一块十二宫牌手表。他身高 6 英尺，240 磅重，出生于火奴鲁鲁。我马上告诉你他的名字……”

“你不用告诉我了——他出生于 1933 年。”

“是的，就是利·艾伦。首先让我们苦恼的是体重问题，昨天晚上我注意到，发生那些凶杀案的时期，他的体重是 180 磅。这个人不同寻常的地方在于，我们有他的加州刑法典 290 条规定的性犯罪者登记档案……这些档案被分成阿尔法档案和我们称之为‘五乘八部分’的档案，后者包括一份身份特征的清单。这是我见过的同时具有两种（分类）档案的第一个人。他留的地址是圣罗莎他弟弟家的。我们或许可以用性犯罪者登记者搬家而没有汇报的罪名抓住他。在圣罗莎发生的这几起凶杀案里，我认为有一些别人不知道的东西。在所有的尸体上都找到了毛发纤维。我们在艾伦车子的后备箱里找到了相匹配的毛发。你知道它们是什么吗?”

“是什么?”

“花栗鼠的毛。”

“真令人吃惊。”

“是啊，艾伦常用花栗鼠逗孩子们玩。嗯，只要这个胖家伙不去自首，这件事就没完。”

1986 年 5 月 22 日，星期四

随着我对十二宫杀手十多年研究的发表，一个充满热情的解谜者队伍被吸引到了猎捕中来——这正是我起初的意图。随着时间的流逝，警方文件流向四面八方，开始出现在探员行业的新手手中。十二宫迷们从车库和阁楼里挖掘它们，从垃圾桶和储藏室的架子上捡起它们。每天都离最终破案更近一步——那个某人某地可以认出十二宫杀手的时刻。但是在有人给我寄了一件像斯泰恩那样的染血的衬衫时，我发现我再也不能打开任何一封信了。一个《时报》的记者认为我“对挖掘十二宫杀手的细节感到不适”。我向他承认我没有读过我收到的上千封信件中的任何一封。因为我害怕再度卷进这起案件。我告诉他：“我没法处理它了——这很难解释得清楚，我不想因此再生病。我做不到。现在还不是时候。”

我小心翼翼地研究过转交给我的好多箱马尼拉信封——每个信封里装着大概 12 封左右的信。最后我还是打开了，惊讶于这些信几乎无一例外地都深思熟虑，有创造性，甚至极富智慧。这周四下午，利·艾伦出了一个小车祸。我不得不想，是不是人们重新燃起揭秘十二宫杀手的兴趣，搞得他要崩溃了?

1986 年 8 月 8 日，星期五

托斯奇现任全国性的环球保安公司经理，因为长期卓越的工作表现，受到了州参议院的嘉奖。在他听说保罗·斯泰恩沾染了血迹的已经变黑的衬衫在旧金山警察局突然消失不见的时候，他的好心情被破坏殆尽。3 个月后，有人进入了《瓦列霍先驱报》报社，偷走了那儿的全部十二宫杀手档案。我回想起艾弗利的十二宫杀手档案是怎么在他车里被偷走的，于是把我的那份放在了美国银行的保险柜里。

1987年4月16日，星期四

十二宫杀手或许聪明强大，而且格外具有毁灭性危险，但他总是缺乏独创性。从装束到武器到动机到密码符号，他伪装成的样子并不是自己想出来的——大部分都是从电影里学来的。他酷爱电影，按捺不住想要有一部关于他自己的电影(或许他已经有了，匿名的那种)。两部电影曾激发了他那些恐怖行为——第一部也是最具影响力的电影使他想到了整套杀人模式。他在个性形成时期就看过这部电影。

19. 十二宫杀手"危险的游戏"

十二宫杀手：戴头套，诡秘，精巧——偏好奇异的手工武器和牢不可破的密码。一种恶魔附身和地狱之火的气味缠绕着十二宫杀手。他聪明、难以自抑，又从不创新，他的惯用伎俩都是从一块手表表面、短篇小说和电影中剽窃而来。在他的已被破译的三段式密码中，他解释了他原始的杀人动机——他迷上了理查德·康奈尔的惊悚探险小说《最危险的游戏》。

十二宫杀手写道："我喜欢杀人因为它乐趣无穷，这比在丛林里捕杀野兽更为有趣，因为人才是最危险的动物……"

利·艾伦主动承认了他喜爱康奈尔的这部短篇小说。"这是我在上高中时读过的最好的小说。"他在炼油厂那间闷热的办公室里认真地告诉探员们。康奈尔的小说被出版成书，也被改编成电影。哪一个影响了十二宫杀手——印刷的小说还是电影？有一些微妙的差异指出了是哪个。想知道是什么时候"一个邪恶的想法像毒蛇一样钻进了"十二宫杀手的脑袋是可能的。《最危险的游戏》发表在《综艺》杂志，1924年由米顿·巴克公司出版，获得了那年的欧·亨利纪念奖。从那时起，印刷版便被收录进了各种探险小说文集和高中课本，它是这么写的：

桑格·雷恩斯福德，一个大名鼎鼎的猎手，从他的游艇上掉进了海里。正在束手无策的时候，他听到了0.22英寸口径的枪的声音，他想这个猎手肯定有很大的胆量，才敢用这么轻的枪去应付大型野生猎物。他遇见了佐罗夫将军，一个凶残的被流放的俄国冒险家。佐罗夫［一个和佐迪亚克（十二宫音译）相近的名字］在夜晚使用不同的武器捕猎，目的是让他的捕猎变得更刺激。当雷恩斯福德说他认为那些产于南非的黑色大水牛是最危险的猎物时，佐罗夫纠正他说："不是。你错了，先生……在这座'诱船岛'上我的猎区里面，我猎取这些最危险的猎物……"

佐罗夫的"最危险的猎物"就是人类。他让雷恩斯福德领先3个小时，并且提供给他"一把非常锋利的猎刀"。如果他在第三天的午夜之前没有找到雷恩斯福德，他就会"高高兴兴地承认"他被打败了。如果雷恩斯福德赢了，这个将军的帆船将把他送上大陆。佐罗夫只带了一把0.22英寸口径的手枪（十二宫杀手的捕猎武器）去追逐他的猎物。第一个晚上，佐罗夫故意让雷恩斯福德逃脱了。雷恩斯福德意识到佐罗夫留着他是想再耍他一天。

最后的战役在这个疯狂的猎手的卧室结束。"你赢了这场游戏！我还是一头走投无路的困兽，"雷恩斯福德喊道，"准备上路吧，佐罗夫将军！"佐罗夫被杀了。但是小说里缺少对装束的描述，以及用枪和刀追击一对年轻情侣的情节，正是这些东西曾经激发过十二宫杀手的灵感。十二宫杀手原始的动机，那个爆发点，是一部电影，但究竟是哪一年的哪一部呢？

在和朋友菲尔·塔克的一次交谈中，艾伦说起了一部1945年的电影《死亡游戏》。这部电影里有用弓弩进行围捕的情节，还有十二宫杀手式的名字，或许它就是那个灵感之源。对康奈尔小说的其他改编版本依次上映。

雷电华影片公司改编自小说《最危险的游戏》的63分钟长黑白影片于1932年开拍，那一年艾伦刚一岁。编剧家詹姆斯·阿什莫·克瑞曼在保留康奈尔的对白描写时，介绍说是性变态引发了诡诈的佐罗夫伯爵的狂热——猎杀是他全部的兴趣。

伯爵告诉雷恩斯福德和伊芙："在我的岛上，我捕杀那些最危险的猎物（人），我们将要一起玩'户外国际象棋'，我们要拼头脑（智慧）——比丛林知识。我只有马镫那么高的时候，我父亲给了我第一把抢……我已经数不清杀掉过多少动物了。"艾伦的父亲，一个军人，曾经给他的儿子一把来复枪，并教他狩猎，而且艾伦是所有十二宫杀手嫌疑犯里面唯一一个弓箭手。电影的开头画面是一个城堡门环，式样为一头垂死的人马兽，胸部插着一支箭。楼梯上的壁画描绘的是一头样子跟门环上的相似的人马兽，身上别着弓箭，正扛着一个女人的尸体穿越森林。人马兽是人马宫（人马座，出生日期在11月22日—12月21日之间）的星座标志，是艾伦本人的十二宫标志。

佐罗夫及他的哥萨克仆人伊万和一群猎犬一起猎杀雷恩斯福德和伊芙。电影里猎杀的情节只发生在一个夜晚，而不是（小说里写的）3个夜晚，是一对情侣而非只有一个男人被猎杀，就像十二宫杀手总杀害情侣一样。如果他们在岛上雾气弥漫的森林里躲过了佐罗夫的追杀，便将被释放。佐罗夫一身恶魔般黑色装扮，袖口和裤脚扎得紧紧的，跟在一群猎犬后面敏捷地在雾中穿行。他身体左侧挂着一把一尺长的带鞘利刀，刀鞘上还有铆钉装饰，右手握着一把精准度很高火力很猛的来复枪。这对情侣在有水的区域被追踪——沼泽，瀑布，最后他们终于到了海边。雷恩斯福德和伊芙坐船逃脱了，而受伤的伯爵跳下露台摔死，被他自己驯养的贪婪的猎犬吞吃了。

因为那些武器（尤其是弓和箭），装束（十二宫杀手在伯耶萨湖的装备明显是受此启发），夜间在水边追杀一对情侣，户外国际象棋的说法，垂死的人马兽，我倾向于认为是这部特殊的电影最为深刻地影响了十二宫杀手。并且它还是在大道剧院上映的。雷恩斯福德说："那些我猎杀的动物，现在我知道它们的感受了。"对于那个孤独的、无人爱慕的弓箭手，出类拔萃的流放者，十二宫杀手可以在他的真实生活中感到共鸣。

十二宫杀手青年时期最流行的广播剧也改编过康奈尔的故事。最有名的广播剧版本是1943年9月23日哥伦比亚广播公司的《悬念》。它的第58场演出，由奥森·威尔斯扮演佐罗夫，基南·温扮演雷恩斯福德。由雅克·A. 菲克为制片人兼导演威廉姆·斯皮弗写剧本。由于增加了音效、恰到好处的音乐、想象力，广播改编剧可以产生强大的影响力。当时只有10岁的艾伦在那个星期四的晚上，可能正躺着听这部广播剧，黑暗中只有收音机的调频度盘发出微微的亮光。广播的噪声充斥着整个房间。10岁，正是性格形成的年纪。

切尼告诉我："我不记得我们是在哪天谈论的《最危险的游戏》和猎杀人了，但是有人用这个情节拍过电视，而且我想我们讨论的就是这个，还有一本书也是写这个的。这个情节被一用再用。"

十二宫杀手在他的枪上装着手电筒，这个灵感来源于一档改编自威廉姆·C. 莫瑞森小说的电视节目。20世纪50年代《希区柯克悬念故事集》其中的一集，由麦隆·麦克柯梅克扮演的一个年轻人将手电筒绑在他的来复枪上。"只要朝光圈中的黑点射击，就能击中你的目标。"他说——跟十二宫杀手写的一模一样。他在夜晚猎杀小动物，偶然遇上了一对情侣——结果就是：意外凶杀。结尾的时候，一位渴望复仇的父亲双眼燃烧着怒火说："追捕罪犯的乐趣——最危险的游戏！"

20. 阿瑟·利·艾伦

1987年9月27日，星期日

尽管经济状况有问题，阿瑟·利还是忍不住买了一样新东西。那是一架价值2500美金的用泡沫塑料和玻璃纤维制成的超轻“飞机”，机翼还可以折叠。另外，他不得不准备更多额外的装备，并且画出改装草图。但是衰退的视力极大地影响了他这种活跃的生活方式。因为糖尿病和肾病，他的体力不断衰退，这让他只能在弗雷斯诺大街附近活动。

利不听医生的命令，用一夸脱的罐子狂喝啤酒，扫视着依旧对十二宫杀手命运进行诸多猜测的新闻报纸。这些猜测在案件的纪念日出现得最多，比如今天。十二宫杀手的下落众说纷纭，从被监禁到已经死亡到被警方追得太紧而不敢下手都有。健康状况不佳几乎从未被考虑过。迄今为止，除了执法部门，从来没人将艾伦的名字和十二宫杀手放在一起见过报。如果没有听说过他，没有哪个骗子举报人会去告发他。但这个头号嫌疑犯四处招摇炫耀他跟这个案子的联系——保留关于十二宫杀手的文章，倔强地戴着十二宫手表和有Z符号的戒指。这给了他快感。渐渐地，妖怪从瓶中跑出来了。风声不是从媒体那儿走漏的，而是当地的警察局。

哈罗德·霍夫曼的儿子出生于1971年，他还不太熟悉十二宫杀手案件，直到他的父亲开始跟他提起老朋友利·艾伦的事情。罗伯写道：“我父亲说漏嘴后，我读了罗伯特·格雷史密斯的《十二宫》……我自己害怕得要死。我确切地知道‘罗伯特·霍·鲍勃·斯塔尔’到底是谁。消化了这个恐怖的发现之后，我会向我的朋友们吹嘘我从《十二宫》和我父母亲说的他们年轻时艾伦的暴力事件中发现的一切。”

年轻人“克雷格”也是通过圣罗莎警察局知道艾伦这个人的。20世纪80年代末期，他和他的父亲去了艾伦在弗雷斯诺街的家。艾伦说他不知道是谁向警方举报了他。克雷格告诉他是切尼。利回答说：“这让我感到不安，唐纳德·切尼有能力犯下这些罪行，他甚至让我都感到害怕。唐纳德脾气很坏。”

克雷格后来说：“他好像一直在为十二宫杀手说话，他声称他才是那个创造十二宫密码的人，或者至少这些密码的灵感来源于他。他给我们看了他自己的密码，很明显他之前给罗恩·艾伦的妻子看过。他还有另外一些不同的密码。”克雷格认出其中许多符号跟十二宫杀手的那些是一样的。艾伦告诉他们，他的密码里面那些跟十二宫杀手密码一样的符号，是他在阿塔斯卡德罗认识的一个已判刑的罪犯的原创作品。“那还是我60年代初在那儿工作的时候了。”他说。这倒是真的。“是的，十二宫杀手从这位室友那儿拿到这些符号，而且它们给他创造密码带来了灵感。”

“你是什么意思？”克雷格问道，“你是什么意思？除非你就是十二宫杀手，不然你怎么会知道？”

艾伦继续用一些狡猾的评论和在犯罪现场出现过之类的东西给自己惹上嫌疑。随着调查时间的推移——最后一起确认的十二宫凶杀案已经过去19年了，距他最后一封信也已经13年了。那条将利·艾伦和十二宫杀手联系起来的自发的线索还会到来吗？

1987年9月27日，星期日

通灵师约瑟夫·迪路易斯声称他进入这个戴头套的刽子手的思想已经快20年了。他曾经感应到十二宫杀手有一个小盒子并且想要摆脱它。我想知道利是否还留着那个从不让别人打开的神秘灰色小盒子。迪路易斯认为凶手可能是天蝎座或者水瓶座的，因为他一直接收到数字“11-2”和“2-11”（分别代表2月11日和11月2日）。迪路易斯的心灵感应到一只白狗，几匹马，孤独和对警察的极度憎恨。

这位因其精准的预言被人称为“绝对先知”的芝加哥通灵师最近收到了第二轮心灵感应。他在星期一的时候说道：“十二宫杀手现在住在伯克利附近，我最近接到一个电话，一个湾区的女人认为她正在约会的是十二宫杀手。几周后，我接到一个匿名电话。‘我回来了。’电话那端的人说。那个女人曾经答应我会再打来，可是却没有。她可能已经死了。我看见她身处险境。我不认为她是在骗我。他现在已经不在那儿了。他一直约会女性，一直残杀她们，却再也不站出来承认了。他现在完全是为所欲为。他感觉到自己被那些约会的女人拒绝了。我觉得他很快就会给我打电话。我能感觉到。”仿佛是为了回应这位通灵师的恳求，10月28日的早晨，一只戴着手套的手将两封信扔进旧金山的一个邮筒里。两封信分别寄至《纪事报》和《瓦列霍先驱报》，开头都是熟悉的那一套十二宫杀手问候语。

1987年10月29日，星期三

《先驱报》收到信后转交给弗雷德·舍瑞萨高，他洒粉取走了上面的指纹。“这个家伙以前从来没有留下过指纹。”他说。但是联邦调查局曾经在一封信上取得一个与（保罗·斯泰恩凶杀案）出租车上指纹相似的指纹。我问舍瑞萨高是否相信那个血指印。他说：“我自己也不知道，有目击者证明他擦掉了它。”一个笔迹专家立即分析了这封新信上的笔迹。前面3个句子读上去很像1978年那封。信上说：

“亲爱的编辑，我是十二宫，我是对你们最好的考验。告诉赫伯·西恩，我还在这里。我会一直在这里。告诉那些蓝猪们，如果他们想抓我，我会在万圣节前夜开着我的死亡机器找一些小孩来撞，汽车是不错的武器……如果那些猪们能把我从那儿找出来，他们就能抓住我。就像电影里的：汽车。告诉小孩们万圣节前夜过马路时要当心。告诉托斯奇（Tochi）我的新计划。你忠实的（十二宫的标志），我猜瓦列霍警方 -0。”

金·克劳斯，瓦列霍一位3个孩子的母亲，听说了这封信的事情。“邻居家的一个孩子拿着那封信的复印件到我们家来，给我的孩子们看。他们被吓坏了。”

达琳生前的丈夫迪恩没发表什么意见，但是他的现任妻子凯西却有。她说：“我只希望这完全是一个恶作剧，但是如果十二宫杀手一露面——希望不会伤害到任何人——他可能会留下一些新的蛛丝马迹，可以导致他被抓——及寻求帮助。我无法想象一个人能这么长时间安静地躲在后面，如果他曾经像十二宫杀手那样疯狂的话。一个像他那样狂妄自负的人肯定会让大家知道他又在忙着杀人了。”

我告诉记者吉恩·西尔维曼：“阻止这个家伙的唯一方法就是警方的密切追踪，我认为警方现在跟得很紧，而且我依旧相信他们会解决这个问题。在我看来，这封信看来像是其他十二宫杀手信件的片段。没有什么新东西在里面。十二宫杀手总是喜欢在信里描述死亡，而在这封信里我并没有看见。他写错了托斯奇的名字，我想不到他会这么做。十二宫杀手非常尊敬托斯奇，以他自己的方式。但是我理解人们想要看到真正的十二宫杀手露面的心情。这将是让他落网的另一个机会。我第一个要说——我认为这两封信都是伪造的。”

“在十二宫杀手被抓住之前，恐惧会一直笼罩菲林家族——实际上笼罩我们所有人。”卡美拉餐馆的老板卡美拉·利科林说。1969年她开了一家恺撒意大利餐馆，雇佣迪恩做厨师。“每次我接到奇怪的电话，都会想起十二宫杀手。”月中的时候，达琳·菲林的妹妹帕姆发现她的前门上用签字笔草草地画了一个十二宫杀手的符号，现在车库门上也被画了，以恐吓那些万圣节跑出去要糖果的孩子们。

1987年10月30日，星期四

司法部也同意我的看法。康威副巡官推测两封信是伪造的之后，松了口气，尽管如此，他还是在万圣节前夜在大街上安排了额外的巡逻人员。对十二宫杀手来说，万圣节是一个重要的节日。依照传统，瓦列霍足球大赛（Big Game）将在这一天举行。十二宫杀手寄了一封恐吓性的万圣节贺卡，而且经常提到“game”这个词。为足球大赛准备的主题活动周包含一个象征性的詹姆斯·J. 霍根博士高级中学足球队的“葬礼”。有些十二宫杀手的受害人就是霍根高级中学的学生。瓦列霍高中生站在那里，看着一个棺材，里面装着一具“尸体”，代表霍根高中。①

谋杀嫌疑犯肖恩·麦尔登，一个警察迷，向警方承认他在勒死杰里米·斯托纳时又假扮了十二宫杀手。麦尔登第一次与警方的接触，是他拿着自己对一起瓦列霍十二宫杀手案件的调查结果去找当地的探员们。

巴瓦特告诉我：“吉姆·朗、康威副巡官和我去见了麦克·内尔，他以前是一名地方检察官，现在是一名法官。我们县里有一起臭名昭著的案子，一个6岁的小孩杰里米·斯托纳被绑架，并最终被发现死在海湾三角洲地区。应该对此案负责的人是一个叫做肖恩·麦尔登的家伙。其父亲一度暗示麦尔登曾经‘像十二宫杀手’一样写信给报社。并且他的术语有些像十二宫杀手的。有人站出来轻率地说他就是十二宫杀手。但是他不是，我敢向你保证这一点！当时我们正跟那位检察官见面，看是否能将他重新定罪。他曾经被审判过两次，有两个意见不同的陪审团。”麦尔登最终还是被判了刑。他是第一个受十二宫杀手启发的凶手。让我们感到恐惧的是，他不会是最后一个。

1987年11月17日，星期四

一位读者告诉我：“我觉得十二宫杀手这样恐怖的凶手到现在还没有被抓住，真是难以置信，你对斯塔尔（我给艾伦起的假名）的描写让我相信他就是十二宫杀手。我认为如果警方搜查了斯塔尔母亲的房子，尤其是那个地下室，他们可能会找到所有他们想要的证据。现在，斯塔尔肯定已经藏起了所有证据。在我心中，他非常符合标准，因为十二宫杀手明显是一个非常聪明的人，故意总是拼写错误使警方迷失方向。斯塔尔是不是也有故意拼写错字的习惯呢?”这是个好主意。我去确认过，发现他很明显有这个习惯。

① 瓦列霍高中在足球赛中胜了霍根高中。——译注

十二宫杀手的部分密码从未被破译出来。密码迷们没有放弃破译它们的努力。最让人关注的是十二宫杀手三段式密码的最后18个字符。露丝·格斯坦科将它们重新排列，念上去不再是那个现有的由颠倒字母顺序构成的"嬉皮士罗伯特·埃米特"（Robert Emmett the Hippie）。她发现那些是"在我到达来世之前（Before I meet eternity）"和另一个可能的版本——"在我遇见他们之前我可怜他们（Before I meet them I pity them）"。另外一位读者说："让我感到恐惧的是其中那个十字穿过圆圈的符号，它通常被用作画极坐标。我的推测是，1969年8月的密码里的这18个字母'BEORIETEMETHHPITI'说的不是一个名字，而是一个更为重要的凶手的方位。这些字母对应的是分布在曲线图里的具体数字，这条曲线图展现的是旧金山地区从西南到东北方向主要街道和建筑物的网状图，再随机加入数字填充，这样就每一行里面的数字而言，这条线就能显现出来。经过数学方面的测绘后，这条曲线精确到能指出一座确切的建筑物内一个确切的房间里的一个确切的方位。

"另外一种——这18个字母都是数字而且两个坐标值都是小数点以后的数据。这种数学方面的测绘广泛地应用在机械工程上，而且熟悉自然科学的人都会用。由于这个头号嫌疑犯曾经当过海员，这些字母可能代表经度或者纬度。在矫正磁罗盘的差异之后，这可用来指定60英尺之内的方位，或者60英尺左右。经过转换后，我可以用1969年夏天葡萄收获时这个地区的航空地图画出适当的等偏线，因为地球磁极的方位每年都会有些轻微的改变。纬度和经度通常被写作一串数字后跟一个字母，表示多少度、分和秒。"

但是在那之前，密码破译员亨利·埃夫龙向林奇警官报告说，那18个字符是蒙蔽任何破译人员双眼的灰尘，是用来迷惑、阻碍破译的。

"没有人认识到这些没有意义的字符（无效字符）在密码学中是用来填充空白及使得每组长度一致的标准方法（在这个案子中是用来填充必要的空间，使得第三部分跟前面两部分的长度完全一致，很明显这一点对十二宫杀手很重要）。"埃夫龙解释说，找出双写字符、字母组合和长字组是破解密码的方法。"从频率来看，代表L的应该只有两个符号，但是由于他信件里的L的出现频率，他在编码开始用到半黑的方块符号和全黑的方块符号时就切换了，这样就给了他自己另外一个代表L的符号，并且为了使双写的L更加多样化，他放弃了转换的规律性。但是我在分析时首先发现的是两个方块和B的一致性（都代表L）。十二宫杀手的符号看上去好像是错误的，A看起来像S，S看起来像A。这些都是更多迷惑破译者的东西！根本就没有错误，他只是企图迷惑破译员，而且他的确做到了。"

保罗·艾弗利还是认为这18个字符代表的是罗伯特·埃米特。他说："人人都喜爱一个精彩的推理故事，人们都追着我谈论十二宫杀手。我被众多的电话和怪异的信件淹没了。”我回答道：“传奇就是由这些东西构成的，二十年内这个案子将会像开膛手杰克之案一样闻名于世。但有时候我觉得我写他是创造了一个怪物。”艾弗利说：“不，真正的怪物是十二宫杀手本人。”

十二宫杀手这样一个边缘精神病患者，对他周围的人来说可能看上去自我控制得很好，冷静，甚至通情达理。马瑞·麦隆医生写道：“他喜欢受图画、电视和电影的影响，十二宫杀手可能大部分时间都待在电影院里，专门看些虐待狂与受虐狂和神秘色情之类的片子。”一部特殊的电影曾经在一个独一无二的地方上映过，一个艾伦的父亲曾经工作过的地方，一个有翼行者鞋子出售的地方，一个利曾经去拜访过并且去看过电影的地方。这第二部深具影响力的电影启发他写了那些信件。它将告诉我们更多十二宫杀手的事情。它告诉我们他曾经身在何方。

21. 十二宫杀手在金银岛

金银岛起初是耶尔巴布埃纳岛北部一连串犬牙交错的海浪拍打的浅滩。从金门海峡吹来的夏季盛行风让工人们不得不首先建造了一个十层高的海堤。他们用成千吨巨石在一块方形的区域四周建起海拔 13 英尺的屏障，形成了 1 英里长 2/3 英里宽的环礁地带，接着填充进两千万立方码海底泥浆。这样，一道斜坡很快就将金银岛，中间的耶尔巴布埃纳岛，还有海湾大桥连接起来。最后，旧金山决定在这座人造岛上开展它的第三世界商品交易会。

1939–1940 年度金门国际博览会在 1939 年的 2 月份开幕。在明亮的蓝天下，游客们开车经过大桥或者坐轮渡汽船进入阿兹特克 – 印加式大象门。这次博览会的特色包括双手祈祷的帕西菲卡、400 英尺高的太阳之塔，还有被班尼·古德曼摇摆乐环绕的过山车、摩天轮和裸体舞者的游乐场。几个月后，希特勒入侵波兰，1940 年 9 月展览会结束时法国已经沦陷。旧金山放弃了所有将金银岛改成城市机场的计划。珍珠港事件后，美国海军将它改成了一个海军基地。

战后，海军指挥官伊桑·艾伦驻扎在海军返乡路程的美国第一站，每天都有 12000 名海军从这儿经过。1947 年，在他父亲工作时，14 岁的利·艾伦漫步在这个人造岛屿上。岛上的电影每天都在更换，而且只需要25美分就能观看。利的一个朋友确认道："他在金银岛的时候总是在看电影，我母亲曾经在金银岛上当过秘书，她经常在那儿看见他，好像在跟电影'约会'似的。《驱魔人》是他最喜欢的电影之一。"

他看过一部有关金银岛的电影，这部电影成为十二宫最后的构成草图——1939年20世纪福克斯电影公司的《查理·陈在金银岛》，由悉尼·托勒主演。60年代当地的KRON电视台播放了由72分钟剪至59分钟的版本。"十二宫?"查理·陈探员（从火奴鲁鲁——艾伦的出生地飞到旧金山）问道。"是的，他是这附近间谍行业里的大人物。"另外一名乘客说。十二宫医生，一个穿黑色礼服行为不端的中间人，伪装成精神病顾问，勒索他的病人们。他这样接电话："我是十二宫。"他携带一把古怪的刀，还使用弓箭。一位受害人在木板上刻下："无法逃离十二宫——"伊芙·凯诺在一个聚会上揣摩这些聚集在一起的嫌疑犯的心思，说："十二宫医生，我在他的想法中听到了十二宫医生这个名字……我不能再继续了！我不能！我在我们之间听到了死亡的脚步声。我好害怕。这儿有邪恶的东西。这儿的某个人正在想着谋杀!"

据陈说，十二宫不是一个普通的罪犯，他是"一个自大的人。自大狂罪犯以嘲笑警察为乐"。陈利用《旧金山纪事报》及其警务新闻记者皮特（道格拉斯·佛雷饰）试图诱捕十二宫。"兰地尼挑战十二宫医生"出现在《纪事报》的头版。弗雷德·兰地尼，金银岛魔术圣殿一个矮小机灵的魔术师，与陈联手想要抓住十二宫。"我接受你的挑战……"十二宫在一张用刀钉在墙上的便条纸上回复道。到结尾的时候发现，原来兰地尼就是十二宫。

陈评论道："人最喜欢的消遣就是愚弄自己。迄今为止，没人能够招架得住挑战，甚至连十二宫也不能。"有人敢打赌而且他肯定会赢，十二宫杀手看过这部电影，并被它激发了灵感。

他的朋友吉姆告诉我："《查理·陈在金银岛》是利孩童时期最喜爱的电影，而且，他的父亲曾在金银岛上工作过。"

22. 阿瑟·利·艾伦

1989年1月10日，星期二

艾伦的母亲伯尼斯在83岁时去世。瓦列霍探员乔治·巴瓦特后来告诉我："艾伦夫人在我真正开始调查这个案子之前就去世了，很早之前我就知道了艾伦。你知道的，那个直到退休前还在跟这个案子的总探长正是穆拉纳柯斯。穆拉纳柯斯离开后，他们基本上把这个案子给了我。在这段时间里，甚至穆拉纳柯斯还在调查它的时候，很多不同的事情都会牵涉进来。我可能正坐在桌前，就会有关于十二宫杀手的事情找上门来。关于这个案子，我要不就打几个电话，要不就做些不得不做的事情。大多数都是些怪异的事。我对穆拉纳柯斯说：'我帮你接了这个电话，觉得没什么有用的信息，但我还是写了份报告，你来处理它吧。'他会将它归档，但是在他退休后，我就变成了这种电话的接收器。在这个案子上，我干得一点都不积极。你的书出版后，我们接到的电话增加了100倍。

"我有艾伦在圣罗莎房车里写下的笔迹样本——用左手写的。接着，我没收了他房子里所有的文件、表格、写给朋友的信件——内容跟这个案子没什么密切的关系。那是他没有伪装的日常书写笔迹，是他真正的笔迹。我们把这些移交给我们的笔迹专家。他看着它说那不是十二宫杀手的笔迹。那是我们在这个案子中最大的绊脚石。有种说法是他患有人格分裂，当他进入到十二宫杀手'模式'时，就会变成一个不同的人。"

有个专家担心十二宫杀手可能患有精神分裂症，他的十二宫人格被月球运行周期和地球运行周期所唤醒、控制或影响。这个人说："如果他不知道自己是十二宫杀手呢？在凶杀和信件之间有一些延迟。"我告诉巴瓦特："我常常认为你们已经很接近了，而且十二宫杀手已经放弃了。"

"这也是我的看法。他们非常接近他了，他可能说：'哦！哦！我最好什么都别干了。'同样，他待在阿塔斯卡德罗的那段时间，根本就没有出现十二宫杀手的信件。

"更重要的是，艾伦在炼油厂被讯问之后，就再也没有信件这样开头了：'我是十二宫。’从那时候开始，他给信件署名‘我’、‘一个市民’或‘红色魅影’。艾伦去阿塔斯卡德罗之后，十二宫杀手就没有再写信了。这肯定能说明一些东西。”

第二天，一个女人联系了我。她说：“这是一个上了岁数的男人在安蒂奥克的莱昂斯餐馆留给我的便条，他说他想帮助我摆脱十二宫杀手。在我看来，他的笔迹很像十二宫杀手的。旧金山警察局有一份。我把它交给了戴西调查员，还有一盒那个男人留下的录音带，里面说他是我的秘密仰慕者。”这张便条上是典型的十二宫笔迹，它说明十二宫杀手曾经是一名跟踪狂。“性虐狂，开1961年或1962年产的白色雪佛兰羚羊汽车，体形粗壮，5英尺10英寸高，大肚子，体重220磅。曾经跟踪过第二个受害人，瓦列霍的达琳·菲琳。”

1989年9月1日，星期五

巴瓦特从瓦列霍警察局退休了，但是以合同员工的形式留下来继续追查所有点滴汇聚的新线索。他是一位非常受人尊敬的探员，曾经领导过1989年山路休息站杀手案件的调查。他告诉我：“在我的职业生涯里，我不认为十二宫杀手案件是最有趣的，我认为最有趣的是‘费希尔案’，它跟肯塔基州外的辛迪加团伙有密切关系。那可能是这世界上最堕落最邪恶的城市了。我回到那儿，跟那些每月挣1000美金却住豪华官邸的警察们一块工作。你知道他们都收受贿赂，但是他们还是有自知之明的。最终这个案子有了非常意想不到的转折。如果我将来要写小说，我就会写一部关于这个案子的。”

1989年10月11日，星期三

托斯奇退休后在很多地方做过安全工作——狄维萨德罗大街上的锡安山医院，圣鲁克主教医院。10月11日上班时，他打开晨报，看到赫伯·西恩的专栏。

> “周年纪念日：今天，已退休的警方调查员戴夫·托斯奇将开车到华盛顿大街和樱桃街的交叉口，停下来静静地沉思几分钟。就在那个街口，1969年10月11日——20年前——自称为十二宫的连环杀手犯下了他最后一起凶杀案，他枪杀了一名黄色出租车司机，消失在普雷西迪奥森林，再也没人看见过他……十二宫杀手最后几封嘲讽托斯奇的信总是这样结尾：‘我 -37，旧金山警察局 -0。’他赢得轻而易举。”

警察集中精力调查其他凶杀案，与此同时，业余探员们继续追查十二宫杀手。

一个旧金山人写道："这些十二宫案件并不是因为凶手发狂、横冲直撞而作的案。不，每一起凶杀案的所有事情都说明有人在非常仔细地设计每个细节。在每封信中，他都采用了一种聪明甚至是爱讽刺人的写信方式。从这可以看出这是一个智力超群的人在犯罪。"

20年之后，这个不解之谜的一部分将被揭开。

1989年11月30日，星期四

卡伦·哈瑞斯打了电话来。她说："我想我等了很多年才联系你，有一部分原因是我母亲非常害怕会有人知道这件事。她非常害怕这个人。我母亲认识圣罗莎的地方检察官，约翰·哈瓦科斯。我和他的孩子们从小一块儿长大。他说：'是的，这就是我们正在监视的人。'我能理解你对解决这个问题有多么好奇。我愿意瞒着我母亲，打听出尽可能多的信息给你。她从来没有真正地了解过他，直到他因骚扰他一位女性朋友的儿子而被拘留。

"接下来，当他在阿塔斯卡德罗时，他的确给我们写信说：'他们怀疑我是十二宫杀手。'我记得当时在我看来，他看上去像布尔·艾夫斯[①]。就在上个周末，感恩节过后，我开车经过他的房子。我听说他曾经在Ace五金工作，但后来又丢了工作。我觉得他现在没有工作。我记得我还是个小孩的时候（我是家中的独生女）去过他家，大概7岁的时候。那时他大瓶大瓶地喝酒。我母亲很担心，因为他患有糖尿病。

"他在瓦列霍和一个室友同住过一阵——一个东方男人。我记得我当时觉得这个人比艾伦更让人浑身不自在。他体格中等，忙着做一些家务杂事。根据我母亲的一些手写记录，我认为这个人当时在电话公司工作……我不确定我们当时是在利·艾伦的母亲家还是在什么别的地方。我记得他做了很多罐红辣椒，我们在那儿的时候就吃那个。我们跟他去游艇上航行，他的确懂得怎么航行之类的事情。

"我们家有你的书。我母亲在所有她记得的案件部分写好便条放在里面。他穿翼行者靴子——整套东西。他在海军的时候她就认识他了。她只有他在一本年鉴上的笔迹，这也是我唯一能拿到的一份笔迹样本。他曾经是一所小学的教师。

"我母亲曾经给你打过电话，但是随即挂断了。她害怕了，不想说出她自己的名字。但是由于某个原因，我想再见到他。我想监视他。"

我告诫她道："你要小心，这是件非常具有催眠性、强迫性的事情，会耗费

---

① 民歌歌手，很胖。——译注

你所有精力。这个案子只会让你感到烦扰。它不会让你脱身的。”

“我母亲被这个人吓坏了。他有时会开车到她的房子附近。”

“最近吗?”

“可能是在他从阿塔斯卡德罗出来后的那段时间。她在房子里装有一套警报系统。他房子附近的车道尽头还停有一辆卡曼吉亚车和一辆云雀车。根据县治安官办公室的指示，他们又开始监视他了。我父母认识某个在那儿工作的人——他是一位代理治安官。两个14岁女孩失踪了，他们又在监视他。如果他就是那个人……哦，他们为什么不抓住他。我希望他们能抓住他。

“利曾经用这些海军的旗语符号写信给我母亲。她把这些东西都扔了——我想给你看，如果我母亲还能找到的话……他现在看上去跟我记忆中的没什么变化。我到那儿附近试图远远地看看他。但是他可能认出我来了。我现在30岁，但是我小时候的脸庞跟现在一样。我长得像我母亲。我想了一会儿，‘哦，不要啊。他看到我了!’

“每到假期，比如上个感恩节，我母亲会非常紧张，害怕利会在附近的区域看望他的弟弟。他曾经开车到我父母家附近，停下来盯着街对面的窗户。那正是我父母给家里装警报系统的时候……她总是非常想保护自己及家人，尤其是她再次开始收到利·艾伦从阿塔斯卡德罗寄来的信的时候。她曾经接到过神秘电话(没有声音突然挂断的)，所以她有了一个不公开的电话号码。

“上个感恩节之后，我在家，我母亲拿出你的书，里面夹着各种各样的纸。她扯出一张艾伦最近的交通事故报告。他撞了一个坐在车里的女人（在门多西诺县）……这起事故是他的责任，所以他被暂时吊销了执照。像我刚才所说，感恩节的第二天我开车到他瓦列霍的房子附近。那是个白天，但是房子里面很黑。只是短短一瞬间，我看见一个身影在窗前晃了一下，但这也有可能是我看花眼了。

“有好几次我父母都看见利·艾伦走很长距离的路去湾区。他们提出让他搭便车，但他总是拒绝。还有一件事，在我母亲刚结婚那阵或她单独去见他时，他说：‘我永远不会原谅你做的这些。’我母亲告诉我：‘我太害怕了，都不敢问他指的是什么。’她放下了这件事，而且不再追问他指的到底是什么。她从来没有威胁过要去告发他或类似这种事情。我认为他是个同性恋，但我不知道这是不是因为她嫁给我父亲，我觉得不是。这让我母亲一直感到迷惑。但是，我想利一直非常在乎她。”

我告诉她：“这是一场聪明的反社会型的人和警方之间的‘户外国际象棋比赛’，我始终希望有人读到我那本书，警钟可以停止，我们可以得到那个名字。星期日的时候我跟一些教授一起在一个晚餐聚会上，我说：‘有一天有一个人会打电话来告诉我们那个名字——就在这 2500 个嫌疑犯的名字里面，这个我在等待的名字会出现的。’现在这个电话就是了。”

“我从你的书刚出版的时候就开始等待。我曾经试图联系你，但是你离开了《纪事报》。瓦列霍警察局告诉我，他们买了 50 本你的书作为他们的案宗。他们给每个警察发了一份，让他们突击研究这个案子。你为他们找到了很多信息。”

“我在全州都能看到它。我那天还在《纪事报》，那时他们正在改建。他们提起那个盒子。它差一点就要被放到通往窗外的滑道上。里面装得满满的都是跟十二宫杀手相关的东西。我一路走来都是那么幸运。至于利，只要警方还在监视他，你就应该跟他保持距离。”

“但是我在他房子附近的时候，并没有看到任何监视他的人。”

“重要的是，他觉得他自己正在被监视。”

她问：“那两个孩子在蓝岩泉被枪杀的时候，艾伦是不是用跳水当借口作为不在场证明?”

“是的。艾伦是他们知道的第一个或第二个嫌疑犯——从一开始就是个主角。林奇只是草草听取了艾伦的不在场证明。‘案发时你在哪儿?’林奇问。‘我正在水肺潜水。’艾伦说。‘你能证明吗?’林奇问。艾伦就走到他的旅行车后面指着水池。然后林奇说：“好吧。”从那以后，每次看到艾伦的名字，林奇就会说‘我排除他了’。艾伦是个难以对付的家伙。他可不只是做做样子的。”

“艾伦十分聪明，而且是一个神枪手。”

“你是怎么知道的?”

“我母亲在他还在海军的时候就认识他。她的父亲在马岛上工作过，那时候她去过艾伦的家。他的母亲十分专制，很刻板。但是那时我母亲总是很喜欢那儿，因为她在一个贫穷的家庭中长大，因为那儿有很多好东西。而且她曾经喜欢过利·艾伦。我不知道发生过什么。如果我单纯地问问，我母亲会告诉我的。我会试试，打听出更多信息来。这个案子一直让我着迷。我想部分是因为好奇心，但是我希望能确认他到底是不是那个人，然后将他绳之于法。他从来没向我母亲承认过他就是那个十二宫杀手，但是有些比较明显的暗示。天啊，我希望她留着他过去写给她的信。但是她烧了它们。有一天她太害怕了，说：‘我把它们扔进了壁炉……’而且十二宫杀手现在在哪儿?连环杀手不是通常都爱出名么?这就是让我困惑的事情。”

“我认为他现在不那么具有危险性了——超重，视力衰退。而且我想起艾伦对孩子很有一套。”她说。

“别被他蒙骗了。我报道过圣地亚哥的山路杀手案。大卫·卡彭特是那样一个能骗人信任的人——他看上去就像别人的爷爷，说话结结巴巴，戴厚眼镜，他能轻松自如地利用那些受害者的同情心。这就是那些罪犯们的嘴脸。”

她总结道：“我会开车到他的房子附近，这件事真是让人欲罢不能。我只想监视他。下次我们再谈的时候，我会告诉你他跟我母亲是怎么认识的，还有关于他信件的更多一些事情。”

23. 阿瑟·利·艾伦

1989 年 10 月 31 日，星期二

切丽·乔·贝茨的一个好朋友说：“我的一个朋友开了一家DNA 实验室，他说大约一年前科技就达到了对存放 20 多年的头发样本进行比对的水平了。我不知道怎么能做到，也不知道当年找到的那根头发是不是被存放起来了，但是这可能是侦破这起凶杀案的关键。”

另一位读者巴德·戈丁也附和她的观点。他告诉我说：“你在河岸县凶杀案的报道中陈述说，从受害人的指甲缝里找出了皮肤组织，由于那个案子还没被侦破，那些证物应该还在。如果它不是被泡在福尔马林中，就足以用来做 DNA 复制分析，提供一份河岸县凶手的 DNA 特征档案。”但是，为了做出这份DNA 档案，必须要有头发的毛囊，也就是发根。

10 年后，河岸县凶杀案的嫌疑犯暂时从国外回来了。他降落在机场的时候警方获得了他的 DNA 样本。一位发言人说：“这根头发是个赌注，因为我们不确定它是不是嫌疑犯的头发。”2000 年的 12 月，贝茨案 35 年之后（时间长得令人惊骇），他们收到一份伯克利司法局 DNA 实验室的 DNA 分析报告。那根头发不是那个嫌疑犯的。

贝茨案是十二宫杀手干的吗？像伯耶萨湖和加维奥塔海滩一样，凶残的屠杀非常可怕。但是贝茨案有明显的性侵犯意味——贝茨的衣服被弄乱了。如果十二宫杀手不是这个案子的凶手，只是在信件里随便说说，那他是怎么知道那些“只有凶手才知道的事实”的呢？有消息来源说：“1966 年河岸县流行一种活动，就是短程加速赛车。我曾经每周都去赛车。由于有很多警察参加，我得知了贝茨案的很多细节。利·艾伦在那个周末也曾代表某个汽车俱乐部到场。可能他当时开着他的小汽车，跟我一样听到了一些细节。谁知道呢？”

1990 年 3 月 5 日，星期一

利·艾伦用他自己的风格给一个朋友的年轻儿子写了封信。他留的日期是军用格式“5 日 /3 月 /1990 年”。他说：

“亲爱的：

你（拼写成 Yer）父亲一直坚持告知我你取得的进步。祝贺你完成了那些美妙的事情。我有另外一件事情要你完成——一个小礼物，可以这么说。也就是说我要给你一个泡沫的、玻璃纤维的、超轻的东西。因为要把我家楼上租出去，我被挤到更小的地方了，而且纯粹为了多些空间，所以如果你能带辆拖车或类似的车，你就能免费拉走一架飞机（为了它，我投进去 2500 美金）。我还会附送一斯勒格（约 32.17 磅）的相关随身用具。我跟你父亲提过这件事，他说他会转告你。他看上去是同意了，但有时候他会忘事，所以我写了这封信。所以如果你能通知我（手写体的 me）你是否有兴趣的话，我将不胜感激。我将会尽快安排。我有这架飞机所有的图纸和文件，它的机翼还可以折叠。我还有一些完成它的想法。人总是会受不了自己对一项工程一直没什么新想法。希望很快能收到你的信。

利·艾伦。”

1990 年 3 月 6 日，星期二

卡伦和我终于又有了一次交谈。她看上去非常忧虑。卡伦的母亲鲍碧是一名跳水运动员，她的照片在 1952 年至 1957 年间经常出现在瓦列霍各家报纸的运动版面上。有时候艾伦的照片也被刊登在她旁边。卡伦说：“我母亲在她 12 岁或 13 岁的时候遇见了艾伦，那时她才刚开始跳水。1951 年至1952 年间，他是瓦列霍一家公共游泳中心‘普朗吉’的救生员。我想他是一名跳台跳水运动员和一名摔跤选手。她跟艾伦一块跳水，而且每天训练。他也跳水。他走起路来非常笨拙，走下跳台时也非常笨拙。我母亲经常说起这个。当他还是个跳水运动员时，他外表看上去非常糟糕，直到离开跳板跳下，他在空中才变得优雅。但是因为有个可笑的臀部，他走路的时候显得非常笨拙。我会试着找出一张他在瓦列霍跳水时期的照片。

"她在大概 12 岁的时候开始跟他约会。当时他一直是个好朋友。他从来不会试图吻她——那种在前额上的吻，也不会有任何性方面的越轨。我知道在他们约会的那段时间，更多的是一种深厚的友谊（艾伦承认他从未跟任何一个女人有过成功的关系）。1957 年鲍碧嫁给了马克，一位加利福尼亚大学伯克利分校的体操运动员。她的跳水生涯就此结束。他们是在蹦床上练习时相遇的。马克曾经学习犯罪学并且想当警察，只是个子矮了 0.25 英寸。大约在她认识我父亲并且嫁给他时，利·艾伦被海军开除了。这对他是一个沉重的打击。

"利·艾伦总是穿翼行者鞋子，这一点是千真万确的。他总是穿着有褶皱的裤子。头发非常短。他曾经用弓和箭捕猎，在海军的时候也是个神枪手，是他们队里射击成绩最好的人之一。我母亲说他的确懂得密码。他不仅善于缝纫，还是一个懂航海的人。我看他挥舞渔具时非常灵巧。他还是一个很好的打字员。

"还有一次我们去看望他时，他开着他的双体帆船带我们去半月湾航行。那两次我都发现了他有多超重。我知道他是个糖尿病患者，但他还是大瓶大瓶地喝酒。那两次（我们去看望他），我和母亲都非常紧张。我出生于 1959 年，我们看望利时，我想我是 9 岁或者 10 岁。如果是这样的话，正是那段时间，他已经被怀疑是杀人犯。

"我母亲单独去看过他。那是她这辈子第一次感到害怕，因为他问她：'有人知道你在这儿吗?'她回答说：'是的。我丈夫知道我在这儿。'她说我父亲知道，他的确知道。接下来什么都没发生。但是从那之后，她再也没去看望过艾伦。而且我也不知道她开始的时候为什么要去看他。我只希望我能知道她当时为什么那么担心利。可能是发生了什么事情，她觉得不得不去看他。她一走出他的房子就立即给我父亲打了电话，这样他就知道她已经安全离开，而且正在回家的路上。

"据我理解，他被监禁在阿塔斯卡德罗是因为骚扰一位女性朋友的儿子。这个男孩可能在 8 岁到 13 岁之间那么大。他告诉我母亲说，那个女人只是嫉妒他跟她儿子的关系。我认为他那段时间正跟那个女人约会。他说她告发他的原因是——嫉妒。我想他在阿塔斯卡德罗待了大约 3 年。

"他在阿塔斯卡德罗时，我想那是我母亲第一次知道他可能就是十二宫杀手。他写信给她说他们怀疑是他杀了那些人。曾经一度，我想我母亲往那儿给他打过电话。她直接问他是不是那个凶手。我觉得他因此有些高兴，但是从未承认过这些案子是他干的。他（艾伦）经常写信给我母亲，在信件的底部用海军使用的旗语符号来署名。他用蓝墨水笔——签字笔。她扔掉了大部分的早期信件，我真希望她能留着它们。她在得知艾伦被送去阿塔斯卡德罗后烧掉了剩下的那些。我母亲在读完你的书后告诉我，他的弟弟和弟媳试图去告发他，这倒是真的。他的车里有一把带血的刀，正是这一点让他们非常担心——他们也是这么告诉我的。利的一些朋友也知道这些事情。

"我会陆续给你我能得到的一切信息。我想尝试着弄清某些场合的具体日期或大概时间，来发现他跟家人及我母亲之间关系的更多细节。我希望能让我母亲自愿跟警方联系，但是这不大可能。不过她也许记得更多他写给她的信件的内容。或许有些东西可以指证他就是那个该为这些凶杀案负责的人。他告诉我母亲他经常让别人搭便车，尤其是他在圣罗莎专科学校和索诺马县立大学上学的时候，这让她非常困扰。他在公路上让那些人搭便车。我记得，那两个从溜冰场消失的女孩还有其他凶杀案，那些在弗兰兹山谷路上和卡利斯托加发现的尸体，离我父母家都不远。

"哦，还有一件事。他过去的确经常跟我母亲说起《最危险的游戏》。其实当我还是个小女孩的时候就读过这个故事，但从来没有意识到这是利生命中一个重要的部分。至于说到他可能藏匿证物的地方，我母亲提起过他在房车里做过隔板——可能是瓦列霍的那辆或圣罗莎的那辆。我母亲记录说她曾经在他瓦列霍的房车里看到过白色的手套，还有他的确有过一辆房车在博德加，他非常熟悉那个地方。"

从来没有人告诉过托斯奇和阿姆斯特朗这些事情。

1990 年 4 月 2 日，星期一

伯纳尔高地的两个花匠在保厄坦大街 1114 号挖掘时，在地下 6 英寸的地方挖到了金属，那是一个锈迹斑斑的金属盒子，他们用铁铲撬开它，里面是两百根已经结晶的被埋了多年的炸药管。旧金山警察局将这些炸药转移到一个隔离地带，并且安全地引爆了它们。是不是十二宫杀手曾经用来恐吓的炸弹被发现了，就藏在这个和他曾经有过联系的地方？我怀疑这一点。但是在某个地方，十二宫杀手还是有炸弹。有一天，他会死去，然后警方会仔细检查他的地下室，找到那些枪和炸弹——这个案子就能侦破了。可能一个人负责写那些十二宫信件，一个人负责杀人——也只是些微的可能性。看上去十二宫杀手在伯耶萨湖是独自行动的。迄今为止警察能说的是，一个男人，这个杀手，曾经在他的受害人的车门上用签字笔写字，字迹跟十二宫杀手的一致。

1990 年 4 月 1 日，星期日

"你想知道他是谁，"另一个十二宫杀手案件迷丹尼尔·L. 克莱菲尔德说。我想知道他为什么会这样。

"十二宫杀手的母亲对人非常关切……温柔亲切，但是极度爱说教。他的父亲——比较消极，跟他不怎么亲密。为了表示关爱，这个母亲给他吃太多东西，原本体格就粗壮的孩子变得肥胖，被同学们作弄。青春期时他被母亲弄得快要窒息，不能逃脱。但他还是会跟她生活在一起。他被他的母亲说成是邪恶的，他开始憎恨他的母亲。他对同龄人的优越感越来越强。他是一个军事盲目崇拜者，就像那些假扮警官或者士兵的人一样。十二宫杀手从小受着非常清晰的公平感和主流的正义感教育。这样，他就有了他的'奴隶'概念。对他来说，他的同龄人对他严重不公平，而他们只能靠在'天堂（Paradice）'里服侍他来偿还这一切——有奴隶的来生，对十二宫杀手来说，就是天堂。在 7 月 4 日的枪杀到 9 月27 日的刺杀之间，他的体重增加了很多。他不停地吃，然后谋杀，接着再吃更多。"

十二宫杀手的想象力是流行文化的奴隶。十二宫人格的所有方面加起来都符合公众发展进程。曾经有一件事极大地影响了他——从 1969 年 8 月 16 日（密码凶手给自己命名为十二宫杀手后两周）开始，连环画版面里的迪克·特雷西开始追击"十二宫帮"，那些十二宫杀手，戴着饰有白色十二宫标志的黑色头套，将一位占星术专栏作家溺死。他们的头目"天蝎宫"，脸上文着一只巨大的天蝎宫星座标志。他的头发是浅颜色的，圆脸，不仅酷似那个嫌疑犯，还符合十二宫杀手的描述"非常圆的脸……头发向后梳成大背头"。8 月 20 日的那一期漫画里，十二宫帮的杀手们突袭了警察局的停尸房。被大棒重击的在场工作人员说："戴面罩的杀手们闯了进来，他们要的是死尸身上的衬衫。"随后十二宫杀手偷了受害者的一件衬衫，并把碎片寄给警方。9 月 24 日，十二宫帮帮众被告知："天蝎宫说了，他已经准备好西部的行动了。"3 天后，十二宫杀手在伯耶萨湖刺杀了两名学生，当时他戴着一个有白色标志的黑头套。"十二宫们又干了大事了！"天蝎宫得意地欢呼道。斯泰恩凶杀案那天，10 月 11 日，天蝎宫喝得酩酊大醉地庆祝他的胜利。"给我们这些快乐的老儿，给快乐的十二宫帮兄弟们！"故事连载结束于 1969 年 11 月 4 日。

但是十二宫杀手怎么能在出版前看到迪克·特雷西与十二宫罪犯之间的交锋呢？彻斯特·古尔德提前 6 周将特雷西画出来，这样才能给芝加哥论坛报集团时间来修改、寄样本、定版面大小、润色、刻版及印刷。同一个故事的预先印刷好的彩色星期日版几个星期前就会运到。如果十二宫杀手在《纪事报》工作的话，他就有可能先看到。他是连环画《刺激十字帮》的忠实读者——1936 年系列——戴有白色十字标志的黑头套。像特雷西一样，十二宫杀手也用已废弃不用的旧时拼写方式："线索（clews，应为 clues）"。

更为重要的是，迪克·特雷西还为十二宫杀手提供了一个避免留下指纹的方法。一个成员说："在你的手指上涂上一层液态胶膜。它能避免留下指纹，又不影响到触感。"1969 年 2 月 9 日，特雷西解释了犯罪现场的牙签上的血液分析原理。"正如你所知道的那样，唾液分泌物经常代替血液用作血型鉴定。你们要找的那个人就是 AB 型的。虽然 DNA 鉴定没有被采用，但是还有另外一个以前的方法——ABO-PGM 血型鉴定。唾液分析能揭示十二宫杀手的各种体征，他很清楚这一点。在 1969 年，十二宫杀手即使会忘记戴手套，也绝不会舔一下邮票。"

一部连环漫画和一块十二宫手表给他提供了名字和标志。像《最危险的游戏》和《查理·陈在金银岛》这样的电影激发、影响了他。一部驱使他猎杀人类，另一部，以金银岛为背景，提供了黑头套和他信件的开头语，甚至鼓动了他与《纪事报》的斗争。如果十二宫杀手是被流行文化所激励的，那么其他人就是被十二宫杀手本身所激励。那是整个案子最令人震惊的副产品。有个自称为旧金山十二宫杀手的人在纽约射杀市民。他不知如何得知了这些人的生日，并扬言要在每个星座挑一个人来杀。我们害怕他就是那个正宗的十二宫杀手，害怕他最终还是带着枪明目张胆地回来了。

24. 十二宫杀手二世

1990 年夏天，报纸上赫然刊登着黑粗体标题："持枪歹徒让纽约惊恐不安——自称十二宫杀手，射杀三名男子，一名致命，并在中央公园伤了第四名男子。"十二宫杀手分别在布鲁克林八街区和中央公园杀人，两次事件发生在相隔二十一天的两个周四。

迈克·西拉维罗告诉我："当我还是个探长时，我负责这儿的十二宫杀手案件。当时他们给了我及我手下 49 名探员。让我来告诉你这个案子是如何进展的吧。在我详细说之前——你知道我们正式调查之前做了些什么吗？我们出去买了一箱子你的书《十二宫》。我让手下这些探员阅读它，看看能否找出一些对我们调查有帮助的东西。

“让我们回到1990年。有一天早上7点的时候我走进办公室，一位下夜班的探员（安迪·卡迪摩，在我们楼下的昆斯区凶杀案分队工作）走上来说：‘警官，昨晚有一个78岁的老人被枪击，有可能活下来。你们会接这个案子吗？’

“‘当然，我们会接这个案子。’我说。

“他说：‘有趣的是，我在台阶上发现了这张便条和这些石子。’他递给我那些该死的石子——3块石头。‘这张便条就在它们旁边。’这是我们知道的第一张十二宫杀手的便条，上面写道：‘我是十二宫。当在天空中能看见带子时，十二宫标志才会死去。’上面还有一个圆圈，被分成3个饼块状区域。还有一幅小小的涂鸦画。当时我们不知道这到底是什么意思。”这个杀手跟踪了那个受害人约瑟夫·波罗斯（一位已退休的运冰工人）10个街区后进了他的前院，接着用一把自制的小手枪射中了波罗斯，并逃往埃德尔特大街。

西拉维罗说：“所以当我们那天早晨到达犯罪现场时，0点到8点那个班次当班的警察和探员们已经先处理了。在第一个门廊那儿有一堆衣服——约瑟夫·波罗斯被击中后背时穿的就是它们。‘我们拿回实验室去吧。’我说。我们彻底检查了这个街区。这是一个纯居住区（昆斯区伍德里文87号路），我们遇见了一个目击者，说看见一个穿着海军杂役服的家伙——目击者觉得那是个黑人——从街区跑向布鲁克林。那条街坐落在布鲁克林－昆斯交界线的右边。”在加利福尼亚时，十二宫杀手总在城镇交界处杀人，为的是在不同辖区权力机构间造成混乱和竞争。“这个老人被送往医院。他有可能活下来。我让探员每天都去医院看望他。”

纽约十二宫杀手凶杀案发生在纽约东部毒品运动最频繁的时期。而且在两名受害者被枪杀的地方，第75区，平均每年有100起凶杀案。西拉维罗继续说：“十二宫杀手在他后来的便条中说，‘所有发生在布鲁克林的枪击’，他也曾写成‘380’或‘9米’（实际是9毫米），‘RNL’（round-nosed leaded的缩写），‘子弹上没有凹槽——子弹上没有凹槽——’是的，子弹上从来就没有凹槽。十二宫杀手从来没有在他的信件里说过谎。”

“他的弹药是自己做的吗？”我问。

“不，不是，但是我感觉他的枪是自己做的。”一把自制的小手枪，用胶带、木头、各种尺寸和口径的钢管。西拉维罗给我列出了以下的时间表：“波罗斯袭击案发生在5月31日。接下来是发生的一切——我把这张便条复印了一份，然后去找了昆斯区的总探长梅金。‘总探长，’我说，‘昨晚有一起奇怪的枪杀案——我辖区内的一个老年居民被枪击了。我想等他能摘掉呼吸器的时候我们就能跟他谈话了。’（但他最终还是在三周后死于子弹引起的感染，但我们的确跟他谈过话。）我说：‘我觉得我们遇见难题了。希望咱们不会碰到第二个山姆之子。’

“‘让我知道所有的进展。’总探长说。那是在5月31日。6月19日，我接到一个电话，《纽约邮报》的一个记者安妮·马雷在那儿收到一封信。他们给我传真了一份。就是我们要找的那个家伙——很明显是一样的笔迹——声称他就是应该对先前3起凶杀案负责的人。他说他在3月8号那天在大街上射杀了一个拿手杖的男人。”凌晨1点45分，来自哥伦比亚麦德林的49岁的移民马里奥·奥罗斯科从市中心一家咖啡馆下班后，在新月街下了车。他拄着手杖蹒跚着想要离开，但是随即被射中后背上部。

西拉维罗继续说道：“接着，十二宫杀手说他在3月29日（凌晨2点57分）在杰米尼·蒙特雷斯德罗（34岁）的房子前射中他的左侧身体。又说他在5月31日枪杀了一个拿手杖的老人——正好符合我那个案子，波罗斯枪杀案。然后他说：‘所有发生在布鲁克林的枪杀。’所以我说：‘他认为我那个案子的受害人是在布鲁克林，这是错误的。’他不知道地图上的边界不太规则。很明显，当他在昆斯区击中那个人时，他以为那是在布鲁克林，但是那时他在离布鲁克林两百码的昆斯区界内。我们开始核对布鲁克林所有的凶杀案。没有一起能对得上号。接着我们又核对了最轻度的袭击案——然后我们找到了两个人曾经被枪击过，最后活下来了。所以我们研究了一下这些案子。第二天早晨，总探长召集我们大家到他的办公室，他决定让我接手这个案子，并给我9名探员去调查它。

“我和其他探员熬了一整夜，得出了一个推测。我说：‘看，他在3月8号杀人，接着又在29号再次杀人。相隔21天，都是在星期四，另外——都是在凌晨时分——1点45分到4点之间。所以在第一次枪杀和第二次之间相隔了21天。然后距离我那个老人被杀案63天——21天的3倍。’”

纽约十二宫杀手写信嘲讽这个最终由15人组成的任务小组。他发誓要在十二个星座中的每一个都杀死一个人。迄今为止，他杀死了一个天蝎座的（奥罗斯科，出生于1940年10月26日），一个双子座的（蒙特雷斯德罗，出生于1956年5月28日）和一个金牛座（波罗斯，出生于1912年5月20日）。西拉维罗继续说道：“现在情况就是这样了，6月20日，我坐在总探长的办公室里，说：‘总探长，我认为他会再次杀人。今晚，过了午夜之后就是星期四了，而且距我那个老人被杀案刚好是21天。’所以他派给我30名探员，每人只负责两个方形区域——因为所有的凶杀案都发生在只相隔不到半英里的地方。我们覆盖了所有的区域，接着突然——清晨6点，我撤销了行动指令，回到指挥站。当我正在给所有人签加班条时，我接到一个电话。他在附近看到我们便跳上火车逃走了。”在十二宫杀手前三次袭击的夜里，3组星团——猎户座，金牛座和昴宿座——全都可见。这三组星团在1990年6月21日会再次可见。警方等待着，担心着结果。

1990年6月21日，星期四

十二宫杀手在夏季的第一天袭击了曼哈顿。布鲁克林的搜捕热潮依然在继续。为了避开紧密的警方搜捕之网，他乘地铁到了第59大街，在晚上7点左右去了中央公园。那里可能很安静。他绕着公园溜达了好几个小时，直到他看到拉瑞·帕汉姆（31岁，以前是一个看门人，现在无家可归）。十二宫杀手几天前就接近过这个受害人，问他的星座——帕汉姆生于1959年6月29日，属于巨蟹座。他晚上就在中央公园栅栏后面的公园长椅上过夜。十二宫杀手在离他几个长椅距离的地方坐下，等到那些还在那儿的人都离开了。帕汉姆用他圆形大帆布袋里的纸板碎片和枕头做了一个垫子。在帕汉姆的星座时段开始5小时后，在双子座和巨蟹座的分界，十二宫杀手射中了他的上胸部位。他叠起一张外面画着星座符号的便条，用一个石块压在帕汉姆那破破烂烂的行李之中。后来这个杀手说：“在我留下的信里，我用了从百科全书中看来的短语，为的是摆脱你们的追踪……我只想增强恐惧感。”

占星家们发现他们很难找到一个条理清晰的，以星象为基础的方法来预测这个杀手的下一步行动。之前他们将这些袭击和月亮的第一相和第二相联系起来，但是在6月21日的时候，月亮已经是下弦月了。接着就有一个令人吃惊的大标题：“内部消息：模仿杀手造访西海岸书城。”副标题是“纽约市警察局广征毛骨悚然的‘十二宫杀手’的线索”。纽约十二宫杀手是以旧金山十二宫杀手为向导的。纽约城市大学约翰杰刑事审判学院的犯罪学教授、心理学家坎迪斯·卡莱佩克推测这名持枪男子是在模仿加利福尼亚的那个杀手。

卡莱佩克说：“他在模仿罗伯特·格雷史密斯写的《十二宫》，他看过这本书，并且读了其中某些部分。我们在盯的是一个跟书中写的想法一样的人……有了这种行为，犯罪率的上升就是自然而然的了，而且案件发生的时间间隔将越来越短。”

1990年6月22日，星期五

总探长约瑟夫·伯瑞利曾经领导过对“山姆之子”的追捕。他说：“情况很奇怪，枪杀的时间看上去是按照十二星座的时间安排的，最初我们粗看它的时候，好像是纯粹的偶然事件。但是当你通过这四起案件看，就会更仔细地去研究它。”帕汉姆被枪杀的第二天，《纽约邮报》收到另外一张十二宫杀手的便条。

“我是十二宫。我看了《邮报》，你说寄至《邮报》的便条不是旧金山十二宫的，你说笔迹不对，那就错了。是同一个十二宫。是那个在旧金山一个公园里用枪杀死一个男人，用刀杀死一个女人及用枪在出租车里杀死一个男人的十二宫。”

《邮报》记者基兰·克劳利说：“从这封信可以明显地看出，那个十二宫杀手很着急地想说服大家，他就是那个多年前在加利福尼亚杀人的十二宫杀手。”

克劳利写道：“在抨击下方是一幅戴着方形刽子手头套的圆脸十二宫画像，他的胸前还文着他的标志。在右边他声称：‘公园里的我是同一个十二宫，独一无二。’这就变得非常有趣。如果加州十二宫杀手来到了纽约，这就是一个令人难以置信的故事了。实际上，这不可能是真的……他想让我们认为他是一个来自旧金山的肥胖、中年白人男子。或者他真的认为自己是加州十二宫杀手转世？他描述的那些案件，尤其是戴着刽子手头套的十二宫画像，都是直接来自格雷史密斯的书《十二宫》。当我通过电话在加州找到格雷史密斯时，他非常恐惧，很明显有人用他的书作为杀人的行动计划。这位《旧金山纪事报》前政治漫画家说，戴头套的原版十二宫杀手画像只在他的书中出现过。”

克劳利打电话到我家。我告诉他：“哦，我的天啊，我感觉非常糟糕，这是个模仿者，不是我们要找的那个家伙。当我最初听说纽约的枪杀案时，我查了下这里的那个从未被指控的嫌疑犯。他还在这儿。”

另一个记者写道：“惊恐的纽约人正抓起这本有关湾区一个连环杀手的1986年畅销书《十二宫》。花了十年时间研究写出这本书的格雷史密斯感到恐惧，因为这本书可能成为一本恐怖行动的指导手册，一本令人毛骨悚然的行动指南。”“我希望它不是这样，”我也告诉了他，“我在十二宫杀手停止杀人后等了很长时间才写这本书，也正是为了这个原因。”

1990 年 6 月 25 日，星期一

珠宝商们发现诞生石的销量直线下降，因为纽约人推测出了十二宫杀手是怎么知道那些受害人的星座的。有新闻报道：

> “警方正告知人们不要把自己的生日告诉陌生人。4 个人已经因他们的星座而被枪击。今天其中一位受害人（约瑟夫·波罗斯，第 3 位受害人）死了。这名持枪歹徒声称自己是 60 年代大名鼎鼎的旧金山十二宫杀手，但是警方不相信这一点。与此同时，50名纽约探员正在调查这个案件，那些通俗小报几近疯狂，纽约人大概会比平常更加提防陌生人。”

十二宫杀手二世写道：“只有猎户星座才能阻止十二宫和七姊妹星[①]。再也不玩了，猪。”《日报》上刊登了一幅地图，是这个城市的地图上覆盖了一份猎户座的位置图解。前三起布鲁克林枪杀案的案发地点都在猎户座的带状位置上。

1990 年 6 月 28 日，星期四

一个男人，他的标志、画像和信件都和十二宫杀手的一模一样，使得纽约不得不屈服。这样致命的模仿者是前所未有的。我飞到纽约，登记住进欧米尼酒店，并且查看了犯罪现场。媒体跟着我，从我的门下塞进很多便条，我几乎开不了门。整个城市都吓坏了。迈克·麦可艾拉瑞在他的专栏里写道：

> “我见到了罗伯特·格雷史密斯。他以前在旧金山的报社工作。格雷史密斯花了 10 年时间调查旧金山连环杀手十二宫。正宗十二宫杀手是一个比十二宫之子更为致命的家伙。没人比格雷史密斯更了解正宗的十二宫杀手。十二宫之子明显将格雷史密斯的书从头读到了尾。他将这本书用作谋杀的指南……尽他所能地模仿正宗十二宫杀手的书写风格。他们都用可怜的黑色字体……要当心……我们生活在廉价的续集时代。”

伯瑞利说：“我们看过那本书，纽约十二宫杀手可能也看过。被指派负责十二宫杀手案件的调查员们认为，这个在纽约市搜捕猎物的持枪歹徒读过格雷史密

---

① Atlas 和 Pleione 所生的七个女儿，变成了天上的昴星宿团。——译注

斯的这本书，并且模仿了其中几部分。”瓦伦·辛克在《观察报》上说：“伯瑞利把格雷史密斯的书奉若《圣经》，和他要搜捕的罪犯一样虔诚地追随它，他把那个人当成了正宗十二宫杀手的复制品。”

一位新闻节目总编、她的摄影师，还有我，一起到了曼哈顿中央公园。拐了一个又一个弯之后，我们来到了第72街东边的文学大道附近。我们坐在帕汉姆遇袭的长椅上讨论这个案子。纽约医院依然让这位福特格林居民区的前居民在他们的外伤科戴着呼吸机。栅栏上的灯越过树木繁盛的小径投出长长的影子，四周漆黑沉静，就像赫曼湖路或蓝岩泉。我回过头去接受访问。西拉维罗告诉我：“我们在公园那条长椅附近搜查了一圈，我们在他便条的右下角发现了一个拇指印。在公园遇袭的那个人描述了一个看上去像电视天气预报员阿尔·罗克的男人，就是那个问他生日的人，不是开枪射击那个。当你逼着探员们做一份疑犯的合成画像去取悦媒体时，那样的错误就会发生。这个合成画像是错的，我们知道这一点。那时这已经是一个全市范围的案子了，不再局限于布鲁克林－昆斯边界。所以那时候我们有49名探员为之工作了一整个夏天。每隔21天又正好是周四的话，我们就会派出一个小分队到曼哈顿、昆斯和布鲁克林。”

临去机场时，我看见警方正在搜查中央公园，漆黑的夜被闪烁的红灯点亮。机场的一位女性工作人员和她的朋友们感谢我到纽约来帮忙，单单这一点就让这次来访变得很是值得。

1990年7月12日，星期四

“十二宫杀手坐的是火车。我们能确定这一点。”警方说，他们计划如果他再次袭击的话就关闭地铁并围捕他。警察们在一个殴打乘客的人口袋里发现一张有十二宫标志的地图之后拷走了他。上百名职员焦急地等待着十二宫杀手二世在注定要杀人那天发动袭击。西拉维罗说：“我们有一百五十到二百组人，一百万个检查员——加班费数额极其巨大。我们曾一度设置了一条热线。它看上去就像一期杰瑞·刘易斯电视马拉松。我们有十名执行受限勤务的警察——你知道的，断手腕的，坏脚踝的，专门坐在那里负责接听公众打来的电话——超过一万条情报。这些情报被逐条核实，每次核实时我们都重新阅读这本书。你猜怎么着？十二宫杀手撑不住了，他写了很多便条讽刺我们——‘再玩玩，猪。我看见你们在埃尔德里奇小路上找我，你们干得可一点都不好。你们抓不住十二宫的。’

“他写了些像这样的东西：‘我是十二宫。第一个星座已经死了。十二宫会在黄道光（Zodiacal light）出现的时候杀死十二个星座。’这张便条我们研究了几个月，到处问这个‘Zody-acal light’是个什么鬼东西。我给美国国家航空航天局打电话说：‘不好意思，科学家先生，有没有一种叫Zody-acal的光？’‘没有，’他说，‘但是有一种Zo-die-ical光。’

“‘那到底是个什么该死的东西？’

“‘嗯，是折射中的太阳光中的灰尘颗粒折射出来的光，但在大城市是看不到这种光的。你可以在加勒比海北部和晴朗夜空中的灰尘里看到这种光。’

“‘什么时候才能看到这种光？’我问。

“‘一年两次。它出现在10月初，再次出现在3月。’

“所以这个人在3月开始杀人，接着停止了。我们知道了关于10月的事，这样看他会不会回来就变得很有意思。他还说过：‘只有猎户星座才能阻止十二宫和七姊妹星。’也就是昴星宿团，另外一个星座。他杀死的那4个人，击中的都是他们的躯干——没有一个是击中头部的，而且其中3个都幸存了下来。有一个人到现在还有一颗子弹在体内。它太靠近他的脊椎了，没办法取出来。”

1990年8月16日，星期四

我回到纽约，住在第57街的戴斯酒店，清晨的时候就在大街上散步。一场垃圾袭击战正在进行中。许许多多的垃圾，落满了苍蝇，堆成一个一个的小山。十二宫杀手的受害人达琳·菲林的妹妹帕姆拎着她丝质礼服的裙摆轻巧地越过垃圾。她出现在萨莉·杰西·拉斐尔脱口秀[①]，讲述十二宫杀手是怎么改变她的生活的。

成功完成恐吓计划的前三分之一后，十二宫杀手二世像正宗的十二宫杀手那样消失了。西拉维罗告诉我：“我们为这个案子全力干了大概9到10个月，直到总探长伯瑞利解散了我们这个小组。”瓦列霍探员巴瓦特依然留下来帮助瓦列霍警察局解决那些复杂的凶杀案，他说：“十二宫杀手在杀戮中的成功点及大多数连环杀手的成功点在于他们跟受害人之间没有联系。像这样的精神病患者通常会在以后的日子里丧失这种杀人的兴趣。”纽约的那名模仿者也是这种情况吗？他狂暴的愤怒散去了吗，他躲起来了吗？

在这期间，我得知利·艾伦快要失明了。

---

① 美国晨间女性谈话节目。——译注

25. 阿瑟·利·艾伦

1990 年 10 月 11 日，星期四

受糖尿病药剂和动脉硬化心脏疾病的影响，艾伦的视力逐渐退化，严重地阻碍了他的活动。尽管已经患有肾衰竭，利还是无视于他的医生关于减少摄入额外液体和注意体重的建议。由于精神灵敏度下降，他时不时地肌肉抽筋、侧腹疼痛、肌肉抽搐。他的皮肤呈现出轻微的黄褐色。在他心里，健康永远，愤怒依旧燃烧。

艾伦从阿塔斯卡德罗放出来很久之后，一位因为忧虑而心力交瘁的职员联系了我。"阿瑟·利·艾伦还活着吗？如果是的话，他还依然是十二宫杀手嫌疑犯吗？"他问。很明显，利曾经告诉过阿塔斯卡德罗的工作人员说他是十二宫杀手嫌疑犯。"据你所知，这个人后来还因为扰童罪被控告过么？精神健康领域认为骚扰幼童的人都是声名狼藉的惯犯。我曾经护理看管过的骚扰幼童者都是重复作案。"很多年过去了，受害人的伤痛并没有减轻。蓝岩泉一案的幸存者就承受过精神伤痛——迈克尔·梅修，他最后一次被人看见是 1969 年 8 月 19 日在瓦列霍的一家医院。

尽管迈克尔是在 7 月 5 号做的手术，但他脖子右侧和左边脸颊上的伤疤仍闪着青紫色的光，标志着一道子弹的划痕。他是一个承受着极大痛苦的研究对象——下颌用钢线固定，左腿中植入一颗金属钉，直到臀部；右臂和右手被子弹打残了——他看着一块子弹碎片被放进一个玻璃瓶。那是从他的左大腿中取出的。一旦能离开的时候，他就将自己伪装起来，迅速逃离了瓦列霍。

圣贝纳迪诺市的一位男护士告诉我："大概一年半以前，我见过迈克尔·梅修，那时他是一名患有多种精神方面疾病的病人，这有可能是他遭遇十二宫杀手留下的心理伤痕的继发症。他直率地承认了他跟十二宫杀手的关系，以及他身上如上所描述的那些伤痕。我记得他有一阵染上了毒瘾并短暂地流落街头。我见过他的未婚妻，她是一个坚强的女人，也许能给他情感和身体上的支持。他们现在可能已经结婚了。他告诉我伯耶萨湖受害人布莱恩·哈特奈尔也住在那个地区，而且他们偶尔还有些联系。两个受害人都住在十二宫案件开始的地方，我觉得挺有意思的。”哈特奈尔描述过十二宫杀手的体重在225—250磅之间，梅修最初的描述也很相似——这个男人的体格“健壮，大块头，没有多余的脂肪”。他有“一张大脸”而且当时不戴眼镜。“他体重在195—200磅之间，年龄在26—36岁之间。他当时穿一件蓝色的短袖衬衫。”这些听上去非常像那个主要嫌疑犯。

在保罗·斯泰恩案件25周年的这个纪念日，戴夫·托斯奇说：“1985年，我没能亲手逮捕十二宫杀手就退休了。十二宫案件是我们历史上最让人困惑的案件。”全国的十二宫杀手们都未落网，在这种情况下，正宗的十二宫杀手放弃这样一个评论模仿他的纽约杀手的机会，真是不可思议。只有极度重大的灾祸才能阻止这个刽子手大放厥词。而他却没有写来任何信件，这是为什么？

1990年12月18日，星期二

利·艾伦跟他的朋友们提起过这个十二宫模仿者。但是他脑子里有其他想法。他生日那天，我在瓦列霍。那天早晨，他穿上母亲织的毛衣，扣上他的海员粗呢短大衣，开车去车管局给他的C类驾照申请两年更新。新的驾照上写明——地区地面交通培训/项目：视力经眼镜矫正。但是在他的驾驶员照片里，他却没有戴眼镜。他开着大众车，漫游在这个水乡，最后停在一家高尔夫球场。他凝视水乡时，我看见他竖起衣领挡风。我知道他熟悉这里所有的水域和盐碱地。在这里，对十二宫杀手的追捕还在继续。

艾伦现在正遭受着肾透析和糖尿病的痛苦。他拄着手杖走路，心脏也不好——可能是循环问题，还有严重的关节炎。十二宫杀手的隐退和他的到来一样令人迷惑不解。二十多年前他出现之前，真的没有任何十二宫之类的事情发生过。

他获得了公众持久的兴趣。加州大学洛杉矶分校的帕克·戴尔兹说：“十二宫杀手是获得公众注意力的早期连环杀手之一，标志和密码的使用不仅使他非常显眼，而且使得一大堆喜欢解谜的人对他很感兴趣。”从占星学的角度来看也是一样。

十二宫迷大卫·莱斯对十二宫杀手的重要日期做了一个分析，但是并没发现天文学的模式。尽管如此，他仍向我建议说有可能存在一个占星学模式。在他的电脑里，他用回归黄道来分析他的发现。

他解释道：“如果十二宫杀手使用的是像春分、夏至、秋分、冬至这样的天文节气，看上去他将选择这些确切的日子来‘干他的事情’，而不是加或者减13天。即使他用的是与回归黄道相差28度（在‘宝瓶时代’替代现在的‘双鱼时代’之前还有2度）的恒星黄道，也不会相差13天。但是，那或许能解释一些东西。对运动员获胜概率的估计使用的就是回归黄道，这样就有更多的机会让火星置于向天顶上升的位置和中天的位置，而这原本是置信度水平为 0.05 的事件。至于对医生和律师的估计，显示的则是木星。尽管我是个占星者，在天文解释和占星解释中，我还是更倾向前者，因为它更有分量，并且可以测量。而后者更侧重于寓意及可能性。”

像正宗的十二宫杀手一样，纽约的模仿连环杀手消失得无影无踪。我祈祷着东海岸的谜团能得到解释。这样就能消除一半的梦魇。在历史上，只有开膛手杰克有模仿者——而现在，十二宫杀手也有了。

26. 十二宫杀手二世归来

虽然十二宫杀手二世案件在多年后才得以侦破，但还是让我现在就来告诉你们它是怎么结束的——就像它开始时那样，结束在弹火中。1994 年 3 月 1 日，星期二，纽约市警方逮捕了一个“不会伤害一只苍蝇”的携带一件自制武器的年轻人。因为十二宫杀手二世曾经用过自制小手枪，所以警方自动地采集所有携带自制手枪者的指纹。但是因为这把枪没法使用，警察们便密封了这个年轻人的档案，他的指纹还保留在里面。他回到比德金大街，在那儿，人们叫他“吸血鬼”。这个“吸血鬼”着迷于所有跟军事相关的东西。他收集军事用具，有时还充当警方缉拿毒品的线人。在白天，他把自己关在纽约东部他和母亲及妹妹共用的一栋几乎废弃的公寓楼里。他对在这栋肮脏大楼里交易的吸毒者们暴跳如雷。在晚上，他徘徊街头，胳膊底下夹着他的“《圣经》”。

我在泰德·库佩尔的《夜航》栏目上说：“你们的那个十二宫杀手，我想，就要被抓住了，从最开始的时候我就有这种感觉。看见他的人比看见正宗十二宫杀手的人多多了。”杰瑞·纳奇曼上了同一个节目，他代表媒体说了一个有趣的观点。“形势并不是我们导致的。第一起十二宫案件公布于众之前，十二宫杀手已经杀了两个或者三个人。第一起山姆之子案件进入公众视野之前，山姆之子已经杀了遇害人数的三分之一到三分之二。有时候这些罪行在我们得知或真正介入之前的一段时间内都是分散的。”

在 1994 年 8 月 8 日星期一那天，我的电话响了。“第三个十二宫杀手出现了，”洛杉矶电视新闻记者皮特·诺伊斯告诉我，“纽约市外有传言说，另一个自称是十二宫杀手的人写信给《邮报》，描述了一系列新的枪击案。”

我说：“是另外一个还是之前那个又回来了？所谓的第三个十二宫杀手——是模仿者的模仿者？他们是怎么看的？”

“他们说他们不想说。”他给我读了美联社的报道：

> “‘我是十二宫。’这句用孩子般潦草笔迹写成的话，变成了那个在1990年夏天将纽约陷入恐慌的杀手的标志性问候语。而现在，几年的沉寂之后，十二宫杀手可能回来了。1990年，十二宫杀手发誓要在每个星座下杀死一个人……接着又突然地消失了。这一周（1994年8月1日），《纽约邮报》收到一封自称是十二宫杀手的相似的信，探员们正努力鉴别写这封信的人是那个杀手还是一个模仿者。写这封信的人声称自己应该对5起枪击案负责，而这5起案件，据警方说，发生在1992年8月10日至今年6月11日之间，致使至少两人死亡。所有的枪击案都发生在1990年枪击案发生的大致相同地点。”

诺伊斯刚挂掉，基兰·克劳利便打来了电话。他说：“纽约现在是4点，又出事了，另一个十二宫杀手。他枪击了5个人。还记得4年前吗？这个十二宫杀手声称他就是枪击那4个人的那个家伙。很明显，这些信件和正宗的十二宫杀手之间有些一致点……你觉得可不可能是他已经呈现出十二宫人格特点，能认为他就是真正的十二宫杀手吗？”

我说：“这个模仿者最初出现的时候，我母亲建议我向媒体说这个家伙并不是十二宫杀手。当我这么做的时候，他停止了活动。谁知道呢，没准他真的以为自己是旧金山十二宫杀手。又或者他没打算真的杀死那些受害人，只是想弄伤他们。波罗斯死后，他就停止了杀人。”

“在我看来，他显然读过你的书。他做了一张成绩表，声称4年前是4个受害人，现在有5个——一共是9个。警方确认了这次枪击案中的这个家伙——他们有一个弹道匹配点——口径为0.22英寸——这一点很像十二宫杀手。”

“十二宫杀手在他第一起北加州凶杀案中用了0.22英寸口径的手枪。”

“你觉得他是把你的书当成了《圣经》吗？现在据我看来，是这样的。”

“我觉得这太糟糕了。我写这本书的目的是为了抓住十二宫杀手或者离他足够近，将他困住。我觉得我们在这个方面成功了。旧金山十二宫杀手被有效地挫败了。通过发表他的故事和所有的线索，通过警方加强审查，我们没有再看到凶杀案，也没有再收到信件。”

现实生活中很少有杀手模仿小说，重复虚构的犯罪情节或者作案手段。我知道，纪实类书籍还没有激发过犯罪。针对这个话题，我向克劳利提及了一篇文章——《一个作家的梦魇》。

克劳利说：“这是你的一个梦魇，有人研究过你的书——这太可怕了。对你来说，好像是第二次——现在警方不知道的是，这究竟是不是同一个家伙。更可怕的是——这是同一个家伙又回来了，还是两个不同的人。”

“两个精神错乱又容易受影响的人？”

克劳利说：“私下里跟你说说，我们认为可能还是4年前那个家伙。他们的描述有几分匹配——我稍后将告诉你有关详情。”

第二天，他告诉了我一些有关《邮报》上的新十二宫密码的事情。“如果你在这些符号的左侧放一面手镜，就能看到他是怎么创造出他的这个新字母表的了。它们看上去像是普通的海军标志，但其实不是。它们是海军信号旗（基于国际旗语和绳语的海事系统）的镜像——它们基本上全都是。我们之前并不知道这一点，我们做的是标准的密码破译之类的事情。这些标志在一种水平面的叫做‘窥镜’的字母密码中被放大了两倍。它看上去好像是通过将一面小镜子放在海军旗语符号的左边制成的。他说：‘我是十二宫，自始至终我都能自控并掌握着一切。准备好接受更多吧。你们忠实的朋友。’显然，这与正宗的十二宫杀手之间有一些一致点……警方已经确认他们有了弹道匹配点——口径为0.22英寸，而这正是十二宫杀手曾经使用过的。对他的描述不是一个黑人，而是一个黑皮肤的拉丁美洲人。”

我说：“这跟正宗十二宫杀手的描述就有很大的不同了，新的这个人有可能是十二宫杀手三世。”已退休的纽约市警察局探员艾尔·谢泼德和詹姆斯·泰达尔蒂怀疑这是十二宫杀手三世——他没有像1990年那样暗中跟踪他的受害人，而是随便挑选几个人。1990年的十二宫杀手有一个袭击的模式：日期选在周四，间隔为21天的倍数，而且某些星团要在天空中可见。最新的十二宫杀手却没有遵循任何模式。之前那个十二宫杀手瞄准的是人的躯干，而新的这个却瞄准头部。但是这两位探员都承认有足够的相似点可以证明他们可能是同一个人。

迈克·西拉维罗告诉我说：“8月5日，我接到一个电话说：‘十二宫杀人了。他写了很多信。这是真的。他又出现了。’难以置信的是，1990年的十二宫杀手有4个受害人的星座的书面记录。当时我们所做的是理出了我们之前有的4个人的轮廓。他们唯一的共同点就是他们每个人都有点毛病。第一个人走起路来严重一瘸一拐，他有某种天生的缺陷。第二个人喝得大醉——他完全没有意识——昏倒在他屋前的人行道上。第三个人是一个总是在午夜瞎逛的78岁老人。他把白天和黑夜搞混了。他有点太老了。第四个人睡在中央公园的长椅上。”

“他挑那些无助的人来杀。”我说。

“但是1994年的这个家伙不仅袭击男人，还袭击女人。这个人还会刺杀。这一点更像你要找的那个十二宫杀手。正是这一点让我觉得毛骨悚然。我觉得1990年的这个家伙和1994年的这个是同一个人。事情是这样的……早上7点的时候他们给我打电话，在电视广播里问我这些问题。我花了大概15分钟阅读3份报纸里的有关内容，然后开始广播。当时我的直觉告诉我，这不是我在1990年调查的那个家伙。但是现在我有了一点时间去仔细检查那封信。笔迹不一样——但是你对付的是一个精神病——他的药物处方可能会改变。他还可能换只手拿笔。在1990年的几封信件上，我们找到过相匹配的拇指指纹，而且你知道的，纽约市警察局有一套表面识别系统——一套计算机化的指纹比对系统。潜指纹核查者们之前只能手动完成比对。现在只要你曾经被逮捕过，你的指纹就被存在了系统中。如果你在一封信上取下了一个潜指纹，你就能进行比对。有一个探员被指派专门做这个工作——他有1990年十二宫杀手的指纹，并且不断地把它输入电脑。此案相关的指纹报告共有3600多份。所有的都经过电脑。如果你的名字在早期调查中出现过，那么现在，4个月之后，另一位探员正在会见某人，这时候这个名字出现了。砰！它可能能对得上，然后你就可以前后对照向上汇报了。‘嘿，这个家伙看上去很有趣。一个中间人曾在两个月前跟我们说过布朗克斯区有这么个人。现在布鲁克林的某个人也认为同一个人有此嫌疑。有些警钟要敲响了。’”

我说：“他们早就该那么对待十二宫杀手案件了。”我想起了林奇和穆拉纳柯斯针对利·艾伦分别作出的报告。他们都不知道对方曾对其作过讯问。

克劳利说：“在他的密码信件里面，十二宫杀手说‘我能自控’，我希望他能另外寄一封信来证明这一点，在他伤害其他人之前。因为我认为是时候往下一个阶段前进了。”克劳利标题为《疯子依书而动》的文章，发表在8月9号的《邮报》上。

《十二宫》一书的封面复印件下是文字说明：“行动指南，可能激发十二宫杀手二世的现实生活犯罪小说。”

克劳利写道：“十二宫杀手可能以一本1986年出版的讲述旧金山十二宫杀手的书作为向导。罗伯特·格雷史密斯写的这本畅销书《十二宫》，讲的是一个从1968年开始恐吓湾区的戴头套的杀手。4年前，格雷史密斯又有了一次相似的经历，当时纽约一个自称为十二宫的持枪歹徒开始了他的射杀狂欢。”

1994 年 8 月 12 日，警方得出结论说新的信件来自十二宫杀手二世。他已经说明了他对这些袭击的“密切了解”——时间、地点、年龄、5 个受害人的性别、受伤位置、枪的口径（4 起用的是 0.22 英寸，第 5 起用的是 0.38 英寸）。有一些细节能匹配上，但并不是所有的。一个受害人是被刺杀的，而不是被枪杀的。帕特丽夏·佛特被刀刺了一百多下。

伯瑞利说：“我们感到很困惑，但是我们很确定这不是一个恶作剧。”

心理学家乔伊斯·布拉泽斯博士说到十二宫杀手的归来：“这是一个完全无助的人，他通过公众寻求力量。他幻想着征服全世界，因为他无法掌控自己的生活。他想要自控。那就是他的幻想。或许没有亲人或者别人爱他。”

贝尔维医院的一位司法精神病学家迈克尔·威尔勒说：“有一种感觉想要成为一个猎人。他试图用密码来密谋他的诡计。他想要变得富有魅力，因为他是一个失败的人……他有一些虐待狂的成分。我觉得他十分喜欢吸引注意力……十分胆小卑劣。”

两年即将过去。1996 年 6 月 18 日，星期二，中午过后几分钟，“吸血鬼”因他十几岁大的妹妹跟坏人混在一起而感到心烦意乱，他用机关枪射中了她。片刻之后，一辆救护车长声尖叫着停在比德金大街 2730 号的马蹄铁型前院。头几发子弹将救护车打出了参差不齐的洞眼，其他的子弹飞往了人行道。子弹在空中划出致命的弧线，崩走了砖瓦，困住了 4 名警官。戴头盔穿防弹衣的警察们开着紧急勤务小组的金属护罩车，配备有防弹的装置，解救了那 4 个人。

警长约瑟夫·赫伯特有着 15 年丰富经验，说话温和简洁，在底下的街道上同“吸血鬼”谈判。“我想我会投降的。”他喊道，他已经厌烦了这场无限拖延的较量。警方从屋顶放下一个花篮。“上缴所有的武器。”他们命令他。他将那个篮子装满了 3 次——13 把自制手枪、便于隐藏的廉价小口径手枪、许多弹药、7 把狩猎用及军用刀，还有一把大砍刀。围攻在下午 4 点过后不久结束。“吸血鬼”赫瑞贝托·埃迪·塞达被捕了。塞达的房间里有两个配制好的钢管炸弹，还有一个正在配制中。一个装满炸药的炸弹和最近被放在布鲁克林停车场的 3 个炸弹能匹配得上。警察们被告知一定要查他的书房。连环杀手经常阅读其他人的故事，以避免导致他们被抓的相同失误。

塞达书面供认射杀了他同父异母（或同母异父）的妹妹。在那一页的底部，他画了一个顶部是 3 个 7 的倒十字。赫伯特说道：“它就那样从纸上跳出来，我差点就从椅子上摔了下来。就是这个笔迹！那些 t、s、m，连同倒十字这个标志，让我意识到这就是十二宫杀手。我马上就认出它来了……我研究它已经两年了。”

这些标志将塞达和十二宫杀手二世（在第一封信的右下角留下过一个拇指印）6年前的画联系在了一起。赫伯特找来纽约市警察局潜指纹小组的罗纳德·阿隆基斯，让他带一些指纹到总部去做比对。阿隆基斯对十二宫杀手在两封信上留下的手指嵴线和涡线早已熟记于胸。

大约在晚上8点半，他用一面放大镜细看这些指纹。突然他睁亮双眼，接着变得十分兴奋。6个小时的审问之后，凌晨1点20分，塞达对9起十二宫杀手袭击案签了供认状，他声称是强烈的欲望促使他随便杀人。十二宫杀手二世是偶然知道一些受害人的星座的。“我只是想在城内增强恐惧感。”他说。

负责十二宫杀手案件的探员们感到非常吃惊。“我们以为他独自生活，因为如果他和别人住在一起，我们想他们最终会放弃他的。”弹道学和唾液试验进一步将塞达和十二宫枪击案联系在了一起。他曾经添过一个信封的封舌和一张印着“爱”字的邮票。塞达在1994年后就停止了杀人，因为他“失去了这种强烈的欲望”。

1998年6月24日，星期四，陪审团花了将近一天的时间深思熟虑，宣告这个高中就辍学的30岁男人犯了3项谋杀罪和一项企图谋杀罪。一个月后，纽约十二宫杀手被判监禁83年。“你将会死在监狱里。”罗伯特·J.哈诺费法官说。“十二宫杀手从不曾对我们撒过谎，”西拉维罗得出结论，“那才是最悲惨的事情。”回到雾气缭绕的旧金山，没有人察觉到第三个模仿者就要出现了。

十二宫杀手三世的杀戮将十分可怕。

对正宗十二宫杀手的追捕还在继续。除了律师贝利，十二宫杀手在他的信件中还提到过其他两个人。一个是在他的密码中，“嬉皮士罗伯特·埃米特”，另一个是马克·史宾尼利伯爵。十二宫杀手的信件是不是暗藏着给某个叫史宾尼利的人的信息？我们能否找到一个跟利·艾伦相关的“史宾尼利”？

27. 重要秘密

1990年12月14日，星期五

拉尔夫·史宾尼利在他50岁生日那天，躺在他狭窄的房间里，汗水打湿了薄薄的床垫。圣何塞县警察局的吉姆·奥弗斯特里特怀疑他参与了至少9起饭店持枪抢劫案，并逮捕了他。如今，面临着 30 年监禁的宣判，他对奥弗斯特里特说他有东西可以做交易。

“我知道十二宫杀手的真实姓名。”史宾尼利终于说道。这是他的法宝。

奥弗斯特里特意识到史宾尼利可能在编故事——很有可能是这样。但是，他不能忽视这个可能有价值的秘密。十二宫杀手案件是这里最重大的案件。他留言给当时已退休的探员巴瓦特，巴瓦特随即给他回了电话。奥弗斯特里特说：“史宾尼利现在被监禁在圣克拉拉县监狱里，针对他现有的指控，除非我们能跟他做某种交易，否则他不会泄露任何他知道的十二宫杀手的秘密。”巴瓦特叹了口气，他之前听过这样的声明。“我会再找你的。”他回答道，然后打电话给康威。

巴瓦特后来告诉我：“这个叫史宾尼利的家伙住在圣何塞县，他犯了多起持枪抢劫案。警察们抓住了他，他说：‘去联系瓦列霍警察局吧，我会跟你们说一些事情，关于一起他们非常感兴趣的案子。’他们给我们打来电话，康威和我在史宾尼利生日那天去南部跟他见面。瓦列霍警察局的罗伊·康威副巡官已经知道史宾尼利这个人。在 40 年代、50 年代和 60 年代，他的名字在瓦列霍广为人知。他曾被怀疑与集团犯罪有关。”

康威自打 1965 年就是瓦列霍的警官，曾与已退休的穆拉纳柯斯一块儿工作。目前他是调查组的指挥官，但是菲林遇害、梅修被重伤时，他是一名警长，并且他和理查德·霍夫曼是最早到达犯罪现场的警察。康威亲自证实了十二宫杀手在 1969 年寄给媒体的对凶杀案的描述的真实性。他认为这些射杀案都是十二宫杀手干的。一个给瓦列霍警察局的匿名电话是从阿瑟·利·艾伦家附近的一个电话亭打出的，也就是塔克停放他汽车的地方。

康威和巴瓦特开车到了圣克拉拉监狱，检查好他们的枪，去见了史宾尼利。史宾尼利在等待审判时缴纳了 50 万美金的保释金。这个囚犯很焦虑，他知道自己惹了多大的麻烦。虽然这一切加起来足以要了他的命，但他还是不肯改变主意。没有做成交易的话，他是不会说出这个他所知道的十二宫杀手的名字的。

“我想要清除所有对我的指控。”他坚持这么说。

“这是不可能的。”巴瓦特说。

“我们拒绝做任何像这样的交易。”康威说。

“而且你怎么知道这个人就是十二宫杀手？”巴瓦特问。

“他在杀旧金山出租车司机保罗·斯泰恩的前几天曾经恐吓过我。他想向我炫耀他是多么强硬。他告诉我他要去旧金山杀一个出租车司机给我看看，”史宾尼利说，“大概在第二天，一个出租车司机在旧金山被杀，而且十二宫杀手承认是他干的。”一份警方报告证实史宾尼利与艾伦过去打过架。

经过长时间的商讨，史宾尼利同意将十二宫杀手的真实姓名告诉他的律师，克雷格·肯尼迪（圣克拉拉县的一位代理公设辩护人）。在这个月剩下的时间里，肯尼迪和他的顶头上司布赖恩·斯肯奇梅斯特开了好多次会。结果就是，如果没有给他们的当事人一个明确的交易，他将不会透露进一步的信息。这是康威和巴瓦特依旧拒绝做的事情。他们也采取了强硬的态度。看看是谁先憋不住将是挺有趣的一件事。

1991 年 1 月 31 日，星期四

康威接到肯尼迪的电话。“我能告诉你史宾尼利说的那个名字。”他说。对方就这样投降了。康威静静地等待，虽然他觉得他早就知道答案。

“是利·艾伦。阿瑟·利·艾伦。”

康威慢慢地呼出一口气。他已经知道关于艾伦的一切。他马上给巴瓦特打电话。“李（Lee）”曾经出现在十二宫杀手的密码里。艾伦在 Ace 五金商店的工作服上印的就是这个名字。康威联系了旧金山的探员阿姆斯特朗。阿姆斯特朗说：“是的，70 年代早期的一个嫌疑犯就叫阿瑟·利·艾伦。”他也证实了，据他所知艾伦的名字没有被任何媒体公布过。知道他名字的就只有执法部门的人和那些真正调查十二宫案件的人，或者是艾伦曾经对其吹过牛的人，比如阿塔斯卡德罗的医护人员和他在索诺马汽车部件商店的同事。

巴瓦特后来告诉我说：“阿瑟·利·艾伦和史宾尼利那时候是熟人，艾伦靠近他，说要当一个暴徒给他看看。史宾尼利这个家伙开了一家无上装酒吧。史宾尼利说艾伦承认自己是十二宫杀手，还说‘为了给你看看，我要去旧金山杀一个人’。我十分了解史宾尼利这个家伙，他一向劣迹斑斑。我不知道能不能相信他说的。”

史宾尼利有可能编造了这个故事，试图博得好感。就算他说的都是真的，也不是可以拿着上法庭的有力的支持性证据。它只是腐朽树木结出的果实。但是史宾尼利最初是怎么知道要提出利·艾伦这个名字的？

1991 年 2 月 6 日，星期三

康威和巴瓦特驱车前往州司法部萨克拉门托凶杀案小组，去见探员弗雷德·舍瑞萨高。现在这个部门储藏着所有十二宫杀手袭击过的县所拥有的十二宫案件资料。关于州司法部，业余探员们老生常谈的就是某个高层不经常回应他们的信息和推断。

这可不是托斯奇的方式。他告诉我："要让人们知道你感激他们提供的捉拿十二宫杀手的线索。我收到一个人的信后，总是会告知他，尤其是信里有些实质性或者真实的内容时。我从来不知道哪天会收到一封信可以确定或者侦破这个案件。"舍瑞萨高交给康威所有有关阿瑟·利·艾伦的报告，所有证明旧金山探员尤其是阿姆斯特朗和托斯奇对艾伦初步调查的记录。他们和阿姆斯特朗谈话，接着联系了现已退休的梅尔·尼古拉。尼古拉同意阿姆斯特朗的观点，媒体从来没有透露过艾伦是十二宫案件调查中的疑犯。巴瓦特曾专心观察过当地的报纸。他也知道艾伦的名字从未公开跟十二宫杀手联系在一起。史宾尼利肯定是与利·艾伦或者是他的密友有过个人接触。他不可能有其他的方式能够想到这个名字。

我问巴瓦特："史宾尼利有没有什么撒谎的理由？怨恨？或者是为了某种稍微轻微的判决？"他告诉我："艾伦曾经和史宾尼利打过架，艾伦曾出现在他家，踢开门痛打了他一顿。是的，他提供这些信息是想换取一个稍微轻微的判决。"

康威通过萨克拉门托寻求联邦调查局局长的帮助，电传如下：

> "要求潜指纹小组给萨克拉门托提供十二宫杀手案件调查中发现的所有潜指纹的照片，也就是潜指纹编号A-10042。在自动辨别系统、潜指纹自动系统模式和全国未识别潜指纹档案中，潜指纹小组被进一步要求搜索十二宫案件调查中发现的所有潜指纹。萨克拉门托并不知道这一之前正在执行的搜索。应加州瓦列霍警察局的要求，存档在鉴别中心的潜指纹照片将被调出。瓦列霍警察局计划在加州司法部潜指纹自动辨别系统（简称ALPS）中搜索这些指纹。"

他们将指纹与十二宫案件中所有嫌疑犯（从囚犯到军事人员）的指纹做比对，没有能匹配上的。十二宫杀手是怎么做到的呢？

1991年2月7日，星期四

巴瓦特联系了匡蒂科市暴力罪犯缉捕计划小组的心理学家拉瑞·安科隆。安科隆知道十二宫的一切。巴瓦特将阿姆斯特朗、托斯奇和穆拉纳柯斯在1971年调查发现的一切都告诉了他，然后告诉了他史宾尼利提供的信息——阿瑟·利·艾伦这个名字。关于这个人，小组已经有了一份档案（他们在十二宫案件中最大的一份）。据安科隆推断，十二宫杀手从嘲弄警察及用他保留的凶杀案纪念品重演凶杀活动中获取了莫大的快感。他说："我的研究结果显示，多次犯这种罪的人会保留这些犯罪活动中的一些纪念品或者战利品。他们会拿走受害人的一些随身物品，比如身份证明、衣物碎片之类的。这样他们便可以将它们藏起来，并多次重演那些事件。他们自己会剪辑杂志和报纸对犯罪的报导。这种保留战利品的人在他们的住所内会有巧妙的藏匿之地，像是夹壁墙、藏起来的保险箱之类的地方。很多时候这些人会在另一个地点有一个专门存放他们纪念品的地方。”

或许十二宫杀手的战利品就在某个地方的水下，比如伯耶萨湖，或者在房车的墙内。安科隆认为杀戮还在继续，或者前不久还在继续。毕竟十二宫杀手曾经说过不会再告知任何凶杀，他会让它们看起来像是普通的事故。他说：“唯一能让我认为凶杀已经停止的理由，就是这个人已经搬走（尽管别处发生的十二宫犯罪因为众所周知的作案手法很容易就能辨别出来）。他也有可能已经死了。或者警方已经离他足够近马上就要逮捕他。”许多看见过十二宫杀手的人或者出现在利·艾伦不在场证明中的人都神秘地死去。

巴瓦特告诉我说：“你知道的，当你调查了那么多的案件，不久你就会疲倦到那种有那么多巧合但是你根本不相信巧合的程度。无风不起浪。”他去了艾伦曾经工作过的Ace五金商店，并且联系了利的同事乔治·西布。他以前是市政府的雇员，曾经在一家造船所工作了很多年，退休后在Ace五金商店工作。

“你了解阿瑟·利·艾伦么?”巴瓦特问。

西比说：“我十分了解他，我基本上每周都去他家。”虽然利的母亲已经去世，他可以支配整栋房子，但他还是住在他的地下室卧室。西布也见过艾伦的那些枪。“许多左轮手枪——我想应该是口径0.22英寸的，另外至少还有一支半自动手枪，但是我不知道它的口径是多少。”艾伦曾经被索诺马县治安官办公室以骚扰两名幼童的罪名逮捕，是个重犯，因此，他根本不被法律允许持有任何西布所看见的那些武器。但是在西布认识艾伦的10年以来，艾伦从来没有跟他谈论过十二宫案件。这让人困惑。利曾经和别人谈论过，甚至引导人们往那个特殊的方面去想。巴瓦特提醒西布不要透露这次会面的事情，然后重新约见了许多知道一些艾伦信息的人。在他们跟他对质之前，需要收集尽可能多的信息。

弗雷斯诺大街32号东北边的独立式车库旁停着一辆坏掉的蓝色通用汽车。根据西布提供的信息，艾伦有一辆老式的黑色通用汽车。车道上停着一辆老款的白色梅赛德斯-奔驰和一辆浅蓝色的大众卡曼吉亚。艾伦有过一辆白色别克车，而达琳·菲林曾经被一辆美国产的白色轿车跟踪。在伯耶萨湖案案发当天，曾有人在那儿看见一辆挂着加州车牌的银色或冰蓝色66年产雪佛兰。

为了了解情况，巴瓦特开车来到百老汇1545号，艾伦在那儿有一艘拖船。那个地方是百老汇西边的一所单层住宅。房子左边是一个独立式双门车库，里面堆着一些家庭日用品。还有储藏区——一个 40 英尺长 20 英尺宽的大棚，后面还有第二个储藏区。乔治走到外面。车库后面，风鞭笞着空地上的草。空气中弥漫着海湾的味道。空地的中央，拖车上平放着一艘 22 英尺长蓝白相间的帆船，被一块蓝色的篷帆布松松垮垮地遮住了一部分。巴瓦特偷偷地掀开这块篷帆布，看见一个加州牌照号码——NE3725。这艘船的甲板上还设有睡眠区，可以让一个人偶尔在海上待上许多天。巴瓦特还注意到一艘敞着的大概 10 米长的帆船。“它看上去更像是一艘划艇。”他说。巴瓦特将这艘船的牌照号码也草草记下——9127F。两艘船都注册在利名下。他母亲买下这些船给他，像他弟媳说的那样宠坏了他。康威告诉他：“艾伦已经失业一段时间了，靠一般援助金过日子。他常去潜水，参加双体帆船比赛。”巴瓦特决定，除弗雷斯诺大街 32 号的搜查许可证外，警方至少应该搜查这艘帆船。但是他们要找的证物可能沉没在海岸边的某个地方，在蓝色的湖水下，或者在海湾三角洲汹涌的波涛之下。

1991 年 2 月 12 日，星期二

在整理搜查许可证宣誓书时，康威在找一些留在艾伦弗雷斯诺大街家中的证物，那些也许能证明艾伦犯了重罪。或许他们去得太晚，找不到什么实物证据。但是，这似乎揭示了为什么谋杀会停止。艾伦已经法定失明了。康威说：“他病得很厉害，51 或者 52 岁……他得病有些日子了，就算能走动，也不灵活了。作为一个嫌疑犯，有很多人盯着他。一个生着病，丧失了兴趣的嫌疑犯——所有的这一切都解释了那个为什么。”这个案件里的“为什么”就是为什么十二宫杀手停止了杀人和写信。

“我们认为他对别人不再具有危险性了。”乔治·巴瓦特告诉我说。

在附件四中，康威列出了他们要找的东西。所有口径为 0.22 英寸的半自动手枪，或者所有口径为 0.22 英寸的实弹或用过的子弹，这些子弹可能在自动手枪中射出过，并且可能跟赫曼湖路受害人贝蒂·卢·詹森和大卫·法拉第的死有关。受害人詹森和法拉第、达琳·菲林和迈克尔·梅修、西西莉亚·谢柏德和布莱恩·哈特奈尔的所有个人物品。他们还在找一双十二宫杀手在伯耶萨湖穿的黑色 10 号半的翼行者靴子。官方着重要寻找的是保罗·斯泰恩的灰白条纹运动衬衫的剩余部分。它很有可能染着血污。在那个哥伦布发现美洲的纪念日（10 月 21 日），在樱桃街，斯泰恩的钱包、身份证和黄色出租车的钥匙也被十二宫杀手带走了。连环杀手们有保留犯罪纪念品的嗜好，这样他们就可以重演那个时刻。

康威和巴瓦特需要找到曾经绑着一支手电筒的枪，9毫米口径的自动手枪或者9毫米实弹或可能从9毫米手枪中射出的子弹。他们将试着把这些和保罗·斯泰恩凶杀案联系起来。他们列出了所有1英尺长的刀，刀刃有1英寸宽，刀鞘上还有铆钉装饰；还有一个将十二宫杀手的头和肩膀罩住、垂至腰部的无袖黑色刽子手头套。胸前有一个白色的十字穿过圆圈的标志。康威希望能找到艾伦的日记，或者他保留的能将他和十二宫杀手或案件调查联系起来的日志，这样就可以抓住他。还想找到上面有十字穿过圆圈的十二宫标志的所有物品。他在他的宣誓书上写上最后一条："您的立誓人请求法庭在此次搜查之后密封起这份搜查许可证宣誓书和搜查结果。提出这项请求的理由是，十二宫案件已引起全国公众的注意，如果新闻媒体知道了这份宣誓书的内容，而我们又没能达成任何指控，就会激怒公众。另一方面，如果能够达成指控，公众基于这份宣誓书，可能会让这个案件难以得到一个公正的审判。"

警方开始相信十二宫是一个单纯的不曾暗地跟踪受害人的杀手——只是在情侣小道偶遇受害人，这跟之前的看法正好相反。但是这个杀手非常熟悉瓦列霍和伯耶萨及周围地区，而且受害人在生前都曾经投诉被跟踪过。

我也感到难过，为了艾伦曾经失去的成功的机会——他曾经有可能成为奥运会跳水选手。我回想起他在年刊上的照片，还有他上高中时及20世纪50年代在普朗吉当救生员时的照片。一张剪报上画着一个身材修长的年轻人，180磅，正要从跳板上跃下。利曾经健康英俊，看起来像十二宫杀手第一份合成画像那样有震慑力。从保罗·斯泰恩凶杀案案发到第一次见托斯奇和穆拉纳柯斯之间，艾伦的体重增加了许多。他的脸变得像猫头鹰一样，常被比作胖乎乎的民歌歌手布尔·艾夫斯——但是那时候艾伦相对年轻，而艾夫斯已经是个老人了。像以前一样，这些日子以来，艾伦只靠每月500美金的残疾人补助度日。

1991年2月13日，星期三

瓦列霍－伯尼夏地方法官F.保罗·戴西批准了一张搜查许可证（编号1970），准予搜查艾伦在弗雷斯诺大街32号的家和存放在百老汇1545号的帆船。

1991年2月14日，星期四

康威和他的部下履行了这份许可证——轻拍着门，满怀期待地站在清晨凛冽的空气中。门开了，一队警察进去了。过了这么多年之后，至少他们终于可以看看那个阴冷潮湿坟墓一般的地下室里究竟有些什么。

28. 搜查

1991年2月14日，星期四

“我是个好人。”艾伦说。

“如果我能证明你是个卑劣小人呢?”康威说。

“如果你们有证据，早就会控告我了。”艾伦平静地说。他拄着手杖，低垂着眼睑，双眼在大额头底下闪着棕色的光——像松鼠的眼睛一样。利的狗梭比待在他脚边。在利的父母伊桑和伯尼斯住过的楼上，康威拉出一把椅子，开始了这次谈话。除了身边的东西，他还看见很多落满灰尘的旧时上流社会的古董和纪念品。如今，一个年轻女人租住在楼上，而利把自己放逐在地下室里。不过，利放了一些衣服还有鞋子在楼上后面的卧室里。楼上的餐厅和楼下的卧室里都有一台唱机，还有唱片和其他零碎东西。他有一台夏普电视机和一台夏普录像机，还有一台录像机、镜头、黑色可转换录像机、立体声适配器，还有许多许多的磁带。这里有许多珍贵的器材。

通过观察，康威发现了一些小事情——利是一个烹饪高手，而且非常喜欢故意在这些食谱卡片上写一些错别字。康威后来告诉我说：“我们曾经跟他的弟弟和其他亲人确认过，他是故意写错字的，并不是偶然。他写食谱时，比方说，写‘egg’（鸡蛋）时——他不写成‘egg’，而写成‘aigs’。他这么写是故意的，就是为了让看到的人咯咯直乐。他一直都这么做，不管什么事情都这样。”

说到他的高智商时，艾伦变得健谈起来。他笑着说：“哦，不！我不是什么天才。”随后，在KTVU电视台的一个电视访谈节目中，他却这样形容他自己：“我就是个天才。”“我再也不酗酒了。”他说。并且承认他在机械方面有出色的个人能力，“我什么事情都能做得非常好”。

康威和巴瓦特走到艾伦黑暗而沉闷的地下室里。康威的手下在地下室里发现了四箱录像带、一箱录音卡带和一台卡带录音机。他们将每盒录音带都播放了几秒，然后都目瞪口呆，康威“啪”地关掉了录音机。接着是长时间的沉默。

“那是我。”利说。

“在做什么?”

“打一个小男孩的屁股。”

“什么?”

他丝毫不觉得尴尬地说：“一个假装痛苦的男孩。我觉得这能激起我的性欲，我承认我是个性变态。我的确能从虐待狂色情电影中得到性快感，虐待的快感。”他注意到探员们正盯着他看。“嗯，我对折磨过这些年轻人感到后悔自责。”他说。

同样的尖叫在其他的录音带中也有——是那些不知名的受害人的哭喊声？很难说是否全都是小孩，尽管这本身就足以构成犯罪了。艾伦是那么迷恋幼童而不能自拔，虽然这意味着他可能再次被送到阿塔斯卡德罗。

他激动地说：“如果我是十二宫杀手，我会愿意坦白一切的。十二宫杀手会被判成疯子……十二宫杀手不喜欢杀人。我宁愿死也不愿意去阿塔斯卡德罗。我不能待在那里。我憎恨阿塔斯拉德罗，那里缺少自由——一堆疯子。在那里，他们跟你玩心理战术。”

警方还在继续搜查确凿的证据。在地下室布满蜘蛛网的发黄的剪报中，警察们搜出了一篇高级法院法官托马斯·N.西里的专栏文章，是利从阿塔斯卡德罗放出来后不久剪下来的。西里法官的《精神病抗辩权》发表在1979年1月10日的《瓦列霍独立报》上。西里引用了德鲁诉讼案，重新定义了精神错乱的法律概念。很明显，如果艾伦被当做十二宫杀手进行审问，或者被宣判为十二宫杀手，这项抗辩权将是他为自己辩护的策略。搜查者们发现了各种各样混在一起的关于十二宫杀手的报纸和新闻剪报。其中有许多刊登了十二宫杀手故事的1982年的《先驱报》和《旧金山纪事报》。探员们抓起了1982年6月3日的两份《瓦列霍先驱报》，和一份同年6月6日的《纪事报》。

康威发现，尽管利说了很多话，其实都言之无物。康威说：“我发现他撒了许多谎，他否认也没用了。最后一封被认为出自十二宫杀手的信件，是在他从阿塔斯卡德罗医院出来几个月后出现的。而在他待在阿塔斯卡德罗医院的那段时间，根本就没出现什么信件。”

利否认跟十二宫凶杀案有任何关系，但是的确承认了林奇警官在1969年10月初讯问过他。他说：“那天我本来打算去伯耶萨湖的，但是我改变主意，去了海边。”他没再提起任何有关案发当天看见他回家的那位邻居的事，也没有提起那位邻居在17天后死于“脑血栓——大块的”。

据康威说，利“在整个会面过程中态度友好、平静和合作”。但是探员们从地下室找出了一大堆武器。“仔细看看这个。”一个探员在挖出一把装着6发子弹的鲁格0.22英寸左轮手枪时说。还有一把鲁格0.44英寸的黑鹰手枪和5发子弹，一把柯尔特式0.22英寸自动手枪和7发子弹，一把雷明顿0.22英寸来复枪，一把史蒂文斯835型口径12号双筒猎枪，和一把温切斯特50型口径20号自动猎枪。一把温切斯特超细口径枪，和各种各样的口径为0.32英寸、0.22英寸、0.44英寸和0.30英寸的子弹。一个0.22英寸自动枪的弹夹和3发子弹，一把带望远镜的马林0.22英寸来复枪，一把英兰德0.30英寸来复枪。因为艾伦以前是个重犯，所以他持有枪械是违法的。

接着有一个更大的发现——康威的手下发现了4个钢管炸弹、1根雷管线和7个撞击装置（铁路用号炮）。他们搜出一个装有黑火药的罐子，没有全装满，还有一些欧亚0.44英寸口径的黑火药，编号13357。他们找到以下物品：两种保险丝（绿色的，每种两卷，98.5英尺长）和两卷橙色的保险丝，9根非电起爆雷管，两根1英寸的一端带帽的镀锌钢管，5瓶钢管丝扣油和6把钢管钳。

在一个硬纸盒里，他们查出几瓶硝酸钾，一些绿色保险丝，两瓶硫黄，两玻璃瓶黑色的东西，还有各种各样的烟花。

“我从来没在我的地下室里存放过炸弹。”利坚持这么说。

“嗯，我们找到了一些。”康威说。

“我根本就不知道它们在那儿。”

康威说：“听着，我们在钢管炸弹上发现了你的指纹。”

他笑着说，“不，你们没有，是一个前罪犯在十来年前把它们留在那里的。他已经死了很多年了。”

后来康威被问道：“你们真的找到指纹了吗?”

他说：“这么说吧，一开始艾伦根本不承认知道他的地下室里有炸弹，然后当我们告诉他关于炸弹上面他的指纹的事时——其实是没有的，他便开始解释他是怎么打扫地下室的，又是如何把它们从一个地方挪到另一个地方的。自始至终我们都是在跟他搞清这种事情。”艾伦说这些炸弹是10年前开始在那儿存放的，就是说1981年，也就是十二宫杀手吹嘘说他的地下室里有一个死亡机器的12年之后。调查员们发现了一个刻有“D. E. 布兰登”字样的Zippo打火机。显然布兰登就是那个据说留下这些炸弹的前罪犯的名字，而且这个人还活着。他否认“多年前曾经在一个朋友的地下室留下过一些炸弹”。

接着他们给艾伦看了一张发黄的、画满横线的纸，上面列出了制作炸弹的配方清单。谁会忘记在1969年11月9日，十二宫杀手声称“死亡机器”在他的地下室里随时待命呢？

艾伦说："我以前从来没见过那张纸，我以前从来没看过这种文件。"康威把这张纸加进他的发现项中。在谈话的大部分时间里，艾伦总是含糊其辞，拄着拐杖，微微笑着。他戴着十二宫牌的海狼手表26894号——20年前他在炼油厂戴的那款手表的另一个版本。康威把它也包起来，跟那张黄纸放在一起。他们带走了一个硬纸板箱，箱子外面套着一个贴有"E. W. 艾伦夫人"标签的塑料袋。接着调查员们发现了一封从司法部寄来的信，署名是吉姆·希尔沃，信上说利不是十二宫杀手。

巴瓦特和康威知道是艾伦伪造的这封信。巴瓦特说："艾伦曾经坚持说这封信是真实可信的。随后，他承认这是他在阿塔斯卡德罗的印刷店工作时打印的。我们也找到了这封信的主人。我们去艾伦家搜查时，带着这封信，它没再回到我们手中。"

他们发现了一台西尔斯电动打字机和一台便携式皇家手动打字机。1966年，十二宫杀手寄来了一沓通过复写纸打印出来的副本之中油墨最浅的一份，让人无法辨别出确切的打字机品牌型号。但是，河岸县警方知道这是怎么做出来的——一台便携式皇家打字机。莫里尔认为十二宫杀手在河岸县打出来的信就是在这样的一台打字机上完成的。但是，由于康威觉得十二宫杀手跟贝茨凶杀案没有关系，这条线索并没有引起他特别的兴趣。他们找出了一个小手电筒——十二宫杀手说过他在枪管上绑上一支笔型电筒用作电子瞄准器。他们还搜出了一把有自制刀鞘和铆钉的猎刀——十二宫杀手在伯耶萨湖就佩戴了一把镶有铆钉的猎刀。

1991年2月15日，星期五

第二天搜查时，警方铲开了院子，搜遍了一个老花园，并且搜查了后面的车库。在那儿他们发现了一艘霍皮特牌的双体帆船，还有拖车，一台西罗米牌煤气烤肉架，一台不锈钢电转烤肉架，电动工具，喷涂设备，波达充电器（艾伦称之为救生颚）。艾伦保持着冷静和镇定。如果这个秘密之前没有泄露出去，那现在肯定已经泄露了。邻居们不可能没有看到大批警察的出现以及出现的原因。媒体就在不远处。他们搜查了地下室墙壁架子上的每一本书，抖落着书页看看有没有什么会掉出来。它们大多是水上运动和飞行方面的期刊和书籍。探员们翻箱倒柜地搜查他的个人用品、档案和杂志，想找出秘密日记或者照片。

伦德博士告诉我："为什么像十二宫杀手这样的人在犯罪现场停留很短的时间，却能说出很多细节，有一种解释是，这个人拍下了犯罪现场的照片，到家后利用空闲时间进行研究。这样，他就可以对衣物做出细节性的描述，还能从犯罪现场迅速逃离。”

巴瓦特手下有一个房屋巡视检查员，他四处检查，没发现什么隐藏的东西。1969 年之后的某个时间切尼曾经去过那儿，当时，艾伦在地下室里建了一个小厨房，可能藏了什么东西。如果他建了那个，就有可能很容易地建一些小隔间。他们知道他在那栋房子里藏了些东西。警方不知道的是，在罗恩和利年轻的时候，他们曾经自己制作家庭酿酒，藏在房子底下。切尼解释说，在大起居室底下有一个地方，你可以弯腰走进去，那儿能藏一些东西。

最终，警方并没有在院子、车库或者地下室找到能将利·艾伦定罪为十二宫杀手的证据。他们到百老汇 1545 号去搜查了拖车上的帆船，再次一无所获。巴瓦特说起那次对地下室的搜查，“我找到了所有的配方，跟十二宫杀手说过的一模一样，他要混合的：肥料炸弹——硝酸铵和燃料油炸弹的配方——所有那些东西。我还想找到更多的东西，坦白说，我没有找到。那儿真的没有什么确凿的证据。”康威保管了最有趣的物品，其中有“跟炸弹、诡雷和枪支有关的邮购目录”。十二宫杀手在 1969 年11 月 9 日的信中说他的杀人工具是邮购来的。自然，艾伦在挥手作别时没有戴他的十二宫手表，因为康威拿走了它。那块瑞士表由一家 1882 年成立的公司制造，是本案的一个关键。其他人也是这么认为的。

不过警方的这次搜查也不完全是徒劳无功的。探员们更多地了解了他们的嫌疑犯。他们从一份剪报推论出，如果艾伦真的被当成十二宫杀手来审判的话，他打算用精神病抗辩权来为自己辩护。他们离开后，利给朋友们写信说，他有可能随时会被逮捕并且送回阿塔斯卡德罗。警方打算利用利对重返阿塔斯卡德罗的焦虑和担忧。现在康威和巴瓦特知道阿瑟·利·艾伦惧怕监狱，甚于惧怕警方。

1991 年 2 月 28 日，星期四

警方和联邦调查局一起准备跟艾伦的第二次会谈。联邦调查局对 2 月 14 日那天的搜查和讯问做了一次分析。在他们与利的第二次谈话中，有一位探员将被指派做这件事。重点将会是“艾伦藏有炸弹”，索拉诺县检察官麦克·内尔通过了一项请求，那就是这次搜查宣誓书的内容将被封存保密。他和副检察官哈瑞·S. 金尼卡特写道：

“在此按照物证编码 1040—1041 条款，以及桑切兹案（1972 年），加州 24 号第三项申请 664 条，678 条，密封本搜查许可证的宣誓书部分。这些部分含有官方信息，不得透露给公众，以防引起公众兴趣。物证编码 1040—1041 条款赋予检察官特权，拒绝透露检举人的身份和跟审判有关的官方信息。”

尽管州法律要求在开具搜查许可证的十天之内将搜查许可证公之于众，但是戴西法官命令将宣誓书部分密封起来，直到得到进一步通知。然而，他们没有预料到媒体有多么顽强。十二宫案件这个嫌疑犯的名字不再是严密保守的秘密。邻居们议论纷纷。很快，艾伦的名字和脸孔就会出现在报纸和电视上。

1991 年 4 月 17 日，星期三

联邦调查局的一份备忘录说，瓦列霍重新拾起对十二宫凶杀案件的调查：“通知说他们目前正在调查一个可能的嫌疑犯阿瑟·利·艾伦的背景。瓦列霍警方在准备跟艾伦的谈话策略方面请求了帮助。”联邦调查局的一位专员已经在 2 月 28 日和 3 月 20 日见过康威和巴瓦特，“为了商讨他们的调查细节，和获得相关的文件”。

1991 年 5 月 21 日，星期二

艾伦在南部有一些朋友，是在他被关在阿塔斯卡德罗时认识的，他们就住在那附近。其中一个人后来告诉我说：“他最后一封信说警方又有了新的证据，他的地盘又被搜查了一次。他预料警察随时都会把他抓走。这是大概一个月前的事。”

《先驱报》的杰姬·金利给艾伦做了他人生第一次新闻报纸访谈。

这个 58 岁的嫌疑犯说：“情人节那天，瓦列霍警方拿着一张搜查许可证敲开了我的门。这些家伙把整个该死的地方弄得天翻地覆。我给他们打电话，问什么时候能拿回我的东西，两周后他们回电话说又有些该死的新证据。他们说他们决定搜查我的房子，在他们搜查过我圣罗莎的房车 20 年之后。

“这一切都是因为他们从一个被控持枪抢劫而面临 30 年监禁的男人那里得到了一条错误的消息。他从塔霍打电话到南部来，说我们 1969 年时有过一次谈话，我跟他说我要去旧金山射杀一个出租车司机。他是个流氓恶棍。我这辈子都没跟他说过话。”

巴瓦特说：“必须要说明的是，拉尔夫·史宾尼利 80 年代初时在塔霍湖地区开了一家小餐馆。很明显，艾伦肯定认识史宾尼利，因为我们从来没有跟他说过史宾尼利和塔霍湖有什么关系。”1970 年，一名可能是被十二宫杀手杀害的受害人就是在塔霍湖失踪的。

艾伦愤怒地说：“这件破事缠着我已经 22 年了，警方要求我上测谎仪做测试，丝毫不管我 70 年代时已经通过了一次。我做了一次 10 个小时的，通过了这该死的测试。所以他们对我说：‘好吧，你是一个反社会的人，你能在测谎中作弊。’十二宫杀手被认为是一个反社会的人，一个没良心的、从杀人尤其是杀女人中获得性快感的人。我正在考虑联系旧金山律师梅尔文·贝利。我已经考虑了一阵子，但是，当他们再一次什么也没找到时，我又淡忘了这件事。”

在全世界的这么多律师之中，艾伦提到的是那位十二宫杀手曾经打过电话的、写过信的、提出要向之自首的——梅尔文·贝利。贝利和十二宫杀手是老交情了。1969年10月23日，贝利收听他的电话留言，他的女管家留言说，前一天晚上，也就是贝利去参加国际电影节时，十二宫杀手曾经打来电话。贝利回来得太晚，没有听到十二宫杀手直接打给女管家的两通电话。电话的要点是，十二宫杀手想要在家见见贝利。“如果事先安排好的话，贝利会知道在哪儿见我的。”来电者说。贝利在非洲时接到了三通电话，其中两个是长途电话。为了有机会安排一次秘密会见，他空等了一天。最糟糕的是，贝利害怕十二宫杀手可能是某个认识他的人。一个隐形人，念念不忘这位姿态张扬精力旺盛的律师，而且曾经在一个重要的时刻给过他一条能获知其真实身份的线索。为了了解这个，我们不得不回到1969年10月22日，那骚动的、可怕的时刻。

29. 贝利

1969年10月22日，星期三

贝利说：“作为一个名人，很多疯狂案件给我带来了额外的麻烦(没人会因此付给我一毛钱)。比方说，我和臭名昭著的十二宫杀手（可能尚未被捕获，或者更有可能已在狱中，而他的变态心理大部分处于潜伏状态）之间远距离的电视传奇故事。”

十二宫杀手枪杀出租车司机保罗·斯泰恩后11天，凌晨两点，一个男人打电话给奥克兰警察局。“我是十二宫……”他说。他要求贝利或F. 李·佰利出现在KGO电视台吉姆·顿巴的脱口秀节目《晨间》中。据说两位都是刑事辩护律师。“我来联系他们。”一个警察说。旧金山警方打电话给制片人比尔·赫罗，他立即打给了贝利和顿巴，安排比平常早半个小时开始这次节目。KGO的一条新闻起草为：

“所谓的‘十二宫杀手’致电吉姆·顿巴《晨间》栏目寻求帮助。”我们都在家看电视，等着十二宫杀手来电话，等着听到他的声音。

贝利回想着说道：“当我走出我在电报山上的阁楼时，我发现这里被警察包围了，甚至在那些又高又黑的电视演播室里都站着警察，我能看见准备就绪的来复枪闪着亮光。”那天早上贝利进行了13次对话，其中有一个没有出现在电波中。7点10分的时候，电话那端传来一个游移不定的声音，又突然被挂断了。第一个打来电话的人被另一个自称是十二宫的人逼走了，这个人在接下来的两个多小时里占住了这条电话线路。尽管如此，贝利还是请求这个自称十二宫的人给出一个听上去比十二宫稍微吉利点的名字。“山姆。”来电者说。说了几句话之后，这个孩子气声音的山姆抱怨说眩晕和头疼，挂断，接着又打回来。贝利认为这就是一起“那种罕见的案例，一个人知道他的体内住着两个人，其中一个人是歹徒，总是忍不住要杀人”。山姆说他想要跟贝利说话是因为他不想受伤害。他尖叫着：“我头疼，我病了，我现在又头疼了。”接着他小声尖叫了一下，然后说：“我要杀了他们，我要把那些小孩都杀了！”他挂断电话，又打来，提议十点半的时候在菲尔蒙特酒店顶楼见面。山姆威胁说如果有贝利以外的人出现他就跳下去。贝利建议在唐人街的老玛丽亚教堂见面。最后他们同意了在达利城布道街6726号的圣文森特·迪·保罗便利店。那天上午晚些时候将会有一场清仓大甩卖在那儿举行。贝利动身去那儿，一路都在一辆警车上蹲伏着。

顿巴回想起那天上午便利店的情形。在那次可怕的经历中，他看见了房顶上的神枪手和牧师教服底下藏着的冲锋枪。顿巴承认他被吓着了。“我有小孩要抚养，还要还汽车贷款。”他说。他预想自己会上一堆头版新闻。后来，他开始觉得整个事件可能已经成为一个公开的噱头。同时，那个在凌晨两点接到十二宫杀手电话的警察也在看这个脱口秀节目。他非常确定他之前跟真的十二宫杀手讲过话，而那个山姆的声音完全不一样。贝利等了45分钟，但是十二宫杀手没有露面。贝利记得当时的情景，说：“我一点都不惊讶这是为什么，旧金山和达利城的警察队伍在那儿。警察们一直在监听顿巴的电话线路，当然不会放过这个在公众面前抓住十二宫杀手同时证明他们自己实力的机会……我已经事先跟旧金山检察官约翰·杰·费尔顿谈好，如果十二宫杀手来自首，他将不会被判死刑。但是，我觉得事情不会就这么结束的。从他那些嘲讽警察和媒体的信件来看，十二宫杀手想要得到公众的注意。我肯定他会再打电话来。他的确打了。”

1969 年 12 月 18 日，星期四

十二宫杀手打电话到这个律师家里去了，但是只找到了他的女管家。她解释说这位双鬓斑白的律师现在正在德国的慕尼黑市，参加一个军队出庭律师的会议。“我等不了了，”这个自称是十二宫的人说，“今天是我的生日。我必须要杀人！”他突然挂断了电话。

贝利回想着说道：“1969 年 12 月 18 日，十二宫杀手给我寄了张简短的便条，祝我圣诞节快乐。我当时去非洲旅行了。但是我在那儿的时候，十二宫杀手，据我的管家说，给我打了几次（甚至更多）电话。”

1969 年 12 月 20 日，星期六

这次来电的两天之后，正好是第一起北加州凶杀案一周年，十二宫杀手附有斯泰恩染血衬衫碎片的信件被寄至贝利的家中。它没有被打开，而是被转到他的办公室由他的秘书开启。信上写的收件人地址是“加州旧金山市蒙特高马力大街 1228 号梅尔文·M. 贝利先生”。在一个 4×7 英寸的白色信封里，有一块叠得很整齐的斯泰恩的染血衬衫的碎片，还有一封用签字笔写的短简。这封信的复印件经由一位律师助理转交至住在贝尔索夫酒店 293 号房间的贝利。贝利用颤抖的手指打开这封信，读道：

“亲爱的梅尔文，我是十二宫。祝你度过一个愉快的圣诞节。我唯一想让你做的就是，请你帮我。我无法向外界求救，因为我身体里的这个东西不让我这么做。我发现它极难控制。我害怕自己会再度失控，杀掉第九个也可能第十个人。请帮帮我，我快要不行了。现在孩子们是安全的，不会被炸。因为需要挖很大的坑，引爆装置还需要做很多调整才能弄好。但是如果太久没有杀人，我会彻底失去控制，然后引爆炸弹。”

“请帮帮我，我没法再控制自己多久了。”十二宫在结尾时说，像 20 世纪 40 年代芝加哥口红杀手威廉姆·埃尔恩斯一样的独白。性虐待狂埃尔恩斯悲痛地请求帮助，用口红在镜子上潦草地写下：“看在老天的分儿上，在我杀更多人之前抓住我。我没法控制我自己。”

由此可以看出十二宫杀手引用埃尔恩斯的话带有讽刺意味，但是贝利却不这么认为。他觉得这封信是真诚的。贝利提出可以带一位“牧师、一位医生，或者一位精神病医师”去“圣玛利亚附近或者内华达”跟十二宫杀手见面。

贝利十分期望那个在电话里跟他的管家相谈甚欢的十二宫杀手“跟管家一起坐在前边屋里，相处融洽，等着他回来”。他去意大利那不勒斯为一位被控私自挪用军用财产的海军医生辩护了。贝利说：“我想完成这起在那不勒斯的案子，但是如果我接到跟十二宫杀手相关的紧急电话，我就会立刻回到加利福尼亚。我会赶第一班航班飞回去，如果这就是他想要的。我觉得我们跟十二宫杀手马上就会有另外一次交流。”吃完一顿美味新鲜的意大利饺子后，贝利给大西洋彼岸的艾弗利打了个电话。他说：“那不勒斯真冷啊，我有一种不安的感觉，十二宫杀手可能是某个认识我的人。”贝利回到加利福尼亚，说：“我的管家说她非常不安，想要见我，她认得他的声音。”

托斯奇和阿姆斯特朗急匆匆赶到贝利家中讨论那封新信。贝利开朗地微笑着，胸前口袋放着丝质手帕，袖边是法式的，马甲上挂着银表。托斯奇回忆道：“当然，贝利盼着我们去，他说：‘我马上有客人要来，但是不用担心。他们知道我在协助警察局。’所以我们问他：‘你介意让你的客人回避一下吗？’我们对桌前的男人和女人说：‘我们想单独和贝利先生谈 10 到 15 分钟，而且他跟我们说过这没问题。是有关十二宫案件的。’她说：‘哦，是的，是的，梅尔文跟我们说过这件事。’不仅参加他晚宴的客人全神贯注，我敢说贝利每时每刻也都是充满感情的。他总是像明星一样亮相，即使是在法庭上。我记得不管他什么时候走进去，陪审团甚至是法官都会回头看他。”

贝利说：“警方继续调查这个案件，他们认为十二宫杀手杀的人有可能比他们原来认为的要多，包括 1966 年加州河岸县的一个年轻女人和1967 年圣伯纳迪诺地区的另外一个女人。而且接下来的 1971 年，他们有过一条线索将他们带到了河岸县大学的法律系。”

1971 年 6 月 8 日，星期日

贝利与十二宫杀手的下一次现实接触发生在河岸县，在那里，他试图强化十二宫杀手与湾区和南加州之间的联系。贝利说：“迪恩·查尔斯·阿什曼给我打电话，说警察就要来学校，秘密调查他一个法律系的学生。这个学生曾经恐吓过一个认识的女孩，并且告诉她自己就是十二宫杀手。”

贝利知道笔迹比对已经没有说服力了。他假装去那儿演讲，希望那个坐在第二排的男孩能问个问题。这样，他就能辨别他的声音是不是十二宫杀手的。坐在这个学生周围的每个人都是便衣警察。演讲结束后，这个学生跳起来冲上去握住

“这位大人物的”手。“您不知道我有多崇拜您，贝利先生。”他说。贝利马上知道这不是他曾经听过的声音，他决定解决这件事。“嘿，孩子，你是十二宫杀手吗？”他急忙说道。

这个孩子看上去目瞪口呆。“先生，您这是什么意思？”“你是十二宫杀手吗？”贝利说。“我听你曾经自称为十二宫杀手。”警察们插了进来，急切地想要听到这个孩子的回答。他说：“不，我从来没杀过人。”“我相信他说的，”贝利后来说，“警察们也相信。”至于那个山姆，后来我找到了他。他不是十二宫杀手，只是一个从精神病院打来电话的有病的年轻人。

在十二宫杀手和贝利的远距离关系中，有一条很有价值的线索。尽管这个杀手一度好像很憎恨他。

十二宫杀手在1970年4月29日写道：“如果你们不想让我引爆炸弹，你们必须做两件事。1.把关于汽车炸弹的每个细节都告诉给所有人。2.我很想看到镇上走来走去的人都戴着漂亮的十二宫徽章。其他人身上戴的那些徽章都是些‘梅尔文吃鲸脂’之类的。如果能看到那么多人戴着我的徽章，我会感到非常振奋的。还有，千万别戴那种恶心的梅尔文那样的徽章。谢谢。”

十二宫杀手看上去对梅尔文很恼火。但是为什么呢？想想1969年12月18日星期四那天，十二宫杀手给这位律师的女管家打电话，说到那天是他的生日。两天后，12月20日，十二宫杀手的一封信寄到了贝利的办公室。联邦调查局在9-49911-88号报告中引用了这段话：

> 经电传密码破译，1970年1月14日，下午2点14分，紧急“十二宫”勒索。
>
> 回复：旧金山机场旅馆。去年12月29日。就在那天，凶杀案调查员阿姆斯特朗……秘密汇报了那个不明对象自称“十二宫”的杀手电话联系了贝利的住所，企图联系贝利。被告知贝利在欧洲后，不明对象宣称：“我等不了了。今天是我的生日。”持有武器，危险分子。完毕。华盛顿联邦调查局。

请记住在这次电话的两个月之前，艾伦曾经被林奇讯问并且放走了。直到20个月后在炼油厂被审问，他才真正被视为嫌疑犯。十二宫杀手觉得很轻松，说出了他实际的出生日期——12月18日。

12月18日是阿瑟·利·艾伦的生日。

30. 媒体上的“斯塔尔”

1991年5月22日，星期三

《瓦列霍先驱报》有一个大字标题：“破案征兆指向瓦列霍男子；诡异十二宫凶杀案调查继续。”

“**【本报瓦列霍报道】**瓦列霍警方于今年年初在一个瓦列霍男人家中搜出钢管炸弹、一块十二宫手表和其他东西，该男子是尚未侦破的1969—1970年十二宫凶杀案件的主要怀疑对象。艾伦并未因藏有爆炸物而被控任何罪行，他说那些爆炸物属于一个已经死去的前罪犯。而且警方调查依旧神秘未知。1971年旧金山警方将艾伦定为主要嫌疑人，涉及60年代至少6起未侦破的加州凶杀案和两起凶杀未遂案。这个杀手被叫做十二宫是因为他在杀戮时期寄给新闻媒体和警方调查员的那些满是占星符号的密码信息。

罗伯特·格雷史密斯在那本1986年出版的《十二宫》中记录道，艾伦在圣罗莎的房车被搜查后，来自十二宫杀手的一系列密码信中断了3年。与之相仿，1975年，当艾伦因为扰童罪而被关押进精神病院后，十二宫杀手的信件也停止了两年，直到他被放出来为止。格雷史密斯记录说，圣罗莎周围接二连三的搭便车者被杀案也停止了。瓦列霍警方拒绝承认或否认任何让他们重新开始调查的动机。”

“关于十二宫案件，我能否预计马上就能逮捕他？”瓦列霍警察局局长杰拉尔德·加尔文说。

“不，我不这么认为。这是一宗正在进行中的机密调查。”

托斯奇告诉媒体说：“艾伦以前看上去不错，我们在1972年搜查过他在圣罗莎的一辆房车，他偶尔会住在那里。但是他的指纹分析结果跟1969年在十二宫杀手的一个受害人车上找到的部分指纹并不匹配。我们找不到足够的证据将艾伦定罪。我不能说为什么艾伦以前没被视为嫌疑犯。”

1991年5月29日，星期三

皮特·诺伊斯对我说："我来告诉你这儿都发生了些什么吧，很明显，这个嫌疑犯（艾伦）曾经跟瓦列霍的一位精神病医生见过很多次面。这位精神病医生害怕这个家伙可能会杀了他，便把这些信息告诉了一个朋友。现在问题就在这儿了。这位精神病医生担心他的生命安全。他在那儿的某个研究机构工作而且他放出了这个消息。就是这样了。这些人想在洛杉矶把这些信息卖给我。"

"一分钱也别给他们。"我提醒道。

"他们有许多录音带之类的东西。"他最后说道。

"录音带?"

1991年6月1日，星期六

同一群人试图把这些录音带卖给《未解谜案》（美国国家广播公司的一个节目），但是被拒绝了。但是诺伊斯告诉我："警察们很感兴趣。故事就在那里。还有一些顾虑是，精神病医生不应该透露跟病人私人会议的报告。"

我说："我认为法律是允许的，如果一个人危及社会，精神病医生就能移交会议录音带。"

"这位精神病医生的弟弟是旧金山的一个警察，他们决定自己去侦破这个案子。"诺伊斯说，

"他们在8个或9个月之前监视了艾伦的家。一个假装成房地产经纪人的女人走了进去。艾伦识破了她，开始冲她尖叫咆哮，把她赶出了他的房子。他记下了她的车牌号。这辆车是注册在她母亲名下的。两天后，她母亲收到了死亡恐吓。

"这位精神病医生在70年代曾给艾伦治病，以作为其从医院释放的条件。他们有所有这些信息。他们跟我说的是，这个家伙告诉他们的信息比任何不太熟悉这个案子的人都要多。这些在他家外面监视的家伙从这个精神病医生那里得到了这些信息。我只是看看这个举报人是不是个罪犯之类的。他是一个53岁的老人，没有犯罪记录。"

我没有更正他。"下一步你准备怎么做?"我问。

"我想听听那些录音带。"

我觉得我也想。"你会付钱给这个家伙吗?"我问。我从不相信买来的信息的真实性。

"我什么都不会给他。"

他很快给我回电话说："嗯，我找到了瓦列霍警察局。他们非常兴奋。他们说他们离破案不远了。"

我跟杰姬·金利和瓦列霍警察局的人说了这件事，因为我接到许多来自美国国家广播公司和美国哥伦比亚广播公司的电话，都是关于十二宫杀手的"那些录音带"。"你觉得他们是定期做这种事情吗，打电话来说半截故事，企图卖出去？"杰姬问道，她指的是那些待售的录音带。"我接到许多电话，来自那些高中时就认识艾伦先生的人。但是你知道日报是怎样运作的，我们没有太多的时间投入到像这样的事情中去。"

1991 年 6 月 11 日，星期二

巴瓦特和康威研究着穆拉纳柯斯从 1971 年开始收集的档案，然后去跟那些他曾经找过的人谈话。有消息来源说："举报人在 90 年代跟巴瓦特和康威说过许多东西，但他们当年并没有告诉穆拉纳柯斯。也许那时他们都很害怕，但现在是 1991 年了，他们不再那么害怕，只想抓住这个家伙。"

巴瓦特告诉我说："康威和我重新跟菲尔·塔克会面，塔克在大瓦列霍娱乐区工作，其实他并不是艾伦的朋友。他是一个伙伴，那时候很多人都参与运动项目。这次会面发生在我对艾伦做背景调查的初期阶段。"

巴瓦特长达 7 页的报告《暗示阿瑟·利·艾伦事实上就是十二宫杀手之细节》将会增加至 30 条。"在我们的会面过程中，塔克已经不记得艾伦跟他说过自己在黑夜射击时有特别的电子瞄准器。但是，他的确说艾伦曾经告诉他自己很擅长射击，而且擅长在黑夜里射击。阿瑟·利·艾伦说他曾经读过一本书……关于用弓和箭猎杀人类。"

塔克回忆说："艾伦非常着迷于猎杀人类的想法。他暗示了很多次，猎杀人类将会是极好的运动，因为人类有聪明才智。他试图让这一切看上去是他想写这样一本书。但我觉得他其实是在说：'你想不想跟我一块儿做这件事？'我没理他。我想他告诉过我他曾经读过的一本书的名字。"

"是不是那本《最危险的游戏》？"巴瓦特问。

"我觉得不是。"有可能艾伦提到的不是一本书，而是 1945 年的一部电影《死亡游戏》，改编自《最危险的游戏》。"这段对话发生在 1966 年 9 月之前，因为在那年的 9 月，我娶了我的第一任妻子。所以我很容易想起这个时间。结婚后我没怎么见过艾伦，没再和他出去打猎或钓鱼。"

"你认识唐纳德·切尼吗？"巴瓦特问。切尼说他和艾伦在1969 年元旦那天的对话里也有用枪在黑夜里猎杀人类这一部分。十二宫杀手在他的密码里也影射过猎杀人类。

“我不认识他。”塔克说。

“1971 年时你为什么没有把这点告诉托斯奇和穆拉纳柯斯？”

“我只是回答他们的问题。他们没有问我，所以我没有告诉他们。我没有被问到过任何艾伦可能跟我说过的白日梦。”塔克也指出，在他们谈话期间，他看到过艾伦有一块十二宫牌的手表，那上面还有一个十二宫标志。塔克重述他见过艾伦用两只手都能写字。“他写字的时候，左右手一样灵活，但是他的字写得不太好。”塔克还提到艾伦对密码很感兴趣，而且重述他曾在艾伦家看过一份手写的十二宫杀手式的密码。他说：“这发生在所有密码被刊登在报纸上之前，艾伦是那种喜欢尝试而且比其他人更聪明的人。”

正如在 1969 年对穆拉纳柯斯和托斯奇说过的那样，塔克说他自己有一辆破旧的老款棕色考威尔。艾伦开过他的考威尔，但是他没法确认艾伦在 1969 年 7 月 4 号是不是开过这辆车。迈克尔·梅修描述过一辆老款棕色汽车，“和 1963 年产的考威尔相似，款式更老、更大，车身很旧”，这是那个杀手的汽车。

1991 年 7 月 25 日，星期四

现在艾伦不仅仅是警察局档案中的一个人名了——他现在是夜间新闻的主题。记者瑞塔·威廉姆斯回忆道：“我跟阿瑟·利·艾伦第一次见面是在 1991 年的 7 月份，我们得到消息，副巡官康威和他的手下在那年情人节那天履行了一份搜查许可证，而且它将被开封。我们首先跟副巡官谈了谈。”

威廉姆斯问康威：“为什么你们在艾伦的住处找到钢管炸弹，却没有控告他？”

“我不会谈论一宗尚在进行中的调查。”康威回答道。

“你是否觉得你离破案更近了呢……比 20 年前更近？”

“说老实话，我不这么认为。”他结束了这次谈话。

瑞塔·威廉姆斯回忆说：“接着，只是闹着玩的，我的摄影师和我去了艾伦的家，去看看能不能得到些什么。时间已经很晚，当时是夏季，外面还亮着，但是天还是开始慢慢变黑。我敲艾伦的门时，尼可害怕得像是要躲到矮树丛中。艾伦没有穿衣服，只是披着浴袍，朝窗户外喊：‘马上就来。’最后，他来到门前。我告诉他我要干什么之后，令我感到惊讶的是，他居然说我可以进去。”

他们谈话的时候，艾伦坐得笔直，双手放在膝盖上，像一个被责罚的学生，他坐在一张盖着蓝毯子、摆着两个白枕头的沙发上，在瑞塔·威廉姆斯看来，沙发乱七八糟。随后她才意识到，“那就是他睡觉的地方”。他的秃头后面是印有盆栽和蓝色大海图案的棕褐色窗帘。艾伦棕褐色的老狗坐在地上，偶尔伸出后腿搔痒。

艾伦说："我从8岁开始就住在这栋房子里了，我母亲3年前去世了，从那时候到现在我都住在这儿——这个房间。1991年4月我开始做肾透析。开始是一周两次，接着是3次。我肿得像个大胖子，体重暴涨到280磅。最后，我每天注射10针胰岛素。终于，我回到了现在220磅的体重。"

瑞塔·威廉姆斯后来告诉我说："尽管艾伦明显是个病人，但他依旧是一个有力而又可怕的怪物。在他壮年的时候，他可能就更吓人了。我读过那本书，知道要问些什么。开始时我装作对这个案子一无所知，然后在采访中慢慢深入，而且就一直让他说。他说那些全都是些间接旁证，没有任何东西可以确定他就是那个杀手，或者，实际上，如果有证据的话，康威和瓦列霍警方早就逮捕他控告他了。他还说到了在他的房子底下找到的那些钢管炸弹。"

艾伦辩解说："我不知道那些炸弹在那里，一个已经去世的朋友，他以前是名罪犯，在10年前让我帮他储存一些东西。那些炸弹肯定是他的。他们说那些炸弹上面有我的指纹。我不相信。因为如果真的有的话，我现在就不会坐在这里了。而且我的指纹不可能跑到那些炸弹上面去的……我觉得或许有一个叫做十二宫的人还在外面，他都要笑死了。"

瑞塔·威廉姆斯说："艾伦和他母亲住在一起，他没有结过婚。他曾经因为骚扰一个小男孩而被捕，在阿塔斯卡德罗服刑。谈及此，他抑制不住，过分地激动起来。'我现在意识到那是多么可怕了，'他说，'还有我对那个孩子产生了什么样的影响。我不是那种会伤害人的人。'

"'我请求跟一位朋友（切尼）对质，就是他跑去跟官方说的那些关于猎杀人类的话——但是那时我是引用十二宫杀手的话——"我喜欢杀人因为它乐趣无穷，这比在丛林里捕杀野兽更为有趣，因为人才是最危险的动物……"'

"艾伦告诉我他读过那本小说，《最危险的游戏》，在他上八年级的时候。那对他影响很大，从那时起，他开始捕杀一些长耳大野兔，而且那是他唯一杀过的东西，最近他的确没再说过那种话。'嗯，他把那件事说得那么、那么夸张，'艾伦说，'还记住了其他一些我们根本没有说过的话，而且判定我就是十二宫杀手。那些话还是我们在上高中时说的，是他搞错了。每个人都想出名。其实我根本没那么说过。'艾伦根本没跟切尼一起上过高中，而是在1962年才认识的他。"

瑞塔·威廉姆斯回忆道："艾伦对所有事情都有各种各样的解释，采访过程中，有三四次，他提到他从未读过《十二宫》，可是他提起了书中的一些事情，而他是不可能单纯地从康威和其他人跟他的谈话中得知这些事情的。接着他又退回去说：‘等会儿。不，我从来没读过那本书。我是听他说的。’他在那儿随心所欲地说着他所谓的真相，但那不是真的。（在这次摄像采访中，《十二宫》就在他桌上的纸下面，能看见。）

“我用了书中的总结——他的母亲非常专横，而且他在家中不受宠，受宠的是他的弟弟，那个看起来更像是跟他母亲一伙的人；他一辈子都活在他母亲的统治之下。非常乏味的——艾伦说了很多关于他的狗的身体机能还有其他的事情，我想他更多的是想制造些轰动效应，以及看看我会怎么反应。但是在这次采访中，他始终都否认他是十二宫杀手。他说事实上他是十二宫杀手的另一名受害者，因为20多年来，他这样一个无辜的人饱受警方的折磨。

“他说：‘他们给了我很多机会，最近的就是这次情人节那天，让我认罪，这样我就会得到心灵的平静。嗯，你是不会因为承认一个谎言而获得心灵的平静的。而且这全都是谎言……邻居家上五年级的小女孩正在学习宪法，她为此非常生气。“他们没有听说过证据不足不能定罪吗？”她对我说。嗯，上帝保佑她……他们没有逮捕我，因为他们根本无法证明任何事情。’艾伦总结道，他的声音明显地颤抖着。‘我不是那个该死的十二宫杀手。原谅……原谅我。’他低下头，看上去要流泪的样子。‘22年这样的生活……’

“采访各种各样的杀手，干了快25年之后，你大概就会有一些感觉了。我可以告诉你，那天晚上我们回到车里的时候，我的摄影师跟我说：‘糟了，我觉得我们刚才采访了十二宫杀手。’他十分确定这一点。”

瑞塔·威廉姆斯的采访在那天晚上播出。“20多年来，”主持人丹尼斯·瑞奇蒙德在《十点新闻》中说，“警方一直怀疑一名瓦列霍男子是尚未侦破的十二宫连环凶杀案的凶手。今晚我们将听到那名男子的声音。臭名昭著的十二宫杀手震惊湾区乃至全国，迄今为止已经20多年了。警方仍然致力于破获这些凶杀案。星期一，瓦列霍当局将解封这起调查中的一部分结果，其内容关于对这名头号十二宫杀手嫌疑犯的房子的搜查。现在，这名男子第一次在电视节目中讲述他的故事。他接受采访的条件是我们不能公开他的长相。”艾伦的脸被电子化隐藏起来，只有一个模糊的轮廓，看不清他真实的长相。这让观众们更加好奇。

瑞塔·威廉姆斯问道：“这个男人是那个臭名昭著的十二宫杀手吗？或者他只是一个饱受警方二十多年折磨的受害者？他的名字是阿瑟·艾伦，现年58岁，是一名糖尿病患者，昨晚我们在他瓦列霍的家中采访他之前，他刚做完肾透析回来。追溯到60年代，十二宫杀手恐吓加州时，艾伦年近40，比现在重60磅，体格强壮，是一名生物研究生。在这本书中（她出示了一下《十二宫》），基于对十二宫杀手的权威性研究，阿瑟·艾伦被认为是书中的鲍勃·斯塔尔，探员们的头号嫌疑犯……”

“一封广为引用的十二宫信件说他喜欢杀人，因为这比在丛林里捕杀野兽有趣很多，因为人才是最危险的动物。在70年代初，艾伦的一个朋友告诉警察，在凶杀案发生前艾伦跟他说过几乎一样的话，”瑞塔·威廉姆斯说，“从那时起，艾伦就成了一个嫌疑犯。1971年，警方在圣罗莎搜查了他的两辆汽车，还有一辆他住的房车。但是由于某些原因，他们从没有搜查过他跟他母亲同住的位于瓦列霍的房子，直到他母亲去世3年之后。艾伦在录像里说：‘每一次我想把这一切埋葬起来抛在脑后，它又会尖叫着回来。上一次就是情人节那天了，真是情人节快乐啊！’

“警方持有一份搜查许可证，在二月里花了两天的时间搜遍了房子和车库。他们挖开了部分院子，拿走了艾伦的十二宫潜水手表（据他说那是他母亲送他的），而且从房子底下搜出了钢管炸弹。艾伦在70年代因骚扰一名9岁男孩服刑期间，参加过一次测谎。他说他通过了那次测试，但是当局说他是一个反社会的人而且会作弊。尽管如此，他还是从未因任何一起十二宫案件而被控告过。他说他失去了工作、朋友，现在甚至没有了医疗保险，因为警方暗示他是一个杀手。”

采访录像以艾伦崩溃呜咽而结束。瑞塔·威廉姆斯后来告诉我：“但是他没有真哭。看录像带时，他的脸色变得很快。他抬起头时，双眼是干燥的。我很肯定地认为他是在装哭。”

接着艾伦又在当地哥伦比亚广播公司旗下的KPIX电视台第五频道露脸。

他说：“我不是十二宫杀手。我从没杀过人，他们让我扪心自问。我在我的记忆中搜索着这些空白，空白区域——没有发现。1969年末我第一次被警方讯问。警察说有人觉得我可能是十二宫杀手而且举报了我。面谈结束时他说：‘嗯，十二宫杀手是卷发，而你明显不是。’那次就是这样了。

“在过去的20年里，我至少被审讯了5次。1971年我参加了一次长达10小时的测谎仪测试并且通过之后，我以为这一切都能停止了。我曾经收到过一封司法部证明我不是十二宫杀手的信。信上说我不再被政府认为是十二宫杀手嫌疑犯。我没法拿给你们看，因为它被瓦列霍警方在上一次为证明我是十二宫杀手而对我家进行突袭搜查时没收了。我能证明自己清白的唯一途径就是那个真正的十二宫杀手去认罪——如果他还活着的话。我所能指望的就只有这个了。另外一条能让我获得平静的路就是，他们发现我死了，然后离开。我承认有很多巧合都将人们的怀疑指向了我。”

艾伦后来告诉哈罗德·霍夫曼说：“他们落下了一些东西——比如我藏在衣柜里面的袜子里的消音器。”

《观察报》记者兰斯·杰克逊给我打电话说：“我听说那个职业罪犯拉尔夫·史宾尼利在圣何塞附近的某个地方被抓了。他被控 9 起抢劫，所以他开始告密——阿瑟·艾伦就是十二宫杀手。他是想从长远考虑，所以他告密可能是为了让他自己不坐牢。当然，警察们说他现在又退缩了，而且不确定是不是会说出来。警察们给你打电话了吗？（上周）他们告诉我他们在试着联系你。”

“他们想要干什么？”

“瓦列霍警察告诉我他们马上会联系你。他们带来一个曾经在那儿工作的人……巴罗？（他指的是乔治·巴瓦特。）他将每周过来几天，和康威一起工作。他们想要见你，因为他们想要重新更深入地调查这个案子。”

“好吧。让我们一块儿把它干完吧。”

兰斯·威廉姆斯代表十二宫杀手最喜欢的报纸，《纪事报》，采访了这个长期嫌疑犯。艾伦说：“我是一个残疾人。我以前是学校教师，我曾经在圣路易奥比斯波当了总共 10 年老师，还在那儿当了 17 年学生。我曾经因为骚扰一个孩子而在一家精神病院服刑 3 年。而且我还曾经戴过一块十二宫牌的潜水手表。我通过了警察为获得证据而对我进行的每一个测试。我通过了一个测谎仪测试。一个警察说：‘你是一个反社会的人——你能在测谎中作弊。’另一个说我是一个天才……我觉得自己被耍得团团转。司法部给我写过一封信，洗脱了我的罪名。

“至于那些炸弹和枪，它们都是多年前我在精神病院认识的一个朋友的东西。这件该死的事情已经缠着我 22 年了。如果我有自杀倾向，我早就这么做了……我唯一知道的是，我从来没杀过人。从 1971 年我被认定是十二宫杀手嫌疑人开始，我就被取指纹，被审问，被要求提供笔迹样本，而且被要求参加司法部的一次长达 10 小时的测谎。该死的，我绝不会出去杀那些无辜的年轻人——绝不会。但是对于他们，我感到内疚，而且会一直内疚到证明我的清白。我认为这个案子会一直跟着我到死。我的确犯过罪，那就是骚扰幼童。我曾经欺骗自己说我不是在伤害任何人，但是现在我意识到那不是真的……而且我已经为此付出过代价了。”

艾伦对他的朋友和邻居们说警方是在骚扰纠缠他，这对他很不公平。有些人支持他。但是旁观者会跑到附近，冲着房子里的他喊一些粗话。

1991 年 8 月 1 日，星期四

艾伦对《费尔菲尔德共和日报》说他已经跟梅尔文·贝利商量过请他做辩护顾问

的事了。贝利没有跟艾伦谈过话。那天下午，戴西法官在保密了5个月以后，终于开启了一份只含有部分内容的搜查许可证。送回来的宣誓书上几乎没有提供警方在艾伦家没收的东西的有用详情。法庭行政官南希·皮安诺随后责怪说，信息的缺失是因为记录错误。她说职员们不知道搜查许可证的发现项也是需要公布的。

1991年8月7日，星期三

“在本地十二宫杀手嫌疑犯家中，超过一打的武器被没收。”《先驱报》的大标题说。

“**【本报瓦列霍报道】**警方在阿瑟·利·艾伦位于弗雷斯诺大街的家中没收了超过一打的各种各样的武器，从钢管炸弹到20号自动猎枪。阿瑟·利·艾伦是瓦列霍的一名已退休男子，他重新卷入了对尚未侦破的1960—1970年十二宫凶杀案的调查之中。”

巴瓦特在电视上看到艾伦之后对我说：“我太吃惊了，艾伦居然能这么厚颜无耻，就好像他深爱那些围绕在他周围的注意力一样。”

“而且在他心里，他成了受害者。”我说。

“哦，是的，他恳求得到同情。他想从瓦列霍警察局和其他部门那里得到某种‘远离指令’，一个禁止令。而且至今他还在接受各种各样的采访。”

为什么艾伦没有被捕？托斯奇说：“他们在1991年的搜查后没有采取任何进一步行动的原因是，他们知道他已经病入膏肓。那是一个借口。他们找到这些东西时他快死了。某个长官说：‘他已经病入膏肓。这没有任何意义了。’你可以相信，也可以不信。”

“地方检察官们在控告任何人任何事时，都想非常确定这会是一起成功的控诉，”康威说，“而对我们的嫌疑犯或其他任何存在过的嫌疑犯最困难最有争议的部分是，我们一直都对不上笔迹。那是一种非常奇特、独一无二的笔迹。对此乔治和我有一个方法，但是要让地方检察官买账就只有——如果我们通过了笔迹鉴定，那么其他任何事情都非常简单了。”

或许十二宫杀手非常荒谬，一心想要被抓住；他在他的信件中留下了许多线索。但是，专家们不那么想。《凶杀案调查实录》的作者弗农·基伯斯说：“没有连环杀手会想要被抓住，因为那时他会失去他所拥有的控制力和力量。”

资深十二宫案件探员和新调查员之间开始出现摩擦。托斯奇说：“我曾经跟康威说过话吗？我从来没听说过这个人。我第一次看到他的名字是在艾伦家被搜查时，到处都有人说起他。这让旧金山警察局的某些人很苦恼。一个探员对我说：

‘你从来没听说他，阿姆斯特朗也没有听说过他。他太爱说话了。一直以来，他每隔一周就给我们打电话。’在这个时候，他们对瓦列霍警方有点不抱幻想，犹豫不决地不敢信任他们。瓦列霍警方在搜查艾伦家时，在地下室和他住的地方发现了足够的证据，他们早就应该控告他。”

巴瓦特说：“我觉得这有点让人吃惊，旧金山警方的一些人会觉得康威很烦。康威个性易怒。因为我了解他，所以我们相处得很好。有一段时间我是他的上司。有时候我有点难以容忍他说话的方式，但是我知道这是康威式处世之道，所以我就不理会这些了。他很容易激怒别人。但是！但是他是唯一一个认可每种调查的人。他是唯一一个将从政府金库里得来的每一分钱都用于处理十二宫案件的人。现在发生了一些事，可能会扭转局面，有些人突然这样苛刻批评康威，这是一个巨大的错误。”

现在有一件滑稽同时也很悲惨的事情，无意识地将这种部门之间长期的不和转化成次要矛盾。六月末，长期担任罪犯辩护律师的威廉姆·斯德曼·比曼向已退休的法官比尔·杰森给出另一种说法。“我知道十二宫杀手是谁。”他告诉法官。他没有给出名字，但列明了理由。杰森并不相信。这位法官据此所了解到的就是这个嫌疑犯已经死了，而且有可能曾经是比曼的客户。比曼也拒绝告诉地方检察官内尔他这个嫌疑犯的名字。为了了解他们谈话的细节，检察官办公室在杰森与比曼会面后不久给杰森打了电话。他们还同达琳·菲林的妹妹帕姆谈话，想看看她是否知道这个凶手是谁。她说她怀疑比曼在一位前客户的遗嘱绝密文档里发现了新证据。比曼并没有和康威以及瓦列霍警方分享他的所知。康威说：“他没有说出任何信息，他想留着给记者招待会。”几个月后比曼会召开一个记者招待会来揭示他所知道的一切。这个记者招待会邀请了保罗·艾弗利，还有警官们。通告将于万圣节前夕在瓦列霍发布。

巴瓦特回忆说：“在召开那场万圣节记者招待会之前，比曼抓着我说：‘我将要揭露这一切。我知道所有的事情。我想要你来调查。’所以我去他办公室找他。‘你有什么文件吗?’我问。‘嗯，没有，我没有准备那些东西。’他说。”比曼提供的那些笔迹样本与十二宫杀手的并不匹配。但是迄今为止，没有人的笔迹能够匹配上，而且可能永远没有人的笔迹可以对得上。我还是认为十二宫杀手在写他那些信件时可能是另外一种人格特性。无论如何，我们不得不等到万圣节前夜听听比曼会说些什么。

31. 杰克十二宫

1991 年 10 月 31 日，星期四

威廉姆·斯德曼·比曼成功地超越了他的梦想，吸引了众多来宾。摄像机闪烁着，许多电线缠绕在他脚边。他看见《纪事报》的记者保罗·艾弗利走进索拉诺县展厅，看了看表。他们开始得有点晚了。他将这场记者招待会定在上午十点半，并且花了六百美金筹备这次会议，还不包括给记者和调查员们寄邀请函的邮费。他为了这件事四处奔走。他让他们着急的时间更长了一点。毕竟，他就要揭秘十二宫杀手是谁了——这件最重大的事情。

杰姬·金利说："设定这个通告的发布时间，背后并没有什么明显的动机，但是它和瓦列霍警方对一名瓦列霍男子阿瑟·利·艾伦的调查吻合，艾伦曾是尚未破获的 1969 至 1970 年连环凶杀案的主要嫌疑犯。"从周二开始，杰姬·金利打电话打得手指都要断了，她想要联系艾伦，问问他对比曼可能会说到的东西的看法。比曼是否也会像史宾尼利一样，指出十二宫杀手的名字就是艾伦呢?

近一个小时里，比曼都在展示能够论证他的推测的举证声明。他说："至少有 101 点间接旁证，说出这个人的真实身份对我来说真的很难。我自我反省了很多。"比曼开始准备揭示他的发现，将他的嫌疑人描述为"一个遁世者"，和"一个憎恨女性的人"。他"身心失调，无法保住一份工作"，这位律师说，"他甚至不能心平气和地面对一个失业所里的女人。'女人都是弱智，'他告诉我，'她们不能有逻辑地思考，并且感情用事。'他偶尔给我干些活儿，有时候修修电视机。他尤其憎恨黄色出租车公司的司机。"

快到中午 12 点时，这个重要的时刻终于到来了。比曼举起上下册平装版的《十二宫杀手杰克》，这是他用笔名"欧·亨瑞·吉格兰斯博士"出版的书。扉页上写着："本故事纯属虚构。"人们的眼睛都开始发亮。

"'十二宫杀手杰克'，是我的亲弟弟。"

观众们并没有被说服。

艾弗利说："我能感受到你的真诚，揭发你的弟弟肯定让你感到非常沉重，但你只是提供了一些间接旁证。”

巴瓦特后来说：“我绝不会说错，已经有100个人打来电话说，他们知道身上具备这些共性的人。我们浏览了所有的东西，但是我不会在他这本书上花58美金（这套上下册的书的私人印刷费）。”另外，巴瓦特没有时间去读它，除非他在飞机上——他刚刚得到一条线索，可以将阿瑟·利·艾伦跟十二宫联系起来的线索。那条线索会将他带至世界的另一端。

32. 德国嬉皮士

巴瓦特告诉我：“我退休的时候他们留下我继续跟这个案子——这点你是知道的，只要任何时候任何人打电话来说：‘我哥哥（弟弟）或者姐夫（妹夫）就是十二宫杀手，我就随叫随到。’但是，警察局完全满足于阿瑟·利·艾伦就是十二宫杀手。我曾经将《十二宫》当成《圣经》，因为我从来都记不住那么多的具体日期。我用你的书来分辨这些事情到底发生在什么时候。”

“我常想这也许就是这样一本书所能有的最高的价值。”我说。

“有一个人是艾伦从高中到大学的朋友，他的名字叫罗伯特·埃米特·罗蒂佛(Robert Emmett Rodifer)。”

“罗伯特·埃米特？”我说。那是从十二宫杀手1969年的三段式密码最后几个混乱的符号推断得出的名字——ROBET EMET THE HIPIE或者“Robert Emmett the Hippie（嬉皮士罗伯特·埃米特）”。“罗伯特·埃米特是一个嬉皮士吗？”我问。“他是一个嬉皮类型的人。罗蒂佛是艾伦在南加州上理工大学时认识的。罗伯特·埃米特还曾经是瓦列霍高中游泳队的经纪人，后来在加州大学伯克利分校和旧金山分校上学时变成了一个嬉皮士。他们两人之间明显不和。我找到了罗蒂佛，但这并不是我探员工作中一次很好的经历。因为这次对艾伦家的搜查，他的名字出现在了媒体上。一个瓦列霍女人看到了，她以前和阿瑟·利·艾伦是同学。她买了你的书，读到了那句话（1969年11月8日的340个密码符号的最后一行）：‘我的名字是嬉皮士罗伯特·埃米特（Robert Emmett the Hippie）。’她说：‘我的天啊，我认识这个罗伯特·埃米特。埃米·卢——罗伯特·埃米特·罗蒂佛。’她找到了我。”

“他们叫他埃米·卢?”

“我不知道为什么。他非常有才华。罗蒂佛是一个非常开朗的人。事实上他是一名滑稽演员，参与过《沙利文剧场》这类节目的演出。其实阿瑟·利·艾伦憎恶这个家伙。可能是因为艾伦是一个内向的人，而这个家伙是一个外向的人，尽管他们是朋友——这么说吧，曾经是朋友。

“我们查到了这个家伙，通过他的同学找到了他。我们认为他可能和阿瑟·利·艾伦一唱一和。他现在居住在德国，和他的孩子们一起住在他工作的基地。吉姆·朗和我一块去的。”

我说：“这似乎是个很重要的时刻，所有的线索都汇集起来了。”

“是的。这花了长得要死的时间。我们在德国的调查在1992年2月严冬时结束。这是一次蛮有趣的旅行。实际上我们在那儿待了两周。一周真正地工作，另外一周在旅行。

“基本上，我们在德国做的就是——为了与罗蒂佛谈话，我们不得不使用许多调查信，这是德国政府对去会见他们境内人员的人的要求。尽管这个人是一个居住在美国基地的美国公民，我们还是要遵守德国法律。我带着我自己买的那本《十二宫》，还有另外一本。我的德国助手能读懂英语，要走了一本。那位可以依照德国法律决定是否允许美国警官与罗蒂佛谈话的地方官，深思熟虑后允许我们这么做。接着他浏览了我的那本书，而且问我他能不能要一本。我当然给他了。我们见了黑尔布劳恩的警察，并向他们解释了整个情况。他们认为他们有足够的理由出具一份对罗蒂佛家的搜查许可证，最终他们也这么做了。我们和大概6个德国便衣警察一起到了那里。他们对罗蒂佛的家搜查得非常彻底，但没有找到任何跟十二宫杀手相关的东西。我找到了一堆小孩的物品。他们大概认为它们可能很重要，但是我不确定。”

巴瓦特推测罗蒂佛可能协助过艾伦。“我不知道是不是真的是两个杀手，但是可能有两个人曾经以此为乐。我们在搜查的时候不能跟他说话，尽管他的确对我说了很多。如果你有一个中士之类的军衔，而且在国外待的时间足够长，你就能把你的家属带在身边。家属们有时候不能适应陌生国家的环境，所以军队就会有专门的社区活动中心。他就是经营这些活动中心的。孩子们可以去那儿打篮球和撞球，而且那儿还有一些别的功能。这样孩子们就能在国外打发时间了。他干这行已经很长时间了。他曾经在日本待过。实际上他是在日本结的婚。我根本找不到他的前妻。

“最后我们找到了一位德国法官。我们向他递交了各种报告，一两天后我们到了法院，而且所有（对罗蒂佛）的讯问都是在这位法官面前完成的。我们的讯问涉及的面很广，他宣过誓必须诚实地回答问题。我不知道这有多大作用。他跟我们说了他认识艾伦。他从来不是艾伦的好朋友。他对我说：‘我在学校很受欢迎，而利却不是，他嫉妒我。’很明显他们之间因此存在着某种敌意。接着他主动要来跟我详谈，我委婉地拒绝了他。事实上是他那个德国指派的律师搞得我很心烦。我倾向于相信他说的话。我回来后询问了他们一起上专科学校时期的许多同学。我们跟他们见面，然后得到答复：‘嬉皮士罗伯特·埃米特’是一个艾伦不喜欢的人。”

“你从罗蒂佛那儿得到笔迹样本了吗?”

“那是我们去找罗蒂佛的目的之一。我们从陆军部那儿得到了罗蒂佛的笔迹样本，我们有专门做笔迹鉴定的人，来自旧金山的坎宁安，他看着这些笔迹，与十二宫杀手的比对，然后说：‘不，不是他写的。’”

“1968 和 1969 年，罗蒂佛在哪儿？那时候的十二宫信件上都有当地的邮戳。”

“他在国外，我想。哦，等一下。他即将去伯克利上学。”

“1974—1977 年间呢?”那个时期没有出现十二宫信件。

“他当时在国外，但是我也不十分确定。”

“罗蒂佛也参加过测谎么?”

乔治说：“没有，德国不允许那么做。而且对于罗蒂佛来说，他作证也没什么用。”

探员们重整旗鼓，准备再一次寻找证据。如果他们想要再次会见艾伦，就需要一些来自 FBI 的专家的指导。托斯奇遇到麻烦那会儿，艾伦曾对他的假释监督员说：“现在他就会知道这是什么滋味儿了。”托斯奇说过这样一句话：“总之艾伦有强烈的憎恨感，但是在所有公开的羞辱之后——现在他才真正地开始憎恨警察了。”

1992 年 2 月 4 日，星期二

媒体暴风吹过之后，利继续过他的日子。在去年的搜查之后，他的好朋友哈罗德·霍夫曼是第一个安慰他的人，还去看望他，确认他的健康状况。他的妻子凯告诉我说：“当他再次和利联系时，他们同意绝口不谈艾伦是因为什么去的阿塔斯卡德罗。如果利要说起他的任何性变态感受或者谈论是什么导致他这么做的，哈罗德就不做他的朋友。这就是定下来的规矩。哈罗德说：‘我能和艾伦照常相处，但是我不想知道那些细节，而且我永远都不想谈论它。’有许多次艾伦试图谈论。他提议了好几次，但是都被沉默以对。我丈夫说‘不’时，人们都会听的。哈罗德所了解的利，没有必要跟我所了解的那个利一样。我的儿子罗伯稍微大一点时，说：‘妈妈，你知道爸爸带着我和十二宫杀手一起出去玩吗?’我说：‘爸爸带着你和利一起出去玩?’他说：‘是的，妈妈。’”

哈罗德和利白天去北部湾附近射击、潜水。尽管一瘸一拐，而且法定失明，利还是能射得非常准。在水里时，他几乎还是原来的那个自己。哈罗德告诉他的儿子，最近艾伦是怎样去海边潜水抓鲍鱼的。一群配有昂贵装备的潜水员在那里上课。在他们潜水前，艾伦穿着游泳裤出现了，嘴里叼着一把刀，跳进了海浪之中。罗伯回忆道：“几分钟后，他带着他快要吹爆的大肚子回来了。他喜欢陶醉在观众目瞪口呆的神情之中。聚光灯打在他身上时他出尽了风头。”利只是偶尔开车，其余时间都让霍夫曼来开，只是不让开到蓝岩泉或者赫曼湖路附近，他说：“如果警察们正在监视我，他们可能又会用这个来对付我，他们会说：‘你跟你朋友在蓝岩泉瞎转想做什么?’我不想看到你有麻烦。”

利十分熟悉赫曼湖路。有一次，他和凯在瓦列霍郊区开着车，在路边发现了一个正在流血的男人。这个情景非常像赫曼湖路袭击案。凯详细说道：“1956年，利和我回来的路上经过美国大峡谷路，看到一个男人站在路边停着的小车旁。他挥着手。我们下了车。他和他的妻子用一个大酒罐喝了许多酒，一些孩子走过来要跟他打架。当他们摇下车窗时，这群孩子把他拽了出来，叫他酒鬼，还打了他。利拿起这个酒罐，扔到尽可能远的地方。我从来不知道为什么会同意他这么做——年轻的时候总是会做些蠢事——我和那两个小个子一同坐在车门紧锁的车里，而他去找公路巡逻警官。他开车上了40号高速路，绕了很多圈子，也做了许多违法的事情，直到最后才引起公路巡逻警官的注意。他们跟着他找到了我们停车的地方。”

33. 十二宫杀手

两年来托斯奇都是邮政大街500号豪华的泛太平洋酒店的保安总监。托斯奇说：“有许多次，电脑公司的人要求我和他们的合作保安经理……巡视整个酒店还有房间，而这些本是机器要做的事。人们经常给我打电话，我会很紧张，而且精疲力竭——丢失行李啊，或者在房间里丢了东西。”至今，在酒店迷宫一样的走廊的每一个拐角处，都潜伏着托斯奇的复仇之神。在离这里一步之遥的地方，在很久之前那个哥伦布发现美洲的纪念日，十二宫杀手招手拦下了斯泰恩黄色的出租车。托斯奇回忆起那些大批大批的嫌疑犯们。这真的是一个谜吗？这个传奇愈演愈烈。下一代人也变得困惑起来。

就像从未消失过一样，十二宫杀手后来突然变成电视剧的素材。一天，《纳什·布里奇斯》的外景导演们出人意料地从好莱坞赶来，住进了泛太平洋酒店。托斯奇检查他们那5间房间时，其中一个导演问他：“你熟悉十二宫杀手的故事吗？我们下一个项目就是它。”托斯奇看了完成之后的演出，说：“至少他们没把我演成一个疯子。这部剧的结尾是，真正的十二宫杀手依旧活着。”

《未解谜案》可能会拍十二宫杀手，并且福克斯公司的节目《千年寻凶》也录制了一段情节，里面那个英雄（福兰克·布莱克）穿越圣罗莎的灌木丛来到十二宫杀手的房车旁。这个角色虚构地让十二宫杀手逃脱了，但这其实正像真实的十二宫杀手一样。

1992年3月4日，星期三

探员们还是没有放弃对利的调查。疲惫的追捕者们意识到他们要对付的是一个老谋深算而且聪明的对手，认为自己忽略了某些线索。他们非常辛苦地仔细检查那些从疑犯家中搜出的东西，还拽来联邦调查局的人想办法。局里长达千页的十二宫杀手档案只对阿瑟·利·艾伦一个人记载得很详细，有关他的卷宗占了整套档案的10%。探员们研究从利的地下室里发现的期刊，尤其是一篇有关“鸟人伊顿”的戴夫·伊斯曼的文章，曾经引起过这个疑犯的兴趣。伊斯曼，一位前直升机飞行员和鸟舍建造者，对利·艾伦来说有着怎样的重要性呢？利曾经是个飞行员（单单这一联系可能便引起了他的兴趣），但是如果说他在一个荒僻的鸟舍中藏了什么东西，就更说得过去了。他们发现伊斯曼戴的那些眼镜很像十二宫杀手缉拿通告上的那些。探员们又仔细检查了一遍他们搜得的战利品。或许他们已经有了那条线索，但它却不为人知地放在堆着其他文章的桌上？

已退休的探员贝克说：“作为一个有经验的凶杀案调查员，我意识到，出于搜查许可证的目的及判定疑犯供词的准确性考虑，这样的物品的存在不会被公开。但是，除非提及的那些特殊物品不知何故从公布的对艾伦住处的搜查许可证上被修改或删去，则可能不在此列（在许可证上，被认为不具有任何特殊性的物品可能不会被没收）。这让我认为，他可能收藏的那些纪念品也许比探员们认为的更加深奥或抽象。那么此外……那个时期的探员可能不够世故，没能意识到现场是否缺少了那样的物品。”

但是那儿究竟有些什么？一沓有着滑稽错别字的食谱卡片，一沓过期杂志，和一只探员们预料可以找到的十二宫牌海狼手表。他们预期能找到一些有关十二宫杀手的剪报，它们果真在那儿。渴望得到公众注意的连环杀手会无法自控地保留有关自己的报纸片断。他不仅有那些提到过十二宫杀手的新闻节目的录像带，还保留了托斯奇于1972年给他的一份搜查许可证返还件的副本。当时艾伦笑了，仿佛他知道一个警察不知道的笑话。

我想起了林奇1969年得到的匿名举报。没有那个举报，利在炼油厂与3位探员畅所欲言之前就不会成为嫌疑犯。他看上去想迎合警方，并以最终成为一个嫌疑犯为乐。如果是艾伦告发的他自己呢？如果不是，谁是那个告密的人呢？

凯·霍夫曼后来告诉我说：“我可能有25年或30年没见到过利了，我没有跟他保持联系。我知道他曾被监禁在阿塔斯卡德罗，而且我知道原因。我被吓跑了，因为我对这种事情从来都没有一点概念。哈罗德和利曾经去过一个飞行秀，他把他带到家里来了。那时他已经是一个小老头。现在糖尿病让他看上去更加糟糕、苍老。随后的几天我都昏头昏脑的。我不敢相信那是同一个人。”

1992年3月23日，星期一

一位联邦调查局专员在巴瓦特追踪线索时会见了康威。星期一早晨，康威告诉这位专员说，他们重新开始了对连环杀手十二宫的调查。“这是由一些关于嫌疑犯——阿瑟·利·艾伦的信息引起的。”这位专员写的会议记录里说道。

“康威和巴瓦特想要给艾伦设计一个会谈策略，这在对付他的时候十分必要。”提交的联邦调查局报告（编号252B-SF-9447）中说道。他声称他“曾两次在单独的场合见过康威和巴瓦特……这两次会议总共持续了大概10个小时。这些探员们十分想要一个针对疑犯阿瑟·利·艾伦的会谈策略。但是，他们指出在联系艾伦之前，他们有很多调查工作要做”。这份备忘录中提到了1991年的那次搜查，还指出瓦列霍警察局随后还会见过艾伦两次。在所有那些场合，艾伦都很“镇静和配合”，但否认涉及此案。这起案件悬而未决，因为瓦列霍警方指出，随着信息的收集，他们需要有人协助他们的调查。所以截至1992年3月23日巴瓦特被要求提供一份案件情况时，这起案子还未结束。由于专员去年需处理其他优先事件……艾伦档案里没能存入任何能够解释为何此案未结的定期备忘录。

1992 年 3 月 24 日，星期二

巴瓦特和康威在准备“案件 243145 号报告”时，发现了更多指证阿瑟·利·艾伦事实上就是十二宫杀手的证据。“他们得到了许多穆拉纳柯斯曾经得到过的东西，于是便去找原来那些人谈话，”有人告诉我说，“90 年代初，许多举报人告诉了巴瓦特和康威一些他们之前没有告诉过穆拉纳柯斯的事情。可能那时候他们被吓坏了，但是现在，在 1992 年，他们不再那么害怕了。他们只想抓住十二宫杀手。”

康威跟局里说过：“后来还有过两次额外的面谈，是针对那些了解嫌疑犯很长时间的人……和一个在凶杀案频频发生之前就认识艾伦的人（切尼）。”康威指出，一旦这些面谈结束后，他和巴瓦特“就会提交一个完整的调查结果给索诺马县检察官办公室，征求关于控告艾伦的可行性的意见。如果检察官拒绝控告艾伦，瓦列霍警察局将结束他们对‘十二宫杀手’案件的调查”。

巴瓦特找到了切尼。切尼告诉我说：“乔治·巴瓦特找到我时，我告诉了他们所有我跟阿姆斯特朗（和其他探员）说过的事情。他们把我说的一切都记了下来，而且还追问了所有我能够告诉他们的事情。

“我告诉他们，艾伦喜欢以聪明胜过其他人。在我们 1967 年的一次交谈中，利问我怎样才能改换他的外表。我们谈论了戏剧装扮，还有能用它们达到什么样的效果。”在艾伦变成一个众所周知的疑犯之前，他已经惊人地改变了他的外表，他那运动员的身材被一堆脂肪葬送了。

切尼说：“跟利在一起，你总会谈到‘如果这样如何’，‘如果那样如何’。这可不是纯粹为做学问而做学问。利总是对各种各样的事情感兴趣。我曾经也一样。利喜欢误导别人。他喜欢哄骗别人或者影响他们去做他们原来根本不会做的事情。”

巴瓦特在他的报告中写道：“1969 年 1 月，艾伦曾经和他的朋友唐纳德·切尼有过一段对话，谈话中他假装自己要写一本小说。他对切尼说，他要自称为十二宫，并且用十二宫牌手表的标志作为他自己的标志，还说他会在情人小路上用一把捆有手电筒（以便在夜里能够看清）的武器来射杀情侣们。他说他会给警方写信来迷惑他们嘲讽他们，并且会在信上署名为十二宫。艾伦还声称他会在公路上拦下女人，说她们的轮胎有问题，他会拧松她们的车轮螺母，这样她们的轮胎稍后就会掉下来，他就可以掳获她们了。”

巴瓦特在华盛顿给切尼安排了一次测谎。切尼告诉我说：

“他们问些要求回答是或不是的问题。他告诉我只需要用冷静而且单调的方法来回答，不用带感情色彩。在第二次测试中——一会儿我会告诉你们他们为什么让我测了两次。在第二次测试中，当问过了所有的问题之后——他们开始问‘你叫什么’，接着问关于这个案子的问题。当我以为他已经问完了的时候，他还继续问我更多的问题。看上去好像答案并不重要，但那些问题却大多是杜撰的事情。我失败地说了些错话。那并不是谎言。我不是故意要说错话的，我只说了些我本来不打算说的。所有的指针都跳了起来，又猛地落下。这样他就满意了，这就是他想要的。我猜他们是想得到一些可以用来判定衡量的东西。”就像后来巴瓦特告诉我的那样，“切尼说的都是实话”。

最大的障碍依旧是艾伦的笔迹与十二宫杀手的不符。“专家们说唯一能解释此事的就是，艾伦是否有一套‘伪造的笔迹’。”巴瓦特写道。艾伦曾经问过切尼是否存在教人伪造笔迹的书，而且随后开始研究。联邦调查局记录：“瓦列霍警察局没有就此案再要求协助，因此，建议此时完结此案。”

在巴瓦特工作的地方（一家橱柜店），他正在琢磨一种让他好奇了多年的可能性——一种或许能解释一切的可能性。那就是，可能有两个十二宫杀手，像主人和奴隶一样运作。这个想法也曾是乔治追查艾伦的朋友罗伯特·埃米特的原因之一。他后来对我说：“我猜想可能有两个十二宫杀手，像拍档一样一起干，德国之旅见到那个人之后，我开始相信只有一个了。至于唐纳德·李·切尼，他现在是华盛顿的一名退休机械工程师。潘查里拉很有钱，卖了他的股票，成了 RKO 影片资料馆的老板。我甚至还去见过他。潘查里拉只是个普通人，但是他有那么多的钱。”

至于另一位为人所知的举报者拉尔夫·史宾尼利，据说他被监禁在旧金山北边 290 英里远的俄勒冈边界上。艾伦在斯泰恩凶杀案后，又一次敲开他的门打了他一顿。

1992 年 8 月 26 日，星期三

8 月一个美好的午后，大概 3 点钟，乔治·巴瓦特正在他的车库里干活，新鲜木材和锯屑的清香沁人心脾。一位街头巡逻警察给他打来电话，巴瓦特急忙去接。

“你还在调查阿瑟·利·艾伦是否是十二宫杀手吗？”他问。

“是的，”巴瓦特说，“阿瑟·艾伦。”

“嗯，我现在正在他家，他躺在地板上。”

“他躺在地板上干什么？”

"嗯，他已经死了，而且他的前额上有一块大的肿块。"

乔治仔细地听着剩下的话。他放下电话。房间仿佛在旋转。他们已经等了太长的时间。他稳定了一下自己的情绪。难道有人，或者是十二宫杀手的搭档，或者是复仇后的某个人，在他们之前抓住了十二宫杀手吗？

34. 十二宫杀手

1992年8月26日，星期三

巴瓦特告诉我："一个街头巡逻警察去那儿了解些情况，艾伦没有来开门。他将二楼租给了一个年轻女孩。很久没有他的消息之后，二楼的女孩发现了他的尸体。警察们赶到了那里。他们打开门，走进屋子，艾伦脸朝下趴在地板上。我急急忙忙冲到那里。我不得不确认他是否死于正常原因。"

巴瓦特站在这个微暗的地下室里，他一动不动的脸庞被艾伦的新电脑发出的光照亮了。他稳定了一下自己的情绪，仔细地查看那个冰冷地板上穿着浴袍的大块头。他作为探员的专业的一面又回来了。巴瓦特开始评估所有的事实。

巴瓦特告诉我说："他的脸朝下，我把他翻过来。他的头部受了一点伤，这让我最开始有一点担心。他一直在流血。通常来说，如果你得了心脏病，如果你当场死亡，你是不会再流血的。所以我叫来了验尸官和验尸员。"

就这样，这个主要嫌疑犯，头上顶着一个肿包，敞着浴袍，躺在那里，身旁散落着一些有关十二宫杀手的报纸。除了和本案相关的剪报之外，艾伦还拥有专家们推测十二宫杀手会有的所有东西——一个仓库，里面有枪支、炸弹、便携式打字机、一把饰有铆钉的刀……我回想起一年前瑞塔·威廉姆斯采访艾伦时，他就穿得和今天一样——一件薄薄的浴袍和一双胶靴。当时他试图吓她，挥舞着手臂，喊着警察迫害了他。巴瓦特走向那台嗡嗡作响的爱普生电脑。他说："让我感兴趣的是，当我到那儿的时候，桌上有一堆电脑光盘，上面写着'十二宫'之类的东西。"

一些软盘散落在打印机旁。巴瓦特退出一张尚在机器里的盘。上面的标签是"十二宫"。这些软盘还有电脑里都有些什么，还有，那些特殊的新闻报纸有着什么样的重要性？很明显，这些电脑是在上次搜查之后添置的——一台爱星电脑，一台爱普生电脑，以及各种零部件。接着巴瓦特发现东边墙壁的书架上有一盒标着“Z”字母的录像带。巴瓦特感到很兴奋。他们需要一张许可证来看这盒录像带。

巴瓦特知道，艾伦生病已经有一段时间了——糖尿病、心脏病、严重关节炎和肾衰竭。所以他的死亡不仅仅是预料之中的，而且可能是很容易解释的。探员们咨询了验尸官，验尸官宣布了死亡事实：“发现于1992年8月26日，下午3点10分。猝死原因：动脉硬化性心脏病。其他明显但与前述不相关的致死疾病：糖尿病，心肥大，心脏病。”那肿块呢？巴瓦特说：“验尸官断定，艾伦是在倒在地板上时撞着头了。”

检察官麦克·内尔在早些时候已经安排好了一次关于阿瑟·利·艾伦的会议。虽然他已经死了，但是这次会谈还是要举行。“在我们要去见他的大概一周前，阿瑟·利·艾伦暴毙了。这样，在这次会议上，这位检察官就有点像半吊子的喜剧演员，他说：‘我们有一些好消息和一些坏消息。我们将不起诉肖恩·麦尔登’——他们不想在这起案子上花钱——‘但是我要起诉阿瑟·利·艾伦。’他自然是在开玩笑，因为他知道他无法起诉一个死人。”

乔治后来告诉我说：“麦克·内尔在做高等法院法官时，曾经颇有政治热情(他曾意识到这一点)。在我的整个职业生涯中，我一直都很了解麦克·内尔。他是作为一个刚从法学院毕业的新手检察官起步的。我俩并不大合得来，但是我们会互相开玩笑，胡吹乱侃。他很可能之前也不会起诉艾伦，坦白跟你说，他当时正在争取法官的职位，怎么都不会想被这件事连累。关键是我们马上就要起诉他了，他却死了。问题是检察官不想起诉一个死人。但是他们不会百分之百地就这么放过这起案子。

“在准备起诉艾伦的时候，我列了一张清单，这样我们就可以去检察官办公室。吉姆·朗、康威和我跟麦克·内尔见面的那天，我们县里有一起臭名昭著的案子，一个6岁的小孩杰里米·斯托纳被绑架了，并最终被发现死在海湾三角洲地区。应该对此案负责的人是一个叫做肖恩·麦尔登的家伙。

“肖恩·麦尔登的父亲曾经一度暗示，麦尔登曾经‘像十二宫杀手’一样写信给报社。并且他的术语有些像十二宫杀手的。有人站出来轻率地说他就是十二宫杀手。但是他不是，我敢向你保证这一点！当时我们正跟那位检察官见面，看是否能将他重新定罪。他曾经被审判过两次，有两个意见不同的陪审团。同时我们也想看看检察官是否会起诉阿瑟·利·艾伦。

“我们列出要交给他的30个要点，这比逐条告诉他要让他觉得实在得多。事实上那份报告是为了提交给检察官办公室的，但是并不打算作为案件档案的一部分。我记不住所有的30个要点。当你把它们中的某些放在一块儿看时，我不想让它就这么埋葬在案件档案中。它不仅仅只是工作档案。这些要点中的一个或者两个或者三个可能会被检察官挑出来反复推敲，因为有些是我们的假定，而这些假定并没有很多的背景故事来支持。但是主要内容是可以提供事实来支持的。”

1992年8月27日，星期四

康威签署了一份搜查许可证的宣誓书。巴瓦特告诉我说：“这次搜查的目的是为了观看那盒录像带，并且，根据宣誓书，看看它是否含有跟所谓的十二宫凶杀案相关的证据。”

瓦列霍警察弯身走进弗雷斯诺大街32号那间矮屋——像去年一样黑暗、潮湿，像博物馆一样。爱普生打印机里是艾伦给瓦列霍警察局的还没完成的“测谎协议”。康威没收了许多录像带，还有5箱光盘，以及放在那里的打印机的使用指南。电脑旁边是一摞标签为“多边形”的电脑光盘，还有一张黄色的类别为“Plolams”（艾伦故意将“Programs”——项目一词写错）的光盘。他们发现了一张被称为“果汁食谱”的炸弹配方，以及一个装有空白信纸的箱子。一些纸条上写满了算术题。东面墙壁的书架上有一份遗嘱和电脑说明书。上面写道：

> “本人虽身感不适，但神志清醒，在此立下遗嘱。如条件允许，我会更新这份文件，所以这份电子版将一直是最后并且最新的遗嘱。如果是打印版的文件，文件上的日期将会显示它是否是遗嘱的最新版本。每一页都必须由我签上名字和日期，就像最后一页那样。
>
> “首先同时也是最重要的，我希望大家能知道，不管因为什么原因，如果我变成植物人，请切断所有生命延续系统，在我死后，我的任何器官都可以用来帮助他人。”

“获得这份最新版本遗嘱的步骤如下，”探员们照着流程图——打开电脑显示屏（显示屏包装套右下角的底部滚轴），插入MS-DOS系统工作副件。

这份说明详述了7个复杂的技术动作，这样才能获得最新版本的遗嘱。“我赋予我的好朋友哈罗德·霍夫曼我的遗嘱执行权及代理权……”文件是这么开头的。艾伦将他的爱普生电脑、所有的附属设备、“程序”，还有相关资料都留给了他的房客。利以悲伤的口吻结尾，而且说了更多的谎言。

“至于我的弟弟罗纳德·艾伦……我被深深地伤害了，在我近来和法律有些冲突的时候，他的整个家庭对我没有丝毫支持。我依然非常地爱我的弟弟，这让这种伤害更加深刻。在我的弟媳费尽苦心多次给我打电话说他们穷得叮当响根本无法给我任何经济支持时，我被伤害了（虽然她这么做一点都不意外）。接着他们就跑去买了3辆本田汽车，其中有一辆新款雅阁。这就是穷人哦！尽管如此，如果在他们这么对我之后，他还有什么想要从我这儿得到的东西的话，他就尽管拿去吧。他还是可以得到这栋房子，这值好几辆别克汽车。”

利有4辆汽车，其中包括一辆考威尔。他本来想把他的坐骑们给他的牙医，但是最后由罗恩获得。警察们研究了电脑上一封写给瓦列霍警方的信。巴瓦特告诉我说：“信里面是一些参考资料，关于他即将要写的控告我们这个事那个事的信件。”

“搜查许可证回执上说你们找到了一把刀，还有副带铆钉的刀鞘。”我对巴瓦特说。

他说：“我压根儿都不记得刀鞘，我想我们拿走它是因为里面有一把刀。那也不是什么惊天动地的东西。我们发现的那台皇家打字机应该跟河岸县凶杀案有关，而我之前小看了十二宫杀手。”康威也是。河岸县的探员可以鉴别出凶手用的是一台便携式皇家打字机，就像从艾伦的地下室里发现的一样。莫里尔判定十二宫杀手写了那些寄至河岸县的手写信件，但是如果他是用打字机打的那些招认信的话，那么艾伦的打字机可能依然可以提供线索。我怀疑这一点。机打的信都是墨迹最淡的那份复印件。

托斯奇闷闷不乐地说：“艾伦死后我接到4个或者5个电话，旧金山警方有点好奇，为什么瓦列霍不干脆了结此案。他们跟一个探员说，瓦列霍检察官不结案是因为艾伦已经病入膏肓，而且预计会在两周内死去。他们本来已经安排了一个会议来讨论那个决定，就在他死后的那个月，所以他们现在提前开了这个会。”

1992年8月29日，星期六

一天前，一份有关艾伦的瓦列霍警方报告被放进地方法庭书记员办公室归档。媒体现在既然已经意识到死的是谁了，便开始大写特写。伊尔林·哈里斯在《旧金山纪事报》上发表文章说：

“曾涉嫌十二宫杀手案的男子去世——一个曾经被怀疑是十二宫杀手（曾嘲讽警方，并且用一系列的凶杀案将北加州陷入一片恐慌之中）的男人，星期三在瓦列霍死于心脏病，终年58岁。

“1971年，他的亲戚和朋友们告诉警察说他的行为诡异，担心他就是那个在1966年到1974年间杀害了至少6个甚至有可能37个人之多的变态杀手，随后，人们的注意力开始集中在阿瑟·利·艾伦身上。在罗伯特·格雷史密斯的那本《十二宫》中，这位前《纪事报》漫画编辑以一个虚构的名字描述了艾伦是大多数探员心中十二宫杀手的‘不二人选’……据称艾伦曾经对别人说过他就是十二宫杀手。”

1992年9月3日，星期四

康威公开说道：“70年代中期，艾伦被判扰童罪而入狱，去年，我们搜查了艾伦在瓦列霍的家，这是这起尚未破获的案子的追踪调查的一部分。我们找到了一些笔迹，一些钢管炸弹，还有一些非法武器。没有一项足以让我们以十二宫杀手的罪名逮捕他……这起案件依旧在调查之中。我没有任何理由相信艾伦的死是自杀，而且没有任何初步证据显示他涉及谋杀案。”

在旧金山，KPIX电视台主持人戴夫·麦可哈尔哈顿，在晚间新闻里播报了这个嫌疑犯的死讯。他说：“艾伦在这周死了，留下那个没有得到回答的问题，‘他真的是十二宫杀手吗?’”托马斯·罗曼报道说：“警方唯一能确定的是这仍然是一起没有破获的案件。他的死对于针对十二宫杀手的调查几乎没什么影响，那个杀手声称已经杀死了37个人，并以此来嘲讽警方……但即使是在详尽地搜查之后，警方还是没有以任何十二宫凶杀案的罪名……控告艾伦。”

艾伦曾告诉KPIX电视台：“我不是十二宫杀手，我从来没杀过人。他们让我扪心自问……唯一能证实我清白的就是真正的十二宫杀手去自首——如果他还活着的话……我只能指望这个了。唯一能让我获得心灵平静的时候，就只有我最后死去离开这一切的时候。”

托斯奇能说的只有：“艾伦先生是一个非常非常重要的嫌疑犯。我们曾经查他查得很紧。”联邦探员在接到艾伦的死讯后，在一份报告里说道：“旧金山的这起案件现在结束了。”

皮特·诺伊斯告诉我说：“这个曾经调查过这起案件的退休警察告诉我，他现在已经不干了。他们在艾伦家找到了很多电脑磁盘。他们从那里拿走了许多东西。很明显心理医生托马斯·莱科夫跟这儿的一个家伙有什么交易，要写一本书。我不知道这是否符合他的职业道德准则。莱科夫在阿塔斯卡德罗见过他。”

鲍勃·伍尔瑞吉，在时代生活公司工作的一位好朋友，打电话来说：“托斯奇调查员给我家打电话聊了聊，我一直都在追踪这些发生在瓦列霍的事情。《瓦列霍先驱报》的麦可科克伦告诉我说，很明显警方在他们第二次搜查艾伦先生的家时找到了一盒录像带。我不知道这意味着什么，而且我觉得瓦列霍警方是不会说的。下午晚些时候我将试着和瓦列霍的康威谈谈。如果我听说了什么，肯定会让你知道。”

警察们尽快播放了那盒录像带。里面显示的只是艾伦朝他们露屁股，咒骂警察，以及抱怨这个案子。官方表示录像带上有更多内容，但是“没什么可以控告他有罪的东西”。尽管艾伦指定了好朋友哈罗德·霍夫曼为他的遗嘱执行人，这个任务还是落在了罗恩·艾伦的肩上。卡伦抢先拿走了他全部东西，而不是罗恩。

一位朋友抱怨道：“霍夫曼是在利死后才认识卡伦的，但是很快就有些厌恶她这个人。我曾经读到过罗恩是怎么跟警方合作，帮忙收集信息的。我感觉罗恩知道他哥哥涉嫌这种事情。媒体中有人追踪他们的消息。罗恩是一个非常难找着的人。通常他的妻子都不会让他靠近电话机。我想，因为那个家伙是突然死去的，或者他留下了些什么东西。可能是的。我想，这是他们在那栋房子里发现些什么东西的好机会。”

利·艾伦的尸体并没有被涂防腐药物。虽然他被火化了，但是他的脑液标本却被要求保留了下来。这也许可供进一步的DNA鉴定。利的骨灰被洒在了圣拉斐尔县附近的海滩。艾伦死后一周，《瓦列霍先驱报》刊登了一个大标题：“疑犯之死不会停止对十二宫案件的调查。”死亡不会阻止对真相的调查。这些遗失的真相碎片，是我们欠受害人的。我无法停止。我们都无法停止。

1992年10月2日，星期五

达琳的妹妹帕姆声称自己在艾伦生前曾遇见过他，并且在他死后去过他家。她声称自己在他的浴室里发现了一个“奇怪的性用品，它的吸盘吸在浴盆盆壁上”。

巴瓦特说：“当然，我不再积极地调查这个案子了，我曾经收到过许多信，自从阿瑟·利·艾伦死后，什么都没再发生了。不久之后的某一天，我们应该一起想想办法。我从弗雷德·舍瑞萨高那儿拿到了他所有的文件，跟艾伦的一堆其他东西一起放在我的阁楼上。如果不久之后的某天你要写个结尾的话，重新浏览它们会很有意思。真正有意思的是，如果你读过这份报告——来自那时的林奇警官，在另外一份报告的中间部分——我觉得那都不到一百个字。他讲述了1969年伯耶萨湖刺杀案后跟艾伦谈过他案发当时所在地的事情。阿瑟·利·艾伦说到了……”

“说到鸡？两只鸡……”我说。

“对！案发当天他本来要去伯耶萨湖，但他改变主意去了盐点。那是在1969年，是在托斯奇和阿姆斯特朗还根本不知道他之前。直到我在1992年初参与这个案子时才读到这个。所以我回过头又去问林奇，那时他还活着，后来去世了。我问他：“约翰，你在报告里没说你为什么去找阿瑟·利·艾伦。是什么促使你去找这个家伙的？你没说——他不记得了。某个人——不知何故，他的名字出现在1969年，正好在伯耶萨湖凶杀案之后。

“通常来说——我都会写份报告说：‘根据谁谁谁告诉我的，阿瑟·利·艾伦符合这些描述并且声称他当天要去伯耶萨湖，我去找他谈谈。’这样至少我会有个谁谁在之后与其讨论。我会问他：‘你为什么指控这个家伙？’当然你的书出版时比我去问林奇的时候要早得多。当我跟他谈话时，他已经戒酒了。但是他身体不是很好，他就是不记得了。

“约翰·林奇是一个品德高尚的人。他非常正直、坦率，但是他有该死的酗酒的毛病。”

“我的猜测是：艾伦告诉了一个亲戚或者朋友，他要去伯耶萨湖。后来这个不知名的人知道了这些凶杀案。艾伦可能说了些什么或者表现得很怪异，这让他们向警方告了密。我赌这个人就是他的一个亲人。”我们曾经发现过这个早期的举报人是谁吗？

托斯奇说：“从我们上两次谈话来看，我非常惊讶于你对十二宫案件的背景信息的了解，我十分关注你的信息，是关于河岸县的阿瑟·利·艾伦的，并且我希望河岸县警察局能告诉我一些他们所知道的艾伦的事。这会给我更有力的支持，以便我去和我们的检察官及其他为十二宫案件工作的探员们一起探讨。”

1994年5月15日，星期日

康威解释道：“一位特殊的从一所非常小的警察局退休的探员哈维·海因斯，非常坚定地认为他侦破了十二宫案，凶手就是那个有着长时间犯罪史的住在塔霍的家伙。同样，这次没有一致的指纹，没有一致的笔迹，除了一堆的巧合之外别无他物。”

《纪事报》在《今世》版刊登了一篇上下集的关于海因斯的嫌疑犯的文章。这篇文章让托斯奇感到心烦。他对我说：“真是廉价的新闻，我甚至都不想说它是新闻。我记得70年代时我跟海因斯谈过，而且那时他就很奇怪。他只是井底之蛙，甚至都不听听其他嫌疑犯的事情，也不保持一个开放的心态。海因斯花了20年时间去查那些凶杀案发生时那个家伙都在哪里。那本来应该很容易做到的。保罗·艾弗利给我打电话，他也很心烦。”

“同样康威也很确定十二宫杀手就是某人。”《纪事报》报道说。瓦列霍警察局的康威说：“我会告诉你我跟哈维·海因斯说过的事情，他把生命浪费在攻击一个错误的目标上。他的嫌疑犯不是十二宫杀手。这么多年来我不知道告诉了他多少次，但是他手上没有什么有价值的证据。我是这么认为的，因为我一直认为十二宫杀手就是阿瑟·利·艾伦。如果我能给哈维一些我们现在有的关于艾伦的证据，他就能立即摆脱这件破事了。很不幸，因为法律的原因，我不能那么做。”关于1992年死去的嫌疑犯艾伦，康威补充道：“如果艾伦今天还活着，我们就可以控告他就是十二宫杀手。很不幸，我们没有时间控告他了，他死了。”

索诺马高级法庭法官埃瑞克·尤德尔站在赫曼湖路凉爽的树荫下，谈论这个案子。他对我说：“1991年搜查艾伦家那天，吉姆·朗跟艾伦谈了谈，他说起了最近他自己父亲去世这件事情，这让艾伦差点说出了实情。不知道为什么，这打动了艾伦。艾伦开始哭泣，然后朗慢慢地诱导他。就在艾伦即将招认他就是十二宫杀手的时候，一个警官激动地冲出地下室，喊着说他们找到了炸弹。艾伦重新恢复了冷静，情绪被破坏了。那个时刻就这样失去了。”

35. 会议

1993年4月26日，星期一

“今天的主题是十二宫杀手。”法官乔治·T. 彻普拉斯郑重地说。这起令人困惑的案子让这位法官着迷不已，他召集了一个专门的会议重新思考这个案子，以及满足他自己的好奇心。这次会议于下午1点30分在旧金山一所礼堂召开，有大量听众出席。彻普拉斯担任主持人，介绍了KTVU电视台的记者瑞塔·威廉姆斯。他说：“她采访过那个人，那个嫌疑犯，那个瓦列霍和旧金山警方、由政治漫画家转型而成作家的罗伯特·格雷史密斯，还有其他人认为是十二宫杀手的人，”

接着彻普拉斯叙述了切尼的故事，艾伦宣称（在十二宫杀手出现的一年之前）要在他的枪筒上绑一支手电筒、刺杀树林里的情侣和写信署名为十二宫来嘲讽警方。他叙述了贝茨被刺时艾伦身在河岸县大学区，还有达琳·菲林曾被一个叫做

"利"的朋友跟踪。他还讲述了在艾伦被监禁在阿塔斯卡德罗期间，没有出现来自十二宫杀手的信件，那段时间圣罗莎的凶杀案也停止了。1969年菲林案后立即赶到现场的罗伊·康威，从那以后就跟这个案子结了缘。

"1969年7月4日的晚上，当时我是一名巡逻警察，被派到了瓦列霍一个偏远的地方。当时两个受害人都还活着。后来，那个男人活了下来，而女人死了。

"因为那时候我还是个巡逻警察，所以开始时并没有被指派调查这起案件。直到几年后我被晋升为副巡官，我才奉命负责这起案件。最早的，也是所有为此案工作的执法人员里面时间最长的调查员乔治·巴瓦特，现在正坐在这儿的角落里。"乔治站起来挥手示意。"这些年来我们所做的是——每次只要媒体一关注十二宫杀手案件，就会有各种各样的信息涌向我们局里，或者说所有的警察局，还有加州司法部及其他部门。各种各样的人打来电话说，他们知道谁是十二宫杀手。"

关于十二宫杀手，康威指出了一些他所认为的误传。我并不完全同意他的观点。他说："这并不是有意的，其中一个误传是河岸县凶杀案。我在此正式地告诉各位，河岸县警察局从来不认为十二宫杀手涉及此案。我们有更多理由让自己相信，十二宫杀手与河岸县凶杀案毫无关系。"河岸县警方认为他们当地那个嫌疑犯才是这起凶杀案的凶手。但是有一份笔迹鉴定早已经证明是十二宫杀手写信给河岸县媒体，声称他应对贝茨案负责。

副巡官康威的发言很保守，只集中在那些确为十二宫杀手所为的案件上。"只有三起案件在此之列，我们知道这三起案件绝对为十二宫所为，这是因为他提供了只有凶手才知道的实物或者口头的证据。"他指出保罗·斯泰恩案是最明显的一起——十二宫杀手偷走了斯泰恩衬衫的一部分，将一些碎片同他的信件一起寄出。"在我们的案件中（蓝岩泉案），杀人后，十二宫杀手马上找到一个付费电话亭。事实上，我可能曾与他擦肩而过，因为从那里到案发地点有一段比较长的路程。发现受害人的人花了很长时间才找到一个电话——可能半个多小时之后我们才接到电话。

"凌晨12点40分刚过，一个男人从一个付费电话亭打来电话，随后我们在12点47分跟踪到这个电话亭是在图奥勒米河和斯普林斯路交叉口。电话里他告诉我们他犯了这起凶杀案，还说了他是怎么做的，还有一些其他细节，这让我们知道真的是这个人干的。还有一个误传说，那时候我们局里没有录音装置。事实上我们的确没有那通电话的录音。"前瓦列霍巡警史蒂夫·鲍迪诺不同意这一点。在1992年7月14日的《畅所欲言》节目中，他对主持人杰拉尔多·里韦拉说："我听过那盒录音带——调度员让我听的。我相信那是第二天晚上的事。很明显那盒录音带不在那儿了，但是它的确存在，因为我听过。”警局接线员南希·斯洛弗也听到过。

康威继续说道：“另一起我们确切所知的凶杀案，是伯耶萨湖凶杀案。凶手再一次提供了很多只有凶手才知道的相关信息。就只有三起案件。另外一起就是在十二宫杀人之前七个月发生在赫曼湖路的案件。对于那起案件，我们有一些其他很有价值的嫌疑犯，并且巴瓦特探员和我都认为，其实这并不真是十二宫杀手干的，尽管我们对此没有确切的证据。

“关于十二宫案件，另一件有意思的事是，许许多多的人着迷于侦破此案。我们自己部门里就有好几个。还有些市民也变得非常着迷，并且十分肯定他们已经破获了这起案件。他们十分肯定这一点。他们的嫌疑犯中没有一个人是我们的嫌疑犯。

“有三位市民为此都写了非常长的报告。一个是我们市里的律师，他声称他的弟弟，他已经去世的弟弟（杰克·比曼），就是十二宫杀手。另一个用数学来证明他的观点。在他心里，他十分肯定自己已经侦破了十二宫案件。他认为十二宫杀手是波士顿大学的一位教授，现在在加州大学伯克利分校任教。

“我们还有其他的两个人，两人都在执法机关工作。其中一个最近才退休……他已经为此工作了20年，他十分肯定他知道十二宫杀手是谁。而且他知道的这个人住在塔霍。接着我们有一个其他局的人，为十二宫案工作了多年。他当时碰巧在值班，在野外拦下了一个人，并且讯问了那个人，直到今天他还认为那个人就是十二宫杀手。所以这些人中的每一个，如果你跟他们交谈，撇开其他事情不提，你会说他的看法肯定是对的。只是从逻辑上来说他是对的。

“十二宫案件事实上并没有以某个人被捕或者可能被捕而结束的主要原因之一是，执法部门在协调信息方面没有做好……格雷史密斯的书里最明显的几个要点之一——他问到为什么当时那份搜查证没有在两个地方，而是只在一个地方行使——而且那已经是20年前发生的事了。如果他们当时搜对了地方，没准儿那时就已经侦破了这起案件。但是他们并没有。

“20年后，探员巴瓦特和我又行使了一份搜查许可证！几年前我们搜了一次。我们发现了许多信息，使我们相信我们在正确的道路上，但是那个人随后就死了，我们没有办法用任何合法机制来说我们已经侦破了这个案子，因为我们无法将这个嫌疑人送上审判席。他就是格雷史密斯书中所说的‘罗伯特·霍尔·斯塔尔’。他的真实姓名是‘阿瑟·利·艾伦’。

“他一辈子都在瓦列霍工作。1971—1972年间旧金山警察局传出消息，之后我们便追踪了每一个方面。那些信息本来可以让他们搜查他在瓦列霍的主要住处的，但是那时他偶尔会住在圣罗莎的一辆小房车里，所以他们就只搜查了那辆小房车，而不是他在瓦列霍的家。我十分肯定，如果当时他们搜查了他在瓦列霍的家，他们肯定会发现确凿证据的，但是那都不可能发生了。这主要是因为他们是在单独工作，而没有跟我们交流信息。”

巴瓦特补充道：“这起案件中有很多那种这个区域发生的事情其他区域根本不知道的例子，这是不同的警察局所犯的同样的错误。罗伊和我在20年之后谈论这些事情，把它们都放到一块儿，让我们看上去好像很聪明一样，其实我们并不聪明。我们受益于所有这些报告。”

法官问我怎么会写这本书。“我曾经是《纪事报》的一名政治卡通漫画家，而且每天都试图做一部能改变世界的卡通漫画。我看着十二宫案，想：‘有个好像谁都抓不着的家伙。如果我跑遍整个州，收集尽可能多的信息放在一起，然后出一本书，某个人就可以侦破它了。’这差不多就是我决定要做的事情，我花了10年的时间。那段时间后，我有了一本相当厚的书。一位编辑和我一起又花了3年时间写出了500页。我们可能找到了真正的嫌疑人。这是可能的，但不是非常可能。我们的确写了艾伦先生是河岸县的一个学生，并且写了在切丽·乔·贝茨被杀害的那天晚上他在那个图书馆。或许，就像康威认为的那样，河岸县的案件并不是十二宫杀手干的，但是在这起案件的2500多个嫌疑犯中，艾伦是唯一一个在现场的。”

康威说起斯泰恩出租车上的指纹。

“我敢向你们保证，那些主要的嫌疑犯们已经被确认过指纹了。没有任何可以匹配上的指纹……全州及旧金山警察局最好的指纹专家之一肯·摩斯，拥有全州最完善的电脑系统。当然他们本来可以查出那个血指印，但是他们没有将犯罪现场保护得足够好，任何指纹，尤其是那个据认需对此案负责的那个人的血指纹。那儿有急救人员，还有其他警察。他们在说，为什么这个指纹在分析器里匹配不上呢？也有可能是开救护车的家伙手上沾上了保罗·斯泰恩的血，接着抹在了车上，没准这就是那个血手印的由来。”

“顺便说一句，艾伦穿10码半的鞋子，而这就是在伯耶萨湖找到的翼行者鞋子鞋印的尺寸。”我说。我总结过这些凶杀案的模式：“它们通常都是在周末发生在水边，通常都涉及年轻情侣，他们正在享受着十二宫杀手无法享受到的快乐——亲密的爱情关系。”

康威说：“我们会见了这个案子中的每一个人，我们会见了凯瑟琳·约翰斯，我有点困惑，不知道怎么解释这一点，但是我不相信她描述的那一切真的发生过，更别说是十二宫杀手干的了。”我说：“约翰斯是唯一一个让我觉得有点可疑的，多年过去了，我开始越来越相信那个绑架她的人不是十二宫杀手。”

康威说：“我只相信一件事，那就是我知道一个事实，所有这些关于月相还有密码的东西事实上跟什么都没有关系。它们就是十二宫杀手为了他自己邪恶的满足感而玩弄人们的方法。那些密码，就像所证实的一样，没有意义。”但是，这些密码的确解释了他的动机，并且揭露了《最危险的游戏》这样的线索，正是这条线索让他的家人和朋友们举报了艾伦。

我们说起了我跟艾伦之间的对话。我说：“这有可能是因为扰童罪，但是如果你在艺术领域工作，你就会有一种对事物的直觉，并且当我在他身边时，我的脊梁骨真的发凉。他有些地方非常不对劲。我过去经常进去买东西——他在一家五金商店工作——是一个非常可怕的家伙。但是智商极高。他有植物学和生物学的学位。”

威廉姆斯说：“生物学，他说他没拿到硕士学位——他没有完成毕业论文；他完成了硕士的课程论文。他的学士学位是初级教育方面的。并且他说他的智商是——我记下来了——是130那个档次的。他说：‘当然不是什么天才，但是我很聪明。’”

威廉姆斯说：“真的，‘我的脑子，’他说，‘我相信是136的。’我问他关于密码的事情。‘我曾经在海军部队里待过，’他说，‘我在那里干些剥漆皮之类的活儿，接着我成了一个三等的无线电技师。这些当然不能让我成为密码方面的专家了。’”

我们开始罗列他的技能。威廉姆斯说：“水肺潜水、神射手、飞行员……他还了解爆炸装置、密码、气象学。”我说：“图表（海军和空军）和罗盘、速记、图样，制图（他的父亲不仅是一位海军官员，还是一个制图员）。他还了解化学（他是一个化学家）、枪支（他收藏枪支）、易容术和缝纫（他是海军里的一个修帆工）。他不仅会打字，而且还有跟河岸县信件出处一样的便携式打字机。”巴瓦特说：“菲尔·塔克告诉我们说，艾伦还是个小孩的时候就被迫用右手写字，尽管他天生就是左撇子。”

康威继续说道：“水手、飞行员，事实上，他有一些玩双体帆船的水下呼吸器。他还是个游泳运动员。一个热情高涨的厨师。他的住处，就像瑞塔告诉你的那样，是他父母房子下面的地下室。并且，从地板到天花板，这间小小的房间里到处都是书。他阅读量很大，而且可以接上任何你能想到的话题。”

法官说：“我听说十二宫杀手能熟记并引用吉尔伯特和沙利文的话，艾伦能吗？”

康威说：“绝对能，我们通过他的弟弟和其他亲戚确认了他对吉尔伯特和沙利文感兴趣。他们还确认他故意写错别字。这不是偶然发生的。比方说，写食谱时，写到鸡蛋，他不写成‘eggs’，而是写成‘aigs’。这是故意想让看到的人吃吃笑起来。他对所有的事情一直都是那么做的。”我回想起艾伦在所有的采访中把十二宫杀手说成“这个”十二宫杀手，就像那个杀手在他的信件中写的一样。

康威说：“这个案子最难的部分就是笔迹问题了，笔迹分析方面，关于十二宫信件，至少有两到三个人，都说从第一封信到最后一封都是一致的。所有的字母和单词，笔迹都能绝对地匹配上。那些信件都是一个人写的。那并不是问题。有意思的是，说到河岸县案，只有一个证据可以证明十二宫杀手可能跟河岸县凶杀案有关，那就是凶手在课桌上潦草地写下的一些话。他那封描述了他在凶杀案中都干了些什么事情的实物信件是机打的。并无任何笔迹或者任何种类的印刷件。那封信底部的署名是‘商业’。”这里康威说错了：这封信寄给了《河岸县商业报》。关于河岸县凶杀案，十二宫杀手还手写过三封信件。

“但是正如舍伍德·莫里尔所说，那些拍过照片的写在课桌上的话，与十二宫信件笔迹一致。从那以后，乔治和我找遍了这儿的每一个专家，他们都毫不犹豫地说，他是错的，它们与十二宫杀手的笔迹并不相符。再加上河岸县警方已经有一个嫌疑犯了，在他们看来，他们的案子已经被侦破了。那个用数学方程式写了另外一本书的所谓的天才，他的整个假定——所有的一切都是建立在以河岸县案件为开始的数学的基础上。当我告诉他河岸县案件和十二宫杀手毫不相关时，他的理论有了新的突破。这并没有让他动摇，他的想法还是与众不同。”

我们都有我们各自的盲点。康威确信艾伦从来没有在海军待过，尽管他声称他曾经是个“刮油漆的人”。艾伦认识多年的女人们和她们的女儿们都说艾伦曾经在美国海军待过。许多报告也是那么显示的。艾伦也承认曾经“不那么光彩地被开除过”，并且他得以去卡尔波利上大学。他与海军之间的联系是毋庸置疑的。光是他父亲在海军待了 25 年就能让利时不时地去趟金银岛，在特拉维斯空军基地工作，并且在基地福利社里买翼行者鞋子。

威廉姆斯说：“法官，如果他就是艾伦，你能告诉我，为什么他没有留下任何信息，还有那些凶杀案为什么会停止呢？”我心里想：他可能没有留下任何信息，因为他是突然死于心脏病的，非常突然，连头都撞破了。康威说：“在我看来，他的确留下过信息。十二宫的一封信件里提到在他的地下室里有些炸弹。事实上，我们去搜查的时候，那栋房子的地下室里的确有炸弹——钢管炸弹。说他留下过信息的另一半原因是，他的地下室里有那些东西，但是同时，他又全盘否认。他说了那么多的谎话，否认也没什么用了。无论如何，他待在阿塔斯卡德罗的那段时间，没有出现过十二宫信件。最后一封信里，他甚至说：‘我回来了。’

“凶杀案停止的原因有很多个——这是联邦调查局的专家们的讨论结果。在匡蒂科和弗吉尼亚市有一个非常著名的联邦调查局专家组专门研究连环杀手。我的父亲在他二十几岁和三十几岁时曾经是个狂热的捕鹿手。大概20年前他不再捕鹿了，我问他原因。‘对我来说，这没什么意思了。’他说。这个解释非常简单，但是这也可以用在艾伦的身上，如果他真的是十二宫杀手的话。

“另外，他是一个病入膏肓的人。即使他还能动，也不那么灵活了，而且作为一个嫌疑犯，集中在他身上的注意力太多了。身为嫌疑犯，身染重病，而且失去兴趣——这些加起来就能解释这个为什么了。”

威廉姆斯问康威：“你们找到过指纹吗？艾伦在接受采访时说，瓦列霍警方在会谈过程中告诉他，他们在他房子底下的炸弹上找到了指纹。当然他说那是一个前罪犯留在那儿的。他甚至都不知道它们在那儿。你们真的找到了指纹吗？”

“这么说吧——一开始艾伦根本不承认知道他的地下室里有炸弹，然后当我们告诉他炸弹上面有他的指纹时——其实是没有的。他便开始解释他是怎么打扫地下室的，又是如何把它们从一个地方挪到另一个地方的。自始至终我们都在跟他搞清这种事情。”

乔治·巴瓦特在观众席上说：“你们不得不理解，追溯到60年代，执法部门是做得非常好的。他们没怎么互相沟通——他们没有电脑啊。”

康威说：“说到指纹（出租车上的），每一个存在过的嫌疑犯都被核对过指纹，但是没有一个能匹配上。另一个问题是，十二宫杀手曾在他的信中吹嘘过他是怎么做到不留下指纹的。”

“我想问问副巡官还有格雷史密斯，在你们看来，谁是十二宫杀手？”威廉姆斯问。

“乔治，我们怎么回答？”康威说。

“谁是？”瑞塔说。

巴瓦特说：“我发现，太多的巧合都指向一个方向，我觉得那已经不再只是一个巧合，而且我觉得太多的事情都指向阿瑟·利·艾伦，我认为他是一个切实的嫌疑犯，而且很有可能就是十二宫杀手。”

“罗伯特，你认为呢？”威廉姆斯说。

“我的看法也是一样。”我慎重地回答道。艾伦最近才死。“我能说的就是，在资料被带到我这儿来的所有人之中——我曾和戴夫·托斯奇一块儿商讨，他给我看了许多文件——艾伦是我见过的最有可能的嫌疑犯。十二宫杀手也可能是某个住在森林里的不知名的家伙，并且从未被公布过，但是据我现在所知，艾伦是他们遇到过的最有可能的嫌疑犯。”

康威说：“首先间接旁证并没有什么问题，如果你知道间接旁证是什么意思的话——如果你在一个犯罪现场留下一个指纹，并且你否认你犯了罪，据此我们便可以证实你是犯了这项罪名的，因为你的指纹就在犯罪现场。”

那天晚上 KTVU 简短地报道了一下这次会议：“十二宫杀手的一切都非常严重，考虑到他似乎随意地杀死的人的数量……可能有 50 人之多。谁是十二宫杀手?”瑞塔·威廉姆斯问。“这就是被众多探员认为是臭名昭著的十二宫杀手的瓦列霍男子，这是第一次披露他的长相。他的名字是阿瑟·利·艾伦。”正播放的电视存档资料里，威廉姆斯问艾伦：“你是十二宫杀手吗?”他说：“我根本没想到，我当然不是，肯定不是，不是十二宫杀手。”

威廉姆斯继续说道：“但是今天下午在旧金山市立大学，我跟一群被认为是本案权威人士的人在同一个小组，他们第一次公开说，艾伦是他们遇到过的最有可能的嫌疑犯。”她引用了我的话。巴瓦特在电视里说：“太多的事情，都指向阿瑟·利·艾伦，我认为他是一个切实的嫌疑犯，而且很有可能就是十二宫杀手。”

威廉姆斯说：“但是探员们并没有以任何一起十二宫凶杀案控告艾伦，去年 8 月，艾伦死了。一年前我采访了他。那时他已经 58 岁，是一个糖尿病患者，并且正接受透析治疗。但是在 60 年代末期，聪明的十二宫杀手恐吓整个加州时，艾伦还不到 40 岁，那时候他比后来重 60 磅，非常强壮，并且是一名生物学硕士研究生。警方几乎从一开始就认定他是一个嫌疑犯。”

威廉姆斯总结说：“十二宫杀手寄一些复杂的信件和密码，嘲讽官方和媒体，今天，瓦列霍探员说他们从未控告过艾伦，是因为他们无法解释他的笔迹与十二宫杀手的笔迹之间的不符。”

威廉姆斯 1991 年的采访录像在那天晚上被再次播放，里面有艾伦崩溃并哭泣的画面。瑞塔·威廉姆斯观察到的东西刺痛着我的心。“但是他没有真哭。看着录像带时，他的脸色变得很快。他抬起头时，双眼是干燥的。我很肯定地认为他是在装哭。”“我抓到他说了那么多的谎话，否认也没什么用了。”康威说。艾伦甚至会毫无理由地在毫无必要的事情上撒谎。

1997年2月14日，星期五

情人节那天搜查了艾伦家后，6年的时光已经匆匆逝去。托斯奇给我打来电话，语气听上去很轻松。他说："探员瑞奇·艾德金斯接手了这起案件。我的一个朋友是一位调查组长，他说瑞奇十分想跟我谈谈，因为他浏览了一些文件，对一些事情非常好奇。周二那天他和他的搭档文斯·雷佩多来拜访我。我跟他们大概谈了半个小时有关十二宫杀手的事情。

"文斯告诉我，他并没有看过所有送到萨克拉门托的文件。他说：'由于某种原因，文件并没有全部被送回。'他们只有两箱。那让我感到失望。萨克拉门托应该归还所有我和阿姆斯特朗收集的文件。记得多年前他们决定要把所有的东西都送到萨克拉门托时，我觉得他们做了一个非常、非常错误的决定。我非常沮丧。这样一起世界闻名的案件，我和比尔为此所做的工作（我的字写得很差，但是当我上了岁数，经验多了一些的时候，我的笔记做得就好多了）——乱七八糟地混在一个硬纸箱内——你会弄丢一些东西的。有人会把一些东西装进自己的口袋。你必须想办法补救！必须！

"我希望他们能知道剩下的文件被放在萨克拉门托的什么地方，并且到底是谁拿着它们。雷佩多和艾德金斯说今天上午他们会去萨克拉门托看看。让这位瑞奇·艾德金斯倍感兴趣的是，这起案子依旧是一个谜——这起案件依然活跃，并且那么多的人知道它。其实有很多人杀的人都比十二宫杀手多。艾德金斯问，为什么多年之后依旧有这么多人对此感兴趣。我告诉他：'这是一个谜——因为那些信件、密码。它充满了讽刺意味，它说'来抓我啊，如果你能'，还有'我坚不可摧'。

"瑞奇问我有没有跟康威说过话。艾伦死后，他的话被到处引用。现在他们告诉我说，他对艾德金斯说他要在12月退休。"

我说："康威非常热情，他有些想法很好——抓住了这个案子的本质。"

托斯奇说："旧金山感到疑惑，为什么瓦列霍不简单地了结此案，而且这也是艾德金斯和雷佩多想要做的事情，瑞奇·艾德金斯问我，我知识非常渊博，是否愿意和他们谈谈。他们是两个非常好的人。我说：'格雷史密斯是我这辈子遇见过的最值得尊敬的人之一。我觉得他会愿意和你们谈谈。'艾德金斯说：'这么久了，我们想结束这个案子，而且我觉得我们能做得到。'他们想称赞我和阿姆斯特朗。艾德金斯对我说：'我们想说的是，当艾伦的弟弟打电话来时，如果不是你们主动去瓦列霍跟艾伦的弟媳和弟弟谈话……你们推动了案件的调查，而且你们比其他距离艾伦更近的辖区做的工作要多得多。'"

我说："瓦列霍警方不明白的一件事是，为什么约翰·林奇和雷斯·朗德布莱德会那么早就盯上这个家伙，为什么？那是在切尼和桑托·保罗·潘查里拉来举报之前很久的事了。"

"我们从来没查出来过。"托斯奇伤感地说道。

"是什么把他们带到了艾伦那里？两个不同警局的人都到了艾伦的门前。这儿肯定漏了某些小小的环节。蓝岩泉案和伯耶萨湖案后，林奇去找艾伦谈话。当然，他们得知了那把刀的事情——'我用来杀了两只鸡……'"

"是的。艾德金斯和雷佩多甚至问我，我们是否想过艾伦会在南加州出现。对此我记不清楚了，但我知道你找到过一些线索。那个弟弟自己到艾伦的家里搜查过一次，他发现了一些密码书。周二那天我把这些告诉了艾德金斯，就这样打发他走了。"

那天晚上我又看了十二宫迷们的一些信件。迈克尔·赫内西建议道："看看邮票和信封封舌底下有没有唾液，可以做一个DNA测试，同样也看看那封有血十字的信，看能不能做个DNA测试。再看看受害人切丽·乔·贝茨指甲盖下发现的皮肤和毛发组织。"DNA，可以从许多生理资源方面获得——血液、头发、精液和唾液——它终于进入了十二宫案件的调查，就在我即将找出真相的时候。

1997年2月15日，星期六

上午9点时我给雷佩多打电话，他想马上见面。我们约定了在第九大道的蜜拉贝儿咖啡馆见面，它的前身是"猫头鹰和猴子咖啡馆"，我的书就是在那儿写完的。

我坐在我常坐的靠窗的桌前，看见一辆轻轨列车滑过。当他们慢步走出车子进入咖啡馆时，我一眼就认出了这两个调查员。艾德金斯，身材高大，肩膀宽阔，而且充满活力，因为刚和一个嫌疑犯搏斗过，左边脸颊上有一块淤伤。文斯·雷佩多比他的搭档年长、厌世一些，重重地坐进椅子里。很快我就希望他们不如取消这次会面。最后的一小时里，事情有了些变化。

前一天艾德金斯和雷佩多拿到了DNA测试结果。十二宫杀手的一封信上（他们不会说出来是哪封）的遗传标志匹配上了艾伦的DNA！但是，在我和雷佩多通话后，雷佩多接到一个电话说第二轮测试显示并不匹配。"我在去接瑞奇之前听到了这个消息。"他说。

十二宫杀手在20世纪60年代末70年代初就具有丰富的化学知识，不可能蠢到会去舔邮票或者信封封舌。那时候没有DNA测试，但是却有血液和唾液鉴定测试。

DNA 测试的假阳性结果有可能是因为近亲吗？艾伦是不是让他的母亲为他舔信封？如果是的话，他用的是什么借口呢？或者我们一开始就是错的？托斯奇、穆拉纳柯斯、朗德布莱德、艾德金斯和雷佩多，还有其他所有人都认为十二宫杀手就是阿瑟·艾伦。我也是。但是艾伦并不能对上笔迹，也没有舔他们测试过的信，而且他还通过了测谎，虽然当时是处于服用药物的状态。答案究竟会是什么？我重新回到两个十二宫杀手合伙作案的可能性上，这也是巴瓦特曾经有过的想法。现在我有了这个不愉快的任务——告诉托斯奇这次会面的结果。他有些垂头丧气。

托斯奇说："星期二那天，他们告诉我说大概有一个月没听到什么好消息了。我为他们感到遗憾。显然他们对目前的一切太乐观。现在一个电话来说结果不是那样，这真让人泄气。调查又后退了一步。"

我说："我记得 1975 年艾伦曾经哀叹，说希望他在阿塔斯卡德罗期间十二宫杀手能写一封信，这样就能证明他不是十二宫杀手了。如果真的有一个同伙是专门写信的，那时候他为什么不那么做呢？那个 DNA 测试的结果是我没有预料到的。"我看着我的电话机。从 1986 年到 1991 年，我不断地接到只有呼吸声然后迅速挂断的电话。它们随着艾伦的死一块儿停止了。我几乎想念起了它们。

1997 年 2 月 16 日，星期日

"我跟调查员雷佩多谈过了。"我告诉巴瓦特。

巴瓦特说："我知道他，文斯有自己的保安设备公司。他们指派他在戴西之后接手这个案子。戴西跟的时间是最长的了。接着他们转交给了这个文斯。当然，他还有其他的案子同旧金山警察局合作。"

我说："旧金山警察局在两天前得到 DNA 结果。那时是说有可能是艾伦。但是在他们来见我之前——不到一小时，他们拿到第二份报告，说样本与十二宫杀手不符。你能想到谁有可能帮艾伦写那些信件吗？"

巴瓦特说："你知道的，我们甚至比较了切尼的笔迹，还有桑迪·潘查里拉的，还有罗恩·艾伦的，他是非常固执的一个人。"

"那些信件停止时，罗伯特·埃米特正在德国教中学。我在想他们还可能想去测测他的 DNA。"

巴瓦特说："这是康威退休前迫切想要做的事，说到艾伦的样本，我不知道旧金山警察局是从哪里得到的。我让瓦列霍验尸官保留那些东西，他应该通知我他们是否以及何时收到了旧金山警察局的要求。我没有听说任何消息。或者艾伦让他的狗舔他那些邮票……"

“不，那是人的DNA。”我说。我提到了本案中第三重要的嫌疑犯安德鲁斯·托德·沃克。

巴瓦特说：“我不是不关注沃克，我只是觉得没有足够的关于他的权威的信息，让他成为有价值的嫌疑犯。那些家伙（一个海军情报局职员和两个加州公路巡逻队职员）把它当成一个业余爱好来追踪，这非常好。很明显他们偷了他的一些银器。他们付钱做了DNA检测，至少他们是这么告诉我的。他们有沃克的DNA。你知道的，我敢跟你打赌，沃克，还有哈维·海因斯怀疑的那个家伙——我敢跟你打赌，他们两个，不用多说，都应该被测DNA。”

“嗯，当然。70年代时，我跟莫里尔坐下来谈过。他研究了我从Ace五金商店带回来的利的笔迹。它看上去不错——三笔画的k，还有其他东西。如果他们要做基因测试，那么就应该至少给全部的嫌疑犯都做。”

“我只希望1971到1972年时，托斯奇和阿姆斯特朗能追得更深一些。我希望他们当时能搜查他的家。我跟普劳蒂谈过，他是司法部莫里尔手下的一个笔迹分析员。普劳蒂说他最后也没分析出来。我看着那些东西（课桌上的字迹），没法对得上（十二宫杀手的）。他退休后不久就去世了。我不确定雷佩多和艾德金斯有没有读过我的报告……但是没有人‘嘭嘭’擂他们的门。斯泰恩的家人们没有每天在那儿说着你们对我的丈夫、儿子的死做了些什么之类的话。瓦列霍也是一样。菲林的家人也没有‘嘭嘭’擂他们的门。俗话说——会哭的孩子有奶吃。我一点都不怪文斯。他可能有半打那种人们会‘嘭嘭’砸门的案子。”

总而言之，这已经是让人吃惊的进展了。旧金山警察局凶杀案调查员汤姆·布鲁顿给我打来电话。他接手了十二宫案件，像传家宝一样传了一代又一代的案件。布鲁顿想知道我能不能提供一些遗失信件的原件。

“嗯，你少了什么东西？”我问。

“那封三段式密码的信。”他回答说。那应该是旧金山警察局收到的第一封十二宫信件。

“我有联邦调查局的修复品。你指的是这个吗？”

“不。我们以为原件可能被转交到你这儿来了。凯瑟琳·琼斯说她收到过第二张十二宫万圣节贺卡，并且寄给了你。你有那个吗？”

“没有。她说的是保罗·艾弗利。但是，我有的东西你都可以拿去。我想看到这起案子被侦破。”我们又谈了一小会儿，接着我想到让他帮我一些忙。“我在想针对艾伦做的那个DNA检测，我有两个问题。”

“请说。”

“第一，他们从哪儿取得的艾伦的样本？他在1992年就被埋葬了。”

“我们是从瓦列霍验尸官那里得到的。他们冷冻保存了他的脑液或脑碎片样本。”

“这我就明白了。”

“第二点呢？”

“他们测试的是哪封信件？”我想的是含有保罗·斯泰恩衬衫碎片的信件中早期的一封。那个带血的样本可以证明寄信人真的是十二宫杀手。

“我们用的是1978年那封。”他说。

“那份赝品？”

曾经，我相信那封信件是真的。但是在1978年有件事让我大伤脑筋。“除了十二宫杀手的问候卡片、桌面和汽车车门，他的手写信件都装在7.5×10英寸的普通信封内，而1978年的信却装在8.5×11英寸的法律用信封内。”我不仅知道1978年的信是伪造的，而且知道旧金山警察局也了解这一点。

“那有没有可能用更早的一封信再做一次测试呢？”我问。

布鲁顿什么也没说。

我给托斯奇打电话。他十分怀疑地问他们为什么不用含有斯泰恩衬衫碎片的信件来做测试。我说：“他们想知道我是否有信件的原件，所以我怀疑他们不是把一些信件放错地方了就是被偷走了。事实是，剩下的信件上没有足够的DNA供他们检测。他们在1967到1971年的信上找唾液，结果没有找到。只有1978年的那封伪造的信上才有足够供检测的细胞。”旧金山警察局随后准备了一份针对可获得的十二宫的DNA的报告：

“1969年10月13日的十二宫的信及信封，提取信封上的DNA——几乎没有细胞。

1969年11月8日的卡片：‘对不起我什么都没写’，钢笔在滴水——几乎没有细胞。

1969年12月20日，含有斯泰恩衬衫碎片的信件，提取信封上的DNA——几乎没有细胞。

1970年4月20日的‘我是……’（密码），提取信封上的DNA——几乎没有细胞。

1970年4月28日的卡片：（非常遗憾地听说……）‘爆炸……按钮……’提取信封上的DNA——几乎没有细胞。

1970 年 6 月 26 日的手写便条和地图：‘我用一把口径 0.38 英寸的枪杀了一个男人……’ 提取信封上的 DNA——几乎没有细胞。”

实验室在以下信件中找到一些细胞：

“手写便条：1970 年 7 月 24 日，‘车里的女人和小孩……’ 提取信封上的DNA——找到细胞。

1970 年 7 月 26 日，‘我会折磨我那在天堂等候的十三个奴隶’，提取信封上的 DNA——找到细胞。

1974 年 1 月 29 日，‘看见驱魔人’，提取信封上的 DNA——找到细胞。”

丢失的及实验室没有进行提取的信件有：

1969 年 11 月 9 日手写便条：“我是十二宫。”明显遗失的还有 1969 年 7 月 31 日的三封信和信封的原件，1969 年 8 月 7 日信件，1970 年 10 月 27 日万圣节卡片，1971 年 3 月 13 日写给《时报》的“蓝色小气鬼”，1971 年 3 月 22 日的明信片“寻找 12 号牺牲品”，1974 年 5 月 8 日署名为“一个市民”的便条和 1974 年7 月8 日的信件“红色魅影”。

这份报告以被测的信件结尾：“1978 年 4 月 24 日手写便条‘托斯奇那只城市猪……’DNA 样本取得 / 并非确切的十二宫信件。”

终究阿瑟·利·艾伦还是没有被排除是十二宫杀手的可能性。不久之后，十二宫杀手从坟墓中归来了。

36.十二宫杀手三世

1997 年 3 月 16 日，星期日

一个十二宫模仿者已经让人毛骨悚然——第三个十二宫杀手就更让人无法想象

了。但是第三次，这个阴魂不散的杀手又伸出了死亡之手，这次是在3000英里以外的地方。神户是东京西面270英里处的一个富裕的郊区城市，曾一度以治安相对良好而自豪，同日本其他地方相比，几乎没什么凶杀案。2月10日那天，两个女孩被人重锤袭击，将这个城市从睡梦中惊醒。今天，10岁大的山下询香被大棒袭击，死于脑部重创。不到一小时，一个9岁大的孩子又被刺伤，几乎失血致死。

1997年5月24日，星期六

一个暴风雨肆虐的早晨，雨水打在须磨初级中学绿色铁门前的塑料袋上。尽管离人行道最近的塑料袋外已经笼罩上一层薄雾，但是袋里的一个人头依然可见。一缕可怜的黑发飘散在袋外。一张阴郁的男学生的脸仿佛窥视着外面。不久之前，邻居们瞥见一个矮壮的男人吃力地扛着两个大垃圾袋摇摇晃晃地冲下一条狭窄的街道。“他大概40岁”，他们这样告诉那些被召集到学校的警察。受害人的头是从下巴那里被钢锯和利刀割下的。凶手挖出了他的双眼，还塞了一张字条在他嘴里。字条是用红色墨水写成的，字迹被雨水冲掉了，十二宫杀手那个十字穿过圆圈的标志却非常清晰。凶手非常强壮，用右手扼死了这个男孩。对尸体剩余部分的搜查开始了，最后在一个电视转播站附近围着栅栏的树林里发现了尸体。死者死后曾经被脱掉衣服，然后又被穿上衣服。受害人叫土师淳，是一个11岁的低能儿，最后一次被看见还是在三天之前。那时是午饭后不久，他出发去看望他的祖父。现在邻居们回想起那天有一辆可疑的汽车停在这个男孩的家门口。

《联合日报》头条写道：“日本杀手可能模仿‘十二宫杀手’，被砍首男孩身上的字条与几十年前湾区那个臭名昭著的杀人犯的很相似……在神户杀手留下的信上发现了一个十字穿过圆圈的标志。”这个杀手和信上的内容震惊了日本人民，因为他们记忆中没有类似的犯罪。首相小渊惠三恳求警方尽快将凶手缉拿归案。字条上说：“所以说这才是游戏的开始，我极度地想看到人们死去。没有别的东西能比杀人更加让我兴奋了。愚蠢的警察，来阻止我啊，如果你们可以的话。杀人对我来说真是其乐无穷。”

这封信几乎就是换了个说法的十二宫信件：“我喜欢杀人因为它乐趣无穷。这比在丛林里捕杀野兽更为有趣……”字条里的一些英文单词也被明显地故意写错。两年前，我那本关于十二宫屠杀的黑皮书译本在日本出版。或许这个杀手对十二宫杀手的迷恋就像对日本天皇的一样。

在日本，好几百个警察在学校区域设置警戒线。老师们在当地的学校站岗，孩子们离开学校时背包里都带着电子警报器。杀手恐吓说要报复“强制性教育系统”。发生在日本的惨剧让人们想起十二宫杀手发出恐吓时，湾区学校巴士全民皆兵的情形。

1997年6月5日，星期四

日本十二宫杀手那封1400个字的不连贯、部分语无伦次的信被公开了。它的笔迹与塞在受害男孩嘴里的字条笔迹相符，十二宫杀手三世应该对这起男学生凶杀案负责。他恐吓说要杀“蔬菜”，警方认为这个词是他表示对人类蔑视的说法。“从现在起，如果你们读错了我的名字，或者惹火了我，我就每周杀死三个蔬菜。”他写道。正宗的十二宫杀手威胁说如果没有在报纸上看到他的名字他就要杀人。“如果你们认为我只能杀些小孩，你们就大错特错了。”信的署名为酒鬼蔷薇圣斗。十二宫杀手三世声称这是他的真名。

像十二宫杀手一样，酒鬼蔷薇起了一个名字，想要大家都知道。像十二宫杀手一样，媒体将他的话理解错了就会激怒他。他们之前将信上的“酒鬼蔷薇”当成是他的密码符号。业余侦探爱好者们还发现了被砍头的男孩、十二宫杀手，和《驱魔人》之间可怕的联系。1974年1月，十二宫杀手提到了一部非常流行的电影。9年后，《驱魔人》的作者兼制片人威廉·皮特·布拉蒂写了一部续集《军团》。在未修正的校样里，布拉蒂将小说里的反面人物命名为十二宫。在电影《驱魔人3》里，这个人物被叫做“双子座杀手”。双子座杀手砍下了一个12岁男孩的头，就像须磨初级中学杀手干的那样。

神户的邻居们发现当地一个15岁的男孩最近变得“有些阴郁沮丧”。这个小个子的九年级学生，是一个中等家庭3个儿子中的老大，他正在杀死及残害附近的鸽子和猫。这个男孩打过一个朋友，因为他向其他同学告密。还是他的同学们向警方举报他杀死了两只小动物。

1997年6月28日，星期六

警方突击搜查了这个男孩的家，在他的房间里发现了一些恐怖录像带，一把刀，和“一本有关旧金山凶杀案的书”。在日记中，这个少年写到了一个神“Bamoidooki”，并且称自己发动的袭击为“神的实验”。他们在附近的一个池塘里挖出了一把钢锯，并以砍下他的邻居兼同学土师淳的头的罪名逮捕了他。他招认他还用大头棒袭击了一个10岁大的孩子，并且袭击了其他3个女孩，其中两个分别是在2月和5月用重锤袭击的。根据日本法律，因为他的年龄，这个男孩没有被指认身份。10月18日，他被宣告袭击5名幼童（2名致死），被判关进一所青少年监狱进行精神病治疗直到26岁。

1997年10月19日，星期日

他们终于在布莱恩特大街财产处找到了遗失的斯泰恩的血衬衫。它之前被扔出警察局，列成一项杂物，丢弃在验尸官办公室的硬纸板箱里——这意味着过去的表现可能是个大错误。巴瓦特担心旧金山警察局对斯泰恩案件的调查“太过马虎了”。他告诉我：“比方说，（樱桃街和华盛顿大街的）消防队的人并没有被排除为那个血指印的始作俑者。”托斯奇让我打消了疑虑，“那辆出租车在消防队赶来之前就已经被运走了。”

37. 阿瑟·利·艾伦

1998年10月11日，星期日

从托斯奇嘴里说出的第一句话像灰尘一样苦涩：“今早我起床时，意识到的第一件事就是距离这一切开始已经30年了。”旧金山在庆祝舰队周。喷气式飞机在市区的高楼大厦间嗡嗡作响。金门海峡外，一架海军飞机在一个带十字的圆圈指引下——一个巨大的十二宫标志——像羽毛一般滑落在一艘航空母舰的甲板上。来自旧金山、瓦列霍、纳帕县和索诺马县的沮丧的探员们聚集在一起，可能是最后一次，商讨十二宫案件。最后一个追踪正宗十二宫杀手的探员肯·纳罗已经于1987年退休了。十二宫杀手呢？“我想如果我们当时有一些现在才有的技术，我们就能离这个家伙更近了。”“这古老的十二宫案件——永远都不会消失。”另一个探员说。托斯奇和艾弗利交谈时，艾弗利说：“那成了历史，是过去的一切了，戴夫。”托斯奇对我说：“这让我有些悲伤，因为对我来说，它是一项事业。”

1999年8月29日，星期日

“肯·纳罗对艾伦几乎一无所知，这一直让我感到惊讶，”维护一个关于十二宫杀手的网站的汤姆·沃基特告诉我说，“我给他拿去巴瓦特那些含有艾伦就是十二宫杀手的原因的报告，还有穆拉纳柯斯报告的复印件。他看完之前很是咒骂了一

阵。他非常愤怒。他说：‘这些事情中只要有几件是真的，那么艾伦就一定是十二宫杀手了！’

“纳罗感到心烦意乱，因为当这一切发生时，他却一无所知。他在1972年就被邀请参与调查，但是他去不了，因为他要做一个疝气手术。他当时只能依靠穆拉纳柯斯、阿姆斯特朗和托斯奇给他提供一些线索。他真的非常生气，因为他现在读的东西是第一次读到，并且对报告中提到的事情什么都不知道。那时他开始试图找到比尔·阿姆斯特朗。人们一般很难找到他。但是纳罗最后还是跟他谈了谈。他们有了一次长时间的谈话。阿姆斯特朗将这一切都瞒着他。阿姆斯特朗退出之后，他就真正地退出了。他并不知道艾伦后来又被搜查了一次。他不知道艾伦已经死了。基本上，看上去他好像生活在洞穴之中一样。”

沃基特对我说：“据我所知，瓦列霍警方把他们那儿的十二宫记录都放在微缩胶片上，并且毁掉了原物。梅尔·尼古拉告诉我——我们在5月的时候谈了一次——他告诉我艾伦在河岸县出现过，并且他们确信他当时在那儿。那时他不是在那儿上学，也不是在那儿工作。贝茨被杀害的时候，他是卡拉维拉斯县瓦利斯普林斯小学的老师，并且每个周末都会去河岸县。他会一路开着车去河岸县，因为他是赛车俱乐部的会员。”

1999年10月19日，星期二

托斯奇告诉我说：“上周我决定退休了，我觉得不是很舒服——我好像有点迟钝了。我马上要开始做一些私人侦探的工作。我在86年就有执照了。你必须得有你自己的武器，州政府出具的武器持有证明，还要通过一次书面的测试。由于我的工作背景，他们会免除第一次测试。‘我觉得你还是知道怎么射击的。’他们说。我有局长给我的携带武器证明，这让我可以合法携带武器。”

像我和托斯奇谈的那样，我想起我曾经见过许多警方未曾见过的目击者，看过许多后来被毁掉的文件。我知道一些他们不知道的事情。没准我们还是可以控告阿瑟·利·艾伦的。我试着启发一下托斯奇的新智慧。

我问他：“你知道吗？在你1972年搜查艾伦的房车之前，他刚刚重新给房车做过嵌板。谁知道那些墙壁里面藏了些什么？他在博德加湾还有一辆房车。怪不得你什么也没找到。接着十二宫杀手就承认旧金山出租车司机是他杀的。”

“那又怎么样？”托斯奇说。

“斯泰恩无疑是十二宫杀手的受害人，却不符合十二宫杀手袭击情侣的杀人模式，尽管他符合学生这一要求。他可能是因为别的原因被盯上的。斯泰恩并不是死在一个跟水相关的地方，尽管他本来要去的目的地是第三大道和湖区。艾伦告诉史宾尼利他要去旧金山杀一个出租车司机之后，选择了一个特殊的出租车司机和特殊的目的地。保罗·斯泰恩的中间名是'李'，而且他的生日，12月18日，跟利·艾伦的是一样的。黄色出租车公司调度员勒罗伊·斯威特在晚上9点45分的时候给了斯泰恩最后一趟出车的目的地——第九大街500号，1号公寓——一座联体公寓，名为艾伦·阿姆斯。汤姆·沃基特给我指出了这一点。十二宫杀手给了我们他的名字，'李'，还有他的生日，'12月18日'，还有他的姓，'艾伦'。但是十二宫杀手是怎样知道斯泰恩的出生日期和中间名，还有他是怎么让那辆特殊的出租车落入圈套的，我就想不出来了。这是不是意味着他认识斯泰恩？另外，那时候，"学生阿瑟·艾伦"正租着第二大街320号一所没有家具设备的公寓，而那里距离案发现场只有四个半街区。"

斯泰恩在晚上8点45分的时候开始往回赶。他唯一做成的生意是从64号码头到航空集散站。他有张未打完的出租车票，显示目的地是普雷西迪奥基地的华盛顿大街和枫叶街交口处。斯威特说："他没到第九大街那个地方，晚上9点58分的时候，我派了另外一辆出租车去。"华盛顿大街和枫叶街的警官们发现出租车的计价器还开着，这表明斯泰恩中途还载了一个客人。晚上10点46分时，计价器显示6.28美金。这让阿姆斯特朗和托斯奇可以按所对应的距离原路返回，查出十二宫杀手是在哪里拦下这辆出租车的——是在格瑞街和梅森街交叉口处。目击者观察到十二宫杀手在逃走前曾擦拭出租车左侧车门，这让托斯奇认为他是从那一侧进入市区的。

斯泰恩会骑摩托车，为了支付他在旧金山州立大学的学费，他曾经去卖过保险。有没有可能他之前在一个摩托车俱乐部遇见过十二宫杀手，并将他当做保险客户呢？十二宫杀手是在后座向斯泰恩开枪的，接着从右前门进到车里。街对面3个十几岁的目击者看到斯泰恩被"坐在右前座的"十二宫杀手推开。通常，斯泰恩会把车钱和小费放在他的口袋里，换班之前再分开。他的妻子克劳迪娅说他离家上班时只带了3.4美金。十二宫杀手拿走了斯泰恩的钱包（他把所有的登记表都放在里面），还有出租车的一些钥匙。十二宫杀手是在寻找什么可以将他和受害人联系在一起的东西吗？

托斯奇推理说："如果斯泰恩正开车去瑞奇蒙德（区），十二宫杀手可能招呼他停下说：'我想去华盛顿大街和枫叶街的交叉口。'斯泰恩可能说：'那几乎是在同一个区域。我可以把你放下，在5分钟内赶到第九大街。另一个人可以从前门上车。我可以载上你，再载另一个。走这一趟我能挣两份钱。'"托斯奇早就怀疑艾伦是个左撇子，只是从来没能证明这一点。

我说："在他的遗嘱里，艾伦要求一个来自明湖的朋友马克接受'他那些左撇子用的剪刀和弓箭设备'。所以，他终究还是两只手都很灵活，正如你怀疑的那样。目击者们确认利穿那种独特的跟十二宫杀手尺码一样的翼行者鞋子。无论在哪方面他都符合十二宫杀手的体格描述——6 英尺高，体重超过 230 磅，笨拙的步态。根据利的自述，他在伯耶萨湖和河岸县案发现场都出现过。他在编写密码、制图、制作炸弹以及使用各种武器方面都有技术知识。他和十二宫杀手的出生日期一样。他在食谱卡片上像十二宫杀手一样写错别字。至于唐·切尼呢，当他接受测谎时，他通过了测试。他在 1971 年说的艾伦说想要猎杀人类并自称为十二宫杀手的事都是真的。"

"这一点儿都没有让我感到吃惊。"托斯奇说。

"现在菲尔·塔克说艾伦也对他说过同样的话。利向许多人承认过他就是十二宫杀手——索诺马汽车配件商店的一个雇员；当然还有史宾尼利。警方称那个罪犯为'十二宫杀手'。但是，十二宫杀手自称为'这个十二宫杀手'。艾伦在和电视工作者的访谈录像里，总是说'这个十二宫杀手'。在他的精神分析医生的录音带里，据说艾伦哭泣着承认他就是'这个十二宫杀手'。他声称他代表十二宫杀手讲话，并且解释说原版的十二宫密码来自阿塔斯卡德罗。"

托斯奇说："你是怎么才能不理会那样的评论的？艾伦是一个非常变态、心理失常以及危险的人——一个可怕的人。非常不幸的是，尽管瓦列霍警方知道他就是十二宫杀手，还是没有控告他。本来可以结束这该死的一切的。本来可以缓解幸存者的痛苦，并让许多治安官员高兴不已。这个案子结束了。我想做的只有结束这个案子。我想拍着他的肩膀说：'让我来宣读你的米兰达规则[①]吧'，然后用手铐铐上他。时至今日，我还是认为利·艾伦就是'我要找的那个人'。有些家伙会嘲笑我，我会说：'我觉得这个案子有一天会被侦破的。'我认为它已经被侦破了。如果你对你在这个案子中所做的一切感到欣慰，那么我会放下它的。"

我能找到可以证明艾伦在那些凶杀案现场出现过的目击证人吗？只有两起十二宫凶杀案提供了这种可能性。我开始再次深度地追查它们，包括我最近才知道的一切。我从发生在 1969 年 9 月 27 日那个迷人的星期六下午的伯耶萨湖刺杀案开始着手。

---

① 你有权保持沉默，你对任何一个警察所说的一切都将可能被作为法庭对你不利的证据。——译注

38. 湖底之城

正如30多年前的布莱恩·哈特奈尔和西西莉亚·谢柏德那样，我驱车驶过波普山谷，飞驰过石头筑成的古老的葡萄酒酿造厂和温泉，到达了弯曲的湖岸线和伯耶萨湖的入口处。在纳帕县东部这片树荫浓密的度假胜地，十二宫杀手在他的猎杀游戏中变成了佐罗夫伯爵——在黄昏时分跟踪他的牺牲品们。河岸县跟这起袭击也有关系。在安格温大学待了两年之后，西西莉亚转到加州大学河岸校区学习音乐。她刚和朋友达罗拉·李开车从圣伯纳迪诺来到这儿，准备第二天再开车回去。得到停车场总部的允许后，我向左转，沿着种满橡树的小树林和小湖湾的蜿蜒湖岸线开了两英里。伯耶萨湖是一个人造湖，25英里长，数英里宽。它是在1957年建造蒙地赛罗水坝时同时建成的。在9月，清澈的蓝色湖面很温暖。水面下275英尺的地方，温度则降到了寒冷的华氏40度。为了建造这座水坝，小镇的一部分变成了水底的废墟，而在废墟之中簇拥着大群的鲈鱼。在这些被淹没的只有水肺潜水者能去的房子中，十二宫杀手可能在某个地方藏着他的水下呼吸器。

1969年9月27日布莱恩和西西莉亚被十二宫袭击的空地离湖西岸停车场有510码远。后面的史密特湾汩汩作响。远处，阳光闪耀在小岛附近的水面上。风吹起了尘土，飞扬在小树林与长长的荒芜的湖岸线间。空地上的橡树林让它显得更加与外隔绝。一棵橡树上钉着一张标示牌："危险区域——禁止使用明火或武器。"我能听见，就像十二宫杀手肯定也听过的，树林的寂静，风儿幽幽地吹过狭长的荒岛，还有翼型者靴子踩在沙上的声音。凶手在那辆卡曼吉亚车周围留下了非常深的脚印。警方从一架固定翼飞机上拍照，奇特地标出了他的路线，每一个脚印都用一个小硬纸板箱遮住。查看这座隐蔽的湖泊时，我意识到我低估了在那可怕的一天里去伯耶萨湖的人是多么少。事实上，那时候根本没有其他人在附近。十二宫杀手没有戴头套的样子肯定被人看见过。

湖边有以下人等：布莱恩·哈特奈尔和西西莉亚·谢柏德（两位受害者），巡逻员丹尼斯·莱顿和巡警威廉姆·怀特（电话打进来时两人都在3英里外的巡逻车内），在湖上钓鱼的来自旧金山的让纳德·亨利·方和他的儿子（发现这对情侣并划船求救的父子)，蒙蒂塞洛度假山庄的阿奇·怀特和贝丝·怀特（跟巡警怀特和方一块划船到现场，莱顿则从公园总部开车直接去案发现场)，莫斯克怀特街角百货商店的女服务员辛迪，湖对面玩气枪的父亲和两个小男孩。他们离现场都很远。在现场的是克利夫顿·莱菲尔德医生和他的儿子大卫，太平洋联合大学的3个女学生，还有一个健壮的走路姿势奇怪的男人。

起初我忽略了关于湖边那个健壮男人的描述，因为他的头发是黑色的，而十二宫杀手的不是。这一点两周后被福克警官对十二宫杀手的描述再次强化，他说十二宫杀手是金色头发、渐秃，并且“后脑勺的头发是灰色的”。《纪事报》收到一封贴着画有罗斯福头像的邮票的机打匿名信，上面还有伊顿水印（跟十二宫杀手的信一样)，信上说：

“亲爱的先生们：

随着现在假发辫的流行，十二宫杀手可以任意变换平常的发型，只要他打算那么做的话，这种化装也是说得过去的。他改变平日里的发型也是正常的。为了用图例说明我的观点，我将照片上受害人（西西莉亚·谢柏德）的头发剪下，贴在合成图像上面……如果有什么能帮得上忙的信息，我会立即以匿名的方式告知。”

早在1970年时，十二宫杀手就告诉了我们他在伯耶萨湖时戴了假发吗？（就像他提到那块十二宫手表一样。）现在我回想起来，哈特奈尔在被刺之前看到了一些东西。他告诉我：“我记得他有一个油乎乎的额头，汗津津的深棕色头发——从遮盖头套眼孔的眼镜后面露出来了。当时这个家伙不是不可能戴假发的。”如果十二宫杀手是个黑头发的男人，那么目击者们就见过他没戴头套的样子，并且看见了案发之前的事情。

3个高年级的21岁的女大学生看见过没有戴头套的十二宫杀手。她们与布莱恩·哈特奈尔和西西莉亚·谢柏德上的是同一所大学——安格温的太平洋联合大学。她们的路线跟布莱恩·哈特奈尔和西西莉亚·谢柏德一样，从安格温途经波普山谷和诺克斯山谷路来到伯耶萨湖。下午2点55分，她们把车停在了圆锥山爱德熊餐馆北边两英里远的一个停车场内。在她们离开之前，另外一辆66年产的“银色或冰蓝色”双门雪佛兰轿车也停在了旁边。司机倒车经过她们时，她们看到了汽车的加州车牌。接着司机继续后退，直到车尾部的保险杆与女孩们的车几乎保持在同一条水平线上。十二宫杀手表现出与他在蓝岩泉时相似的车辆操纵技巧。那个男人低着头坐在那里，摆出一副阅读的样子。可3个女孩觉得他根本没在读什么。

其中一个学生洛纳告诉我说：“我们把车停在了一个加油站，这个男人也停在我们旁边，他匆忙跑下车，眼睛似乎盯着我们看——注视着我们。他跟着我们到了我们停车地点后面大概100英尺的地方，然后走向水边。”下午3点时，3个女孩走向湖边，在橡树树荫下坐了下来。半个小时后，她们穿着泳装享受太阳浴时，又看到了这个陌生人——抽着烟，注视着她们。20分钟后，他还在那里，T恤衫从身后的裤腰里露出一角。

洛纳说：“那几十分钟里他就在树林间注视着我们，而且，近一个小时的时间内，他从不同的树之间看我们。他站在我们跟车的中间，所以我们也没办法离开。他没什么特别的地方，只是个普通人，除了让我们感到毛骨悚然之外。而且他很明显是在跟踪、监视我们。我记得他的脸是方形的，每一面都很对称。我一点都不觉得他矮胖，他只是结实……健壮、强健。你提到嫌疑人是个游泳运动员，这样就很符合他的体形了。我说不好他是不是一瘸一拐的，但是他走起路来更偏向于用其中一条腿着力。他的头发剪得利落整洁，长相不错，穿着深蓝色裤子，像西装裤一样，有些褶子，还有一件黑色短袖运动衫，袖口是皱起来的。”

福克看见过十二宫杀手穿着棕色有褶皱的裤子。

女孩们估计这个男人身高在6英尺到6英尺2英寸之间，体重在200磅到230磅之间。哈特奈尔认为十二宫杀手的体重在225磅到250磅之间。他对我说：“我不知道十二宫杀手有多高，可能……6英尺左右吧。因为我自己的身高……我不大善于估计别人的身高。他穿得有些邋遢。”那时候的艾伦35岁，站起来身高6英尺，体重在200磅到230磅之间。洛纳说：“我觉得他不止35岁，他的头发剪得利落整洁，发型很完美。”

我说：“你说到他的衬衫下摆露出来了，我觉得这跟他整洁分开的发型很不协调。”

洛纳回答说：“我知道，而且他的头发往两边梳得很整齐，在这样一个有风的地方，应该是假发才能有这样的效果。除了加油站，我记得附近除了我们跟他之外没有别的人了。我觉得我们之所以还安全的唯一理由就是，我们面对着一个码头。虽然码头没有作业，但是那儿至少还停了些移动房屋和船只。我们感觉到周围有人，但我觉得我们并没有看见别人。湖滩上也没有人。只有我们——停泊区没人，路上也没有人。”

3点50分时，女孩们四处打量，那个陌生人已经离开了。为了确保自己的安全，她们又等了将近40分钟。洛纳告诉我说：“那一刻他消失了，于是我们就跑向了我们的车。来到车子旁边时，布莱恩和西西莉亚的车就停在我们的车后面。他们就在我们旁边不到300码的角落里。后来我们去了一块小凹地，而他们就在那个角落待着。那时候我们并不知道这一点，但是他们的车就停在我们的旁边。”

后来肯·纳罗和兰德要求这些女孩们提供一些细节，她们“非常肯定而且确信她们看到的一切”。纳罗说：“三个人都说，如果再看到那个人的话，她们就能认出来。但是，只有洛纳（主要目击证人）有足够的信心同人像合成专家合作。这幅特殊的素描是在这三个年轻女孩的协助下画成的，她们看到一个坐在车里的男人，形迹十分可疑。但那个地点离案发现场有一段距离。我所能回忆起来的是，这大概是在实际案发时间之前四个或者五个小时。”

洛纳说：“这对我来说是一次可怕的经历，在西西莉亚的葬礼上，联邦调查局让我跟他们一块儿待在外面，以为他可能会出现。我跟警方和联邦调查局会面，也是在没有人会知道我是谁的条件下进行的。这可能有些荒谬愚蠢，但是我非常害怕这个男人会知道我是谁，会来找我。我想在那时候，因为我的描述很不相同，警方可能有忽略我所说的话的倾向。我们刚好那么巧待在那儿，而且它就发生在那儿。如果那天有别人跟踪我们会怎么样?”

令人吃惊的是，1971年3月之后，在利·艾伦成为嫌疑犯之前，没有一个警察跟洛纳谈过或者给她出示过嫌疑犯们的照片。31年之后她依旧害怕。我给她看了利·艾伦的照片。在初步向纳帕警察局咨询后，她坚持要先咨询她的律师，之后才能给我她的意见。我等着她的消息。

莫斯克怀特街角百货商店坐落在皮尔斯的雪佛龙加油站对面。刺杀案案发当天中午，一个圆脸的男人冲进咖啡厅，焦急地询问：“走哪条路能够最快地离开这个地方?”咖啡厅里一个正在吃午饭的老主顾觉得他形迹可疑，跟着他出去了，看见他开着一辆冰蓝色的雪佛兰离开。他符合洛纳对那个监视她和她的朋友们晒太阳浴的那个男人的描述。1974年，这位老主顾同警方交谈后，犹豫地指认了一个中年嫌疑犯作为那天离开咖啡馆的男子。两周之后，这位目击证人死于一起爆炸。

纳罗告诉我说：“我们还有更好的目击证人，有人在离案发现场更近的地方看过这个嫌疑犯，无论是从地理位置上还是时间上，都比那副素描表现出来的要好，但是那不大可能是那个家伙。我们有证据表明，在大概0.25英里远的路边，45分钟之前，没有戴头套的十二宫杀手被一位医生和他的儿子看到了。”眼科医师克利夫顿·莱菲尔德和他年轻的儿子大卫将车停在了哈特奈尔的卡曼吉亚车北边0.8英里远的地方，冲着橡树湖滩公园和蒙蒂塞洛度假山庄。纳罗继续说道：“莱菲尔德向我报告说，大概下午6点30分时，他和他的儿子将车停在公园总部的北边……就在案发现场的大致区域，然后走向湖边。途中莱菲尔德看到了一个陌生白人男子，大概5英尺10英寸高，身体粗壮，穿一条黑色的裤子和一件红色长袖衬衫。”

大卫·莱菲尔德看过没戴头套的十二宫杀手。距离有人问起他看到的那个男人已经32年了。我找到了他。

“你觉得那天有多少个人在湖边?”我开始问他。

莱菲尔德说道：“可能是0个吧，没有人在那里——渺无人烟。我到处溜达，并且用一把带瞄准镜的0.22英寸的枪射击。这就是我和我父亲去湖边的原因，我可以开枪而且不被打扰，也不会吓着或者伤到别人。我父亲在湖边钓鱼，没有看到他。我是在大概100码远的地方看到十二宫杀手的，所以我没法说清他的长相。他在马路和湖之间的山坡上溜达。我记得他是一个比较健壮的人，走起路来不是很灵活。他走开的时候，看上去不像那种灵活的、运动型的人。在我看来，他好像有些超重，而且行动笨拙。因为不知道事情的原委，而且从来没有被警方询问过，所以我没有意识到原来十二宫杀手在刺杀那对情侣之前遇到过我们。我似乎觉得我看到他逃跑了。我要告诉你一件事，他不喜欢我手里拿着枪。他转过身看着我和我的枪（装有瞄准镜，非常具有威胁性）大概五六秒，然后转身向南边的小山走去。我跟我自己说：‘真有意思。这个家伙没有带钓鱼竿，没有露营的装备，也没带着枪。他到这儿来干吗?’”

“你跟我说的这些符合那个主要嫌疑犯的特征。每个人都说他是多么迟钝，多么笨拙。让他的朋友们觉得有趣的是，阿瑟·利·艾伦在水中非常迷人。当他走上跳板，蹒跚着出场时，人们会说：‘哦，天啊，他可真笨真难看。’但是当他跳跃在空中或者入水的那一刹那，他就好了。不过在陆地上，每个人都说他非常笨拙。”

“这就是你发给我的那些他走路时的照片让我大吃一惊的地方……他跟我从远处看见的那个家伙有着一样的体态。我离得不够近，没法确认他的长相，但是他跟我看到的那个家伙有一样的体形。我记得那个家伙不是个小个子，他的体形跟警察那时候说的一样——200磅或者更重。他块头很大、健壮，但是他走动的时候并不像个真正的协调性好、走路灵活的家伙。他翻过小山的时候并不轻松。”

“我不理解，警方为什么没有抓住一切机会回来跟你们这几个为数不多的目击者谈谈。”我说。

莱菲尔德说：“我也不理解，这一直让我感到震惊。我想过我在湖边看到的可能没什么关系，或者他们已经完全忘了我。他们从来没有回来找我或者给我打电话。我说：‘天啊，到底发生了什么事，他们怎么不再来找我了？可能不是那

个家伙干的。可能他们觉得他出现在那里对这件事没什么影响。'

"说到合成画像也挺有意思的。因为我看到画像上都画了头发，但是我不记得在那个男人的头上看到过黑色的、修剪整齐的头发。"

"你看到什么了？"

"我记得他有些秃顶。你给我看的驾照照片上，当时嫌疑犯只有36岁，所以他当然不可能秃顶。"莱菲尔德告诉我十二宫是个秃顶。因为他跟洛纳看见的那个男人穿一样的衣服，也就是说当时他摘下了他的假发。

我告诉他："利·艾伦在那个时候几乎已经秃顶了，他的鬓角修得很靠上。"

莱菲尔德说："哇，回想起这些事情，我看到的那个男人怎么会不是十二宫杀手？我不敢相信这个案子还没有侦破，警方都已经有这些线索了。"

十二宫杀手曾经写过："我不会告诉你们我杀人时的装束。"十二宫杀手的伪装装束里包括假发：

1966年10月30日——河岸县图书馆里一个健壮男人贴着一副假胡子。

1969年2月——"波浪形卷曲的深棕色头发。"

1969年7月4日——"头发向后梳成大背头，短而卷，浅棕色。"第二种描述："浅棕色，军人式样的平头。"

1969年9月27日——3个女孩看见一个明显戴着假发的健壮男人，"黑色直发向两边整齐地分开"。不久之后，莱菲尔德看见了他，说他那么年轻就秃了顶。哈特奈尔透过十二宫杀手头套的眼孔看到"汗津津的深棕色头发"。"……这个家伙可能戴着假发。"

1969年10月11日——"微红色或者金色的平头"和"短而卷曲的浅棕色军人式平头。"20世纪60年代，有些不愿意剪短长发的军人会选择平头假发。那时候流行长头发。

纳罗总结道："那个孩子有一把0.22英寸口径的来复枪。十二宫杀手穿过小湾走到了离他们不足100码的地方。那个孩子看见那个家伙穿着蓝色的风衣外套。但是很明显这不是他要找的，因为这是一对父子。所以这个杀手向北走了1/4英里，走回到马路上。显然他是这么沿着马路往下走的。然后他看到这辆车停在那里，就停在了它后面。莱菲尔德和他的儿子都说没有注意到有一辆车停在他们停车的区域，而且只是在大概100码远的地方看到这个人。莱菲尔德的确报告过那里还有一个男人和两个小男孩在玩气枪，但是不知道他们有没有看到这个人。

“我觉得他们的时间有点不大对。我认为莱菲尔德实际上是在十二宫杀手往南走 0.8 英里到谢柏德和哈特奈尔停车的地方之前看到他的。他看上去非常像是无意中发现他们而不是跟踪他们。我确信十二宫杀手只是沿途跟踪那些单独的车辆。这就是他为什么看到莱菲尔德的车就停下来的原因。当他看到这对父子，并且他们也看到他时，他决定回到他的车上。接着他沿着马路开了一小段，看见了那辆白色的卡曼吉亚。然后他走到那儿，看到一个男孩和一个女孩躺在橡树下的毯子上，这就是他的游戏了，杀了这个男孩和这个女孩。这就是他停在那里没有再往前走的原因。”

20 世纪 70 年代我同布莱恩谈话时，为了回忆他所能想起来的有关十二宫杀手的东西，他已经经历了相当大的痛苦。

哈特奈尔说：“十二宫杀手离开时，肯定以为我们死了，我非常幸运地活了下来。我屏住了呼吸！我吓呆了！我听到他不紧不慢地走开。而且在那之后有一个我记不住的死角。事实上我觉得我没有忘记，但是我的记忆中有一层轻微的迷雾。我不可能听到他发动汽车的声音。那儿距离马路着实有一段距离。但是我记得绳子开始松了，可以挪动。我有往前挪动的办法。这可能是我第一次脑子一片空白。我所能记得的就只有救援队赶来时的吉普车拖车。最艰难的部分开始了，但是我面对它时，就像面对诺克斯维尔急速赛车之路一样。”

他说：“我在医院待了几周后，基本上可以确认我的身体没什么问题了，事实上也是这样。我身上的刺伤没伤到任何器官。很明显它们撞击到了我的肺部，我需要一段时间才能让肺愈合。我身上还有些伤疤，但这没什么大不了的。一个外科医生认为在我背上打上七八个洞也不会更有效。在这场混乱中，我最不喜欢的就是纳罗找的那个精神病医师。他想让我去做一次催眠。

“他让我描述那条手臂。‘你是愿意体验一次还是从电视屏幕上看一次？’我看见了一个男人，光着膀子，但是毫无疑问，那个家伙是穿着夹克衫外套的。好吧，我看见了光膀子……‘跟我说说这光膀子是什么样的。’‘嗯，汗毛很重。’（而艾伦却不是。）他认为这全是胡说八道。但是那个家伙的确穿着夹克衫。我知道这太不搭调，但是当时我被催眠了，而且我的确看见了这些，但是你知道的，最开始我跟他们说的让他们振奋不已的事情之一就是，我说那个家伙很胖。我说那个家伙要不就是体重适度，穿一件风衣，要不就是干瘦，穿一件条纹夹克衫……有点像棉绸、圆领，衣袖挽起，普通的园丁式样的短夹克衫。他有多重取决于夹克衫有没有被撑得皱起来。如果我当时对他的夹克衫用了这么多脑子，我当然知道他不是光着膀子的。”

那天晚上我和托斯奇聊了聊。刺杀之后，十二宫杀手从海拔400英尺的高地疾驶而下。瓦列霍的一个警官告诉我说，另外一名警察在刺杀案发当天传唤了艾伦，因为他从伯耶萨湖回来时超速。他的车前座上放着一把带血的刀。利迎着警官的目光，说："我用那把刀杀了几只鸡。"

我说："还记得在1969年9月27日那天，艾伦本来打算去伯耶萨湖，在他的私人物品里有一把带血的刀吗？"我给托斯奇读了联邦调查局的一段报告：

"康威向联邦调查局指出：'十二宫杀手连环凶杀案的一位幸存者明确指认艾伦就是十二宫杀手。'伯耶萨湖受害人布莱恩·哈特奈尔认为艾伦的声音和体形都和十二宫杀手的一致。"

托斯奇说："从来没有人告诉我这个，到今天为止，我从来没有听哪个探员跟我说过这些。"

乔治·巴瓦特解释道："首先，哈特奈尔到索诺马汽车配件商场去听艾伦的声音，司法部正在调查这起案子。司法部的调查员吉姆·希尔沃让他进去买东西，让他听听艾伦的声音。"哈特奈尔看着他，告诉希尔沃说：'有可能是他。我所看到的和听到的，没有一点能够排除他是凶手的可能性。他的体形、怪癖和声音都和杀死西西莉亚以及弄伤我的那个人一样。'"

十二宫杀手的声音对哈特奈尔来说是"某种懒洋洋的，但又不是南部那种慢声慢气……（它）听上去没受过什么教育，音量适中，不高也不低"。其他人也听过十二宫杀手的声音。纳帕警官大卫·斯莱特认为那个"说话声音刚刚能听见的"来电者听上去才"二十岁出头"。瓦列霍的接线员南希·斯洛弗听到一个"平静而浑厚，温和却有力的"声音，而且听不出来是哪里的口音。它听上去"成熟、浑厚，结束时变得语带嘲讽"。所有这些声音都是属于十二宫杀手的——是有许多个十二宫杀手还是他有着多重人格呢？

2000年6月23日，星期五

我继续等着洛纳的消息，她正为我给她的照片而感到苦恼不已。案发那天，阿瑟·利·艾伦真的是在伯耶萨湖那个他跟朋友说的距离案发现场只有几码远的地方吗？终于，上午10点，洛纳给我打电话来告诉我她的答案。

她说："当我看着这个上了岁数的男人时，我的第一反应就是害怕看他的眼睛，但是我不敢说我认识这张脸。

"当我看着他年轻时候的样子，50 年代照片里的样子，那跟我记忆中我们在伯耶萨湖看见的人一样。虽然我没有看过他的整张脸，而只看过他脸的轮廓，但照片上的人就是那样的。所以如果当时看到这张照片我就会说——绝对就是他了！"

这样，利·艾伦，戴着假发，在案发那天可能在现场出现过。"我的外表不会一成不变。"十二宫杀手这么说过。他说的是事实。

利的朋友吉姆告诉我："利告诉我案发当天他在伯耶萨湖，在附近捕猎一些松鼠，他直截了当地告诉我他就在那里。这一点毫无疑问。并且他去了伯耶萨湖一个有树的地方，某个开阔而偏僻的地方。那个地方可见度并不高，以至于没人看见他在那儿。他独自一人在那儿。他的确说过那天就是那两个孩子被袭击的那天。并且他还说，如果有人看见他的话，也是看见他在湖边另外一个不同的地方，而且在凶杀案发生之前就离开了。"后来他给吉姆写信说，他在哈特奈尔走进商场时就认出了他，并且"哈特奈尔消失在商场的后面，那里有一大群警察在等着他。该死的，如果我被这些破事搞烦了，承认我就是那个人的话，就没有办法再证明我不是了"。

2000 年 12 月 10 日，星期日

离开《纪事报》后，保罗·艾弗利给《萨克拉门托蜜蜂报》供稿，接着又回到旧金山的《观察者》，直至 1994 年 8 月退休。多年来，他经受着肺气肿和心脏病的折磨。具有讽刺意味的是，这位记者跟利·艾伦犯病的时间相同。他经常去 M&M（布道街上一家有名的报社酒吧），还拖着他的氧气罐。《观察者》编辑菲尔·布洛斯顿说："我会永远记住的场面是关于保罗的，他的一只耳朵里塞着耳机，听着警方广播，手里拿着香烟，鼻子上挂着氧气管，胳膊放在我的肩膀上，说着他最近的糗事。"这天早上，在华盛顿的奥卡斯岛，保罗在他妻子的祖父马高·圣詹姆斯的家中去世，享年 66 岁。他还没有揭开十二宫杀手之谜就去世了。但是多年前，这位记者就与他这个最轰动的故事脱离了关系，并且在 1980 年之前，我在萨克拉门托看望他时，他已经忘了大部分细节。

哈罗德·霍夫曼在 2001 年 6 月 19 日去世。"利在阿塔斯卡德罗时会给哈罗德写信，"凯·霍夫曼告诉我，"包括一些已经贴完邮票写完地址的信件，他会让哈罗德把它们寄出去。我从来没弄明白，为什么他可以寄信给哈罗德，却不能自己寄给其他人。我从来没看过那些信件的内容。事实上，我整理哈罗德的东西时发现了一封。哈罗德没有寄出去。他过去有没有转寄过那些信件我就不得而知了。

我没有打开过那封信。我想如果哈罗德那时候不打算转寄出去，那肯定也不是什么我想看到的东西。”在哈罗德看来，那些信件的内容是无害的。其中一封没有转寄出去的信上要求得到一些飞行表格，是寄给华盛顿的国家海洋测绘局分派中心（C-44）的。

“当我被忽视时，我感到非常孤独。”十二宫杀手曾经写道。如果“着魔”这个词用来形容追捕十二宫杀手的猎人们再好不过的话，那么“孤独”这个词就是十二宫杀手自己瞎说的了。在那种孤独感里，十二宫杀手的罪恶之花就像烟花绽放在瓦列霍赤褐色的天空之中。那个秘密已在多年之前的那个7月4日与达琳·菲林一同长眠。这起案件中藏有十二宫杀手身份的秘密。十二宫杀手认识达琳，非常了解她，而且更为重要的是，她知道他的真实身份，知道他那可怕的黑色面罩后真实的一面。

39. 揭秘

2000年12月30日，星期六

十二宫迷汤姆·沃基特告诉我：“我跟唐·切尼谈了谈，正如你回想起来的那样，切尼在1971年就指出了利·艾伦是十二宫杀手。我们在哥伦比亚河边的胡德里弗酒店见面。在一个单间里面。哥伦比亚河的风景很好，他面对着河坐着。他大概六英尺高，是个毫不拘束、愉快的家伙。”

沃基特问切尼：“利是同性恋吗？或者他对女性有兴趣吗？他有没有真正喜欢过女孩？”

切尼想了一下。他说：“在我了解利的时候，他只提起过一个女人，她是个服务员。”

“是在瓦列霍吗？”沃基特问。

“是的。”

“她在哪儿工作？”

“在他家附近街角的国际饼屋。利指着一个女服务员让我看，那是一个棕色头发的女孩，漂亮而且年轻。利喜欢她。”

“如果看到那个女孩的照片，你还能认出她来吗?”沃基特问道，他来了兴致。

“恐怕不行，时间太长了。”

沃基特笑着说：“我不知道艾伦有没有去过泰瑞餐厅，艾伦喜欢国际饼屋，我不知道他是不是喜欢泰瑞餐厅。当你在街角就能找到一家国际饼屋时，你为什么要去泰瑞餐厅呢?”

切尼跟我说过同样的事情。切尼说：“国际饼屋离他家很近，只隔了几个街区，就在弗雷斯诺大街的尽头。我们往右拐去田纳西大街。在那儿看到那个女孩时，我们正要去某个地方散步。利说他对她感兴趣。他问：‘你觉得那个女服务员怎么样？我想跟她有些进展。’但是什么都没有发生。那个女孩长得很像达琳·菲林。达琳有可能就是他在国际饼屋指给我看的那个女孩，但我不敢肯定就是她。那还是1967年的事了。”

切尼可能说过那个女服务员就是达琳，而且那个餐馆是泰瑞华夫饼屋，在麦格金大街和80号州际公路的交会处。达琳从1968年4月24日到1969年7月4日被害那天一直在泰瑞餐厅当服务员，这一点已经被广为公布了。但是我知道切尼说的都是实话，因为有些事他的确不知道。

达琳在提交了与第一任丈夫吉姆·菲利普斯的离婚文件后在里诺①待了6个月，在那儿与她的住所之间往返了4次。1969年她回到瓦列霍和她的朋友史蒂文·基一起在弗雷斯诺大街与田纳西大街交会的国际饼屋工作。达琳就是利指给切尼看的那个女人。他说的年份也是对的。迪恩·菲林当时是国际饼屋的厨师，最终达琳·菲林嫁给了迪恩，然后开始在泰瑞餐厅工作。“为什么我总是先遇见那些变态的人?”她在雷诺写信给迪恩说。

达琳在泰瑞餐厅时的朋友兼同事波比·奥克斯纳姆说：“达琳和我是1965年在旧金山一家电话公司认识的，我们在那里建立了深厚的友情。不管什么时候我把大家聚在一起，都会邀请达琳过来。所以很多次我们聊天时，都说一些关于其他女孩的事。除非心情非常不好或者非常沮丧，达琳很少谈起她的私事。她只有在心情非常不好的时候才会用她自己的问题来烦你。

“她在电话公司工作了大概9个月，接着就和她的第一任丈夫吉姆去了维京群岛。他们回来时找到梅尔和我，想要个住的地方。他们和我们在一起待了两周或三周。我们将他们赶出公寓的原因之一是，吉姆有一把小手枪，我们不想要那样

---

①美国有名的“离婚城市”，在内华达州西部，凡欲离婚者，只需在该市住满3个月即可离婚。——译注

的东西出现在我们身边。”

穆拉纳柯斯告诉我说：“达琳的第一任丈夫在瓦列霍时有一把口径0.22英寸的手枪，因为赫曼湖路上发生的两起凶杀案中使用过一把0.22英寸的半自动手枪，我去找了他。我开车在圣克鲁斯接上他（1970年2月2日），然后开始调查。”

奥克斯纳姆继续说道：“吉姆沉迷于占星术，我怕他，而且他也吓坏了达琳。从墨西哥给她买银钱包和腰带的那个家伙当时在那儿，吉姆也在。我总是有一种感觉，那些东西是吉姆买的，通过那个家伙给了她。我搬回了瓦列霍。在这之前，她跟吉姆分开，并且正跟迪恩交往。他们很甜蜜。她总是会听你倾诉，只是偶尔说起她被‘那个家伙’吓着了。她从不深入谈论这件事。如果你问她，她就会拒不开口，但是我知道达琳害怕某个人。她从来没有详细描述过是什么让她害怕。他抓住了她的把柄，但是我不知道那是什么。我有种感觉，那跟维京岛有关系，但那只是我的猜想。从菲林说的一些话中可以得知，吉姆和她在维京岛上潜水找贝壳时惹上了麻烦。”有谣言说他们在那儿目睹了一起谋杀。

1966年迪恩·菲林搬到华莱士大街560号弗恩酒吧的后院公寓。结婚后，达琳也搬到了那里。他们的女儿迪娜在1969年1月24日出生。迪娜出生前一个多月的时候，贝蒂·卢·詹森和大卫·法拉第在偏僻的赫曼湖路被枪杀。第二天达琳对她的同事波比·拉莫斯说：“这太可怕了。我认识那两个在赫曼湖路被杀的孩子，跟那个女孩更熟一些。我再也不去那里了。”达琳跟她的保姆说了同样的话：“这太吓人了，我认识那个被杀死在赫曼湖路的女孩。我再也不去那儿了。”

奥克斯纳姆说道：“那是在她女儿出生之后了，我是说，那时候，有几次我们谈起了她的恐惧。达琳害怕某个人，已经有好一段时间了……她偶尔说起她惹上了一些麻烦。我觉得我们很多人都知道她害怕那个男人，但是不知道他是谁。达琳是那种有很多朋友又对谁都友善的人。这也是她跟吉姆之间的问题之一。她十分享受那种混乱、身边围绕着许多人的感觉。”

我问：“那个开白色雪佛兰去泰瑞餐厅找她麻烦的男人呢？达琳的一个保姆说，她曾经抱怨过有个健壮的男人一早跑去店里跟她说话。”

“是的，是真的，”奥克斯纳姆说道，而且出人意料地补充道，“你知道，在她被害之后的这些年里，从来没有警察找我谈过话。”

1969年的2月和3月里，达琳家的保姆卡伦观察到一个开白色汽车的男人总是蹲守在他们一楼的公寓外。大概晚上10点，这个男人点燃一支烟，并且打开车里的灯，因此她瞥见了他的脸，卡伦说：“他很魁梧，中等年纪，脸很圆，他的头发是卷的。达琳到家后我把这件事告诉了她。‘我猜他又回来找我了，’达琳对我说，‘我知道他回到加州了。他不想让任何人知道我看见他做的事情。我看见他杀人了。’迪（达琳的昵称）说这些话时有时会提到那个人的名字，并且他名字的一个单词非常短，可能只有三到四个字母，第二个稍微长一点。非常普通的名字。迪显得十分害怕这个人，而且提起他曾经到泰瑞餐厅找过她……”卡伦觉得非常心烦，在5月的时候辞职不干了。

一个陌生男人在达琳的家中给她留下包裹——来自墨西哥的银腰带和钱包，一块印花布，还有一包从尺寸和形状看来像钱的东西。达琳的妹妹帕姆报告说：“从他那儿接过那个包裹时，我觉得那是钱，达琳开始用十美金二十美金的钞票付给我保姆费。在那之前她都是给我零钱，那些是她得来的小费。”达琳的姐姐琳达这么描述那个从提华纳[①]给她带礼物的男人——“大额头，头发剪得很短”——像利·艾伦一样。那时候他和他的好朋友们去了趟墨西哥，在海滩上大吃龙虾。在大概同一个时期，被达琳一会称为“罗比”，一会称为“李”的男人将他在霍根高中附近的家（离达琳的朋友迈克尔·梅修的家只有两个街区左右），直接搬到了菲林家对面。

波比·拉莫斯说：“大概在1969年初，达琳跟我说起过一个开白色汽车的男人在跟踪她。”我问起她的“新朋友”，“达琳的新朋友是迈克尔·梅修和一个开水星美洲狮汽车的叫做罗比或者李的男人。我从没跟他说过话，但我肯定知道他长什么样。他开车带着达琳走了，她还带着要洗的衣服。”但是，波比回想起见过一个比十二宫杀手瘦而且更年轻的男人，那人是黑头发，戴角质架的眼镜。

伊夫林·奥森，泰瑞餐厅的另一个女服务员，说一个叫做“李”的男人“手上抓有迪的某种把柄”。达琳的姐姐琳达·布奥诺也跟我说了达琳的好朋友们的名字，她说：“他们是苏·吉尔默（迪恩·菲林的表妹），波比，泰瑞餐厅一个金发碧眼的女孩，还有这个从墨西哥给她带礼物的叫做‘李’的男人。达琳是在富兰克林学校前的一家洗衣店认识这个李的。他告诉她自己住在洗衣店楼上的公寓里。我猜那可能是她洗的衣服被偷的那次——她的制服，小孩的尿布，全部被偷了。”利·艾伦也经常把自己的名字写成“李”，而且在富兰克林学校当过守门人。

尽管迪恩没有发现达琳的行为举止有什么变化，但是她的朋友们却发现了。“达琳开始前所未有地紧张。她现在都不怎么笑了。”她们说。她们觉得她的体重下降是因为服用了减肥药丸。帕姆说：“在我姐姐被害前四个月的时候，我就发现了她的变化，她非常紧张，体重下降。我觉得不是药物的原因。她只是太害怕

① 墨西哥西北部城市。——译注

那个一直跟踪她的男人。”

迪恩所在的恺撒意大利餐馆的老板娘兼他们的房东卡美拉·利说道：“到去年年终的时候，我们不那么亲密了，她有了一群新朋友——从来没有提起过她们的名字——她只是从来不跟我们待在一起。我们会举办一些烤肉野餐会之类的，人人都很喜欢的迪恩会过来参加，我们会问：‘达琳去哪儿了？’他会说：‘她4点的时候去洗衣店了。’那时候可能都已经9点了。她去了洗衣店，5个小时后他自己一人来参加聚会，对她的事情还什么都不清楚。”

1969年5月9日，达琳在弗吉尼亚大街1300号买了一处新房子，并且报告说有一个以前的邻居在监视她。达琳举办了一次粉刷聚会，邀请了她在泰瑞餐厅工作时认识的一些警察。林奇警官告诉我说：“许多警察都认识她，他们都曾经去过那儿的咖啡馆。她在周末时上凌晨3点的班次，下班后，她会溜去旧金山。她喜欢脱下鞋和长袜，跑去冲浪，而且这可能发生在凌晨4点。她跟各种各样的家伙约会。她是个荡妇。”

《先驱报》的吉恩·西尔维曼后来写道：“达琳有很多男性朋友，这些男人不是她的丈夫。据说迪恩·菲林并不在意这一点。他把她跟男性朋友之间的关系看做是年轻而活跃的表现。”巴瓦特补充道：“你得知道警察是怎么做的，尤其是在那些年，如果你上的是小夜班（下午四点到半夜）、夜班（自午夜或凌晨2时开始工作），那时候又有个新来的女服务员，警察们就会比赛看看谁能够最先进到她的短裤里。那时候警察们就是这么干的。有很多警察追求她。她是个相当放荡的女孩，达琳就是这样的。”

穆拉纳柯斯阐述道：“达琳有个放荡的坏名声，她同时跟许多不同的男人约会。当然那段时间她在泰瑞餐厅当服务员。在这之前，我不知道达琳的约会情况。她死前约会过3个瓦列霍警察、一个‘马路罗密欧’和治安官办公室的一个代理治安官。根据我们的报告，蓝岩泉是达琳最喜欢带着男朋友去的地方。所以不管她跟谁在一起，她都会去那里。”那时候她拒绝了那个开白色汽车的孤独的老男人。他会有什么样的感觉？

5月24日，星期六，是达琳举办粉刷聚会的那天。“那天去了多少人？”我问琳达。“大概15个。聚会持续了很长时间。”“都有谁在那儿？”“梅修兄弟，史蒂文·基，他们都在那儿。史蒂文在1965年从霍根高中毕业后直接进了海军。我想，他和达琳的友谊可以追溯到1963年左右。他非常害羞。我记得他曾有过一辆红色的小汽车和一辆绿色奥兹牌小型货车。他还非常嫉妒迪，你得记住这一点。他在赫曼湖路凶杀案之后就搬到了圣地亚哥，所以也不会为她而守候。”我比较感兴趣的是，他有没有在国际饼屋看见有人找达琳的麻烦。

琳达接着说道："乔治在那儿，我知道霍华德也在那里。""霍华德·布兹·戈登?""是的。""有女人吗?""只有一个或者两个。""鲍迪诺呢?""史蒂夫?是的。"他是另一个瓦列霍警察。瓦列霍警察理查德·霍夫曼的名字虽然也在客人清单上，但是他没有参加。其他的客人还有：杰·艾森（达琳的一个旧金山的朋友)、瑞克·克拉伯奇、达琳的女性朋友西尼、达琳的姐姐琳达、达琳的妹妹帕姆、罗恩·艾伦，还有一个穿西装打领带的健壮男人。

她的姐姐琳达说："达琳让我去参加聚会，她怕得要死。她没有想到这个人也会露面。我是下午到那儿的。我还在去的路上时，那个人就已经出现了。他是唯一一个衣着整洁的人。其他人都穿着牛仔衣，给她刚付完定金的房子粉刷墙壁……所以警方假定那个人是迪恩的老板比尔·利，而且他们就这样不了了之了。但是那个人应该是'李'，而且这也不是他的姓。我从来没跟他说过话，但是我肯定知道他长得什么样子……并且达琳吓得要死。粉刷聚会上的这个家伙就是十二宫杀手。我知道十二宫杀手就是我在聚会上看到的那个人。她的反应说明了一切。这个家伙根本没有理由出现在她的房子里。

"迪陷入了一些麻烦之中，她非常害怕，她想摆脱它。而且她苦苦哀求我说：'琳达，不要靠近他。千万不要跟他说话。'他有些胖……这个家伙把达琳吓得够呛。我是说，她被吓得吃不下东西。我注意到她瘦了不少。如果有什么东西困扰她，她是掩藏不住的。她没有了笑容……她求我：'赶紧走，琳达，快走吧。'她让我离开那里，因为她不想让他认识我们家其他人。

"她的反应让我在心里记住了这个男人的脸。我能看到他坐在椅子里。我离开时，还有14个人留在那里参加聚会，而且还有些人陆续赶来参加。我希望我那时候没有离开。我肯定她是惹上了什么麻烦，感到非常害怕，而且不知道怎么摆脱。我想她肯定是想摆脱，然后十二宫杀手说：'好吧，我们来弄死她吧，没准她会去跟警察告密呢。'他也是那个出现在泰瑞餐厅的人。在那个特殊的日子里，我跟我父亲一起走进泰瑞餐厅时，这个男人坐在那里一直盯着迪看。我走进去时，他举起报纸遮住脸，因为他注意到了我。随后有人（一个黑头发的瘦高男人）用枪把泰瑞餐厅的天花板射出了4个洞。"

琳达离开粉刷聚会后，达琳的妹妹来了。她也注意到了那个穿西装的男人。"他太扎眼了，"帕姆说，"他穿得很好，非常好，一个上了岁数的男人。他一直坐在那把椅子里。每个人都有点害怕他出现在这个聚会里，都因此有些紧张……那个家伙在问些她的工作的事，打听她的财务状况……他就是那个坐在酒吧收银台旁边的人，也就是那个问我问题的男人。他问我一些她女儿的事，还有她和她丈夫迪恩的关系。‘她怎么花她那些小费的？’他问，‘她真的要想清楚点。’‘我知道迪恩从来不愿意照看小孩。’

“这个陌生人有一个简短而普通的名字——李。那是‘Lee’，L-E-E，而不是‘Leigh（利）’，而且这不是他的姓。我认为聚会上的这个家伙就是十二宫杀手，在我照看小孩的那天，就是这个人放了一个包裹在华莱士大街那座房子的台阶上。我看见他站在门边，并从他那儿接过一个包裹。他说我无论如何都不能看那个包裹里面的东西。”

“那个在泰瑞餐厅骚扰达琳的男人的年纪——”

“要我说的话，在35岁到38岁之间，”她估计他的身高顶多6英尺，“我没法描述这个男人……我记得在门边看过他，在粉刷聚会看过他，而且他喜欢跟我说话，因为我是个相当诚实的人。迪对我有些生气，因为她觉得我告诉他太多了。”罗恩·艾伦的名字也在达琳的粉刷聚会的客人名单上。1969年切尼搬到南加州后，利的弟弟和弟媳去看望了他一次。

切尼告诉我说：“罗恩和卡伦在我家吃饭，这还是在我买下新房子（在伯克利大街1842号）之前的事了。我们坐在餐桌前聊天，卡伦告诉我们利穿着西装去参加一个粉刷聚会。罗恩和他的哥哥都去参加了那个聚会，当时利穿西装打领带。卡伦用这个例子来说明他在社交中显得很不协调。她因此取笑他。她有一点害怕他，因为她知道他跟社会完全不相容。”

两个李（利）出现在达琳的生活之中。“罗比”或者“李”（很明显，她用这两个名字称呼过他）住得非常近，甚至可以看到达琳在华莱士大街的房子，这样他就没有必要停车在她家门口监视她了。那肯定就是第二个“李”。我向穆拉纳柯斯问起过他。“假设十二宫杀手是达琳的一个新朋友，你有没有列过一张她新交的朋友的名单？你看到过罗比这个名字吗？”他说：“我们约见的基本上都是她的家人还有同事。她认识的人非常多，但是哪些是她的新朋友我就不知道了。”

1969年6月29日，在一个集市上，达琳向她的朋友倾诉说“李”就是那个住在她家对面的男人。泰瑞餐厅的另一个女服务员也看到过一个开白色汽车的男人跟踪达琳。她记下了他的车牌号码，这让我可以凭此追查到这辆车。这是一辆1968年产的白色金属顶盖的水星美洲狮双座汽车。我感到失望，这辆车不可能是十二宫杀手在伯耶萨湖开的那辆。他那辆车的旧轮胎压出来的车辙显示两个轮胎的尺寸不一样，而且两个轮胎之间的距离是57英寸。美洲狮汽车有着最宽的轴距范围——111到123英寸。它的轴距宽度很接近人们在赫曼湖路案发现场看见的那辆1959或1960年产的白色四门金属顶盖雪佛兰羚羊。巧的是，这辆美洲狮的主人在1969年4月用一辆1960年的羚羊轿车换购了一辆水星美洲狮。

华莱士大街上只有一栋公寓楼，那就是553号。经过长时间的搜索，我找到并且约见了注册这辆美洲狮的主人，一个叫做罗比·李·蒙丘尔的人，他曾经住在华莱士大街的公寓楼里，并且在马岛海军工作站工作过。1971年他搬到了加州弗雷斯诺大街，而且在1977年4月，他把那辆美洲狮当废品处理掉了。但是，他的头发是黑色的，太瘦（165磅），太年轻（凶杀案发生时才25岁），不可能是十二宫杀手。我希望，如果说那时候是他在监视达琳，他或者有可能看见过那个老一点的叫做“李”并且正监视她的男人。

罗比告诉我说：“我们那时候是非常亲密的朋友，而且事情就是那样的！她从来不跟任何人说她那些朋友的名字。每个朋友好像都是独立的。我不是调查她什么东西……我只是为她着迷。她对不同的人耍的一些小把戏就跟你在电视或者电影里看到的一样。她乐此不疲，从不间断。达琳非常娇小柔弱，但是充满了恶作剧的念头。有一天晚上她甚至在华莱士大街上放风筝。我还记得有一天晚上她在科罗纳多酒店给我打电话，让我去接她。她不相信那个家伙——一个上了点岁数的男人。我看见的这个人身形健壮。当时我没太注意他，因为她跟我说她想立刻回家。”罗比想不起来别的什么了。

在他们这次相遇的一年之后，一个黑色星期五，瓦列霍居民玛丽·安斯蒂在科罗纳多酒店的停车场失踪。安斯蒂的尸体在水边被发现，她是被大头棒重击，接着被溺死，没有被性侵犯——跟圣罗莎受害人一样。我认为罗比·李见过没有戴头套的十二宫杀手。

通过粉刷聚会，以及知道一个叫做“李”的神秘人的达琳的朋友们，可以确定利·艾伦跟达琳是有关系的。那么在案发当晚，他跟达琳有联系吗？我去找过林奇，想要听听他的意见。他完全不知道一个叫做“李”的男人有可能就是十二宫杀手。他在一堆被举报的男人之间查找名字第二个单词是“李”的人。其中一个拥有一把口径0.22英寸的手枪，一把0.44英寸的，还有一把口径9毫米的手枪。林奇说：“有个家伙认为他是十二宫杀手，是一个当地的疯子。他曾在纳帕县进进出出。事实上我认识他。直到收到他的前妻从州外寄来的检举信，我才意识到这一点。他是个虐待狂，200磅重，身高6英尺，有恋皮革癖。他对他的妻子说：‘你死后会是我的奴隶。’这句话很像十二宫杀手那‘死后的奴隶’的标志语。你没法让那些家伙提供真正正确的信息。根本没有人会跟你说话。”

最后一次交谈时我问他："谁向你举报说利·艾伦就是十二宫杀手？举报人是匿名的吗？"

"我想这个消息是从当地的治安官办公室传出来的……雷斯·朗德布莱德，他现在已经去世了。我觉得这个消息是从他那里传来的。是的，所有的一切都是二手信息。你没法直接跟谁谈。"

"你跟达琳的姐姐琳达谈过，在圣何塞。"

"我的确跟她谈过——很多次。"

"你跟粉刷聚会上的那个'李'谈过吗？"

"没有。"

我说："他们在车里挖出了一枚完好的子弹，一枚没有撞碎的子弹。它可能穿过了达琳身体有肉的部分，然后刚好还有冲劲穿透车里的内饰。那枚铜壳的子弹非常新，刚挖出来6个月。那时候你有没有得到这方面的线索？"

林奇说："没有，我承认我对枪的了解不多。一个家伙在南加州斯凯琳大道上开枪，他就有这种子弹。我把那个家伙找来，想知道他是怎么有那种子弹的。但是没有查出什么。我从来不认为十二宫杀手是跟踪达琳和迈克尔·梅修到蓝岩泉的。我认为那个家伙是偶然遇见他们的。他只是到那里，想杀人，然后遇见了他们。"我不同意这一点。某种程度上，十二宫杀手是跟踪了他们的。最后我回想起不幸的7月4号那一天。

波比·奥克斯纳姆告诉我说："那天异常热，人们都在水边纳凉。"天空中满是焰火，十分壮观。断断续续的鞭炮声很像枪声。空气中弥漫着火药味。达琳将她的敞篷车停在一个保龄球场前，与一个开白色轿车的男人发生了口角。后来有人向警察描述这个男人：30岁，身高6英尺，体重在180到185磅之间，"香槟色的头发直直向后梳着"。

"那天晚上，达琳走进恺撒餐馆时非常兴奋。"卡美拉·利告诉我。恺撒餐馆坐落在沃维斯大街1576号，就在利·艾伦曾经工作过的埃尔默·科伍学校附近。"我只知道她要出发去参加船队游行。达琳在晚上7点离开时说：'我要办个聚会。'她想让我去。我说：'是，好的，好的。'但是她知道我是不会去的。"

达琳和她的妹妹克里斯蒂娜要去马岛坐一条装饰精美灯火通明的船。据说利·艾伦的船也在海峡中的瓦列霍传统游船队伍里面。穆拉纳柯斯告诉我："她的一个朋友有一条船。船上只有两个人，他们在划船，达琳认识他们。"晚上10点，在马岛游船会后，达琳和克里斯蒂娜又路过恺撒餐馆。达琳计划在餐馆关门后在她家举办一个小聚会。15分钟之后她给她的姐妹们打电话，并且知道波比·拉莫斯有话要跟她说。晚上10点30分，达琳和克里斯蒂娜到了泰瑞餐厅，达琳走进去跟几个女服务员说了几句话。“在带我回家之前，除了泰瑞餐厅的几个女孩之外，达琳没有跟其他人说过话。”克里斯蒂娜回忆道。

但是在餐馆之外，达琳与人有了第二次对峙。她和一个30岁或40岁的男人争吵，那人开一辆蓝色汽车，车牌号不是加州的。那天晚上早些时候，代理治安官本·维拉里尔看见一辆蓝色的1967年产的福特汽车停在蓝岩泉。克里斯蒂娜（达琳家族中最诚实可靠的成员）说她“感觉到空气中还有他们的对话中弥漫着一种让人紧张不安的气息”。达琳离开时“非常心烦意乱”。她问达琳：“发生什么事了?”达琳回答说：“别担心，明天你会在报纸上读到的。”就在一天或者两天之前，达琳跟她说过同样的话。“我是说真的，有件大事马上要发生了……我现在还不能告诉你，但是这周就会发生了。”稍后克里斯蒂娜向一名探员提起了那辆外州车牌的车、那个陌生人，还有她姐姐那些奇怪的话——这些没有一样儿出现在瓦列霍警察局最后的报告里面。她对那辆汽车的描述后来被警官吉姆·赫斯特德在左边做标记更改为‘(1) 全白色。(2) 比迪那辆1963年产的考威尔车要大些。(3) 比迪那辆1963年产的考威尔车要旧一些’。”

帕姆也确认了在泰瑞餐厅停车场发生的那场争执。“我所知道的是，她回到车里时，”她告诉我，“给我的感觉是，他想带她出去，而她不愿意跟他出去，因为她已经结婚了……他大概在35岁到38岁之间。”白天也发生了一场争执，就在蓝岩泉枪杀案发生的一个半小时之前。调查员们将晚上的争执与白天的搞混了。就像罗比和李一样，它们是发生在不同时间的两件不同的事情。晚上10点45分，达琳将克里斯蒂娜在瓦列霍的家中放下。那两个保姆简尼特·林恩·罗兹和帕梅拉·凯急着要走。她们中午过后就一直在这儿了。简尼特·林恩只在7月4号那天帮达琳照看小孩。女孩们告诉达琳，“一个听上去上了岁数的男人”不停地给她打电话。达琳换下她那件满是红白蓝星形图案的连身裤装，很快地穿上蓝色鞋子和一件宽松的白蓝相间的有花朵图案的裙子，后来十二宫杀手还描述过这条裙子的样式。

简尼特·林恩向我确认了这一点：“迪认识在赫曼湖路被害的两个少年，她说：‘他回到加州了。我曾经看到过他杀了人。’”后来，服用了很多镇静剂的梅修在病床上告诉了警方接下来发生的事情。

“迪（从佐治亚大街东面）来到梅修位于比奇伍德大街864号（贝蒂·卢·詹森曾经上过学的霍根高中的西面）的家。‘大概晚上11点30分……让他坐进她的车里。由于两个人都饿了，他说，他们掉头从斯普林斯路开向瓦列霍方向。但是，大概在埃德餐馆，迪说她有话要跟他说。’”

这儿有一个可怕的相似点——贝蒂·卢和大卫在被害前也在埃德汽车餐馆逗留过。这两个少年在晚上 8 点 20 分时去布雷特伍德大道看望了朋友莎伦，并且在那里待到晚上 9 点。10 点半时他们的圣诞节聚会结束，他们从那里去了埃德餐馆，接着到了赫曼湖路。后来警方发现埃德餐馆的电话被胡乱写在达琳钱包里的信封上，上面还有些词“砍”、“刺”、“作证”和“看见”。1968 年 12 月 20 日，十二宫杀手是不是错把贝蒂·卢当成达琳了呢？17 岁的贝蒂·卢·詹森长得非常像达琳·菲林（我有两张她们相同年纪时的照片）。十二宫杀手在两个相隔甚远的偏僻幽暗之地偶遇两个看起来像是双胞胎的女人的可能性几乎可以忽略不计——除非他跟踪她们。好几次贝蒂·卢都警告她的姐姐梅洛迪拉上窗帘。有时，她们的母亲发现房子的侧门开着，并且花园里有脚印。

十二宫杀手是不是把那两个少年错当成达琳和她的朋友史蒂文·基（他的父母住在康特伍德，距詹森的朋友莎伦家只有一条街的距离）了呢？他是不是跟踪他们到了达琳常去的埃德餐馆？又或者贝蒂·卢的被害只是对达琳的一个警告，因为达琳说她认识贝蒂。

梅修在报告中继续写道：“在他的建议下，他们掉转车头，朝斯普林斯路的东边开到蓝岩泉，他们可以在那里聊聊天。”

“他们发动车的那一刻，迈克尔就告诉迪他们被跟踪了，”琳达说，“就是那句话，‘我们被跟踪了。’”

“你是怎么听到的？”我问道。

“我从林奇警官和穆拉纳柯斯警官那里听来的。达琳开始沿着边道开，这辆车就一直跟着他们……我不知道是什么让她往蓝岩泉开去。”琳达在迈克尔被十二宫杀手射伤后也在医院同他谈过，我很着急想要听听她听说了些别的什么东西。

“他们知道被跟踪了？”我问她。

“是的。”

“达琳认为跟踪他们的是一个叫做李的男人。”

“是的。”

“她那么说过吗？”

“是的。”

“警方知道十二宫杀手的名字有可能是李么？”

“我觉得他们不知道，但是迈克尔知道十二宫杀手是谁。他知道。”

帕姆同意这一点。她告诉我：“十二宫杀手认识达琳，因为他喊她……她被亲人和朋友们叫做‘迪’，他也喊她‘迪’。”

“他向她开枪时这么叫她的吗？”

“啊，是的。”

“这是迈克尔告诉你的？”

“这是迈克尔在医院告诉我的。”他的舌头受了重伤，让他整整两天无法向警方提供任何线索。

“一条尚未确认过的消息说梅修声称他们在离开他家时就被一辆相似的可疑车辆跟踪了。”

这是真的吗？法律助理苏·艾尔斯，也是迈克尔的朋友，在医院同他谈了一次。他告诉她，迪和那个朝他们开枪的人，7 月 4 日那天在泰瑞餐厅发生了争执。他们开走后，那个人跟踪他们到了蓝岩泉，在那里争吵继续，随之而来的是枪杀。据说蓝岩泉看管人的女儿目睹了发生在停车场的争执，而且在枪杀发生之前几秒时告诉她父亲有些麻烦事要发生了。迈克尔在一份正式声明中继续讲述这个故事：

梅修说，在那儿待了 5 分钟之后，一辆车（据说是一辆1958 或 1959 年产的棕色福特猎鹰，挂的是旧的加州车牌）从斯普林斯路开来，司机关掉车灯，将车停在他们车的左边（东面），离达琳的车有 6 到 8 英尺。那辆车在那儿停了大概一分钟。

迈克尔说他问达琳是否知道那是谁，她说：“哦，不用管他，别担心。”迈克尔说他不知道这个回答究竟意味着她是认识还是不认识他。一分钟后，这辆车以惊人的速度开走了，在斯普林斯路上疾驰向瓦列霍，留下他们单独待在黑暗的停车场，俯视着高尔夫球场。大概 5 分钟之后，那个男人回来了。他把车停在他们的车后面，前灯依旧亮着。一个男人拿着一支有手柄的手电筒向他们走来。达琳和迈克尔是一路被跟踪到蓝岩泉吗？我问穆拉纳柯斯。他说：“我觉得不是这样，因为我觉得十二宫凶杀案并不是有计划的，它们都是随机事件。这是我的感觉。”

“但是十二宫杀手的确描述过达琳的穿着，而那时候四周非常黑。”

“但是他还举着一支很重很大的手电筒。”

“那倒是真的。”

“那种带手柄的手电筒好像是在船上用的那种，可以漂浮的那种。”

“梅修说他们以为那是个警察，他们正从钱包里往外掏身份证之类的东西，那个男人突然就开始朝他们开枪。梅修说那把枪听上去好像装了消音器。”

这是一件从未被报道过的事，只有十二宫杀手知道。1991 年，在警察搜过利·艾伦的家之后，他告诉一个朋友说：“他们落掉了一些东西——像我藏在衣柜中袜子里面的消音器。”十二宫杀手之前离开的那段时间，有没有可能不是去装子弹而是去装一个消音器呢？达琳、迈克尔还有这个陌生人已经引起了乔治·R. 布莱恩特（22 岁，蓝岩泉看管人的儿子，在塞尔比熔炉厂工作）的注意。穆拉纳柯斯告诉我说："看管人的儿子看到 3 个人在争吵，布莱恩特当时在一栋两层楼的房子里望着窗外，试着睡上一觉。15 分钟之后，他听到了枪声。"当他听到"一声枪响，隔了一小会儿，又一声，停了一下，接着就是急速地开火"时，他正在距离停车场大概 800 英尺的地方趴着睡觉。最后他听到"一辆汽车离开现场时轮胎发出的尖锐的声音"。布莱恩特回想起的枪声数量是不够的。十二宫杀手一共开了 7 枪。

"连续开枪后，这个男人转身向他的车走去，但是梅修认为是他喊出了声音，使得那个男人又回来朝他补了两枪，朝迪也补了两枪。"

梅修的颈部、左腿、右臂都受了伤。十二宫杀手第二次开火时，梅修胡乱地抖动他的腿。林奇对我说："梅修打开门，从汽车里跌了出来。梅修只在十二宫杀手走向他自己的汽车打开车门时才清楚地看到了他的轮廓。你知道的，就是那种把头发往后梳起的发型。"迈克尔描述说，十二宫杀手"圆脸，30 岁，浅棕色的海军式短平头。至于他的体形，健壮，魁梧，没有赘肉，体重在 195 到 200 磅之间，肚子稍微有点大"。

赶到现场的警长理查德·霍夫曼接着讲述以下的故事。

"那天晚上电话打进来时，我作为青少年犯罪调查小组的便衣警察，正开着一辆普通的汽车执勤，"他告诉我，"蓝岩泉一片漆黑，榆树在风中摇动，大摇大摆漫步在地面上的孔雀发出野性的叫声，传进我的耳朵。罗伊·康威和我是最先赶到蓝岩泉(距离瓦列霍市区 4 英里，距离先前赫曼湖路凶杀案现场 2 英里）的警察。迈克尔·梅修本来坐在汽车后座，但是我发现他时，他正仰面躺在车外的地上。他的眼睛睁得很大，举着手好像在哀求我救命。那时候心肺复苏术刚刚流行，医生脱掉达琳的运动衫，开始按压她的胸腔。每按下一次，空气从她身上的弹孔中穿过，她胸罩上的标签就跟着抖动。体检医生拿着探测仪放进迈克尔身上每一个伤口——他眼睛盯着上方，意识完全清醒——能感觉到每一下撞击。"

林奇和他的搭档埃德·拉斯特接着赶到现场。林奇说："迈克尔·梅修躺在汽车的后面，达琳还在方向盘后面。我记得当时她想说什么东西，我把耳朵凑过去想要听清楚，但是根本听不清楚。"拉斯特补充道："开始是鞭炮声，接着是枪声，一个巡警在我们之前赶到那里——大概在晚上 12 点的时候。我们花了 10 到 15 分钟才赶到那里。达琳在凌晨 12 点 26 分死去。她一直试图说话，但是我们什么也听不清。事实上，我们派了一个警官守在她身边，万一她能说出话来，我们就能听见了。我想应该是迪克·霍夫曼。他是第一个赶到那里的巡警。迈克尔说十二宫杀手过来时他以为是某个巡警过来巡查。他把车停在他们的车后面。他说他以前也在相同的地方停过车，而且那时候达琳也遇见过一个巡警以同样的方式（停车的技巧）过来，也一样开着一盏灯。这样的事情以前也发生过，所以当十二宫杀手最开始出现时，他以为这个人是一个警察。那个家伙离开后，迈克尔推开了这辆双门汽车的右门，从车里爬了出来。他说他越过坐椅试着逃开。那个家伙朝他开了好几枪。他只能躲在后座。”

林奇说：“过了一小会儿，救护车就到了，我帮着司机把达琳从汽车里抬出来。接着迪克·霍夫曼跟她一块儿去了急救医院。”

拉斯特总结道：“我们把迈克尔送到山谷皇后医院，林奇和我在医院前面看见了一个小小的纪念碑……上面有个十二宫标志。”

达琳中枪时，正伸手拿汽车后方地板上的皮面棉里抽带钱包，好像要从里面拿身份证给警察。在她钱包里，跟那个信封放在一起的还有一本笔记本，里面写着两个名字“沃恩”和“利”，名字底下划了线。我翻了达琳的3本通讯录，在M开头的词条下，发现以下条目被划去：“沙斯塔山SK瓷器公司（沃恩），区号916。”利不在其列。警方认为那是迪恩·菲林的老板比尔·利，所以没有考虑这个名字。

达琳的姐妹们很关心凶杀案发生的时间。“他们说她是什么时间被害的？”简尼特·林恩说，“12点05分（达琳在12点时中枪），因为时间上有很大差异。我们一度觉得她不可能有足够的时间到达那个停车场。我们一直告诉警察她直到那时才离开家，因为我们当时在看一档电视节目，那节目12点才开始演呢，而那时她还没有离开。接着他们（警方）告诉我们她好像是在5分钟之后被杀的，她怎么可能在5分钟之内赶到蓝岩泉呢？我们一直都这么告诉那个警官（林奇）的。我最不喜欢的就是这个时间上的差异了。那时刚好在午夜之前，你不可能那么快赶到那里。我们的确再次跟他们提过这个时间问题。我记得他们要求我们参与进来，但是他们甚至都没有把这点写下来。”

史蒂文·基告诉我说：“（她被害的）那天我在伯耶萨湖，那天晚上我本来要去见她，但是当我到家时我才知道她已经被害了。”为什么迈克尔冲出家门，他家里所有的灯都亮着，电视机开着，而且前门大开？事后调查员们还问了他们自己一些其他的问题：

“为什么迈克尔穿着3条裤子和3件运动衫？所谓的在案发前不久在泰瑞餐厅停车场发生的争执是怎样的？随后他们被同一个男人跟踪到了蓝岩泉，在那里继续发生的争吵和枪杀又是怎样的？其他问题：迈克尔真的不认识发动袭击的那个男人吗？他是否目睹了达琳在案发现场抑或不久前在泰瑞餐厅停车场与一个中年男子争吵——'案发前几分钟，受害人在蓝岩泉停车场与他人发生争执，而案发前几个小时，达琳当着家人的面与疑似犯罪嫌疑人发生争执。'"

那天晚上在蓝岩泉，霍夫曼警官承认他害怕凶手会随时再次回来将他也杀死。但是凌晨12点40分，十二宫杀手正在别的地方忙碌。他从图奥勒米和斯普林斯路交会的乔斯联合车站（在晚上8点25分就关门了）给瓦列霍警察局的接线员南希·斯洛弗打电话，报告一起他自认为的双重谋杀。"他们被9毫米口径的鲁格尔手枪射杀。去年我也杀了几个这样的年轻人。"这个电话亭在利家南面2000英尺远的地方。

凌晨1点30分，有人在百老汇和内布拉斯加大街交叉口的电话亭通过接线员打出了4个电话。这个电话亭在艾伦家西北面3000英尺远的地方。其中一个打给迪恩·菲林的父母阿瑟和米尔德里德。他们听到的只是"深深的呼吸声……没有人说话"，他们肯定有人在电话那头。迪恩·菲林家接到两个电话。保姆接听了，只听到"呼吸声或者风吹过的声音"。下一个电话打给迪恩的哥哥戈登（当时在泰国）。为了能打这些电话给达琳丈夫的家人，十二宫杀手事先肯定调查过达琳。那时候枪杀案的发生以及受害人是谁的消息还没有在广播或是报纸上公布。

我在绘制艾伦家附近的地图时，发现他离所有的瓦列霍受害人都非常近，而这些受害人之间离得也非常近。十二宫受害人迈克尔·梅修的家离另一个受害人贝蒂·卢·詹森的家只有四个半街区。自这些凶杀案发生以来，犯罪地理学目标设定成为警方一个有用的工具。地理学测绘基于罪犯们的空间行为理论。罪犯们在家附近作案就像平常人选择每天去购物的商场一样。他们在那些他们熟悉的或者先前勘察过的区域附近作案。凶手倾向于在他们可以辨别方向的地方捕杀猎物，寻求那种掩盖他们住址的刺激。那样的话，作案地点就会辐射凶手家的各个方向，就像蜘蛛结的网一样。

十二宫杀手从蓝岩泉停车场疾驰而去时，会遇到一个分岔路口。左边狭窄的赫曼湖路会让他直到抵达伯尼夏市才有地方躲藏。从右边的哥伦布道（利的弟弟就住在哥伦布道的中段位置）可以回到瓦列霍，但是有可能会遇上正往蓝岩泉赶去的警车。我认为，为了防止被抓，十二宫杀手走了一条小路，而不是哥伦布道，那条小路非常隐蔽，我来了个急转弯才找到它。这条路让我直抵瓦列霍的中心地带。在24个街区的尽头，我到了一个熟悉的门阶——阿瑟·利·艾伦的家门。

至于说寻找十二宫杀手的那些武器和头套——很久以前就失去机会了。十二宫杀手每次都用一种新武器的原因之一是，他每次用完后都会将它们丢弃。当然，在不同县对其进行的那些倒霉的搜查之后，他已经销毁了那些之前藏匿的纪念品。但是就像探员贝克推测的那样，那些他拿走的东西可能依旧放在显而易见的地方，而只对十二宫杀手有着象征性的重要意义。

《纳帕哨兵》的哈里·V. 马丁很久之后推测说：

“达琳知道一个可怕的秘密……因为这个秘密，她才被谋杀——不是偶然地，而是被一个她很了解的人蓄意地……有计划地杀害，那个人就是买礼物给她，到她工作的地方甚至是家里去找她的人。”

当时卡美拉·利怀有身孕，在达琳被害3天之后，卡美拉还是非常害怕，她在门上装了一个猫眼。“我们不知道那个家伙是不是还要干掉她的丈夫，或者她的朋友。他们没能抓住他，这真是太糟糕了。我们害怕了很长的一段时间。我们不知道那个人是否了解迪——每个人都这么想，因为她认识的人实在太多了。接着我们觉得达琳可能知道一些毒品交易或者类似的事情，然后那个杀她的人得知她知道了，就在她说出去之前先抓住了她。然后我们觉得她可能知道她要被害了，有些人挺神秘的，你知道，他们会为此搭上性命或者别的东西。

“接着我们想她可能是知道的。她可能的确知道。她可能知道那个家伙要杀迈克尔，并且这就是她不害怕的原因。从迈克尔在报告中所说的来看，她一点儿都不紧张。”

“粉刷聚会上有些毒品方面的线索——那儿有毒品交易。”切尼说。那天帮达琳照看小孩的女孩们不同意这一点。她们告诉我：“房子里根本没有毒品的踪影，没有一份警方的报告里指出了毒品的事。”穆拉纳柯斯说：“她交往的人里面，我想，有些跟毒品有关，但是我手上的警方报告里面没有一份指出她本人是个吸毒者。”波比·拉莫斯说：“每年都会有调查员来找我，来看我是否还能想起什么东西。他们问到她是否贩卖毒品。她挣的小费比你多吗？她挣的当然比我多。我大概能挣20，她可能就能挣35。他们有点儿想说她是在卖毒品……我不是说她就不抽大麻或者别的。但是抽和卖是不一样的。”

波比·奥克斯纳姆告诉我：“曾经有段时间她可能抽了些大麻，但是卖毒品对于她来说是个禁忌。她被害之后，报告里那些暗示让我们之中很多人都快疯了。人们忘了达琳的好。她不是一个妓女。她不是天使，但是她也不是妓女。”

后来林奇警官和他的搭档拉斯特在圣何塞的布兰登大街400号约见了琳达。像达琳的许多朋友一样，蓝岩泉枪杀案后就很难再找到她了。琳达告诉我说：“他们同我谈了7个多小时，林奇认为这跟毒品有关。他给我一份打印的名单，说：‘把你熟悉的名字都圈起来。’我当然圈上了所有我之前跟你说过的那些出现在粉刷聚会上的人的名字。”

“李的名字在上面吗？”我问她。“是的。名单上还有另外一个写法不一样的名字——‘利’。我圈起了达琳认识的那个人的名字。而且当我圈起这个他们想要的特殊的名字时，他们发出‘嗯，哈’的声音，好像他们已经胸有成竹似的。我圈完那个名字之后，他们说：‘这就够了。’”琳达圈起来的名字是一个像利·艾伦的中年、圆脸的本地男子。就是从这一刻开始，警方走向了错误的调查方向。林奇还是不得不跟利·艾伦见面。

琳达对我说：“然后我帮警方准备聚会上那个男人的画像，一个中年男子，眼神古怪、冰冷。我跟警察坐在一块儿，画家根据我的描述绘制画像。我一直让他们给我看看那些照片，但是他们从没给我看过。画像完成时，林奇问：‘你认为她准备好了吗？’我说：‘准备好什么？’他们掀开那张黑色的非常薄的封面。那是另外一幅画像，上面蒙着玻璃纸。我唯一觉得不同的就是下巴部分。这让我觉得震惊不已。”

这是根据梅修在医院病床上的描述得来的画像。当十二宫杀手朝他开枪时，他看清了他的脸，而且在案发后两天他才能开口说话。警官鲍迪诺说那跟经常出入泰瑞餐厅的那个人“可能是同一个人”，一个他从“社交圈”中挑出来的人。

琳达对我说：“史蒂夫·鲍迪诺从他在餐馆看到的人中挑出了一个，史蒂夫对发生的这一切感到非常震惊。他认识这家人，还曾经去过那儿。有一次我坐在警车里，他让我摸摸他的警棍，还有枪。他是一个非常好的警察，并且在迪去世后，他变得有点爱走极端。我觉得他可能弄错了。”鲍迪诺盯上的那个人承认去过泰瑞餐厅，但他不是粉刷聚会上的那个人。林奇找对了照片，却用错了名字。此后，十二宫杀手肯定觉得他已经刀枪不入了。他变得越来越大胆。

琳达继续说道：“但是你知道的，我觉得十二宫杀手杀人时会化装，而且他肯定来自瓦列霍，因为他知道逃走的路。奇怪的是所有的人都离开了瓦列霍（迈克尔和他的弟弟、史蒂文·基、罗比·李、琳达本人、克里斯蒂娜、达琳的妹妹）。我想如果那个家伙来自旧金山，他们就会留下来了，待在瓦列霍会更安全。但是他们都离开了这个城市，消失得无影无踪。”

根据琳达的描述绘制出来的画像很不错，它精确得足以让切尼在后来认出那就是他的朋友阿瑟·利·艾伦。

切尼告诉我说：“当然，我一直认为十二宫杀手就是利，而且我一直觉得不可思议，他们竟然没有把他抓起来。我简直不能相信。我一直在等着某些事情发生，等着读到十二宫杀手被逮捕的消息。什么事情都没发生。我觉得赫曼湖路和伯耶萨湖案都是故弄玄虚，但是他杀害达琳·菲林却是故意的。

“当我终于开始读你的《十二宫》时，我故意拖到现在才读完，这样才不会影响到我的记忆。我有个想法，达琳被害一案肯定不是情人小道上的随机谋杀案。我认为达琳是被人故意杀害的。我怀疑她才是真正的目标，其他的凶杀案都是他扔出来迷惑世人的。可能达琳看见他杀了人，或者他只是想让她闭嘴。达琳可能一直在勒索他。”

乔治·巴瓦特在十二宫案件会议上声称他认为艾伦就是十二宫杀手。乔伊·康威在一次公开的访谈中说：“我像从前一样认为，十二宫杀手就是阿瑟·利·艾伦。”我问托斯奇同样的问题。他总结说：“我从来没有动摇过，阿瑟·利·艾伦，事实上，就是十二宫杀手。”我在1977年时也写过同样的话（当时我们有许许多多的嫌疑犯），因为艾伦自己提供了许多线索来抓他。

我回想起十二宫案件会议还有瑞塔·威廉姆斯问的一个问题：“如果阿瑟·利·艾伦就是十二宫杀手，为什么他没有留下什么信息让大家都知道他是十二宫杀手？如果是艾伦，你们能告诉我为什么你们认为他没有留下什么信息吗？”我记得警方给艾伦看那份写在发黄的信纸上的炸弹配方时，他说：“我以前从来没看过那张纸……我以前从来没看过那些文件。”而那些东西的笔迹正是他自己的。

康威若有所思地重复道：“他有没有留下一些信息让大家都知道他是十二宫杀手？艾伦的确留下过，通过他藏在地下室里的东西，同时他否认一切的做法也是一种信息。在我看来，他的确留下了。（十二宫杀手的）一封信中说到在他的地下室中可以找到炸弹。嗯，实际上，我们搜查时那栋房子的地下室里的确有炸弹——钢管炸弹。他说到一种制作炸弹的特殊方法，而且我们找到的笔迹可以证明那份配方就是他写的，但是他却否认这一点。所以凭他的所作所为，到目前为止，我认为他留下了这个信息。”

康威向联邦调查局表示，他和巴瓦特会针对此案向索诺马检察官办公室呈交一份完整的案件回顾，内容关于能否对利·艾伦提起诉讼。他写道：“如果检察官拒绝控诉艾伦，瓦列霍警察局将结束对‘十二宫杀手’案件的调查。”

联邦探员在1992年写道：“会面结束后，康威表示他和巴瓦特会针对此案向索诺马检察官办公室呈交一份完整的案件回顾，内容关于能否对利·艾伦提起诉讼。如果检察官拒绝控诉艾伦，瓦列霍警察局将结束对‘十二宫杀手’案件的调查。针对此案，瓦列霍警察局没有要求进一步的协助，因此现在我们建议这起案件结案。”联邦调查局得知阿瑟·利·艾伦的死讯后，在最后一份报告中说：“现在旧金山案可以结案了……瓦列霍警察局没有要求进一步的协助，因此现在我们建议这起案件结案……”

但是谁才是第一个举报艾伦的人，那个在1969年向林奇举报过多次的人？“我收到一封举报信”，我最后一次看见他时，他不假思索地说。如果没有那封匿名举报信，艾伦可能会一直到1971年才成为嫌疑犯。瓦列霍警察局怀疑是艾伦的亲弟弟和弟媳向警方举报他就是十二宫杀手的。他们后来的确这么做了。我对托斯奇说：“林奇跟我说有人不止一次向他举报艾伦，可能有3次，好像是某个女人举报的，她给他打电话举报艾伦。所以我想第一个举报艾伦的人就是这个弟媳。”

托斯奇说：“你说的跟我想的一样，我也觉得是卡伦。”

如果艾伦没有死，十二宫杀手的传奇将会是另外一种结局。

1992年3月24日，星期二。乔治·巴瓦特从德国回来之后，也就是在利·艾伦死前不久，他组织了一次重要的会面。

他对我说：“我要说的是，我终于可以再次联系受害人迈克尔·梅修了。我给他看了6张照片，里面包括哈维·海因斯的嫌疑犯。我在里面放了一张阿瑟·利·艾伦的照片；其他的也不是国际新闻社、国家情报调查处、卫生防疫中心的职员，只是用来充数的。他们都是圆脸。并且那些照片都是老式的黑白照片，就是那种在车管局拍的照片。它们比常规的证件照要大。常规的证件照大概是1×0.5英寸大，而这种照片大概是2×3英寸。不是非常大，但相对来说已经比较大了。

“我先对梅修进行了一番告诫：‘我只是给你看一些照片，你不需要非指出来一个人不可，那个人可能不在这里面。’——等等之类的话。接着我把照片递给了他。

“他看了二三十秒，指着阿瑟·利·艾伦的照片说：‘就是这个人！就是这个人在蓝岩泉朝我开枪！’

“他指出了阿瑟·利·艾伦，这让我目瞪口呆。我根本没指望他能认出谁来！”

尾声

戴夫·托斯奇现在是北极星保安公司的副总裁和董事会成员。已退休的探长迈克·西拉维罗，纽约十二宫案件曾经的主要调查员，如今在纽约市郊经营着一家私人调查所。他在十二宫杀手二世消失时离开了警察局，并且坚持认为不应该停止十二宫案件调查。认出塞达的笔迹属于十二宫杀手二世的探长约瑟夫·赫伯特就是在他的帮助下培养出来的。布莱恩·哈特奈尔结了婚，并且已经是两个男孩的父亲，现在是南加州的一名遗嘱检验律师。

索诺马县治安官办公室的史蒂夫·布朗对我说："圣罗莎那些凶杀案一直都没有得到解决，事实上现在我们很努力地在调查。其中一个人失踪了，一直没找到，但是在找到的那6个人之中，我只有金·温蒂·艾伦一案的证据。我现在正在找剩下的证据。我们正在清理我们青少年中心依据档案记载出具的那些过期的凭证性文件。这些老案件很难解决，因为谁知道那些证据都跑哪儿去了呢？如果运气好的话，我能再多找到一些。我尤其想要找到那条用来勒死金·温蒂的绳子，它被递交给了联邦调查局。他们用尽各种办法检测这条绳子，没发现有什么特别的。它就是一条到处都能买到的普通尼龙绳。"

在普雷西迪奥基地（十二宫杀手最后被看见的地方，还有护士唐娜·莱丝曾经工作的地方），十层高的莱特曼医院和它那五层高的附属楼只剩下了荒凉的废墟。被挖空的混凝土建筑将被拆毁，取而代之的将是一个数字化的电影制作学校，卢卡斯光影工业学院。桑迪·潘查里拉卖掉"科学原动力"，用这笔钱买下了RKO影片资料馆，后来又将它卖给了泰德·特勒。潘查里拉告诉我说："这是一个艰难的决定，放弃一个不仅有《公民凯恩》、其他喜欢的电影，还有《最危险的游戏》的电影资料馆。"电影迷十二宫杀手会很感激这句反语吧。

2002年5月，旧金山警察局被《纪事报》的一次大爆料搞得晕头转向。记者大卫·帕瑞西和杰克森·范德比金的三段调查报告的标题是《解决暴力犯罪旧金山警察局名列最后，系统缺陷探员表现差劲》。在全国大城市的警察局中，旧金山警察局排名最后，在1996年到2000年之间平均只解决了28%的暴力犯罪案件——在全国20个大城市中，暴力犯罪“清除率”最低。主要集中在那些探员们没有访问关键目击者、没有追踪重要线索、丢失必需证据的凶杀案件。

当监事会提出成立一个调查小组时，旧金山警察局如坐针毡。当前负责十二宫案件的调查员们被淹没在大量的新案件之中，于是，他们使用了一种不同寻常的措施，企图证明他们的前辈在30多年之前指出的一个嫌疑犯的清白。他们开始用DNA来证明之前犯过扰童罪的阿瑟·利·艾伦就是十二宫杀手。但是那些信件(从1969年到1981年5月14日，一直被放在一个旧硬纸板盒子里，后被旧金山警察局调查员詹姆斯·戴西送到了萨克拉门托）从来没有被冷冻过以保存DNA，很难相信现在还有DNA分子能够存活。多年后，他们又回到了起点。

2000年6月，刑事侦察监事几尼德·霍特博士受聘监管旧金山警察局的DNA试验室。她说，她那只有三个人的小组，几乎没有资金去调查那些在使用DNA检测技术之前发生的案件。地区最好的试验室在伯克利，他们拒绝处理十二宫案件的DNA发现项。尽管那个试验室是在九年之前成立的，但是从未处理过任何一起旧金山的案件。原因很简单，霍特博士对《观察报》说，旧金山案件之所以没有被递交给伯克利，是因为伯克利司法局重罪数据库只接受来自认可实验室的DNA数据，而旧金山警察局DNA实验室不在此列。

霍特博士对媒体说她可以复制DNA样本（十二宫杀手一个信封的邮票下的唾液痕迹足够进行一次“DNA部分印记”测试了)。2002年10月15日，《纪事报》报道说：“DNA似乎排除了仅有的十二宫杀手嫌疑犯的嫌疑。”但是探员们说：“现在还不足以提交（至DNA数据库)，但是在几周或者几个月内，或许可以从其他新证据上获得更为有用的DNA。”他们似乎下定决心要排除艾伦的嫌疑，尽管他认识并且跟踪过许多受害人，还出现在多个犯罪现场，并且已经被幸存的目击证人指认过。艾伦没被当做十二宫杀手逮捕的唯一理由就是警方无法将他跟十二宫杀手的信件匹配上——而这个理由也引发了对德国嬉皮士、黑头发的高大年轻人、已故艺术教师的调查，调查他们是否是写那些信件的人。“我一直都想知道十二宫杀手是不是有个同伙，”我对《纪事报》的人说，“是否有个人一直在给艾伦打掩护。就是这个原因，让十二宫案件一直是个最大的谜团。”

给人激励，完成使命，改变现状，这不正是书籍应该起到的作用吗?